1970 年，中尉梦

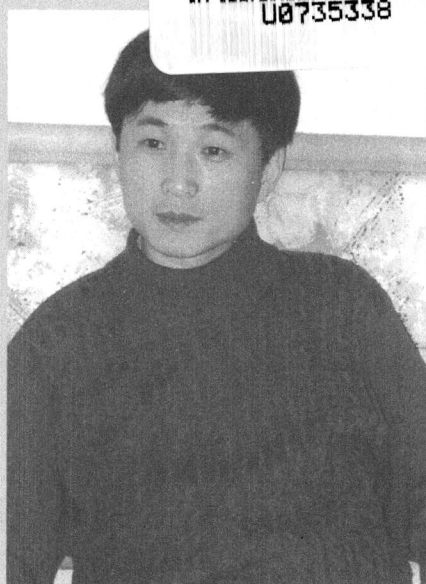

1991 年，坐在沙发上

1992 年 7 月与荒煤

于崂山

2009 年 12 月于黄梅

2013 年九资河赏秋叶

2010 年 9 月在苗振亚老师家楼下

2016 年 7 月于晋卿岛路标前

阅读时

西装

2016 年 7 月于赵述岛碑旁

刘醒龙自选集

刘醒龙◎著

天地出版社 | TIANDI PRESS

图书在版编目（CIP）数据

刘醒龙自选集 / 刘醒龙著 . 一成都：天地出版社，2017.5（2021.9重印）
（路标石丛书）

ISBN 978-7-5455-2521-2

Ⅰ．①刘… Ⅱ．①刘… Ⅲ．①中国文学—当代文学
—作品综合集 Ⅳ．① I217.2

中国版本图书馆 CIP 数据核字（2017）第 037750 号

刘醒龙自选集

出品人	杨　政
著　者	刘醒龙
责任编辑	陈文龙　欧阳秀娟
封面设计	今亮后声
电脑制作	九章文化
责任印制	葛红梅

出版发行　天地出版社
　　　　　（成都市槐树街 2 号　邮政编码：610014）

网　　址　http://www.tiandiph.com
　　　　　http://www. 天地出版社 .com

电子邮箱　tiandicbs@vip.163.com

经　　销　新华文轩出版传媒股份有限公司

印　　刷　廊坊市印艺阁数字科技有限公司
版　　次　2017 年 5 月第 1 版
印　　次　2021 年 9 月第 2 次印刷
成品尺寸　160mm×238mm　1/16
印　　张　39.5
字　　数　647 千
定　　价　98.00 元
书　　号　ISBN 978-7-5455-2521-2

序言

王蒙

　　新华文轩集团在做一套当代作家的自选集，第一批将出版陈忠实、史铁生、张炜、韩少功、王蒙的自选作品，目前签约的则还有熊召政、王安忆、赵玫、方方、池莉、苏童等同行文友，今后还将考虑出版港澳台及海外华语作家的自选作品。好事，盛事！

　　现在的文学创作并没有太大的声势，人们的注意力正在被更实惠、更便捷、更快餐、更市场、更消费也更不需要智商的东西所吸引。老龄化也不利于文学作品的阅读与推广，因为老人们坚信他们二十岁前读过的作品才是最好的，坚信他们在无书可读的时期碰到的书才是最好的，就与相信他们第一次委身的情人才是最美丽的一样。新媒体则常常以趣味与海量抹平受众大脑的皱折，培养人云亦云的自以为聪明的白痴，他们的特点是对一切文学经典吐槽，他们喜欢接受的是低俗擦边段子。

　　孟子早就指出来了，"耳目之官不思，而蔽于物。物交物，则引之而已矣。心之官则思，思则得之，不思则不得也。"他强调的是心（现在说应该是"脑"）的思维与辨析能力，而认为仅仅靠视听感官，会丧失人的主体性，丧失精神的获得。因为一切的精神辨析与收获，离不开人的思考。

　　当然，耳目也会激发驱动思维，但是思维离不开语言的符号，而文学是语言的艺术，是思维的艺术，是头脑与心灵而不仅仅是感觉的艺术。文艺文艺，不论视听艺术能赢得多多少百倍更多的受众，文学仍然是地基又是高峰，是根本又是渊薮。文学的重要性是永远不会过时与淡化的。

　　当代文学云云，还有一个问题，"时文"难获定论，时文受"时"的影响太大。学问家做学问的时候也是希罕古、外、远、历史文物加绝门暗器，不喜欢顺手可触、汗牛充栋的时文。

　　但读者毕竟读得最多最动心动情最受影响的是时文。时文而晒一晒，静一静，冷一冷，筛一筛，莫佳于出版自选集。此次编选，除王蒙一人而外都是文革后"新时期"涌现的作家，基本上是知青作家。知青作家也都有了三十年上下的创作历程与近千万字的创作成果。几十年后反观，上千万字中挑选，已经甩掉了不少暂时的泡沫，已经经受了飞速变化与不无纷纭的潮汐的考验，能选出未被淘汰的东西来，是对出版更是对读者的一个贡献。以第一批作者为例，陈忠实的作品扎根家乡土地，直面历史现实，古朴淳厚，力透纸背。史铁生身体的不幸造就了他的悲天悯人，深邃追问，碧落黄泉，振撼通透，沉潜静谧。张炜对于长篇小说的投入与追求，难与伦比，乡土风俗，哲思掂量，人性解剖，一以贯之，未曾稍懈。韩少功更是富有思辨能力的好手，亦叙亦思，有描绘有分解，他的精神空间与文学空间纵横古今天地，耐得咀嚼，值得回味。我的自选也忝列各位老弟之间，偷闲学学少年，云淡风清，傍花随柳，作犹未衰老状，其乐何如？

我从六十余年前提笔开写时就陶醉于普希金的诗：

> 我为自己建立了一座非人工的纪念碑，
> ……所以永远能和人民亲近，
> 我曾用诗歌，唤起人们善良的感情，
> 在残酷的时代歌颂过自由，
> 为倒下去的人们，祈求宽恕同情。
> ……不畏惧侮辱，也不希求桂冠，
> 赞美和诽谤，都心平静气地容忍。

看到文友们的自选集的时候，我想起了普希金的诗篇《纪念碑》。每一个虔诚的写者，都是怀着神圣的庄严，拿起自己的笔的。都是寄希望于为时代为人民修建一尊尊值得回望的纪念碑来的。当然，还不敢妄称这批自选集就已经是普希金式的纪念碑，那么，叫路标石就好。几十年光阴荏苒，总算有那么几块石头戳在那里，记录着时光和里程，记忆着希冀和奋斗，还有无限的对于生活、对于文学的爱惜与珍重。它们延长了记忆，扩展了心胸，深沉了关切与祝福，也提供给所有的朋友与非朋友，唤起各自的人生百味。

代序：投身经典的第一现场

刘醒龙

经典从来都是从火热的生活现场中来。

一九九二年我发表了以乡村教师为典型人物的中篇小说《凤凰琴》，二〇〇九年又出版了同样以乡村教师为典型人物的长篇小说《天行者》。因为大家认为我对乡村教育比较了解，二〇一六年四月，湖北省政协邀我参与民族地区基础教育问题的调研。调研中，大家对一处只有两名小学生、却按规定配置三名教师的乡村教学点的撤销与保留，产生分歧。有人认为，与其花了钱还无法保证教学质量，不如将两个孩子送到山下有寄宿条件的重点小学就读。而我却有不同看法：这样的教学点，在教导孩子学习知识时肯定有欠缺，教学成本也会高出很多，但是能最大限度地保证孩子们在成长过程中有温暖亲情和符合道德的人性参与。亲情人性一旦缺失，所造成的人格缺陷，花再多的金钱也无法弥补。以往乡村孩子与城市孩子在教育上的差别只是知识层面上的，如果只考虑教学成本，强行将孩子们集中到有条件寄宿的学校，造成亲情断裂，将来城乡差别就不仅仅是知识层面，而是更为严重的人性人格的强烈差别。我的意见得到有关部门的重视，这个教学点最终得以保留下来，没有被撤销。生活有所欠缺，不等于没有希望；人生出现迷茫，不等于就是丑陋；社会需要调节，不等于要冷冰冰地拒人以千里之外。

这些现实故事，正是在鲜活丰满的社会生活中，努力寻找文学真谛、创造经典文学的第一现场。从《凤凰琴》到《天行者》，这些作品所延续的，是从卑微世俗中发掘生命意义的经典性，这种经典性总是用来映照和塑造伟大的中国历史、中国文化和中国英雄，是文学创作与火热生活的天作之合。

不管我们有没有发现，经典一直存在。经典在成为经典之前，与普通事物的观感毫无二致。要将经典从看上去一模一样的事物中发掘出来，必须经过长期积累，并尽可能向事物的外部延伸观察，向事物的内部深入思索。身为小草，必须了解大树。作为江海必须追溯溪流。

经典来自于火热的生活，但火热的生活不会自动成为文学的第一现场。特别是新媒体高度发达的今天，一些所谓火爆现场，往往是经过人为改变，甚至蓄意制造的第二现场、第三现场等，还有可能是黑白颠倒、人妖不分的伪现场。那些能发现真相的有效的第一现场，只要进入情怀，就会有可能踏上经典的坦途。任何意图以一己之好遮蔽世间真相的第二现场、第三现场等，无论如何言说，也注定是过眼云烟。今年夏天，长江中下游的大洪水过后，西方有些媒体讽刺中国，说河堤溃口了，洪水泛滥了，再也没有人跳进惊涛骇浪里组成人墙保护家园，宁肯袖手旁观，等着军队、专业人员匆匆赶来。殊不知，今天的中国经济社会和科技发展早已超越愚公移山、精卫填海等原始劳动方式，以往最常见的堵洪水的门板，也鸟枪换炮了。新机械、新技术、新材料的使用，使得抗洪更加专业化、更能提高救灾的效率，这是以前想象不到的。而且，从另一个侧面看，过去为了堵塞溃口，不经任何人同意，就可以砍伐的普通林木，受到林业法的保护。那些作为私有财产的经济林木，哪怕动一片叶子也可能受到法律追究。可以就近取土的耕地同样受着各种法律的保护。更加难能可贵的，救灾的过程的科学化体现了对救援人员、受灾人员生命的珍视，良田熟地被水淹了还可能再造，生命一旦失去就无可挽回。这些，何尝不是一种发展和进步？

身为作家，如果我们不能在第一现场目击到这些，或者理解不到位，甚至盲目听信一些人的胡编乱造，不仅会失去体察文学现场的真正意义，也将失去创造文学经典的唯一基础！

经典是文化自信的产物，对经典的认定更是自信心的表现。二〇一六年八月中旬，中国作协安排我为第四届世界汉学家文学翻译研讨会做总结发言。我说了一番话，大意是作为主流的汉学家应当让自己的翻译作品成为了解中国历史主流、中国社会主流、中国文化主流和中国文学主流的有效窗口，而不是专事窥探中国社会不足之处的猫眼。作为 21 世纪的中国作家，那种过分迁就西方文化口味的谦虚，将是中国文学走向世界的大忌。要理直气壮地告诉世界，他们目前所接触的只是中国文化的边角料，离真正优秀的博大精深的中国文化本体的还很遥远，还要继续用心修炼才行。

改革开放近四十年来，中华民族的大发展在人类发展史上也是绝无仅有的。以中国之丰富、生动的文学元素漫山遍野，加上不可阻挡的民族复兴气势，作家没有理由不投身讲好这些史诗故事的实践，也更没有理由不去坚定创作史诗的雄心。面对这种影响深远的变化，我们有责任写出中华民族新的史诗，也有责任重现中国文化的高贵境界和伟大传统。

经典是伟大而永恒的，经典的发现是日新月异的，认知经典、创造经典的能力也需要不断成长。作家在成为历史与时代的书记员的同时，也时刻不能忘记自己就是这部史诗的亲历者和创造者。接下来，还有更多文学的第一现场需要作家不负时代情怀地投身其中，及时感知每个人的命运、每个群体的命运、无时无刻不在发生着的那些改变，从平凡中发现伟大，从质朴中发现崇高，从变化中发现进步，努力创作经典之作，以文脉传承国脉，以文运复兴国运，担负起铸就中华民族伟大复兴时代的文艺高峰的重任。

二〇一六年十二月十日于北京

目录

长篇小说

天行者（选章）

献给在二十世纪后半叶中国大地上默默苦行的民间英雄！

1

九月的太阳，依然不想让人回忆冬日的温情柔和，从出山起，就露出一副急得人浑身冒汗的红彤彤面孔，傲慢地悬在空中，终于等到要落山时，仍要挣扎一番，将天边闹得一片猩红。这样，被烤得蔫蔫的山村才从迷糊中清醒过来。一只黑溜溜的狗从竹林里撵出一群鸡。没完没了的鸡飞狗跳，让暮归的老牛实在看不下去，抬起头来发出长长的叫声。安静了一整天的大张家寨，迫不及待地想发泄郁结。大大小小的烟囱，冒出来的黑烟翻滚得很快，转眼间就飘上了山腰，并在那里徐徐缓缓地变化成一带青云。

天黑下来时，在村边大樟树下坐了一整天的张英才，再次看完让他爱不释手的小说的最后一页。这本小说叫《小城里的年轻人》，是县文化馆的一名干部写的。因为太喜欢，去年夏天高中毕业时，他便下手从学校图书室偷出来，彻底地据为己有。那次行动规模不小，共有六个人参加。本来只有五个人，蓝飞是在图书室里撞上的，好在也是来偷书，彼此志同道合。蓝飞首先将一本宣扬厚黑的书塞进怀里，然后又挑了几本官场权谋的书。其余人专门选择家电修理、机械修理、养殖和种植等方面的书。张英才只挑了这一本，然后就到外面去望风放哨。

听说乡教育站的万站长要来，张英才就捧着这书天天到村边，一边等，一边看，两三天就是一遍。越看越觉得当初班主任用来激励他们的口头禅——死在城市的下水道里，也胜过活在界岭的清泉边——确实很精辟。界岭是这一带山区中最远最深最高的那一片，站在家门口抬头往那个方向看上一眼都觉得累。

张英才这样想时，心里还在惦记高中生活。

张英才在高中待了四年。第四年是万站长亲自安排复读的。因为太爱看小说，张英才偏科偏得离奇。刚开始班主任批评他，这种学习效果太对不起自己的舅舅，也就是万站长了。因为每次考试数学成绩从未超过三十分，班主任后来痛心疾首地斥责他，一定是上数学课时偷吃了界岭的"红苕"。界岭那一带除了山大，除了盛产别处称为红薯的"红苕"，还有吃东西不会拿筷子的男苕和女苕，更以迄今为止没有出过一名大学生而闻名。张英才读高三时，学校大门还是朝着界岭方向开着的，后来去复读，据说是由某个有能力的复读生家长出资，将学校大门改为背向界岭，高考录取率真的翻了一番。只可惜受益者名单中没有张英才。在高三阶段，被班主任频繁提起的界岭分明是名词，更多时候却被当成形容词使用。譬如这种样子太界岭呀，是不是也要让你的父母很界岭呀，等等。无论是名词，还是形容词，界岭都是激发高三学生为应付高考而发奋的超常动力，同时，也是与他们针锋相对极具杀伤力的反义词。

张英才手里攥着一枚硬币，没事时就用它试试自己的运气。舅舅会不会来，舅舅会给自己找个什么工作，舅舅找的工作一个月有多少工资，等等，都在这枚硬币的丢来丢去中，波澜壮阔大喜大悲地演绎过。

近半个月，张英才至少两次看见一个很像舅舅的男人，在去界岭的那条路上远远地走着，每次到前面的岔路口便改变方向，走到邻近的细张家寨去了。第一次看见时，他曾经抄小路追过去，半路上碰上同样没有登上高考红榜的蓝飞。蓝飞正在修整在暴雨中垮塌的父亲的坟头。那块墓碑很重，一个人对付不了。张英才只顾盯着远处看，冷不防碰上一筹莫展的蓝飞，只好上前当帮手。事情完了之后，蓝飞只说谢谢，却没有邀请他去家里喝口水。张英才故意说自己还没有去过他家，蓝飞用同样的话回敬说，他也从来没有去过张英才家。张英才跑了几里路，什么也没看到，便悻悻地回来了。

今天是第三次。太阳下山之前，他又见到那个像是舅舅的人在岔路口上，和他的目光分手了。他恨不得让远处吹过来的风，传话给万站长，外甥住在大张家寨，不是细张家寨。张英才不再丢硬币了，闭上眼睛，往心里叹气。天色一暗，虫子就多起来，有几只野蚊子扑到他的脸上，让他情不自禁地抬起巴掌扇过去，将自己打得生痛。打了一阵后，见野蚊子越来越多，张英才只好爬起来，拿着书往家里走去。

进门时，母亲望着他说："我正准备叫你挑水呢。"

张英才将书一扔说："早上挑的，就用完了？"

母亲说："还不是你讲究多，嫌水塘里脏，不让去洗菜，要在家里用井水洗。"

张英才无话了，只好去挑水。挑了两担水，缸里还有大半是空着的，他就歇着和母亲说话："我看到舅舅去细张家寨了。"

母亲一怔："你莫瞎说。"

张英才说："以前我没作声。我看见他三次了。"

母亲压低声音说："看见也当没看见，不要和别人说，也不要和你爸说。"

张英才说："你慌什么，舅舅的思想这样好，不会做坏事的。"

母亲苦笑一声："可惜你舅妈太不贤德。不然，我就上他家去说，免得让你天天在家里盼星星盼月亮。"

张英才说："她还不是仗着叔叔在外面当大官。"

母亲说："也怪你舅舅不坚决，他若是娶了细张家寨的蓝小梅，也不至于像现在这样在女人面前抬不起头来。过日子，还是不高攀别人为好。"

张英才很敏感："你是叫我别走舅舅的后门？"

母亲忙说："你怎么尽乱猜，猜到舅舅头上去了！"

张英才咬咬牙说："我可不怕攀高站不稳。我把丑话说在先，你不让舅舅帮我找个工作，我连根稻草也不帮家里动一根。"说着便操起扁担，挑着水桶往外走，挡猪羊的门槛有点高，他不小心被绊了一下，幸好没摔倒，但他还是骂了一句丑话。

母亲生气了："天上雷公，地下母舅，你敢骂谁？"

张英才说："谁让你生了我这个没出息的儿子，读书不行，骂人的水平比天还高，不信你就等着听。"

果然，挑水回来时张英才又骂了一声。

母亲上来轻轻打了他一耳光，自己却先哭了起来，嘴里说："等你爸回来了，让他收拾你。"

张英才因此没吃晚饭，父亲回来时他已睡了。躺在床上听见父亲在问为什么，母亲没有说出真相，还替他打掩护，说是突然有些头疼，躺着休息一会儿。

"是读书读懒了身子。"父亲说着气就来了,"十七八的男人,屁用也没有,去年高考只差三分,复读一年倒蚀了本,今年反而差四分。"

张英才蒙上被子不听,还用手指塞住耳朵。后来母亲进房来,放了一碗鸡蛋在他床前,小声说:"不管怎样,饭还是要吃的,跟别人过不去还可以,跟自己过不去那就太划不来了。"又说:"你也真是的,读了一年也不见长进,哪怕是只差两分,在你爸面前也好交代一些。"

闷了一会儿,张英才出了一身汗。见母亲走了,他连忙撩开被子,下了床,闩上门,趴到桌子上给一位叫姚燕的女同学写信,他写道:我正在看高二上学期,你在班上推荐的那本《小城里的年轻人》,其中那篇《第九个售货亭》写得最好,很多情节就像是发生在我们学校里,那个叫玉洁的姑娘最像你,你和她的心灵一样美。

一张纸才写到一半,张英才就觉得无话可说了,想了好久,才继续写道:我舅舅在乡教育站当站长,他帮忙找了一份很适合我个性的工作,过两天就去报到上班,这个单位人才很多。至于是什么单位,现在不告诉你,等上班后再写信给你,管保你见了信封上的地址一定会大吃一惊。

写完后,他读了一遍,不觉一阵脸发烧,提笔准备将后面这段假话划掉,犹豫半天,还是留下了。回转身他去吃鸡蛋,一边吃一边对自己说:"越是漂亮的女孩子越爱听假话。"鸡蛋吃到一半,张英才想起自己就剩下口袋里那枚帮自己做决定和预测未来的硬币了,到邮电所寄信,还得向父母伸手要钱。他勉强吃了两口,便推开饭碗,倒在床上,盯着屋顶上的亮瓦发呆。

张英才醒来时才发现,自己睡了一夜,连蚊帐都没放下,身上到处是红疹子。他坐起来看到昨夜吃剩下的半碗鸡蛋,觉得肚子饿极了,想起学校报栏上的卫生小知识说过,隔夜的鸡蛋不能吃,就将已挨着碗边的手缩回来。这时,母亲在外面敲门。他懒得去开门,门闩很松,推几次就能推开。

推几下,房门真的开了。母亲进来低声对他说:"舅舅来了,你态度可要放好点,别像待你老子那样。"

母亲扫了几眼那半碗鸡蛋和张英才,叹口气,端起碗三下两下地吃光了。张英才穿好衣服走到堂屋,本想冲着父亲对面的男人客客气气地叫声舅舅,也不知道哪根筋长反了,事到临头却冒出一句:"万站长,你好忙呀!"听起来有点故意寒碜的意思。

万站长说:"英才,我是专门为你的事来的。"

父亲说："蠢货！还不快谢谢。"

万站长说："我给你弄了一个代课的名额。这学期全乡只有两个空额，想代课的有几十个，所以拖到昨天才落实。你抓紧收拾一下，吃了早饭我送你去界岭小学报到。"

张英才耳朵一竖："界岭小学？"

母亲也不相信："全乡那多学校，为什么要去那个大山窝里？"

万站长说："正因为大家都不愿去，所以才缺老师，才需要代课的。"

父亲说："不是还有一个名额么？"

万站长愣了愣："乡中心小学有个空缺，站里研究后，给了细张家寨的蓝飞。"

母亲见父亲脸色变了，忙抢着说："人家蓝小梅守寡养大一个孩子不容易，照顾照顾也是应该的。"

父亲掉过脸冲着母亲说："那你就拿一瓶甲胺磷给我喝了，看谁来同情你？"

万站长不高兴了："是不是有肉吃了就挑肥拣瘦？不干就说个话，我好安排别人，免得影响全乡的教育事业。"

父亲马上软了："当宰相的还想当皇帝呢，是人哪个不想好上加好呢，我们只是说说而已。"

母亲抓住机会说："英才，还不赶快收拾东西去！"

一直没作声的张英才冲着母亲说："收拾个屁！也只有你弟弟想得出来，让你儿子去界岭当民办教师。"

父亲当即去房里拎出一担粪桶，摆在堂屋里，要张英才随粪车到县城去拉粪。张英才瞅着粪桶不作声。

万站长挪了挪椅子，让粪桶离自己远点："你没有城镇户口，刚毕业就能找到代课机会，说好听点是你有运气，说势利点是因为有个当教育站长的亲舅舅。你不吃点苦，我怎么有理由在上面继续帮忙说话呢？"

父亲在一边催促："不愿教书算了，免得老子在家没帮手。"

张英才抬起头来说："爸，你放文明点好吗？舅舅是客人又是领导干部，你敢不敢将粪桶放在村长的座位前面？"

父亲愣了愣，将粪桶提了回去。

母亲去帮张英才收拾行李，堂屋里只剩下舅甥二人。张英才也挪了一下椅子，和万站长离得更近些，贴着耳朵说："我晓得，你昨天先去了细张家寨。"停一停，他接着说："假如我去了那上不巴天、下不接地的地方，你被人撤了职那我怎么办？"

万站长回过神来："大外甥，你不要瞎猜。我都下了几十年象棋，晓得卒子是要往前拱。你先去了再说。我在那儿待了好几年才转为公办教师。那地方是个培养人才的好去处，我一转正就当上了教育站长。还有一件事，那地方群众对老师的感情不一般，别的不说，只要身上沾着粉笔灰的气味，再凶恶的狗，也不会咬你。"

万站长从怀里掏出一副近视眼镜，要张英才戴上。张英才很奇怪，自己又不是近视眼，戴副眼镜不是自找麻烦吗。万站长解释半天，他才明白，舅舅是拿他的所谓高度近视做理由，才让他出来代课的。

万站长说："什么事想办成都得有个理由，没有理由的事，再过硬的关系也难办。理由小不怕，只要能成立就行。"

张英才戴上眼镜后什么也看不清，而且头昏得很，他要取下，万站长不让，说本来准备早几天送来让他戴上适应适应，却耽搁了，所以现在得分秒必争。还说，界岭小学没人戴眼镜，他戴了眼镜去，他们会看重他一些。另外，他戴上眼镜显得老成多了。

张英才站起来走了几步，连叫："不行！不行！"

父母亲不清楚情由，从房里钻出来说："都什么时候了，还在叫不行！"父亲还骂他："你是骆驼托生的，生就个受罪的八字。"

"你除了八字以外什么也不懂。"张英才用手摸摸眼镜，说完便钻进房里，片刻后又夹着那本小说出来，对万站长说："我们走吧！"

2

张英才背着行李出门时，大张家寨的几个年轻人还来劝他别去，说我们这里和界岭比，就像城里和我们这里比。那地方男人都长得像男苕，女人长得像女苕，所以至今出不了一个大学生，连高中生都没几个。又说当民办教师一个月工资才三十五元，塞牙缝都不够。万站长在一旁说，三十五元是教育站发的补助，村里还要发三十五元。还说，自己在界岭当民办教师时，一个月总共才四元钱工资哩！

那些人说的话更难听："别说界岭了，就是我们村里，任何人找村长要钱，比要喝他老婆身上的奶还难。"

张英才不理，他说："人各有志，人各有命嘛！"

父亲听了这句话很高兴，认为儿子长进多了，这一年复读总算没有白读。临到分手时，母亲哭了，父亲不以为然，在一旁数落说："又不是去当兵，哭个什么！"

在路上，张英才一直想这个问题，怎么去当兵的就可以哭，大家不都是抢着去吗？

万站长诚心要请张英才吃点好东西，路上只要见到卖吃食的地方就进去问，卖的都是隔夜的油条。到上山前的最后一家小店仍是这样，万站长将自行车存在店主家，买上十根油条塞进张英才提着的网兜里，又将十只皮蛋塞进了他的挎包里。

山路有二十多里远。路不好走，又戴着很别扭的眼镜，张英才很少顾得上和万站长说话。歇脚时，他问学校的基本情况，万站长要他别急，等会儿一看就清清楚楚。他又问当小学老师要注意些什么。万站长说，听到家长哭穷说是交不起学费装作没听见，看见别的老师踢学生一脚时装作没看见就行。张英才见万站长对这类话不感兴趣，就不再问这些，转而问蓝飞的母亲蓝小梅年轻时长得漂不漂亮。万站长笑了笑说，这种事，男人都会遇到。他问张英才手上玩的是不是硬币。张英才摊开掌心后，万站长将那枚磨得锃亮的硬币拿过来，看也不看，就扔进山沟里。张英才不理解，说这是自己压荷包的钱，怎么可以说扔就扔。万站长说，他知道张英才一直在玩硬币，到了界岭小学，就不能再玩这种将自己的脑子当成猪脑子的游戏了。

之后他们没有再休息，一口气爬上界岭。

一排旧房子前面，一面国旗在山风里飘得很厉害，旧房子里传出一阵读书声，外面的黑板报上写着一行大字：为实现界岭村高考零的突破打下坚实基础！

张英才看着标语，心里觉得怪怪的。

一个中年男人从屋里钻出来，很响亮地叫道："万站长来得真早呀！"

"还不是想赶来吃午饭！"万站长笑着就向张英才介绍："这是余校长。"又向余校长介绍，"这是张英才。"

余校长招呼他们进办公室后，亲自沏了两杯茶端上来。这时，两个年轻一些的男人进来了。经介绍，知道一个是副校长，叫邓有米。另一个是教导主任，叫孙四海。张英才装着擦镜片上的水雾，想将他们观察得清楚些，看了半天，除了觉得他们瘦得很普通外，没有什么特别的印象。

万站长这时喝完茶，抹抹嘴说："也好，全校教师都到齐了，我就先说几句！"

张英才听了吃惊不小，来了半天没见到学生下课休息，他以为教室里还有别的老师呢。万站长说的无非是些新学期要有新起色、新突破之类的套话。万站长一本正经地说得很起劲。张英才听得一点意思也没有。他装作上厕所，走到外面遛了一圈，才发现几间教室里一个老师也没有，他猜不出哪是几年级，三间教室是如何装下六个年级呢？黑板上也辨不出，都是语文课，都是作文、生字和造句等内容。他回去时万站长终于说完了，接下来是余校长说。余校长说了几句，嗓子就沙哑了。

"你嗓子痛就歇着，我来向站长汇报。"

邓有米毫不客气地打开捧在手里的小本子，一五一十地念起来。刚念完入学率和退学率两个数字，万站长就打断了他的话。

"这些报表上都有，说点报表上没有的情况。"

邓有米眼睛一转，就说了几件他如何动员适龄儿童上学的事，还说他垫了几十块钱，给交不起学费的学生买课本。邓有米说了半天，见站长既不往心里记，也不往本子上记，就知趣地打住了。

接下来自然轮到孙四海发言。

等了一阵，孙四海才低低地说了一句："村里已经有九个月没给我们发工资了。"

万站长也不追问，甚至脸上都没有一点异样的变化，平平淡淡地要余校长领他到教室去看看。到了第一间教室，余校长说这是五六年级，张英才看到大部分学生都没有课本，手里拿的是一本油印小册子。

万站长说："这些油印课本又是你老余的杰作吧？"

余校长说："我这手再也刻不动钢板了，是他们自己刻的。"

张英才看见万站长抓着余校长那双大骨节的手轻轻叹了口气。第二间教室是三四年级，是孙四海带的，学生们用的却是清一色新课本。一问，学生们都说是孙老师帮他们买的。再一问，孙四海却说这是学生们自己的劳动所得。万站长想追问，余校长连忙将话岔开了，要他们去看看一二年级。无疑，这个班是邓有米带的，所以，一进教室，他就接上刚才汇报时的话题，指着一个个学生说自己动员他们入学的艰难。

正说着，万站长忽然打断他的话问："今年招了多少新生？"

邓有米说："四十二个。"

万站长说："你数数看，怎么只有二十四个。"

邓有米说："别人都请假了。"

万站长说："连桌子椅子也请假了？老余，马上要搞施行《义务教育法》检查，不要到时弄得你我都过不了关哟！"

邓有米红着脸不说话。余校长一边连连点头。孙四海嘴角挂着一丝冷笑。张英才把这些全看在眼里，回头整理自己的屋子时，趁机问万站长，这三人之间是不是面和心不和。万站长要他少管这些闲事，并记住阶级矛盾和民族矛盾的关系。万站长说，在这儿他和他们算不上是一个民族的，他是外来人，他们会将他看成是一个侵略者。张英才对这话似懂非懂。

房间的壁上挂着一只扁长的木匣子。张英才取下来打开后，看见里面是一张琴，他没见过这种琴，一排按键写着1234567，底下是几根金属弦，他用手指拨了一下，声音有些沙哑，像余校长的嗓门。

张英才问："这是什么琴？"

万站长看也不看，一边挂蚊帐一边说："那上面写着字呢！"

他摘下眼镜细看，果然琴盖上印着"凤凰琴"三个字，还有一排小字：中华人民共和国北京市东风民族乐器厂制造。房间收拾好后，张英才将那本《小城里的年轻人》拿出来，端端正正地摆在床头边。

正好余校长来了，他看了看书说："这个作者我认识，他以前也是民办教师，我和他一起开过会。他幸亏改了行，不然，恐怕和我现在差不多。"

张英才正想问点什么，万站长说："老余，你这不是泼冷水吗？"

余校长忙说："我还敢摆弄冷水？我这身风湿病再弄冷水，恐怕连头发都要生出大骨节来。"

这时，学校放学了。张英才后来才熟悉学校的规矩，因为学生住得太分散，来得晚，走得早，所以一天只有两节课，上午一节，下午一节。一些学生往山坳里跑，一些学生往山顶上跑。张英才不明白，邓有米告诉他，上下都是去采蘑菇，扯野草。

转了一圈就到了吃午饭时间。余校长冲着野地喊了几声，学生们回来后，将野草和蘑菇分别放进余校长家的猪栏和厨房里。张英才看得纳闷，这不是剥削学生欺压少年么？正想着，余校长起身离座走进厨房。听动静，像是在里面给学生打饭，果然就有许多学生端着饭碗从里面走出来，到另一间屋子里去了，跟着余校长双手捧着一盆菜出来。万站长开口叫："老余，你等一等。"他转身叫张英才将那些油条拿来，交给老余，再分给学生。张英才看见学生们小心翼翼地品尝着分到手的一点油条，心里有些不好受。

万站长问余校长，哪个孩子是他自己的。

余校长指了其中一个男孩，张英才马上想到电视里的非洲饥民。

"这就是余志呀，比我上次来时又瘦了许多，你要是不说，我哪里敢认。"万站长尝了尝学生们的菜后，脸色阴冷地说："老余，你妻子已拖垮了，再拖几年恐怕全家都得垮。"

余校长叹气说："当民办教师的，什么本钱都没有，就是不缺良心和感情。这么多孩子，不读书怎么行呢？拖个十年八载，未必经济情况还不会好起来！到那时再享福吧！"

张英才听了半天终于明白，学校里有二三十个学生离家太远，不能回家吃中午饭，其中还有十几个学生，夜晚也不能回家，全都寄宿在余校长家。家长隔三差五来一趟，送些鲜菜咸菜来，也有种了油菜的，每年五六月份，用空酒瓶装一瓶菜油送来。再就是柴和米，这是每个学生都少不了要带来的。

吃罢饭，万站长要进房里去看看余校长的妻子。

余校长拦住他，坚决不让进门。拉扯一阵，动静大了，惊动了里面的人。

"领导的好意我领了，请领导别进来。"

万站长只好在门外大声说了些问候的话，却没有一句可以具体落实的。之后，余校长就劝万站长下山，不然赶不上太阳，天黑之后，山路就更难走了。

"是该走，你们都陪着我，都不去上课，学生们都放了鸭子。"万站长停了停又说，"我这外甥初出茅庐，帮他成长的事，我就托给三位了。"

邓有米抢在余校长前面说："已研究过了，高低都不就，就中间，让他跟孙主任两个月，然后接孙主任的班，孙主任再接余校长的班，余校长腾出来抓全盘工作和全村的扫盲工作。"

万站长第一次笑了。

邓有米立即见缝插针地问事："万站长，今年还有没有民办教师转正的名额？"

张英才听得心里一愣。余校长和孙四海的耳朵也竖起来等回音。

万站长想也不想，坚决地回答："没有！"

大家听了很失望，连张英才也有点失望。

万站长走远了。张英才忽然感到孤单。

旁边的邓有米忽然说："快去，你舅舅在招呼你呢！"

一看万站长在招手，他连忙跑过去，到了近处，万站长才小声说："忘了一件事，他们要问你这眼镜是几多度，你就说是四百度。"

张英才不以为地说："还以为你有什么锦囊妙计哩！"

万站长没理，这一次他真的走了。

剩下四个人时，邓有米果然问张英才的近视眼镜有多少度。他不好意思说，但还是按万站长吩咐的说了。孙四海拿过去试了试，然后说："不错，是四百度。"张英才见遇上了真近视，不由得有些后怕，同时佩服万站长想得真周到，这样的人，犯了错误也不会让别人察觉。

3

下午仍然只有一节课，张英才陪着孙四海站了两个多小时。孙四海怎么样讲课他一点也没印象，他一直在琢磨六个年级分成三个班，这课怎么上。中间孙四海扔下粉笔去上厕所，他趁机跟上去问这事，孙四海说，我们这学校是两年招一次新生。返回时，教室里多了一头猪。张英才去撵，学生们一起叫起来："这是余校长养的猪，它就喜欢吃粉笔灰。"孙四海在门口往里走着说，别理它就是。往下去，张英才更无法专心，他看看猪，看看学生，心里很有些悲凉。

山太大，天也黑得早，看似黄昏，实际上才四点左右。放学后，留在余校长家住宿的十几个学生，在那个叫叶萌的男孩带领下，参差不齐地往旁边的一个山坳走去。眼里没有学生，只有猪，张英才感到很空虚。他取下那只凤凰琴，拧下钢笔帽，左手拿着它拨动琴弦，右手去按那些键，试着弹了一句曲子，不算好听，过得去而已，弹了几下，就没兴趣了。他歇下来后，忽地一愣：怎么音乐还在响？再听，才明白是笛子声。张英才趴到窗口，见孙四海和邓有米一左一右靠在旗杆上，各自横握一根竹笛，正在使劲吹奏。

山下升起了云雾，顺着一道道峡谷，冉冉地舒卷成一个个云团，背阳的山坡上铺满阴森的绿，早熟的稻田透着一层浅黄，一群黑山羊在云团中出没，有红色的书包跳跃其中，极似潇潇春雨中的灿烂桃花。太阳正在无可奈何地下落，黄昏的第一阵山风就掩盖了它的光泽，变得如同一只被玩得有些旧的绣球。远远的大山就是一只狮子。这是竖着看，横着看，则是一条龙的模样。

笛子吹出的曲调有些耳熟，听下去才知道是那首《我们的生活充满阳光》，之所以没有一下子听明白，是因为节奏慢了一半。两支笛子，一个声音高亢，一个声音低回，缓慢地将那首欢快的歌曲吹出许多悲凉。张英才跟着哼一句，那种节奏，需要好久才能将"幸福的花儿"这一句哼完整。

张英才走到旗杆下："这个曲子要欢快些才好听。"

孙四海和邓有米没理他。张英才就在一旁用巴掌打着节拍纠正，可是没用。张英才惆怅起来，禁不住思索一个问题：能望见这杆旗的地方，会不会听见这笛声？他一边想，一边打量眼前这根用两棵松树捆绑着连接而成的旗杆。

忽然间，哨声响起来。余校长叼着一只哨子，走到旗杆下，在余校长家留宿的十几个学生迅速从山坳里跑回来，在旗杆面前站成整齐的一排。余校长望望太阳，喊了声立正稍息，便走过去将领头的叶萌身上的破褂子用手整理一下。那褂子肩上有个大洞，余校长扯了几下也无法将周围的布扯拢来，遮住那露出来的一块黑瘦的肩头。张英才站在这支小小的队伍后面，他看到一溜干瘦的小腿都没有穿鞋。余校长试了几下，见旁边还有几个破褂子的学生在盯着自己看，便作罢了。

这时，太阳已经挨着山了。

余校长一声厉喊："立正——奏——国歌——降——国旗！"在两支笛子吹出的国歌声中，余校长拉动旗杆上的绳子，国旗徐徐落下后，学生们拥着余校长、捧着国旗向余校长的家走去。

这一幕让张英才着实吃了一惊。一转眼想起读中学时，升国旗的那种场面，又觉得有点滑稽可笑。

邓有米走过来问他："晚上有地方吃饭没有？"

张英才答："这两天我先在余校长家搭伙。"

邓有米说："你是想回到旧社会么？走，上我家去吃一餐，要是吃得习惯，以后干脆咱们搭伙算了。"

张英才推辞再三，见推不脱就同意了。

路不远，顺着山坡往下走，一会儿就到了。

邓有米的妻子叫成菊，长得很敦实，左边生了个疤瘌眼。见张英才老是看她，邓有米就说："她本是个丹凤眼，前年冬天我送路队回来晚了，她来接我，半路上被狼舔了一下，就落下残疾。"

张英才暗暗叫声苦，嘴上却说："这地方有狼？"

邓有米说："大家都这样说。也许是野狗吧！"

张英才说："野狗只会咬人腿，不会咬到人头上去呀？"

邓有米想迁就张英才："那就当它是狼吧！"

张英才说："小时候听说，狼会从后面用一只爪子拍人的肩膀。一般的人都会下意识地回头看一看，狼正好一口咬住人的脖子。"

邓有米说："山太大了，什么怪事都有可能发生。"

张英才说："这么苦的事，我舅舅他们了解么？"

邓有米说："都是余校长嘴严言辞短，什么苦都兜着不说出去，从不跟上面汇报，还说万站长在这儿待了十年，他还不晓得这儿的底细？不说人家心里会记着，说多了人家反而会讨厌。"

张英才说："我舅舅是常挂惦着你们，所以才特地放我来这儿锻炼的。"

邓有米说："你锻炼一阵就可以走，我是土生土长的，哪怕是转了正，也离不开这儿。"说着，他忽然一转话题，"万站长一定和你交了底，什么时候有转正的指标下来？"

张英才说："他什么也没说，他是个老左，正经得很。"

成菊插嘴说："疼外甥，疼脚跟，舅甥中间总隔着一层东西。"

邓有米瞪了一眼："你懂个屁，快把饭菜做好端上来。"又说，"我的年龄、教龄和表现都达到转正要求的好几倍，就等你舅舅开恩了。"

这时，成菊将一碗上面平摊着两块腊肉的挂面端到张英才面前。

邓有米说："不是让你上酒吗？"

成菊说："太晚了，来不及，反正又不是来了就走，长着呢，只要张老师不嫌，改日我再弄一桌酒。"

邓有米说："也罢，看在张老师的面上，不整你了。"

张英才听出这是一台戏，在家时，来了客，父亲和母亲也常这样演出。中午在余校长家没有吃好，张英才饿极了，一会儿就将碗里东西全吃光了。山上的夏天，同山下一样，有点活动就会热得满头大汗；不一样的是，只要停下来，用不着擦拭，再多的汗也会马上被凉风吹干。张英才稍不注意就打了几个喷嚏，他怕惹上感冒，就起身告辞，要回去赶紧洗个热水澡。

路上，拿上手电筒送他的邓有米，忽然介绍起孙四海的情况。他说孙四海打着勤工俭学的幌子，让学生每天上学放学在路边采些草药，譬如金银花什么的，交到一个叫王小兰的女人家里，积成堆后再拿去卖。孙四海不肯结婚，就是因为刚来界岭小学，就和王小兰成了情人。那王小兰的丈夫结婚不久就瘫在床上，什么事也做不了，一切全靠孙四海。邓有米最后说，若是哪天夜里听到笛子响了起来，那准是王小兰在他那里睡过觉，刚走。

要是没有后面这句话，张英才一定会讨厌孙四海。有后面这句话，张英才觉得孙四海活像他那本小说里的年轻人，浪漫得像个诗人。有一句话，他掂量了一番后才说："邓校长，我舅舅最不喜欢别人打小报告，这是降低了他的人格。"邓有米听了他编造的这句话，就不再说孙四海了，回头说自己有哪些缺点。这时他们已走到了学校的操场边，张英才就叫邓有米回去。

张英才回到屋里点上灯，拿起小说看了几行，那些字都不往脑子里去。只好放下书，拿起凤凰琴，将《我们的生活充满阳光》弹了一遍，有几个音记不准，试了几次。到弹第五遍时，才弹出点味道，山空夜寂，仿佛世外，自己弹，自己听，挺能抒情。上山来半天了，随着心情的放松，他发现琴盒上写着一行字：赠别明爱芬同事并存念。

这时，余校长在外面敲门。

张英才打开门问："有事吗？"

余校长欲言又止地支吾一句："山上凉，多穿件衣服。"

张英才说："我正想过去问你，琴盒上写着的明爱芬是谁？"

余校长等一会儿才回答："就是我妻子。"

张英才说："没问过就用她的琴，她会生气么？"

余校长冷冷地说："你就用着吧，这东西对她是多余的。她若是能生气就好了。她不生气，她只想寻死，早死早托生。"

张英才被这话吓了一跳。

余校长不明不白地离开后，张英才想再给姚燕写封信，然而，思来想去，总也拿不定主意，如何将自己的地址告诉姚燕。

半夜里，低沉而悠长的笛子忽然吹响了。张英才从床上爬起来，站到门口。孙四海的窗户上没有亮，只有两颗黑闪闪的东西。他把这当成孙四海的眼睛。笛子吹的还是《我们的生活充满阳光》，吹得如泣如诉，凄婉极了，很和谐地同拂过山坡的夜风一起，飘飘荡荡地走得很远。

夜里没有做梦，睡得正香时，忽然听到笛声，吹的又是国歌。

张英才睁开眼，见天色已亮，赶忙起床，披上衣服走到门外。操场上正在举行升旗仪式，余校长站在最前面，一把一把地扯着从旗杆上垂下来的绳子。余校长身后是用笛子吹奏国歌的邓有米和孙四海，再往后是昨晚住在余校长家的那些学生。九月的山里，晨风又大又凉，这支小小队伍中，多数孩子只穿着背心短裤，黑瘦的小腿在风里簌簌抖动。大约是冷的缘故，孩子们唱国歌时格外用力。最用力的是余校长的儿子余志。国旗和太阳一道，从余校长的手臂上冉冉升起来后，孩子们才就地解散。

张英才走过去，问余校长："怎么昨天没人提醒我？"

余校长说："这事是大家自愿的。"

张英才又问："孩子们也愿意起这么早？"

余校长说："开始不愿意，教了一阵就愿意了。"

余校长忽然伤感起来，他指着正在操场上跑来跑去的孩子："又少了一个爱读书的学生。昨天他还在这儿。夜里有人捎来口信，他父亲在外面挖煤，出事故死了。家里就剩下他一个男人，他不回去顶大梁，日子就没法过了。他才十二岁呀！听到父亲的死讯，只红了红眼圈，硬是犟着没有哭出来，收拾书包时一点方寸也没乱，就连借别人的橡皮擦都晓得还。我怕他难过，谁知分手时反而是他来劝我，说自己会抽空读书，将来若是出息，一定要回学校给老师们磕头谢恩。还说，他家那儿望得见这面红旗，每天早晨他会在家里一边想着老师和同学，一边唱国歌。只要能唱歌，他就什么也不怕。"

余校长用大骨节的手揉着眼窝。

孙四海在一旁说："就是领头的那个大孩子，叫叶萌，是五年级最聪明的一个。"

张英才明白这是说给自己听的。他很感动地说："余校长，这些事你应该通过万站长向上面反映，让县里或者省城出面关心一下这些孩子。"

"这山大得很咧，许多人连饭都吃不饱，哪能顾到教育上来哟。"余校长说，"听说国家在搞科技扶贫，这样就好，搞科技就要先抓教育。孩子们就有希望了。"

邓有米插嘴说："还希望我们几个都能早点转正。"

张英才的情绪被这句话破坏了。

4

张英才拿上洗漱用品，走到学校旁边的一条小溪，掬了一捧水润润嘴，将牙刷搁到牙床上带劲地来回扯动。忽然感觉身边有人，一看是孙四海。孙四海提着一只小木桶来汲水，舀满后并不急着走。

孙四海说："你不该动那凤凰琴。"

张英才没听清："你说什么？"

孙四海又说了一遍："我们是从不碰凤凰琴的。"

张英才想再问，忙用水漱去嘴里的白沫。孙四海却走了。

早饭仍然在余校长家吃。说是早饭，也就是将昨夜的剩饭加上青菜一起煮，再放点盐和辣椒压味。没有菜，有的学生自己伸手到腌菜缸里捞起一根白菜，拿在手里嚼着。另外一个学生再伸手时，捞了几下也没捞着，缸太大，他人小够不着缸底，就生气，说先前的学生多吃多占，他要告诉余校长。张英才站在他们中间勉强吃了几口，就走了出来，回到房间摸出两个皮蛋，揣在口袋里，又到溪边去。他倒掉碗里那些猪食一样的东西，刷干净后，坐在水边的青石上剥起皮蛋来。一边剥一边哼着一首歌，刚唱到"路边的野花你不要采"，一只影子落在他的脸上。

张英才吃了一惊，冲着走到近处的孙四海大声说："你这个人是怎么了，阴阳怪气的，像个没骨头的阴魂。"

见滚落到溪水中的是只皮蛋，孙四海也不客气地道："我也太自作多情了，见你吃不惯余校长家的伙食，就留了几个红薯给你，没料到你自己备有山珍海味。"

孙四海把手中的红薯往地上一扔，拔腿就走。

张英才捡起红薯，来到孙四海的门口，大口大口地吃给他看。孙四海见了不说话，只顾埋头劈柴。红薯吃光了，张英才只好去开教室的门。

孙四海在背后叫："张老师，今天的课由你讲。"

张英才毫不谦虚："我讲就我讲。"连头也没有回。

山里的孩子老实，很少提问。孙四海从头到尾都没来打照面。张英才也一点不觉得慌张。上了讲台，先教生字生词，再朗读课文三五遍，然后划分段落，理解段落大意，课文中心思想，最后是用词造句或模拟课文做一篇作文。上学时，老师教他们的那一套，他记得。余校长在窗外转过几回，邓有米装作来借粉笔，进了一趟教室，离开时还小声说："张老师真是得了万站长真传。"

放学后，张英才看到孙四海一身泥土，从后山上下来，钻到屋里烧火做饭。他也尾随着进了屋。

见孙四海还是不理不睬，他讪讪地说："孙主任，我来你这儿搭伙，行吗？"

孙四海冷冷地说："我不想拍谁的马屁，也不愿别人说我在拍谁的马屁。你也没必要和人搭伙，在自己屋里搭座灶就成。"

张英才说："我不会搭灶。"

孙四海说："想搭灶？我和五年级的叶碧秋说一下，她父亲是个砌匠，可以随叫随到。"

张英才说："这不合适吧？"

孙四海说："要是你自己动手做，那才真不合适，家长晓得了会认为你瞧不起他。"

说着话旁边来了一个女孩。女孩长得眉清目秀，挺招人喜爱，身上衣服虽然也补过，看起来却像天然的。女孩笑一笑，径直到灶后帮忙烧火。

张英才问："这是谁的女儿？"

孙四海答："她叫李子，她妈妈就是王小兰。"

由于听邓有米说过孙四海与王小兰的事，见孙四海这么直爽，张英才反倒不好意思起来。他转过话题说："灶没搭起来，我就在你这儿吃，你撵不走我的。"

孙四海怪自己主意出坏了，说："让你抓住把柄了。先说定，灶一做好就分开。"

张英才连忙点点头，孙四海正在切菜，吩咐李子给锅里添一把米。

吃饭时，孙四海和李子坐在一边，张英才越看越觉得两人长得极像。他记起五年级的学习栏里，有篇被当成范文的作文好像是李子写的，便端着饭碗走过去，一看果然没错，作文题目叫《我的好妈妈》。

李子写道：

妈妈每天都要将同学们交到我家的草药洗净晒干，再分类放好。凑成一担，妈妈就挑到山下收购部去卖。这是孙老师与妈妈商量好的，用同学们交的草药，换每年要用的新书。山路很不好走，妈妈回家时身上经常是这儿一块血迹，那儿一道伤痕。今年天气不好，草药霉烂了不少，收购部的人不是扣秤，就是压价，新学期要到了，仍没凑够给班上同学买书的钱，妈妈后来将给爸爸备的一副棺材卖了，才凑齐钱，交给孙老师去给同学们买书。妈妈的心很苦，她总怕我大了以后会恨她，我多次向她保证，可她总是摇头，不相信我的话。所以，我每天都在下决心，为了不让妈妈将来还要受苦，我一定要好好读书，为将来报答妈妈打下良好基础。

张英才看完后，没有回到孙四海的屋里，孙四海喊他送碗去洗，他才从自己屋里出来，碗里盛着剩下的八只皮蛋。他要李子放学后将皮蛋带回去交给妈妈，并转告说有个新来的张老师问她好！李子不肯接。孙四海在一旁开口，让她拿着。李子说自己代妈妈谢谢张老师时，张英才忍不住用手在她的额上抚摸了几下。

下午是数学课。张英才先不上数学，他将李子的作文抄在黑板上，自己大声朗诵一遍，又叫学生们齐声朗读十遍。意思是让低年级同学看到高年级同学的学习精神。学校教室破旧了，窟窿多，不隔音。上午上语文，下午上数学，这是全校统一安排的，目的是避免读语文时的吵闹声，干扰上数学课所需要的安静。三年级的大声读书声，搅得别的年级不得安宁。邓有米跑过来，想说话，看到黑板上抄的作文，就一声不吭地回去了。余校长没进教室，就在外面转了两趟，也没说什么。

放学后，笛声又响了起来。老曲子，《我们的生活充满阳光》。张英才站在一旁用脚打着拍子，还是压不住那节奏，那旋律慢得别扭，他不明白，两位私下较劲的老师，只要是吹笛子，就会配合得天衣无缝！后来，他干脆就着这旋律朗诵起李子的作文来。他的普通话很好，在这样的傍晚里又特别来情绪，让孙四海的眼睛完全潮湿了。

举行完降旗仪式，张英才拦住邓有米问："邓校长，李子的这篇作文你认为写得怎么样？"

邓有米眨着眼睛回答："首先是朗诵得好。作文嘛，孙老师是教导主任，你说呢？"

孙四海一点不回避："一个字：好！"

邓有米逼问一句："好在哪里？"

孙四海答："有真情实感。"

余校长这时走过来打圆场："孙主任，你窖茯苓的那块山地的排水沟还是不行，雨大一点就有危险，会将香木冲出来。"

孙四海说："山地底下太硬了，挖不动，我打算叫几个学生家长来帮帮忙。"

余校长说："也好，我那块地的红薯长得不好，干脆提前挖了，让学生们尝个新鲜。家长们来后，叫他们顺便把这事做了。邓校长，你家有什么事没有？免得再叫家长来第二次。"

邓有米说："我说过，我们又不是旧社会教私塾的先生——"

孙四海不等他说完，扭头就走，还将笛子里面的口水狠狠地甩得老高。

李子回家去了。她家离学校不远，没有在余校长家住宿。张英才蹲在灶后烧火，几次想和孙四海说话，但见他满脸的沉重就忍住了。直到吃饭时，两人都没开口。一顿饭快吃完了，油灯火舌跳了几下。余校长的儿子余志钻进门来。

"孙主任、张老师，我妈头痛得要死，我爸问你们有止痛药没有，想借几粒。"

孙四海说："我没有。"

张英才忙说："余志，我有，我给你拿去。"

回到屋里，他将预防万一的一小瓶止痛药，全给了余志。

夜里，张英才无事可干，又摆弄起凤凰琴。偶然地，他觉得有些异样，琴盒上写的"赠别明爱芬同志并存念"，与"一九八一年八月"这两排字之间，有几个什么字被别人刮去了，一点墨迹也没剩，只留下一片刀痕。

外面的月亮很好，他把凤凰琴搬到月亮地里，试着弹了几下。月光昏昏的，看不见琴键上的音阶，弹出来的声音有些乱七八糟。他索性就用钢笔帽猛地拨动琴弦，发出一阵阵刺耳的和声。

忽然间，有女人在余校长屋里发出一声尖叫。

那些在余校长家寄宿的学生惊慌失措地闹起来。

张英才快步过去，见大门闩得死死的，敲不开，他就叫："余校长！余校长！有事吗？要人帮忙吗？"

余校长在屋里答："没事，你去睡吧！"

张英才趴在门缝上，听到余校长的妻子在低声抽泣着，那情形倒是安静下来了。他绕到屋后，隔着窗户对屋里的学生们说："别害怕，我是张老师，在替你们把守窗户呢！"刚说完，山坡上就亮起了两对绿色的小灯笼。他咬紧牙关忍着没有惊叫，脚下一点不敢迟疑，飞快地跑回自己屋里。

进屋了，他才记起，慌乱之中将凤凰琴忘在外面。

张英才不敢开门出去。好在一看就明白凤凰琴不是高级乐器，露一夜也不要紧。

之后张英才就开始捉蚊子，准备睡觉。山上的蚊子多，虽然先前用蒲扇将蚊帐里的蚊子往外扇过，还是有不少漏网的。张英才端着煤油灯，用灯罩上方的热气去灼烤躲在蚊帐四角的蚊子。被灼烤到的蚊子，穿过灯头上的火舌，掉在灯罩与灯头的结合处，等到张英才再也找不到蚊子时，那一带已被蚊子的残骸堆满了。张英才将煤油灯灯捻往回拧到最小的位置，然后放回到桌面。一阵风从窗口吹进来，手臂凉丝丝的。他想父母这时一定还在乘凉，大山窝里就只有这点好处，再热的天也热不着。

也许是不习惯没有电灯，张英才虽然困，却睡不稳。迷糊中，听到窗口有动静，睁开眼睛，正好看到一只枯瘦的白手，正在窗前的桌子上摇晃，像是小时候听大人讲的故事里鬼怪要抓人魂魄的样子。

张英才身上的汗毛一下子竖起几寸高，枕边什么东西也没有，只有那本平时连折一只角都舍不得的小说，他抓起来就朝那只手砸去。有蚊帐挡着，根本砸不到那只枯白的手，只是将它吓得哆嗦了一下。

"张老师别怕，我是老余呀。见你灯没熄，想帮你吹熄。睡着了点灯，浪费油，又怕引起火灾。学生们交点学杂费不容易呀！"

一听是余校长，张英才就没好气了："这大年纪了，还鬼鬼祟祟的，叫我一声不就行了！"

余校长理屈地回应道："我怕耽误了你的瞌睡。"

余校长走后，张英才刚寻到旧梦，没想到他又在窗前闹起来，叫得有些急："张老师，赶快起来帮我一把。"

张英才烦躁地说："你家水井起火了还是怎么的？"

余校长说："不是的，余志他妈不行了，我一个人动不了手。"

张英才一听，赶忙爬起来，跟着余校长进了他妻子的房。前脚还没往里迈，后脚就想往后撤。明爱芬光着半个上身，直挺挺地躺在床上。

余校长说："张老师，实在无法，就委屈你一回！"

张英才看看无可奈何了，只有进去。

明爱芬的鼻子里只有出气没有进气，脸色憋得像只紫茄子。余校长断定有东西憋在喉咙里，说她以前就吞过瓦片、石子和小砖头等东西。

张英才表情愣愣的，心里在想，这女人真命贱，想寻死都想到这种分上了。转过来又想，这女人真命大，换了别人，早就将自己弄死了。

余校长和他商量了一下，决定一个人扶着明爱芬，另一个人用手拍她的背，看看能不能让她吐出什么东西来。明爱芬大小便失禁，平时擦洗得还算干净，经过如此闹腾，早已脏得出奇。余校长习惯了，就上去扶，露出后背，让张英才拍。张英才不敢用力，拍了几下没效果。余校长就叫他在床沿上练练。张英才连连拍几下，余校长都不满意，要他再加一倍以上的力气，同时在心里将明爱芬当成杀父的仇人或者夺妻的情敌。张英才没有这两种体会，但他想起了蓝飞，若不是横里冒出蓝飞，自己如何会到这种鬼地方哩！他一横心，要朝抢了好去处的蓝飞下黑手，一掌击下去，整张床都晃动了。

余校长说："对了。非要这样才能拍出来。"

张英才扬起手臂，看准明爱芬的后背，闭上眼睛，猛地拍下去。只见明爱芬的脖子一下子梗得老长，哇地吐出一只小瓶子。张英才认出来，正是天黑时，余志去借药，自己拿给他的那一只。

明爱芬本来就奄奄一息，经过如此长时间的折腾，稍稍喘了两口气便睡过去了。她喉咙一咕咬，还说了句梦话："哪怕我死了，也要到阎王那里去转正。"

出了明爱芬的屋子，余校长进到男生睡觉的屋子，将余志拉到堂屋，打了几巴掌，骂他死不开窍，又将不该给的东西给了明爱芬。余校长的样子很凶，下手却不重。余志认了错，余校长就将他送回去，并对几个被吵醒的学生说："没事，明老师又闹病了，大家安心睡吧，明天还要起早升国旗呢！"

一场虚惊之后，他俩站在月亮下说了一会儿话。

余校长向张英才解释，他家过去发生这类事，从不请别人帮忙，这两年身体越来越虚，从前一只手就能做的事，现在用两只手还不一定管用，不得已才上门请他帮忙。张英才很奇怪，怎么过去不叫孙四海帮一帮。余校长说，只要孙四海的门是关着的，自己就不去打扰，怕碰见不方便的事。说完这话，余校长又赶紧声明，孙四海是少有的好人。张英才请他放心，孙四海的事自己任谁也不告诉。张英才又追问邓有米为人怎么样，余校长表态说，邓有米和孙四海只是性格不同，其实都是一个顶一个的好人。

张英才说："你果真是和事佬一个。"

余校长有些紧张："是不是万站长告诉你的？"

张英才供出邓有米。余校长听了反而高兴起来。

"我怕他会对我有更大的意见哩！"

张英才趁机问："那只凤凰琴是谁送给明老师的？"

余校长叹了一声："我也想查出来，可明老师她死也不肯说。"

张英才不信："你俩一直以学校为家，怎么也不清楚呢？"

余校长说："我比她来得晚，最早是她和万站长两个。之前，我在部队当兵。"

张英才有些相信。分手后，他到操场上将凤凰琴拿回屋里，才发现，几根琴弦都被人剪断了。张英才觉得太不可思议了，好好一只琴，又没有妨碍谁，为何要将它弄成废物？

5

天刚亮，就有人来敲门。

张英才以为是余校长叫他起来升国旗，开开门，门口站着满脸羞红的叶碧秋。

叶碧秋说："张老师，我爸来了。"

他这才看见旁边站着一个模样很沧桑的男人。

叶碧秋的父亲恭敬地说："张老师，我来打扰了。"

张英才忙说："剥削你的劳动力，真不好意思。"

叶碧秋的父亲说："要是叶碧秋的外公还活着就好了，连灶都不用搭，直接给学校派个炊事员。"

张英才奇怪叶碧秋的外公怎么这样厉害，问了几句才明白，原来叶碧秋的外公是界岭的老村长，这所学校就是他力排众议建成的。

叶碧秋的父亲说："老岳父生前最爱对我说，烂泥巴搭个灶，最多只能用十年八载。老师教学生认识的每一个字，都能受用世世代代。"

张英才不解："能用一辈子就不错了，哪能世世代代？"

叶碧秋的父亲说："譬如叶碧秋，过几年，给她找个婆家，结婚生孩子后，就可以传到下一代。国家的政策再好，期限一过，就没用了。认识的字，是不会过期的。叶碧秋的外公生前最爱说这句话。所以，就连叶碧秋的妈，也被他逼着认字。说来让人心酸，若是不对你说这些，哪天见到她拿着书的样子，还以为她真的是在读书。其实，她是个女苕，以为父亲还活着，害怕不让她吃饭，拿着书做样子。"

张英才听了心里一动："叶碧秋聪明，婚姻的事别处理早了，让她多发展几年。"

叶碧秋的父亲说："当然，上面有号召，都要计划生育。"

叶碧秋的父亲放下工具，也不歇，在地上画了一个圈，就开始搭起灶来。他本来在别处帮人家盖房子，叶碧秋回家一说，就将人家的事延后半天，先赶到这儿来。叶碧秋父亲的泥水活儿做得很好，当孙四海和邓有米又在用笛子吹奏国歌时，灶已搭到齐腰高。

张英才忽然想起自己还没有准备锅，他刚刚着急地"啊"了一声，叶碧秋的父亲说，若是没有铁锅，他正好带了一口来。张英才很佩服，这位砌匠能将分内分外的事情考虑得如此仔细。叶碧秋的父亲如实说，干这一行，本不用管主人家的事，是叶碧秋说，张老师只知道搭灶，不知道买锅。他就顺便买了一口锅，带到学校里来。说着话时，叶碧秋已从升旗队伍中跑出来，将放在门口的铁锅拎进来。

叶碧秋进门时，正好听到父亲在同张英才说："我这个女儿，虽然爱读书，却没有读书的命。她像她小姨，将来做媳妇，一定很会体贴丈夫。"

张英才若是没有笑，也许还没事。张英才轻轻地笑了一声，让叶碧秋羞得差点将手里的大铁锅扔在地上。幸亏张英才站的位置好，手接得也快，铁锅没有摔坏，只是将张英才的手臂划出一道血痕。

叶碧秋的父亲想用墙上陈年尘土给张英才止血。

叶碧秋红着脸拦着他说："张老师不用这些，张老师用创可贴。"

叶碧秋的父亲像是明白了什么，等叶碧秋去了教室，才盯着张英才用创可贴贴过的手臂，没头没脑地说："十三四岁的女孩子就晓得长心思了！"

上第二节课时，叶碧秋的父亲就将灶搭好了。他试了几把火，才放心离去。

试烧的柴火还没熄灭，张英才的父亲就出现了。

父亲给他带来了一封信和一瓶猪油，还有一瓶腌菜。

他对父亲说："正愁没有油炒菜，你就送来了及时雨。"

父亲说："我以为学校有食堂，没想到还得自己做饭自己吃。"

张英才听父亲说，是替他搭灶的叶砌匠托人捎信让他来一趟，心里不免有些吃惊。他知道这一定又是叶碧秋做的。他有些不敢相信，叶碧秋会替自己将这些事情都安排妥当。

张英才不去想这些，他问："妈的身体好么？"

父亲说："她呀，再过四十年，也没有生命危险。"

张英才见父亲说了一句很文气的话，就说："爸，没想到你的文化水平也提高了。"

父亲说："儿子能为人师表，老子可不能往你脸上抹粪。"

张英才嫌父亲后一句话说得太没水平了，就去拆信看。

那封信果然是姚燕写来的。三页信纸读了半天才读完。前面都是些废话，如同窗三载、手足情长等等；关键是后面一句话，姚燕说，毕业以后，除了他以外，她没有给任何男同学回过信。虽然这话的后面就是此致敬礼，张英才仍读出许多情怀来。姚燕会画画，去年高考时，与张英才分在同一考场。张英才落选后不得不参加复读，姚燕却被外地一所艺术专科学校录取了。张英才将老远跑来看他的父亲丢在一旁，趴到桌子上赶紧写回信，说自己现在是第二次给女同学写信，但第一次给女同学写信也是写给她的，将来第三、第四、第五、第六、第七、第八等等，所有写给女同学的信，收信人都会是姚燕。

因为是第一次来校，余校长非要张英才的父亲上他家吃饭。

吃了饭出来，父亲直叹息余校长人好，自己的家庭负担这么重，还养着十几个学生，他说："你舅舅的站长要是让我当，我就将余校长转成公办教师。"

张英才说："你莫瞎表态，舅舅那小官能屙出三尺高的尿？就算真有这个权力，只怕你会先考虑我这个当儿子的。"

说话时，有人喊余校长，要他到下面村里去领工资。

余校长拉上张英才做伴。到了村里才搞清，教育站的黄会计碰上了抢劫的。黄会计因为家里有事，将发工资的时间拖后了几天。界岭小学是他的最后一站，黄会计从望天小学那边翻越两道大山直接过来，想不到偶尔为之，也会碰到抢劫的。为了逃命，黄会计将力气都用光了，明明学校就在眼前，一步也走不动。黄会计不知是解嘲，还是真的这样做了。他说，最危险的时候，他急中生智，一边跑，一边告诉追杀他的人，其他学校老师的工资都发出去了，他身上的钱，只剩下一百多元。这不是假话，因为界岭小学全是民办教师，每个人只有三十五元补助金。黄会计这样一喊，抢劫的人就泄气了。黄会计这才捡回一条性命。

张英才是生平第一次领工资，为了加强记忆，余校长就让他将大家的补助金一起代领了。

拿了钱后，张英才随口问："补助金分不分级别？"

余校长说："公鸡啄白米，一口一粒，不问大小。"

张英才心里一默算，就发现有问题，想细问，又怕不便。回校后就给万站长写了一封信，要他查一查为什么这里只有四个民办教师，却能领五个人的补助金。

两封信都交给了父亲。张英才再三嘱咐，要父亲将姚燕的信用挂号寄。他怕父亲弄错，特地说邮费涨了价，挂号要五角钱。父亲要他给钱。

他有点气，说："父子之间，你把账算得这么清楚干什么，将来有我给你钱用的时候。"

父亲品出这话的味道："这才叫水往下流呢！"

父亲走时，张英才正在上课。听见父亲在外面叫一声："我走了！"他走到教室门口挥挥手就转回来。

下课后，孙四海过来对张英才说："你爸让我转告，他将那瓶油送给余校长了，他怕你生气，不敢直接和你说。他说中午在余校长家吃饭，一大盆青菜里，挽起胳膊找半天，才能找到几个油星子。"

这天特别热闹，放学后，降旗仪式刚结束，呼呼啦啦地来了一大群家长。也不喝茶，十几个人分成两拨，一拨人帮孙四海挖茯苓地四周的排水沟，一拨人帮余校长挖红薯。

张英才到窖茯苓的地里转了转。大家都在议论，说孙四海的茯苓丰收了，地上裂了好些半寸宽的缝，一定是底下的茯苓太大，胀开的。孙四海笑眯眯地说，头三年自己种的茯苓都跑了香，这一次就当是对上一次的补偿吧。张英才不明白什么是跑了香。孙四海告诉他，茯苓这东西怪得很，三年前在这儿下的香木菌种，三年后挖开一看，香木倒是烂得很好，一个茯苓也找不到，而离得很远的地方，会无缘无故地长出一窖茯苓来，这是因为香跑到那儿去了，有时候，香会翻过山头，跑到山背后去的。张英才不信，认为这是迷信。大家立即对他不满，埋头挖沟不再说话。

张英才觉得没趣，便走到余校长的红薯地里。几个大人在前面挥锄猛挖，十几个小学生跟在身后，见到锄头翻出红薯来，就围上去抢，然后送到地边的箩筐里。红薯的确没种好，又挖早了，最大的也大不过拳头。余校长说，反正长不大了，早点挖还可以多种一季白菜。张英才看见小学生翘着屁股趴在那里折腾，开始心里直发笑，后来见到他们脸上黏着鼻涕和泥土，头发上尽是枯死的红薯叶，想到余校长将要像洗红薯一样把他们一个个洗干净，就喊道："同学们别闹，要注意卫生，注意安全。"

余校长不依他，反而说："让他们闹去，难得这么快活，泥巴人儿更可爱。"

余校长用手将红薯一拧，上面沾的大部分泥土就掉了，送到嘴边一口咬掉半截，直说鲜甜嫩腻，还叫张英才也来一个。张英才拿了一个要去溪边洗，余校长说："不用洗，洗了不鲜，有白水气味。"他装作没听见，依然去了溪边。将红薯洗干净后，他不好再回去，只有回屋烧火做饭。

走到操场中间，听见有学生叫张老师，一看是叶碧秋。

"你怎么没回家？"

"我小姨就住在下面村里，我爸让我上她家去，为张老师要点青菜炒着吃。"

叶碧秋说着，就将半篮子青菜递到他面前。

张英才生气了："我是一个人吃全家人不饿，不像余校长，要管二十个人的伙食，怎么会要你去帮我讨吃的呢？"

叶碧秋嘟哝着说了句什么，脸上很不高兴。

张英才换个口气说："这次就算了，以后就别再自作聪明了。"叶碧秋忙放下菜篮，转身欲走。张英才拉着她的手说："你帮我一个忙，问问余志，他晓不晓得是谁弄断了凤凰琴的琴弦。"

见叶碧秋点了头，张英才就送她回小姨家。

进村后才弄清楚，叶碧秋的小姨就住在邓有米的隔壁。

邓有米见到后，又要留张英才吃晚饭，张英才只好谎称已吃过饭。往回走时，张英才记起叶碧秋刚才走路时款款的样子，很像那个给他写信的女同学姚燕。他不由得有些担心，父亲会不会将给姚燕的信弄丢。随后又想，可惜叶碧秋比姚燕小许多。如此想来想去，他仿佛记起来，刚才拉住叶碧秋，要她找余志探听是谁弄断了凤凰琴的琴弦时，那只暖暖的小手，在自己的掌心里柔柔地抖了几下。

天气一天比一天凉。

一个星期下来，学校里的日常事务就熟悉了。每日几件旧事，做起来寂寞得很。凤凰琴断弦一事，便成了真正的大事件。等了几个星期，叶碧秋不仅没来汇报情况，反而老躲着他，一放学就往家里跑。这天下午，张英才让邓有米一上课就宣布，放学之后，让叶碧秋到办公室见他。

放学时，叶碧秋果然不敢抢着跑了。

张英才问："你问过余志没有？"

叶碧秋说："问过，他说是他干的，还要我来告诉你。"

张英才说："那你怎么迟迟不说？"

叶碧秋说："他晓得我是你派来的汉奸特务。我要是说了，就真的成了汉奸特务。"

张英才说："那你为什么还要说？"

叶碧秋说："是你要我说，不是我要说的——二者完全不一样！"

张英才被叶碧秋后面的话说愣了。这是他来界岭小学后，所听到的最有文明含量的一句话。当然，他所感受的文明，多半来自每天都要翻开来看一看的《小城里的年轻人》。他很想问叶碧秋看过这本小说没有，或者问她想不想看这本小说。

张英才回过神来："我不相信是余志干的。"

叶碧秋说："我也不相信，余志尽冒充英雄。"

张英才说："那你再去问问他。"

叶碧秋说："我不敢再问了。三年级时，他说他吃了蚯蚓，我刚说不信，他就当面捉了一条蚯蚓吃下去。"

眼看谈不妥，张英才只好让叶碧秋走开。

6

周末下午的降旗仪式举行得早一些，因为全体老师都要出动，送那些在余校长家寄宿的学生回家。举行降旗仪式时，全校的学生都参加了，由于太阳还很高，天空还很灿烂，邓有米和孙四海的笛子，吹不出黄昏时的那种深情，气氛也就没有往日的肃穆。仪式结束后，邓有米、孙四海和余校长各带一个路队，往不同方向走。学生一走，学校里就变得特别冷清，就像一座没有香客的大庙，寂寞得瘆人。

余校长总说张英才路不熟，留他看校。这一次，张英才存心耍了个心眼，悄悄地跟上孙四海这一路。直到走出两三里远，才追上去打招呼。孙四海见了他有点意外，嘴上什么也没说，依然牵着李子的手，一步步稳稳地走着，还不断提些课堂上的问题，让李子回答。李子若是到路边采山楂时，孙四海必定在旁边紧紧守护着。这一路队有六个学生，到第一个学生的家时，已走了近十里路。

张英才走热了，脱下上衣只穿一件背心："这十里路，可以抵山下的二十里。"

孙四海说："难走的还在后头呢！"

山路的确越来越难走。草丛中的蛇蜕也越来越多。孙四海从裤兜里掏出一个塑料袋，将捡到的蛇蜕小心地装进去。张英才看到一只蛇蜕，鼓起勇气把手伸了出去，一触到那粗糙的乳白色东西时，心里一阵阵起疙瘩。

李子在旁边说："张老师怕蛇了！"

孙四海马上要李子用一个成语来形容一下。

李子想了想说："杯弓蛇影。"

孙四海轻轻抚了一下那片微微发黄的头发。张英才不由得尴尬起来。蛇蜕有许多了，塑料袋装得满满的。孙四海不让学生们再捡，要他们赶紧走路。站在山梁上，张英才以为离天黑还有会儿，一下到山沟，就很难看清脚下的路了。

学生们陆续到家，只剩下一个李子。

最后李子也到家了。王小兰站在家门口，一副等了很久的样子。孙四海将塑料袋递过去，王小兰也将一只装得满满的袋子递过来。

到这一步，孙四海才说："李子这几天有些咳嗽。"他又介绍，"这是新来的张老师。"

张英才不知道怎么称呼好，只有点点头。

王小兰也在点头，点得很深，像是在鞠躬，然后问："不进屋坐会儿？"

孙四海忧郁地说："不坐了。"

张英才看清了，王小兰是个哀戚戚的冷美人。

听到王小兰身后的屋里传出一个男人的呼唤："李子回来了？"孙四海立刻说："我们走了。"

走了一阵，张英才再往回看，王小兰果然还在家门口站着。又走了一阵，前面山上有一处灯火很像界岭小学。张英才一问，果真如此。

张英才很奇怪："李子回家不是多绕了十里路么？"

孙四海说："路是绕了点，但能多采些草药。她不绕路，别的学生就要绕路。"

张英才壮壮胆说："李子她妈不该嫁给那个男人。"

孙四海愣了愣说："谁叫她娘家穷呢，那个李志武，当时是大队干部，又实心实意地喜欢她。父母之言，她抗拒不了。谁知搞责任制后，李志武上山采药挣钱，摔断了腰。"

张英才更大胆地追问："当初你怎么不娶她？"

孙四海叹口气："我是从外地流落到界岭的孤儿，后来当了民办教师，就连最关心我的老村长都反对，怕弄出事来，影响转正。现在想来，真的是早知今日，何必当初！"

正待再问，前面有人在呻吟："孙主任！张老师！"

听声音分明是余校长。他俩赶紧走拢去，见余校长拄着一根树枝靠在路边石头上。

余校长苦笑着说，他将最后一名学生送到家，天就黑了，返回时，路过一处田垅，明明看见一个人在前面走着，还叼着一只烟头，火花一闪一闪的，他快走几步，想撵上去找个做伴的。到了近处，他一拍那人的肩头，觉得特别冰凉，像块石头。他仔细一打量，果然是块石头，不仅是块石头，还是块墓碑。他心里一慌，脚下乱了，一连跌了几跤，将膝盖摔得稀烂。

余校长说："我想等个熟人做伴，回去看个究竟。"

孙四海说："也太巧了。我们去看看，你丢下什么没有。"

张英才知道这风俗，人走夜路受到惊吓，一定要赶紧回去找一找，以免有精气或魂魄失散了，人会大病一场。张英才小时候胆子特别小，家里人一直认为是他受过惊吓而没有回去找魂，他自己则是从来不相信。

回去一找，果然是座墓碑，而且还是老村长的。界岭小学就是当年老村长拍板，让全村人，那时叫大队，勒紧裤带修建的。过去余校长常叹息说，若是老村长在世，学校也不至于像现在这种破样子。叹息归叹息，大家也都体谅老村长的为难之处，他自己的大女儿生下就是女苔。老村长却不承认，非说是读书少了。这也是老村长坚持要在界岭修建小学的重要原因。老村长在位时勉强张罗将女儿嫁了人，生了叶碧秋，叶碧秋过了启蒙年纪，九岁才报名上学。当然，这些都是老村长去世之后的事情。

这时，孙四海开口说："老村长，你爱教育爱学校我们都晓得，可你这样做就是爱过头了，你要是将余校长吓出毛病来，事情就会非常糟糕。你老的外甥女叶碧秋早就上学了，书也读得很好，我们都有信心，觉得她一定能够考上大学。你要想爱得正确，就请保佑我们这些民办老师早点转正吧！"

余校长在一旁说："孙主任，你可别像邓校长，为了转正，不论是神是鬼，见到了就烧香磕头。"

孙四海苦笑一声："余校长放心，我这是开玩笑。"

余校长说："人家死了多年，你还敢与他开玩笑，这也怪老村长当初太宠你。老村长将你从别的村弄过来当老师时，大家都以为他是招上门女婿，两个女儿由你选哩！"

孙四海说："人的事太难预料。老村长如果真的开口，说不定我会答应他，那样的话，我也算有个家了，不至于到现在还是一个人睡觉，全家人做梦。"

余校长说："这话又说过头了，小心有人听了心里难过。"

于是大家又说墓碑的事。老村长的坟墓早就在这条路上，这一带的人没有不熟悉的，当年下葬时，余校长还站在新坟前亲自念过祭文。怪就怪在连余校长都会在视觉上出错。孙四海和张英才一致认为，是余校长看花了眼，再有另一种可能是遇上了磷火，加上心里太紧张，出现了幻觉。

末了，余校长说，这种事山里常发生，不用大惊小怪。

大家刚刚平静下来，墓地里忽然传出一种像是女鬼的笑声，说哭不是哭，说笑不是笑，听起来很近，找起来很远，最恐怖的是，每一声响到最后，都会在一种狰狞的感觉中变得虚无缥缈。

从来只将鬼神当成笑谈的张英才，下意识地一把搂住孙四海的腰。

孙四海也没有沉住气，同样一把搂住余校长的腰。

就像学生们在玩老鹰捉小鸡的游戏。余校长站在最前面，冲着黑糊糊的墓地吼了一声："我们都是知识分子，你就不要用这一套来吓唬人了！"

黑暗中真的走出一个人来。在暗处发出怪笑的女人，竟然是叶碧秋的母亲，也就是刚才余校长说的老村长的大女儿。

余校长和孙四海知道她是个女苕，也不好生气，只问她这么晚躲在这里干什么。

叶碧秋的母亲嘿嘿一笑，说自己想爸了，顺便将最近学会的一篇课文，背诵给他听。说话时，她很得意地亮了亮手里拿着的小学一年级课本。

哭笑不得的余校长让开路，由她先走。经过孙四海身边时，叶碧秋的母亲拍了一下他的肩膀，还说："我认识你，你是孙四海，我爸最喜欢你！"等她走远了，余校长才笑话孙四海说，别以为女苕什么都不懂，她也善解风情。

孙四海伤感起来，若不是老村长非要他来当民办教师，真想不出自己现在流浪在何方。到这一步，张英才才弄清楚，原来孙四海是另一个村的孤儿，偶尔遇上老村长，老村长见他有文化，就将他弄到界岭来当民办教师。

说着话，就到了邓有米的家。余校长在门外喊了一声。成菊出来答应，邓有米还没有回来。邓有米送学生的路最远，有个学生离学校足有十里，来回一趟整整二十里，三个人进屋去说了一会儿话，邓有米就在外面叫门。开门进屋，四人一凑情况，不由得吓了一跳。

倒不是因余校长遇上怪事，而是邓有米撞着一群狼。

真是蹊跷事不凑成一堆，就算不上蹊跷。邓有米将最后一名学生送回家后，转过身来，刚绕过一座山嘴，狼群就迎面冲过来，他吓得不知所措，站在路中间一动也不动，那些狼也怪，像赶什么急事，一只接一只擦身而去，连闻也不闻他一下。其中一只小狼，被两边的大狼夹着没路可走，竟然直接从邓有米胯下钻了过去。邓有米让大家闻一下。几个同事站在那里没有动，倒是成菊，弯下腰，真的往他裆里嗅了一阵。站直了时，见孙四海在笑，她也忍不住说笑，邓有米跑了二十里山路，出了许多臭汗，分不清是狼臊，还是人臊。

邓有米先前对张英才说，成菊的丹凤眼被狼舔成疤瘌眼，因为张英才的疑问改口说不一定真的是狼，也可能是野狗。这一次，他又说成是遇到了狼，张英才马上认真地说，以界岭这片大山所存在的食物链，不太可能繁衍出一群狼。邓有米遇上的野兽，顶多是从小就没有人驯养的野狗。邓有米再次认同了张英才的话，他说，山里的人，说起山里的事，总是有些夸张。

孙四海一听就说起风凉话，界岭小学的教学计划应该修订一下，增加对指狗为狼或者指狼为狗这一新典故与新成语的专题教育。

说到这儿，大家都在笑。

成菊揉着泪汪汪的眼睛说："真是应了老古话，穷光蛋也有个穷福分。"

余校长添一句："穷人命大，但八字小。"

老村长的小女儿出嫁后住在邓有米隔壁。

大家一齐过去，与她说了刚才的事。老村长的小女儿，也就是叶碧秋的小姨，说今天是她父亲的忌日，姐姐一定是去上坟，姐姐总是这样，一天当中总有一会儿是清醒的，过了这一阵，就变成了另一个人。

7

第二天一早，张英才刚睁开眼睛就起床往家里赶。从山上往山下走，几乎是一溜小跑。二十里山路走完，山下的人才开始吃早饭。

路上碰见了蓝飞，他也是回家看看。两人内心的复杂明摆在那里，见面时只是相互点点头，没有说一个字，好在一到岔路口就自然分手了。

一进家门张英才就问："妈，我爸呢？"

母亲说："你爸一早就到镇上拉粪去了。"

他正想问父亲有没有寄一封挂号信，一扫眼发现灶头上搁着一封信，信封上用很娟秀的字写着"张英才亲启"，并且也是挂号。拆开一看，只有一句没头没脑的话：时时刻刻等你来敲门！张英才先是一怔，很快明白其中意思。他一高兴，也不管母亲在不在旁边，就将心里的话说了出来："到底是学艺术的，一句话都这么浪漫有诗意！"

因为儿子回来了，又因为有女同学寄来一封信，让儿子高兴得一跳三尺高，母亲欣喜地进厨房做了一碗腊肉面。

张英才吃得正香，忽然听到外面有停放自行车的声音，跟着就有人进了大门。张英才将一口美食吞咽下去再抬头时，万站长已经站到他的面前了。

万站长开门见山地说："听说你回了，就连忙赶来，有个通知，正愁送不及时，你赶紧带回学校去。"

张英才说："刚到家，就要返回？"

万站长说："这是大事，贯彻义务教育法的精神，下下个星期到你们那儿搞贯彻义务教育法工作的检查验收，要争分夺秒，一天都不能耽误。"

张英才接过通知，吃完剩下的面条，就上路了。

上山的路走得并不慢，歇气时，他忍不住拿出姚燕的信来读，信纸上有股女孩特有的香味，他贴在鼻子上一闻就是好久。这样就耽误了时间，还在山腰上，就看见路旁独户人家开始吃午饭了。张英才不着急，从包里抠出两只熟鸡蛋，剥了壳咽下去，依旧走走停停。走到邓有米家的后山上，他想到，反正一会儿还要来通知邓有米到学校开会，不如现在就去说一声。

张英才于是弃了正路，从砍柴人走的小路插下去。

一到邓有米家门口，就看到几个人正在忙碌着，将他家粪凼里的土粪，一担担地往一块地里挑，地头上已出现一座黑油油的粪堆。张英才认出其中两个人，上次帮孙四海挖排水沟时也来过。

邓有米挽着裤腿在一旁走动，脚背以上却一点黑土也没粘。

见到张英才，邓有米有些不好意思："马上要秋播了，家长们担心我到时忙不过来，就自动来帮我一把。其实，这土粪再沤一阵更肥些。"

张英才说："现在你和余校长、孙四海摆平了。"

邓有米说："其实，那天我那话没说清楚。"

张英才抢白道："那天你是想说民办教师本来就是教私塾的先生，是不是？"

邓有米说："你可不要对我有什么看法！"

张英才说："用不着怕我。你洗洗手吧，然后到学校去开会！"

邓有米非常敏感，马上眉毛一扬："是不是有转正的名额下来了？"

张英才说："可不能先透露，等大家当面了再说不迟。"

邓有米走在前面，乐得屁颠颠的，这个样子让张英才觉得很好笑。余校长不在家，领着余志他们上菜地浇水去了，只有孙四海坐在门口，用笛子吹奏黄梅戏《夫妻双双把家还》，又是将快乐吹成了忧伤。

邓有米冲着他喊："孙主任，到张老师屋里来开会。"

孙四海放下笛子："星期天还开会？会开得越多，女苔和男苔就越多。"

邓有米说："来吧来吧，亏不了你。"

等余校长时，张英才将熟鸡蛋分给他俩一人一个，他自己也吃一个。一边吃一边将姚燕信中写的话当作上联，作为无意中想到的机智问题说出来，要大家对上下联。

时时刻刻等你来敲门，这句大实话，初时让邓有米和孙四海认为没有什么了不起，以为随便就能对出下联。真的开始思考，才发现并非易事。这时余校长来了。邓有米说开会，张英才不急，要余校长帮忙对下联。余校长听后表示，这个上联很难对，主要是那个"你"字有些作怪。邓有米也跟着分析，能对上"你"的字太少了，只有"我"和"他"。余校长比邓有米想得更全面一些，他认为邓有米说的只是原因之一，原因之二还在于，"你"用在这里表示两人在互相盼望，下联只能用一个"我"，就是用"我"来对也很勉强，所以，下联想要对得非常工整几乎不可能。

张英才心中有苦不便说出来，就岔开话说："万站长让我捎回一个紧急通知，要你们按通知上的要求，尽快执行，做好准备工作。"

余校长接过通知看了看，顺手递给将脖子伸得老长的邓有米，让他读一遍。

邓有米接过去，咳一下，清清嗓子响亮地读道："西河乡教育站文件，西文字第 31 号，关于迎接全县贯彻义务教育法工作检查验收的紧急通知——"刚读完标题，邓有米脸就变色了，最后几个字几乎能听出一些哭腔。

余校长问："邓校长，你怎么啦？"

邓有米实在忍不住沮丧："还以为是通知民办教师转正。前几次的文件，总是这个季节发下来。"

邓有米不愿再读。孙四海不用人叫，自己拿过去，读起来，读得余校长一脸的严肃。

孙四海一合上文件，余校长就说："满打满算也只有十天时间，没空讨论研究了，今天我就独裁一回，从星期一起，咱们四个人做这样的分工，张老师正式带三四年级的课，孙主任将一二和五六年级的课一担挑了，我和邓有米抽出来，专门突击一下相应的工作。"

张英才打断余校长的话："我不懂，十天时间怎么能扫除文盲呢？"

余校长头一回用不客气的语气说："不懂的事多得很，以后可以慢慢学，现在没空解释，这事关系到学校的前途，一点也放松不得。"

余校长还宣布了几条纪律：一切为了界岭的教育事业，一切为了界岭的孩子，一切为了界岭小学的前途。张英才听不懂这叫什么纪律，他想说这倒像是誓词。余校长一认真，就显示出领导者的风范，让张英才心生畏惧，不敢乱插嘴。

余校长话不多，说完后就叫大家补充。邓有米提出，要村里派主要干部参加准备工作。

孙四海说："来个人又不能帮忙做作业、改作业，不如乘机叫村里将拖欠的工资补给我们。"

邓有米连声叫好。

余校长苦笑一下："也只好出此下策了。不过各位也得出点血，借此机会请村长余实和老会计来学校吃餐饭。每人十块钱，怎么样？"

邓有米说："可以是可以，在谁家做呢？"

余校长看了大家一眼，才说："就在我家吧，明老师做不了饭，另外请个会做饭的女人来帮帮。"

孙四海低声说："我没意见，还可以让村干部感受一下学校里艰难的气氛。"

至于请人，商量半天只有王小兰合适，她做的饭菜又省料又清爽。

这一切都定下来后，天就黑了。

吃过饭后，张英才就趴在煤油灯下冥思苦想，如何才能使姚燕的那句话锦上添花。他将那本小说从头到尾翻了一遍，其中每一句有关爱情的话，都细细品过，既没有可供参考的现成内容，也没有找到任何灵感。枯坐到半夜，余校长又在窗外察看，见他没睡，就打个招呼走回去。张英才灵机一动，冒出一句话来：敲门太费时，我要直接翻进你的窗户。写了这句话后，张英才很激动，也不怕外面的黑暗，跑去敲孙四海的门。刚敲一下，孙四海还没醒，他就觉得没意思，这样的话怎么和孙四海说呢，说了也不会有共同语言的。他悄悄地退回去。

屋内孙四海醒了，问："谁呀？"

张英才学了一声猫叫："喵——"

村长余实和老会计是星期二来学校的，加上王小兰与学校本身的四个人，刚好一桌。王小兰做的菜作料放得很重，大家都称赞说有口劲，吃得过瘾。吃饭之前，村长余实先说了一个好消息：尽管经济困难，村里还是决定将拖欠教师的工资发一部分。当然，他也希望全体老师能在这次扫盲工作中，为界岭村的领导和群众增光添彩。大家都为这话鼓掌，余校长的妻子明爱芬，也在里屋鼓了掌。

酒至半酣就开始逗闹。老会计死死拉着王小兰的手，非要王小兰和他干一杯。学校的人都替她说情，说她真的不会喝酒。老会计不答应，不能喝的酒，自己可以代她喝，但是每喝一杯她必须亲他一下。也不等王小兰分辩，老会计抓过王小兰的酒杯，一口喝干，并将老脸往王小兰嘴上凑。

孙四海的脸色顿时涨得像一大块猪肝。

邓有米见势不妙，起身解手去了。

余校长怕出事，一边不停地用手扯孙四海的衣角，一边用眼色示意张英才。张英才本与此事无关，又有万站长做后台，村干部们一直对他很客气。见老会计闹得有些过分，张英才本来就想出面干涉，加上余校长的暗示，他便挺身而出，插到两人中间，一手分开王小兰，一手将酒瓶倒过来，斟满桌上的空酒杯："我代小兰姐和你连干三杯。"也不管老会计同意不同意，一口气将酒杯喝干了三次。老会计是五十几岁的人了，一见张英才血气方刚的样子，只有甘拜下风。

孙四海的脸色也开始平和了。

张英才岂肯白喝三杯，拉扯之间老会计叫起了头晕，说："我服了你，但酒是不敢喝的，我从桌子底下爬过去行吗？"

老会计以为，在界岭的地盘上，自己说出这话就算给了对方老大的面子，没人敢让他真的那样做，没想到张英才要他当场兑现。

村长余实见了道："行了行了，就这样，意思到了就行。"

张英才心里早就对村干部有意见，自己来这儿教书都好长时间了，谁也不来看望。听到村长余实打官腔，他就来了气。张英才也不说话，绕到老会计的背后，双手抵住老会计的屁股直往桌子底下推。对面坐着的孙四海，将自己和凳子一起往后移了移，露出空当，好让张英才将老会计推过来。

恼羞成怒的老会计，爬起来时手里攥着一只肉骨头，要砸张英才。

村长余实连忙口称："醉了！醉了！别再喝了，撤席吧，别让孩子们看笑话！"

送走了村长余实和老会计，张英才看见王小兰大大方方地进了孙四海的屋子。他装作走动的样子，来到窗外，听见里面女人的哭声嗡嗡的，像是电影镜头里两个人搂在一起时的那种哭声。

这天夜里，孙四海的笛声响了很久，搞不清楚是什么时候歇下来的。

第二天早上见面时，孙四海明显消瘦了许多，眼圈挨着的地方都是坑坑洼洼。

升完国旗，余校长吩咐，三年级和五年级，各抽十个成绩靠后的学生，交给他和邓有米安排。按学习成绩排顺序，叶碧秋应该是前三名。张英才不明白，要成绩差的学生做何用处。问过之后，又得不到回答，因而多了个心眼，将叶碧秋派了去。

隔天，张英才问叶碧秋："余校长安排的事你都做了么？"

他吸取上次的教训，说话时绕了一个弯。

叶碧秋果然很坦白地回答："余校长安排我替余小毛做作业，我很认真地做了，余校长还表扬了我。"

张英才问："你认识余小毛么？"

叶碧秋说："认识。我们一起启蒙的，但他一直断断续续，有时候来上课，有时候不来上课。今年开学时，余校长又动员他来了。他只报个名，连教室都没有进，就回去了。他家里太困难，读不起书！"

张英才说："我们班的同学，总共要代多少个报名不上学的学生做作业？"

叶碧秋说："余校长说，一个同学负责两个人。做完了，每个学生奖一支铅笔，两本作业本。"

张英才说："明天放学时，你将代余小毛做的作业本拿来，我替你改一改。"

叶碧秋一点也没怀疑，点头答应了。

第二天，叶碧秋果然将作业本带来了。张英才一看，和五年级已经做过的作业一模一样。

张英才想不明白，这样做是什么目的。

转眼十天过去，万站长带着检查团来了。

检查团来时，余校长又要孙四海将三四年级的课，也交给张英才，理由是孙四海也要负担部分接待工作。张英才忙得团团转，连和万站长打招呼的时间都没有。他发现，学校里的学生，似乎比平时多出许多，却难得有空想想其中的缘故。

检查团在学校待了一天，下午总结时，张英才给两个班的学生布置了同一个作文题《国旗升起的时候》，三年级要求写三百字，五年级要求写五百字，腾出时间自己跑去听检查团的总结报告。县教育局的一位主任主讲，他认为，在办学条件如此恶劣的情况下，界岭小学能达到百分之九十六点多的入学率，真是一个奇迹！他还拍了拍放在桌子上的几大堆作业本。张英才听完报告才明白，这次检查，扫盲工作只是虚晃一枪，重点是适龄儿童是否入学。

万站长也是检查团成员，他发言说："老万我不怕大家说搞本位主义，如果界岭小学这次评不上先进，我就不当这个教育站长了。"

余校长带头鼓掌，检查团的成员也都鼓了掌。

山上没地方住，检查团看着余校长指挥学生降下国旗后，就踏黑下山了。临走时，张英才对万站长说："我有情况要反映。"

万站长边走边说："你的情况，等回家过年时，再好好反映吧！"

万站长走出很远，张英才记起应该把写给姚燕的信，交给万站长带到山下邮局寄出去。他喊了两声，撒腿追上去。跑了百来米，看到万站长在那儿拼命摆手，他停下脚步，怔怔地望着那一行人，在黑沉沉的山脉中隐去。

检查团走后，张英才越想越觉得不对头，平时各处弄虚作假的事他见得不少，那些事与他无关，看见了也装作没看见。这回不同，不仅他是当事人，万站长也是。学校里的人明摆着是在串通一气，害怕泄露玄机，事事处处都防范他，把他和万站长都耍了。这一想就有气往上涌，他忍不住，拿起笔给万站长和县教育局负责人写了两封内容大致相同的信，详细地述说了界岭小学和界岭村在这次检查中偷梁换柱、张冠李戴等等见不得阳光的丑恶伎俩。

信写好后，他有空就到学校旁边的路口，等那个三天来一趟的邮递员。等了四天不见邮递员来，也不知是错过了，还是邮递员这次走的不是这条路线。他不愿再等下去。拦住一个要下山去的学生家长，将两封信托他带下山寄出去。不过姚燕的信还在手里捏着，他只会将它托付给像父亲和万站长这样万分可靠的人。

8

这几天，学校里气氛很好，村干部来过几趟了，大家一起将每间屋子细细察看，哪儿要修，哪儿要补。村长余实表态，发下来的奖金，村里一分钱不留，全部给学校作修理费，让老师和学生过一个温暖舒适的冬天。余校长将这话在各班上一宣布，学生们都朝着屋顶上的窟窿和墙壁上的裂缝欢呼起来。余校长还许诺，若是修理费能省下一点，还可以免去部分学生的学费。余校长说"部分学生"时，目光在那些家庭特别困难的学生身上不停打转。

大约过了十来天，下午，张英才没有课，就到溪边洗头洗衣服，边洗边吹着口哨，也是吹那首《我们的生活充满阳光》。他边吹边想，这一段，孙四海和邓有米的笛子里，总算有欢乐的调子飘出来。忽然听到身后有人喊，回头一看，很高的石岸上站着万站长。

张英才甩了甩手上的泡沫，正待上去，万站长已经跳了下来，铁青着脸，不问三七二十一，劈头盖脸就是两个耳光，打得张英才险些滚进溪水中。

张英才捂着脸委屈地说："你凭什么一见面就打人？"

万站长说："打你还是轻的，你若是我的儿子，就一爪子掐死你！"

"我又没有违法乱纪。"

见张英才还不服气，万站长更生气了。

"若是那样，倒不用我管。你为什么要写信告状？天下就你正派？天下就你眼睛看得清？我们都是伪君子、睁眼瞎？"

"我也没写别的，就是说明了事实真相。"

"你以为我就不晓得这穷鬼都不肯来的地方，实际入学率只有百分之六十几？你晓得我在这儿教书时，费尽九牛二虎之力，入学率才达到多少吗？臭小子，才百分之十六呀！我告诉你，别以为你比他们能干，如果这儿实际入学率能达到百分之九十几，让余校长他们当全国模范都算委屈，要当教育部部长才合适。"

万站长要他洗完衣服后回屋里待着，学校里无论发生了什么事，都不要出来。

张英才被几巴掌打怕了，老老实实地待在自己屋里。

天黑前的降旗仪式上，余校长第一次喊"奏国歌"，笛子没有响。余校长喊了两遍，还是不行。他不得不用异样的声音第三次喊："奏国歌！"笛声才沉重地响起来。

之后，孙四海开始拼命地劈柴。

孙四海用斧头将柴连劈带砸，弄成粉碎，嘴里一声声咒骂着："狗杂种！狗杂种！"直到余校长叫他去商量一件事。

万站长很晚才到张英才房中，灯光下脸色有些缓和了，他在张英才的床上斜躺了好久，才长叹一声。

"你只花一张邮票钱，就弄掉了学校的先进和八百元奖金，余校长早就指望用这笔钱来维修教室。其实，这儿的情况县里完全清楚，想提高这里的入学率，比别处抓高考升学率还难，都同意界岭小学当先进，你捅了一下后就不行了，窗纸捅破了漏风！"

张英才想分辩几句，万站长不让他说。

"我让余校长写了一个大山区适龄儿童入学难的情况汇报，做个补救，避免受到通报批评。我和他们谈了，让他们有空将每个学生入学时的艰难过程和你说说，你也要好好听听，多受点教育。"

话音刚落，万站长就睡着了。

万站长的鼾声很大，吵得张英才入梦迟了。早上醒来一看，床那头已经没有人了。

早饭后，张英才拿着课本往教室那边走，半路上碰见孙四海。孙四海对他说："你休息吧，今天的课我来上！"

张英才说："不是说好，这个星期的课由我上么？"

孙四海不冷不热地说："让你休息还不好么！"

"休息就休息，累死人了，我还正想请假呢！"

张英才很不高兴，昂头说完后，转身就走。

第二天，几乎是在头天的同一个地方又碰上孙四海。

"你不是请假了？怎么还往教室跑！"

张英才说不出话来，心里却是真生气了。

万站长走后，张英才明显感到大家对他很反感。孙四海见他时，只要一开口，话里总有几根不软不硬的刺。邓有米更干脆，远远地看见他，就往旁边躲。余校长也很气人，张英才向他汇报，说孙四海剥夺了他的教学权利，他竟然装聋，东扯西拉的，还煞有介事地解释，自己的耳朵一到秋冬季节就出问题。开头几天，张英才还以为只是孙四海发了牛脾气，闹几天别扭也就过去了。过了两个星期仍没让他上课。余校长和邓有米也不出面干涉，他就想，这一定是他们的合谋，目的是撵他走。

晚上，张英才看见一只手电筒灯光在往余校长屋里挪。到了门口亮处，认出是邓有米。随后，孙四海也去了。张英才猜想，一定是开黑会，不然为何单单落下他一人！

张英才越想越来气，忍不住推门闯进会场，进屋就叫："学校开会，怎么就不让我一人参加？"

孙四海说："你算老几？这是学校负责人会议。"

张英才一下子愣住了，退不得，进不得。

最后还是余校长表态："就让张老师参加旁听吧！"

张英才不客气地坐了下来。听了一阵，才弄清楚他们是在研究冬天即将来临，如何弄钱修理校舍等问题。

大家都闷坐着不说话，听得见旁边屋里，学生们为争被子细声细语地争吵。

闷到最后，孙四海憋不住说："只有一个办法。"大家精神一振，眼巴巴地望着孙四海。孙四海犹豫一番，终于开口说："只有将我那窖茯苓提前挖出来卖了，变出钱来借给学校，待学校有了收入时再还我。"

余校长说："这不行，还不到挖茯苓的季节，这么多茯苓，你会亏好大一笔钱的。"

孙四海说："总比往年跑了香强多了。"

余校长说："既然这样，那我就代表全校师生愧领了。"

"要是评上了先进，不就少了这道难关！"一直低头不语的邓有米抬起头小声嘟哝，说了之后，又露出一副后悔的样子，恨不能收回这些话。

余校长问："还有事没有，没有事就散会。"

张英才说："我有件事。我要求上课。"

余校长说："过几天再研究，这是小事，来得及。"

张英才说："不行，人都在，你们今天就得给我回个话。"

孙四海突然提高声调说："张英才，你别仗势欺人。什么时候研究是领导考虑的事，就是现在研究，你也得先出去，等研究好了，再将结果通知你。"

张英才无话，只好先行退出，他又没胆子候在门外的操场上，只好回到自己的屋里，用耳朵和眼睛同时注意着外面的动静。

不一会儿，孙四海过来，隔着窗子说了一句更气人的话。

"我们研究过了，大家一致决定，下一次再研究这事。"

张英才气得直擂床板，用牙齿将枕巾咬成团，塞在嘴里狠命嚼，才没有跳到操场上破口大骂。

学校一如既往，不安排张英才的课。哪怕是请了学生家长来帮忙挖茯苓，孙四海不时要跑去张罗，也不让张英才替一下。茯苓挖到第二天中午，山上一片喧哗。张英才以为出事了，心里有些幸灾乐祸。

没过多久，孙四海兴冲冲地从山上下来，手里捧着一个灰不溜秋的东西，嘴里叫着："稀奇，真稀奇，茯苓长成人形了！"

张英才忍不住也凑拢去看，果然，一只大茯苓，长得有头有脑，有手有脚，极像一个小娃娃。余校长从孙四海手里接过茯苓人。细看一遍后，遗憾地说："可惜挖早了点，还没有长成大人，要是长得分清男女，就值大价钱了，说不定还能成为国宝。"

孙四海愣了一阵，才回过神来，双手一用力，将茯苓人的头、手、脚一一掰下来，扔到张英才的脚下。张英才见孙四海的眼里冒着火，不敢吱声，扭头回屋，将自己反锁起来。

张英才想了好久，觉得老这么斗也不是事，回避一阵也许能使事情有所转化。他向余校长交了一张请假条。余校长立即签了字，还说一个星期若不够，延期一两个星期都行。张英才拎上一只包，装上牙刷毛巾和给姚燕的信，外加那本小说，就下山了。

下山后，他没有回家，直接去乡里见万站长。

舅妈李芳站在门口说，万站长到外地参观去了。

李芳的样子明显是不想让他进屋。张英才只好在心里骂：你这个母夜叉，难怪丈夫会在外面偷情！嘴里依然道了谢。

出了教育站，看见从县城开来的末班车停在公路边上。车上人不多，有不少空位，他摸摸口袋里的钱，打定主意，干脆上一趟县城，他想到县文化馆看看，如果运气好，碰上那位写了如此好的小说的干部，就将心里的话全部说给他听听。张英才一上车，车就开了，走了两个小时，在县城边，他叫了停车。张英才记得姚燕家在城郊，父母是种菜的。上高二时，学校开运动会，张英才参加万米长跑，曾经从姚燕家门前路过。张英才记得具体方位，一路找过去，还真让他找到了。大门上着锁，听邻居说，姚燕的父母上省城看姑娘去了。张英才本没有见姚燕家人的意思，只想认路朝拜一下。转身再到县文化馆，一打听，这才真正失望：那位写小说的干部，已经作为人才，调到省文化厅去了。

张英才的第三个愿望是看电影。他发现电影院居然不清场，看了上一场，只要不出去，就能接着看下一场，虽然是同一部电影，张英才还是一口气看了三遍，直到电影院关门为止。

从电影院出来，张英才就去那家农友旅社。过去父亲来学校看他总住那儿。同学们还用此事笑话他。他和父亲说了几次，父亲不肯改，仍住农友旅社。张英才不去想为什么自己也只能住农友旅社，找到地方，交了两元钱，登记了一个床铺，也不去看看，拿了号码牌，出门买了一碗清汤面，三下两下吃完，回到旅社，蒙头就睡。

后半夜，那些要赶早去集贸市场上抢占位置的人，早早地就将张英才闹醒了。他跟着那些人起来，去车站搭车，到了候车室，才发现自己也起得太早了点。候车室里只有几个要饭的躺在那儿，他在那里坐下也不是，站着也不对。

　　幸好候车室的报栏上还夹着一张旧报纸，张英才站过去，从头开始看，连最小的标点符号也要看清楚是顿号还是逗号。看到第二版，突然发现一篇通讯员文章，是说这次贯彻义务教育法工作大检查的，从头到尾全是好话，居然还点名表扬了万站长，说自他任教育站长以来，西河乡义务教育工作有了翻天覆地的变化。张英才将这张报纸看完之后，又集中注意力来研究这篇文章。连着看了好几遍，脑子里的思索次数就更多了。

　　随着有人将要饭的人撵出候车室，车站里慢慢热闹起来了。

　　好不容易回到西河乡，没想到刚下车就遇上蓝飞。

　　张英才夜里没睡好，有些恍惚，想躲开已经来不及。

　　更想不到蓝飞会主动迎上来，问他何时回去上课。

　　张英才一时大意，脱口说了句："上个鬼的课！"

　　再听蓝飞说出来的话，张英才忽然明白，自己的事已被大风从山上刮到山下来了。

　　蓝飞说："鬼才不上课！你是教育站用红头文件批准的教师，不说为万站长争口气，也要为自己留点尊严！"

　　蓝飞胸有成竹地为张英才出主意，要他回去后，装出一副准备进行转正考试的样子。蓝飞断言，不出三天，那几个民办教师就会想尽办法来巴结他。到了那一步，他就是界岭小学的阿弥陀佛了。

　　蓝飞说完自己的想法后，不清楚是叹息别人，还是叹息自己，或者只是发泄心中郁闷，他将嘴张得大大的，对着太阳长长地吁了一下。一直侧面对着别处的张英才，情不自禁地随着他的表情看过去，刚刚还是万里无云的天空，仿佛也被触动了伤心事，变得阴阴的。他俩都没有将心里想到的话说出口，似他们这类只是民办教师初级阶段的人尚且如此，界岭小学的那帮民办教师，少的干了十几年，多的干了二十几年，日日夜夜对转正的渴望，早已化为一种心情之癌，成了永远的不治之症。

　　张英才在心里接受了蓝飞的主意后，回家吃了顿中饭，又让母亲准备几样可以存放的菜，便赶回学校。路过细张家寨时，张英才看到万站长的自行车，放在一户人家的门口。不用猜他也明白，那一定是蓝小梅的家。过了细张家寨，便全是上坡路。脚步一慢，就有时间想事情了，特别是遇上一阵大风，吹得身上凉透了，他才恍然大悟：蓝飞也是高中刚毕业，凭他的心智，就算将那些从学校图书室偷出来的厚黑与权谋方面的书背得滚瓜烂熟，也难以在这么短时间里，将民办教师心理摸得如此透彻，所以，一定有高人在背后指点。

张英才冲着滚滚袭来的林涛大吼一声，心里却在暗暗叫苦：若是在万站长心里，亲外甥连老情人的儿子都不如，这符合天理吗？这时候，他已经认定，蓝飞的突然出现，一定是奉了万站长之旨意。他忍不住骂万站长是老狐狸，又将蓝飞的母亲蓝小梅骂成是老狐狸精。

9

回到界岭小学时，余校长他们正在落日之下发呆。张英才有意从三人中间穿过，竟然被视作无物，更别说让他上课的事了。

张英才也就顾不上再生蓝飞的气了。他就将初中和高中的课本以及学习笔记，全部铺开，陈列在桌面上，窗户也用报纸封死，不露一点缝隙。一连两天，除了上厕所和必要的室外活动，譬如升降国旗等，其余时间决不出屋，即使要出屋也要随手锁门。第三天早上，他去上厕所，回来后，发觉窗户上的报纸被人抠出一个小洞。他什么也没说，找了一块纸，将那个小洞补上。

中午，张英才正闩着门在屋里做饭，听见叶碧秋叫他。

叶碧秋站在门外说："张老师，你怎么不给我们上课了？"

张英才说："都是学校安排的。要不你去问余校长。"

叶碧秋说："同学们都在想念你，想听你讲的课。"

张英才打开门说："当学生的可不能挑选老师。"

叶碧秋红着脸说："不，不是我挑选老师，是邓校长要我这样说的。"

叶碧秋虽然还在读小学，因为启蒙晚，身体发育情况是全校学生中最明显的。张英才不经意里看到那微微挺起的胸脯，也有些脸红，便赶紧说："邓校长随口说的话不能当真。"

张英才转身将桌子上的复习资料整理了一遍，这也是故意做给叶碧秋看。他明白邓有米指使叶碧秋来，是有目的的，也说明自己的故弄玄虚已经初见成效了。待叶碧秋将屋子里的情形看清楚了，他又故意说："如果没有特别重要的事，不要再来敲门，我要专心复习。"

叶碧秋走后，张英才忍不住一阵窃笑。

下午放学后，张英才听到外面笛声有些三心二意，就有意走出去。邓有米立即放下笛子，冲着他极不自然地笑一笑。张英才装出一副视而不见的样子，继续喃喃地背着数学公式。一向很会说话的邓有米，犹豫再三才凑上来，却说了一句不大得体的话。

"这几天你没到课堂上去，叶碧秋表现有些奇怪，总是下意识地在纸上不停地写张英才、张老师和张英才老师。"

张英才心里一惊，想好的几句呛人的话，都没法说出来。

天一黑，张英才正要关门，孙四海来了。

"明天我要下山一趟，配副眼镜，班上的课由你去上。"

"我请了一星期假还未满呢！"

"我这是私人请你帮忙。"

"如果是公对公，那可没门！"

孙四海走到桌边，拿起那副近视眼镜："你这眼镜是几多度的？"

张英才说："四百度。我告诉过你。"

"我记性差，忘了。"孙四海一边说，一边将每一本书狠狠盯了一下。

孙四海果然是下山去了，直到临近天亮时才回来，还背着一大摞书。

张英才装着好奇地问李子："孙老师是不是背了好多小说回来？"

李子说："连小说的毛都没有，全是中学数理化课本。"

自从有了那些书，孙四海就不再在半夜里吹笛子了。张英才每次从梦中醒来，都能听到孙四海的读书声。有一次，张英才迎着夜风轻轻地推开门，看到一个读书人的身影，映在窗纸上，正好有一颗很大的流星划破天空，落在后山那边，他心里不由得一阵颤抖。

邓有米也请假下山去了一趟，回来后神情忧郁，背后和余校长嘀咕："可能是这次转正的面很窄，名额很少，所以上面保密，一点口风不透。"

邓有米说过那话的当天，余校长就亲自找张英才，问他最近以来，对民办教师的工作安心不安心。张英才矢口否认，还装出委屈的样子说，自己本来已经适应了，不再有别的想法，希望余校长别搅动一池春水。余校长只好单刀直入，指着桌上的书本问这是干什么。张英才就用当老师更要打好基础作为解释，还说万站长每次见面都要叮嘱他，想要当好小学教师，必须全面掌握高中水平的文化知识。见问不出什么，余校长走出，和守在外面的邓有米一起仰天长叹。

"别的行当越有经验越是宝贝，偏偏只有民办教师越老越不值钱！"后来几次，张英才听到余校长恍惚地自语："邓有米相信可以花钱买通人情后门，孙四海可以凭真才实学霸王硬上弓，张英才既有本事又有后门，我老余这把瘦骨头能靠点什么呢？"

由蓝飞说出来的这一招数，让张英才一夜之间成了界岭小学镇校之宝。张英才有时候会独自发呆，一遍遍地想，民办教师转正到底是鲤鱼跳龙门，还是阎王爷设下的鬼门关？张英才本来就不是真的在看书，那天他在纸上胡写乱画了好久，回过头来再看，一张白纸上，几乎全写着：尊严！

在他对着这两个字发愣的那段时间里，先是余校长，然后是邓有米，最后是孙四海，就像值班巡逻那样，轮番找借口到他屋里来转转。最特别是孙四海，别人早已放下了架子，唯独他，人虽然跨过了门槛，灵魂却不肯跟进来，所以，每说一句话，嘴唇都要紧张地哆嗦好一阵。让张英才想不到的是，孙四海刚走，王小兰就像风一样溜进来，二话不说，将床上的被子抱起来就往外面跑。等到张英才明白过来，她人已经走远了。太阳落山后，王小兰将洗得干干净净，并用米汤浆过的被子送了回来，还暧昧地笑着说，他在被子上撒播的那些种子全洗掉了。王小兰走后，张英才摊开被子细看，以往在家里，连母亲都没有洗掉的那些青春斑痕，真的找不见了。虽然屋子里只有他自己，张英才的脸还是红得快要涨破了。不仅为自己害臊，也为王小兰害羞，以孙四海一向的清高，如果知道王小兰也开始用那种半荤半素的话语挑逗别的男人，万一失态了，出手痛打她一顿也不足为奇。

夜深人静之际，张英才睡在芬芳的被窝里，脑子里总在想着自己后来在纸上补写的一句话：没有转正的民办教师连在别人面前笑一笑的权利都没有。

往后的一个月中，邓有米往山下跑了七八趟。每次都是失望而归，可见了张英才仍要做出笑脸，声称又见到了万站长，万站长真是个好领导，等等。

余校长哪里也没有去，唯一的变化是一到天黑就在空无一人的小操场上，绕着旗杆踱步。这天晚上，余校长终于踱进了张英才的屋子。

寒暄一阵，余校长就把目光转向凤凰琴："最近一段怎么没听见你弹琴，是不是弦断了？"

张英才说："弦断了不要紧，主要是没工夫。"

余校长从口袋里掏出一卷琴弦："我这里有四根旧琴弦，不知合适不，你上上去试试看。"

张英才也不推辞，伸手接过来，并说："只怕过不了两天又会弄断的。"

余校长说："不会的，再也不会的，以前主要是明老师听不得凤凰琴响，听了就犯病。现在我将门窗堵严实了。"支吾几句再转过话题，"张老师，这次转正，是不是对一些特别的人，譬如像——像我这样的人，有什么优惠政策？"

张英才说："没听说呀，真的一点消息也没听说。"

余校长忧伤地转过脸："没听说就算了！你先忙，我到孙主任那里去转转。"走了几步他又回头说，"我考虑了很久，决定向上报你当教导处副主任。"

张英才心里想笑，嘴上说："多谢校长栽培。"

余校长敲不开孙四海的门。孙四海声明过，这一段放学后，他谁也不见。余校长本也无事，隔着门说几句就打了回转。

正在这时，黑洞洞的操场上传来成菊的哭声："余校长，余校长喂！你快救救邓有米吧！"

成菊跌跌撞撞地扑过来，一把抓住余校长。

余校长有些急："你放开我，有话慢说，这黑的天，叫别人看见了如何说得清！"

成菊仍不放手："我不管这些，邓有米让派出所的人抓去了，你要想法救他出来。"

张英才这时从屋里钻出来："派出所的人怎么会抓他呢？"

成菊回答："还不是为了转正的事，别的人不是有学问就是有靠山，邓有米他什么也没有，好不容易找了一个关系可以走走后门，家里没什么好东西，没办法，邓有米就到山上砍了一棵红豆杉，没想到被林业派出所的人逮住了。余校长，你可不能见死不救哇！"

余校长一听急了："这不是丢学校的脸吗！上次先进没评上，这次又来个副校长偷树，真是斯文扫地哟！"

张英才在一旁劝："事已至此，想办法救邓老师才是上策。"

余校长像只热锅上的蚂蚁急得团团转。成菊坐在地上哭嚎，声音又长又尖。

张英才不耐烦地说："你哭得难听死了，像死了人一样，搞乱了别人的心，怎么想主意呢！"

张英才这样一说，成菊的哭声低了下来。

余校长终于沉重地说:"只能这样了,就说学校要修理校舍,又拿不出钱,只好代学生忍辱负重,做此下策之事。"

张英才说:"行倒行,就怕孙四海不同意。"

余校长说:"你去喊他过来。我刚才去过,他不肯开门。你一去,他就会开门的。"

张英才过去一叫,那扇门真的开了。说了经过,孙四海露出一脸鄙夷相:"没本事就认命罢了,干吗一人做鬼,还要拖着大家一起去阴间呢?"

余校长说:"行还是不行,你表个态。"

孙四海说:"我没态可表,就当我不晓得这事。"

余校长说:"这也算个态度。将一切推给我得了。"

成菊叫起来:"姓孙的,别以为自己就那么清白,想坐在黄鹤楼上看帆船,是人总有栽跟头的时候!"

孙四海将门掩到一半才说:"我同意,就算是学校决定的吧!"

余校长连夜独自下山,第二天下午才和邓有米一道回来。邓有米脸上有几道疤痕,开始还以为是让派出所的人打的,说过后才知道,是被倒下来的红豆杉枝条划伤的。邓有米彻底灰心了,一连几天,见人就说自己愿意当一生的民办教师,再也不想转正,吃那公办教师的天鹅肉了。

乡教育站的黄会计又送工资来,还透露说,上次被抢一案有线索了。

黄会计走后第三天,成菊娘家的一位亲戚就被逮捕了。说起来,还是因为邓有米盗砍红豆杉而发现线索的。界岭一带总共有十几棵大的红豆杉树,小红豆杉树就说不清了。自从发现这种树特别抗癌之后,大红豆杉树没人敢动,小红豆杉树难免受到盗伐。断断续续的盗伐事件中,大多数没有被发现,成菊娘家那位亲戚也盗伐过红豆杉,林业派出所的人下去调查,本是为这件事,对方心里慌张,就连抢劫黄会计一事也自动坦白了。这两件事一发生,邓有米的背驼了许多,还向余校长递交了辞去副校长之职的申请书。不过,余校长没有接受。

只有孙四海无动于衷,继续在那里夜以继日地复习。

周末下午放学,照例是老师送寄宿的学生回家。

余校长见邓有米情绪不好,害怕出事,就叫张英才陪着邓有米。一路上很顺利,返回时,碰上了王小兰。王小兰慌慌张张地往学校里去找李子。张英才记得很清楚,学生们站好路队后,孙四海是牵着李子的手,带着那支路队出发的。王小兰仍不放心，她感觉要出事了，非要到学校看看。

到了学校，孙四海的窗口亮着，有人影一动不动地透出来。

叫开门，王小兰气喘喘地问："女儿呢？"

孙四海说："她不是回你那儿去了？"

王小兰说："你们是在哪里分手的？"

孙四海说："半路上，我想赶早回来复习，就没有送到家。"

闻讯赶过来的余校长当下急了，大声指责孙四海："你这是聪明一世，糊涂一时呀！"

早已眼泪汪汪的王小兰，终于哭出声来，顾不上擦眼泪，扭头就往门外跑。

在场的人也意识到问题的严重性，立即分成两路：一路是孙四海和张英才，顺着路队走的路寻找。一路是余校长和邓有米，沿着近路寻找。孙四海跑得飞快，一会儿就超过了王小兰。张英才跌了几跤，还是跟不上。幸亏孙四海要到沿途路边人家打听，才时断时续地没有跟丢。到了张英才上次跟着路队走过的那道山岭上，月亮正好出来了。

跑得飞快的孙四海站在山梁上不动，等张英才跟上来后，才说："李子在那边树上，被一群狼围着了。"孙四海不像邓有米，依然坚定地将那些东西称之为狼。

黑黝黝的红豆杉上，果然有李子嘶哑的哭声，树下还有十几对绿莹莹的眼睛。

孙四海吩咐张英才，看准山路后，一起大叫着往红豆杉下猛冲，越快越好，千万不能停顿，然后迅速爬上树去，等余校长和邓有米来。说完，也不管张英才同意或不同意，便大叫起来："李子——别怕——我来了！"张英才有些怕，不知叫什么好，只得哇哇乱吼，那群被孙四海坚持称为狼的狼，被吓得退到一边。孙四海动作快，张英才的动作也不算慢，等到狼群重新围上来时，他俩已在红豆杉上坐稳当了。

孙四海一把将李子搂在怀里。

李子歇下来不哭了，孙四海却泪流满面。

半小时后，余校长和邓有米果然带来一大群人，将树下的狼群撵跑了。

回到学校，已是后半夜。孙四海不肯去睡，谁劝也没有用，一个人坐在旗杆下吹着笛子，音符一个一个地流得非常慢，非常缓，沉沉地，苍凉得很，一如追忆与送别。

张英才早上起来，看见操场上到处是焦黑的纸灰，他捡起一张没烧完的纸片一看，是中学课本。孙四海仍在旗杆下吹笛子，从笛孔里流出一点鲜艳的东西，滴在地上，变成一小块殷红。余校长坐在自己屋门口抽着烟。不远的山坡上，邓有米双手掩面，躺在枯草丛中。三个人都是一夜未眠。

晨风瑟瑟，初霜铺在山野上，被风霜雨雪褪去鲜艳的国旗，没有出现在晨空里，光秃秃的旗杆上有一种别样风姿。

"直到今天，我才第一次看懂了国旗。"

在明明没有升起国旗的周末，张英才对余校长他们说。

张英才的话含有多层意思，其中一种，是对自己搞的这场恶作剧很悔恨。他不敢说明白了，只想找机会报答一下，做一点补救。他将自己上山后的所见所闻，如升国旗、降国旗、李子的作文、余校长家的十几个孩子，以及孙四海的仅仅一次疏忽，就使学生险些成为野兽的美餐等，写成了一篇叫作《大山·小学·国旗》的文章。他没有告诉余校长，悄悄地下山，将寄给省报的投稿信，亲手塞到乡邮电所门前的邮筒里。

摸黑返回学校的路上，张英才又遇上蓝飞。

隔得不远，他听到蓝飞在和一个女人说话。蓝飞要那个女人去教育站，问问万站长，是否真有民办教师转成公办教师的机会。还声称，她若不去，自己就再也不进家门。张英才由此判断，对方是蓝飞的母亲蓝小梅。蓝飞不仅说狠话，还用力拉扯，可惜无济于事。蓝小梅不仅不去，还说，早知蓝飞如此不懂事，还不如当初他父亲去世时，将一家人全都装进棺材里。

蓝小梅转身往细张家寨走去。

有些释然的张英才等了约十分钟，才开始走向呆呆地站在路边的蓝飞。他装着什么也没听到，故意问蓝飞，如此失魂落魄，是不是失恋了。蓝飞回答时有些掩饰，但也有真话。他说，还不是因为界岭小学几个老资格的民办教师闹的，让远远近近的民办教师都以为上面真的有了转正的政策。因为一天到晚有人议论，自己都疑神疑鬼了，也想找人探听虚实。张英才站在黑地里，将界岭小学这些时日发生的事，对蓝飞一一说了。蓝飞大吃一惊，他没料到这事会被弄到你死我活的程度，远远超出了预估。因此他俩再次约定，无论此事往后如何发展，再也不推波助澜了。

10

投稿信寄出后的第三天，邮递员送来一封信。

张英才以为是省报的回复。当他看出是姚燕的笔迹时，竟然有些失望。姚燕一改前一封信只写一句的风格，情意绵绵地写满三页纸。张英才只读了一遍就塞进口袋里，更没有急着回信，他觉得，如果这时候还有心思谈情说爱，就太不道德了。

大约过了一个星期，教育站的黄会计领来一个陌生人，说是省教育厅派来进行高考落榜生抽样调查的，要和张英才好好谈谈。黄会计将这人扔下，自己回去了。

那人自称姓王，张英才见他年纪较大，就喊他王主任。

王主任和张英才谈得很少，却老爱往教室和学生中间钻，还逐个同余校长、邓有米和孙四海谈了话。张英才好奇地问他们，都说只是拉了拉家常。有一次，王主任竟然跑进明爱芬的房里，举起照相机，咔嚓咔嚓地拍了十几张照片。幸亏余校长发现得快，硬将他拉出来。第二天中午吃饭时，张英才到处找不着王主任，还以为他不辞而别了，想不到天黑后，王主任又重新露面，并解释说，自己跑到附近山村里看风土人情去了。

王主任最喜欢看学校升国旗、降国旗，每到这个时候，就拿着照相机拍个不停，一点也不心疼胶卷。那天黄昏，当学生们跟着笛声唱完国歌，一个衣服穿得太少，老在队列中哆嗦的孩子，从余校长手里接过降下来的国旗，披在身上欢快地跑进低矮的屋子时，王主任不知是要擦眼镜，还是擦眼泪，背转身去，好一阵才回过头来。

隔了一天，又逢周末，王主任跟着孙四海送学生回家，沿着山路绕了一大圈，返回时，一不小心绊着什么，摔进一道山沟里。所幸山沟不深，沟里的杂草又很厚，王主任打了几个滚后，还能自己爬起来，并且解嘲地说，山沟深处的那一群狼，正用无数绿莹莹的眼睛盯着自己。

孙四海说："王主任是被摔得眼花缭乱了吧！"

王主任装出生气的样子："难道就只有你们能看到狼，我就看不到？"

孙四海说："你怎么晓得我们看见狼了？"

王主任说："不是狼，也是与狼差不多的野狗！"

路过一处山村，王主任敲开一家小杂货店的门，买了一瓶酒。王主任还要买些下酒菜，杂货店里只有几袋太阳牌锅巴，一看上面的字，早过了保质期。正在犹豫时，夜空里飘来一阵卤菜的香味。王主任吸了几下鼻子，问是谁家在卤牛肉。店主小声说，还有谁，村长呗！王主任让孙四海到村边站着等一会，自己循着卤菜的香味进了村长余实的家。时间不长，王主任便提着一包热乎乎的卤牛肉出来。孙四海有些惊讶，王主任居然能够虎口夺食。问起来，王主任说，回学校后，再将秘诀告诉他。

回到学校，孙四海按照王主任的意思，将余校长和邓有米，还有张英才叫到一起。王主任二话不说，上来就敬大家三杯酒。只有孙四海顶着不肯喝，故意说，王主任不明不白地将村长余实家的卤牛肉打劫来了，眼下吃得痛快，只怕日后小鞋要磨破脚后跟。王主任要大家放心，他是凭着这个证件掏钱买的。王主任一边说，一边从口袋里掏出记者证，叭的一声拍在桌面上。

到这一步，王主任才和盘托出，前面对他的介绍，只是微服私访的幌子，实际上，他是省报的高级记者。张英才所写的稿件寄到报社后，读过的人没有不感动的。为了确保此事的真实性，报社专门派他下来核实。

王主任说，只有亲眼目睹这一切，才敢相信那篇文章每一字都是真实的。

王主任又说，这是一篇自己从事新闻工作以来见过的最好的文章，一个星期以内就能见报，发头版头条，还要配编者按和照片。

为了赶时间，喝完酒王主任就摸黑下山去了。

刚好一个星期，王主任走后的又一个周末，大家正聚在学校里等邮递员，想尽快看到王主任的承诺能否兑现。远远地看到有人朝学校走过来，还以为是邮递员到了。走近了些，才发现是村长余实。邓有米马上想到，村长余实来一定没有好事，过完年村委会就要改选，除非将这两年拖欠的民办教师工资一一兑现，否则，界岭小学的三张票，就不会是他的铁票。

一会儿，村长余实就站到了旗杆下面，余校长正想上前打招呼，冷不防听到一声吼："老子总算打听清楚了，原来那个闯到我家敲诈勒索的假记者，是你们这帮酸秀才引来的。"

大家这才明白，村长余实是为那晚被王主任弄走的卤牛肉而来。余校长话到嘴边又停下来。邓有米和孙四海站在那里像木头一样毫无反应。张英才当然清楚，与村长余实对话，必须是自己这样的外来者。

张英才问："你怎么敢断定人家是假记者？"

村长余实说："在界岭教书的都是水货民办教师。记者是无冕之王，就是刮十二级大风也吹不来，不请自来的全是清一色假货。那天晚上我若在家，不将那家伙的假记者证扔进灶里烧了才怪。"

张英才说："你不也是从界岭小学毕业的吗？老师是水货，教出来的村长一定也是水货！"

村长余实说："不是我不给你们面子！说实话，如果不是因为老师是水货，时至今日，老子也许连县长省长都当上了。"

张英才也急了，面红耳赤地说："教师职业的神圣是因为它只教学生做人，不教学生做官，只教学生知识，不教学生无知。"

张英才说完后，下意识地扭头看着余校长和孙四海，因为这话是从他俩某次聊天时听来的。

村长余实一定是故意找茬，他从怀里掏出一本练习册扔给余校长："说得好听，课文上说，当总理的周恩来还要穿有补丁的衣服，分明是宣传艰苦朴素的精神，你们给孩子布置写读后感，非要结合本地实际情况，这是不是含沙射影？"

张英才在心里笑了一下，这篇作文是他布置的，而且确实是针对上个星期六这一带山里，唯有村长余实家在卤牛肉之事有感而发的。

余校长将练习册细细看了一遍才说："借名人来教学生如何做人，这也是很正常的教书之道。"

张英才及时补一句："只想做官的人，才会将任何事情都与做官扯到一起。"

村长余实明白张英才今天是不会给他面子了，便自找台阶下："其实我也是好心，怕你们总想着转正，不小心上了假记者的当。"

村长余实刚在这边路上消失，那边的小路上，又出现了一大群人。

万站长在头里趾高气扬地走着，明明已经很近了，还要放开嗓门高声叫着："余校长，来贵客了！"

万站长所说的贵客，是县委宣传部一位副部长、县教育局一位副局长，其他陪同人员也都是从来没有到过界岭小学的相关干部。他们亲自上山，送来刚刚出版的报纸。大家都说，张英才和界岭小学为全县教育事业争了光，省报用如此显要的位置，大篇幅地报道县里的教育情况，是从未有过的。

张英才接过报纸，刚看一眼便小声嘟哝："王主任说话不算话！"

张英才发现，自己写的文章，虽然发在头版，但没有安排在头条位置上。王主任早先拍着胸脯保证过，他还信誓旦旦地说，如果这样好的事迹都不能用在头版头条位置上，那就不是新闻而是丑闻了。

县里来的领导却不在乎，还说，对界岭小学来说，这已经是"东方红，太阳升，中国出了个毛泽东"一样的大喜事了。

省报头版头条位置上，是一篇关于大力发展养猪事业的文章。

《大山·小学·国旗》排在这篇文章后面，编者按和照片倒是都有。

匆忙之中自然觉得照片最打眼，也是因为照片印得非常好：余校长抓着旗绳的大骨节的手，横吹笛子的邓有米和孙四海，打着赤脚、披着余校长的破褂子、站在满地霜花中的余志，趴在几块土砖搭起的木板上做作业的李子，以及围在桌边吃饭的一群小学生，这些全都看得一清二楚。

看了照片，余校长直惋惜："早晓得这些都要上报纸，一定要帮他们好好整理一下。"

县里来的人在山上待了两天，下山之前，他们客气地问学校里还有什么要求。余校长、邓有米和孙四海的眼睛，顿时变得像是天空中出现六只月亮。三个人你望望我，我望望你，好不容易由余校长带头开口，竟然是说，能不能帮忙添置一些课桌课椅。余校长话一出口，不仅属于自己的月亮消失了，就连属于邓有米和孙四海的月亮也躲进乌云里。

好在万站长又将话题找回来，使着眼色说："领导来了，虽然是贵客，但还是很愿意为基层排忧解难，余校长带头说了，你们几位老师再补充几句。"

张英才担心邓有米和孙四海将心里最惦记的事说走了样，马上抢在前面开口说："请领导发点善心，给几个转正指标，解决这些老民办教师的后顾之忧。"

此话一出，先前的六只小月亮又升起来了。

11

那些人一走，界岭小学又回到从前的样子。虽然有人当着他们的面表了态，要想办法解决学校里一位公办教师都没有的不正常状况，大家却并没有像往常那样，白天盼太阳、夜里盼月亮地盼，而是各人做各人的事，谁也不再提起这事。

那一天，邮递员给学校送来一只麻袋，打开一看，里面全是信。是从各地寄来的，除了表示慰问、敬佩和要求介绍经验外，还有二十多封信是说要和界岭小学一道开展手拉手活动。张英才不明白什么叫手拉手活动，余校长就解释，这是共青团中央一个基金会搞的，由富裕地区的学校帮助贫困地区的学校的活动。这么多的学校都愿意来帮助界岭小学，大家自然很高兴。当即决定分头写信，一人分了一大堆。

忽然，邓有米叫道："这么多信，若是全部回复，光邮票钱就不得了！"

经此提醒，大家动手清点，总共三百一十七封来信，算起来需邮费六十三元四角整，这还没有包括信纸和信封。四个人在屋子里愣了半天，余校长才说："先将重要的挑五封出来回信，其余的以后再说。"

这样一来才发现，有几封信是专门写给张英才的。

张英才一一拆开看，都是差不多的意思，称他有文才，将民办教师写活了，也有说他敢于为民请命，有良心和同情心的。只有一封信很特别，上面只写一句话："速来我处，勿告他人。"开始张英才还以为是姚燕写的，再看落款，方知是万站长。

万站长既是亲舅舅，又是工作上的领导，他说有事，肯定就是有事。张英才写了个请假条，趁天没亮，塞进余校长家的门缝里。

上午九点，张英才就到了万站长家。李芳正蹲在门口刷牙，一只又肥又大的屁股将门堵得死死的，见人来也不挪道缝。张英才只好耐着性子等。李芳刷完牙，嗲声嗲气地冲着屋里说，这么好的牙齿，怎么牙刷一碰就出血，该不是白血病吧！万站长在屋里如何回答，张英才没有听清楚。进门时，见地上的白泡沫中真的有些血色，张英才很想骂一声活该。

万站长正在屋里洗李芳的内衣，见了张英才，他用满是肥皂的手一指厨房："没吃早饭吧，还有两个馒头。"张英才也不谦让，自己进了厨房，一只大碗盛着两只肉包子和两只馒头。他懂得万站长话里的意思，肉包子肯定是留给李芳的，就移开上面的肉包子，拿出下面的馒头，一手一个，捏着站到万站长身边，望着他吃。

张英才咽了一口才问："什么事，这急的！"

万站长望了一下房门小声说："等忙完了再说。"

李芳从房里整整齐齐地出来，用纸包上肉包子，拿着就出门去了。

张英才问："她这是去哪儿？"

万站长说："上班去呗！"

接下来就入了正题。张英才的那篇文章受到上面的重视，除了拨给界岭小学一百套桌椅板凳外，还破例给了一个转正的名额。万站长反复强调，这仅有的名额是戴帽下达的，必须是张英才，这不仅是他的文章写得好，还因为各方面的条件比较合适，其余几个相差太远了，既超龄，学历又不够。

万站长说："你把这表填了，快点的话，下个月就可以批下来。"

张英才简直不相信这是事实，看了半天才说："没搞错吧？"

万站长将登记表摊在他面前："白纸黑字，还错得了！"

张英才终于拿起笔，正要填写，又止住了："这表我不能填。应该给余校长他们。事情都是他们做的，我只不过写了篇文章。"

"你别像个男苕！李芳为了她表弟转正的事，都和我闹了几次离婚。这样的机会一生不会有第二次。"万站长迟疑了一下，又说，"还有蓝飞，那也是我的一块心病。暂时也顾不上了。"

"如果在一个月以前，我是不会谦让的。"张英才十分坚决地说，"现在我的想法不同了，这样的机会应该优先给他们。我比他们年轻二十多岁，就算像你一样十年遇到一次，也还有两次机会呢！"

万站长沉默一阵才说："其实，我也想将他们转正，只是没有这个权力。"

张英才说："你可以找领导做做工作。"

万站长想了想，态度又坚决起来："不行，姐姐把你交给我，我要替你的一生负责。你想想，转正后得马上到省教育学院进修一到两年，那时就快二十一岁了，然后干上三五年，手里有了点积蓄正好可以结婚成家。"

"你这样做，我是不会同意的。"

"你这样说，哪像亲外甥！早知这样，还不如当初让蓝飞去界岭，把这个机会给他！"

"这是你自己说的，我可是没向舅妈漏一点风声！"

万站长气得往门外走："你倒要挟起我来了！好好，你的事我不管了，自己看着办去！"过了几分钟，他又从门外转回来，"外甥风格高，舅舅当然不能拉后腿。不过你得回去问你父母同意不同意，免得到时弄得我是猪八戒照镜子，里外不是人。"

张英才坐在万站长的自行车后面，半个钟头不到，就进了家门。

万站长先说，张英才补充。

张英才刚说完，父亲就表态："英才我儿，这一年复读，的确没白读，你思想也提高了。做人就得这样，该让的就要舍得让！"

母亲还没开口，眼泪先流出来："这样做，对是对，只是你自己不知要多吃多少苦。"

万站长叹口气："你们都这样想，倒是我先前不对了。"

张英才一边给母亲擦眼泪，一边对万站长说："我也是为你做牺牲。你想想，堂堂的万站长，不将转正名额给自己那个能写一手好文章的外甥，反而给了条件差很多的别人，说出去就等于给你脸上添光彩，说不定还有机会将你提拔到县里当局长呢！"

一家人全都笑了起来。

在去界岭小学的路上，万站长几次说，到学校后，名额肯定不好分，只能搞无记名投票。他搞过许多次这类投票，一百人参加，如果只一个名额，就会是一百个人，人人都能得到一票，因为参加投票的都是自己投自己的票。所以，这一次，张英才的票千万不能投给别人，投给谁，谁就是两票，就是多数。万站长要他给自己也留一点机会，同时也可以检查一下别人的风格如何。

一百套桌椅板凳加一个转正名额，让界岭小学的民办教师们欣喜若狂。

投票时，万站长坐在张英才身边，眼睁睁看着张英才在纸上写下余校长的名字，气得恨不能当场给他一个耳光。万站长以为这个名额非余校长莫属了。不料唱票的结果，仍是一人一票。

张英才马上明白，余校长的票投给了他。

万站长也明白是怎么回事，情不自禁地说："看来我还没能力将每个人都看透。"

按照规定，投票无效时，就进行公开评议。

大家坐在一起，半天无话。

张英才忍不住先说："我看这次的名额，大家就让给余校长吧！"过了好久仍没响应，他又说："不谈别的理由，余校长是学校元老，吃的苦最多。"

过了好久，孙四海低声说："给余校长我没意见。"

邓有米只好也表态："我也无话可说。"

一直耷着眼皮的余校长，抬起头来，张英才以为他会说几句感激话，没料到余校长还有别的要求。

余校长说："万站长，我有几句话，想单独和你谈一谈。"

听到这话，邓有米、孙四海和张英才起身要往外走。万站长忙说："你们人多，还是我和老余到外面去说话。"

余校长也说："我们到外面去说话方便一些。"

他俩起身出去，站在操场边上，面对面说了一会儿。余校长像是在揉眼睛。万站长嘴唇动也没动，只是在最后时刻点了点头。

万站长招手叫张英才他们出来。大家站成了一圈。

万站长沉重地说："余校长有件事想和大家商量一下。老余，你说吧！你说了，我再说。"

余校长不安地扫了大家一眼："刚才大家投票时忘了一个人，就是明爱芬，我妻子，她也是我校的民办教师。那年腊月，她刚生下余志，就去县里参加民办教师转正考试，为了赶车，她从没有桥的冷水河中蹚了过去，还没进考场，人就病倒了。抬回来后，整个人就成了现在这种样子。拖了多年，她的心还不死，夜里做梦都念着转正。正是还没转为公办教师这口气憋在心里没有散开，她到死亡线上去了好几次，又依依不舍地返回来。我想，若是真给她转正，过不了几天，她就会死的。现在这个样子，她难受，我也难受，连带着国家、集体和大家都不好办。我想和大家商量一下，让她将这几步路走快点，走舒服点，让她这一生多少有点高兴的事。大家刚才的好意我心领了，转正的名额我不要，能不能把它给——给——明爱芬呢？"

余校长话没说完，就低下了头，不敢看大家的神色。

万站长把每个人都看了一遍才说："明爱芬本来是不够条件的，给她挂个民办教师的虚衔，主要是照顾余校长的工作。所以，虽然只有四个人上课，教育站仍给你们学校五个人的补助金。我也不是没有一点人性的人，只要大家同意给明爱芬转正，并且保守秘密不向外说她是个废人，哪怕是犯错误，我也要帮老余这一回。"

孙四海什么也没说，缓缓地将手举起来。

邓有米的手举得更慢，最后却举得很高。

张英才见了，将自己的两只手都举起来。

万站长说："老余，你抬头看看表决结果。"

余校长抬不起头，泪水哗哗地直往外流，喃喃地说："我晓得，界岭小学的民办教师是天下最好的好人。"

太阳挂在头顶上，地上的影子很清晰。

大家跟着余校长进了明爱芬的房。

张英才第二次进这间屋，觉得气味比以前更难闻。上次是夜晚，加上慌张，没看清。这次不同，能够清楚地分辨出，明爱芬的模样，完全是一张白纸覆盖在一副骨架上。

余校长捧着表格，走到床前说："爱芬，你终于转正了。"

明爱芬眼珠一动："你总是对我这么说，没有哪一回是真的。"

余校长说："万站长刚刚主持开了会，大家都同意让你转为公办教师。"

万站长说："这一次，县里特别批给界岭小学一个名额。"

邓有米说："这还得感谢张老师那篇文章将舆论造得好。"

孙四海说："明老师，你是界岭小学真正的元老！还记得老村长送我到学校来，你正在教室里上课，那样子真美，连老村长都不敢打扰。说实话，一开始我还想宁可四处流浪，也不当民办教师。就因为见到你的样子，我才下定决心当民办教师的。还有，之所以，我对王小兰那么痴心，也因为她有好多地方像你。"

明爱芬很灿烂地一笑。她接过表格，从头看到尾，看得脸上逐渐起了一层红晕："老余，快拿水来，我要洗洗手，不能弄脏了表格。"

张英才连忙到外面去端水，趁机猛吸几口新鲜空气。明爱芬用肥皂细心地洗净了手，擦干，又朝余校长要过一支笔，颤颤悠悠地填上：明爱芬，女，已婚，汉族，共青团员，贫农，一九四九年十月出生。

突然间，那支笔不动了。

邓有米说："明老师，快写呀！"

明爱芬那里没有一点动静。

在身后扶着她的余校长眼眶一湿，哽咽地说："我晓得你会这样走的，爱芬，你也是好人，这样走了最好，我们大家都不为难，你也高兴。"

明爱芬死了。

满屋子的人都没有作声。

只有余校长在和她轻轻话别。

张英才忍了一会儿，终于叫出来："明老师，我去为你下半旗致哀！"

张英才走在前面，孙四海跟在后面。邓有米把在教室做作文的学生全部集合到操场上，说："余校长的爱人，明爱芬老师去世了！"再无下文。

张英才拉动旗绳。孙四海吹响笛子，依然是那首《我们的生活充满阳光》。

很旧的国旗徐徐下落，李子和叶碧秋先哭，大家便都哭了。

余校长给明爱芬换上早已准备好的寿衣，点上长明灯，再赶到操场，见国旗真的降了下来，慌张地说："这半旗可不是随便降的，你们可别犯政治错误。"他伸手去升旗，使劲一拉，旗绳断了。

张英才说："这是天意。"

余校长急了，对邓有米说："这是政治问题，不能当儿戏。快找个会爬树的人，上去将绳子系好。"

"老余，你去张罗明老师的后事吧，这些事你就别操心了。"万站长停一停，又说，"明老师这一走，名额的问题还得重新研究一下。"

余校长说："万站长放心，这事我已考虑好了，保证不误你下山。"

万站长在山上一直待到明爱芬入土为安。

教育站的黄会计来送安葬费时，带来了李芳的口信，要他马上回家，有十万火急的事情。

万站长对张英才说："屁事，一定是闻到风声了，又想打这个转正名额的主意。"

张英才说："你就硬气一回，看她能把你生吃了！"

万站长回答说："我也是这样想的。"

葬礼来了千把人，都是界岭小学的新老学生和他们的家长亲属，操场上站了黑压压一片。

张英才到村长余实家报信，并询问，到时候谁给明爱芬老师致悼词比较合适。学校的几个人商量好了，这事最好由村长余实来做，实在不行就由万站长顶上去。张英才去问时，村长余实大咧咧地打几个哼哼，没有明确表示。追悼会开始前几分钟，村长余实才来。村长余实没想到，来参加明老师追悼会的人，比前几天村里开换届选举预备会还到得齐，便从张英才手里要走已经写好的悼词。村长余实念悼词时，还脱稿添了一句："明爱芬同志是我的启蒙老师，那一年，她才十六岁，她的教育业绩，将垂范千秋。"

张英才对村长余实加的第一句话很反感，在心里说，拉选票都拉到追悼会上了。当他见到村长余实说话时噙着泪花，还是将所有的不快扔在一边，倒了一杯水递过去让他润润嗓子。

来的人都送了礼，有布料、大米，也有送鱼肉和豆腐鲜菜的。孙四海摆个桌子想要登记，送礼的人却都不去那儿，说这么多的人情，余校长若是

——还礼，如何负担得起？孙四海坐在那儿没事干，就去厨房帮忙，王小兰在，她被请来负责筹办葬礼后的酒席。孙四海还没和王小兰说上话，邓有米就来喊他，余校长要他俩去商量一件事。

张英才和万站长看着他们平静地进了余校长的家，又看着他们平静地从余校长家里出来。见多识广的万站长都没料到，这是在开校务会，专门研究那仅有的一个转正名额问题。

万站长随后进去看了看，见余校长正在那儿填表，就没有打扰，出来对张英才说："余校长转正后，这两年的进修课他怎么上？儿子余志由谁抚养呢？十几个在他家寄宿的学生又该怎么办呢？"

张英才也没有答案，就说："车到山前必有路，谁能把后路看得一清二楚！"

酒席在操场上摆了几十桌，桌子和碗筷都是从附近村里借的，酒菜全是别人送礼送的。大家都说，就是上次老村长死，也没有明老师死得隆重。

酒席散后，到了黄昏。张英才送还最后一张桌子从山下的村里返回来，见万站长和余校长正在家门口争论着什么。两人都很激动。张英才想走过去又有些犹豫。站了一会儿，孙四海和邓有米也来了。

万站长见了，就喊："你们都过来！"

张英才走过去。万站长递过一张表："你看余校长是怎么填的。"

张英才一看，上面赫然写着"张英才"三个字。

张英才结结巴巴起来："余校长，你怎么能把转正名额让给我呢？"

万站长说："我劝不转他，就看你的了！"

余校长说："谁来劝也没有用，这是校务会决定的。"

张英才不相信："真的么？"

孙四海说："是真的，从上次李子出事后，我就一直在想，假如自己一走，李子和王小兰怎么办？我的一切都在这儿，转不转正，已经无所谓了。"

邓有米接着说："明老师这一死，我也彻底想通了，不能把转正的事看得太重。人活着能做事就是千般好，别的都是空的。张老师，你不一样，年轻，有才气，没负担，正是该出去闯一闯的时候。"

张英才仍说："我不信，这不是你们的真实想法。"

余校长正色道："张老师，你这样说太伤人心了。邓校长和孙主任的确是自愿放弃的。只有一点，大家希望你将来有出息了，要像万站长一样，不管到哪里，都莫忘记还有一个叫界岭的地方，那里孩子上学还很困难。"

张英才听不下去，大叫一声："我不转正。"转身钻进自己屋里。

万站长随后进来，打开凤凰琴拨了几个音。

张英才说："你不要乱弹琴。"

万站长不听他的，又拨了几下："当初上山时，你问过这琴的主人是谁——就是我。"

张英才一惊："那你干吗要送给明爱芬？"

万站长只顾说自己的："转正的事我不强迫你，我讲个故事，你再决定。十几年前，界岭小学只有两个民办教师：一个男老师和一个女老师。那年，学校也是分到一个名额。论转正条件，女老师比男老师明显要强。男老师就想别的门路，迅速和另一个女人结了婚。那女人已离了两次婚，但她有一个在部队当将军的叔叔做靠山。女老师当然明白这一点，她为了证明比男老师强，明知转正无望，又刚生孩子，还是硬撑着要去参加考试，想在考分上压倒男老师。"

张英才说："我明白，男老师就是你，女老师是明爱芬！"

万站长面色苍白地说："其结果就是前几天余校长所说的，明爱芬将自己弄废了。我一转正就调到乡教育站。走之前，我不敢见明爱芬，就想将凤凰琴作为礼物送给她，让她躺在床上有个做伴的。写好字后，又怕自己的名字会刺激她，就用小刀把它刮掉。我将自己的东西全拿走了，只留下凤凰琴。"

张英才听完了说："这叫有所得必有所失！"

万站长说："你真聪明，我就是要你明白这个道理。"

张英才坐在桌子前不说话。

"我累了，先睡，你想好了就喊醒我。明天回去，还不晓得李芳怎么跟我吵。还有蓝小梅和蓝飞，不知他们会如何想呀！"万站长躺下后又补充说，"这次转正的两步棋得反着走。明天你就随我下山，先到省教育学院报到，回头补办别的手续。别人都是九月份入的学，晚了赶不上考试，拿不到学分就麻烦了。"

万站长一觉醒来，天已亮了，屋里不见张英才。

他开门一看，张英才正独自靠在旗杆上出神。

天上开始纷纷扬扬地落雪了。第一片雪花落在脸上时，张英才情不自禁地抖动了一下，他想不到这是落雪，以为是自己的泪珠。待到他明白真的是落雪了，抬头往高处看过一阵，还是不愿认可，这些从茫茫天际不请自来的清凉与纯粹的东西，不是泪花而是雪花。

界岭小学依然举行升旗仪式。余校长让张英才亲手升一回国旗，张英才在笛声中一把一把地拉动绳子，身后忽然响起凤凰琴声。张英才回头一看，万站长和余校长正在合作，弹奏着国歌。仰望国旗的张英才觉得自己满脸冰凉，这时候，他又希望那是因为天上落了太多的雪。雪花还在飘落，然而，张英才脸上堆积着的主要是泪花。

张英才离开界岭小学时，大部分学生还未到校。这种天气，余校长、邓有米和孙四海都要到半路上去接学生，大家都为不能为张英才送行而感到惭愧。

张英才将那副四百度的近视眼镜送给了孙四海。

余校长将凤凰琴送给了张英才。

然后，大家握手道别。各走各的路。

张英才和万站长下到半山腰时，遇见了邮递员。邮递员又给界岭小学送来一麻袋信，还给了张英才一张汇票。是报社寄来的一百九十三元稿费。

万站长感叹地说："城里的待遇就是高，一篇文章的收入，比我一月工资还多。"

这时候，张英才听到身后有人喊。回头一看，是叶碧秋的父亲，他要到乡里的铁匠铺，将自己的砍刀修理一下。叶碧秋的父亲说，余校长在为明爱芬举行葬礼时，还抽空同那些不让孩子上学的家长谈话，大部分家长都表态说，不管家里如何苦，过了年，一定会让孩子到学校里来。张英才和万站长走累了，想歇歇，就让叶碧秋的父亲先走了。

叶碧秋的父亲有些不舍地说，早上同女儿一道去学校，听说张英才要离开界岭小学，叶碧秋为了忍着不哭，将自己的嘴唇咬破了。叶碧秋的父亲在前面越走越远。

雪越落越大，几阵风劲劲地吹过，天空就乱舞起来。转眼之间，地上没白的地方就白了，先前白了的地方变成了雕塑。

张英才望着雪景，不免说了句："瑞雪兆丰年。"

万站长说："别浪漫了，快走吧，大雪就要封山了。"

没走几步，万站长自己却停了下来，怔怔地往回看。

张英才难得叫声舅舅，问他是不是有东西丢在界岭小学。

万站长说："我好像听到凤凰琴在响。"

张英才说："怎么会哩，凤凰琴在我背上背着哩！"

万站长说："有些声音你现在听不见，将来也许会听见。"

张英才故意说："谢谢领导提醒！"

万站长不与他说笑："想说界岭小学是一座会显灵的大庙，又不太合适，可它总是让人放心不下，隔一阵就想着要去朝拜一番。你要小心，那地方，那几个人，是会让你中毒和上瘾的！你这样子只怕是已经沾上了。就像我，这辈子都会被缠得死死的，日日夜夜脱不了身。"

说话时，万站长的神情格外忧郁。

张英才想起一件事，下山之前，别人都送了礼物，只有万站长没送。万站长就问张英才想要什么。张英才指着山沟，要万站长想一想，当初送自己上山时，将什么东西扔到山下去了。见万站长终于想起那枚硬币，张英才就说，自己想要他将那枚硬币还回来。万站长往路边走了几步，然后弯下腰做了一个捡东西的动作，回来后，手心里真的出现一枚硬币。张英才拿过硬币，看了很长时间。

......

二〇〇九年四月二十二日定稿于东湖梨园

二〇一二年九月二十九日校订于斯泰园

中篇小说

秋风醉了

1

电视播完晚间新闻以后,王副馆长才回家。

王副馆长进家门时,妻子仿兰已经搂着女儿睡着了。客厅里,老父亲还在地板上趴着,修补一双旧胶鞋,屋子里弥漫着一股胶水的香味。见儿子回来,父亲随口问他吃饭没有。听说儿子真的没吃晚饭,父亲连忙起身到厨房去弄吃的。

王副馆长在客厅沙发上坐了一会儿,忽然从胶水的香味里闻出煤气的味道,他赶紧跑进厨房,一把将煤气罐拧死。

父亲说:"怎么关了?正准备点火呢!"

王副馆长说:"你不是点火,是打算放火。跟你说了一百遍,要先将火柴点着,再开煤气开关,你总是记反了。"

父亲说:"我见你媳妇也常常先开煤气,再划火柴。"停一下,又说,"要怪也只能怪她,因为怕女儿玩火,就将火柴藏得连我也找不着。"

王副馆长劈手夺过火柴,转身将门窗都打开,让风吹了一阵,这才将煤气灶点燃了,又随手将一只锅放上去,加了些水,说:"煮点面条。"正要走,见父亲正在拿鸡蛋的双手黑黑的,上面还粘有些许从胶鞋上掉下来的粉末,他连忙说:"我自己来,你歇着去吧!"一边皱着眉头从父亲手里接过两只鸡蛋,一边将父亲推出厨房。

王副馆长将鸡蛋面做好了,盛到碗里,正要吃,父亲又转回来,冲着王副馆长说:"我听说有件事对你不利。"

王副馆长搁住筷子问:"你能听到什么重要事情?"

父亲说:"下午,李会计的母亲送鞋来时,亲口对我这样说的。我问是什么事,她也只捡了一只耳朵,没听清是什么,反正是李会计在家里说的。"

王副馆长想了想说:"你别瞎操心,在中间乱搅和。我的事你想关心也关心不了。"父亲说:"我只是提醒你一下。"

吃完面条,王副馆长弄些热水将身上擦洗一把,正要睡觉,见父亲仍在客厅里补胶鞋,就说:"一双破胶鞋,你想补出一朵花来?"父亲说:"这天怕是要下雨了,人家到时要穿呢。"

王副馆长懒得再理睬,开了房门,就往床上钻。

仿兰仍旧没醒。王副馆长在床上倚坐了一阵,忍不住用手去摸妻子。摸了一阵,仿兰终于醒了,朦胧地问:"什么时候回的?快睡吧!"

王副馆长说:"有件喜事要告诉你。"

仿兰振作了些。王副馆长继续说:"组织部约我明天下午去谈话,可能是要我当正馆长了。"

仿兰说:"这也叫喜事?代馆长都代了快三年,人都累脱了几层皮。现在,你就是坐着不动,百事不做,也该送你一顶馆长帽子戴一戴。"

王副馆长说:"话是这么说,可人家如果成心不让你升这半级,你也没办法。"

仿兰说:"所以你就把这个响屁,当成了喜事。"

王副馆长说:"你以为我当上国家主席才是喜事?这好比月月发工资,明知这笔钱是你该得的,可一到领工资的时候,人人都挺高兴,都把会计当成了菩萨。"

仿兰打了一个呵欠。女儿忽然叫了一声:"我要屙尿!"仿兰连忙跳下床,抱起女儿要去卫生间。一开房门,见公公正蹲在客厅地板上,忙又缩回来,仿兰只穿着乳罩和三角短裤。她将女儿往丈夫身上一扔,回头钻进被窝里。

王副馆长抱女儿去卫生间。路过客厅时,朝父亲说了几句重话。待他从卫生间出来,父亲已上床睡去,破布、破胶皮撒了一地板。

关了房门,仿兰说:"他又是没洗手脸就去睡了?下回,他的被窝你帮忙洗。"

王副馆长不作声。放好女儿,他又续上刚才的话题说:"领一个月的工资,就说明自己有一个月的价值。让我当正馆长,也就说明我有正馆长的价值。不让我当,就意味他们不承认我有这个价值。"

仿兰猛地说一句："就像母猪肉不是正经肉一样？"

王副馆长说："差不多是这个道理。"

仿兰又说："只有你把狗屎当金子。换了我，倒要先考虑考虑这个馆长能不能当。要当也得提它三五个条件。"

王副馆长说："你是站着说话不腰疼。算了，睡吧！明天上午那一道难关，还不知道该怎么过呢！"

仿兰说："谁叫你充好汉，领导要安排亲戚子女到文化馆，你答应就是，这个单位又不是你私人的。我们图书馆只有十个编制，却进了二十一个人，工资奖金反而比你们发得多。领导子女来是好事，可以通过他们走捷径找财政局要钱嘛。"

王副馆长说："文化馆是搞文艺的，不考试就答应让谁谁谁进来，那怎么行？"

有一阵两人都没说话。王副馆长一翻身，胸脯贴到仿兰的背上。

他正要将手伸出去，仿兰又开口说："你父亲和李会计的母亲关系怎么这密切，是不是在谈朋友？"

王副馆长一愣。仿兰继续说："这一段你父亲经常带着孩子到李家去串门，今天下午，他又将李家的破鞋，抱了一大堆回来补。"

王副馆长记起父亲刚才说的话，他当时还以为父亲补的是自己家的鞋，但他仍替父亲辩解："父亲当了一生的补匠。这两年不让他上街摆摊，他就像丢了魂似的。能帮人补鞋，就证明他活着有价值。你也别乱猜。"

仿兰说："又不是我的亲老子，我才不管呢！我只要你告诉他，别脏了我的屋子就行。"

王副馆长的兴致一下子全没了，他翻了一下身，将自己的背对着仿兰的背。仿兰说风灌进被窝里了，他也懒得理。

2

睡了一阵，王副馆长感到有人在推自己。睁眼一看，天已经亮了。

仿兰见他醒了，就不再推，说："快起床去看看，你父亲在外面哭呢！"

王副馆长一听，真的有哭声，就连忙起床，披着衣服冲出房门。果然是父亲老泪纵横地坐在小板凳上哭泣。

王副馆长说："你怎么啦？"

父亲抹了一把眼泪，却不说话。

王副馆长有些急："我的亲老子！你是伤是病，先开个口呀！"

父亲喘不过气来。王副馆长上去帮忙在背上捶了几下。

平缓后，父亲终于说："昨天夜里，他们狠狠地打了我一顿！"

王副馆长一惊："谁？"同时在心里判断，可能是李会计见父亲老是同他母亲在一起，就起了报复之心。

父亲说："你爷爷和奶奶，你太爷爷和太奶奶！"

王副馆长悬着的心立刻放了下来："他们早已作古了，怎么会打你呢？"

父亲说："他们托梦给我，在梦里打我！说我不仁不义不忠不孝，所以王家香火在我手上断了，王家上千年的血脉让我毁了！"父亲指着自己的脸让王副馆长看，"我这张老脸都打乌了，伢儿，我好歹生了你这个儿子，你说什么也要还我一个孙子呀！"

房门一响，仿兰款款地走出来。

王副馆长刚放下的心，又悬了起来。

仿兰故意轻描淡写地说："你老人家也不必如此伤心，只要你儿子愿意，我们就离婚，让你儿子再去娶个会给你生孙子的姑娘就是。"

王副馆长忙说："仿兰，你少说几句行不行？"

仿兰说："怎么啦，这话我说得不舒服，难道你们听了也觉得不舒服？"说着，就进了卫生间。

王副馆长好说歹说，总算劝得父亲歇下来，不再哭了。原本打算早起和父亲说，要他别给外人补鞋，别丢他的面子。父亲这一闹，王副馆长就不好开口了。

洗漱完毕，王副馆长到厨房去，想和仿兰说，做点父亲爱吃的泡蛋。进去后，才发现自己还没开口，仿兰就已经按他的想法做好了，王副馆长就放心地转身去给宣传部的冷部长打电话。

冷部长是县委常委，电话自然是公家安装的。王副馆长的电话安装得不明不白。文化馆准备将旧房拆了盖舞厅，几家建筑公司来抢这笔活儿。其中八建公司借口说为了便于联系，抢先给他家里安了一部电话。所以，他一拿起话筒，就感到当不当一把手，确实大不一样。

冷部长有个幺姑娘叫冷冰冰，暑期参加高考，考了二百九十分。冷部长想到文化馆的干部只要有专长有才华，文化水平不高不要紧，就想将冷冰冰安排到文化馆工作。于是，他就让人将冷冰冰写的几篇日记和作文送给王副馆长"指教"。王副馆长没有细想，拿起笔正要评点，对方笑着暗示了一下，他才明白，冷部长是要他主动去要人才。

今天上午的这场考试，本是单独为冷冰冰安排的，不知是谁走漏了风声，说文化馆公开招聘文艺人才，搞得全县来报名的不下一百人，县委、县政府两个大院的干部子女就有十几个。弄得王副馆长骑虎难下，只得假戏真做，请了几个评委，将一百多人筛得只剩下十个，参加今天上午的最后面试。

王副馆长拨了一个号码，等了片刻，那边就有人声传过来，娇滴滴地问找谁。王副馆长就说："你是冰冰吧？我是文化馆小王，请你爸，冷部长接电话。"王副馆长等了好一阵，话筒里没有人声，只响过一阵公鸡的打鸣声。仿兰几次催他吃饭，可他就是不敢放话筒。那边终于传来了冷部长的声音。王副馆长先说自己昨天晚上在冷部长家等到九点多，见冷部长还没回来，就只好先告辞，等等，然后，又说今天的面试已经全部准备好了，以冰冰的才华，名列榜首是一点问题也没有的。

这时，仿兰在客厅里大声呵斥谁："送什么礼呀送——王馆长不是见东西眼开的人，都给我提回去，凭真本事考嘛，何必来小动作。"

见声音太大，王副馆长忙将话筒上的送话器捂住，一转念头，他又放开了，并对着话筒说："评委都是我亲自挑选的，政治上绝对可靠，不会自行其是。"他说"政治上"三个字时，语气特别重。

等了一会儿，冷部长才在那边说："冰冰她病了，不能参加面试。"

王副馆长正要再说点什么，那边电话已经挂上了。他感到事情有些不妙，出了房门，冲着仿兰说："你刚才发什么神经病？"

仿兰说："其实没人送东西来，我想和你做个配合，让领导更相信你。"

王副馆长说："你是在画蛇添足。"

这一变化，让王副馆长食欲大减，只喝了两口粥就提着皮包上班去了。

3

文化馆办公楼与宿舍楼本是一个整体，只是将一半设计成宿舍，另一半作办公用。王副馆长从家里走到办公楼门前只用了两分钟。

还没到上班时间，看门的郑老头还没来，他从皮包里找出一把钥匙，将大门开了，人进去后，反手又将大门重新锁上。

一进办公室，王副馆长就坐在椅子上发闷。闷了一会，他记起下午要到组织部去谈话，就连忙找出笔记本，将代理馆长这几年的工作做了一些回顾。

一写到自己的工作成绩，王副馆长又兴奋起来。他推开门，走到阳台上，细细打量这一幢五层楼的建筑物。修建文化馆大楼的事，县里叫了十几年，馆长换了几任，都没建起来。轮到他代理馆长，只用了十四个月，大楼就竖了起来。县长在一些重要场合里多次说，要向文化馆学习，账上没有一分钱，却盖起了一栋价值八十万元的大楼。所谓文化馆，实际上就是指的王副馆长。

王副馆长朝下看时，见宣传部秘书科的小阎领着一个人，正在楼下观望。他就叫起来："小阎，上来坐一会儿吧！"

小阎和那人说了句什么，就在前面带路朝楼梯间走来。不一会儿，两个人就到了办公室门口。

坐下后，小阎分别做了介绍。王副馆长知道随小阎来的这人曾经是小阎的小学老师，听说文化馆公开招考干部，特来看个热闹。小阎的老师姓马，王副馆长看了几眼，总觉得有些面熟。老马看出他眼睛里的意思，就主动说，前年县里搞"金色的秋天"摄影作品展览，他有一幅作品入选了。他来文化馆拿入选证时，有些不好意思，就说自己是代人来领的。王副馆长记起有这件事，他还记得这幅作品名叫《秋风醉了》，作者是一位副乡长，作品本来很差，但名字取得好，作者身份又特别，王副馆长才力荐让这幅《秋风醉了》参展。王副馆长本想问问老马现在哪个单位任职，但见小阎起身告辞，他自己也忙，便作罢了。

临出门时，老马握着他的手说："往后还望多多关照。"

王副馆长说："你是县里的文艺骨干，我理所当然会关照的，你就放心好了。"

老马没说什么，只是轻轻一笑，那样子有点意味深长。

和小阎握手时，王副馆长半天不松开，扯着问："冷部长对我们这次考试，不知有何意见或指示？和我说一说，等我们的舞厅建起来了，哥哥每天送你两张票。"

小阎也学老马轻轻一笑，说："冷部长对你工作中的锐气很欣赏，多次要部里的中层干部向你学习呢！"

王副馆长说："冷部长这么看重我，那他女儿冰冰怎么不来参加考试？"

小阎说："这是冷部长的私事，我也不知道。"

王副馆长从小阎脸上看不出什么暗示，只好放他走了。

小阎刚走，李会计就来问他今天的考试是不是按时举行。王副馆长怀疑他是不是已经知道冷冰冰不来参加考试，加上想起父亲昨晚说的那些话，心里忽然有了一股气，就说："有什么变化，我会通知你的。"

李会计停了停，正要走，王副馆长甩给他一支香烟，随口问："听人议论，宣传口最近像有什么人事变动。你消息灵通，知道是怎么回事吗？"

李会计一边低头点香烟一边说："不知道，一点也不知道。"

王副馆长就问他，让八建公司的经理今晚见面谈判拆旧房盖舞厅的事，通知了没有。李会计说已经通知了，今晚他们正副经理都来。隔了一会儿，王副馆长又问他申报高级会计师的事进展如何。听说有些阻力，他答应过几天帮忙跑一下，疏通疏通。李会计当即表示感谢。王副馆长希望他嘴里能透露点别的什么，见他问一句答一句，一个字也不愿多说，知道无益，就叫他走了。

门外陆续走过一些人，是馆里的干部来上班了。王副馆长一看表是八点半，离考试还有一个钟头，便开始准备下午的工作汇报。

成绩自然有一大堆，不然他就不会被评为省地两级文化系统先进个人。王副馆长想，光说成绩人家会觉得这个人太骄傲狂妄，还应该说一些缺点。他最大的缺点是不大听话，上面的指示，他总要添点什么或减点什么，不能做到百分之百和不折不扣。譬如说这次招考文艺人才，本来看准一个好苗子选进来就是，他却要别出心裁，组织一个评委会，搞初试和面试。宣传口的干部全归冷部长管，没有他点头，谁也提拔不起来。王副馆长觉得既然冷部长不计较这点，将他由副转正，自己再不检讨冷冰冰的事没办好，就太不近人情了。这种缺点的根本问题是个性太强，宁折不弯，遇事不讲究调和，态度强硬，方法简单。王副馆长又安排自己在说了这一通后，一定要说说老罗的事。

老罗是馆里的音乐干部，他本是在下面乡里当电影放映员，因和县委书记是同学，才调到文化馆。来馆不到一年就搞了三个女人，其中两个是姑娘。弄得那一阵，天天有人来找老罗算账，搞得全馆乌烟瘴气。宣传部、文化局都不敢处理。那时，前任馆长刚调走，王副馆长刚刚开始代理馆长，上面将这事交给他处理。他将心一横，给了老罗一个行政记大过、停发当年奖金的处分。奖金停了半年，县委办公室就派人来说情，被他不客气地顶了回去，结果他在文化馆内的威信也变得如日中天。

王副馆长正在盘算这种小骂大帮忙的主意时，电话铃响了，隔着一道墙，清晰得很。跟着李会计在那边的会计室里喊："王馆长接电话！"

进了会计室，王副馆长一拿起话筒，就听出是县政府文卫科的史科长。史科长说上午来考试的人当中，有个叫肖乐乐的，他是行署文卫科肖科长的妹妹，一定要特别关照。王副馆长嘴上应承了，心里却骂道："二十几岁，卵子还没长圆，就想在老子面前玩领导的味儿！真是睡着后笑醒了。"

放下电话后，李会计问他这次收的报考费怎么处理。王副馆长问清有差不多五百元时，就说："再添一点，凑一千元，将银行那笔贷款的利息付了。"

李会计说："是不是作奖金发了算了。银行的钱，一千、两千地还，他们还嫌麻烦。"

王副馆长说："没办法，银行这笔钱不还清，住在这房子里就不舒服。你同大家解释一下，现在为我捧捧场，将来会有大家的好处的。"

回到自己的办公室，王副馆长看见屋里有一个挺好看的女孩，心里有几分好感，就主动问她找谁。女孩说她叫肖乐乐，找王馆长。王副馆长想起刚才电话里史科长的口气，那点好感顿时消失得干干净净。他接过肖乐乐手里的条子，看也不看就放在桌上，借口叫肖乐乐出去放松放松，以免考试时太紧张，将她打发走了。

肖乐乐走后，接二连三地来了不少人，都是递条子的。王副馆长数了数，九个人参加考试，递的条子却有十三张。条子上落款的都是县里的头面人物，史科长在里面只算得上是一只小爬虫。

王副馆长瞅着那堆条子，犯了难，那些写条子的人都是不好得罪的。而这次招考只录取一人，原定是要录冷冰冰，那九个人只是陪着练练，就算才华超过王副馆长本人，他也不敢录取。

王副馆长想了一阵，想出个主意，就唤李会计过来商量。

李会计听说他准备让每个评委，给参加考试的人，统统都打九分，就摇头，说："这会让人看出问题来。不如规定从八点五到九点四，共十个分数。评第一个人时，第一个评委打八点五分，第二个评委打八点六分，第十个评委就打九点四分。评第二个人时，第一个评委打八点六分，第二个评委打八点七分，第十个评委打八点五分，这样依次排下去，去掉最高分和最低分后，每个人都是七十一点六分。"

王副馆长见李会计脱口说这许多数字，就说："你好像预先就知道许多事一样？"

李会计说："王馆长这样说，以后我就不敢为你当参谋了。"

王副馆长说："等我当了馆长时，一定举荐你当副馆长。"

李会计望着他不说话。

王副馆长说："我还想将评委秘密打分，改为公开亮分，免得有个别人不听话，暗地里下我的绊马索。"

李会计说："这个主意好，不看僧面看佛面，不看粥面看饭面，看谁敢得罪冷部长！"

王副馆长说："很对，如果今天九个人得分一样，我就可以一个不取，这个名额还是冷冰冰的。"

商量好后，李会计就去通知评委们来开碰头会。

十个人都到了以后，王副馆长就说："我先给个东西大家看看，然后请大家说说今天这个分数，怎么个打法。"

说着，他将桌上的十三张条子，递给评委们过目。

评委们看后，一个个脸上很严肃。

王副馆长说："这样明目张胆地以权谋私，将后门开得比前门还大，我是很看不惯的。我的意见是一个也不录取。"

评委中有几个人齐声附和。

忽然评委中有人问："怎么没见到冷冰冰的条子？"

王副馆长说："冷部长知道有人写条子的事，他很生气，就不想让冷冰冰的清白之身被这些污水玷污了。正好冷冰冰又生病了，便放弃参加今天的面试。"

大家齐声"啊"了一下，然后都说就按王馆长的意思办。

九点半时，评委们鱼贯进入考场。一坐定，王副馆长就宣布面试开始。

由于不收门票，来观看的人很多。

开始几个七十一点六分出现时，大家都发出各种惊叹。特别是第九个七十一点六分出现时，考场轰地一响，像是天上打了一个滚雷。

等王副馆长重新出现在台上时，考场猛地静下来。

王副馆长说："出现这样的结果，是我们事先没有料到的。不管怎么样，我们将尊重评委的意见，慎重地进行研究。"

参加考试的人，都没料到会是这种结果，一个个不知说什么好。王副馆长说了几句安慰话，他们就随大家往外走。

一屋人中，只有两个人在笑：一个是小阎，一个是小阎的老师老马。

等人都走完后，王副馆长立即给冷部长打电话。他在电话里说，本来想下午亲自来汇报，但是组织部约他下午去谈话，所以就先将结果报告一下。他这样说，本是想探探冷部长的口气。冷部长只说了一句："你的高招真多，我都防不胜防了。"说完就放下了电话。

王副馆长猜不透冷部长话里的意思，回家吃午饭时，说给仿兰听。

一向很有直觉的仿兰也无法判断。

4

下午，各机关都是一点半钟上班。王副馆长一点钟从家里出发，到组织部只用了十五分钟。

干部科的门敞着，有两个人在办公桌上下象棋。王副馆长冲着执黑的一方叫姚科长，又冲着执红的一方叫张科长。二人都朝他点点头，说声你来了，又埋头厮杀去了。王副馆长见红方张科长走错一步棋，就想提醒他，终究是强忍住没有开口。黑方姚科长赶紧挥车叫将。张科长一看，将虽将不死，却要丢一只马。他懊悔不及，连连说自己不该太冲动了。

"太冲动了就要吃亏。"后一句是姚科长说的。

这时，墙上的石英钟响了一下。

张科长忙一推棋子，说："上班时间到了，不能下了。"

姚科长说："这盘棋你是输定了。"

张科长说："那倒未必，古话说置之死地而后生。老王你说是不是。"

王副馆长说："其实姚科长的棋也潜伏着危机。"

一边议论，一边将棋收拾好了。

姚科长又叫张科长给王副馆长泡茶，说张科长是输家，输家就得受罚。

张科长却反叫姚科长给客人泡茶，理由是姚科长爱跳舞，若不待王副馆长客气点，等文化馆舞厅建起来后，不买票就不许进。

姚科长不以为然，他不相信到时候王副馆长会拦在门口六亲不认。

张科长说，王副馆长自然不会拦在门口，但他会请两个素不相识的民工守门，看谁有力气硬往里闯。

说着话又进来了一个人，是宣传部小阎的老师，那幅名为《秋风醉了》的摄影作品的老马。老马进门后，腼腆地冲王副馆长点点头，找了一个凳子坐下来。

姚科长和张科长扯了半天皮，到底谁也没去泡茶。

趁他俩扯皮刚告一段落，王副馆长赶忙插进来说话。

王副馆长知道一会儿主管县直机关的徐副部长就要来了，徐副部长来了自己就不好主动谈今后工作的设想。趁徐副部长没来，自己就开始说，等徐副部长来了，正好可以听到一部分，而这些事闲聊时说，比正式汇报效果要好。譬如说建一座高档舞厅，闲聊时可以说星期六晚十点半以后，舞厅灯光改为烛光，舞曲一律是慢三、慢四，而且还要设几处屏风，跳到最抒情时，可以转到屏风后面去。又譬如，建一个镭射电影厅，专放一些进口电影，因为镭射视盘是采用激光信息处理的，无法进行剪接，所以刺激性很强的镜头特多。等等这些，都不能在正式汇报时说，说了就要犯大忌。

王副馆长说，他打算年内将舞厅建起来，明年再投资搞镭射电影，后年搞一个健身房，这中间再看准机会办一个公司。

徐副部长果然在王副馆长说到最精彩处走进来，除了老马起身上前和他握手，别人都没多大反应。

徐副部长一直在听，直到王副馆长将话说完，才开腔。他说："我们开始谈正事吧！"

姚科长赶忙起身给徐副部长倒水，却被张科长捷足先登了。

徐副部长接着说："文化馆的工作，这两年在王代馆长的领导下，取得了一些成绩。考虑到上面对精神文明建设的高度重视，县里更不能小看它。所以，冷部长和我们商量过后，决定调西山乡副乡长马金台同志到文化馆担任馆长兼党支部书记。"

王副馆长听到这话，脑子里轰地一响，眼前泛起一层黑点。

徐副部长下面讲的什么，王副馆长听不大清。恍惚中只见一只手伸到面前，他下意识地握住，抬头一看，是老马。

老马说："从前我是你的业余作者，现在转到文化战线上来，我仍是你的业余作者，因为我不算太内行，有些事还需要王馆长你多加指点。"

王副馆长定了定神，勉强开口说："一个锅里吃饭的人，好说，好说！"

徐副部长又说："你俩一正一副，分工是这样的：老马抓全盘，兼管人事；小王抓业务，兼管财经。不知你们有别的意见没有。"

老马说："没有。我服从安排。"

王副馆长说："我只管业务就行，别的都归老马吧！"

姚科长忽然说："一个人事，一个财经，是最重要的两件事，让一个头头管不好，缺少一种平衡机制。"

王副馆长本是赌气，听姚科长一说，就不再坚持了。他明白不管人事和财经就没有威信。

徐副部长说："小王，我知道你心里有意见，哪个副职不想转正？老马比你大十多岁不是？你在年龄上有优势嘛！年轻人要经得住磨炼和考验。"

王副馆长嘴里不作声，脸上更是毫无表情。

徐副部长又问老马："有什么困难没有？住房问题？家属问题？"

老马说："家属是半边户，田里的事离不开人，就算了。但我的两个孩子都在县里读高中，看看能不能搞几间宽敞些的房子？"

徐副部长说："文化馆做了新房子，腾一套出来没问题吧？"

王副馆长不能再装哑巴，想了想才说："只有腾李会计的房子了，他在西街上盖了一套私房，按政策有了私房的就不能住公房。"

徐副部长拍了一下巴掌说："就这样定了。"

张科长说："具体的还是王馆长去落实。这是老马的事，老马不便出面。"

王副馆长说："我这个副职说话，不知他听不听。"

姚科长说："我知道，你把文化馆几个人玩得像猴子一样，大家都听你的。"

王副馆长说："你这样说可不好，老马来当一把手了，可别让他以为我在搞拉帮结派。"

老马忙说："我们都是革命的左派。"

大家都笑起来，王副馆长也笑了笑，样子有点吃力。

于是，徐副部长站了起来："今天的谈话就到此结束。我还约了别的同志来谈话。"

老马和王副馆长在走廊上一前一后走了一阵，又在楼梯上走了一阵，二人都没说话。

走到办公楼外的花坛边时，老马终于先开口了。

老马说："王馆长，你看我几时上班合适？"

王副馆长说："你是一把手，想几时上班都行。"

老马说："那就明天吧！"

王副馆长说："那我就回去通知，明天上午开欢迎会。"

老马说："大家见见面也行。"

又走了几步，二人就分手了。老马住在招待所，与王副馆长走的不是一条路。

王副馆长在回文化馆的路上碰见了李会计。李会计从银行取款出来，站在路边喊他。

二人走到一起后，王副馆长埋怨道："你知道要调外人来当馆长，怎么不直接告诉我？"

李会计说："怕你感情上受不了。只好让我母亲向你父亲递个信，暗示一下。"

王副馆长说："刚谈过话。老马要来文化馆里住，还相中了你那房子。徐部长指名让我督促你将房子腾给老马。"

李会计说："老马没来文化馆，怎么知道的？"

王副馆长说："上午宣传部的小阎领他来实地看过了，只是将你我蒙在鼓里。"

李会计立即骂起来："老马这狗东西，第一斧头想砍我，别想！"

王副馆长提醒他："你的党员还在日他娘预备期呢！"

李会计说："预备期我也要骂人！"

王副馆长说："骂归骂，房子还是得让给老马。另外，你通知一下，明天上午开全馆大会，欢迎老马到任。"

王副馆长说完扭头就走，走了几步又回头说："顺顺气，当心将取的公款弄丢了。"

李会计在原地狠狠蹬脚，像是说宁肯不在文化馆干，也难咽下这口气。

5

王副馆长走到家门口，正碰见老罗从屋里出来。

见到他，老罗便阴阴地笑，同时点点头，一句话不说就走开了。

王副馆长很奇怪，老罗平日见了他像是见到仇人，怎么今天倒亲自上门来了？

进了屋，就见父亲的一副驼背正对着门口。

听见脚步声，父亲说："有什么东西要补？罗同志！"

王副馆长一扬嗓子说："同志个屁！"

父亲吓了一跳，转过身来，见是王副馆长，就说："伢儿，你怎么了，也骂起老子来了？"

王副馆长一愣，避开这个话题："我问你，姓罗的来干什么？"

父亲说："没什么，让我给他补双鞋！"

王副馆长再也忍不住叫了起来："姓罗的是什么东西？你这不值钱，给他补鞋！"

父亲说："我补了一生鞋，只认鞋不认人。"停一下又说："你说老子不值钱，老子就不值钱。老子一生只认破鞋，不认好鞋。没有那些破鞋，能有你光亮堂堂的今天？"

王副馆长说："我不是说你，我是说姓罗的故意来损我，欺负我。他知道老马要来当馆长，我没法管他了，才敢让你给他补鞋。"

说着，王副馆长跳到走廊上，大声说："姓罗的，将你的臭鞋提回去。"

老罗在走廊另一头站着回答："你说话怕是算不得数了。你父亲说过，补好后亲自给我送来。"

王副馆长说："你不拿走，我就将它扔到垃圾桶里去。"

老罗说："扔不扔我不管，我只找你父亲要我的鞋！"

王副馆长正要说什么，父亲从身后门里钻出来，平静地说："罗同志，请稍等会儿，你的鞋我马上就能补好！"

老罗和王副馆长忽然说不出话来。

父亲佝偻着身子趴在地上，一下一下地将鞋补好，再稳稳地走到走廊那头，轻轻地将鞋交给老罗。

老罗说："王师傅，我给你钱，要多少？"

父亲说："我有儿子养，要钱做什么？只要你日后记得有个王老头给你补过鞋就行。"

老罗的脸一点一点地红了。

王副馆长知道父亲要对自己说什么，他没有在客厅里坐，径直进了卧室，关上门后，开始拨电话机上的拨号盘。

这次他要找八建公司的石经理。

王副馆长先将馆里领导班子变动的情况和石经理说了。

电话里的石经理急了："那你们拆旧房建舞厅的事有变化没有？"

王副馆长说："从明天起就不归我当家。我说不准。"

石经理说："好歹还有一个晚上，你支持我们一下吧，我老石不是那种过河拆桥的人，我是滴水之恩涌泉相报。"

王副馆长沉吟一阵，才说："那就按原计划，晚上见面谈。不过有句话必须说在前面，我知道你们手上的活儿不多，所以，合同造价不能太高。起码要让明天上任的一把手找不到撕毁合同的把柄。"

石经理在电话里答应了。

放下电话，王副馆长正准备去幼儿园接女儿，仿兰抱着女儿从门外走进来。

王副馆长问："怎回得这样早？哪儿不舒服吗？"

仿兰说："还不是为了你的事惆得肚子疼！"

王副馆长说："你都知道了？"

仿兰说："代了几年馆长，起早摸黑地干，人瘦了几圈，到头来让别人坐享其成。"

王副馆长说："昨晚你不是劝我别干这差事么？"

仿兰说："劝归劝，事到临头，就得争那口气。"

王副馆长心里怦然一动，禁不住脱口说道："这口气我非争回不可。"又说："我要让他们看看这个家到底由谁来当！"

晚饭时，仿兰弄了点酒，王副馆长一连干三杯。

一直没说话的父亲，忽然开口说："老罗送鞋来补时，说从乡下调了一个人来当馆长，这事可是真的？"

王副馆长说："单位的事你少问。"

父亲说："我也是为了自己的儿子好。老罗说，新馆长已和他通了气，准备重用他。"

仿兰用鼻子嗤了一声："这也不是什么绝招，每个新来的头头，总是要利用先前的反对派来打天下，建立根据地。"

这话让王副馆长动了心思。反对派他不怕，怕就怕有人向老马那边倒戈。幸亏让他管财经，老马管人事。馆内的干部子女，大的已经参加工作，小的还在上小学和初中，没有待业的，不会求老马找事做。而财经上讲究一支笔签字报账，谅大家不敢做得太过分，以免得罪了他。至于业务，老马是个外行，根本不用把他放在眼里。想到这里，王副馆长像已经获胜一样，又喝了三杯酒。仿兰并不劝他，第一次任由他喝去，在往常，她是绝不允许丈夫超过三杯的。

　　晚上，和八建公司的谈判是在外贸宾馆的一间客房里进行的。客房分为里外两间，大部分时间是王副馆长和石经理在里面屋里单独谈，石经理带来的人和文化馆的李会计在外屋吃点心喝咖啡。

　　王副馆长要求八建公司，明天就派几个人去扒旧房子，人别多，进度慢不怕，房子拆完后，停一阵再开始挖屋基，也不要搞得太快，屋基挖好后，就完全停下来。前面几点，石经理没有意见，只是认为屋基挖好后如果不做好屋脚，日后再做时，会有大量的返工。王副馆长当即表示，承认五百元作为返工费。

　　谈妥这些，他俩就开门，唤各自的随从进来，在合同上正式签字。按照甲方文化馆的要求，合同签字日期提前了一个月。合同规定，舞厅造价为二十万零八千五百元。

　　合同一签，石经理就让八建公司的会计拿出一个红纸包，说按建筑行业的规定，王副馆长可以拿总造价百分之五的信息服务费。红纸包包的是一万元现金。王副馆长坚辞不受，并表示他决不做违反犯党纪国法的事。后经协商，决定由八建公司给李会计家安一套燃气热水器，王副馆长这边则定为，待他父亲百年之后，由八建公司承担全部丧事费用，并负责建造一座墓。至于多余的钱，暂时留在八建公司的账上，待适当时机，凭王副馆长的条子，请文化馆全体人员到北戴河旅游一次。

　　签完合同出来，天上下起了雨，趁石经理打电话叫车来送他俩时，王副馆长问李会计，明天上午的会，是否通知到每一个人了。李会计叫声哎哟，说事情太多，他将这事忘了。王副馆长知道李会计心里是怎么想的，只好说，那就来几个算几个。

6

第二天早上七点半，王副馆长准时到馆里上班。还在一楼就听到头顶上有不少人在说话。上到二楼，见会议室的门已打开，老马和先到的几个在聊天。大家笑眯眯地认真听老马讲他当副乡长时的笑话。

王副馆长在门外站了一会儿，陆续又来了些人，连一向只来领工资的退居二线的老馆长也病快快地来了。王副馆长突然觉得李会计是不是在和自己玩瞒天过海的把戏。他昨天说忘了通知今天的会，但今天大家到得出奇的齐，会议室的门只有李会计有钥匙，却早早打开了。王副馆长想，李会计若倒戈，自己今后的处境就惨了。

王副馆长正在担心，李会计在楼梯上出现了。

王副馆长迎前几步说："你像个预备党员，好积极呀！"

李会计一愣后才说："门不是我开的。是老罗一大早上我家去拿的钥匙。我还没起床呢！老罗说是老马叫他去拿的，老马还叫他去通知全馆人员今天来开会。"

听了这话，王副馆长才放下心，说："老马启用老罗，简直是对全馆其他人的侮辱。"

李会计说："我也觉得没有人愿意与老罗为伍！"

王副馆长说："决不能让老罗的尾巴翘起来，否则他会成为一条四处咬人的恶狗！"

李会计点了头。

王副馆长走进会议室，刚坐下就对老马说："开始吧！"也不等老马示意，便提高嗓门说，"今天这个会没别的议程，专门欢迎老马来馆里当馆长，请大家鼓掌欢迎。"大家都鼓了掌。王副馆长继续说："老马以前专和农民打交道，抓火葬、抓计划生育、抓积肥很有办法。现在他要和各位文化人打交道，初来时可能会力不从心，希望大家多支持。下面请老马发表就职演说！"

老马自然是有备而来，他从那张获奖的摄影作品开始说："我与文化馆是有缘分的，那年借人家一部旧照相机，随手拍了一张《秋风醉了》，就被王馆长慧眼看中，给了我很高的荣誉。"说着，老马从公文包里拿出那张照片让大家看。

别人看了什么都不说，只有老罗连声说好。

传到王副馆长手上，他看到照片上，一位老农民正在旷野里伫望，一阵秋风将老农民头上的草帽吹下来，正好落在一只小狗的头上，小狗抬起前爪，活像一个人。

老马说了一通客套话，然后是大家发言表态。老罗带头说，他感到新馆长到任后，各方面有耳目一新的味道，他本人争取在新馆长的领导下，创作出好的音乐作品，评上省政府颁发的"屈原文艺奖"。

老罗刚说完，搞文学创作的老宋就说："我本不想说话，一听到老罗说新来的馆长能让他获此殊荣，那我就不能不表态。按照过去的俗话，人说话得算数，乡下的方法是吐泡痰在地上，如果没有做到，就得将这泡痰舔回去。文化馆的人要文明一些，不能随地吐痰。我提个建议，既然老罗表态要拿全省最高文艺奖，那我也表个态，只要老罗写的歌曲今年能获屈原文艺奖，我老宋明年一定拿回诺贝尔文学奖。说的不算吐的算，我吐泡痰在痰盂里，老罗你吐不吐。只要吐了谁做不到，谁就将这痰盂里的痰喝回去！"

大家都大笑起来。老罗摆出一副清高的架子，不搭理老宋。

李会计最后说："老马看中了我那套房子，是看得起我，过两天我就腾出来，也算是以实际行动迎接新馆长吧。"

王副馆长及时插嘴："说不定什么时候，上面给我们调来一个副馆长或副书记，希望在县城里有私房的同志向李会计学习，届时积极给予配合。"

接下来老马将正副馆长的分工宣布了，然后就散会。

老罗正要走，李会计叫住他，问会议室的茶杯怎么少了四只。

老罗摇头表示不知道。

李会计说："不知道不行，你开的门，茶杯少了该你负责赔。"

老罗说："你以前就丢了，别想往我头上赖。"

李会计说："你才是赖呢！昨天上午考试，四十只茶杯还一只不少。"

老马出来打圆场说："几只杯子，丢了算了。"

王副馆长马上说："这可不行。馆里订了制度呢，除非你宣布以前的制度全部作废。"

老马愣了愣说："既然有制度就按制度办。"

李会计说："听见没有，老罗，四个茶杯共九元六角钱，在这个月的工资里面扣。拿钥匙时，我说过会议室里小东西多，丢了不好办。你说没问题，丢了你负责。你说获奖的话可以不算数，馆里的财物保管制度是必须算数的。"

老罗气急败坏地说："谁敢扣我的工资，我要闹得全馆的人都领不成工资。"

老罗边说边往外走，刚走到门口，猛地传来一声巨响，跟着一股尘土从楼下冲天而起。大家赶忙用手捂住鼻子。

老马冒着灰尘走到走廊边，探头一看，见一群人正在拆那栋先前作为电视录像厅的平房周围的临时棚子。

见老马一脸的疑惑，王副馆长装出一副对不起的模样说："忘了和你通气，拆这房子是准备盖舞厅的。"

老马问："签合同了吗？"

王副馆长说："上个月签的。"

老马就不作声了。

李会计将会议室的一张旧办公桌腾出来，给老马用。办公桌有七成新，王副馆长嫌它旧了，不能让人看见了以为文化馆的人欺负老马是后来的，就要李会计去买张新的，反正会议室也需要桌子。

老罗自告奋勇要去帮忙抬回来，老马推辞几下，也就随他去了。

不到一个小时，老马和老罗就抬回了一张新办公桌，和王副馆长的桌子摆成对面。

老罗拿着发票去找李会计报销。李会计见上面只有老马的签字，就不给报销，要他去找王副馆长签字。

老罗回到馆长办公室，将发票递给老马，并说："你签的字没有效，非得王馆长签了字才行。"

老马瞅着发票怔怔地没反应，王副馆长伸手拿过发票，飞快地签上"同意报销"四个字，然后将发票丢在桌面上。老罗见老马不说话，只好拿上发票出去了。

老马忍了半天，终于开口说："我在乡里工作时，乡长和管财经的副乡长签字的发票都能报销。"

王副馆长说："你那是乡政府，是权力机关，这儿是文化馆，是事业单位。"又说："县里各机关都是这样。还有，组织部不是对你我的分工规定得很清楚吗？"

老马无话可说，就要了一份馆内全年工作计划去看。

下午，老马又找李会计，将文化馆与八建公司签的合同拿去查看。王副馆长听李会计说后，也去了会议室。老马刚看完，正一个人在那儿抽香烟。

王副馆长说："昨天上午考试的事，得好好研究一下，不得出个结果，可没法向考生们交代。"

老马说："你是怎么考虑的？"

王副馆长说："我是一点办法也没有，就看你这一把手的了。"

老马说："那就拖一拖吧，拖到最后，就不了了之。"

王副馆长仿佛才看到桌上的合同书："哟，你在重新审查舞厅合同呀。查出问题没有，如果有问题还来得及处理。"

老马支吾说："我没这个意思，只是想看看未来的舞厅是个什么模样。"

王副馆长问："造价还合理吧？"

老马说："没办法比这更合理了。"

这天，王副馆长正在楼下和拆房子的工人聊天，李会计将他喊到一旁，告诉他老马买办公桌那张发票有问题。办公桌都是一百五十元一张，可老马的这张发票上写的是二百一十元。于是他就偷偷去查了一下，原来是老罗从中做了手脚，瞒着老马，偷偷给自己买了一对藤椅。

王副馆长想了想，让李会计别声张，先压一压再说，等到扣茶杯款时，老罗若闹事再一起处理。然而，真到发工资时，老罗签上姓名，拿着自己的工资，一声不吭地走开了。

老马这几天一直要李会计腾房子，他不便直接和李会计说，老是找王副馆长，要他催一催。王副馆长趁势和李会计说了这事，李会计答应后天搬。

王副馆长却说："楼下拆得这样乱七八糟的，你不怕将彩电、冰箱和家具碰坏了？"

李会计心领神会，马上说等房基做好以后，马上就搬。

王副馆长随后将这话传给了老马。

老马当时没作声，过后他向冷部长做了汇报。冷部长就让小阎给王副馆长打电话，限李会计三天之内搬家，否则，每天收十元房租，或者老马住招待所的钱由李会计出。王副馆长认为这样做不妥，让小阎转告冷部长，说如果老马是普通干部，这样做倒没多大后遗症，但情况不是这样，当二把手的他，就不能不请领导慎重考虑。

说这些话时，李会计就在旁边，他几次伸手夺话筒，都被王副馆长挡回去了。

王副馆长放下电话对他说："官大一级压死人，你就让让步吧。"

李会计气得脸发白，赌气不答应。

王副馆长说："我做个主，馆里给你报销全部搬家费用。"

李会计像受了很大委屈似的，勉强同意了。

到搬家时，李会计将屋里的灯泡、锁全部卸走了，还用砖头在客厅正中砸了两个大洞。

老马搬来文化馆后，一连几个晚上屋里是黑的，不知线路上出了什么问题，崭新的灯泡没有一个发亮，最后只好将全部线路换了，才算解决问题。

老马的两个孩子也来文化馆住。老马在乡下总是吃现成饭，文化馆没有食堂，他只好自己烧火做饭。因为没做饭的习惯，两个孩子总说他做的菜，比学生食堂做的菜还难吃。

那天，老马接王副馆长的父亲到他家帮忙补鞋，二人聊起来后，老马说他真不该到文化馆里来。

自从老马来后，王副馆长上班总是迟到。

这天，王副馆长一进办公室，老马就告诉他，人事局将冷冰冰分配到文化馆来了。

王副馆长问："是上面硬性分的，还是馆里自愿接收的？"

老马犹豫了一下，才说："是我同意的。"

王副馆长说："你是一把手，有同意权。"

老马也不客气，就和他商量，给冷冰冰安排个什么工作。王副馆长就说这些天了，老马心里应当有所考虑。老马就说他想将冷冰冰安排搞文学创作。王副馆长说他没意见，只是老宋的工作得重新安排。老马说，就是老宋的工作不好安排，他才犯难的。王副馆长说，经营部不是缺个副主任么？老马想了想也没有别的办法，便同意了。

冷冰冰来报到后，老马约老宋到办公室里谈了一次话。

谈得不投机时，老宋拍起桌子和老马吵了一架，还指鸡骂狗地将冷部长骂了一通。

冷冰冰当即气得哭着跑出文化馆大门。

第二天，一上班，老宋就递交了停薪留职的报告，说自己是不愿做奴隶的人们，要用自己的血肉筑成新的长城。老宋不愿做老马的长工，给老马赚钱，还不如自己去挣点现成的。

老宋将报告交给王副馆长。他不愿见老马，说自己一见到老马，就会变成杀人犯。

王副馆长将报告复印一份后，将原件交给了老马，自己揣着复印件去了一趟宣传部。

正好冷部长在秘书科坐着。王副馆长将复印件给了冷部长。冷部长扫了一眼后不高兴地说："老马连这点小事都处理不好，这多年的副乡长是怎么当的？"

王副馆长说："文化馆的人，个个都很难缠。"

冷部长觉得自己失言了，就不再说话。

王副馆长像是无聊地找话说，他敲了敲办公桌，问小阎知不知道现在的办公桌多少钱一张。小阎说多不超过一百六，少不低于一百五。王副馆长笑起来，说小阎衙门坐久了不知民情，老马前些时亲自去买了一张和这一模一样的办公桌，不多不少整花了二百一十元。

王副馆长说完后，并不去看冷部长，但他从小阎的眼里看出，冷部长脸色没有以前好看了。

7

冷冰冰上班的第一天，就将两腿的膝盖全摔破了。那一天，她起床晚了，没吃早餐就来上班。在办公室坐了一会，她才起身上街去买油条。走到一楼楼梯口时，遇上王副馆长，正在打个招呼时，没提防脚下有一堆乱砖头，踩上去后，身子一歪，王副馆长伸手没扯住，冷冰冰的身子横着倒下去，左边膝盖当即出了血。她爬起来，一边直叫哎哟，一边瘸着往前走，一根废钢筋正好勾住她的大摆裙。这次王副馆长及时拉住了她，她只是双膝跪了一下，不过右边膝盖仍出了血，高高的鞋跟也扭断了。

冷冰冰流着泪问："这破房子要拆到哪年哪月才能拆完？"

王副馆长说："你问老马去，老马不弄点钱给建筑公司，他们当然干得不起劲呀！"

王副馆长将冷冰冰扶到家里，给她的膝盖上搽了红药水，又敷上消炎粉。

王副馆长的父亲见冷冰冰的鞋跟坏了，就要给她修一修。

王副馆长正想说什么，李会计在楼下喊他接电话，他便匆匆去了。

电话是县爱国卫生委员会打来的，说下个月五号，省爱国卫生检查团要来县里检查验收，文化馆拆房工地必须迅速清理好。县长发了话，文化馆工地是重中之重，必须整改好，否则，因此评不上文明城镇，是要处分人的。王副馆长答应，一定将此事转告老马，尽快按上面的要求，将环境搞好，不丢县里的丑。

老马因为要给两个孩子做饭、洗衣服，加上在乡里工作散漫惯了，上班从不守时。王副馆长等了一会儿，见老马还没来，就给他留了个条子。回头看看日历，见已是月底三十号了，又在条子上加一句，说自己这几天带冷冰冰下乡走访业余作者。

王副馆长回家时，冷冰冰正在试鞋。

王副馆长问她想不想和基层的业余作者见见面，相互熟识一下。

冷冰冰因为自己一下子成了全县业余作者的头头，当然想下去转转，满口答应之后，也不管双膝多么疼，一溜小跑地回去拿行李，再去车站赶十点钟的班车。

冷冰冰走后，父亲告诉王副馆长，冷冰冰亲口说的，她多次在冷部长面前建议，老马是个平庸的人、无能的人，文化馆的工作要想搞上去，必须依靠王副馆长。

听了这话，王副馆长忽然觉得，其实父亲帮人补鞋，得到最大好处的是他。父亲这样做既可以帮他联络与别人的感情，又可以从中得到一些有用的消息。

王副馆长随后给仿兰打了个电话。

听说丈夫和冷冰冰一起下乡，仿兰有点不高兴。

王副馆长就开导她，说人家是县委常委的千金，自己就是有贼心，也无贼胆呀。

王副馆长和冷冰冰走后，老马才到办公室，见了条子，他有些无所谓。在乡下，这类检查他见得多，无非是到时拣个好去处领着检查团逛一逛，然后弄点酒菜热情款待一番，就没有不合格的。老马不知道，机关工作对此类事是极认真的。机关的人都是你上班我也上班，你下班我也下班，一起看报，一起聊天，你起草文件，我起草报告，都是一样的事，难分个高下。能分出高下的就是门上贴的"最清洁""清洁""争取清洁"等一类的纸条。

老马到拆房工地和工头打了声招呼，要他们将工程垃圾顺一顺，别太丢人现眼。

过了两天，老马正在家洗衣服，李会计喊他去办公室有事。

老马拖了一会儿，想将几件衣服洗完。

还剩最后一条裤子时，老罗慌慌张张地跑来，说冷部长在办公室等了半天，见老马还不来，就生气地走了，并要老马立即去宣传部见他。

老马慌了，一扔衣服，手上的肥皂泡也顾不上擦，关上门就往宣传部赶。

到了宣传部，才知冷部长专门为清理文化馆工地上的垃圾而登门的。冷部长是县爱国卫生委员会主任。离五号只剩下两天时间，文化馆上上下下仍旧没有一点动静。文化馆地处县城的繁华路段，进县城的车辆和行人都要从门前经过，它的好与差，都是藏不住，躲不掉。冷部长登门时就很恼火，没料到又坐了一番冷板凳，若是当时碰见老马，肯定要给上两耳光，再踢一脚。

弄清冷部长的意思以后，老马出了一身冷汗，他当场表示，两天之内就是用手捧，也要将建筑工地上的垃圾处理完。

老马回文化馆后，一边打电话，一边怪李会计没有把话说清。

李会计辩解说，冷部长来自然是有事，没事他来干什么，总不会是特意来同老马叙什么旧吧？

这时，八建公司的电话通了，老马说他要找石经理。接电话的人说石经理出差去武汉还没回来。老马说，那就找其他副经理。接电话的人又说，只有一个副经理在家，但他不是分管文化馆工地。老马还是要和这个副经理说话。副经理接了电话，问清意思后，为难地说，各工地都承包了，必须找分管的副经理才能解决。

老马说了半天没有丁点效果。放下电话，他直接去工地找工头，要他们赶紧将工地上的建筑垃圾清理一下。工头硬邦邦地说，他们施工从来就是这样，工程完了才搞清理。

老马急了，说："若不听我的，这工程就不让你们做了。"

工头高兴地说："那样更好，我们可以白拿一笔赔偿金。"

老马急得团团转，心火上来，牙床肿得像红萝卜，一整夜没合上眼。第二天起床，眼睛还没有睁开就出外奔波，结果仍是徒劳一天。

晚上，老马没办法，只好硬着头皮给冷部长打电话，说这事他干不成，撤了职也没办法。冷部长无奈，就答应明天到文化馆工地现场办公。

四号早上，老马去工地转悠时，正好碰上风尘仆仆赶回来的王副馆长。

王副馆长问老马的脸怎么肿成这个样子，像是被鬼打了。

老马说是牙疼上火。

王副馆长没往下问，径直回家去了。

早饭后不久，冷部长来了，八建公司的头头们也都来了。石经理表态表得很好。但他刚说完，分管的副经理就说，这么多的垃圾，就是铲车铲，一天也拉不完，就是两天也很勉强。

大家一算账，果然有道理。

冷部长一直没说话。

李会计这时说："听说王馆长回来了，叫他来，说不定他能想出什么办法来。"

冷部长点点头表示同意。

转眼之间，李会计就将王副馆长叫来了。

听了大家的叙说后，王副馆长后退几步到街中心站了一会，然后又爬到对面二楼的阳台上看了看，然后说："有个主意不知行不行，这些垃圾一点也不搬，像大城市街上搞建筑一样，用塑料编织布围起来，让外面的人看不见里面的情况。"

大家听了都说好。

冷部长脸色也缓和了些，说："就这样试试，我明天早上来验收。"

冷部长说话果然算话，第二天一早就来了。老马和王副馆长，还有石经理更是早早就在工地旁边等候。

冷部长绕着塑料编织布看了两遍，果然围得严严实实，从外面看不见里面，从里面看不见外面。冷部长满意地笑了，但他没有表扬王副馆长。王副馆长原以为他会这么做的，心里已经盘算好如何回答。所以，他有点失望。

石经理走后，冷部长到文化馆办公室坐了一阵，其间语重心长地对老马说："小王代了几年馆长，为馆里竖起一栋大楼，你可别连一栋小楼也竖不起来哟！"

老马说："人过留名，雁过留声。我在文化馆干一阵，当然也想给大家留点什么做纪念。"

从这一天起，老马开始特别关注舞厅工程的进度。

老马一过问，房子拆得比以前快了，过了一个月，地基也挖好了。

然而，就在地基挖好后的第二天，八建公司将人员设备全部撤走了。理由是文化馆必须预付十万元工程款。十万元到账了，他们才复工。

老马便开始四处筹钱。

财政局、银行、计委，他每家至少跑了十遍，才找到一点门路：行署文卫科肖科长有个妹妹叫肖乐乐，会唱歌跳舞，可是户口在农村，肖科长放风说，如果能将肖乐乐安排到文化馆工作，他可以帮忙在地区财政局搞到五万元专项拨款。

老马觉得此事是千载难逢，就召集王副馆长、李会计等开馆务会。

老马说："五万元，光利息就可以养活肖乐乐。何况这是财政拨款，百分之百划算。"

大家都表示没意见。

老马说："那就把肖乐乐作为上次考试的合格者，进行录取。"

大家仍没意见。

过了不久，肖乐乐就来馆里报到，被安排在音乐组，和老罗在一起。

又过了不久，肖科长打电话来，说五万元已经汇出。

李会计接电话后，就和王副馆长说了。

王副馆长说："我们建这栋楼吃那么多的苦，还落下十万元的债。老马来，挑好房子白住，从不过问过去的债，一心只想建舞厅，为自己树碑立传，这太不公平了。"

李会计说："其实，只要和银行透透风，他们就会用这笔钱去冲旧账的。"

王副馆长想了想说："这样也行。反正我们也是为公，自己得不到半厘钱的好处。"

李会计说："确实如此。"

上午，李会计提前下班去了一趟银行。

下午上班时，李会计瞅空告诉王副馆长，一切顺利。

老马等了半个月不见五万元到账，他拉上李会计亲自去银行查账，才知道这五万元被银行扣下，还了过去的贷款。

老马求爷爷告奶奶，说了一个星期好话，最后还是肖科长出面，银行才吐出一万元，不过是贷款，期限一年。

八建公司用这一万元，将舞厅的地基填起来后，又停工了。

8

这天，王副馆长正在家看电视，外面有人敲门。

外面很黑，刚开门一下子没看清，待那人进门后，才知道是老宋。

多时不见，只听说老宋发财了。王副馆长见老宋那副油腻腻、红光光的脸面，就相信这话一点不假。

老宋见面就说："我想整一下老马这狗东西。"

王副馆长说："那口气还没消哇？"

老宋说："除非老马垮台。"

王副馆长说："老马垮不了。"

老宋说："我看未必。上回的考试，大家意见大得很，若是知道老马私自招收了冷冰冰和肖乐乐，他们不把文化馆闹个底朝天才怪。"

王副馆长说："你可不能到处煽动人民群众造反！"

老宋说："你怕什么？"

王副馆长说："你还想不想回文化馆？"

老宋说："老马一走我就回。"

王副馆长说："这事牵扯到冷部长，若是得罪了冷部长，事情就闹大了。还有，冷部长知道我和老马不大合拍，说不定还会猜疑是我谋划的呢！"

老宋骂了一句脏话："没料到还得放那狗东西一马。"

又说了一会儿话，老宋从包里拿出一条"阿诗玛"香烟送给王副馆长。王副馆长不肯收。老宋说，这是他刚才打麻将赢的，没花本钱，不收白不收。王副馆长笑一笑后，不再推辞。

送老宋出门时，见外面开始下雨了，王副馆长就叫仿兰收阳台上的衣服。

半夜里，王副馆长被雨惊醒。起床关窗户时，他发现雨下得很猛，很恐怖。

这场雨下了一个星期，县里主要领导都下去防洪。领导下去时都要带一名记者，电视台的摄像记者被书记、县长、副书记和组织部长带去了。作为第五把手的冷部长只好叫文化馆派个搞摄影的人，随他一道下去。

老马见此项任务重大，就自告奋勇地随冷部长下乡。

老马在乡下干的时间长，有经验，他想借此机会，在冷部长面前挽回影响。老马随冷部长鞍前马后跑了五天，回来后，冷部长果然在几个不同的场合里表扬了他。

这一阵县电视台都是关于抗洪救灾的新闻，由于没人扛着摄像机跟着冷部长，所以电视上一直没有冷部长的镜头，只有几条口播新闻里提到冷部长。

就在这时，地区群艺馆下发了一下通知，准备举办全区"战洪图"摄影作品大展。老马灵机一动，便决定先搞一个全县抗洪救灾的摄影作品展览。

王副馆长自然没有不同意的。

经过半个月的筹备，共征集到一百多幅作品。老马也从自己的摄影作品中拿出十余幅，放入其中，然后由馆内几个搞摄影的人，从中挑出七十幅参加展览。

王副馆长也在其中。

王副馆长对老马的摄影作品很有兴趣，他说老马拍摄的这一组作品在用光和造型上，都与《秋风醉了》有质的区别。老马的这组作品以冷部长在洪水到来之际的各种动作和表情为联系，构成一个有机整体。大家一致同意这十幅作品全部入选。

展览定于九月一日开幕。八月三十一日，先进行预展，请主要领导来审查。冷部长听老马汇报了展览内容，很是高兴。刚好地委宣传部熊部长下来检查慰问，冷部长就邀他一道来看预展。

熊部长和冷部长进展厅时，老马带头鼓掌，王副馆长和参展作品的作者也都鼓了掌。

冷部长扫了一眼那十幅关于他的作品后，就回头注视熊部长看这些作品的表情。

熊部长按照次序细细看来，看到有特点的作品还评说几句。当看到老马的十幅作品时，熊部长忍不住耸起了眉头。尽管他很快就纠正了这一动作，但还是被冷部长和老马他们发现了。

老马回头再看自己的作品，不免大吃一惊！别人作品中，抢险救灾的干部群众个个样子像泥猴，唯有自己拍摄的冷部长，上着白衬衣，下穿丝袜和胶鞋，旁边还有人替他打伞遮雨。

老马喃喃地说："我怎么没考虑到这一点呢？"边说，两腿边发起抖来。

冷部长送熊部长回宾馆后，又独自回到文化馆。

展厅里只有老马一个人，他正在将自己的作品往下取。

冷部长将手中的茶水瓶，一下子摔到老马的面前，并大吼一声说："老马，你真是一头教不转的蠢猪。你误老子不浅啦！"

老马吓得一句话也说不出来。

冷部长走后，老马镇定精神，到暗室里泡了几个钟头，还是挑不出一张有关冷部长抗洪的比较像样的摄影作品。

老马在暗室里呆坐到天黑，听见孩子在外面喊，他才出来。

第二天正式展出，县委书记要来剪彩，冷部长不能不来。

剪完彩，进了展厅，冷部长看见昨天挂着老马的摄影作品的地方，换了一幅二十寸的也是关于他的摄影作品。

县委书记看过之后，连连说好，拍出了冷部长的精神面貌。

这幅摄影作品的作者却是王副馆长。

不过，只有拍摄者和被拍摄者自己清楚，这是几年前拍的。当时冷部长还是个科长，有一天，他拖着板车去煤厂买煤，回来时遇上了雷阵雨，他将衣服脱下来遮住车上的煤，冒雨往家里拖，正赶上王副馆长拿着照相机在路旁的屋檐下躲雨，就将冷部长的狼狈样子拍了下来。照片洗出来后，王副馆长还特地跑到宣传部和他逗乐了好一阵。

全县"抗洪救灾"摄影作品展览闭幕那天，冷冰冰笑着对王副馆长说："你的鬼点子真多！"

王副馆长明白，这是冷部长在让女儿传话。

王副馆长的这张摄影作品被选送到地区参加展览，受到一致好评，并被改名为《宣传部长》，发表在省报上。

九月底，冷冰冰悄悄告诉他，老马要调离文化馆了。

果然，没隔几天，老马就被组织部找去谈话，让他去县农科所任党支部书记。

9

老马一走，上面又让王副馆长代理馆长。

王副馆长一个电话打到八建公司石经理的家里，要他明天就让舞厅工程重新开工，并且在一个月内竣工。石经理叫了一阵难处，最后双方商定，大后天正式开工，十月中旬交付使用。

接下来王副馆长又在馆内宣布，舞厅十一月一日正式开业。

王副馆长估计，进入到十二月，县里就开始调整各级领导班子，所以，自己在这之前必须干出点实绩来，别把这次良机错过了。

王副馆长将一切都安排妥当后，就让李会计准备两千元现金，他要到省里去要钱。

李会计忙了两天，也只筹到五百元。

出发的头一天中午，老宋忽然来找王副馆长，要求重新上班。

王副馆长一见到老宋，心中就有了主意。老宋说了以后，他就答应下来，但要老宋向馆里上缴一些管理费。老宋丝毫没有犹豫，问上缴多少。王副馆长说，就两千吧。谁知老宋眉头也没皱一下，就从怀里掏出一沓百元票子，数了数后，抽出一半扔给王副馆长。弄得他十分后悔没有将金额翻一番。

当然，王副馆长迅速想出一个补救措施，让老宋陪自己一道上省里去要钱。

在宣传口，王副馆长会要钱是出了名的。他平时对上面的人舍得下本钱，所以遇到工作上的难题，急需钱来解决时，总有人出来帮忙。这回去省里，又得到老宋的鼎力相助，王副馆长真是如虎添翼。老宋在外面跑了大半年生意，非常熟悉省里的人现在喜欢什么，想尿尿的就送夜壶，想睡觉的就送枕头。再加上在党政机关工作的生意朋友帮忙，来来去去，只一个星期，就从文化厅和财政厅各要了五万元。

回来一说，冷部长还不大相信，半个月后，省里的钱到了账，大家才心服口服。

王副馆长从省里回来，发现父亲又抽起搁下多年的旱烟筒。

晚上和仿兰亲热一回后，仿兰告诉王副馆长，女儿近一段很喜欢喝爷爷泡的水，昨天她将女儿喝的水尝尝后发觉，那水里有一股旱烟味。王副馆长并不在意，解释说，旱烟气味本来就很重，加上父亲的手摸了碗沿，气味就更明显了。

仿兰又告诉王副馆长，他走后的第三天，老罗喝醉了酒，从老马屋里出来后，站在走廊上，指名道姓地骂王副馆长心太黑，杀人不用刀子，难怪要断子绝孙。王副馆长的父亲听了这话后，气得拿上补鞋用的割胶刀，要去找老罗拼命。幸亏李会计在场，他力气大，才拖住。

王副馆长叹了一口气说："你也不给我家争口气，一胎生下个儿子。"

仿兰捶了他一下："你有本事再弄个准生证，我一定给你生个儿子。"

王副馆长说："不说这无味的话了。不过老罗这杂种，有事情再犯在我手上，非要整得他用膝盖走路。"

第二天，王副馆长在家休息，睡懒觉睡到上午十点还未起床。躺在床上忽然听到外面有人说话，细细听，听出是李会计的母亲，又送鞋来让父亲帮忙补。

二人拉了一会儿家常话，父亲便改了话题，问："你先前说，如果第一胎生下的孩子残废了，就可以生第二个？"

李会计的母亲说："那还有假！我儿媳妇的同事头胎生个孩子是哑巴，计生办的人就让她生了第二胎。两胎还都是儿子呢！"

父亲叹气说："人家怎么有那好的福分。"

又说了一阵，李会计的母亲约好来拿鞋的时间就告辞走了。

王副馆长穿好衣服，从房里走出来时，父亲吃了一惊，问："你没上班？"

王副馆长说："出差累了，休息半天。"

刚刷完牙，李会计就来传话，说冷部长打电话来，不同意这么随随便便就让老宋回馆里上班，不然，单位就成了公共厕所，可以随便进，随便出。冷部长要馆里写出正式报告，老宋写出全面汇报，送给他看看之后再说。

王副馆长和李会计商量一阵，觉得老宋的汇报可以叫老宋写，就说馆里要，别的都得瞒着老宋。

后来这事还是让老宋知道了。他指着冷冰冰的鼻子说："你爸爸是个伪君子。"

老宋心里对冷部长的怨恨越发深了。

老马工作调动之后，人还住在文化馆，新单位没有房子给他住，他也舍不得搬出这套三室一厅。

王副馆长抽空上老马屋里坐了一回。去时，老马正在喂罐头瓶里的一只金鱼。

王副馆长说："你这么喂，不出三天，鱼就会憋死。我有一只鱼缸，闲着没用，送给你好了。"

说完，王副馆长就转身出门，片刻后，真的拿来一只鱼缸。

老马非常感谢。

王副馆长问他在新单位工作怎么样。老马说，那单位里头头本来就多了，他去后，只是每月主持开两次支部会议。幸好学会了喂金鱼，他还准备栽几盆花。王副馆长说，难得老马这么快就想开了。

老马将金鱼换地方时说："上次老罗赖着在我这里喝酒，我又不好撵他，结果喝醉了，骂了你的人，搞得我真不好意思见你。老罗这人品质不好，当初我想依靠他开展工作，真是有眼无珠。"

王副馆长来老马屋里，本来是打算问问那次老罗借酒装疯的情况，同时暗示一下老马，让他少过问馆里的事。见老马主动说起，王副馆长反而觉得自己过虑了，就说："当初，在一些事上，我与你配合不好，你走后，才觉得实在可惜。"

又问了老马两个孩子的学习情况，王副馆长便推说有事，得走了。临出门时，他许诺说，过几天送两条名贵金鱼给老马。

第二天，他就给老马送来一条墨龙和一条狮子头。

到了十月半，舞厅进入了内部装修阶段。

天气也渐渐凉了，王副馆长就让石经理拿出那笔钱，安排全馆的人到北戴河旅游。老马也去了，是王副馆长请他去的，还让他在路上带队。

王副馆长自己没去，他一个人在家照料舞厅的事。他让李会计每天打个电话回来，汇报路上的情况，特别是大家的情绪。

李会计每次打电话回来，总说大家情绪很高涨。

这天，仿兰冷不丁地问他："你听说过用旱烟油泡水喝，可以让好人变成哑巴的秘方吗？"

王副馆长说："小时候，好像听大人们这样说过。"

仿兰不再说话，等王副馆长上班去后，她没有送女儿上幼儿园，并对王副馆长的父亲说自己要去烫发，让王副馆长的父亲照看一下孩子。趁其不注意，她偷偷溜进王副馆长父亲的房里，躲在蚊帐后面。

过了一会儿，女儿叫渴，要喝水。

仿兰看见王副馆长的父亲倒了一杯水，然后用一根细铁丝，从旱烟杆里一点点地掏出些烟油，放到茶杯里搅了搅，便端给女儿喝。

仿兰大叫一声，从蚊帐后面跑出来，夺过那杯水，一下子浇到王副馆长父亲的脸上。

事情也巧，王副馆长到办公室门前准备开门，才发现钥匙忘了拿，就转身往回走。在楼前碰到宣传部小阎和组织部姚科长、张科长站在路边说话，他就走拢去凑合着说了几句。大家都盼舞厅早点建成。王副馆长再次许诺，到时候负责供应他们的票。

王副馆长回到家里，正好听到仿兰在骂："你这个老不死的，你想害我的女儿，我到法院去告你！"

王副馆长一步跳入屋内，问到底是怎么回事。

仿兰将事情经过从头到尾说了一遍。

原以为丈夫会帮她一起惩罚父亲，谁知王副馆长走上来，照准她的左脸扇了一耳光，又朝右脸撂了一巴掌，并骂道："你这个不行孝的女人！为了一件小事就将开水往父亲的脸上浇，将父亲的脸烫成这个样子，叫我如何出去见人，大家会指着我的背，骂我是只要女人不要父亲的家伙。你以为喝点烟油水，就真能让人变成哑巴？你到医院去找人问一问！真的这么容易，那天下的哑巴不知有多少！"

仿兰被王副馆长两耳光打蒙了，好半天才清醒过来，抱起女儿就往外跑。

王副馆长知道仿兰要回娘家去，也不阻拦，反说："想通了就自己回来，我没空去接。"

仿兰走后，屋里只剩下王副馆长和父亲。

王副馆长什么话也没说，默默地将正红花油一点点地往父亲脸上搽。

刚搽了几下，父亲就推开他的手，钻进蚊帐里，用被子包着头，一声声地哀号起来。

王副馆长听见父亲在哭诉："巧儿，你怎么不带我一起走呢，让我留在阳间活受罪！"

巧儿是母亲的乳名。

王副馆长一听到母亲的名字，眼泪就流出来了。母亲生下他不到两个月就死了。母亲死时，他还叼着她的奶头。之后，父亲打光棍将他带大。

家里这一番闹，外人并不知道。

这天李会计打电话来，说旅游人员已到了武汉，明天就可以到家。

接完电话后，王副馆长就给仿兰的单位打电话。

仿兰一接电话，王副馆长就开门见山地要她回家，不然，全馆人员明天回了，将这事传出去，就会将他所有的优点一扫帚扫掉了。仿兰在电话里嗯了嗯，没说回，也没说不回。天黑后，王副馆长见仿兰还没回，就叹了口气，决定去仿兰娘家接她们母女俩。

县城很小，两里路只走了一里，王副馆长就看见仿兰抱着女儿过来了。

一家四口重新住到一起后，大家都不知道说什么好。夜里，女儿刚一睡着，王副馆长就厚着脸皮撩仿兰，撩了一阵，他就得手了，夫妻俩也就和好如初。

仿兰回来后，王副馆长的父亲就搬出那只多年不用的补鞋箱，到街上去摆了一个摊。每天早上，仿兰母女俩没起床他就出门，夜晚等她俩睡后才收摊回家，三餐饭都是王副馆长送到街上去吃。

外出旅游的人回来时，八建公司已将舞厅修好了。

王副馆长召集大家开会，讲清楚离十一月一日舞厅开业，只剩下一个星期，大家务必要在这段时间里，克服一切困难，哪怕不分昼夜地加班，也要将舞厅内的各种设施装潢搞好。

所有人都兴高采烈地答应了要求。

老罗也表了很好的态。

文化馆的人从没有这样齐心，才五天时间，就将一切都布置妥当了。

那天下午，王副馆长将电闸一合，舞厅内顿时华灯齐放，音乐悠扬，大家忍不住跳了几支曲子，华尔兹也好，探戈也好，都跳得有模有样。

冷冰冰回家吃晚饭时，在冷部长面前描述了一通。

冷部长搁下碗筷，要冷冰冰陪他到舞厅去看看。

冷冰冰连忙给王副馆长打了个电话。王副馆长得信后，又以冷部长的名义，请几个有关单位的头头来看看。同时，又让肖乐乐她们几个，好好打扮一下，晚上陪冷部长他们多跳几曲舞。

冷部长来后，对舞厅的一切都很满意，唯一不满意的是舞厅还没有取个名字。

王副馆长连忙检讨自己的疏忽。

冷冰冰趁机在一旁说："老马搞了快一年只搞了个屋基，王馆长只用一个半月就搞起来了。你再让他这么'代'下去，我都对你有意见。"

冷部长弹了女儿一指，说："只要真是人才，总会有用他的时候。"

王副馆长忙说："那是。那是。"

冷部长他们玩到十点半才意犹未尽地离开。

他们一走，王副馆长就召集老宋、冷冰冰和李会计商量给舞厅取个名字。大家要王副馆长先说。王副馆长就说："老马那张摄影作品，不是叫《秋风醉了》吗？我把它动一个字，叫'醉秋风'如何？"

大家想了想，觉得似乎还不是最好。

往下，每个人都提出了十几个名字，都不满意，和这许多名字一一比较，"醉秋风"反而越显得合适。

最后，大家一致同意，就叫"醉秋风歌舞厅"。

第二天上午，王副馆长就舞厅的名字专门向冷部长做了汇报。

冷部长听后，沉思一阵，突然说："不行！不行！这个名字听起来像是旧社会的妓院。"

王副馆长吓了一跳，他怎么也没料到冷部长会产生这样的联想，一时不知怎么回答。

冷部长站起来，在屋里走了几圈，说："我有主意了，依然是这三个字，只是将它来个本末倒置，叫'秋风醉'如何？"

王副馆长心里有苦说不出，嘴上却连连叫好。

十一月一日晚七点半，秋风醉歌舞厅正式开业。

没几天，地区报纸就刊载了一则消息：

> 我区第一座现代化舞厅日前在某县文化馆正式开业。该项工程几经磨难后，在现任负责同志的艰苦努力下，只用四十天就完成了全部基建和装潢任务。

王副馆长尚未看到报纸，小阎就从宣传部打电话来质问："这则消息是谁写的？光你王副馆长一人努力，就没有领导的支持么？"

王副馆长知道小阎口气这样硬，一定是有来头的。站在小阎背后的当然是冷部长。

舞厅开业一个星期，纯收入就达两千元。

李会计告诉王副馆长这个消息后，又告诉他另外一个消息：上面已确定，小阎来文化馆当馆长。

10

小阎上任讲的第一句话是："我不像老马。老马年纪大，我年纪轻。处理事情时，可能没有老马考虑得周到。"

这话明显是一种示威。

果然，这次分工时，王副馆长只分管业务，其余人事、财经，小阁都揽了过去。

　　小阁来之前，舞厅由老宋负责。老宋对付那些不买票进舞厅的人，有几套办法，所以舞厅一直收入很高。

　　小阁来后，将老宋换了。他怕老宋有意见，就让老宋回文学组，说是让老宋发挥专长，加强文学创作方面的力量。老宋有苦说不出，只得忍了。小阁让肖乐乐负责舞厅。他每天至少要从肖乐乐那里拿走二十张舞票，拿到县委和县政府院子里去做人情。

　　李会计经常到王副馆长面前诉说，说这个舞厅简直成了小阁的私人乐园。王副馆长一点权没有，也就无计可施。

　　为了挽回自己的面子，王副馆长提了几个大型文艺活动的方案，小阁都同意，但又附上一条，说要做到以活动养活动，实行经费自理，馆里最多只负责活动结束时，加一次餐。王副馆长只好打退堂鼓，小阁就在支部会上批评他，说他光说空话，只有计划，没有行动。

　　有一次，王副馆长发现冷冰冰刚写完的宣传牌上错一个字而造成政治错误。他装作没看见，赶忙走开。然而，王副馆长没能看到他想看的好戏，宣传牌挂出之前，小阁发现这个问题，及时改了过来。

　　舞厅收入虽然没有老宋负责时高，还是够可以的了，文化馆的人只要没有旷工，每月都能拿到十几元额外奖金。所以，小阁为人虽然霸道，大家还觉得是在可以忍受的范围之内。

　　转眼到了五月。

　　这天，小阁将老宋叫到办公室，要他写一篇纪念"延座讲话"的文章。

　　老宋说自己这一阵子总是头疼，连借条也写不了。

　　在全馆人员中，小阁唯独对老宋有点胆怯。

　　有一次，小阁不知为何对冷冰冰说，全馆人都无法把他怎么样，将来他要栽跟头，可能就栽在老宋手上。

　　老宋手里有了大把的钱，回文学组后，他将以往写的小说、诗歌和散文清点了一下，然后经常往省里跑，每跑一次，就有一两篇作品发表出来。在县城里，连冷部长都不敢轻视声名鹊起的老宋。

　　见老宋不肯写，小阁就转而叫冷冰冰写。

　　冷冰冰花了五天时间，将文章写了出来，交给小阁。小阁看后，说很好，很合他的意。然后就叫人抄到宣传栏上去。

这期间，老宋又去了一趟省城。老宋兴致勃勃地回来时，看见宣传栏上的文章，不由得火冒三丈，拣起路边的废砖头，将宣传栏砸了一个大窟窿。

老宋行李也没放下，扭头就去干休所，找宣传部的元老董部长告状。

董部长一听说冷冰冰写文章，将全县过去的文艺创作，说成是在极"左"思潮影响下，出现"假大空"的虚伪繁荣，顿时发出几声冷笑。冷部长是董部长提拔起来的，但他不好直接骂冷部长，毕竟一个在台上，一个在台下。他给冷部长打电话，说自己听说文化馆最近组织人写了一篇好文章，他想拜读一下，等等。

冷部长当然听得出弦外之音，他马上去文化馆，站在宣传栏前，看过那篇文章后，不管旁边还站着王副馆长，就将小阁臭骂一顿。

冷部长走后，王副馆长装作随口说："看来世上真的没有常胜将军，谁都会有克星的！"

小阁听后默不作声。

自此小阁谨慎多了，对老宋也愈发客气。

老宋却不买账，他对王副馆长说，这只小牛犊下场肯定还比不上老马。

王副馆长的父亲在街上摆了半年鞋摊，人显得更苍老了。王副馆长托很多人劝父亲收了这鞋摊，他自己也求了许多遍，父亲就是不答应，还说："要我回去，只有一个条件，叫你媳妇给王家生个儿子。"父亲吃饭仍是一日三餐由王副馆长送。

有时候，王副馆长有事不能送，仿兰就请老马帮忙送。

因为这，王副馆长和老马的关系特别亲密起来。

王副馆长的父亲帮人补鞋，有人给钱他就收，不给钱的，他也不要。

宣传栏事件过后不久，冷冰冰花了大价钱，给冷部长买了一双皮鞋，作为生日礼物。冷冰冰将皮鞋从商店里拿回来时，小阁见了直夸漂亮。

过了几天，小阁去宣传部，见冷部长脚上的新皮鞋破了一个洞。一问才知道，前天，冷部长下乡，半路上碰见一个小偷抢一位老人的钱包。冷部长让司机停下车，带着车上其他人一起上去捉那小偷。小偷急了，拿出刀子来威胁。急切之中，找不到其他武器，冷部长就脱下皮鞋迎战。小偷到底被抓住了，新皮鞋却被刀子戳了一个洞。

小阁在秘书科干惯了跑腿的事，见此情景就习惯性地叫冷部长将鞋换下来，他拿去找人补一补。

冷部长也是习惯了的，小阁一说，他就依从了。

小阁提着冷部长的皮鞋，到街上问了几个补鞋的人，见要价一个比一个高，他就找到王副馆长的父亲，让帮忙好生补一补。

王副馆长的父亲听说这鞋值一百多元，就说："我还从没补过这么好的鞋，冷部长让我补，是瞧得起我。我就是将身上的皮割一块下来，也要将它补好。"

王副馆长的父亲不知道现在的皮鞋越好，皮子越薄，越不耐穿。他用钳子夹住洞边的皮，想看看洞里面破成什么程度，手上还没怎么用力，那皮子就哗地一下，被撕开一条两寸多长的口子。

王副馆长的父亲一下子傻眼了，生怕自己的手艺被这双皮鞋给毁了，就拼命想办法补救。结果，鞋面上的洞，由小变大，由一个变成几个。

过了一个小时，小阁来拿鞋时，见到破烂不堪的皮鞋，就急得跳脚，大声说："都这个样子了，你还补什么，去买一双赔给别人算了。"

王副馆长的父亲手一哆嗦，鞋子掉了下来。

小阁又说："你补不了就该早点说一声，我好找别人去。到了这一步，看你怎么赔？你若不赔，我就将这破鞋挂在你的颈上，让你去游街！"

王副馆长的父亲将头埋在双膝中，不敢回半句话。

这时，肖乐乐来传话，说冷部长打电话来，让他赶紧送鞋去，冷部长有事要出门。

小阁于是说："这样，我先垫钱买一双皮鞋赔给人家，回头你将钱还给我。"

小阁说完就走了。

县铸造厂这天正好举办"红五月歌咏比赛"，王副馆长被请去当评委主任脱不了身，中午饭由老马帮忙送。

老马送饭时，见鞋摊上没人，等了一会仍没人，他没在意，将饭盒放在小板凳上，自己先回了。

傍晚，王副馆长回来时，见一个叫花子正捧着父亲的饭盒，坐在鞋摊后面大口吞咽。

见四周都没有父亲的影子，王副馆长心里起了疑问。他撵走叫花子，将鞋摊收拾好挑回家，才知道仿兰也不知道父亲去哪里了。王副馆长觉得事情不妙，忙叫上几个人帮忙寻找。

王副馆长沿着老城墙外的护城河找了两个来回，也没有发现什么，往回走到十字街头，迎面碰上老宋。

老宋急匆匆地说："快！快去医院！你父亲在那儿卖皮呢！"

王副馆长一边往医院跑，一边问老宋，才知道，小阁走后，王副馆长的父亲想了又想，唯有下决定去医院卖血，还钱给小阁。医生见他年纪大，没有答应。刚好，一个被火烧伤的人需要植皮。医院刚开始做这种手术，没人敢卖自己的皮肤给别人。王副馆长的父亲愿意卖，一化验，正合适。医生刚要下刀子时，老宋赶到了。

王副馆长一进医院，就听见父亲在手术室里叫："我自己的皮，我愿卖，谁也管不了！"

一见儿子，王副馆长的父亲叫得更厉害了，还伸手抢医生的手术刀和手术剪。

王副馆长对父亲说："你不是有儿子吗，再难的事，还有儿子替你顶一阵呢！"

父亲说："你别管我。我什么用处也没有了，还不如一刀一刀地割死了好！"

王副馆长说："你真要这样，那我还有什么颜面出去见人？干脆先将我的脸皮割了！"

说着，王副馆长双膝一弯，人就跪在地上。

老宋也在一旁劝说："王师傅，王馆长大小也是个领导，你这样不讲情面，不等于是拆他的台么！"

闹了半天，医生也有些烦，开始撵王副馆长的父亲。

轰的轰，劝的劝，总算将王副馆长的父亲弄下手术台。

这边王副馆长早被人牵起来，大家一起到外面的休息厅坐下，听王副馆长的父亲诉说事情经过。

王副馆长的父亲痛心地说："我一生的名声，全叫这双鞋毁了。"

大家对这话没兴趣，只顾齐声痛骂小阁。

老宋说："这次不把姓阁的整倒，我就四只脚走路。"

众人义愤填膺地说了许多话。

父亲要王副馆长将买鞋的钱还给小阁。老宋拦着不让给。

王副馆长的父亲不同意，他说："损坏东西要赔，这是天经地义的事。"

老宋说："这回若赔了，那就是天不经，地不义了！"

王副馆长的父亲一急，加上饿了两餐，便头晕起来。王副馆长赶紧让护士给他吊了一瓶葡萄糖。

七拖八拖就到了晚上十点。老宋推说有事，先走了。

老宋一走，看热闹的人就都散了，只剩下王副馆长和父亲。

等他俩回到家，仿兰已搂着女儿哭过几场了。她以为父亲是为了她而出走的，那样，她走到哪里，哪里就有人戳她的背脊骨。见父亲回来了，她连忙起身招呼，真心实意地问父亲想吃什么，她这就去厨房做。

父亲只想睡觉，直往自己房里钻。

这时，老宋来了。

老宋先一步回家，很快写出一篇新闻稿——《鞋匠割肉卖皮，只缘官官相逼》。老宋将文章给王副馆长过目。

王副馆长见文章中点了冷部长的名，就不同意，要老宋删去冷部长，他说冷部长是被小阎利用了，是无辜的。

老宋嘴上答应，却没有改，仍然原封未动地寄给了省报。

没多久，文章登出来了。不过不是登在省报上，而是登在省报办的《内部参考资料》上面。冷部长那一条线还是被删干净了，读文章觉得那鞋是小阎自己的，标题也被改成《老鞋匠失手本该赔偿，年轻人可恶逼他卖皮》。

又过了几天，县里派人到馆里，讨论如何给小阎处分。

大家一致认为，给他一个撤销党内外一切职务的处分就够了。

半个月后，小阎的处分下来了，是双开除加双留用察看，并调到老马当副乡长的那个地方去当一名中学教师。和别的犯案人相比，大家都认为处分太重了。老宋说这是舍卒保车。

小阎走时，王副馆长派李会计和肖乐乐将他一直送到那所中学。他俩回来时，说学校对小阎的安排还可以，教附属高小的思想品德课，课不多。

11

王副馆长又开始代理馆长了。

这一次他汲取了前两次代馆长时的教训，有事多请示，多汇报。

其实，在讨论给小阎的处分时，他就开始想自己这次如何代馆长了。所以，小阎走后第三天，他就去找冷部长汇报自己的工作计划。

冷部长听说他要搞镭射电影，就泼了一瓢冷水，说电影是电影公司的事，文化馆不要把这池水搅浑了。还说，能将舞厅办好就很不错，别把风头出得太足了。

王副馆长当时没争辩，心里却说：烧三根香，放两个屁，菩萨不说话，问你自己过不过意？我就是要代一回馆长，做一桩大事，搞得你非提我当正馆长不可。

返回文化馆后，王副馆长让李会计去外贸宾馆订了一桌酒菜，将公安局、工商局等有关单位的关键人物请来吃了一顿。席间，王副馆长说了搞镭射电影的事。县里的人只听说过这东西，上省城时，见镭射电影都在一些高雅的地方放映，也没机会开眼界，便答应大力扶持这个新生事物。

等冷部长察觉时，王副馆长已将营业执照拿到手了，买机器的钱也已筹到了一大半。

接下来王副馆长要到深圳去买机器，当然，主要是联系片源问题。

以往仿兰从不拉王副馆长的后腿，这一次她说什么也不放王副馆长出去。王副馆长的父亲从医院回来后，就一蹶不振，躺在床上只能靠王副馆长每餐送碗粥度命，开始是小便失禁，这几天大便也失禁了。王副馆长一走，留下妻子怎么好料理公公呢？

王副馆长先一想，觉得自己的确不能离开；后一想，镭射电影的事已是骑虎难下，不一气呵成地办好更不行。他打定主意瞒着仿兰偷偷出门，家里的事只好将她逼上梁山。

隔天早上，王副馆长装着起来给父亲擦洗身子，将阳台上没干的衣服卷成一团塞进提包里，开开门悄悄走了。

这次去深圳，李会计、老宋等都想与王副馆长做伴，王副馆长却选了冷冰冰。他想通过冷冰冰来缓和与冷部长的关系。

在深圳，他俩一起选中镭射机器后，王副馆长便有意避开，让冷冰冰一个人去和老板谈价钱。回来时，冷冰冰给家里每人买了一枚金戒指，还送了一枚金戒指给仿兰。王副馆长心知她吃了回扣，想到回家时，仿兰这一关不好过，他就代仿兰收下了。

实际上，王副馆长离家不久，仿兰就发觉了，她追到车站时，都看到王副馆长和冷冰冰乘坐的客车影子。回屋后，见父亲那番模样，仿兰本不想理睬，又于心不忍，狠了狠心，只好闭上眼睛给父亲擦。仿兰刚动手，父亲却弱弱地叫着："不！不！不！"正在为难时，李会计的母亲提着菜篮来了，说是看看王师傅好些没有。见此情形就说："你去帮我买菜，我替你找个人来帮他擦！"仿兰心想谁愿做这下作的事，就多了个心眼，先出门去，在楼下躲了一会。见李会计的母亲还没下来，她就悄悄返回去，走到窗外，她听见屋里有女人低低的抽泣和哗哗的水响，偶尔还能听到父亲的低声叹息。仿兰退下后，去菜场买了李会计的母亲要买的几样菜，又自己掏钱买了两斤猪肉搁在篮子里。她买东西时，头一回不性急，不管别人怎么插队，都不心烦。回家时，见屋里仍只有两个人，仿兰装着责备李会计的母亲没有留住来帮忙的人，她买了一块肉本来是要感谢人家，现在只好给李会计的母亲了。谦让了一阵，王副馆长的父亲在床上叫李会计的母亲收下，这事才算完。然后，仿兰要李会计的母亲每天上午请那人来一次，她借口图书馆每天上午忙，离不开人，将门上的钥匙给了李会计的母亲。李会计的母亲推也没推就接受了。

王副馆长惦记着家里的人，拼命往回赶。到了县城，一出车站他就扛着机器先到办公室。

进门后，见从前老马和小阁坐的那张桌子后面，坐着一个陌生人。

一问，才知是刚上任的馆长，姓林，是从部队转业回来的。

王副馆长一屁股坐在椅子上，半天无话。

倒是林馆长见他这热的天出差回来，连忙又是敬烟又是泡茶，还打开电扇，对着他吹风。

吹了一会儿，王副馆长一连打了几个喷嚏。

谁也没有想到，几个小小的喷嚏就将王副馆长打倒了。

12

王副馆长一进家就病倒了，他发烧得很厉害，老是在三十九度左右不退。连医生也吃惊，这么年轻力壮的一个人，未必真叫一个小小的感冒治趴下了。熬了一个星期，总算退烧了，接下来再在医院观察了一个星期，每天吊一瓶氨基酸，前后一算账，一场感冒花去文化馆上千元。

住院的后几天，王副馆长嫌医院吵，吊完氨基酸以后就回家。

回到家里，王副馆长依然睡不着觉，一件很小的事情都能让他反反复复地想个通宵。

睡不着时，半夜里，总能听见父亲恐怖的呻吟声。父亲一醒就会唤王副馆长去，听他哭诉祖上人在梦里如何地用酷刑折磨他，说他教子无方，让王家香火断了。

王副馆长心头压力更大了。老想自己这几年何苦这样卖力，什么好处没捞着，连个儿子也没有，弄得一家人都伤心。第一次代馆长将文化馆大楼建起来了。第二次代馆长，修了一座舞厅。第三次代馆长虽然只有二十来天，也干成一个镭射电影。可这些都被别人拣了便宜，自己却是吃力不讨好。

这天，王副馆长正在吊氨基酸，李会计来看他。

李会计告诉他，镭射电影今天搞首映式。

李会计给了四张票，让王副馆长送给医生护士，以表示感谢。

王副馆长将这票随手递给在旁边照看的那位护士。护士拿着票出去不一会儿，内科的医生护士，都来朝他要票。

这时，李会计尚未走。王副馆长就问他还有票没有。

李会计说："票倒有，但都是给县里领导的。"

王副馆长将李会计的提包夺过来，拿出里面的票，一人给两张，边给边说："有些当官的吃人不吐骨头，这两张票他们当便纸使还嫌小。"

其他科室的医护人员，闻讯也来了。转眼之间，一大摞票就剩下十来张了。李会计一把抢回去，讨饶般地说："这几张是给关系户的，实在不能再给了。"

没票的人仍在缠着王副馆长，他只好叫李会计回头再送二十张舞票来，然后，只要他在这儿住着，保证每天十张电影票，十张舞票。

看过镭射电影的人，回来都说够刺激。秋风醉舞厅的曲子，更是能迷死个人。所以，医院上下都对王副馆长很好。

那天晚上，父亲呻吟又起时，王副馆长突然起了一个念头，为什么不试试让医生帮忙开个假证明，说女儿有先天性心脏病，然后到计生委去弄个准生证，让仿兰再生一胎呢！

第二天一大早，王副馆长就去了医院。他不去病房，而是去内科高主任家。高主任一家都成了镭射电影迷，见他到了，连忙让座。他先将从深圳带回的一条"万宝路"递上，再说自己女儿身体如何不好，可能是先天性心脏病，希望高主任高抬贵手，帮忙确认一下。

高主任笑着问："是确诊，还是确认？"

王副馆长一慌，竟不知说什么好。

高主任的妻子在一旁说："老高你何必明知故问，王馆长是个老实人。"

王副馆长听了这话，索性将家里的一切都摊开说了。

高主任听了，转身从抽屉里拿出一张病情诊断书，一边填写，一边说："人就是这样，政治上进步不了，总得在生活上有个精神寄托。"

写好后，就递给王副馆长。

王副馆长一看，全是按自己说的写的，而且连医院的公章都预先盖好了。

高主任说："我是第一次这样看病的。"

王副馆长见他写得这样从容，不相信这是第一次，就问："不知计生委那儿，手续怎么办？"

高主任说："管他怎么办！你将这个诊断书直接交给李水蛇，他自然会亲自替你办的。"

高主任的妻子说："李水蛇的肾不好，全靠老高给他治！不过申请书你可要写一份。"

高主任又说："等你拿到准生证时，往你父亲眼前一晃，准保他的病就好了！若是没好，我就将这条'万宝路'还给你！"

王副馆长针也不打了，回家写好申请书，又找李会计盖上公章，便去找李水蛇。

李水蛇是计生委李主任的绰号。见了高主任的诊断书，果然不敢迟疑，不到半个小时就将准生证交给了他。

王副馆长随即打电话，要仿兰到医院妇产科取下避孕环，说自己已搞到准生证了。仿兰还以为他在开玩笑。当天下午，王副馆长先去医院办出院手续，在陪仿兰去妇产科时，正好碰见高主任的妻子。高主任的妻子教他每次同房之前，夫妻俩都用小苏打水洗下身，成功率会高很多。

从医院回来，王副馆长真的将准生证拿给父亲看了看。父亲眼珠一亮，忽然就坐起来，接过准生证，双手捧着，先哭一阵，接着大笑起来。等父亲平静些后，王副馆长就和仿兰进了卧房。

这一次和以往任何一次都不一样，滋味很特别。

王副馆长一声声说："你一定要给我生个儿子！"

仿兰一声声回答："我一定要给你生个儿子！"

王副馆长父亲的病一天天见好了。

仿兰再次怀孕时，他已经能够下床摇摇晃晃地走上几步。

过了几天，见自己走路已经稳当了，王副馆长的父亲就要回乡下去，说八个月的时间自己可以养两头大肥猪，等仿兰生儿子时，就将猪卖了，给她母子俩补身子用。

王副馆长拗不过，只得由父亲去。

王副馆长每天去办公室点个卯就回家做家务，家务事情他全包了，让仿兰整个地歇着。

农科所半年前开始做花鸟虫鱼的生意，老马屋里这类东西很多。王副馆长隔三岔五地拿一样过来，时间不长，家里就变得一派鸟语花香了。

每天晚上七点半左右，王副馆长必到秋风醉舞厅和镭射电影厅门前转一转，遇到熟人，就叫看门的放进去。

林馆长不管他。当过兵的人，总是讲义气。

林馆长在王副馆长生病时，曾来家里探望过，当面说自己是雀占凤巢。林馆长还吩咐李会计，不管什么时候，只要王副馆长要票，也不管是舞票还是电影票，要多少就给多少。别人要票时，他却卡得很死。

仿兰对王副馆长说："小林这是在用软刀子捅你呢！"

王副馆长说："我已经死了那个心，不想当官了，他捅我有何用！"

王副馆长照旧每天去拿票。拿不到票的人，渐渐对他有意见了，开始时见面还说几句话，到后来，就只点点头称呼一下就完事。就连老宋和李会计也变得生疏了。老罗反而成了例外，过去老罗见了他总像仇人一样，但近一段变得客气了，有时还和他开个小玩笑。

和外面熟人的关系也变了。以前，王副馆长工作挺忙，和熟人碰面了，仓促拣几句要紧的说了，便走路。现在情形大不相同，上街买菜，只要碰见熟人，不管有事无事，他总要走拢去，站着和那人说一阵。单边只有五百米的路程，没有两个小时是回不来的。

有一次，王副馆长在街上碰见了冷部长。

他见冷部长提着菜篮买菜，有些惊奇。

冷部长说："今天是星期天，买买菜，让自己轻松一下。"

王副馆长马上说："我每天都买菜，每天都是星期天！"

冷部长笑起来，问他这一阵在忙什么。

王副馆长说自己搞了几十盆花，光是早晚搬进搬出就把人累死了，而且各种花浇水的最佳时间不一样，更是把人搅昏了头；还要喂鸟，那东西比养儿子还艰难。

王副馆长说了一大通，冷部长听得有滋有味，从头到尾没有打断一下。王副馆长说完后，冷部长才问，馆里的工作近段搞得如何。

王副馆长半年多不问馆里的事，就胡乱说："基本上是按你的讲话精神去做。"

冷部长一听这话就来了劲，问大家对他的讲话有什么反应。

王副馆长哪里知道冷部长的什么讲话，都是胡言乱语现编的，见冷部长追问，就只好再编，反正是拣好的说。

冷部长很高兴，说过一阵闲了，他要到文化馆来蹲一段时间的点。

隔了几天，冷冰冰来家里玩，临走时，她说冷部长想要几盆花。冷冰冰说过后就自己去挑，结果，拿走的都是名贵品种。王副馆长很是心疼了一阵。

林馆长的爱人和小孩在哈尔滨。转业时，林馆长要回南方，爱人不同意，闹僵后，林馆长一个人回来了。他没要别人腾房子，就将馆长办公室隔出半间作卧房，一个人住在办公楼上。

王副馆长有天去点卯时，进林馆长的卧房坐了坐，发现屋里的一盆昙花很眼熟。他很快想起来，这是冷冰冰上次从他家拿走的。

第二年开春时，怀胎十月的仿兰生了。

王副馆长如愿以偿地得了个宝贝儿子。

王副馆长抱着刚出生的儿子，正在让仿兰亲时，护士进来说，外面有人找。

王副馆长出来后，见走廊上站着一个面黄肌瘦的男人，好半天才认出是小阁。他要和小阁握手，小阁将手藏到背后，说自己正在患黄疸肝炎。王副馆长连忙后退几步，将儿子送回产房，再返回来说话。

小阁住了几十天的医院，钱用完了，病没全好，医院要他拿钱来，不然明天就停他的药。他托人给学校捎了几次信都没动静。今天早上，他从病房窗口，看见王副馆长领着大肚子的仿兰进了妇产科，才瞅空从传染病房里溜出来。

小阁要王副馆长无论如何帮他一回。

王副馆长说："你是我儿子见到的第一个外人，按乡下的规矩，他得拜你为干爹呢！这个忙我一定帮。"

正说着，王副馆长的父亲喜颠颠跑来了，见了儿子就说："我把两头肥猪卖了，得了八百多元钱。"

王副馆长说："小阎在这儿呢！他病了，住院，想借点钱！"

王副馆长的父亲说："借什么！我还欠你一双皮鞋钱呢！"说着，就数了一百二十元钱给小阎。

小阎谢过后要走，王副馆长叫住他，本想问那次他为何不将冷部长说出来，又突然不想问，只说了一句祝福的话。

儿子满月时，王副馆长大请了一顿。

席上人多，但他还是发现冷冰冰没有来。

王副馆长打电话到冷部长家去问。冷部长的爱人说，冷冰冰昨晚就没回家，她也在到处找。

席间，李会计、老宋他们借花献佛，向林馆长敬酒。

平日酒量很大的林馆长，没喝几杯就醉了，一句句地嚷："我不怕！大不了去坐两年牢！"

大家都笑了起来。

自从有了儿子，王副馆长连去办公室点卯都放弃了。每天上午九点左右，等儿子醒后，先抱去图书馆找仿兰要奶吃，返回时，天气稍有不好便直接回家。天气特别好时，就到文化馆办公楼上转悠一下。文化馆所有的人都喜欢这个白胖胖的小子，都说王副馆长的这项"希望工程"搞得好。

镭射电影由于片源问题，已不那么红火了，但还是稳赚不蚀。秋风醉舞厅仍然门庭若市，所以王副馆长每天晚上必到。

这一天，组织部姚科长给王副馆长打电话说，他的小舅子谈成了一个女朋友，今天晚上想约一帮朋友到秋风醉舞厅庆贺一下。王副馆长问多少人。姚科长说，大约二十左右。王副馆长一口答应下来。

晚上，王副馆长抱着儿子往舞厅门前一站，将一大帮人呼呼啦啦地放了进去。林馆长站在旁边，像是什么也没看见，只顾一个劲地同王副馆长的儿子逗笑。

过了一阵，林馆长说："今天宣传部开会，表扬了我们，说整个宣传口就文化馆的班子最团结。"

王副馆长说："全靠你支撑。"

林馆长："以后就靠你了。"

　　王副馆长正要说什么，冷冰冰来了。林馆长和冷冰冰相视一笑，就进舞厅跳舞去了。王副馆长进去看了看，觉得他俩跳舞跳得比所有人都投入。

　　舞曲完了时，姚科长的小舅子走拢来，对王副馆长说，他哥哥让捎个口信，文化馆的人事近几天可能有大变化，让王副馆长对任何可能出现的情况，都作个心理准备。

　　王副馆长心想，无非是说老子不干工作，要撤老子的职，老子早就不想干了呢！

　　回家后，他没将这事告诉仿兰。他怕仿兰着急，影响奶水。

　　第二天早上，王副馆长正在家里洗尿片，忽然从门外闯进一大群人。为首的是组织部姚科长，还有宣传部、文化局的一些头头。

　　大家坐下后，姚科长先说话。

　　姚科长说，林馆长犯有严重的作风问题，一年之内致使冷冰冰两次怀孕，两次流产，上面已决定对他进行撤职查处，文化馆馆长一职，从今日起由王副馆长担任。由于时间仓促，正式任命通知要过几天才能下达。姚科长还强调，冷冰冰的事在文化馆只限于王副馆长一个人知道。姚科长最后还特地传达上级领导同志的意见，说王副馆长在这一年多时间内，各方面都成熟了，因此适合担任一把手工作。

　　没容王副馆长推辞，大家就裹着他到文化馆去开大会宣布。

　　会场上，王副馆长见林馆长自始至终都镇定白若。

　　冷冰冰没有参加会。其他到会的人，全都大吃一惊。

　　林馆长嘴上答应检查，可是才过一天，他就和冷冰冰私奔去了深圳。

　　正式升任馆长后，王副馆长给家里请了个小保姆，又将父亲从乡下叫回来。尽管这样，他仍然心挂两头。馆里的工作，他要大家按部就班去搞就行，老宋提了几个改革发展的新方案，都被王副馆长锁在抽屉里，其中包括搞健身房的方案。

　　上任两个月后，冷部长说要来文化馆看看。

　　王副馆长慌了，将近期来的文件、简报和领导的讲话找了一大堆，想搞清上级是怎么说的，再想自己如何汇报。

　　正忙时，肖乐乐哭哭啼啼地进来了，说老罗刚才在办公室里调戏她。

　　王副馆长想也不想就说："老罗就是这么个脾气，爱占点小便宜。你就当和一个不情愿的男人跳了一回舞得了。以后自己小心就是。别再哭，让别人知道了不好。这种事，丢面子的总是女方。"

肖乐乐出去后，王副馆长发现还缺冷部长的一个讲话。就打开老马、小阎和小林使用过的那张办公桌的抽屉，意外地发现，老马多年前拍的那张照片《秋风醉了》，被谁扔在里面。他拿起来细细地看了一遍后，心里觉得酸溜溜的，不敢看那戴着草帽的小狗。

老罗走进来说："你儿子在家哭呢！"

王副馆长放下照片，慌忙要走。

老罗又说："开玩笑的。你父亲正在家教小保姆补破鞋呢，小保姆不愿意，你父亲就劝她说，保姆不能当一生，学了手艺就能挡一生，只要有人穿鞋就少不得鞋匠。"

老罗探头看了一下小林从前的卧房说："这么好一盆昙花，他怎么不带走？"

王副馆长递了一支香烟给老罗，却没有火。老罗说："我去弄火来。"老罗一走，王副馆长连忙锁上门，往家里走。他还是放心不下儿子。

路过老马家门口时，王副馆长听见老马在训斥两个孩子，说不想读大学的学生不是好学生。他猛地想到，可不可以说，不想升官的干部不是好干部呢？

一九九二年九月于黄州赤壁

伤心苹果

1

长途客车的车门打开时，一阵冷雨哗哗地扑过来。抢先挤到门口的两个人下意识地往回缩了一下，石祥云趁机拨开他们，一点也没躲避地钻进雨中。雨其实并不大，只是有点密，不一会儿脸上就没有一块干的地方了。天上昏暗暗的，沿街的小杂货摊早早地亮起了电灯。北风顺街而下，将灯光照耀下的小城吹得一晃一晃。

石祥云正低头匆匆走着，忽然听见街边的商店里有人叫他的名字，他看了几眼，发现县委政研室的小徐站在门口的人群中。

石祥云停下来说，怎么在这儿，等雨停吗？

小徐说，没办法。出来转转，忘了带伞。不是说你昨天到省里去吗，怎么还在县里？

石祥云说，我是去了，这不，刚下车。

小徐说，什么事，这样急，来回一千多里呢！

石祥云正欲开口，一见人多，有点不便开口，只好笑一笑，然后说，晚上等我，我来你家里玩。

小徐说，看你这模样是有什么喜事吧？

石祥云做了一个手势后扭头继续走路。他听到背后有几个人在小声议论，说这就是那个写小说写出了名的石作家。不知怎么的，他听了这话一点也不自豪，反倒有一种赶快逃离的感觉。

文联和文化局在一起，但大门口只有文化局的牌子，所以一般人很难找到文联。不是文联不愿挂牌子，是文化局不让挂。文联成立那天，文化局的人就不怀好意地说，文联是文化局生下来的，凭什么招牌同文化局的一样大一般高？文联从文化局分出来时，说好暂借房子住一两年，可眼下都三四年了还没有搬出去的意思。文化局的司机有一次借酒装疯，将文联的那块招牌取下来扔进街边的下水道。文联的人当时赌气没有将它捡起来。那天夜里下了一场大雨，下水道涨满了水，却被招牌堵着排不出去。环卫所的工人发现后，不管其中隐情，噼噼啪啪几铁锹，将那招牌砸了个粉碎。文联只有三个人，主席苏江，副主席马珍珠，第三个就是秘书长石祥云。苏江一气之下告状告到县委书记那儿，不料县委书记却说，你那个文联本来就不该成立，这几年，除了石祥云，你们屁事也没办成一件，就知道搞少儿书画比赛。苏江回文联转述这些话时，马珍珠不服气说她已开办了四届老年迪斯科和交谊舞培训班。石祥云一句话也没说。苏江要他去找县里的领导。石祥云才说他正在给《人民文学》赶写一部中篇，这一阵没工夫。

苏江当时说，行，你石祥云是我们文联的活招牌，死招牌就不要了。

石祥云一点也没有感到这话的真正含义，心里还在说，没有我，鬼都不会理睬文联。直到后来，他才慢慢地觉察到苏江对他的态度发生了根本变化。

石祥云走到单位门口时，猛地发现大门旁又挂起了文联的招牌，不由得吃了一惊。马上意识到这其中一定有奥妙。他试了试，那招牌上的油漆还不太干。他正想找人问，一个满脸皱纹的老太太从院子里走出来。

老太太看了他一眼，忽然说，你是石头的爸吧！

石祥云一怔说，是呀，有什么事？

老太太说，我一看就觉得你们父子俩像是一个模子印出来的。你快回去，小石头我已托给你邻居家了。往后你可要小心，这么晚了，两个做大人的都不管他，让他一个在街上乱窜，当心会出事的。

说完话，老太太只顾独自离去。石祥云望了望她，只觉得很面熟，但想不起在哪儿见过她。

石祥云上了五楼，见家门紧锁，儿子石头在邻居苏江家里叽叽喳喳地和谁说着话。他先开了门，再去将石头领回来，顺便问苏江在不在家，听说不在，便留下话说晚饭后自己有事找他。

2

石祥云将开水瓶里的水倒进脸盆里，然后将湿漉漉的头发泡进去，那股热乎劲让他不禁打了一个寒战。洗到半截，屋外有人咋呼起来：谁把我家的门弄开了？石祥云听出是妻子梅丹的声音，便懒得作声。他听见儿子和梅丹说了几句什么，跟着那脚步声就到了卫生间门口。

梅丹站在他背后说，你雷鸣电闪地跑得这么快，我还以为强盗撬门了！

石祥云哼了一声什么。

梅丹的手开始在石祥云的头上轻轻抚弄着。

石祥云低声低气地说，我自己来。说着，他三下两下地将头发弄干，再将一脸盆脏水重重地倒进水池里。

梅丹知道他是生气了，就解释说，公司里开会，所以才回来晚了。

石祥云说，石头差一点丢了，是别人送回来的，你知道吗？

梅丹说，我知道，本来就准备溜出来到幼儿园去接石头，刚走出公司大门，就有人告诉我，说她看见明大妈牵着石头在街上转，我就放心了，才没有去接。

石祥云接过梅丹沏好的茶，走到阳台上看了看那几盆花草，又到书房查了查那部写了半截的长篇小说，见一切都完好无损这才放心回到客厅。

他冲着已在厨房里忙碌开了的梅丹说，什么会，这么重要，连儿子也不顾了！

梅丹说，都十二月份了，公司搞年终评比。

石祥云说，这是年年都要走的过场，评上评不上无非是一张纸的区别，有什么要紧！

梅丹说，今年不同，听说要和奖金配套，先进和非先进相差两三百元钱。

石祥云说，你们公司要是真有先进人物，这腐败之风就要小好几级。

梅丹说，反正是公事公办，现在哪儿不是在矮子里面找长子呢！那些大作家若是没有改行下海，能有你今天的出头之日吗？

石祥云忽然生起气来，说，文学上的事你少多嘴。

梅丹说，得啦，你别又摆作家架子，到时候看你怎么好开口问我这个那个字的发音。

石祥云没有学过汉语拼音，遇着生词生字总免不了要问梅丹，所以，先前只要梅丹一拿这话来奚落他，他便不作声。

梅丹正在刨藕皮，冷不防石祥云说了一句，从今往后我不再问你了，我花钱请别人教，丢丑到外面去丢。

梅丹没有准备，手中的藕掉在地上摔成几瓣。

石祥云钻进书房，寻了一本杂志翻起来。他找好一篇文章正要看，石头在客厅里叫起爸爸来。他走出去，石头要他一起玩小汽车。石祥云同儿子玩了一阵以后，心情渐渐地好了起来。

他瞅了个空，走进厨房，用手抚抚梅丹的后腰，轻轻地说，告诉你一件事，市里要调我去当专业作家！

梅丹身子微微一震，隔了一阵才说，我真为你高兴！说着话，几颗眼泪掉进油锅里，油花猛地四溅起来。

石祥云赶紧抱起梅丹躲到一旁。

吃饭时一向爱说话的梅丹竟一言不发。石祥云知道她这是缺少心理准备，一时不知如何是好。

吃完饭，石祥云喝了两口茶，然后告诉梅丹说他去隔壁苏江家里，将调动的事和他说说。苏江是直接领导，说晚了会得罪他的，他要是使绊子事情可就麻烦了。

石祥云说着就要出门，梅丹说，等一下！

梅丹起身打开贮藏室，从里面拎了一袋苹果出来，一边递给石祥云一边说，这是最后一次求老苏，空手去不好。

石祥云一看这包得好好的一袋苹果就起了疑心问，这两天谁来家里了？

梅丹说，昨天傍晚一个业余作者跑来找你，还带来了一部中篇。

石祥云说，稿子呢？

梅丹说，我让他带回去抄正了再送来。

石祥云这才无话，出门走了几步便举手敲门，同时还贴着门缝叫，苏主席在家吗？

里边门锁一响，跟着门就开了，苏江那油亮的大脸庞出现在门后。

苏江说，是小石呀，快请进。

石祥云进屋之后，将手中的苹果随手搁在桌子上，说，一点鲜果，给孩子们尝个鲜。

苏江一笑说，你怎么也变庸俗了，跟我来这一套。我记得你说过这样的话，什么时候我也开始请客送礼，那就预示着我的艺术生命已开始完结了。怎么样，是不是想改行从政了？

石祥云脸红了一下说，哪里哪里，我只是想体验一下生活，尝尝送礼的滋味！

苏江说，是吗，想将我写成黑色的幽默？

石祥云见这玩笑开得不好，忙说，我不瞎扯了，苏主席，我是来求你帮忙的！

苏江说，我能帮你什么忙！

石祥云说，求你高抬贵手放我一马！

苏江一愣说，翅膀硬了就想飞，飞到哪儿？

石祥云便将昨天到今天的经过一一对苏江说了，最后他说市文联催得很紧，所以他才这么拼命往回赶。

苏江想了想说，你不该现在才对我说，让我觉得太仓促了。

石祥云说，前天收到电报时，我还以为是叫我去参加什么文学活动，见面谈起来才知道，连我都感到有些吃惊，有些不可想象。

苏江说，是有些难以想象。小石，你放心好了，这一回，我决不刁难你，该我签字的、该我盖印的、我一分钟也不会耽误。另外，需要我说情的，你只管开口。不过，凭我的直觉，你这事说不定在什么地方上会有麻烦。

石祥云说，我知道，可我不怕，天下哪有比写小说更难的事呢！

苏江摇摇头说，你可千万不要轻敌，无论从战略上还是从战术上你都要事先考虑好。

石祥云说，还有一件事，假如这事办成了，我走以后，梅丹和石头母子俩暂时还得住在这儿，请你多多方便一下。

苏江大度地说，这一点没问题，你到了市里也是为共产党做事，我这里也不是国民党的天下，想住多久就住多久。文化局那边若有动静，我负责替你顶着，只要文联不搬走，谁也撵不走梅丹他们。

石祥云没料到苏江这么爽快，那爽快中的意思甚至是巴不得他快点走，走远一些。苏江接下来问，他走了以后，谁可以接他的班。石祥云刚要开口说出一个名字，又马上止住，反说这事他看不准没有把握，得别人来选。苏江非要他说，他就开玩笑，说毛主席选接班人选了四次都选错了，现在谁还敢乱选啦！

苏江笑起来，说，我想好了，还是在实践中自然产生，从你这往后，不再设专业的，一律搞合同制，这样可以保证让最优秀的人才在他该待着的位置上。

石祥云心里忽然不快起来，他觉得苏江早就在盘算着让他走，不然这些想法不会产生得这么快。

又说了几句话，石祥云便起身告辞。

临出门时，苏江提醒他，这事关键在宣传部，而宣传部的关键又是一把手县委常委陈部长。按照他的估计，几位副部长可能会礼节性地挽留一下，然后就会表态支持人才流动。

石祥云将信将疑地点了点头。

石祥云回家同梅丹说了几句话，将苏江同意他调走的情况简要地告诉她。

梅丹说，老苏太过分了，简直像是撵你走，万一走不了，那可就再难同他相处了。

石祥云说，这么好的机会我是绝对不会放过的。如今这社会，哪有主动要人的单位呢！

石祥云正要出门，梅丹说，你稍等一下行吗？过了七点半再走。

石祥云说，有事吗？

梅丹说，没事，不过可能会有人来。

石祥云说，不管是谁，你让他明天再来。

石祥云从五楼往下走时，昏昏暗暗地碰见了一个人，他并没在意，就在擦肩而过的那一刻里，那人叫了一声，祥云，你去哪儿？

石祥云定神一看，是统计局副局长王汉英。他一时控制不住情绪，说，你来干什么？

王汉英支吾一阵说，我想找你帮个忙！

石祥云冷笑一声说，得了，想找梅丹是不是，快去吧，她正在给我儿子洗屁股呢！

王汉英忙说，祥云，我是真的来找你的，我前几天到省里去了一趟，他们让我回来找你！

石祥云说，找我？我没空！找别人你就请便。

石祥云咚咚几步蹿下楼梯，钻出楼房时，有几片雪花一样的东西落进颈里。他扭头向上一看，发现梅丹正抱着石头站在阳台上望着他。

石祥云低头走了一阵，冷不防一个转身，轻手轻足地往回走。他刚上到五楼楼梯口，就听见梅丹在训斥王汉英。

梅丹说，请你不要再进这道门，我跟你把话讲清，我最讨厌你们这种饱食终日、只问升官发财的人！

王汉英分辩说，我就是为了做点事才来找石祥云的，谁知他是那个态度，我想请你帮忙解释一下。

梅丹说，祥云的领导住对门，你可以去找他帮忙。

石祥云没有再往下听，再次转身往楼下走。

石祥云敲响小徐的家门时，屋里的小两口正在唱卡拉 OK。

一进门，石祥云就夸小徐唱得好。

小徐的妻子小齐一撇嘴说，现在的干部只知道泡歌厅，除了三陪小姐，专业演员也唱不过他们！

小徐说，可唱歌比跳舞安全多了，是不是?

小齐说，不要脸，吃着碗里，想着锅里的东西。

说着狠话，小齐自己先笑了，并补充一句说，我不能再说了，再说他就会说我是贼喊捉贼。

小徐说，你怎么才来，等了半天，人家送的两张舞票也过时间了。

石祥云说，我先找老苏去了。

小徐说，什么事，安排得这样紧凑！

石祥云说，前天上午我收到市文联的加急电报，要我立即去一趟。昨天我去了以后才知道他们是想调我去当专业作家。

小徐说，好哇，这是好事，小弟我先表示祝贺。

石祥云说，你别祝贺早了，还不知道县里放不放行，这人事工作的道道你熟悉，你得先给我出个主意。

小徐不作声了，盯着卡拉 OK 画面开始想问题。

小齐这时削好一只苹果送过来。石祥云也不谦让，接到手中便咬了一口，苹果脆脆一响，引得石祥云忍不住用眼睛在上面仔细打量。他看见苹果里有些异样，便说，这苹果叫钻心虫咬了。

小齐说，大作家你这就脱离生活了，你知道现在百姓怎么叫它?

石祥云摇摇头。

小齐说，这叫伤心苹果。

石祥云想了一阵说，这说法有点寓意，也有点恶毒。

这时，小徐开口了，他说，祥云，这事不用太操心，你是名人，那些人不敢在你身上耍花招的，只要手续齐了，会给你办的。关键问题是上面放不放你走。

石祥云立即将苏江的意思说了。

小徐稍一沉吟，说，这着棋你恐怕没走好，你应该先同宣传部陈部长说，假如陈部长不同意你走，而老苏又将所有欢送你的话都说了，那你以后还怎么在文联里工作？老苏为什么这么爽快，还不是因为年底到了，县里又在考虑调整各级班子，老苏不是不知道陈部长早就有意让你当主席而让老苏当专职书记，你一动走的念头，老苏他还不欢天喜地！按我的经验，这会儿老苏肯定在给几个副部长打电话，说你已决定哪怕天塌下来，也要调到市里去当专业作家。

石祥云说，老苏他不会这么急吧？

小徐说，县委这几天肯定要研究各单位的班子问题，此时此刻真的是分秒值千金！

石祥云想了想，咬着牙说，我不管这些，我下了死决心非走不可。

小齐在一旁插嘴说，祥云你别听小徐瞎吹，他要是真有本事也不至于现在还是一个小科长。

小徐说，放心，一个月之内，若是再无人提拔我，你就将我休了。我们还可以打个赌，祥云不管是现在去找宣传部的人，还是明天一早去，若是他们不知道祥云的来意，从今往后你做丈夫我做妻子。

小齐哼了一声说，又瞎吹了，你能生孩子？

小徐嬉笑了一下。

石祥云说，说正经的，你给我出个主意，怎么去同陈部长说。

小徐说，你以前给陈部长送过东西没有？

石祥云说，只送过我自己出版的几本书。

小徐说，这就不好办，空着手去他家里太不礼貌，有些话在办公室里又不好谈。要不这样也行，陈部长每天上午十点钟左右总要回家喝一碗什么保健汤，你先去附近守着，然后装着无意中碰上，再随他一起进屋。只要陈部长这一关能过，别的也就迎刃而解。

石祥云总觉得不踏实，似乎有许多问题要同小徐商量，他不停地想，可就是想不起来。

喝了几杯水后，石祥云终于想起一个问题，他说，人事局那边，你可得先给我疏通一下，免得到时候出现阻力。

小徐说，你放心，那群家伙不敢不给面子。

石祥云再也想不出什么事情来，见时间不早了，便起身告辞。

小徐将他送到外面，冷风一吹，他忽然想起一件事。

石祥云扭头问，你知道王汉英最近的动静吗？

小徐说，怎么，你还记着他当年追求梅丹的事！

石祥云说，不知为什么，他今晚竟跑到我家里去了，说是有事要我帮忙。

小徐说，前一阵听说他要升正局长了，可后来又一点动静也没有。

石祥云说，不知为什么，一见面我就烦他。

小徐说，谁不是，成天一副怀才不遇的样子。

石祥云说，不过，真按能力，他可比许多人强。

小徐说，现在是什么时代，光靠能力行吗？

石祥云愣了愣后忽然说，小徐，你我是朋友，看样子我在县里待不久了，就算我临别赠言吧，你仕途上的趋势的确很好，可不管什么时候你都不应忘了要为普通百姓扎扎实实地多做些事。

小徐说，老哥的提醒小弟我一定记在心上。不过话说回来，要是老想着百姓，我现在就没有心思来帮你了。

石祥云想说什么，终于没有说出来。

往回走时，石祥云听见每座楼上都有哗哗的麻将声。他想，这些人怎么不怕冷，煨在暖被窝里不舒服吗！随后他又想起一句俗话：麻将头上有火。石祥云忍不住独自笑了一声。走了二十来分钟，眼看着快要到家了，忽然看见王汉英站在一处屋檐下，不停地跺着脚。

王汉英似乎听到了脚步声，将脸扭过来。

石祥云感觉到王汉英是在等他，便停住脚步，随后又拐向街旁的一条小巷。走了一百多米，他忽然骂起自己来，说自己这点志气也没有，像是做了亏心事不敢见王汉英似的，凭他现在的状况，他完全可以趾高气扬地面对王汉英。

出了小巷后，石祥云故意顺着无遮无拦的街道大摇大摆地走着，目不斜视，两手抱在怀前，整个一副盛气凌人的样子。走了好长一段路，还没听见有人叫他。石祥云忍不住往四下打量，大街上哪里还有王汉英的影子。

石祥云忽然有一种失落感，他推开文化局和文联小院那冰凉的铁门，楼道里静悄悄地，没有往常那种山摇地动的麻将声。石祥云摸黑爬上五楼，他掏出钥匙正要开锁，梅丹从里面将门打开了。石祥云刚要说什么，邻居苏江家里猛地发出一声欢叫：哈哈，自摸了，双豪华七对！石祥云心里一惊，随后就明白这是有人打麻将和了大和。

石祥云一边往屋里走一边说，哪一天那些洋鬼子将诺贝尔奖错给了我，我也不会这么惊喜。

梅丹掩上门说，各人的追求和寄托不一样。

石祥云说，现在这情景让人老想着二三十年代！

梅丹说，你莫瞎譬喻，又没经过，你怎么知道？

石祥云说，你看看那个时期的文学作品就知道了。

这时，石头在房里叫了一声，爸爸，外面下雪了吗？

石祥云说，没有。

石头说，光下雨不下雪，一点也不好玩。

石祥云走进儿子房里，在石头脑门上拍了一下说，快睡，明天下午爸爸来幼儿园接你。

石头说，我不要你接，明奶奶说了，明天她还来送我回家。她让我告诉你们，你们若是忙不过来就别去接我。

石祥云说，你那么喜欢明奶奶？

石头说，幼儿园的小朋友都喜欢她。

石祥云不作声了，从儿子房里走出来时，梅丹已将洗脚水准备好了。

他一边洗一边问，这个明奶奶是干什么的？

梅丹说，她是乡下学校的老师，退休后住在城里女儿家。

石祥云说，是不是那个总在街上做好事的老太太。

梅丹说，就是她。若是真的让大家民主选举，明奶奶说不定可以选上县长，最低也能选上副县长。

石祥云说，你不是老说我能选上县长副县长，怎么现在改了主意。

梅丹笑一笑说，我怕你成了名以后就变了心。

石祥云说，除非是你先变。

洗完脚，上了床后，有一阵两人都不说话。

石祥云憋了一阵，终于先开口说，王汉英今天来做什么？

梅丹说，来找你。

石祥云说，我又不是组织部长，能管他的升迁。

梅丹说，他说他不想当官了，要拜你为师学写小说。

石祥云一下子坐起来，愣愣地看着梅丹。

梅丹说，其实他昨天晚上就来过，苹果就是他送来的。他说他本不想找你，而想在省作家协会找个老师，可省作家协会的人说他舍近求远会使人变得浮躁，非让他回来找你。

石祥云说，他不是发过誓，非要当个县长书记让你看着后悔吗！

梅丹说，我儿子都替你生了，你怎么还那么小气。

石祥云说，我若是将你送给他就不小气？

梅丹说，王汉英还是和许多从政的人不一样，他是真想有些作为，不怕出汗出血的人。

石祥云没有接话。

屋里很安静，像是都睡着了，其实两个人都没有合上眼。半夜里，梅丹将手伸进他的上衣里，然后一点点向下移动。石祥云也伸出手将梅丹的内裤一点点地往下推。

3

早上六点钟，石祥云起床时踩住了一个软绵绵的东西，他低头一看，是梅丹昨夜扔在地上的三角短裤。他洗漱完毕又喝了一大杯凉开水，这才出门散步去。

刚推开铁门，他就望见文联的招牌又躺在下水道里。石祥云弯下腰正要伸手将招牌从下水道里拿起来，忽然听见两下咳嗽声，他抬头往四周瞧了瞧并无半个人影。他以为自己听错了，再次伸出手时，那咳嗽声又响起来了。他听见声音在头顶上，直起腰回头一望，见苏江正站在自家阳台上，朝他比画，示意他不要动。

石祥云正在迟疑，苏江又打手势叫他走开。

石祥云走到烈士公园里，寻了一块空地，将腰肢好生扭动了一番，大约十五分钟后，觉得额头上微微出了一层汗就停下来，然后绕着公园中间的小山慢行。走到第二圈时，他看见人事局的小金匆匆地往一片小树林里走去。

石祥云连忙跟上去。走到小树林旁边，正待往里钻，忽然听见一个女人说，你怎么才来！小金说，半路上碰见一个熟人了。那女人说，别骗我，一定是有人吊着你的脖子不让你起床。小金说，你别酸我好不好。接下来声音变成了另外一种。

石祥云知道这时候是最不能打搅的，便悄悄走开了。

七点一刻，石祥云开始往回走。走到院门口，他见文联的招牌已被挂到门旁。他以为是苏江做的。待上楼见面后，才知道是文化局马局长亲自挂上去的。

苏江告诉他，姓马的前一阵一直提醒自己，要文联将牌子再挂起来，苏江觉得奇怪就故意不理睬，没想到姓马的竟让人做了一块同文化局招牌一样大小的牌子挂在大门旁。苏江说他为了试试姓马的葫芦里的药，今天特意起了个大早，将招牌扔进下水道，然后看他们怎么办。

苏江骂了一句脏话后说，这姓马的起床后，愣也没愣就下了楼将招牌捞了起来。

石祥云也觉得不可思议，他说，马局长没理由变得这么卑贱呀？

苏江接着说，这不是好兆头，姓马的八成是要升官了，而且很有可能是管我们这条线的。

石祥云说，未必是他要当宣传部长了？

苏江说，极有可能，陈部长已经五十八岁了，他自己早就说过想去人大干两年，然后退休。

石祥云想了想后不禁失声笑起来。

苏江不满地说，我知道小石你在笑什么，你是要走的人，当然可以将这些当笑话看，我这走不了的老东西将来就惨不忍睹了！

石祥云知道苏江内心意思是陈部长那个位置被别人占去了，所以才惨不忍睹。他不好再说什么，转身进了自己家门。

梅丹正在给石头穿衣服，地上那些代表夫妻恩爱的东西已收拾干净了。

他上去逗了一下儿子。

梅丹说，昨晚我忘了跟你说，老苏将苹果还给我们了。老苏说他不能收你的东西，不然日后一读到你的大作中有关送礼或者行贿受贿的情节，就会觉得是在写他。

石祥云说，老苏这人有时也天真得很可爱。

梅丹说，今天你准备跑哪些地方？

石祥云说，先去宣传部。

吃早饭时，苏江敲门进来吩咐石祥云，这一段时间就别去办公室了，跑跑自己的事，再抽空将年终总结写出来就行。同时还要他无论如何推荐几个接班的候选人。

石祥云嘴上一一都应了，心里却很不高兴。他最烦写年终总结，文联的工作，值得写的只有文学创作这一项，而文学创作的成绩百分之九十几都是他的。苏江让他写总结，他便不好写自己，唯有将其他一些既不上斤、又不上两的事瞎吹一通，拼命地与精神文明建设联起来。到头来因为总结是自己写的，哪怕对自己的成绩总结很不够，也不好怪罪苏江和马珍珠他们，结果每年年终评选先进工作者，不是由苏江谦让给马珍珠，就是马珍珠谦让给苏江。就这样苏江还会经常开导他，说他在报刊上抛头露面的机会多，这点小荣誉就不要斤斤计较了。

看见石祥云不高兴，梅丹就劝他说，是死是活，就这一回，到了新单位，别再揽这种活儿就是。

梅丹这话的确让石祥云轻松起来。

吃过早饭，石祥云便往县委大院跑。

4

宣传部在四楼。他刚爬到三楼，迎面碰上张副部长。他是部里最年轻的副部长，刚好和石祥云同岁。

张副部长劈头盖脸就是一句，怎么样，想飞呀？

石祥云马上反问，苏主席已经向你汇报了？

张副部长点头时，石祥云心里暗暗叹服小徐预见的准确性。张副部长看看手表，说离开会还有二十分钟，他要陪石祥云和另外几个副部长谈谈。说着，张副部长就转身往回走。

部长办公室里其他几个副部长都在，只缺陈部长，陈部长是常委，他在二楼有单独的办公室。副部长们气色都不好，不过见了石祥云多数人还是从椅子上往起欠了欠身子。

张副部长说，刚才我们在一起议过了，大家一致认为必须留住你。

石祥云吃了一惊，按照昨晚小徐的分析，副部长们因为害怕石祥云将来同他们夺取宣传部长的位置，应该放他走才是。他说，我在这里只会给各位领导添麻烦，让我走对谁都有好处。

张副部长说，说实话，我们还指望你将来领导我们呢！

石祥云被这话震住了，他结结巴巴地说，我可从来没有做过这样的梦！

张副部长说，刚才我们还在一起议论，论才华、人品和能力，只有你最合适接陈部长的班。所以大家都不同意你走，都准备在部长办公会上向陈部长提出来。

副部长们说了一番真诚挽留的话，张副部长还提到文化局不让文联挂牌之事，他要石祥云至少也要将这口气出了以后再走。

石祥云这时总算明白他们的意思了。副部长们闹出这种动静，让石祥云开始相信苏江的猜测，文化局马局长有可能真要当宣传部长了。

他说，你们几位不管谁接陈部长的班都比我强十倍以上，我除了写小说，什么也不能干。

石祥云正在着急时，不知谁说了句：最好陈部长再干一任。

随后大家就不再谈论他，而大谈特谈陈部长。说了好一阵，大家的结论是，陈部长正值年富力强，不应该让他退居二线。

石祥云瞅空起身告辞，一边走一边开玩笑地说，几位部长，到开办公会时，你们可得投票让我走，不然我天天上你们家去喝茶。

张副部长说，我正想学写小说，你上门去做家教，岂不是正中下怀。

大家都笑着说自己也去学写小说。

石祥云看着时间还早，就去隔壁那间大办公室里转了转。一群年轻的科长都知道他要调到大城市里去了。石祥云和他们不停地说着笑话。正说着，他一眼扫见桌上有份文件，是组织评选精神文明先进集体和个人的。

石祥云指指文件说，街上的那个明大妈、明奶奶完全够这个格。

大家望着他笑一笑，并不说话。

石祥云说，真的，我说的是真话。你们不知道她？

有人说，石作家，你别把这事看得太简单、太庸俗了。这不比你写小说，听见人放屁，就可以写出三五千字。

石祥云知道没有办法再对话了，就装着有事，一边看表一边往外走。实际上，这时候才九点三十分，离十点还有半个小时。

冬天的太阳刚刚有几分暖意，昨晚的雨水还在树叶上挂着，地上流着。石祥云找到一处既干爽又有太阳，还可以望见陈部长家门的地方。四处很是安静，往常吵扰县城的几家工厂基本上都停工了，工人们也放了长假。往常大家都嫌噪音污染环境，现在才体会到没有噪音的工厂更加让人不安。石祥云打量了一下县委办公楼，心里总觉得楼内的情形和楼外的状况不太对路。于是，石祥云就想到自己应该写写这方面情形的小说。

石祥云忽然进入写作角色，无聊的机关和安宁的车间纷纷涌入自己的思维里。

正想着，忽然听见有人在叫陈部长。石祥云回神一看，果然是陈部长，他已打开自家小院的门开始往里走。

石祥云一急，差一点叫出声来。等他追到陈部长家门口，那院门已经反锁上了。他瞅着那门铃，伸手试了几次都没敢按。

正在犹豫，一旁走来几个年轻人，其中一个冲着他问这儿是不是陈部长的家。石祥云点过头后，几只手几乎同时伸向了那门铃。

石祥云赶忙退到一边。

门铃响了好一阵院门才打开。石祥云听到有人说，他们是代表铸钢厂八百名工人来送请愿书的。陈部长推说他只分管文教卫，不管工业。工人们说，四大家领导以及纪检、公检法和电台、电视台的头头人手一份，我们没有别的要求，一不想升官，二不想晋级，我们只想上班有活干，下班有饭吃。

工人们也没进门，站在门口说了几句后便扭头走开。陈部长跟在后面送了一程。

石祥云趁机从暗处走出来，慢慢地靠上去，客客气气地叫了声陈部长。

陈部长抬头见是他，便哼了一声。

石祥云说，我正准备去办公室找你，没料到在这儿碰上了。

陈部长一下子打断他的话，生硬地说，你是不是想调走？想走你就拿个东西来，我负责签字。走一个少一个，都走了才好，财政就不怕没钱发工资，也不怕工人闹事了。

石祥云没料到陈部长说出如此没水平的话，他怔了半天才说，那我这就叫对方发商调函过来。

陈部长说，商调个屁，直接来调令就行，谁不放行你就去找谁要你的工资奖金。

石祥云尴尬地跟上两步，说，陈部长，我非常感谢你这些年对我的栽培。

陈部长说，别说好听的，我知道，现在天底下只要能发出声音的，不管是什么东西，背地里都在骂我们这些当领导的。你们当作家的更是双份，除了用嘴说，还会用笔写。

石祥云不能再往下说了，他知道，陈部长就这么个脾气，心情不好时什么丑话都能说出来。

石祥云回头去政研室找小徐。

小徐不在，几个同事说他刚才还在看报纸。

他摸了摸小徐的茶杯果然还很烫手，便坐下来等。

说了几句话，石祥云有意将话题扯到铸钢厂。大家一听工人们正在挨家挨户给县里主要领导送请愿书，立刻兴奋起来，七嘴八舌地说个不停。石祥云一旁听了半天，终于弄明白其中情况。铸钢厂三年前效益还是不错的，虽然不是县里的利税大户，工人们却不愁吃不愁穿，后来新上任的县委书记非要他们扩大生产规模，一下子投进去近两千万资金，这下子可不得了，全厂每年的利润还不够付银行的利息。去年县委书记换了人，新官不买旧账，把半死不活的铸钢厂扔在一边不管，将全县的资金都集中投向新建的电子元件厂。铸钢厂新车间不能投产，老车间又被折腾得七零八落，产品质量下降后卖不出去，勉强支撑到今年春天后，不得不停工停产。政研室这几位当初就预料到这一系列问题，曾集体署名写了一份研究报告递了上去，委婉地说这种"书记工程"会遗祸不浅。据说新书记当时就将这份研究报告扔到地上用脚碾，没过多久，便将政研室正副主任先后调到下面乡镇去了。政研室的工作由小徐牵头负责。

石祥云隐约听说过这些事，当时小徐正巧请假和小齐度蜜月去了，没有在那份研究报告上签名。

石祥云说，那你们现在怎么看铸钢厂？

大家说，我们没看法了，上面叫我们研究什么我们就研究什么。

石祥云说，这一阵你们研究什么呢？

大家说在研究麻将，看什么样的和最大。

石祥云说，这还用研究，我不会打麻将也早就听熟了，清一色的三豪华七对门前清。

大家都笑起来，说这种研究结果只有国家先进水平，真正的国际水平是，清一色的三豪华七对门前清海底捞，再加上其余三家都杠了一手，再加上抬庄。从理论上讲，每家可以杠四手，可那简直太不可思议了，因此只能是一种梦想，就像那种只要能给一个支点，就可以撬动地球的假设，可能性是存在，就是永远也不能实现。

石祥云被说得有些傻眼了，跟着他们一起傻笑。

正在笑时，小徐推门进来了。

小徐问，什么事这么高兴？

石祥云说，政研室这几位终于搞出一项国际级的研究成果了！

小徐说，我知道是什么，他们总拿这麻将的事来蒙人。也怪，所有人都被蒙住了，真的没有谁知道最大的和是什么。

小徐看了看手表，说，这样，今天中午大家都不要走，找家酒店，我请客。

小徐这话一出口，大家立即将笑容收敛起来，随后几个人都推说家中有事不能奉陪。

小徐看看四周也变了脸，说，祥云是我的铁哥们，他马上要调到大城市去当专业作家，现在让你们陪着吃顿饭你们还叫价，等将来你们想看他一眼恐怕也很难。

几个人怔了一下后异口同声地说，石大作家升迁之喜，我们有再大的事也要抛到一边。

大家往外走时，小徐瞅个空悄悄吩咐石祥云，等会儿吃完饭，听他发话后，石祥云进去和老板说记政研室的账，但别记在以前的账上，另外用一页纸，避免那些家伙去查。

5

小徐在街边选了一家熟识的酒店，坐下不一会儿菜就上来了。一见有羊肉和狗肉，大家便格外兴奋，酒也喝得很快，转眼间就干下去三瓶孔府宴。几个人好像将别的事都忘了，只是说文学。石祥云慢慢才弄清楚，这些人都曾做过多年的作家梦，只是后来发现从政更实在，才改换信仰和追求的。第四瓶孔府宴眼看要喝完了，小徐从口袋里掏出一沓票子递给石祥云。

他说，我喝多了，不能动，你帮我将账结了。

几个人盯着那票子说，小徐，还是记在政研室的账上吧！

小徐说，不行，今天是我私人请大家。

石祥云走到后堂，将小徐的话对老板说了一遍。老板心领神会，干脆另用一个新本子将日期金额写好了。石祥云将自己的身份证号码写在后面，这也是小徐吩咐的。这样即便同事来查也查不出什么名堂来。

石祥云回到席上，刚坐下，小徐就站起来举着酒杯说，来，我们大家共饮了这杯酒。

见大家都站了起来，小徐继续说，喝这杯酒之前，我要说句话，上午组织部找我谈了话，让我当这个室的副主任，我推了半天没推掉。论资历论学识这位置本来轮不到我，可组织上硬要这么为难我，我也不好推辞。在此，借这杯酒，我想请大家日后多多帮助我、多多协助我。我先干了，你们干不干随意。

小徐将杯子里的酒一饮而尽，然后扭头就去厕所。

几个人面面相觑地站了一阵后，默不作声地将杯子喝空了，并将一只只空杯子亮给石祥云看。石祥云立刻觉察出那空杯子是一只只白眼在瞪他，心里有一种被小徐当枪使的感觉。

几个人不吃也不喝，坐在那里等小徐归席。

过了一会儿，老板过来说，徐主任喝醉了，正在后院吐呢！

"徐主任"三个字让大家不由自主地皱起了眉头。

石祥云说，我去看看。

石祥云走了几步，听到身后桌椅乒乓地响起来，回头一看，那几个人也勉强地跟上来了。

小徐果然吐得一塌糊涂，蹲在那里几个人也拉不起来，不过头脑还比较清醒，他要别人都回去，有石祥云在这儿就行。说了几遍，那些人就真的走了。

他们一走，小徐马上站了起来说，祥云，我们找地方喝杯茶去。

石祥云说，你没醉？

小徐说，我是故意抠吐的，你没看出那几个家伙对我升职很不服气，没办法我只有真真假假地同他们斗，一直要斗到他们习惯了我这个主任才行。

二人来到楼上的小雅间。

老板问，要不要小姐陪？

小徐生气地说，你把我们当成什么人？

老板笑着说，我这是职业道德，只要是宾客都得这么问。

关了门后，小徐长吁一声仰面倒在沙发上。

石祥云说，你真是料事如神，昨天的话今天就兑现了。

小徐说，在你面前我不说假话，我哪有那么神，是书记一个月前就暗示我了。你的事怎么样了？

石祥云说，这一回你可是大跌水准。

石祥云将今天上午见到宣传部正副部长的情形一一说了。

小徐半天不作声，然后才说，这就对了，上午同我一起谈话的有六个人，其中有两个是到统计局，陈部长的女婿当局长，另一个当副局长。陈部长的女婿在审计局当科长才一年多点时间，这样安排肯定是一种平衡。陈部长看来要去政协而不会是人大，去人大是不用这么照顾的。陈部长的位子也一定由外来人接替，这样才能解释副部长们的态度。不过你倒是沾了这军阀混战的光，不然，可真是磕头找不准菩萨。

石祥云又将早上苏江的一番行径说了。

小徐深刻同意苏江的看法，认为马局长当宣传部长的可能性很大，所以石祥云一定要抓紧时间，抢在老领导心思已经下岗，新头头又没上岗的时机里，将调动的事办妥了，不然，换了谁来也不会放走所谓人才的。

小徐忽然叹了一口气说，政坛险恶，还是你这一行好，对手只有自己，想斗就斗，想停就停，谁也不犯谁。

石祥云说，也不一定，你没见到老苏一天到晚裹着盔甲来防范我？

小徐说，你们那是幼儿园的游戏，和我们这里的明争暗斗，相差好几个档次。

石祥云记起王汉英，便问，统计局这么安排，那不是没有王汉英的位置了？

小徐说，我也想过，但没想出来。

石祥云说，他最近也开始写小说了。

小徐说，总不会安排他到文联去接你的职吧！

石祥云说，真的那样，狗也会笑出尿来。

小徐说，王汉英这人有时太认真了，太认真的人领导不喜欢不说，连女人也不喜欢。

石祥云说，可他还不是找着老婆了！

小徐说，那是二手货，称不上老婆。

石祥云说，那叫什么？

小徐说，只能叫性伙伴。

石祥云说，可人家不是过得很好。

小徐说，有你好吗？

石祥云本想说各人的境界不一样，标准也不一样，说不定他还瞧不起我们呢。他终于没有说出口，说出来的是另外一句话。

他说，我明天就去拿商调函，下午还有事要准备，得走了。

小徐说，我也要去铸钢厂看看。

石祥云说，那是个马蜂窝，别人都在躲，你怎么能上去捅？

小徐说，我心中有数，光看看，做些调查，不说话，不表态是出不了事的。干我们这行要主动跑，被动写，也就是多动腿、少动手、不动嘴。铸钢厂这个样子，我们再不去那就太不敏感了，不挨训也要挨批。

6

石祥云回到家里，见电饭煲里还温着饭和菜，他脱了外衣钻进被窝里躺了一阵，醒来时太阳已经偏西。他看了看挂钟，见已经四点半了，便慌忙爬起来往幼儿园跑。

石祥云赶到幼儿园时，孩子已被家长们领走了大部分。石头穿着一身红衣服，孩子又不多，他一眼就看见了。石祥云连叫了几声石头，儿子竟然不理他。他走拢去照着儿子的小屁股拍了一下。

石头头也不回地说，我和妈妈说好了，不要你们来接，明奶奶会来接我们的。

石祥云说，明奶奶呢，她在哪儿？她家里有事不会来的。

话刚落音，明大妈从大门外走进来，嘴里还不停地说，谁说我不会来，我会来的。

十几个孩子见了她，都欢叫着一齐围上去。明大妈问明了他们住址后，便叫他们手拉手排好队，跟着她往外走，一边走一边教孩子们唱：

我爱小猫，小猫爱我

我爱白兔，白兔爱我

我爱小树，小树爱我

我爱汽车，汽车爱我

我爱叔叔，叔叔爱我

我爱阿姨，阿姨爱我

我爱哥姐，哥姐爱我

我爱弟妹，弟妹爱我

石祥云跟在孩子们后面，感觉到明大妈的歌都是随口编的，见什么就爱什么，可以永不重复地爱下去。歌声很单调，但孩子们唱得津津有味。

走了一程后，队伍变短了，待过了县政府大院后，孩子们只剩下六七个了。和政府大院紧挨着的是县委大院。

石祥云来时走得匆忙没有注意，眼下走得慢了才发现在两个大院之间的一处院墙下，一个中年男人摆了一个擦皮鞋的小摊，在他身后的墙上挂着一块白纸板，上面写着：

县铸钢厂车间副主任、七级钳工、一九八八年全省工业战线劳动模范、一九八〇年至一九九三年历届全县劳动模范方光武，竭诚为你服务，敬请光临惠顾，保证不开后门，绝对不损公肥私，没有报销单据。

石祥云想笑却没有笑出来，他知道这是什么意思，他知道方光武在那白纸板上实际写着什么。

这时明大妈停了下来，用眼睛直打量那个方光武。

方光武连忙站起来说，明老师，你好！

明大妈说，光武，你怎么也变成这样了！

方光武说，没办法，工厂停工，日子过不下去了。

明大妈说，过不下去就再找个本分事做，你没必要这样写。你以为能丢他们的脸？说到底丢脸的只是你自己！

方光武要解释什么，明大妈却领着孩子走开了。

她一边走一边说，好孩子，回去同你们的爸妈说，要爱工人、爱农民，别瞧不起他们、不管他们，别弄得他们缺吃少穿。

石祥云几次想伸出脚去让方光武擦一下，然后给他十元或二十元钱，可他终于鼓不起这份勇气。

明大妈又带着孩子们唱开了：

> 我爱工农，工农爱我
>
> 我爱县委，县委爱我
>
> 我爱国家，国家爱我
>
> 我爱领导，领导爱我
>
> 我爱工作，工作爱我
>
> 我爱劳动，劳动爱我

石祥云觉得自己似乎懂得这歌的含义了。

吃晚饭时，石头一上桌子，就对石祥云和梅丹说，爸爸妈妈，你们要爱工人和农民，别不理他们，别……别……

石头憋得脸通红也记不起下文。

石祥云说，别弄得他们缺吃少穿，对吗？

石头点点头，说，你们能做到吗？

石祥云和梅丹互相看了一眼，然后点点头说，能！

石头说，那你就是我的好爸爸！好妈妈！

石头低头吃饭时，梅丹想问他什么，但每次都被石祥云阻止了。等到石头吃完饭去看动画片后，石祥云才将路上的事对她说了。

梅丹叹口气说，这样下去，我看铸钢厂迟早要闹出大事来。

石祥云说，这年根岁末的，领导层都在为官场上的事安排绞尽脑汁，谁还会为他们去多费心血。

正在说话，小徐推门闯进来，说，渴死我了，快弄杯水来。

梅丹连忙去泡茶。小徐却是等不及，瞅见桌上石祥云的半杯凉茶，端起来就灌下去。

小徐喘了一口气，又骂了一句脏话，才说，几百号人将我围了一下午，别说水，连尿也没有一滴。

石祥云说，到底是怎么回事？

小徐说，一开始并没有什么，厂里的工人和领导都还平静。后来王汉英带了两个人跑去搞什么统计报表，为了几个数字吵了起来。工厂都这样了，数字假和不假有什么屁用！可王汉英硬是转不过来弯！一争一吵便将工人都惹火了，将我们围在屋子里不让出来，什么话都让他们骂尽了，连我家小齐也被那些臭嘴糟蹋了个够。要不是明大妈送孩子路过那里，将他们劝散，恐怕得让武警中队去解救才出得来。

石祥云瞅了一眼端茶上来的梅丹没有接话。

梅丹说，我总觉得王汉英这人生错了时代。

小徐说，我倒认为他是吃反了药！

石祥云这时才说，我看铸钢厂的事，这么迟迟不决，对民心影响太大了。总得用个办法来解决才是上策。

小徐说，老哥你有所不知，现在的这帮人只听得进下策，偶尔听进去一回中策也就够大家欢天喜地的了。

石祥云笑一笑说，没料到刚将你提拔起来，你就说这么恶毒攻击的话。

小徐说，这话可不能出这个门，若是出了这门，可别怪我翻脸不认人。

梅丹在一旁忙说，小徐，你别吓着我们了。放心，你就是犯了杀人罪，我们也会掩护你一辈子。只有一宗我们不替你保密！

小徐说，知道，我不会找情人吃野食。

三人大笑一通后，小徐便起身要走，说再晚回去又得找他们作证，不然小齐那儿没法交代。

小徐告辞的声音惊动了苏江。石祥云刚要关门，苏江就从自家门里钻过来。

苏江也不客气，直截了当地问，刚才是小徐来过？

石祥云一边点头一边递过一支烟，自己也随手点上一支。

苏江说，听说他升副主任了，二十七岁的副局级，恐怕全县没有第二个。

说着苏江话锋一转，问起宣传部头头们对他调动的意见。石祥云觉得没必要如实相告，又觉得没理由不如实相告，就将情况大致说了一遍。苏江有点不相信石祥云说的话，连问了三遍这是不是真的，问得石祥云来了火，以为苏江想变卦不让他走人，便顶了一句，说这全是陈部长的原话，谁也无法改变。

苏江闷着头抽烟，一声一声地抽得哧哧响，烟灰弯成了一条钩也无心去磕。

好半天苏江才开口说，看样子陈部长是要让位了，谁接班呢，姓马的有百分之八九十的可能性。可县里有个惯例，从不让文化局长当宣传部长呀！

文化局是个小局，小局局长当部长进常委，别的大局就摆不平。可姓马的也的确有能耐，将一个演草台戏的剧团三下两个就弄成地委书记和省委书记三天两头跑来看的全县热点，县里再不重视能说得过去吗？前任书记嫌姓马的不听话，撤他的文件都印好了，可最终还是没发下来。现在的书记若再忽视这个情况，那可真是教不会的蠢猪。文化局长是与宣传部副部长同级别的下属，下属一下子跃升为领导，谁心里也不会舒服，所以他们希望有人能取而代之，副部长们的这种态度又是一个很好的例证。难怪前一阵，姓马的总叫司机天黑以后将车开出去，不带任何随从，半夜三更又偷偷摸摸地回来，一定是到地委活动去了。三四百里路，来回五个小时，串门两个小时，七个小时足够，而且神不知鬼不觉。真是不想不像，越想越像，那宝座是姓马的确凿无疑了。不过也好，老马平时老是折损文联，将我们说成了驴子八只脚，他真的当了这条线上的大头目，看他如何将过去的话收回去。那时，我们不敢笑，自然有人敢笑，我们不敢挖苦，那些一向在他面前流里流气的乡镇干部自然会去挖苦。小石，你这一调动，一下子就将整个局势挑明了，不然，大家都会继续蒙在鼓里。你可做了件大好事！

石祥云一直以为苏江是在自言自语，这时才知他是在同自己说话。

他说，我还以为会给你们带来麻烦呢。

苏江说，我现在也觉得你走了有些可惜，山中无老虎，猴子称大王，这宣传口只有你的名气能压过马局长。

石祥云说，当领导我不如老马，硬让我当那是害我，是把我往火坑里推。

苏江说，也没别的，你还是大大的开路，我不设一关一卡，我只是不服气马局长。

石祥云连续两次听见苏江背后称老马为马局长了，他不作声，也不想过问这些，就说，我想明天亲自去拿商调函，这比通过邮局寄送要快一些。

苏江说，你是应该抓紧，这时候全国都一样，搞不好那边发生人事变动，你这事就有可能黄掉。另外，作为老同志我再提醒你一句，这一阵别和小徐来往过多。两个大院里年轻科长多如蚂蚁，小徐上了，他们没上，作为他的朋友，说不定，他们会找你出气。这个时候你可是谁也得罪不起的。

石祥云说，我这是正当途径，又不是开后门，没什么好怕的。

苏江说，人事问题说不清哪是前门、哪是后门，不过年轻干部当中，我还是最看好小徐，他是人精。

苏江临走时，提醒石祥云赶紧将总结写起来，站好最后一班岗。

苏江随手将门关上，却迟迟没听到他家的门响。

梅丹便猜他一定去三楼老马家了。

石祥云不大信，他悄悄地开了门，果真听到苏江在压低嗓门叫着，老马，马局长在家吗？我是五楼的老苏哇。

石祥云心里有一种作呕的感觉，他赶忙关上了门。

石祥云在屋里转了两圈，才说，老苏这个人的官运怕是到顶了，拍马屁拍得太掉份，一点水平也没有。

梅丹说，那也不一定，拍马总比绊马让人喜欢。

石祥云说，王汉英这回可能要栽跟头了。

梅丹说，以前我就同他说过，他那性格，心不狠，手不辣，不适合从政。从政的人要像小徐那样，嘴巴会看，眼睛会说。

石祥云说，那你当年为什么选择我？

梅丹说，什么也不为，就因为你模样长得比王汉英好。

石祥云说，你就没有看中我的品质和素质。

梅丹说，女人选对象就同组织部选干部一样，认得准的只有表面模样。

石祥云笑起来，说，这么多年，我头一回听见你说出深刻的话来。

因要赶早班车，石祥云早早睡了。

梅丹也将石头弄到床上睡了，然后脱了衣服钻进被窝里来陪石祥云。被窝变暖和了以后，梅丹便开始亲他。他知道梅丹的意思，伸出双手将梅丹用劲箍了几下，箍得梅丹身上的关节咯咯响。随后，他放开她，并说，睡吧，我明天还有几百里路七八个小时的车要坐呢。他松开两臂，一翻身，没过一会儿就睡着了。

7

石祥云一觉睡到闹铃响，爬起来弄点东西吃了，便直奔汽车站。

原以为天冷人不出门，车上的人不会多，上车一看几乎全坐满了。他的座位已被别人占去，他要看那人的票，那人不给他看，他将自己的票给那人看，那人拧着脸不看，僵持半天，也没个结果，同司机和售票员说，他们也不管。他多说了几句后，售票员反而奚落他，说车站卖的号又不是他们卖的号，号卖给谁了，谁自己管不住，还能怪别人？石祥云本想说，你不管那我就坐你的座位。可他终究没有这个无赖劲，回过头来又和那人较量。

客车开出了二十多里远，那人还不肯让座。

石祥云生气了，说，你这人好不讲理。

那人说，这是县政府教的，他们号召我们不讲理。

石祥云见那人不像是农民，就问，你是哪个单位的？

那人说，说出来你会吓一跳，铸钢厂的！

石祥云心里果然砰地响了一下，他说，你们对县委县政府有怨气，可也不能发泄到我头上来呀！

那人说，县里的干部都一样，我一见到你们就有气。

石祥云说，可我不是干部。说着他掏出一张名片递给那人。

那人扫了一眼后，脸上表情立即变了，他稍稍愣了一下，然后站起来，将座位让给了石祥云。

石祥云坐下后，不时打量站在走道上的那人。

那人却不看他，两眼有些漠然地望着正前方扑面而来的景物。

太阳出来后，车上的人开始活跃起来，前后左右互相搭讪说着话。石祥云装着打瞌睡，听着那些高一句低一句的声音，渐渐地明白过来。这一车人几乎全是去省城打货的小商贩，年关临近，都想抓住这黄金时机狠狠赚一把。然而，小商贩们又都说，今年生意不好做，不管什么货都卖不动。

铸钢厂的那人像铆钉铆死在那儿一样，周围的一切对他全无影响。

中午一点，汽车在一个路边餐馆停下来。小商贩们涌下车，大把地掏出钱来，点上酒菜大吃大喝。

石祥云没有进餐馆，他向来不在这种地方吃东西，总是担心会染上疾病。铸钢厂的那人也没进去，他靠在一棵树上晒太阳。

石祥云慢慢地踱过去，问，你怎么不吃点东西？

那人看了他一眼说，我带着馒头。

石祥云说，你和方光武是一个车间的吗？

那人说，不，他的工种好，我的工种差，我是炉前工。你怎么认识他？

石祥云将昨天傍晚在街上见到方光武的情况说了一遍。

那人说，方光武是钳工，还可以单独去开个修理铺，当炉前工和造型工的就惨了，离了工厂就空有一身力气。

石祥云说，那你这次出来做什么？

那人说，一到年关人都要放假过年，可单位的锅炉，钢铁厂的化铁炉不能停，可能会要些临时替工的人，我去试试。

石祥云说，你不打算过年了。

那人说，挣点钱比什么都重要，一开年孩子要上初中，学校也一样，非得拿钱开路。

石祥云说，你叫什么？

那人说，杜虎。真对不起，刚上车时，我把你当成县里的干部了。

石祥云说，工人的情绪怎么样？

杜虎说，没怎么样，就是特别想唱《国际歌》。

石祥云说，还没到唱《国际歌》的分上吧！

杜虎说，真让我们唱出《国际歌》来，就一切都晚了！

石祥云心情一下子沉重起来，他不知道如何同杜虎谈下去。

小商贩们吃完饭后，司机将紧锁的车门打开了。石祥云执意要将座位让给杜虎，而杜虎又执意不肯坐，二人站在走道上认真谦让的劲头，让那些小商贩很不理解，弄不明白他们为什么一会儿争、一会儿让。

让了半天，两人都不去坐。最后一排的一个小商贩嫌后面太颠，便走过来坐了。他刚坐下杜虎就要他起来让给石祥云，小商贩一嘴翠，杜虎的粗话就出来了。小商贩不知底细，刚要还嘴，旁边的人赶紧劝他，说杜虎是铸钢厂的。小商贩立即乖乖地站起来往回走，边走边嘟囔道，难怪老古话说穷人的气多，富人的屁多，真是一点也不假。

杜虎吼了一声说，你们这些奸商，共产党的干部就是被你们腐化的。你们就是想他们腐败，越腐败你们越好赚黑心钱！

一车的小商贩听着这话都没有还嘴。

杜虎在城郊的工业区下了车，他甚至没有朝石祥云点个头、打声招呼就跳下车去。他一离开，小商贩们就又活跃起来，虽然说了很多刻薄的话，可他们还是一致认为现在又像过去一样，日子过得最艰难的是工人农民。

8

石祥云走进市文联办公室时，对方以为他尚未回去，听说他是回去了又再来，便吃惊起来，不相信天底下会有这么快的办理人事调动的速度。石祥云将县里的特殊情况说了一遍，市文联的人都笑了起来，说他若不解释，就会让人怀疑他是被原单位撵出来的，那样他们就得重新考虑他的调入问题了。

石祥云住进一家招待所，等市文联有关人员去办商调函。他打电话找市里的几个朋友，刚巧他们都不在。后来他才想起，这个时候上面的人都喜欢往基层跑，弄点土特产回来过年。这已成了不成文的规定，大家都心照不宣。

没事做时，石祥云找了几张纸，趴在房间的写字台上写县文联的年终总结，照着往年的老套路，他将马珍珠一手操办的"残疾人书画展""一九四九年以前参加革命的老干部诗歌大奖赛"和"乡镇干部公文写作比赛"等等胡吹一通，然后才将自己今年创作情况累计成一组字数写上去。写完后一数页码，总共还不到三千字，离宣传部年年规定的总结不能少于五千字的要求还差得很远。他绞尽脑汁又将文联如何做好党对文艺领导的工作写了三百字，将配合时事政治宣传党和国家的方针政策写了三百字，将抓计划生育、防火防盗、爱国卫生和双文明建设等乱七八糟的事情加在一起写了四百字。

石祥云花了一整天时间，人油写干了也只写出四千字，离五千还差一千，他恨不得找张《人民日报》摘录一些文字抄将上去。

天黑时，市文联办公室的小许来看他，顺便告诉他商调函明天才能办好。小许顺手拿起他写的那份总结看了看后，笑话他，如果按这总结上说的，再过两辈子他也别想调到市文联来。石祥云解释说，不能自己吹嘘自己。小许不同意，他提醒石祥云长此谨小慎微，人会变得猥琐，人格也会蜕化，还说不少有才华的业余作者，就是这样被环境和自己扼杀的。

石祥云被这话触动了，吃晚饭时他要了二两酒和一只烧鸡，自斟自饮。回到房间时，新闻联播已经播完了。

趁着酒兴，他铺开纸重新写起总结材料来。这一次他不再感到别扭，浑身上下有一种酣畅淋漓的感觉。刚好两个小时，就将总结写完了，一数稿纸竟有八千字出头。

石祥云跑到楼下总服务台给苏江家挂了一个电话，先说总结已写好了，有八千多字。苏江听了非常高兴，石祥云趁机叫他喊梅丹接一下电话。苏江随口同他开了几句玩笑后，就过去将梅丹喊来了。

分开才一个晚上，也没有什么要紧的话，无非是问一问石头的情况，家里有没有事以及编辑部或出版社来没来电报或者邮政快件等。梅丹嘱咐他，自己看了天气预报，明天气温在零下三度，要他多穿点，若带的衣服不够就上街买一件，还说钱的事小，人的事大。

放下电话后，石祥云回到房间洗了一个热水澡，那莲蓬头里的水很有劲，冲在身上舒服极了。洗完澡躺在床上，他有些后悔出来的头天晚上不该没理梅丹。他觉得很难熬，便翻出一个小本子，在上面找可以通电话的人。翻了一阵，目光落在一行清丽的字上，他愣了愣后忍不住拨了这个电话号码。

那边电话响了三声后，一个女人的声音就响起来。

石祥云说，小雁吗，我是祥云。

小雁说，你怎么想起我来了？

石祥云说，我现在就住在你家附近。

小雁说，那你赶快过来呀！

石祥云说，跟你说，我马上就要调到市里来了。

小雁说，听我的话，你快过来！

石祥云忍不住答应了。放下电话他又有些后悔，愣了十来分钟后，还是出了房间。他和小雁是在火车上认识的，后来小雁拼命给他写信，他没有理她，并将她的所有的信都给梅丹看过，然后当着梅丹的面一一烧毁。奇怪的是，烧完信后，他反倒有些惦记她了。

石祥云按照记忆中的地址找到小雁的家，刚一接触那门，门就自己开了。

小雁穿着睡衣坐在客厅里等他。

说了几句话后，他心情才放松下来。

两个人坐在那儿说话一直说到天亮，石祥云担心的事丝毫不曾发生。

吃了小雁做的早点，临出门时，石祥云随口问了一句，她为什么在电话中表现得那么急。小雁说其实没什么事。可就在将要开门的那一瞬间，小雁一下子扑到他的怀里。

等到他真的出门时，已是下午了。

石祥云在小雁的床上仰面抱着小雁时，才发现墙上有一张结婚照。这样他就大胆起来，不再担心小雁怀孕和逼他离婚的问题。他们反复多次地做爱，竟一点也不觉得累。临走时，小雁吩咐下次一到就给她打电话。开门后，他见楼道里无人，竟然回过头来吻了小雁的手背而不是嘴唇或脸。

回到招待所，一打听，没有任何人来过。他赶紧蒙头睡了一觉，结果小许什么时候进屋他都不知道，醒来时天已黑了，那份商调函就搁在床头柜上。

他一爬起来就给小雁打电话，想再去她家。

小雁却说今天不行了，她丈夫可能会回家。

石祥云闷头想了一会，便决定坐夜班车回家。

他退掉房间来到车站。车一开动他就睡着了，并且一口气睡了六个小时，客车进到县境才清醒过来。等到了家，尽管天没亮，可他却睡不着，便拉过梅丹亲热了一回。

直到这时他才感到累，趴在梅丹身上没有力气起来。

9

快十点钟时，石祥云才起床来到办公室。

一见面，苏江就问，凌晨四点多钟时是你回来了呀？

石祥云说，是呀！

苏江笑起来说，我听到你家门响，还以为……

石祥云说，苏主席，你的警惕性也太高了，梅丹不是那种人。

苏江说，那可不一定，昨天上午，陈部长就在自己家里被人家女的丈夫捉了双。

石祥云想起自己昨天上午在做什么，便低头说，江湖传言不可全信。

苏江说，是马珍珠告诉我的，陈部长这一出事，马局长变成马部长的事就更稳当了。

石祥云说，那文联可就遭殃了。

苏江说，也不一定，事在人为。

石祥云从口袋里取出商调函和总结递过去。

苏江将商调函看了一遍后说，怎么市里调人是这么个调法？

石祥云忙问，有什么不对吗？

苏江双手在抽屉里找文联的大印，眼睛却落到那份总结上。看了几行，苏江脸色就有些变了，双手也不再在抽屉里摸，而是抽出来捧着那份总结看。

二十多分钟后，苏江将总结看完了。没待石祥云询问他便说，好，写得好，比前几年的总结强多了。说实话，县文联就是靠你这长子撑着，你这一走，真不知日后工作怎么开展。这两天，马局长在我面前夸了你好几次呢。

苏江将总结往抽屉一塞，顺手拿出文联的印，叭的一下盖在那商调函上。

苏江说，我去同人事股说一声，档案就让你自己带去，不然路上耽搁太多。

文联没有自己的人事干部，一应档案都由文化局人事股代管。

苏江领着石祥云从一楼上到二楼，然后亲自向人事股长交代了。

人事股长看了看商调函后，流露出一丝不易让人察觉的冷笑。

石祥云拿起贴着封条的档案袋和盖了几个红印的商调函，禁不住说，我还以为手续很复杂，没想到这么简单。

人事股长回了一句，他说最复杂的事往往最简单，最简单的事往往最复杂。还问石祥云找的什么关系花了多少钱。石祥云告诉他既没花钱也没有任何关系。人事股长不信，他自己花了三年时间，七八千元钱，还没有把自己办回市里去。

石祥云心里说他大概从后门走惯了，嘴上却说，好事多磨，苍天不负有心人。

石祥云去车站买了一张第二天的车票，回来时，顺路到石油公司看看梅丹。

梅丹见了他，炫耀地从抽屉里拿出一张定期存款单在他眼前晃了晃。

石祥云问，哪儿来的？

梅丹说，偷的。

石祥云知道这意思是说单位发的。他问，多少？

梅丹说，能顶你写两部中篇小说。

石祥云不再追问。石油公司连年效益好，每到年关便变着法儿给职工发钱物。在家里时，石祥云总说石油公司发的是国难财，总说要写篇小说来揭他们的老底。毕竟只是说话过过瘾，他不能不为梅丹的饭碗着想，梅丹一年的收入能顶他写两部长篇小说。

石祥云本想同梅丹的领导谈一谈，听梅丹说地区公司的领导下来了，便打消了这个念头。他对梅丹说了明天送档案过去的事。梅丹没作声，停了一会儿才说，公司领导安排她今天陪地区领导跳跳舞。

梅丹见石祥云半天不开口，便说，我只跳半场，九点半以前就回。

石祥云看了她一眼说，跳吧，散了场再回，别让公司领导说你拿架子。

梅丹见石祥云这么一反常态，一时不知说什么好，过了一会儿才说，我不想跳完，不然下半场开始时的那曲弗尔斯不好办，我不愿和任何别的男人跳弗尔斯。

梅丹用一副纯洁的眼光看着石祥云。石祥云赶忙说，那就随你，你自己看着办吧。

说完，他起身就走。

石祥云在街上又碰见了方光武。他瞅着那块白纸板，心想这次去城里，要找机会与新闻界的朋友说一说，让他们来捅一下这马蜂窝。他绕过方光武进了县委大院，只是想同宣传部的部长们说一声商调函已经到了。

上到五楼，见宣传部正在开大会。他听见陈部长在讲话，要大家抓紧时间，二十天以内，必须将全县精神文明建设的先进称号落实到人头，他还特别提到铸钢厂，说是越乱的地方越要树起先进的榜样。这时有人插话说，铸钢厂报了一个人，叫方光武，是他们厂的老模范。陈部长说老模范当然稳当，但最好还是要发现新典型，不能将某个模范当成了万金油，凡事都让他去抹一下、搽一下。

陈部长的语气很豪迈，丝毫没有刚刚被人捉奸拿双的怯懦。

略等了一会儿，宣传部的会就散了。

石祥云跟在副部长们的身后，进了他们的办公室。他告诉他们商调函已经到了。

张副部长说，这么快！

石祥云说，我自己去拿的。

张副部长说，现在天底下只有两种人最认真，一种是作家，一种是个体户，因为只有他们的东西才是他们自己的。

石祥云见陈部长踱了进来，忙岔开说，铸钢厂有个叫杜虎的工人不错，前两天去省城，他主动给我让座，自己站了五六百里。

陈部长来了兴趣，当即叫人记下了名字，并让人下午就去厂里调查一下，看他还有没有其他方面的事迹。

陈部长一走，石祥云担心张副部长又发牢骚，赶紧走了。

中午，梅丹回来吃饭时，就开始准备晚上舞会的行头。石祥云装出很大度的样子，还帮她出主意，甚至还建议她去买一双比较新潮的高跟鞋，不过梅丹没有听他的，最终还是将一双半新的红色皮鞋拿出来，说是到街上找人多上点光就行。石祥云差一点叫她去找方光武。

公司领导下午放了梅丹的假，梅丹一直在床上陪着石祥云睡午觉，还有意将衣服穿得少少的，偎在石祥云怀里像小猫一样乖乖的。睡到四点钟，两个人起床一个去接石头，一个准备晚饭。

石祥云到了幼儿园，石头仍不肯同他一起走，非要等明奶奶。

石祥云没办法，只好等明大妈来了之后跟在后面慢慢走。

半路上，石祥云碰见了小徐。小徐不知在忙什么，匆匆地同石祥云说了几句话便要走，石祥云抢着告诉他商调函已经拿来了。小徐一边走一边叫他有空晚上去他家一趟，有些事再给他参谋参谋。石祥云问他这是从哪儿来，小徐说他又去了一趟铸钢厂。

路过方光武的擦鞋摊时，见他正低头给一个女孩擦鞋，旁边还有两个女孩在等着。明大妈和孩子们在他面前唱歌，他也顾不上抬头看一眼。

沿街的十几个擦鞋摊挤满了女孩，她们一个个打扮得很光鲜。

石祥云想起梅丹，便猜测这些女孩也同梅丹一样，天黑之后要陪上面下来的人跳舞。

梅丹匆匆吃了一碗饭，便到房里去化妆，整整用了一个小时，再出来时，石祥云简直不敢相信这么年轻美丽的女子就是自己的妻子梅丹。

见石祥云很诧异，梅丹得意地笑了笑，说，怎么样，你老婆还是可以拿出手的吧！

石祥云说，只是你这番打扮是给别人看的。

梅丹说，我给你看的是真诚，假模假样的伪饰当然只能让别人看。

石祥云没料到梅丹说出一句很深刻的话来，一时没有应对，只好一笑了之。

九点钟，石头睡着了，石祥云才感觉到孤独。

他到阳台上看了几遍，见梅丹还不回，便脱衣先睡了。

挂钟响了十一下，梅丹才回来。她一进屋便径直进了卧室，在床前站了片刻，然后慢慢地俯下身来，抱住石祥云的头，贴在耳边说，总是让我挂惦你，今天也让你尝尝挂惦的滋味。

石祥云猛地一掀被子，将皮鞋也没脱的梅丹拖上床来，连扒带撕，三下两下就将她脱光了。

10

第二天，石祥云在长途汽车上，想起昨夜梅丹在床上的情景，那如痴如醉的滋味，竟然比和小雁在一起时更胜一筹。他有点感谢小雁，没有她，自己同梅丹就不可能进入到这种新的境界。他决定一下车就给小雁打电话，将方光武的事告诉她，让她抓个好新闻，在报社里风光一下。

下车后，石祥云没有先打电话，原因是到市文联的公共汽车来了，他下意识地跳上了公共汽车。石祥云将档案交给了市文联办公室的小许后，依然住到那家招待所，这时他才顾得上给小雁打电话。

接电话的是个男人，他问石祥云是谁。

石祥云说自己是小雁的朋友，有个好新闻的线索要告诉她。

男人说小雁不在家，到外地采访去了。

石祥云有些失落，停了停后，便开始给别的朋友打电话，可那几个朋友自前次打电话到现在一直没回家。他便试着给小雁的单位打电话，看看她是不是真的外出了。电话通后，接电话的女人不肯告知小雁的去向，却非要问他是哪个单位的，叫什么名字，简直比小雁的丈夫还要凶狠。石祥云不想告诉那女人，二人正在电话里斗嘴，招待所总机接线员忽然插进来，告诉石祥云，有长途要打进来了。石祥云刚将电话压上，铃声就响了。他拿起耳机一听，竟是小雁。

小雁说她今天刚到石祥云的县里，下了车就打听他，听说他送档案到了省城，便估计他可能住在老地方，所以就打电话到总台查到了他的房间。

小雁问他什么时候能回，她非常希望能在县城里见到他，并和他手挽手在一条古老的小巷里走一走，她就是为了这才力争出这趟差的。

石祥云心知这可不是开玩笑的，真的那样，被人碰见那他的名誉就全完了。石祥云便骗她，说自己得将调令等到手以后才能回，可人事部门的事谁也说不准，有可能是三天，也有可能是五天，还有可能是一星期半个月。

见小雁很失望，石祥云忙告诉她方光武的事。他认为这条新闻绝对可以获邹韬奋新闻奖。

小雁没有答话就将电话挂了。

第二天上午十一点，小许来电话说调令已经开出来了，让他快点去拿。

石祥云将调令拿回来后，却不打算立即走，他想等两天，等小雁离开县里以后再回去。

晚上八点，他正在看电视，忽然有人敲门，他将门拉开，外面站着的竟是小雁。他刚要伸手抱她，外面有人叫道，错了，那不是312，是302。小雁朝他使了一个眼色，提着行李继续往前走。

五分钟后，小雁从她的房间里打电话过来，说没有他自己在那儿一分钟也待不下去，所以就赶回来了，她说她要在招待所陪他住几天然后再回家。她知道招待所十一点钟查房，所以十一点半以后，他可以到312房间来。

他们一起在招待所待了三天，白天里相互装着不认识，夜里十一点半以后再聚到一起，早上四点左右分开。小雁告诉他，她已将方光武的情形拍了一组照片，报纸上能不能发表还很难说。

第四天，他们才各自回家去。

石祥云一到家梅丹就告诉他，说是他走的那天有个女记者来找他。石祥云装出一副困惑的样子。梅丹又说，详细情况苏江知道。石祥云到屋内各处转了转，别的都很正常，只是那双红舞鞋变得像新的一样。他心里顿时不好受起来。

晚饭后，苏江过来串门，将小雁来的经过详细说了一遍，还将小雁的名片递给石祥云看。石祥云故意朝苏江要这张名片，苏江不肯给，只让他将地址电话抄下，苏江说小雁答应了，回去后要写篇文章将县文联的工作好好报道一下，还拜托石祥云，再去省城时催一催她，让文章早点见报。

随后，苏江拿出一张发票，要石祥云签字证明，说是送给小雁的礼品。

石祥云一看金额有四百八十七元，便在心里骂起来。小雁告诉过他，苏江只送给她两包普通茶叶，最多四十元钱。石祥云不能捅破，一边签字一边说，其实你送红包给她最好，现在外面流行送红包，送礼物太多不好拿不说，还容易引起人的注意。

苏江破例谦虚地说，你要是在家提醒我一下就好了。

苏江这番话，让梅丹对女记者的怀疑冰消瓦解了。她对石祥云说，前天省公司的人也来了，她没办法，又陪了两场舞。石祥云也放下心来了。

他说，那你们公司又破了一笔财吧！

梅丹说，听会计嘟哝，两拨人一起花了几万，那礼品都是派专车送。

石祥云尽管很累，为了避免出现破绽，他偷偷嚼了一把西洋参片，夜里抖擞精神同梅丹亲热了一回。看到梅丹那副满意的神情，他才放心地倒头睡去。

一觉睡到第二天天大亮，他起来吃点东西就去人事局。

一进门，正好碰见小金。他和小金是半生半熟，见了面都认识。打过招呼后，他问办调动手续找谁，小金说不用找别人，就找他。

石祥云一高兴，掏出调令递给他。

小金扫了一眼后就去开抽屉，可是开到一半又停住了。

小金说，你这是市里的调令呀？

石祥云说，是呀，我调到市文联当专业作家。

小金说，那不行，只有省里可以直接从县里调人去。市里不行，必须先有商调函来。

石祥云说，商调函来过了。

小金说，那我怎么不知道！

石祥云说，文联和文化局领导签了意见后又返回去了，不然这调令怎么来得了。

小金说，不经过我们这儿，你档案怎么走得了？

石祥云说，我自己带走的。

小金生气地说，文联和文化局简直是瞎搞！

他将调令一把推过来，说，这个我不要，你还是拿去给文联和文化局，让他们给你办。

小金走到火盆边，埋头烤火去了。石祥云不知所措地站了一会儿，也跟到火盆边。

他说，金科长，你通融一下吧，调令都已经来了。

小金说，人事上的事一点也不能马虎，每一道手续都不能缺，不然的话，一个大活人站在那儿，谁都搞不清他是谁。

这时，门口进来一个人，冲着小金笑了笑，小金示意他坐下。那人坐下后先对石祥云说，你也在这儿呀！石祥云觉得这人有些面熟，可就是想不起他是谁。

那人刚开口说出"我那事"三个字就被小金打断了。

小金对石祥云说，你坐在这儿一点用也没有，不如回去找找你们文联和文化局的人。

石祥云以为小金心里松动了，连忙起身拿起桌上的调令往外走。

他先去找苏江，苏江不在，马珍珠说他同文化局马局长一道办什么事去了。石祥云就去文化局人事股。人事股长说这事他没有责任，他是按苏江的话办的。石祥云当然记得当时苏江说的话，他实在没理由责怪人事股长，再说人事股长本来就不想管文联的人事档案。

石祥云这才明白，苏江是有意最后整他一下。苏江一定是对那份总结不满意，却不便公开发泄，才使这么一个阴招子。

他忍不住在心里说，等着瞧吧，老苏，看我怎么收拾你！

他一边盘算着那张假发票一边问，这事现在该如何处理呢？

人事股长说，就看你有没有特殊关系，如果没有恐怕得从头来。停了停，他又说，你可以先打点一下试试，不过，你的身份太敏感，人家知道你是作家，怕你将他的事写进小说，你想送礼，恐怕没有人敢收！

从人事股出来，一眼望见苏江从院门口进来了，石祥云迎上去，不高兴地说，苏主席，调动的事出现了问题。人事局要商调函。

苏江说，是调我的人，我同意了就行，他们要商调函干什么。是同我商量，又不是同人事局商量。人事局又没发你一文工资、一厘奖金。

石祥云说，你打个电话帮忙解释一下吧！

苏江不愿意打电话，他说，这样，你买一条硬壳红塔山香烟给小金送去，开张发票给我报销，就算是文联给你送行。

石祥云觉得没有更好的办法，只有这样试一试。

他将买好的香烟用报纸包上，又来到人事局。

小金仍在办公室里烤火，旁边没有他人。石祥云进门后打起精神笑了笑，然后将烟递过去。

他说，金科长，这是我的一点小意思。请你给个方便，这样的机会对于我来说并不多。

小金出乎意料地伸手一挡，说，石作家，你文章中不是很有正义感吗，怎么现在也来这一套！

石祥云说，熟人之间嘛，有话好说！

小金一下子站起来说，不好说！你现在送东西求我办事，转眼去写文章骂我，是不是！我要是你想象中的那种人，我早就升官发财了。

石祥云感到身后进来了几个人，脸色一下涨红了。他说，你要不是卡我，我干吗要这样！

小金说，我是按手续照规定办的。

石祥云气得将红塔山扔在地上用脚碾碎。他刚要走，小金上来拦住他，要他将地上弄干净。他没办法，只好照着做了。

石祥云从人事局出来后，不知道往哪个方向走。正在茫然时，忽然听见有人喊，扭头一看，正是那个找小金办事的人。

那人上来问他事情办得怎么样了，他脑子里一亮，说成了，并说小金人真是不错。那人说他的事也办成了，如果不是小金，那简直不敢想。他妹妹在新疆结了婚，按政策是不准往回调的。可小金商调函也不发，直接给她发了调令。石祥云试探他，说自己花了五百多元钱，那人摇着头说，自己花的零头也比他多。

石祥云听说那人的妹妹调回来后，安排在铸钢厂工会工作，不由得大吃一惊。他朝方光武的擦鞋摊那边看了看，告诉那人铸钢厂停产很长时间了，工人只发几十元钱的生活费，大家都出来自己找事做。那人说小金都给他交了底，铸钢厂后勤部门的人都能拿百分之八十的工资。

石祥云独自经过方光武的擦鞋摊时，不敢细看，他正要快步走过去，方光武忽然冲着他问了一声，擦鞋吗！

石祥云情不自禁地走过去。

方光武请他将脚放在一只小凳子上以后，便使劲擦起来。

石祥云问，生意还好吗？

方光武说，这几天还行，每天下午后，总有好多女孩子来擦鞋。

石祥云说，你知道这是什么原因吗？

方光武说，听她们的口气，像是有舞会。

石祥云说，她们是在陪上面来的领导。

石祥云感觉擦皮鞋的手停了一会。直到将皮鞋擦完，方光武再也没有说过一句话。

中午吃饭时，石祥云到小徐家去，他想找小徐商量一下，看他能不能有个办法。小徐却不在，小齐说他陪上面来的领导吃饭去了，小齐要他晚上来看看。

晚上石祥云再去小徐家时，小徐依然不在，与梅丹说的一样，也是陪舞。

小齐愤愤地说，其实是他们自己想跳舞，用陪领导做幌子，你们文联的苏主席，文化局的马局长怎么从来就不陪舞，按常理搞文艺的人应该多进舞厅才是，说到底，这是一个人的意志品质问题。

石祥云要小齐别上纲上线，他说现在什么都吃香，就意志品质不吃香。

二人说着闲话，外面忽然有人敲门，打开一看，正是小徐。

小齐说，舞伴不漂亮是不是，怎么不到九点就回了！

小徐说，我找了个借口才脱身。你忘了，晚上我们还要去看个人呢？

听说小徐要出去，石祥云赶紧将今天上午的事对小徐说了一遍。

小徐笑得差一点将手中的茶杯摔碎了。

小徐说他从来没有送过礼，一点规矩都不知道，哪有将东西往办公室里送，那不是存心让人难堪吗？小徐让小齐从里屋取出一条大中华香烟。小徐这回升职有人从中帮了大忙，他要去感谢一下人家。小徐让他在家里等半个小时，看他是怎么将这香烟送出去的。

小徐领着小齐出了门，石祥云一个人坐在沙发上看电视嗑瓜子，才二十八分钟，他俩就回了，手中的那条大中华已留在人家那里。

小徐得意地说，现在送礼不兴嘴上说明，进了屋先不忙坐，在客厅里站一会儿，说上几句话，然后找个借口或者什么借口也不要，瞅准一间不起眼的里屋走进去，将礼物放在屋里一个显眼的地方，出来后再坐下，说几句客气话或者是要说要办的事后就赶紧起身走，切莫多坐多说，一时说不清的话下次再去时再细说，这样屋里有别的客人也不怕。

石祥云苦笑一声，无奈地摇了摇头。

小徐劝他别着急，过两天，缓缓劲了，他再领石祥云到人事局跑一趟。

没办法，石祥云只好回家去等。

11

第二天，石祥云闲着没事，便在家里写那没有写完的长篇小说。酝酿了约一个小时，刚刚找回感觉，外面有人敲起门来。打开一看，是几个不认识的人。

为首的一个人说，我们是铸钢厂的，想请你到我们厂去看看，写点东西为我们呼吁一下。

石祥云说，你们是不是找错人了？

工人说，没错，你是石作家，统计局的王局长特地向我们推荐了你。现在新闻记者靠不住，只问红包不问良心，只有作家还能讲点真话。

石祥云说，你们别听王汉英瞎说，我是写小说的不写报告文学。

工人说，只要你将我们的真实情况报道出去，什么都行！

石祥云想起小雁，便说，你们别急，前几天我请了一个很不错的记者来，你们厂的情况她已掌握了，说不定这几天就有文章见报。

见他这么一说，工人们连声感谢起来。再关上门时，刚找回来的那点感觉已不翼而飞了。见外面的天气很好，他索性搁下笔，出去走一走。

太阳还是那么暖和，可是，除了儿童们的脸上是红扑扑的，那些高高大大的成年妇女全是一副灰不拉叽的模样。石祥云说不准这是不是少了绿色的缘故。间或有一两个经过粉饰的女人在招摇过市，可无论唇有多红，眉有多细，乳有多高，仍无人去留意她们。石祥云记得，前几年不是这样，那时，这些假模假样的东西只要一出现，总会招致几声咒骂，后来变成了鄙视，如今已是司空见惯，成了多姿多彩的生活了，反倒是那些露着苦难本质的沿街乞讨的残废人和衣衫褴褛的捡破烂者成了咒骂和鄙视的对象。

石祥云不明白自己怎么有了这样的念头。

石祥云在几个书摊旁逛了逛，看看有没有自己的书卖，他一直这么盼着，可一直没有见到。书商不卖他的书，说他的书里面少了一样东西，没人看。有时候他犹豫地想尝试一下，但梅丹坚决反对，别的方面怎么写她都没意见，唯有对情色性爱的描写，梅丹态度非常鲜明，说自己不想成为一个下流文人的烂婆娘。

石祥云又想到小雁，对梅丹来说，丈夫身心已不清洁，光有文章清洁又有何用。

边走边想时，前面忽然有吵闹声。

拐过一处墙角，迎面聚了一大堆人。他走拢去一看：明大妈正揪着一个三十多岁的男人不放。那男人拼命叫，明大妈认错了人，他没有干那种缺德的事。

听了一阵，石祥云才弄明白是怎么回事。

昨天下午，明大妈在街上捡了一只钱包，里面有一张存款单和五百多元钱。她当时急着要去幼儿园，便将钱包交给一个过路的人，要他在原地等失主或者将钱包交到派出所。谁知这人竟将钱包拿走了。明大妈送孩子们回家时，碰上了哭哭啼啼的失主，所以从昨天到现在她一直在街上找这拿走钱包的人。

被明大妈揪着的男人要大家帮忙说说，明大妈一定是人老眼花看错了。谁知竟没有一个人帮他说话，都说他们相信明大妈，明大妈绝对不做一点亏心事。

后来，那男人终于承认钱包是自己拿走的，只是他已花了一百多元，给家里的老人买了一床新棉絮，另外买了几斤猪油和几斤猪肉。他说自己是铸钢厂的，孩子本来就贫血，他已经一个多月没有给孩子买肉吃了。

一听是铸钢厂的，大家都不作声了。

明大妈说，你把剩下的都还给人家，这用了的钱，就当是借人家的，等你们厂哪天好起来后，发了工资再还给人家。

明大妈要那人以后每个星期天带孩子到她家里坐坐，随便吃点什么。

那男人说，孩子自尊心特别强，从不吃别人送的东西，他担心这事若是叫孩子知道，还不知会闹出什么祸来。明大妈就对周围的人说，要他们回去别在孩子们面前提这事，以免传到那孩子耳朵里面去了。

石祥云跟着大家默默地散去时，心里开始惦记小雁拍的那组照片能不能见报，他自己也不明白是怎么回事，听任两只脚将自己领到县邮电局，给小雁打电话。

小雁家里没人，电话铃空响了半天。

石祥云又将电话打到报社，报社的人说她今天休息没来上班。

石祥云到柜台前交费时，听见旁边负责信函收寄的营业员问一个人，那厚厚一包是什么。对方回答说是小说稿件。他忍不住多看了一眼，才发现正是王汉英。

王汉英也看见他了，说，刚才打电话的是你呀！

石祥云说，嗯，找朋友有点事。怎么，你真的想改行？

王汉英说，我没有你那份天赋，主要是个精神寄托，一天到晚无所事事太无聊。

石祥云说，我可是忙不过来，所以你不要把我往铸钢厂里拖。

王汉英说，我是佩服你才向他们推荐你的，那可是创作素材的宝库。

石祥云忽然鄙夷地说，你也懂得什么是创作了？那好，这宝库你自己留着吧！

他紧走了几步，王汉英死皮赖脸地追上来说，祥云，听说你要调到市里去，能不能推荐一下我，让我来接替你的位置。我实在受不了行政上的那些乌七八糟的东西。

石祥云回头说，你是不是半夜醒来，想到苏东坡被贬了官，写出前后赤壁赋的典故？

不待王汉英回答，石祥云已大步离开邮局。

晚上，石祥云和梅丹睡到一起时，他感到梅丹身上有些凉，就问，你怎么了?

梅丹说,没什么,心冷。

石祥云说,我又怎么惹你了!

梅丹说,你今天给哪个女人打电话?

石祥云说,我是给女人打电话了,可我是为了铸钢厂的事,工人们今天来家里找过我,我答应给他们帮帮忙,这才找那个女记者的。

梅丹说,是叫小雁?

石祥云说,那天老苏告诉我时你在场,还问什么。你是听谁说的?

梅丹说,王汉英。

石祥云说,他去找你汇报了?

梅丹说,我去邮局帮单位寄挂历,他正在那儿,他说你刚走,早一分钟我们就碰上了。

石祥云说,你好像更相信他的话,是不是?

梅丹说,你别猪八戒过河倒打一耙。我们不说这个,说铸钢厂吧,那里面的事你千万别管,你说调走就调走,可我还在人家掌心里捏着呢!

石祥云说,你别拐弯,我听得出你的意思,不会把你们娘儿俩扔在这里不管,待我一安顿好了以后,马上将你们弄过去。

梅丹说,我有一个要求,新单位可不能比石油公司差,不然落得铸钢厂这么个下场,看你怎么养得活我们娘儿俩。

石祥云在梅丹腰间抚摸了一下,没说什么。梅丹温顺地转过身来,将半个胸脯压在他的身上。他觉得梅丹身上发起烫来了。

12

第二天一早,石祥云起床锻炼。

他有意在公园门口转,想等一等小金。等到人们开始往回走时小金还没来,后来他碰见人事局的一个熟人。二人并肩走着时,他有意指着前边的二个人说,那不是小金吗?人事局那人说,小金从不起早,每天总是上班前五分钟起床。石祥云更加肯定,那天早上碰见小金时,小金并不是来锻炼而是约会。

回家的路上,石祥云遇见苏江。

他将红塔山香烟的发票递给苏江签字。

苏江签字时问他手续办得怎么样了。

石祥云回答，关键看今天。

他正想责怪一下苏江，苏江自己先开口说，这事也怪我太积极了，想得不细，将必要的手续漏了。

石祥云说，你以前在文化局当过人事股长，后来又当管人事的副局长，你应该是知道这些的。

苏江说，好几年未接触人事了，这长时间还以为他们改革了，哪想到还是老样子。这样吧，我抽空去人事局那儿解释一下，吃了早饭就去，如何？

石祥云没有作声。

吃过早饭，石祥云就去找小徐。

小徐正在办公室同大家商量什么时候下去转一转，大家都说这时候下去太早了，乡镇干部还没有树立起过年的意识，去了也白去。最后他们商定，腊月十五前后下去转一转。小徐笑着把这转一转说成是扫荡一下。

小徐说话算话，真的领着石祥云到了人事局干部股。

一见面，小金就管小徐叫徐大主任。石祥云从这个"大"字里面听出一些异样来。说了几句闲话，小徐便将石祥云调动的事和盘托出，要小金看在多年朋友的分上给他一个方便。小金脸上丝毫看不出别的什么，一副踏实认真的样子。他说小徐新官上任三把火，按道理自己应该帮忙扇扇风，让火烧得更旺，而不能往上面浇水，如果不按制度规定办事，随便放走了石祥云，等将来上面追查起来，那岂不是害了小徐。小徐说这种事不是原则问题，领导知道了顶多也只是给点脸色看看，剋几句完事。小金当即回答，说假如领导常给小徐脸色看，经常剋小徐，那小徐这次能升为副局级的副主任吗！

小徐怔了一会，才说，我这是闲职，不比你们这里事关重大，所以上面才慎重对待。

小金说，你知道慎重就行了，别太勉强我，让我为难。别自己当了副主任就不管别人吃饭的家伙。

小徐说，那你说句实在的话，这事现在怎么办好？

小金说，没有别的办法，只有再发一个商调函来，档案也要再拿回来。

一直插不上嘴的石祥云说，档案不拿回不行吗？

小金说，没有档案我知道你是什么人？

石祥云正要发作，苏江从门口走进来，大声说，金股长，老苏我来负荆请罪了。石作家的事全怪我，是我自作主张将档案和商调函弄到那边去的。

小金说，苏主席你别大包大揽，你是领导，说话做事应该比我们慎重。

苏江说，是我的责任就是我的责任。

石祥云一股气上来，说，苏主席，这事已经解决了，我今天下午就去将档案拿回来。

小金有些故意地说，记住还有商调函。

石祥云说，我记忆力还没有出现减退。话没说完，他已转身走开。

他在门口等了十来分钟，小徐和苏江才出来。他俩都责怪石祥云不该这么冲动，说不管调走不调走，人事局是不能得罪的，它管着干部的职称、工资等切身利益，连组织部也没有他们利害，组织部只管得了干部提拔任免。

石祥云说，我不怕他，大不了我将他那丑事抖出来。他将自己在公园里看到的事说了一遍。

小徐和苏江坚决不同意，说这种事现在不叫问题，顶多不过是让他家里不和，如果一闹离婚，反而成全了小金。他们要石祥云忍住这一时之气。

苏江见小徐有话要对石祥云说，就先走了。

苏江一走，小徐就用最脏的话骂起小金来，人模狗样的东西竟敢冲着他放冷箭。他要石祥云别走，就留在县里，熬个三五年，等当上宣传部长、县委常委以后，不整死小金，也要整得他嘴里吐白沫。

小徐这一说，石祥云反倒劝起他来了。

说了半天，小徐仍不罢休，说自己一有机会非要报这个仇不可。

石祥云走到单位门口时，见苏江正在用一块抹布在文化局那块招牌上一把一把地擦着。

不待他问，苏江主动说，也不知哪个坏小子干的，将几只烂番茄扔在这上面，我不擦干净，还以为是文联的人干的。

石祥云笑一笑，没答话，他琢磨苏江这是做给马局长看的。

他刚回到屋里，苏江就拿着抹布跟了进来。

苏江说，我跟你说了，要你多注意同小徐的来往。这下子你可信了吧！小金他们心里不服小徐，你拉小徐去哪有不误事的！

石祥云说，冲着小金这个样子，不提拔他是县委英明。

苏江说，我不怕你和小徐是朋友，你以为小徐真的比小金强，若不是朋友，恐怕小徐待你比小金还差。不过话说回来，现在办事一靠钱，二靠权，无钱无权就得靠朋友，若是当初你同小金交上朋友就好了。那样，这时候你已经是市民了。说到这儿，我不妨给你一个忠告，到了市里你不能再像在县里这样，见了谁都昂头三丈。你一定要多交朋友，公检法、新闻媒体、组织人事、工商税务商业都要有，银行也不能落下，不然存款就没有高利息。另外还有医院，现在谁都服医生……

石祥云打断他的话说，马局长当常委的事像是有变化。

苏江马上警觉起来，问，你听谁说的？

石祥云心中暗笑一声，说，这我可不便对别人说，只知道马局长可能要调到地区去。

苏江想一想说，这好像不大可能吧，地区文化系统正副职一大堆，马局长去干什么呢！

石祥云说，也可能不大确切吧！

苏江有点坐不住，起身要走，到了门口他又折回来，从口袋里掏出一只大信封递给石祥云说，有个业余作者写了一篇小说，我觉得还不错，你抽空给看一看。

苏江走后，石祥云赶紧弄了一点东西吃，然后到车站去搭十二点的班车。

一路上很顺利，眼看就到了长江边，过了江一上高速公路就等于到了省城。可是客车司机一不小心，将一辆奥迪车的油漆蹭掉一块。奥迪车可能是地委机关的，所以司机凶得很，一张口就要客车司机赔三千元钱。客车司机说了半天好话，总算以三百元钱不要收据为条件作为了结。就是这么一耽误，江上起了雾，轮渡停开了。

天色漆黑，江风刮得像刀子割。大家不停地到码头上去问，得到的回答是，这时候起雾，最早也得到明天中午才能散。

车上的骂声整夜都没停过，所有该骂的全都骂尽了，石祥云也骂了几句，他骂的是小金和苏江。到了下半夜，车上那些小商贩熬不住，全都跑下车，将路边小餐馆的门叫开，烧起一只只火锅，纷纷喝起酒来。车上人一少，便格外寒冷。石祥云冻得受不了，只好下车绕着客车慢慢地跑着。

幸好大雾在第二天上午十点过后消散了。

下午四点多钟，石祥云疲惫不堪地赶到市文联，将情况一一说了。见石祥云那副憔悴的样子，小许顿生同情，让他去招待所休息，一切手续都由自已操办。

石祥云一进招待所门，就看见小雁站在总服务台前，查着住宿登记表。他上前去打过招呼，才知小雁正在找他的名字。

小雁问他怎么才到。他将路上的情况说了一遍，又问小雁怎么知道他来了。小雁说是苏江打电话告诉她的，苏江急着要她将那篇写文联工作的新闻尽早发出来。石祥云随口说了一句，老苏他这是在为自己进常委造舆论。

进了登记到的房间，小雁便上来吻他。

石祥云勉强对付了一下，说，我现在什么也不想，只想睡觉。

小雁从包里拿出一些好吃的，要石祥云吃了再睡。

石祥云吃了几口，眼皮一耷人就趴在桌子上睡着了。

石祥云一口气睡到第二天中午，才被电话铃吵醒。

电话是小雁打来的，小雁请他到梦也娱乐城吃饭。

小雁要了一个小包厢，石祥云对包厢里的情调没有思想准备，加上人已恢复过来，所以心里非常冲动，刚一坐下就将小雁搂在怀里。小雁推开他，说这儿不行，这娱乐城是她的一个关系户开的，她必须维护自己的公众形象。

小雁问，苏江是不是真的要进常委，如果有可能她倒愿帮一把。石祥云将自己憎恨苏江的事说了一遍，还说若是老苏进了常委，不出三天这个执政党就要下野。他告诉小雁，老苏用她的名义开假发票报销。小雁不以为然，说现在这点小钱和小动作，已不叫贪污、不叫违法了。石祥云说县文联全年事业费才三千元人民币，苏江这一张发票就贪污了全部事业费的百分之十几。小雁告诉他，今天请他吃的这顿饭，实际上也是当老板的朋友的合法贪污。二人顿时大笑起来。

笑过之后，小雁说，那新闻稿已发了。

石祥云说，发就发吧，让老苏空欢喜一场也很有趣。

小雁说，铸钢厂的那组照片，元旦以后才能见报。领导说，元旦之前的新闻不能冲淡节日喜庆气氛。

石祥云说，只要能发，我回去时也好向铸钢厂的工人交差，不然他们会说我说话不算数。

吃完饭，小雁又唱了一个多小时的卡拉 OK，临走时小姐送来一张单让小雁签。石祥云一看，一共消费了一千二百多元钱。

小雁回头见石祥云在那里出神，就问，又在想什么？

石祥云说，我想起了铸钢厂。

小雁说，这种苦难不是你我救得了的，像铸钢厂这样的情况多得很呢！

石祥云说，照这餐饭的水平，这座"梦也"一年要消费掉两座铸钢厂。

小雁说，你是不是又想闹暴动，铲除剥削阶级？眼见就要进城了，这农民意识该改一改。

小雁在石祥云头上戳了一指头。石祥云不再说话，二人起身走出包厢之前，站在门后足足吻了十分钟。

小雁叫了一辆出租车，将石祥云送到招待所门前。下了车，石祥云到街边的售货亭买口香糖，顺便买了一块肥皂，待他转过身来，看见小许正在那里同小雁说话。

石祥云吃不准他们是什么关系，便远远地站着不敢走拢去。

不一会，小雁就同小许一起走了。

小雁走时，一点招呼也没有打。

石祥云回到房后不久，小雁就打电话过来解释。

听说小许是小雁丈夫的弟弟，石祥云差点将话筒惊掉了。

小雁说，有空再打电话来约他。放下电话，石祥云唯一的念头是，同小雁的这段情缘该做个了结了。

正在想心思，电话铃又响了。是小许打来的，他问他刚才去哪儿了。石祥云撒了一个谎，说是逛书店去了。小许告诉他，人事局正在搞年报，今明两天没空，后天又是元旦放假，所以补办商调函的事只能在元旦过后了。

小许问他是先回去过了元旦再来，还是在这儿等。

石祥云想了想说就在这儿等。

13

石祥云一个人待在招待所里没事，天天上街去买报纸回来看。一张报纸常常要看三五遍。有关县文联工作情况的新闻，他就是在第三遍上发现的。整条新闻不足一百字，却将苏江、马珍珠、县委宣传部以及他自己都提到了。

他拿上报纸给苏江打电话，将报纸上的新闻一字一字地念给苏江听，并且告诉苏江这是自己泡在报社盯着他们发的稿，为了发这篇稿，报社编辑将地区文化局的一篇文章撤了下来，那文章好几处提到了县文化局和马局长。

苏江听了很高兴，当即在电话里允诺，他这次的差旅费文联报销百分之五十。

说完这些，苏江还主动将梅丹叫过来同他说话。

一听到梅丹的声音，石祥云差点说出让她带着石头来市里过元旦的话。

梅丹说家中一切都好让他别担心。

他也说自己一切都好让梅丹别担心。

放下电话后，石祥云到街上转了转。半路上他碰见小雁挽着丈夫的手在一家精品店前打量着橱窗里的一件男式大衣。他有意咳了一声，小雁回头看了一眼，又若无其事地继续同丈夫评说那件男式大衣。

这天正是元旦，街上的人很多。

奇怪的是，石祥云瞎逛了一通后，又在一处林荫道上碰见了小雁和她丈夫。

石祥云觉得一点意思也没有，就懒得在街上逛了。

傍晚时，苏江出乎意料地打电话到石祥云的房间。

苏江问，撤下来的地区文化局那篇稿子中，有关马局长的文字是怎么写的。石祥云现编一通，说文章中夸马局长是全区基层文化工作的排头兵，具有较高的群众文化工作素养等。苏江说，照此推理，这的确有点像为马局长调到地区文化局任职而有意制造舆论。

石祥云一个人躺在床上时，忽然觉得这事太无聊，虽然将苏江捉弄了一番，自己也因此而显得格外小气。

元旦的第二天，到处仍在放假。

小雁一直没有理他，他给一个朋友打电话，想去朋友家聊聊天。朋友却直率地叫他今天别去，朋友家今天有牌局，去了无人接待。石祥云一想起别的朋友也都是麻将迷，就没有再打电话，随手买了一张当天报纸站在街边看起来。

他一下子就看见了二版上的那幅照片，方光武坐在擦鞋摊后，身后白纸板的那些字清晰可辨。照片下面的文字解释说，铸钢厂工人理解国家困难，不伸手向上，自己想办法重新就业。石祥云一开始只是对这几句话不高兴，看了几遍后，越来越觉得不是滋味，他将报纸揉成一团扔在地上，还踩了两脚。

就这样，石祥云还是没能消气，他忍不住往小雁家里打了个电话。

接电话的正是小雁。

石祥云说，你太让我失望了！

小雁说，你别嘴上逞英雄，有种的上我家来！

石祥云说，你当我不敢？

石祥云真的往小雁家去了。他气冲冲地推开小雁家的门后，屋里却不见人。他叫了一声，也没人理。正在发呆，虚掩的卧室门里传出一丝轻柔的音乐声，他从门缝里看了看，却见小雁只穿着黑色的乳罩和内裤躺在床上。

他听见小雁说，把门关好！

随后的整整一天里，石祥云将自己的来意忘了个一干二净。他不问小雁的丈夫上哪儿去了，小雁自己也不说。他说的都是此时最动听的话。

天黑时，小雁做了些好吃的给石祥云吃，然后就催他走，并说晚上有人要找他出去娱乐娱乐。石祥云心里猜到这人一定是小许，就问小雁娱乐完了以后自己能否再来。小雁笑而不答。

来招待所找石祥云的果然是小许。

小许找了两个女孩来陪石祥云跳舞，还说这是领导特意安排的。石祥云舞跳得不好，不过他有另外的收获，从小许嘴里得知，小许的哥哥今天一早飞到乌鲁木齐去了。

石祥云夜里十二点又到了小雁家，第二天早上七点才离开。

六点五十五分时，他对小雁说那张照片的文字配得不好。

小雁告诉他，这也是没办法的事，不这样就发不出来。

石祥云一边点头一边同她吻别。

上午十点，小许就将事情办好了。其实也就是在先前那份商调函的收受单位县文联的前面添上一个县人事局，再将已拆封的档案重新打上封条。

石祥云望着新添上去的那几个字，说，怎么县人事局就这么厉害！

小许说，人把良心一昧，就什么事都做得出来，厉不厉害就看你敢不敢将良心放到一边。

石祥云觉得小许这话是在说自己，他道了声谢谢后，就赶紧走开，说是去买当天下午或晚上的车票回去。

石祥云到车站一问，当天的车票全部卖完了，每趟车上连站票都卖了十几张。石祥云不愿站那么久，就买了一张第二天的票。

天黑以后，石祥云就不安起来，他不知道自己该不该去小雁家。直到小雁打电话过来问，他才下定决心最后去一次。

一见面，小雁就告诉他，小许说市文联的主要领导可能要调走，所以他一定要抓紧时间将手续关系办过来，不然新领导若不认旧账可就不好办了。

　　石祥云心里顿时着急起来，一分心，做爱时就不那么雄壮了。

　　小雁也像是有心事，也不比先前那么投入。只一会儿两人就累了。

　　睡到半夜两点钟，石祥云被小雁的抽泣吵醒。

　　问了半天小雁才说，他俩还是分手的好。

　　石祥云说自己也是这样想的，不然于良心、于前途都有伤害。

　　他们咬着牙发了誓，并当即让石祥云睡到另一间房里去。石祥云准备五点钟起床走，才四点他就醒了。他实在抵抗不住，爬起来又钻进小雁房里。后来，他们有气无力地说，反正做已做了，讲良心也没用，只要不离婚，不让人发觉就行。

14

　　石祥云一下车就发现街上气氛有些不对，走到哪里哪里都有武警，站岗不像站岗，巡逻不像巡逻。他刚走到楼下，就有人对他说，他家里来了一大群客人。

　　他进屋一看，原来是铸钢厂的一群工人。梅丹见了他眼泪就出来了。他一下子就明白是怎么回事，连忙叫梅丹给工人们泡茶、散烟。梅丹没有泡茶，也没有散烟，却将王汉英送来的那袋伤心苹果拿了几个出来，搁在茶几上。

　　工人们不吃苹果，直截了当地问那报纸上的照片是怎么回事，为什么要这样歪曲事实。石祥云推说他不知道这事，工人们不信，说他们已查清了，那个记者是他请来的，如果他不说清，他们就搭车去省城，上报社去讨个公道。

　　石祥云担心小雁的事露了馅，只好将事情的经过说了一遍，他说自己本意是想借报纸来为他们呼吁一下，没料到好事也会弄糟。工人们一再追问，是不是县里有人这么授意的。石祥云矢口否认。他说，其实这个图片新闻是话里有话，只是没有说明而已，只要用心，谁都会看懂这里面的辛酸故事，我在省里就听见了不少反映，都说省劳模去擦皮鞋，别的解释都是狗屁不通，只能说是那个工厂的情况太糟了，这么好的工人都被逼成这种样子。

　　听完石祥云的解释，工人们不再作声，好一阵后才有人问，这是真的吗？

　　石祥云说，真的。他停了停，又说，其实，我同你们厂的杜虎挺熟悉，前些时，我们一起搭车出去的。

这时，方光武背着擦鞋包出现在门口，生气地对工人们说，你们跑到这儿来干什么，我说过要你们别借我的事瞎闹，你们说说，他们这些文化人无权又无钱，找他们有什么用，搞不好还让别人笑话。快回去吧，今晚文化局的马局长要领剧团上厂里去慰问演出。还是文化人有同情心，还记得我们。你们到街上去看看，连武警都出来了。你们做事怎么就这么没头脑呢？

工人们跟着方光武走了后，苏江就过来串门，他说这些工人先去找他，他刚说了几句那记者是来找石祥云的，工人们就冲了过来，怎么也拦不住。

石祥云坐在那里不说话。

苏江又说，自那天同石祥云打了电话以后，他想了好久才忽然想通，提拔干部不比国外选总统，要大造舆论，提拔干部是不能造舆论的，说多了会引起别人的逆反心理，所以被提拔的总是那些很少点名表扬的人，别人不注意，对立面就小，上台以后好工作。所以马局长是不大可能调到地区文化局的。

石祥云打了一个呵欠。

苏江像是还要说什么，又忍住没说，人都走到门边了，才问石祥云调动的事到底如何，走与不走要尽快落实，他好安排新年的工作。

石祥云说，我已将档案拿回来了。

苏江一怔。

石祥云又说，商调函也重新开了一张。

苏江这才嗯了一声。

外人都走后，梅丹才将真实情况告诉他。那些工人本来要找宣传部，宣传部说这事是文联联系的，他们就找到文联，苏江咬定他不知道这事，这事是石祥云从中牵的线，那些工人才拥进家里。他们不相信石祥云不在家，扬言石祥云不出来，他们就不走。

梅丹说她正着急天黑以后怎么办，没想到他及时回来了。

石祥云嘴里不干不净地将宣传部和苏江骂了一通，便不再说这事了，他们确实不知道此事，对质起来可就麻烦了。石祥云编了一通自己在省城如何成天到晚托人找关系，人家最后才同意另发一张商调函，还说这是市人事局成立以来，破天荒为一个人发两次商调函。

梅丹要他不要管铸钢厂的事了，一门心思地想办法赶紧调走。她说苏江这一阵在物色人，苏江跟人说他选人的标准首先是德，其次才是才，他不想再来一个才高盖主的下属。

说了一会儿话，梅丹就去关门。

石祥云知道她要干什么，他本来不太愿意，又不能扫梅丹的兴而不得不陪梅丹，还要装出极尽快活的样子。

二人都没去接石头，石头是明大妈送回来的。

石祥云尽管很累，可他还是得出门去跑一跑。

小徐他们两口子不知为什么这样高兴，关了门还远远地能听到他们的笑声。石祥云进屋一问，才知道小齐怀孕了。小齐怀孕才两个月，小徐非要看看她到了十个月时是什么模样，他塞了两个枕头在小齐怀里。小齐走了几步，枕头就掉了下来，小徐便大叫，生了生了，一儿一女双胞胎。然后两个人就抱着枕头笑。

石祥云也忍不住笑了一阵。

一旦说到正事，小徐就恨起小金来。

小徐说，最近书记交给他一项任务，让他同组织部一道搞一次人才调查，他从组织部档案里了解到好多人的秘密。他特意看了一下小金的档案，才知道小金上大学时读的是铸造专业。

石祥云觉得小徐这话另有一番意思，但他没有深究，而是问小徐下一步最佳的选择方案。小徐说，你这手续已经很齐全了，谁也卡不住你，你尽管这么办去。

临走之前，石祥云问，你是不是要整一整小金？

小徐说，别看扁了我，我这样子能整谁呢？

石祥云说，不过我总觉得你能力太大，明明只有三分利的事，你能赚到四分五分的钱来。

小徐说，我可是记着你的话，总想扎扎实实为老百姓做点事。

第二天上午八点半，石祥云正准备出门去人事局，苏江喊他到办公室。苏江眉飞色舞地告诉石祥云，他昨夜跟马局长去了铸钢厂，整场演出非常成功，马局长组织人编写的几个小节目很有人情味，工人们巴掌都快拍破了。工人们说这个社会总算还有人记得他们，为他们说几句知道冷暖的话。

苏江说，文化局工作上去了，我们文联也不能落后，我打算尽快编一期《春节文艺生活》，马局长他们编写的节目我已弄到手了，你再组织几首诗和一篇小说，三天之内要进印刷厂。

石祥云说，我实在没空，就让马珍珠编吧！

苏江说，你人还没走呢，还在文联拿工资呢！

石祥云说，这印刷费和稿费哪里出支？

苏江说，你只管编，经费的事我负责，我去找企业赞助。

石祥云点点头应承下来。

他正要走，苏江又说，我上次给你的那篇小说看完了吗？

石祥云说他正在看，心里却在想那小说被放在哪儿了。

石祥云将商调函和档案交给小金时，小金果然没再说什么，他随手从抽屉里拿出一本干部调动通知函，用一支速写笔在那些空白处，用一些很漂亮的行书体将不连贯的文字连接起来。写完之后，又用了印。一切准确无误，小金这才用一把尺子按住纸，将上面的一半撕了下来。小金的所有动作都非常规范，包括将调函递过来动作，已完全职业化了。

小金说，你把这个交给人事股，让他们再开个调函返回来，我再给你开个调函，你就可以拿上档案远走高飞了。

石祥云这时觉得小金并不像原来那样可恶，他甚至有几分喜欢他。他拿着调函没有走，站在那里问小金自己评的群众文化系统的职称，到了市文联不知还算不算数。

一听他提到职称，小金马上将档案拆了封，看了一眼后，立即将调函要了回去，说，你是中级职称，必须报到组织部批准以后，我们才能办手续。

石祥云有些傻了，他恨自己不该多这一句嘴，愣了半天他才说，非报不可吗？

小金说，这是规定，谁敢对抗县委。

石祥云说，那什么时候报？

小金说，到集了三五个以后就报。

石祥云说，现在有几个了？

小金说，上上星期刚报了一批，这一批你是第二个。

石祥云想说点好话软话，可他一句也说不出来。

石祥云天天去人事局打听，看有没有第三个第四个往外调的有中级以上职称的知识分子，到了第八天，总算来了一个高级工程师。在高级工程师之后紧接着来了一个会计师。会计师是铸钢厂的。

石祥云高兴起来，走在街上时正好碰见了王汉英。

石祥云想起苏江吩咐的事，都八天了他还没有编好稿子，就主动同王汉英打招呼，要他尽快写一篇小说给自己。王汉英很高兴，说今晚就开夜车。

15

见期限过了，苏江仍不提《春节文艺生活》的事，石祥云趁着心情很好，便主动告诉苏江，稿子总算筹备得差不多了，就等他一句话便可以进印刷厂。苏江心不在焉地应付了几句，似乎对那件事已不感兴趣了。接下来苏江又问那篇小说石祥云看了没有，不管看没看，他要石祥云将稿子还给他。

石祥云回家后拖着梅丹一起满屋找，最后才在一沓旧报纸里找到那篇稿子。

石祥云一看笔迹是苏江的，便好奇地翻起来。小说写的是某县文化局长如何拼命工作，历尽种种艰辛，最后功绩得到承认，被选为县委常委，宣传部长。石祥云一边看一边冷笑，小说里的局长姓冯，只比马局长的姓多两个点，其故事人物就是照着马局长写的。

石祥云拿上稿子去苏江家时，刚要开口恭维，苏江就推说自己要打个电话，进了睡房后不再出来。

第二天石祥云下楼时，见灰道口旁边有几块碎纸片，他认得出，这正是苏江给他的那篇小说稿。

走到大门口见苏江正望着文联的招牌出神，石祥云就上去问，苏主席，你怎么啦，像有心事？

苏江目不斜视地说，马局长昨天同我开玩笑，说你一走，这文联就更没有存在的必要了。

石祥云要苏江别将玩笑话当真。苏江只是摇头。

石祥云一到人事局就问小金上报到组织部没有，小金说局长还没研究，研究了才能上报。他只好问局长几时研究，小金说局长们成天忙，很难碰齐，碰齐了就可以研究。

为了这个碰齐，石祥云又等了一个星期，总算等到局长们开会研究同意后，小金仍不能上报给组织部，他说上次报上去的还没批过来，若是现在又报过去，组织部会认为这是在将他们的军，暗指他们工作效率低。

窝了一肚子气，石祥云回到家时，梅丹正同王汉英在客厅里聊天。

王汉英见了他忙弯腰站起来，并准备从口袋里往外掏什么，石祥云看也不看他一眼，一头钻进房里，并随手将房门狠狠一摔。

王汉英知趣地走了以后，梅丹走进来问他干什么发脾气。石祥云忍不住吼道，都怪你，当初要去跳舞，要不然我去问问小徐，就不会有现在这么多的关卡了！

梅丹不让他，顶嘴说，你别找借口，我知道你想说我不该同王汉英在一起，可他是你请来的，是你的客人，我哪晓得你发的什么神经突然要同他往来，我还不是为了你才让他进屋的。

石祥云想起自己让王汉英写小说的事，但他不肯作罢，反而说，我也知道你的心思，你根本就不想我往上调，你怕我甩了你，怕我学城里人在外面找情人，你巴不得我一天到晚不出门，像头关在栏里的公猪一样才好。

梅丹哭了起来，说，姓石的，石祥云，你什么时候变得这样没良心，说出这样的黑心话！混账话！

一个哭，一个吼，把几间屋子闹得天翻地覆。直到明大妈送石头回家，才歇下来。

石头一见他们的样子，拉着明大妈的手不让她走。明大妈问清楚原因后，说她明天去帮忙说一说。石祥云以为她有什么特殊关系，就追问了一句。

谁知明大妈说，为什么要关系呢，你们总想着关系，关系当然就特别重要，我从不去想它，它就不重要了。

石祥云怕明大妈将事情搞复杂，就拦她，要她别去，他说自己宁肯多等几天。

明大妈不肯，她说她并不是为他们担心，她是为石头担心。

第二天，石祥云不放心，早早到人事局门口去阻拦明大妈。

明大妈果然在九点钟之前来到人事局门口，见石祥云拦住自己的去路，她就说，我不只是为了怕耽误了你的事，主要还是怕耽误了他们的一生。明大妈的样子让石祥云既拉不得，也推不得，到头来只好由着她去。

明大妈上楼后，石祥云找了个不起眼的地方躲起来。

十几分钟后，人事局的一大群人将明大妈送出来，那些恭敬的样子让石祥云大吃一惊。

随后，明大妈又去组织部。

石祥云不远不近地跟着，隐约听见明大妈对组织部办公室的人说，这个世上爱心比什么都重要，它说起来容易，做起来难；可有时说起来难，做起来也容易。譬如，有人来办事，你们莫往外推，也莫往抽屉里塞，能办的随手就办了，这就是爱！遇事多替别人想想就更是爱了，可现在你们这样子，让我都不好跟孩子们讲怎么去爱别人，爱生活了。我真怕孩子们问我，你们成天挂在嘴上的研究研究是不是爱，疏通疏通是不是爱，请客送礼是不是爱。爱这东西出口就得说清楚，不能出偏差，不然就会害一代人！人家石头他爸，好好一个写文章的人，为了上进，被折腾得不知东南西北，无缘无故地在家里和妻子吵。如果石头问我谁好谁坏谁对谁错，你们说我该怎么说，我能说你们都坏都错吗，都坏都错，那好的和对的又在哪儿呢！

明大妈说了这一通话后，在办公室里坐了坐，喝了几口别人泡的茶就告辞了。依然有许多人将她送到门口。

石祥云后来推门进了小徐的办公室。

小徐正好在。他将这几天的情况一一说了。

小徐说，你怎么不早说，我可以叫组织部主动催小金将报告送过来。小徐说着就去了组织部。片刻之后，小徐回来说，他碰见小金将报告送到组织部来了。小徐不好当面问，他准备过一会儿再去。一个钟头以后小徐又去了一趟组织部，回来时，他有些惊讶地说，真奇怪，他们说你的调动手续已全部办好了。

石祥云说，我刚才忘了告诉你明大妈的事。

小徐听后说，明大妈应该评为精神文明先进个人。

石祥云说，宣传部好像不大同意。

石祥云来到人事局，小金第一次笑着接待他。

这一次石祥云对小金的话没有了反应，他想到的是，明大妈为什么有这么大的力量。

石祥云拿着调函和档案去了省城，他一路琢磨着明大妈的话。

到市文联报到后，就给小雁打电话。他特意将明大妈的话复述了一遍。

小雁沉默一阵后，说她明白他的意思，随后就将电话压了。

石祥云对着挂断了的电话说，祝你幸福。我永远爱你。

石祥云在省城住到腊月底才回家。

这中间他给苏江打过一次电话，苏江二话没说就将梅丹喊来了。

梅丹压低声音告诉他，马局长真的当上了县委常委、宣传部长，他一上任就将文化局和文联合并了，名义上叫合署办公，苏江当总支书记，文化局长和文联主席都由王汉英一人担任，文件上苏江排名在王汉英后面。

　　梅丹还告诉石祥云，小金被调到铸钢厂当书记兼厂长，大家都在传说组织部找小金谈话时，小金大哭了一场。

　　石祥云回来后才弄清，小金是全县唯一一个学过铸造专业的大学生，县里希望他去扭转局面。而王汉英的升迁是因为前些时马局长带队去铸钢厂慰问，那些节目主要是由他执笔创作的。王汉英上任一个星期就印了一期《春节文艺生活》，上面有他自己写的那篇小说，还附有新任县委常委、宣传部马部长写的按语。马部长说，对不关心百姓痛痒的现象不能再容忍了。石祥云读了那篇小说，确实没有什么可恭维的，唯一的长处就是语句通顺，并且像喊口号那样，倾注了对失去工作的工人们的满腔热爱。

　　石祥云刚到家就听见苏江在楼道上兴奋地大叫，铸钢厂的工人上街游行了。

　　石祥云跑到阳台上一看，只见一大群人手举各种锦旗奖状在人行道上缓缓走着，大街上车辆依然通行无阻。

　　石祥云来到街上，同许多人一道跟着工人们慢慢地走。他看见那些锦旗和奖状上分别写着：学习毛主席著作先进集体，防火先进单位，治保先进单位，优秀民兵连，妇女四期保护先进单位，爱国卫生模范单位，计划生育红旗，工会工作知识竞赛一等奖，工交战线歌咏比赛组织奖，女子篮球甲级比赛第二名，男子篮球甲级比赛第四名，女子拔河鼓励奖，男子拔河精神文明队，社会主义精神文明教育示范单位，植树造林绿化祖国荣誉奖，纳税模范，政治工作先进单位，路线教育优秀工作队，奔小康大讨论纪念奖，拥军爱民十佳单位，优秀民兵营，男子篮球比赛参加奖，QT小组竞赛优胜奖，一九八八年十佳突出贡献企业……

　　石祥云被五光十色的锦旗奖状照花了眼。他将目光移到一边时，开始思索很多问题。他觉得组织工人上街的那个人具有很高的智慧。他想起杜虎的话，如果这些人边走边唱《国际歌》那可真是麻烦了。

　　当天晚上，小徐和小齐来串门。他们说老马一到任就将了在县委和县政府工作的干部们一军，让县剧团搞一场什么义演来为铸钢厂职工筹集过年费。老马让人将两家大院的门都锁了，只留一道小门，然后要每个下班的干部自愿买票，票价最低五十元，最高不限。一开始还有人不愿意，老马就开玩笑说，不给钱也可以，那就拿办公室里放的烟酒食物来顶替。于是大家乖乖地掏钱买了票。只半个钟头就筹了差不多三万元。小徐还说，小金已暂停人事局的移交工作，先行到铸钢厂主持工作。

梅丹得意地说，我今天给游行的工人送了一袋苹果。

石祥云趁他们说话时，走到贮藏室里，他看见那袋伤心苹果不见了。他走回来告诉梅丹，明天一早他也去剧团买一张票。他要梅丹给他一千元钱。

梅丹说，你献爱心也不用花那么多呀！再说我已经送过苹果了。

石祥云说，那苹果不能算，那是王汉英送的，我们没花钱。

小徐在一旁说，一千块是太多了点，减半吧，五百。其实给二百就是最多的了。

石祥云说，我这是在支持你呢，我知道小金是你推荐给铸钢厂的。

小徐笑着说，我可没有这么大的权力，这可是常委会上定下来的。

小徐一转话题，谈起老马。他说老马一到宣传部就同副部长们干了起来，老马将部长们圈定的那些名单搁在一旁不顾，非要将明大妈树为精神文明的先进个人的第一名不可。在没有任何副部长支持的情况下，强行将文件发了下去。奇怪的是，外面的人却说，县委这些年来终于做了一件得民心的事。

小徐又要石祥云猜铸钢厂工人扛着那些一点真功夫也没有的锦旗奖状上街是谁的主意，石祥云想了好久也想不出来。

小徐说，远在天边，近在眼前。

小徐指着自己的鼻尖得意地说，这是他多年以来写得最好的一篇研究报告。

一九九四年十二月二十八日于汉口花桥

我们香港见

1

闭上眼睛，下游的长江二桥就像两朵毛茸茸的蒲公英伞，撑在江面上。春水正在匀速上涨。每天里，那些在枯水期被北方来的干风吹瘦的江滩，都能够有分寸地回归江流中。这个季节，磨山的桃树、梨树、杏树肯定又在让一群群从汉口、汉阳和武昌等地涌过去的女孩子惊叹。在她们之中大概会有一个名叫白珊的女孩。现在她不用可人地站在磨山脚下，望着夕阳下波光粼粼的东湖，说自己若是水里的鱼儿就好了。她不想挤那人叠人的公共汽车，更不想走路回汉口扬子街。她想坐出租车。白珊曾经只想出门能坐出租车就行，出乎意料，她现在有一辆白色的富康轿车，自己开着想去哪儿就去哪儿。没车的那些三月四月，白珊总要将磨山的花瓣掬上一包，然后在中华路码头上轮渡，船到江心时，再将花瓣往水中一撒，同时挺抒情地叫道：桃花汛来了！白珊的这个动作上过电视。她自己没有看过那条电视新闻，她的朋友亲戚还有那些在党政部门找到工作的同学都看见了。后来几年，她在龙王庙前的江面上一边撒花瓣，一边注意附近是否有抓拍新闻的摄像机，虽然一直没有发现，可她还是坚持守在家里的电视机前，等待那个一去不返的美丽镜头。白珊是女孩中还记得桃花汛的少数派，在这个城市里，比她大一茬两茬的女人也不说桃花汛，她们只会站在武汉关前的江堤上说，又是一江春水向东流了。白珊的女伴们见到春花春水春色时都一齐叫："哇——"她们见到一切出色的特别的，都叫："哇——"偶尔有谁不小心弄得春光外泄，她们也一齐叫："哇——"白珊也会这么哇哇地叫。由于她多一种表达心情的词语，所以她在亚洲大酒店的大堂里一出现时，就让那个秃顶的男人觉得她与众不同。

那副秃顶上有一块白癜风，虽然不大，还是很像江面上飘过的一只快餐饭盒……

在江边的草地上躺了三天，我对牛总的憎恨已不似开头那么恶毒了。

江滩上人不多，大家都在上班。如果我不辞职，也不会有这样的闲情逸致。风筝同江鸥一道将我的目光牵来牵去。我注意到，一个早早穿上牛仔短裙的女孩，假装无意，其实是有意地不时打量着我。我将目光迎上去，心里觉得有一把利刃在刺向白珊。女孩的脸立即扭到一边。江水浩荡，那是男人的心事，女孩承受不了这个。在我闭上眼睛回想从前同白珊一起创造的那些故事时，两行柔软的脚步声，由远而近，停留在我身边。在磨山脚下的草地里，白珊正是这样走着。我不能不睁开眼睛。牛仔裙下面的两条修长大腿，竖在我的眼前。

女孩开口就告诉我她叫孔雀。

孔雀说："你肯定从没碰见过比我更主动的女孩。"

她的右腿轻轻挪了一些距离，像在稍息。我看出她心里有些紧张。

"你别在我面前作秀。"我说，"你这样子比当小姐的差远了。你还在浪费时间，她们早就开始数钱了。"

我本想掏出钱包来，模仿付钱给她的样子，可钱包里只剩下一张面值五十元的人民币，外加几张零碎票子，实在无法拿出手。

孔雀戴着墨镜。在墨镜四周，洋溢着她的微笑。她回答说："难怪你会被别人甩掉，你这么恶毒，从这里跳进长江，从二桥到天心洲一带的鱼儿都会翻白。"

孔雀抬起左腿。我下意识地翻身躲到一边。她的左脚正好踢在我的屁股上。接着，孔雀跨过我的身子，头也不回地往前走。

我愣了一会，爬起来大声说："喂，孔雀，我叫杨仁。"

走到离开我约二十米时，孔雀终于停下来，然后转身回到我身边。我请她坐在我躺过的那张报纸上。孔雀坐下后，牛仔裙下的双腿更有魅力。她先是盘腿而坐，随后又改为半侧身让两腿叠在一起，紧接着又将两腿弯曲起来。

孔雀双手抱腿，下巴搁在膝盖上。"你是男人，不该来这儿感伤！"她说，"若是发生一念之差的事，会很危险。"

我望着她的墨镜说："若想跳江，就不会等到今天。"

"我学过心理学。"孔雀说，"人一旦陷入情感危机，第三天到第十天是最难度过的。"

一只突然降低高度的风筝从头顶上一掠而过，尾穗扫着了我的头发。孔雀扭头看了一下，将目光定在我的头上。

"你有白发了！"孔雀突然说。

我怀疑地盯着她的墨镜。孔雀将墨镜取下来，伸手去拔我的头发。头皮刺痛了几下。孔雀将三根白发和一根黑发摊在掌心里给我看。

"还好，一天只愁出一根白发来。"孔雀一努嘴将黑发白发一齐吹掉。

我拿起放在草地上的墨镜看了几眼。"这墨镜是在佳丽广场买的。"我肯定地说完，又补上一句，"去年夏天，对吗？"

孔雀说："没错，是从日本进的货，每个样式只有一件。你的前女友喜欢它吗？"

孔雀的话如同女人的小手在一把把地揪着我的心。

"是不是他们请你来的？"我追问孔雀。我说的他们是指白珊和她傍上的牛总。

孔雀拿出一个证件给我看，证件说她是国际旅行社的导游。她说自己没事时，喜欢到江边逛逛。江边有不少因各种原因失意的男女，她喜欢劝这类的人，暂时离开容易让人伤感的熟悉环境，到外面去走一走。她已经成功劝说动了七个男人，那些男人到新马泰走一趟，回来后就不再来江边顾影自怜了。

我问："去一趟要花多少？"

孔雀说："五千元人民币足够。"

她没有问我想不想去，只是从斜挎在肩上的坤包里取出一张名片，轻盈地递给我。

我嗅了嗅名片上的气味，平平淡淡的。

孔雀再次打开坤包，取出一只 CD 香水瓶，喷了些雾在名片上，还说："希望你能快乐一些。"

我点点头，将名片塞进牛仔裤后面的荷包里。

"错了！"孔雀用手指了指自己左边那挺拔的胸脯。

我会意地缩回手，将名片放进 T 恤衫口袋里。

"我们走吧！"孔雀说话时拍了一下我的手背。

手背上的感觉迅速传遍全身。我惊讶地问："你说什么？"

孔雀再次说了句"我们走吧"，让我突然明白，一个男人孤单地待在这种地方确实不太好。三天里我一直没发现的情形，现在有些昭然若揭。那个戴着太阳帽假装看风筝的男人，无疑是便衣警察，一对鼻翼轻易地就将内心深处对人的轻蔑暴露无遗。不远处像在散步的两个女人，十有八九是正在揽客的职业小姐。对她们的判断来自白珊的提醒：当小姐的女人，除了商店里的模特或者她们的同行，其他女人，她们是不会多看一眼的。这种女人只顾看男人，她们将一切男人都当成可能的买主。哪怕有女孩正挽着男人的手，她们的目光也不会跳过。

从草地上爬起来，孔雀告诉我，我的牛仔裤后面被清明时节的嫩草染青了。离开白珊后，又有一个女孩注意上我的屁股，心里真的好受了许多。顺着江堤往回走，我心里反复体会着孔雀所言"我们"的意味。在我有一句没一句的闲聊下，孔雀大致说清了所做导游工作，之一是陪旅游团到境外旅游，之二是为旅游团队的组成寻找客源。孔雀估计，我也是她可能的客源。她对我表达这一层意思时，除了坦率坦白以外，还有不少的娇媚，甚至是狐媚。我无法告诉她，自己在没有辞职之前所挣的钱，几乎全用在白珊身上了。

从江边到解放公园正门，步行需要二十分钟左右。孔雀按下我准备召唤出租车的手臂，她说："天气不错，走走路，有好处。"又走了一百几十米，她的肩头在我的肩头上碰了四次。在一处路口，一辆出租车突然蹿出来，我顺势搂着她的腰往街边挪了几大步。放开时，她回头笑了一下。

过了一会儿，她又回头笑了笑。

在心里，我并没有想入非非，只是觉得两个女人的腰稍有不同。白珊的腰已经很柔软了，孔雀的腰却更加柔软。

这时，孔雀小声说："有人在后面盯梢。"

我回头一看，正是在江边看风筝的那个便衣。

"不是盯梢，是闻臊。"我说。

我们决定让那个便衣的腿吃点苦。

在一家有些暧昧的私人旅社门前，我们有意犹豫一阵，又继续往我们要分手的地方走。

孔雀说："凡是心情不好时，出门看山看水看树林的人，都是爱旅游的，细胞里都有旅游基因。"

我说："你的判断很有道理，但我只想去非洲，去澳大利亚。"

孔雀说："我们社有到澳大利亚的线呀，不过，我不跑那条线，我只管香港、澳门和东南亚。真的，你不妨先到这条线上走一走。"她认真地告诉我，她可以一路陪我说说话什么的。

我说："光说话有什么意思！"

我们一齐笑起来。

孔雀在我的手臂上揪了一把。我回头看看，那个便衣似乎不见了。孔雀的叩机响了，她要我等一会，自己跑向一部公用电话。她回话的时间在三分钟以内，我看见她掏出几个硬币，放在守电话的婆婆手里。孔雀回到我身边时，那个便衣警察又出现了。他也去了公用电话那儿。我认定，叩孔雀的这个人，至少在本月以内会一直留在警察的黑名单上。孔雀没有说叩她的是谁，只说对方用的是分机，查找起来有些辛苦。我们故意走快些。在过横跨解放大道的天桥时，那个便衣才满头大汗地跟上来。

过了天桥我就同孔雀分手。孔雀要在解放公园门口搭公共汽车去逛武汉广场。我要回永清街。我的爸爸妈妈在那儿继承了爷爷奶奶遗下的一处不动产。

那个便衣犹豫了一会，扔下我跟上了孔雀。我心里有点凉，尽管有人认为，在灯红酒绿中隐藏着的所谓性产业，拉动 GDP，多增长了十几个百分点，可我并不希望眼前的孔雀，被别人当作这类行当中的从业人员。我只希望白珊被便衣盯上。我又知道那是不可能的。如果警察奉命去盯一个开着白色富康轿车的女孩，那就一定会是重大案件，说不定市公安局仅有的那架直升机也会在天上盘旋。

我扭头走出十几步，忽听见孔雀在身后惊恐地尖叫起来。在我转身过程中，那位便衣警察飞身扑上去，只见白光一闪，一个男人的手就被手铐铐住。便衣警察掏出证件，征用了停在马路边的一辆出租车。他拉开车门，一脚将那个被捉的男人踢进车里。

这时孔雀才回过神来对围观的人说："这家伙想抢我的包。"说时她将自己的坤包抱得紧紧的。

孔雀要随着便衣警察去录证词。他们一走，马路旁围观的人就激烈地议论起来。有人大声嚷道，现在的强盗小偷比我们了解国情，他们早就知道女人比男人会挣钱。又有人跟着说，回头让人大代表弄个提案上去，让警察别管抢女人的案件，这也是自然界的生态平衡。人群中发出一阵哄笑。

突然间，我想到白珊。我已经恨到无法再恨了，只能祝愿哪天她也被人抢了。

一辆白色小轿车从黄浦路立交桥上驶下来，一拐弯停在解放公园门口。我闭上眼睛，狠狠地朝天唾了一口痰。我没有听见那泡痰落地的声音，倒是有人说："对不起，罚款五元。"

我知道这是沙子。

沙子在这一带当"牛打鬼"，向那些摆摊的人收保护费。空气中传来一声长长的"吱"。这是那辆白色小汽车在用遥控器锁车门。我对沙子说："将那白车的眼睛弄瞎了！"沙子问："她们在哪里惹你了？"我回头一看，从车里出来的是几个素不相识的女孩，而且那车不是富康，是宝马。

沙子要请我到凯威啤酒屋去喝啤酒，我拒绝了："我不会花你的黑钱。"

沙子气愤地说："哪天我去卖血，换的钱请你，你该去吧？"

"没问题！"我说，"谁叫我们穿开裆裤时就是朋友。"

2

白珊像一阵风一样从我的生活中消失得无影无踪，让我深深懂得什么叫水性杨花。

在公开背叛我之前，白珊用了整整一个星期，偷偷地从我家里拿走了她的一切。

那天她打电话来，说不再同我来往了。放下电话，我在屋里找了很久，才在台灯背后发现半支口红。我用半支口红给她写了一句话：给你一个月自由。上班后我将它压在白珊的电脑键盘上。后来，这句话变成一堆纸屑，回到我的写字台上。这时候，我才知道白珊同公司的牛总好上了。

这条消息是沙子告诉我的，他在武汉广场的金银首饰柜旁见到白珊同一个秃顶的男人一起挑选戒指。沙子特意说，二人还互相搂着腰。我复了沙子的叩机就往武汉广场赶。半路上，沙子又在我的叩机上留言，让我直接去三楼的咖啡座。我穿过一排排时装，经过男女各一处洗手间，隔着咖啡座旁的玻璃屏风，正好看见牛总隔着桌子在吻白珊的手背。我得承认，牛总的这个动作很优雅很绅士，因而在人多广众的商场里也不显得过分和多余。关键是这个动作我一直没机会做，白珊不让，她说除非我让她的手指上添一枚钻戒。这是好莱坞电影教的，在那类蒙太奇中，总有一颗钻戒在闪闪发光。

当我坐到牛总和白珊中间时，牛总镇静地像接待合伙人一样同我打招呼。

白珊的脸白了一阵后，又变得通红。牛总对她说："你不是要上洗手间吗？"白珊一走，牛总就拿起手机，当着我的面吩咐公司办公室主任，让他马上通知财务部和人事部，第一将杨仁升任人事部副主管，第二将杨仁的月薪升至一千六百元。放下手机，牛总又给我要了一杯咖啡，是现煮的那一种。牛总望着我的眼神隐藏着一种优越与得意。我心里说，像他这副尊容，就是到了更年期的女人，跟了他，都是他的幸福。我无法骂牛总，他老婆确实瘫痪在床，他的女儿确实嫁了一个花花太岁。最终我只能开口说："你这样做，还算是个共产党员吗？"牛总说："对不起，小杨，你也知道，感情这东西不是意识形态所能左右的。"我想了想又说："你怎么说也是个厅级干部。"牛总说："你放心，我会带着白珊去履行正式登记手续。"我提醒他，作为老板，将下属的女朋友抢了去，这会影响他的形象。牛总笑起来，让我别操这份心。牛总这时看了一下手机，随后就起身告辞。

等了半个小时还不见白珊回来，当我也决定离开时，服务员拦着请我买单。我一看那张纸竟是三个人的消费，我一时气上心头，坚决只肯付一杯咖啡钱。服务员很礼貌，只是不让我走，也不收我递过去的一杯咖啡钱。僵持了十几分钟，另一个服务员过来放我走开，一分钱也没要。

一出咖啡座，我就碰见沙子。

出了武汉广场，我在风中忽然明白这钱是沙子替我们付的钱。果然，第二天，沙子就到了我们公司。他说是来看看我，但他到牛总办公室去了一趟。沙子后来对我说，牛总这人挺爽，看来是个在红黑两条道上都吃得开的人。

白珊同牛总的关系在公司里公开后，公司里的十几个女孩一下子兴奋起来，像是找到了身边的宝藏。在她们中间流传着一句话：没想到牛总也食人间烟火。我将这话告诉沙子。沙子说："白珊的位置恐怕坐不稳。"

我咬着牙在公司里坚守着。像我这样的电大毕业生，放弃这份工作，等于自杀半条命。牛总的公司实际上是官办的，他在亚洲大酒店里包了几间房子，只要是赚钱的生意，公司都敢做。就我知道的，他倒卖过的走私汽车不下五十辆，海关和公安局都来查过。这时候，牛总就会去一趟省委和省政府所在地水果湖，随后那些人就不再上门了。在离开公司前我想过举报他们，沙子劝我不如敲诈一笔，这么做比举报好。沙子说，干了他这一行，才知道谁比谁黑。

在我内心里，最想做的却是将白珊按在公司的沙发上强暴一次。因为牛总确实在做迎娶白珊的准备。

虽然坚守，但公司里没有一个人同情我。

不过，这种事在今天也没什么好同情的。

让我放弃的原因是那天牛总让我去帮他买避孕套，还强调说："就买你习惯用的那种。"

一听到这话，我身上的血全部变成红色蒸气，人一下子成了大气球。我断断续续地告诉牛总，让他去问白珊。牛总笑眯眯地说："白珊不知道品牌。"牛总扔给我一百元钱就走了。人事部的人都在用眼角看我。我再也受不了这种羞辱，提笔给牛总写了几句话，然后拿上属于自己的一些东西，一摔门扬长而去。

我留给牛总的话是：老牛，你留下好好干吧。白珊有点嗲，小心别用坏了。公司的一切都是你的了，你放心，我仍然觉得武汉很美。

在江边徘徊的头一天，扔在家里的叩机上反复出现这样的留言：老牛如果当上副省长你会自杀吗？

我已经一个月没见过白珊了。牛总让她到驾校学习半个月，回来后就开上一辆崭新的白色富康轿车。辞职前我在办公室给她打电话，问她将车停在扬子街什么地方。我是想笑话她家五口人挤在一处只有十六平方米小屋里。我刚说完，坐我对面的人事部主任先笑起来。白珊一听见我的声音就将电话挂了。人事部主任好心地告诉我，牛总在天鹅湖畔，给白珊买了一套房子。人事部主任没说多大面积，他怕说出来后，我会急火攻心。

家里没人，爸爸妈妈在菜场门口卖米酒，捎带卖手工包的饺子，有地菜时还包春卷卖，早上出门，天黑时才能回家。上班时，我倒没觉得什么不便，如今没事在家，总感到少个做饭的人。我从冰箱里找出他们昨天卖剩的饺子，正要下锅，沙子来了。

沙子一来，电话也来了。我让他到厨房煮饺子，自己去接电话。屋里响起女孩软软的声音："你好，请问是杨仁先生的家吗？"

"你是谁？别给我放电。"

我以为是哪个朋友捣鬼。说完这话我就感到对方是孔雀。

果然，孔雀说："我是国际旅行社的小孔。"

沙子在厨房里大声笑起来，还敲了两下锅。

我放弃继续使用电话机的免提功能，拿起话筒。

我说："对不起，我没情绪去旅游。"

孔雀说："我不说这个，只想问你，别人打劫我，你为什么不上来救？"

"莫不是你心里总盼着遇上英雄救美的好事？你不是美人，我也不是英雄。"我不客气地损了一句。

"我喜欢听男人说我不漂亮。"孔雀轻轻一笑。

隔着不知远近的一条电线，我心里怦地跳了一下。

"凡是说我不美的男人，其实——"孔雀在那边又笑了笑。

我赶紧说："你没事吧？"

孔雀说："没事，上公安局写了份证词，按个手印，就出来了。我正在武汉广场喝咖啡，有人请客。"

"谁呀？"我问。

孔雀说："一个挺不错的男人。你放心，还有他的女朋友。她比我会来事，能够勾住男人的魂。你怎么样，还好吗？别去江边，真的，那不是你去的地方。你应该去香港的维多利亚海湾，去泰国的芭堤雅海滩。我保证，一去那儿你就会变得雄心万丈。你要记住，现在的女孩，最瞧不起殉情的男人。你又不是在黄陂、孝感长大的。武汉有七百万人，七百万人中有三百五十万是女的。按老中青少来划分，女孩子最少也有八九十万。一个女孩跑了有什么了不起，还有那么多，你数都数不过来！实在不行，将我嫁给你算了。"

一个女孩刚见面就这么同我说话，让我脸上绷了一个月的肌肉松弛下来。

"你会生孩子吗？"我熟练地说。

白珊说爱我时，我就曾这么问过她。

孔雀说："你想要几个？"

我竟然不知如何回答。

孔雀不跟我说了，她用的是别人的手机。

我冲着嘟嘟响的电话愣了一阵。

沙子将一大盆饺子端出来后，要我快去照照镜子。我用白珊用过的镜子照了照，什么也没发现。

沙子提醒说："你又会笑了。"

我吃了一惊。

沙子又说："你整整一个月没有笑。别说你爸妈，连我都替你着急。怎么样，还是那次在武汉广场门口说的对吧，不出三十天就能找到新的爱情。这就是我们的城市生活。"

沙子伸出两个指头，将一只饺子拈起来放进嘴里。

沙子吃饺子像蛇吞老鼠。我知道自己是在微笑着看他。

沙子一口气吃了五个饺子，才示意让我吃。他说："你要是为白珊殉情我才高兴，那样，我就来你家当儿子，天天吃你爸妈做的饺子。"

我将一只饺子夹起来又放下。

"我要出国去旅游，到香港，到泰国。"我说。

我坚决地说出的话，让我自己都不大相信。

沙子又吃了五个饺子，抬头正要说话，窗外一个女孩在急促地喊他，沙子坐在那里不动，冲着窗口大声说："叫什么，美国佬的巡航导弹又没来。"

窗外的女孩说："那几个'牛打鬼'又来了。"

沙子嗯了一声，让我给他留二十个饺子。

我撵到门口，要他别打架，伤了人不好办。沙子跳上一辆出租车，一个人先走了。

我问那女孩，是不是有人来砸码头。

女孩应了一声："是的。"

沙子到底还是同那些人打了一架。沙子吃了些亏，不过他也打得对方许诺再也不来这一带了。从这一点来看，对方那帮人显然吃了大亏，从心里服了。这一架只打了半个小时，他回来时，饺子还是热的。沙子吃完剩下的饺子，才问我怎么没按说的数留给他。我要他扒了衣服，摸着肚皮数一数。沙子真脱了衣服，却是在卫生间。

沙子在卫生间洗了一地血水，随后又找我要了一套衣服穿着出门去，还要我在家里等着。

我不明白沙子去办什么事。我将沙子的衣服扔进洗衣机，倒入差不多半包洗衣粉，又拧开水龙头。若让爸爸妈妈看到这血迹斑斑的衣服，一定以为我将白珊杀了。

白珊的母亲托人来家里哀求过，要我千万放白珊一马。

那中间人说，白珊的母亲让我将白珊当成从前花楼街的卖春女子。

洗衣机正在工作，白珊出乎意料地打来电话。

白珊说："你要去东南亚玩？"

我说："你又想操我的心了？是不是还想我操你的人？"

白珊笑起来:"你别这样想不通,杨伯杨妈只养了你一个,我不值什么,你总得为大人们想想。"

我说:"你别将自己想象成圣女,你恐怕连人妖都比不上,我干吗要寻短见?"

白珊说:"我还不了解你,若是觉得我欠了你什么,你来找我,想要肉也可以剜一块走。"

白珊一说完就将电话挂断。

我在屋里转了几圈后,突然想到沙子也许是去牛总那里,因为只有他知道我的出游决定。

我开始不停地叩沙子。

沙子一直没有回电话。

黄昏时,一个自称是公安局的人突然来到家里,给了我八千元人民币。说是沙子托他转交给我的。至于沙子本人,他说情况还不错,在拘留所里住着单间。沙子进拘留所是常有的事,他没有节假日,这样的时候就算是放大假了。我在心里暗暗叫苦,沙子走时,穿的是我的那件新加坡鳄鱼夹克衫。随了他在拘留所泡三天,还不糟蹋得面目全非?

八千元人民币放在桌上,每张纸币上都有熟悉的香水味道。白珊只使用一种品牌的香水,但她从不告诉我是什么牌子。这是她的可爱之处。她这样做有着充分的理由。男人的鼻子比猪还笨,失去品牌的提示,哪怕一百个女人在用同一种香水,男人也会说有一百样香味。

我后来发现,送钱的人真是公安局的。因为我抽了五百元出来给他,他坚决不收。送走他后,我不由得佩服起沙子来。随后,我便去菜场门口接爸爸妈妈。我还准备帮他们做点事。可惜我去晚了点,他们已卖完饺子和米酒,正在收摊子。

就这样,已让他们笑得像是回到了恋爱成功的当初。

晚上,一家人都喝了啤酒。

爸爸说:"你现在这样才像杨家的男人。从当年的杨家将起,一直到我,就没在任何人面前低过头。当年我也死活爱着一个姑娘,临结婚时她变了心,老子一句软话没说,三个月后就碰上你妈。别看现在我和你妈都下了岗,但我们相依为命,比谁都幸福。"

我说:"我比你强,才一个月就挺过来了。"

妈妈马上同意。"是没错，你爸那时端着铁饭碗，起码工作不愁。你的压力大，又赶上了残酷的公司化。"妈妈说着，声音有些打战。

爸爸大声说："坏事可以变成好事，那个破公司对年轻人的剥削太厉害了，老板可以为所欲为。离开了可以多点人权。"

当我说出自己的打算后，他们一下子沉默了。

过了一会，妈妈想岔开这个话题，就告诉我，爸爸的初恋情人跟别人结婚后，不到五年就患了风湿病，又过了五年，便瘫在床上。

爸爸将客厅里的电视机调到资讯台，正好有相关的旅游信息在屏幕上滚动。爸爸戴上妈妈递过来的老花眼镜看了一阵，好像松了口气。他说："还好，不算太贵。"

我赶紧说："我有钱，不要你们操心。"

妈妈立即对我露出笑脸。

接下来该将这些告诉孔雀了。孔雀说过，最少得用二十天来办理各种手续。我守在电视机前看完一场英超球赛，才打孔雀的叩机。这时已是凌晨一点了，寻呼台的小姐说话都有些含糊不清。她对我说声再见后，不到十秒钟电话铃就响了。拿起话筒，听到的却是沙子的声音。

沙子在用别人的手机，他还在拘留所里，刚被提审完，有人请他在办公室的里屋喝啤酒。沙子告诉我，他替我去找了牛总，白珊也在。牛总二话没说就给了他一万元人民币。沙子说到这儿，我以为剩下的两千元肯定是被送钱的那人揩了油。沙子说："白珊情绪不好，老作呕，像是怀孕了。"从沙子嘴里我知道白珊真的担心我是不是一去不回头。她很害怕，分手之后，我从未找过她一点麻烦。辞职前，在公司里有事没事，我总冲着人笑。她把这些全部视为密谋实施见血封喉的绝杀手段的过渡。我为这意外的效果而窃喜。沙子要我放心，他在里面过得比外面还好，不出三天就能出来。我要他做事人道点，别将公安队伍里的人全部腐蚀了。沙子大笑起来。笑过之后，他说，待他出来后，我得请他上凯威啤酒屋狠狠喝一顿黑啤酒。他下了指标，一定不少于十扎。沙子收起手机前告诉我，那一万元他留下两千，捐给医院。我问他是不是将别人打得太狠了点，他嘿嘿一笑后，便在夜空里消失了。

同沙子通完话，剩下的时间我一心一意等孔雀复机。

凌晨三点时，我到后门外站了一会，忽然嗅到一股咸咸的潮气。正在辨认，这味道又不见了。旁边窗户里传来爸爸妈妈枕边的说话声。

孔雀一直没理我。

天亮了，上班时间到了。一个女孩突然打电话到家里，开口就说自己是亚洲大酒店的，说了好久，我才弄明白，孔雀的叩机昨晚丢在咖啡厅里，服务员们是按我的留言来查找失主。

我往孔雀上班的地方打电话，孔雀不在，说是今天在外面跑业务。等到中午，孔雀还没出现。我又往她上班的地方打电话。这次接电话的女孩像是意识到什么，问我是不是联系旅游，如果是，找她也一样。我在牛总的公司上班时，也碰到过这样的情形，我们叫它抢份额。我问她，难道不怕孔雀知道了会生气。女孩说她同孔雀是姐妹。我说，如果是这样请她马上通知孔雀，有人要跳江。

这话肯定是有效果的。

不一会儿，孔雀就打电话来了。

孔雀去亚洲大酒店拿回叩机，这时已到了永清街街口。

我赶过去后，买了两张门票，同孔雀一道进了解放公园，在苏军烈士纪念塔旁的石凳上坐下来。坐在绿叶红花中的孔雀愈发楚楚动人。她一动不动地望着我时，我心里有种只有自己明白的不安。我一下子就将自己的决定告诉了孔雀。我发觉自己承受不了以此作为筹码勾住孔雀的做法。这是沙子昨晚在电话中教给我的，他说以我现在的心情，不能马上投入感情，那样会被自己的假象所蒙蔽，重复先前的错误。他要我就当玩一把，不谈爱情，也不想婚姻，只要上了床就行。

我告诉孔雀，自己真想去散散心。

孔雀望着我放在石桌上的人民币，反而劝我再想一想，因为一旦开出收据，按旅行社的规定，哪怕不去了，也不退款。

我说："我不会那样朝三暮四、朝令夕改，哪怕你带我去科索沃打仗，也绝对不会回头。"

孔雀甜蜜地打开坤包，掏出那些早已准备好的表格让我填。她上午去了一趟航空路，那里有家酒店要安排七个人出国旅游。临办手续时，他们又改为六个人，所以刚好剩下一份表格。在我埋头填表时，孔雀告诉我，那家酒店公关部的周小姐也要去。

孔雀说："周小姐比你先前的女朋友更有气质。"

我扔下笔说："还是你最好。不用说汉口和武昌，全汉阳也没人比得过你。

孔雀接过我推过去的表格看了一眼后，让我补了一个签名。她说："你真聪明，只将我与汉阳那边的人比较。抛弃你的女孩，一定是汉口这儿最傻的。"

孔雀大方地赠我一句恭维话。

孔雀正要数钱，又停下来。她嫣然一笑，拿起那叠钱，朝我示意一下，大方地装进包里。我心里说声糟了。其实也不太糟，我只有意多放了两百元人民币在里面。孔雀包里鼓鼓囊囊的，一定收了不少钱。她整理皮包时，有张纸极像是我曾经用惯了的公司稿纸。它闪了一下，便被掩埋在皮包深处。

我想看个究竟，就朝孔雀借纸。

"有纸吗？"我问。

孔雀随手掏出一些卫生纸给我。

"不是这个意思，要写几句话。"我说。

"春天来了，谁都可以当诗人。"孔雀将手伸进皮包里，"不过，你现在别写，会吓坏我的，我还从没见过活生生的诗人。"孔雀笑吟吟地说。

孔雀给我的纸并不是公司的。

她轻轻握了一下我的手说："我们香港见。"

因为这一握，孔雀开始真实地流动在我的情绪里。

3

在出发之前的十几天里，我有意多给的那两百元钱，一直没有在孔雀的话语中出现。

这中间我们又见了一面，她让我到旅行社去拿护照。

旅行社有二十几个女孩。我去时，她们正在羡慕孔雀这次又达到了可以亲自领队的标准。孔雀将我介绍给她们，说我是最后的关键，少了我这一位，她就去不成了。那些女孩围上来，要我将我的朋友介绍给她们。她们说，待我从泰国回来一宣传，我的那些哥们肯定会动心的。我心里一动，就将牛总的公司告诉了她们，让她们去公关。女孩们拿笔记录地址和电话时，孔雀不高兴地尖叫，要她们讲点行规，随后就将我推出门。

我在门外没等多久她就来了，然后一起到位于黄石路的中国银行换外汇。按规定我可以换两千美元，我只要了五百，剩下一千五全给了孔雀。到了银行后才知道，两千美元指标中只支付两百美元现钞，其余的只给旅行支票。

这些支票若在中国银行取现，必须付千分之七点几的手续费。我不怀好意地问柜台后的那个年轻男子，何不干脆卡下一些钱，省得给许多人增添工作量。年轻男子竟然还敢笑，说只要有这样的文件，他肯定会这么做。正在一旁同一个女人小声说话的孔雀连忙走过来。她用温柔的目光封住了我的嘴，还用左手搭在我放在柜台上的右手上。一时间，换汇的手续费仿佛不存在了，只有一只温情的虫子在我心里痒痒地爬着。

柜台后的年轻男子突然眼睛一亮。我以为他在我身上发现什么了。

孔雀扭头往后看了一眼，接着响亮地叫了声："小周！"

看见小周，我吃了一惊，这女孩太像白珊！

这边柜台要办的手续已经办完，我得去另一个柜台交人民币。孔雀留下陪小周。我刚到另一个柜台，那个曾同孔雀窃窃私语的女人便凑过来，问我能不能将美元换给她。她说准保我赚上好几百元，还说到香港、泰国带人民币就行。我说自己不做违法的事。那女人还不甘休。我大声说："想换汇先去那边排队！"营业厅里的人都朝这边看。女人一点不慌，笑一笑又踱到别人跟前去了。

孔雀领着小周来到我面前，将我们互相作了介绍。

我压抑着心头的情绪，淡淡地同小周握了握手。

办完换汇手续，我只留下两百美元现钞，支票全给了孔雀。

我念念不忘地说："现在不管什么，只要同美国搭上边，似乎就要高一等。"

刚认识的小周在一旁说："银行就是这样，哪怕是一分钱进来，它也要咬下一个口子。"

我扫了小周一眼。小周的嘴角跳了一下。

我知道她要笑了，连忙对孔雀说："我先走了。"

我径直走到银行门口后，再往回看，正好在半途中碰上小周的目光。

因为小周，我不得不又在心里想着白珊。

"赚钱的事都是昧良心的，唯一的窍门是设计个道理来美化它。"我引荐白珊来公司找牛总求职时，牛总对我俩说的这话让白珊觉得牛总是个深刻而坦荡的男人。记忆中，唯一的蛛丝马迹是白珊曾经貌似不经意地在我面前表示，她第一次见到牛总时，目光一对，心里有点碰撞的感觉。

我急于见到沙子，想从他那里了解白珊是否真的怀孕了，我觉得那是不大可能的，因为每一次同她做爱，她都要亲自给我戴上避孕套，取出时，也一样由她亲自动手。如果她真的怀孕了，那么一定是在她还在说爱我的时候，就同牛总上床了。如果是这样，那可是对我的侮辱！

我在家里等着沙子。昨天傍晚，我专门到球场街的淮扬菜馆，买了十只狮子头送到拘留所。沙子吃到一半时对我说，他明天就能出去了。看到他一口一个狮子头地吞咽，我忍不住劝他以后别再用刀子拳头说话，三天两头被抓，这日子怎么过。沙子吃完狮子头后，警察就带他回去了。他让我今天在家等着。

天黑了，远处的霓虹灯都能照进屋里。沙子还没有来。我出门坐了几站公共汽车，又来到拘留所，一打听，沙子还在里面，但不能见他。说了半天好话后，才有人悄悄告诉我，今天早上，沙子在里面将一个人打成半死，这次恐怕得负刑事责任了。

我心里不爽，给家里打电话，让妈妈将准备给沙子接风的菜都放进冰箱里。自己跑到胜利街一带，钻进一家酒吧，要了两瓶啤酒，一个人慢慢喝起来。刚开始酒吧里只有我一个人，慢慢地人变多了。某个时刻里，从门口进来两男两女，一下子就坐到我的旁边。他们一开口全要的是威士忌。我心里一直在恍惚。不管是孔雀还是白珊，偶尔还有刚见识的小周，都不能稳定在我的情绪里。不管怎么控制，隔上一阵，我就忍不住去看那些在各色短裙下暗自飘香的肌肤。我终于看见，旁边的那两个男人，在吧台下面用手抚摸着两个女孩的大腿。

两个男人还在不停地说话。

"是的，护照已经拿到了。"

"这一趟跑下来，你的隐性收入又要增加几千元。"

"操，老子权还是小了点，要不就可以去欧洲澳洲。"

"行了，这也不错，能到芭堤雅找个人妖玩玩，这样的美事可是别处没有的。"

"也只能这样想了。"

"还是你们好，一动手就可以卡住别人的脖子，谁敢不服服帖帖的。"

被羡慕的那个男人被称徐科长，我听出他是要去泰国。芭堤雅在孔雀的讲述中已出现过许多次。沙子也知道芭堤雅，他说那儿才是男人的天堂。他还说，要找个肥佬敲一把，去那里潇洒走一回。

我记起来，牛总也去过芭堤雅。牛总从芭堤雅带回几张同人妖合拍的照片，将公司的女孩们看得一惊一乍，整个上午什么事也没干成。牛总答应要讲关于人妖的故事给我们听。他还没有讲出来，那天下午，我就带着白珊来面试。从此，人妖的故事就成了公司的一个梦想。白珊被录用是我意料之中的事，我还预料牛总要对我说，"你有艳福！"事实上，牛总从没亲口对我这么说过。这些细微的预兆，一方面印证后来事物的发展，另一方面更是证明了自己思维之笨拙。

这时，旁边的两个女孩开口要那叫徐科长的男人在泰国带些宝石回来。她们说，泰国的绿宝石、红宝石很多，也很便宜。徐科长嬉笑着说："你们又不是我老婆，干吗要给你们买。"一个女孩说："你的十个老婆加起来，也没有我对你好。"另一个女孩说："这好办，我们可以去同你老婆谈判，请她退位就是。"徐科长连忙说："你们可别来真的，我才当个科长，经不起风流，等我弄个副省级了再说。"另外一个男人不知暗地里捣弄了些什么，四个人全笑起来。

我将最后一点啤酒倒进嘴里，出门叫了一辆出租车，先到扬子街，在白珊家门前停了一会儿。白珊家黑漆漆的门洞里传出阵阵二胡声。这是白珊的爸爸在独自抒情。街坊们也都知道，只要二胡一响，准保是白珊的爸爸一个人在家。

回到家，已是半夜了。

刚洗完澡，白珊突然打来电话。

白珊说："你去我家干什么？"

我说："听你爸的二胡独奏。他的《赛马》比以前拉得好多了。"

白珊说："你是不是还有别的意思。求求你，别再让沙子来找我的麻烦。有事你直接对我说好了。"

我说："你将叩机改了，我怎么找你？"

白珊说："你打电话找我妈，她会转告我的。"

我说："哟，姓牛的真不错，给你配上秘书了。放心，我不会找你，除非有特别重要的事。"我憋不住，忽然问道，"你身体怎样？"

白珊一愣说："你别担心。告诉你，牛总他昨天被人整了。我开始以为是你，后来，他逃回来了，才知道不是你。"

我明白后反问："老牛被人绑架了？你付了多少赎金？"

白珊说："跟你说了，他是自己跳楼逃脱的，差一点摔成了肉饼。这样你该满意了吧！"

"满意个鬼！除非你解释清楚，用了什么办法来怀上小牛的！"我叫了一声。

好一阵，电话里只有空荡荡的回声。"我们洗澡吧！"一个男人在那边嗡嗡地说，随后电话挂断了。

我毫不犹豫地将电话打到白珊家里，接电话的是白珊的妈妈，我要她马上通知女儿，与我联系。在我对着电话恶狠狠地说话时，妈妈悄悄地将一杯茶水放到桌面上。我走到窗边后，妈妈又将茶杯塞到我手里。

她再次提醒我，天下好女人多得很，强拧下来的瓜儿不甜。

我说："我早就知道你是最好的女人，可你已经嫁给了爸爸。"

妈妈笑着回到自己的卧室去了。

我等了整夜也不见有电话进来。

天刚亮，枕边的叩机就响了。

沙子的留言说，你家电话怎么啦，老没人接。

我下床一检查，才知道昨晚妈妈将电话掐断了。

沙子很轻松地告诉我，他一切都好，就是不能马上出来。他不肯说到底发生了什么，只是抱怨自己犯事大家都知道，立功了，连鬼都不知道。他要我不用再去探视，这会给他带来不方便。

放下电话前，我骂了他一句。

4

出发的日子由孔雀通知下来了。

在出发前的日子里，我约过孔雀，一共有三次，孔雀一次也没赴约。没想到的是，小周来电话请我打保龄球。一想到她那长错了的面孔，我就毫不客气地回绝了。我的理由是感冒发烧。她提出要上家里看望。我说，我可不愿让女人见到我最虚弱时的样子。我的虚伪竟然感动了小周，她真诚地对我说，她还从没碰见像我这样的男人，现在的男人就连肚子疼，也希望自己想要的女人千里万里跑回到身边，好让自己的头能埋在女人的胸脯里。小周的话让我立即想起白珊丰腴的乳沟，那些深深地埋着脸颊的时刻，常常令我喘不过气来。我有种感觉，对于我这样的男人，孔雀的胸脯才是最好的。白珊太性感了，容易红杏出墙。

关于小周，除了相貌像白珊外，我没别的感觉。

孔雀提前一天飞到香港去了。她乘坐的飞机从天河机场起飞时，乌云密布的天空中响起一串雷声。我急忙打开电视机和收音机，还不时探头往窗外看。我担心的空难大概根本就没发生，最不起眼的报屁股里和电台电视中的口播新闻，都没有这方面的消息。

下午，我收拾好行李，准备搭车去武昌火车站，一辆警车响了两声警笛后，停在我家门口。正在劝我多带些萝卜干和牛肉干的妈妈，望着从车内跳出来的两名警察，脸色一白，额头上的汗珠滚出来，砸在地上叭叭响。

妈妈颤抖着说："我家杨仁没犯事吧？"

穿着警察制服并戴墨镜的男人挤进屋里说："他想叛党叛国。"

一听声音，我马上伸手将那墨镜摘下来。

沙子咧着大嘴朝我们笑。他说："对不起，化了一下装，怎么说你也是出国，得送送行。"

妈妈说："这样子可将我吓坏了，还以为杨仁是学了你哩！"

留在门口的警察，拦住那些想窥探的街坊。

"你们见过警察这样保护犯罪分子吗？"沙子指着门口得意地说。

我急着要去火车站，沙子要我别慌，坐上他的警车，一个小时的路程，半个小时就能到达。心里轻松一点后，我就发现沙子穿警服的样子很像穿着警服演小偷的陈佩斯。我们说了几句这方面的话，大家都笑起来。沙子正要拉我到里屋去，门口的警察及时回头要我们上车。沙子悻悻地耸了耸肩，弯腰帮着拎起旅行箱。出门时还好好的，他突然　下了摔倒。我连忙上去扶他。

在我弯腰凑近沙子时，他小声说："牛总要身败名裂了。"

我还没反应过来，他又大声说："怎么还没结婚骨头就老了？"

我一扭头，见那警察正警惕地望着我们。

上车后，我们很快就过了长江二桥。沙子同我坐在后排。一路上他大声地用泰国人妖来说笑。沙子瓮声瓮气地说个不停，还说人妖说话的声音就是如此，男不男、女不女的。警车经过中南商场门前时，司机让车上的警笛响了几声。

我趁机问："牛总怎么了？"

沙子看了一眼车内的后窥镜，小声说："白珊真的怀孕了。"

警察回过头严厉地说："沙子，你在道上走，应当知道规矩。"

沙子忙说："我只是说，被他炒了鱿鱼的前女友怀孕了。"还反复将"怀孕了"三个字的口形做给警察看。

这时，警车已开到付家坡，我厉声说："停车，让我下去。"

车停后，大家都问我怎么回事。

我说："你们没权利这么随时随地怀疑人、监视人。"

我坚决要下车，沙子扯住我不松手，要我给他面子。

后来，警察忍不住说："沙子现在有特殊任务在身，我们不得不另眼看他。"

沙子冲我点点头。我停止了挣扎。

直到分手时，我们也没再说话，倒是那位警察来了句俏皮话："吉尼斯纪录漏了一项，它没记载世界上吨位最重的按摩小姐。"不待我们问，他就补充说，"就是泰国母象。"我们都没笑。"等你在泰国看了大象表演之后，准保你三天合不拢嘴。"警察最后说，他去过泰国。我们还是没有笑。

一进候车室，我就忙着找磁卡电话。

拨通公司电话，刚好接电话的女孩是我当人事部副主管时招进来的，她告诉我，公司现在就她一个人值班，别人都被牛总安排到蒲圻春游去了。关于牛总本人，她说这两天只见白珊不时传达牛总对公司业务的指示。说到这里，她声音低了许多，解释说自己好多次想同我联系，问问我的情况如何，甚至还想将属于公司的一笔生意偷偷地让给我做，挣点小钱零花。我问她听说过牛总被绑架的消息没有。她吓了一跳，认为这不可能，牛总只是因为闹出点风花雪月的韵事而让老婆用开水浇了，躲在白珊的新房里休息。

放下电话后，我发现四周的气氛有些不对。

很快我就明白过来，一定是我在说着关于绑架的事，让附近人们听去了，大家都在提防。

正好轮到去广州的旅客开始进站。

我在十四号车厢里找到自己的铺位。刚将行李放下，小周就来了。她朝我笑了笑，我只好将她的大旅行箱举起来放到行李架上。

小周挨着我坐下，随手递来一只口香糖。

小周身上有一股淡淡的清香。她刚告诉我这个档里上中下六个铺全是一个旅游团的，车厢里就有个女人的叫声传来："小周，小周，我们的位置在哪里？"小周连忙站起来应道："叶老师，在这里！"一会儿，一个高高大大的中年女人气吁吁地挤过来。

小周忙向我介绍："这是我们何总的夫人！"

我领会小周的意思，正打算帮这个叫叶老师的女人安置行李，她已经自己将行李举到空中，走道上穿行的人一低头，那行李就稳稳地躺在行李架上。

　　小周又朝我笑了一下。

　　叶老师在对面下铺上坐定了，她大咧咧地问我是干什么的。我说我是失业者。叶老师马上说，如果我想到酒店工作，明天见到她丈夫，当面说一声就成。小周高兴地在我手背上拍了一下。我礼节性地问叶老师的情况，听说她在中学教体育，我几乎笑起来。

　　叶老师的丈夫何总同另外三位客人搭明天早上头一班飞机，直飞广州。有关叶老师和小周为什么不同他们一道坐飞机的问题，叶老师说，不管什么时候，能省的就一定要省。别的人要坐飞机，也就没办法。叶老师接下来像是迫不及待地问我谈恋爱或是结婚没有。她那样子似乎有点紧张，唯恐我说出一个"是的"来。我告诉她，不要这么公开打听别人的隐私。她大笑着说："你以为你是大明星呀！"

　　又说了几句闲话，走道上出现一对年轻夫妻。

　　他们不忙于放行李。"我叫王海。"做丈夫的指指自己，又指指妻子，"她叫王凤，我们是自费的。"

　　后面这句话让我听了很舒适。

　　叶老师马上说："你还得补一句，不然还以为你们是兄妹哩。你们长得很有点像！"叶老师对自己的发现很得意，她不停地望着我们。

　　小周接着说："长得像才是大妻相。"

　　叶老师定下眼神："小周，你和小杨长得也挺像的！"她顿了一会又说，"别人说我同老何站在一起时，也像兄妹。"

　　突然之间，小周的脸红透了。

　　我心里一暖，在这座城市里，我已经忘记了还有会红脸的女孩。

　　"你们是出门度蜜月吧？"叶老师又问。

　　王凤说："不，我们的儿子都三岁了。"

　　就在大家埋头看王海从钱包里取出的那个三岁幼儿照片时，一个老头无声无息地停在我们身后。老头只背了一只极普通的包，他将手中的车票同卧铺号对照一下后，独自坐在车窗旁的凳子上。

　　我问他是不是到香港、泰国旅游。他点点头，隔了一阵才说："看来我这老朽要给大家添麻烦了。"

火车突然弹了一下，大家一齐抬起头来望着车外，站台上的房子动了起来，一开始很慢，渐渐地就快了，等看见许许多多的菜地后，大家才又说起话来。六个人一对铺位，才知道老头是上铺。我知道小周是下铺，正要劝他俩换一下，小周已主动提出来。这样小周就到了上铺。不知为什么，小周执意不肯睡我的中铺。

　　经过一番礼让，素不相识的几个人一下子亲热起来。

　　老头主动说："我姓钟，你们就叫我老钟。"

　　王凤说："这不行，该叫你钟老。"她这话说得那对老眼晶亮起来。

　　"就依武汉的规矩，叫你钟爹爹或钟师傅。"叶老师像是要一句话定江山。

　　王海笑闹着用武汉方言对王凤说："王婆婆，你喝水吗？"

　　王凤揪了一下王海的耳朵说："王爹爹，我要喝天上的甘露你有吗？"

　　钟老带头笑起来。我觉得王凤的主意好。"行啊，小夫妻之间都叫爹爹婆婆，钟老就该活两百岁。"我说。

　　钟老的叫法马上流传开了。钟老自己不好意思，说只有大教授与大领导才配得上这样的称谓。钟老也是自费旅行，他老伴死了十几年，两个儿子已另立门户，他一个人住在南京路。我们以为是儿子们凑份子让他出来走走，钟老不予回答，反而也跟着说，我和小周长得挺像。

　　我不想让他们老提这个话题，就告诉他们，小周除了身子稍矮以外，相貌发型还有说话的声音，都与我从前的女朋友一模一样。但是，我那女朋友又爱上了我和她共同的老板。

　　我说："凡是与白珊有关的东西，都令我恶心。"

　　我的表情大家看懂了，他们谁也不说话。

　　"在男人眼里，仙女与妖精是不是一张纸的两面？"小周突然问。

　　见我不回答，她又说："你别老怪人家，你们本来就不是一路人。"

　　我粗暴地说："我同哪个女人都不是一路的。"

　　钟老咳了一声："说话别不留余地，我们一起旅游，怎么不是一路。"

　　王海说："钟老别担心，现在的男人坏一点才有女孩喜欢。"

　　叶老师带头笑起来。小周起身顺着走道走开，像是找厕所。王海也跟着走过去。钟老看了我好几眼，我只好起身。经过列车员休息室时，正赶上王海在同列车员交涉什么。列车员不耐烦地说："没有下铺，有下铺我也无法换给你。"王海说："我爱人情况确实特殊。"列车员说："你们爱得很深是不是，那也用不着向全世界表白呀，克林顿不是很爱希拉里吗，怎么又冒出个莱温斯基？"王海扭头时，同我碰了面。他朝我苦笑一下，示意小周在车厢连接处。

我站到小周背后说："别生气了。"

小周郁郁地站在那里，过了一会才说："杨仁，你得帮帮我。"

"男不帮女，天不落雨。"我说。

"那好，你记住，往后我若是有麻烦，你无论如何得到我身边来。"小周说话的语气很有力，但表情让人生疑。

我还是点头答应了。

我问小周，能不能让叶老师同王凤换换铺位。小周摇头说不可能。她也觉得王凤身上有点不对劲，一坐下来就要寻个什么东西靠靠背，像是没有骨头。但是叶老师年龄大，而且——小周没有再往下说。我便乱猜，叶老师一定在怀疑丈夫何总同属下小周有"情蜜关系"。小周是想请我替她掩掩他人耳目。我见过好几个这样的女孩，她们只想同老板玩一阵，将经济地位提高，她们会毫不在乎地同老板娘火热地搅在一起，哄得那些半老徐娘以为自己真的捡了个干女儿。

小周还要顺着车厢往前走。干什么去，她不对我说。

我回到铺位上，王海正在招呼王凤吃一种丸药。

王凤吃得眉头耸成肉疙瘩，嚼了半天，牙缝全是黑的。王海细声细气地哄着她。一颗药丸吃了一半后，王凤坚决不吃。王海说浪费了可惜，便将半只药丸往自己嘴里放。王凤急了，伸手抢回药丸，生气地吞下去。由于太急，一下子噎住了。王海连忙给她喂水。

王凤缓过劲来说："我这个老公，简直是个守财奴，又不是没有赚到钱。光上个月就赚了五万，可他什么也舍不得花，只舍得花钱给我买药。其实我也没大毛病，就是有些肾虚。这毛病哪个女人没有？"

叶老师说："这么好的老公，一定是打着灯笼找的。"

钟老将头扭到一边，用手背揩去脸上两颗闪亮的东西。

吃完药，王凤就爬到中铺睡觉。

王海替王凤掖被子的样子全部落入钟老的眼中。

火车过了蒲圻，快到岳阳时，小周才回到车厢。这中间她竟然将发型改了，那如瀑的长发被悉数剪去，短短的宛如男孩。叶老师惊叫了一声，将王凤弄醒了。王凤马上说："青丝寸断，只为情郎。"钟老轻轻地叹了一声。小周不看我。我心里清楚，这要怪自己说她的发型都像白珊那话，她能下这么大的决心，确实让我吃惊。王凤从中铺上探出头来，很方便地用手摸了摸小周的短发。

王凤说："从这些头发上就能看出铁路起伏不平。到了香港，你第一件事就该去将这儿平整一下。"

"用不着，这样子反而痛快。"小周昂着头，像社会主义思想教育基地里的烈士雕塑。

"别怕，老何会给你发钱的。"叶老师说，"他不给，我这里还有私房钱。香港楼价都跌了，做头发的更不会开价吓死人。"

钟老咳了一声："周小姐别谦让，依我的看法，到香港后，先给林青霞打个电话，问问她的头发是在哪儿做的，然后让杨仁带你去。"钟老说完又咳了一下。

大家都说这个主意好。钟老说他有林青霞的电话号码，我们将信将疑。

坐在火车上时间过得特别快，天黑没一会儿，就到了十点，列车员过来吩咐该熄灯睡觉了。她特意看了一眼睡在中铺上的王凤。

钟老和王海在车窗旁的两只小凳上对坐着，他们在说着生意场上的一些事，王海的说话中多次提到茯苓。我戴着随身听，听到的却是他们的谈话。钟老很明确地说自己是做粮食生意的。

大约十二点，王海悄悄地拿上手机往车厢外走。

钟老已经睡下了。

我头脑里空空的，如同车窗外没有灯光的黑夜。上铺的小周动了一下。一会儿，一只光洁的手臂垂下来，在车厢的夜灯下，闪着精细瓷器一样的柔光。我望了好久，身体内那股纯粹本能在冲动，吸了口气后，缓缓地吹在小周的掌心上。伴着车身的摇晃，那只手臂像钟摆一样来回摇动了几下，待它停下来后，我将中指对准这掌心，轻轻挠了起来。这是我在以往清晨醒来时，唤醒睡在身边的白珊的头一个动作。这个动作曾让白珊做了许多神奇美梦。小周的小指跳动了两下，那枚红宝石戒指发出一道细细的亮光。

对面中铺的王凤突然抽搐一下，接着又尖叫一声，然后两只脚拼命地乱蹬起来。垂在眼前的手臂一下子缩了回去，同时，小周也发出一声不太响亮的惊叫。

小周是叫我。

"杨仁，她在做噩梦！"小周说。

叶老师和钟老也醒了。

我将手伸到对面摇醒王凤。

相邻的几档乘客醒了多半。他们以为有人在抢劫，放开嗓子吆喝了几声。

王凤醒后瞪着眼睛发呆。王海显然听到了动静，他跑回来，一把将王凤搂在怀里，连声说别怕别怕。王凤后来说，她确实做了个噩梦，有几个男人打扮得像女人，拼命地将她往一只棺材里面拖，那只棺材还是金黄色的。王海说她这是因为老想着泰国人妖，然后在梦里做出反应。王凤叹气地告诉我们，近半年来，她总是做噩梦，而且还像电视连续剧一样，一夜夜地接着做。我们都说，梦见棺材是大喜，表明她要发大财，而且是金货。

车厢内又恢复了平静。

小周的手臂垂得更深了，如果车身晃得再厉害一点，她的半个胸脯肯定会垂下来。

朦胧中，有个人影站在面前。睁开眼睛一看，那个列车员正在将小周的手臂放回上铺。

我想起孔雀。

孔雀的手臂没有小周的手臂美。

孔雀的腰肢没有白珊的腰肢性感。

但是，孔雀总会适时地钻进我心里。

5

在从顺德开往香港的快艇上，何总带来的那个胡虎，一往情深地看着前排小周的后脑勺说："有种女人，什么地方都长得一般，凑到一起偏偏能勾人心肝。"胡虎是这样看小周的，我可以用他这话来看孔雀。

在广州火车站下车后，还没出站，就有两个男人同时扑上来抢小周和王凤的首饰。我们几个还没反应过来，叶老师就已经将那两个干瘦的男人放倒了。其中一个用了鲤鱼打挺的招式跳起来，亮出了匕首。只见叶老师一闪，手一扬，那只匕首掉在地上。等我们想起来要抓人时，那两个家伙已钻到火车底下去了。

掉在地上的那把匕首是正宗瑞士军刀，在武汉广场，这种样式每把要卖四百几十元。小周捡起瑞士军刀，二话没说就塞给我。

我说："有了这刀，龙潭虎穴也敢闯。"

后来我才知道，小周就是要我闯虎穴。

大家对叶老师的身手惊叹不已。叶老师刚说自己曾是武汉市少年武术比赛的女子亚军，又马上补充说："女人学这些不好，到头来没有男人心疼。男人喜欢病快快的林黛玉，喜欢王凤和小周这样的女孩。"

在出站口外，有人举着牌子接我们。刚站定，又过来六个人。谈起来，他们也是坐的这趟车，只不过是软卧。接站的人将我们带到车站对面的流花宾馆。按照协议，从这时起，一切开销全由旅行社方面负责。此时才早上五点二十分，广州街头像乡下一样寂静。大家望着接站的那人在宾馆大堂里蹿来蹿去，以为他要开个房间让我们休息，他回来时，却叫我们在门外散散步，松松身上的筋骨。我们在门外站了足足两个小时，王凤已经撑不住了，软软地趴在王海的肩头。钟老打了一套太极拳后，摇头说这一带有瘴气。后来的那六个人围在旅行箱旁，用扑克牌玩"斗地主"。

我无聊地拿着瑞士军刀玩。小周不远不近地站在我身旁。我喜欢瑞士军刀，现在的女孩也喜欢用瑞士军刀作为定情礼物送给自己的男朋友，白珊总说要送把瑞士军刀给我，想不到真正拥有它的日子，却是在她离去之后的今天。

我正要对小周说声谢谢，忽然发现周围情形不对，四个男人在偷偷地打量着我们。小周也发现了。那四个人将接站的人叫过去说了一阵，接站的人回来要我将瑞士军刀还给他们。我不肯，习惯上还以为仍在永清街一带，惹出祸来有沙子出面摆平。待我意识到此时是在广州街头，南方的黑帮更厉害时，已不好意思在小周面前收回先前的话了。况且，小周、王凤都不让我还。我让接站的人捎话过去，就说我们是去泰国参加泰拳比赛的代表团。接站的人过去不一会，那四个人就走了。

何总他们四个是坐出租车来的。那辆车猛地停在我们面前，活像是本地黑帮的援兵来了。叶老师迎上去帮何总拿东西，小周只是同另外三个人打招呼。从她嘴里我听出这三个人是林处长、徐科长和胡虎。林处长是女的，小周上去同她亲热地碰了碰肩头。

我能断定，徐科长就是在酒吧里碰到的那一位。

胡虎瞄准小周的目光，连钟老都能判断出企图。

上了开往顺德的中巴，胡虎要小周坐在他身边。

小周将钟老按下来坐好，自己跑到后排坐下。

何总大声说了第一句话："小周，胡虎多次建议你留短发，你终于金石为开了。"

何总的声音很洪亮。胡虎也大声说："刚才在飞机上看见云里有黑乎乎的东西在飞，还以为是美国佬派去袭炸南斯拉夫的B2飞机，没想到是只老鹰。"他说话时有意做一副酷相。

钟老碰碰我，小声地说："小公鸡开始打鸣了。"

王凤在最前排回头说："你们有所不知，是因为杨仁不喜欢小周的长发，小周才慌不择路、饥不择食地在火车上的理发室改了发型。"

坐软卧的那六个人笑得最响亮。

王凤还要说，王海将她拦住。何总在他们后面，小声对叶老师说了些什么。

见大家不再继续这个话题，钟老开口了："小周还送了一把瑞士军刀给杨仁，我老了，跟不上形势发展。这是什么意义？"钟老说话很诚恳。

开车的女司机冷不防说了句："当贴身保镖，做守护神嘛！"

这时，王海说了实话："别让小周不好意思，这小刀是叶老师的战利品。"

在我的眼角上，胡虎绷紧的脸松弛了一些。但在另一只眼角里，小周的脸又绷起来。

"谁说我不好意思，到了香港，我非要买一把瑞士军刀送给杨仁。"小周像是一下子放开了胆量。

还是那六个人带头大笑。

我忙说："有这把刀就行了。"

这六个人全是一家电力公司的，单位太富了，不知道往哪儿花钱，便安排人一拨拨地出来公费旅游，所以，他们的笑声最多。六个人中，领头的姓万，另外五个人都叫他万组长。万组长心里还有一丝不满，公司里稍有点权力的人现在都去欧洲逍遥，他们是最底层的，只能到东南亚旅游。在旅游和逍遥的词义把握上，这些人比语文老师的体会还深。

车上的人都明白这点，大家并没有对他们的快乐进行抗议。他们好像清楚电力部门的暴富是占了我们这种数以百万计的人的便宜，所以上车往后面坐，上船往前面坐，转运行李时，他们总是抢着组成一条人链。

到了顺德港，等着过海关时，大家纷纷往武汉打电话。好几个人对着手机说着同样的话：一会儿上船就到香港了，电话费也是一国两制，要翻几倍，没有要紧的事就不打电话了。小周拿着一只手机，默默地递给我。我接过来，愣了一会，才试着拨了家里的电话。

只响了一声铃，妈妈就在那边冲着话筒"喂"起来。我问妈妈怎么没去卖米酒。妈妈说这一盆糯米没酿好，有些酸，她不能这么蒙人，所以就在家歇一天。她还告诉我，白珊昨晚到家里来坐了一个多小时，很伤心地哭了一场。走的时候，留下了一包钱。但爸爸不让动。爸爸要等我回去后再做处理。白珊对妈妈说自己要出一次远门。这话让我费了些猜疑。我想到她会不会到美国去生孩子，因为牛总从前总这么开玩笑，说自己若再娶老婆，一定要生个美国公民。牛总的金钱是可以买通这条路的。

我将手机还回去时，小周说："昨夜我怎么也睡不着。"

"大概是挑床吧？"我刚开口就意识到她其实是有所指。

小周说："帮帮我，你不会吃亏，我知道自己有多好。"

小周走开了。何总和胡虎他们在叫唤。

我用一种奇怪的眼神看着她的背影。

顺德港的海关大楼建得很美。王海搂着王凤的腰，在大厅里转了一圈，又去楼上，然后到了大门外。正好钟老也转到门外，他们让钟老帮忙照一张合影。王凤推了几下王海，不让他太亲密，太亲密的照片不好意思拿出来给别人看。钟老手中的照相机刚好在他们亲密时闪亮一下。

王凤很容易疲劳，回到休息厅坐下不一会儿，就倚在王海的肩头睡着了。王海怕惊醒王凤，小声请我帮忙打开行李箱，拿出一件衣服披在王凤身上。我看见行李箱的小口袋里放着几瓶速效救心丸。王海知道我的目光所至，他分明轻叹了一声，眉宇间顿时挂上许多沉重的忧郁。

钟老坐到我身边。

"你怎么不给家里打个电话？"我问。

"我总在打电话。"钟老说，"并且免费。"

坐在对面有些闷闷不乐的小周眼睛忽然一亮。

不知从哪儿跑出一只京巴，小狗长得比猫还小，冷不防冲着正在打瞌睡的王凤狂吠起来。朦胧中的王凤尖叫着直往王海怀里钻。王海吆喝了几声，京巴依然不肯退去。王海撩起一脚将京巴踢出老远。京巴在地上打了几个滚，爬起来时腿都瘸了。一个穿制服的女人闻声出现了。她抱起京巴就要王海、王凤陪她去宠物医院。我忍不住上前去替王海他们分辩。见那女人不听，而且，更多穿制服的人像是要过来助威，王海便一个人跟着她走了。隔着大厅的玻璃门，王海在刚才照相的地方站着同那女人说了些什么。女人背对着我们，看不清表情。时间不长，那女人一挥手，竟让王海回来了。

包括何总和万组长他们十几个人都围上来问怎么了。

王海说："无非多说几句软话，出门在外，低低头没什么。"

王凤也说："我这老公，外面什么事他都能摆平。"

胡虎在人群里不轻不重地说："真不错，受到老婆如此信任。"

有人在背后拉我一把，回头一看是钟老。

我跟着钟老走到大门外后，一眼看见那个穿制服的女人正在草地上遛狗。

京巴的后腿还有点瘸，不过看样子肯定没事了。钟老走过去同那女人聊了几句，女人就将什么都说了。王海告诉那女人，王凤患了肾癌，而且还是晚期，她自己不知道，总想着要出国看看，他这才带她出来看看。那女人说她的哈哈一向很乖，从不惹人，她也奇怪哈哈怎么反常了。王海一说，她才明白。从小就风闻，狗通人性，谁开始走魂了，狗都知道，如果狗专门盯着某个人咬，这个人就快没命了。不然，她是不会原谅王海的，她养的这条京巴，是当年八国联军撤离北京时，带回英国的纯种，国内已经失传，她花了二十万港币才买到手。

我一惊，再看钟老，钟老的剑眉上挂着一丝嘲讽。

我们回去时，缓过劲来的王凤正在同王海玩着拍巴掌的游戏。她还开心地对大家说，这是在家同儿子学的。我和钟老无语地拿起行李。接站的那人在远处招呼我们进关。

上船后，钟老买了一份《星岛日报》，我以为他会在娱乐版上寻找林青霞，哪知他一下子就翻到财经版上。整个航程，钟老都在报纸上度过。坐在他旁边的胡虎很烦报纸挡住了前排小周的背影。他几次要钟老将报纸叠起来看，钟老说："看报就是看报，一叠起来不就成了看书看杂志！"林处长见胡虎语气越来越不对，就开口要胡虎谦让点。胡虎不能再说什么，他起身往外挤，然后坐到最后面的空位上。何总去上厕所，发现胡虎独坐着凝望水天，过早长出来的大块肥肉像塌方一样堆在脸上，就叫小周去问问他哪里不爽。

小周过去挨着胡虎坐了十几分钟。

钟老小声对我说："这是弄巧成拙。"

小周回来后淡淡地说了两个字："没事。"接着又轻声专门告诉我，"他在发心烧。"

船在香港维多利亚港靠岸时，有个女孩在岸上向我们招手。

"孔雀！"我欣喜地叫道。

万组长他们马上追问，又不是动物园怎么会有孔雀。除了他们还有别的人，大家都想知道孔雀在哪儿。小周告诉他们，孔雀是个女孩，是我们的领队。接下来她又告诉我，孔雀不可能出现在码头上，她无法进关来接我们。我再看时，那个女孩果然变成了另外一个人。

香港的海关如同虚设，我们大包小包地走了过去，那些穿制服的男女，完全是学内地政府机关的人，在岗位上聊天聊得眉飞色舞。我们正在议论哪儿的中国人都一样，那个穿制服的男人猛地停止嬉笑，冲着好好走路的林处长突然说："你，带了违禁品吗？"林处长一惊，下意识地用手捂了一下皮包："没有。"另外几个穿制服的马上板起脸，要她将皮包打开看看。何总正要过去，有人吆喝起来，不让停留。我们只好远远地看着。林处长包里没有多少东西，除了大约两千人民币，其余的都是些化妆品。那些人仿佛就是看林处长不顺眼，检查完了以后，还要审视一番。

这时，从本港居民通道过来一位男人。

叶老师迎上去打听，海关人员好好的为何突然就变了脸色。

男人用那种天生的优越感冲着免不了焦急的叶老师说："那位太太是你们的领导吧？没事的，我们就是不喜内地干部的派头，人人都像是接收大员。"

徐科长插嘴说："怎么这样想，我们总是将你们当成同胞。"

男人说："这个我们懂，谁都想攀个富人做亲戚。"

说完这话，男人便扬长而去，一点也不在意徐科长和胡虎脸上的青色。

林处长总算过来了，她说："真是莫名其妙。"

小周赶紧上去帮她拖旅行箱。

来到外面的大厅，我又开始寻找孔雀。

一个瘦瘦的年轻男人毫不犹豫地上来问："哪位是何总？"

何总应了一声。

年轻男人又问："十六位都到齐了吗？"

这次是叶老师回应说："到齐了。"

我们就这样毫无道理地跟上人家，上了外面的一辆中巴，根本没见着孔雀。那位年轻男人也不怕我们没跟上，只顾自己在头里走，钟老和王凤有些跟不上。

6

孔雀曾说，我们香港见。

我没见到那位香港的我，只见到许多香港的门。

吃完了午饭的六菜一汤后，林处长明确无误地表示不喜欢香港，她没想到香港人是这种德性。徐科长则适时地提起前年香港回归那天，林处长在单位的庆祝会上热泪盈眶的旧事。望着林处长惆怅的样子，我不明白既然她那样不喜欢现实中的香港，为什么又要千里迢迢往香港现实这池浑水中跳。

餐厅里有二十多张圆桌，清一色都是六菜一汤。听听那纷杂的四川话、东北话和上海话等等，就知道彼此全是内地来的。让林处长心烦的是，那些香港本地的服务员上菜时，从不将碗碟放到合适的位置，非要自己动手挪一下，有时还得挪过半张桌子。还有荤菜、素菜等也不注意错开来放，几乎每人都得站起来十几次，将手伸到别人面前去夹菜，这让人觉得很难堪。更有邻桌那些先吃完的人，还没完全撤离，就有服务员冲上来，秋风扫落叶一样，拿起用过的餐具，哗哗啦啦地扔进一只大竹篮，然后将一次性桌布往上一裹，露出下面干净的桌布。依然是那些服务员，又从另一只竹篮里拿出十套干净的餐具，扔一样摆放在餐桌上。何总掐着手表计算过，他们每翻一张台面，绝不超过两分钟。

林处长对这一点尤为不满。中国菜在哪儿都是一种美食，她去欧洲时，曾在瑞士苏黎世一家叫筷子的中餐馆门口，受到当地人目光的礼遇，尽管她在那里只吃了十九美元一碗的面条。但在林处长足迹所到的香港，所谓中餐，简直就是喂鸡喂狗喂猪。何总附和，香港就是这样，除了时间和金钱，还剩一点就是庸俗。林处长接着指出，哪怕在武汉的亚酒、长酒、天安假日和正在试营业的香格里拉，都能做到进餐时只闻音乐声，没想到香港这儿，竟然像使用石器的原始社会。

林处长毫不客气地将香港的文明打了最彻底的折扣。

万组长在表示赞同的同时，还添了一句，说假如我们的国有企业都学着这么干，不用三年，一年就扭亏为盈了。万组长那一拨人都认为，照目前的这些搞法，用不了多久，电力部门也要亏损。

我们在香港新机场"集合处"，议论这半天里对香港的印象。乍一看，这里的一切杂乱无章，身居其中后，才知道它是一只设计奇妙的魔方。香港的街道窄得像武汉江汉路一带的老街，可就是看不见被车堵死的路口，连警察也看不见。我们一致认为，这主要是香港没有军牌、警牌和O字牌的特权车，视交通规则为垃圾。但我们都承认自己有过坐这类车的经历，这样的经历使人体会到特权是比自由更舒适、更个人化的东西。

这一天，我们只是路过香港。

午饭后，有一个小时的逛街时间。在码头接我们的年轻人叫英伦，他吩咐如果万一有谁走失了，就请自己乘出租车到新机场集合处等。结果十六个人只沿着湾仔的一条街走了几百米，见到的全是酒吧。后来我们才知道，集合处是香港人的画龙点睛之笔。新机场太大了，在同一秒钟里，可以给两百人办理登机手续，但集合处只有一个。是不是真的能够同时给两百人办事，我们当然是姑妄听之，就当是中国人要爱国，香港人要爱港。但集合处那块牌子分明是临时游客们心目中的特区首脑，说不错，也走不错。

香港的一切都要用银行的电脑来计算。

何总告诉林处长、徐科长和胡虎，今天要先飞到台北，再从台北飞曼谷。这三个家伙顿时眉开眼笑，说没想到自己成了解放台湾的侦察员。叶老师、小周和王凤在一起议论了好久，想不通香港人怎么这样傻，这么从台北一经过，绕行了近两千公里，不等于将港币往太平洋里撒吗？

这个话题，大家一直说到曼谷，猜测这会不会是台湾的李登辉施展诡计阴谋，想让我们见识台湾的日子如何舒适，动摇我们走社会主义道路的决心。在台北桃园机场落地后，一片夜色中，灯光并不比武汉的迷人。机场里的免税商场也是清一色的小姐，她们中没有一个比得上小周。小周走到哪里，哪里的小姐就用醋醋的目光轰炸她。小周同我贴得很近。好不容易碰见一个台湾男人，他对我说："你太太真漂亮！"他这么做，目的只是借机多看小周几眼。但我还是回应了一句："谢谢你慧眼识珠！"再看小周，那表情十分平静，仿佛心海是那没有半点涟漪的死海。

从桃园机场起飞的航班终点是阿姆斯特丹，夜里十点五十分才让我们登机。一位小姐在广播里告诉这一点时，王凤说："这声音很像一九四九年国民党战败前后中央社的女播音员在说话。"闭目养神的林处长突然开怀大笑起来。徐科长向她使了个眼色。林处长说："怕什么，我还希望这儿有窃听器，让李登辉听见了才好。"我听到钟老在一旁嘀咕，"现在国民党已经不是从前的国民党，共产党也不再是从前的共产党了"。胡虎也听见这话了，他没瞪眼，只是平常地反问钟老说共产党怎么啦？钟老还未作答，小周便救场一样抢先说："当然不一样，从前是地下党，现在是执政党。"

胡虎看着小周的眼光，总是那样多情。

我们的飞机于凌晨三点抵达曼谷机场。

待到进入太阳酒店的房间后，已是凌晨四点了。我让钟老先洗澡先睡觉，钟老脱光衣服洗到一半时，突然从卫生间里冲出来，他想明白一个道理。香港不仅占去了我们的时间，还赚走了我们的钱。我们的晚饭是在飞机上吃的，我们的夜晚是在机场和飞机上度过的，而这些钱本该是要付给酒店的……他没说完，我已明白，是我们替旅行社省了钱。反过来旅行社只用一张不合情理的机票，就换得一张利润丰厚的现金支票。

窥见了他人的秘密总是令人兴奋。钟老腰上像枪眼一样的伤疤，一颤一颤的，如同女人脸上的酒窝。饱受颠沛流离疲劳不堪的我们一点也不觉得吃亏，甚至还为难得有踏上宝岛台湾的机会而兴奋。

我拿起电话，打到隔壁房间。

小周接了电话后，我将发现告诉了她。

小周说："你是不是还要找孔雀说话？"我还在迟疑，她便接着说，"孔雀不在我这里，每座酒店都有专门接待导游的房间。"

也不等我再说些什么，小周便挂断电话。

而我本来还想对小周说点什么。

小周在生气，的确是因为孔雀突然出现了。十六个人都像找到组织的地下工作者一样高兴。小周唯独对我的笑，怀着深刻的不满。可惜她的这种态度，没有用来对待林处长他们。对于急于取得改革成果的社会，这是一种莫大的资源浪费。

7

小周对我的不高兴正是从孔雀突然出现在曼谷机场开始的。

从台北到曼谷，飞机飞了三个多小时，加上一个小时时差，实际上是四个多小时。空姐给我们的《联合报》和《中国时报》上几乎全是无聊的政治文章，远没有前排的王海、王凤夫妻耳鬓厮磨的动作让我注意。他们喝饮料时，还恩爱地做了个喝交杯酒的姿势。一旁正在给别人添咖啡的空姐瞟见后，眼圈当即红了。随后她拿来一小瓶黑水晶一样的葡萄酒，塞到王海手里，并说："好好待你太太。"王海推辞了几下，见空姐要伤心了，只好收下。插在飞机座椅后面口袋里的《华夏精品》杂志第二十页上有这种酒的介绍。它的英文名称为 Colio Icewine，中文叫可丽儿冰酒，是让葡萄在零下二十至三十度冻成浆果了，再行酿造。完整的包装是四瓶一盒，卖价为六千七百四十元新台币，分开了每瓶值一千六百八十五元新台币。王海在这样贵重的礼物面前表现得很镇静，他问了另两位空姐后，决定收下它。那位空姐的丈夫是台北有名的棒球投手，每次妻子飞行归来，必定要在家中点上红蜡烛，开一瓶冰酒喝交杯，但是一个月前，这位棒球投手在一起车祸中死在台北街头。

在这样的背景下，小周、胡虎和我心情都很激动。胡虎写了张纸条托叶老师和何总传给小周，听叶老师的口气，还是一首诗。小周看了一眼后，将它放在小桌板上，等着让它自动滑落下去。我想起白珊，当然也想孔雀。小周就在眼前，但我不清楚自己是否想念她。

钟老端起饮料杯同我碰了一下，他长长地叹口气。

在曼谷机场下飞机时，那个空姐专门对王凤说了句："你真幸福！"王凤就将夹在钱包里的儿子照片，送给她作纪念。

这一次，我和钟老同时叹了一声。

王凤对这位不幸的空姐说："若有机会到武汉，欢迎你来家里做客。"

王海则说："我太太能做一手地道的湖北菜。"

经历计划之外的告别后，我们随即在机场出口见到孔雀。

孔雀一副泰国女孩打扮，远远地冲着我们用泰国话说："龙龙水晶晶！屁屁老妈妈！"

小周对我说："我也会说这两句，意思是小姐真漂亮，小伙子真帅！"

我仍要单独问孔雀，她的翻译结果同小周一个样。

我又问："不是说好香港见吗？"

"你怎么成了我的老板？"孔雀反问。

孔雀冷了一会，又热情起来。她站在一辆大巴门前，给我们每个人献上一串佛珠一样的花朵，并说这是泰国旅游的第一个项目，美女献花。孔雀还会双手胸前合十。

大巴开往太阳酒店的路上，孔雀介绍说刚才那串花是泰国人的一种祝福，她请我们为这种祝福每人付上十元人民币的小费。孔雀还让我给收一下。我正在迟疑，何总就让小周付了他们六个人的，万组长接着将他们六个人的六十元一齐付了。我只好向钟老和王海伸手，最后又添上自己的十元。坐在最前排的那个皮肤黝黑的男人笑眯眯地从我手里接过一百六十元人民币。

这个男人姓蔡，他自己让我们叫他屁屁蔡。屁屁蔡的中文是父亲教的。他父亲在一九四九年之前国民政府军中当兵，后被从北方一路横扫过来的解放军撵到泰国。屁屁蔡不无自豪，因为他父亲娶了三个泰国女人做老婆。

钟老不失时机地说："少不了也种鸦片。"

屁屁蔡大方地回答："我们这儿有两大传统是丢不掉的，一是毒品，二是精神污染。"

精神污染这个词的应用显然让屁屁蔡兴奋起来，他声明这是去年北京一个旅游团的人教给他的，来泰国的人就是想让精神污染一下。车上的人都懂他的意思，大家一齐笑。

屁屁蔡说："来我们这儿要想让身心都得到放松，最好的办法就是去污染，染得再黄也不会有人管。只要你们将随身带着的人民币、港币和美元都留在这儿就行，泰国经济现在糟得像一堆狗屎。"

屁屁蔡在大巴上一句正经话也没说。他说的第一句正经话，是在房间分好后，告诉我们，已预订了上午八点钟的电话叫醒服务。

电话叫醒服务还没开始我就醒来，钟老的鼾声让我勉强睡了两个小时。我撩开窗帘，一点也不相信自己正身处异乡。曼谷的朝阳也是千篇一律。钟老鼾声的间隙里，还夹杂着王凤在隔壁房间惊恐的梦呓声。我穿好衣服，一个人下楼走到酒店外面，胡乱转了一通，除了汽车，到处都是身着袈裟的僧人。这让我怀疑，佛教如此盛行的地方，毒品与色情真的那么多吗？后来，我碰见两只黑狗，它们狠狠地盯着我，我假装不慌不忙地转身往回走，那两只黑狗竟然一直跟到酒店门口。

我在大堂里与孔雀碰了面，孔雀刚交完电话费，见到我时嫣然一笑。她问我怎么不睡觉。我问她这家酒店是不是真有三星级以上标准，怎么就像武昌火车站附近的私人旅社，里里外外的动静全能听见。孔雀以为我在说王海和王凤，她要我理解，人家夫妻见到异国情调，自然会亢奋。

我将同钟老一道听来的话告诉她。

我说："肾癌晚期的人，连欲念都没有了。"

孔雀不以为然："男人就是好哄，王海骗别人将你们也捎带上了。"

"你是不是也在哄我？"我马上说。

"到了芭堤雅，你会快乐的。"孔雀说。

我们找了一个地方坐下来。孔雀要了一杯咖啡，也替我要了一杯。她笑眯眯地要我买单。

"还在失恋吗？"孔雀呷了一口咖啡，"曼谷的咖啡，也能品出女人的体香来。"

我说："从认识你以后，就过去了。"

孔雀一撩头发："我当然明白，我还没有碰见过不喜欢我的男人。"

说出这句话后，孔雀早起的倦容从脸上消失了。

"这是不是你提前来曼谷的原因？"我盯着她的眼睛问。

"别吃我的醋好不好。"孔雀眼睛一眯，笑成一道缝，"我在清迈联系了一个业务。老实说，我得赚点钱。不是为了让你听着舒服，白珊跟上牛总不会有好结果。"

我问她怎么知道，她闪过去不回答，反而说："我已经看出来，小周对你有意思了。"

"那又怎么样，我现在只喜欢你。"我一咬牙说。

"请不要这么想，否则，到了芭堤雅你也会感到痛苦。"孔雀说。

我说："无非再像白珊那样来一次。"

"我不会让你走到那一步。算上这一次，我已经带了十一个团来泰国。"孔雀一转话题，"每次都一样，自费的少，公费和老板请客的多，一路上尽闹矛盾。不知这一次怎么样。"

孔雀忧虑了一下。我愿意她继续说下去。

"公费和自费的都好说话，不好说的是老板请客的那帮人。到了芭堤雅你就知道，那里很多自费项目，公费的人基本都去看，自费的人基本都不去看，然后大家就一齐看老板请客的那些人怎么虚伪。"

离约好电话叫醒服务还差半个小时，孔雀突然说："你能陪我去一趟清迈吗？现在就走。"

"不是贩毒吧？"我站起来说，"行，别人敢贩毒我为什么不敢。"

"神经病才贩毒。"孔雀压低嗓门说，"充其量不过是走私。"

孔雀答应晚上回来陪我夜游湄南河。这个项目是日程上没有的。至于白天参观鳄鱼养殖场、郑王庙、大皇宫和玉佛寺等，我本来就了无兴趣。我一边答应孔雀，一边在想，男人如果无法自己创造，最少也要自己去发掘。唾手可得的东西，男人往往不屑一顾。我大概就是这样的男人，本来只要对小周说一句就能得到的情爱，偏偏弃如敝屣，还要自认为浪漫地跟着不知明日为谁的孔雀自讨苦吃。

孔雀给屁屁蔡打了个电话，然后就带我上路了。

她租了一辆出租车。一出曼谷我就睡了，醒来时已经在清迈。我按孔雀的吩咐戴上墨镜，腰里别着那把瑞士军刀，像保镖一样跟着她走进路边的一户人家。两个讲中文的泰国男女冲着孔雀熟识地打过招呼，那男人就领着孔雀往楼上走。孔雀一副胸有成竹的样子，沉稳地走上楼梯。留下来陪我的女人，第一句话就问我泰国小姐怎么样。我装模作样地说，个个都像受过专门训练。那女人知道中国男人中流传"会玩的玩嫂子，不会玩的玩婊子"的说法，她说十五岁的泰国小姐就能比得上三十岁的中国嫂子。我表扬她发现了国际关系中新的真理。她马上问我现在要不要小姐，可以随叫随到。我一本正经地说，做生意时不能干这个。她惋惜地告诉我泰国小姐同泰国宝石一样多，最好的却不多，错过了就找不回来。

我在楼下同泰国女人泡了半个小时，孔雀才下楼。

先前背在孔雀身上的红皮包不见了，一只只有巴掌大小的黑色珍珠鱼皮包歪歪斜斜地挂在她的身前。她一脸笑意地告诉我回曼谷去。我将她全身上下看了个遍，唯一能装东西的，只有那只珍珠鱼皮小包。我只能想到，孔雀红皮包里假如装的是钱，作为等值，这小包里必然是毒品。

那个泰国男人开上自己的车，陪着我们走出二十多公里，才调头回去。

孔雀看出我的情绪。她说："你为什么生气？"

我指了指珍珠鱼皮包说："这里面装的什么？"

"你怎么可以怀疑我？"她说，"让你猜一猜，什么东西可以象征爱情？"

我想了半天也没想出是什么，别的问题反而被想出来。孔雀这样做是不是在利用我的感情，我在心里问。

回到曼谷已经是晚上九点五十分。孔雀执意到一家麦当劳店里买了些吃食拎回酒店。她问我还游不游湄南河，我望着她疲惫的样子，残酷地说："游！"

孔雀只好说："这么晚了，不怕上贼船？"

我说："贼窝都去了，还怕上贼船。"

虽然孔雀说待会儿见，我还是感到她会变卦的。

经过小周和叶老师的房间时，敞开的屋子里忽然传出王海的声音："说曹操，曹操到。"

我探进头去问："你们说我什么了？"

王凤牵着王海的手说："不是我们，是小周在说你。"

见钟老、何总，还有胡虎、徐科长、林处长都在，我便进去。小周捂着肚子躺在床上。钟老告诉我，小周正说回去后要投诉孔雀，身为领队，竟然私自带着个别团员偏离旅游路线，不知干什么勾当。

钟老不管胡虎有多么不高兴，只顾说自己想说的话："小周今天比害相思病还痛苦，三餐饭都替屁屁蔡省了。"

我问她想不想吃方便面。小周反问："有吗，我喜欢吃统一100。"

"我包里正好有这个。"

我回房间拿来方便面。

叶老师打电话让服务员送来一瓶开水。

胡虎赶忙掏出两元人民币给那服务员作小费。

看到小周开始吃东西，叶老师便往外撵我们。

钟老告诉我，他醒来不见我，就知道是被孔雀引诱出去了。别人倒没什么，可怜小周就像死了爹娘一样。钟老坚定地认为小周是个好姑娘，同别的公关小姐不一样。他要我别花心。

电话铃响起来。真如钟老预料，是小周打来的，她让我过去一下。

8

曾经有过许多男孩赴约的故事，只要对方女孩独自在房间，必定是用睡衣作晚礼服。小周没有，她穿着牛仔裤，坐在床边，将唯一的椅子让给我。这样两人之间有近两米的距离，若是发生情况，一下子扑不过去。老实说，在这种时刻，我喜欢女孩穿上睡衣。如果白珊没有为我穿上睡衣，她也许同武汉街头千万个女孩无异。白珊在扬子街的家里只有一只全家人轮着用的洗澡盆，自从认识我以后，她就常来我家洗澡，洗完澡便穿上睡衣，在离席梦思只有咫尺之遥的卧室里搂着我跳舞。同白珊比起来，小周这样的装束，无异于古人的铠甲。

"我知道你会来。"小周用手抚了一下自己的大腿。

"你是有事吧！"我说。

小周呆呆地看着我，几分钟之后才说："我讨厌胡虎。"

我说："他好像不太坏。"

"他是一只壁虎！"小周激动地说。

"你做墙壁不就行了。"我说。

"没有用的，我不能冷冰冰地对他，他卡着我们的脖子。"小周重复了几天前说过的话，"我知道，我可以离开这家酒店，到别处去干。但别处的老板会不会像何总那样对我好。你别误会。我想你一直在误会，以为我像别的女孩一样，老板找她要什么都给。"

"当然，你与她们不一样。"我边想边说，"譬如，这么晚了别的女孩是不会仍然穿着牛仔裤的。不过，我最近看过两篇文章，都说有的女孩不让男孩摸她，但她愿意将衣服解开让男孩看看。"

"女孩觉得自己太美了，有时会这样做。"她抬头望着我，然后轻轻地解开衬衣最上面的两颗扣子。

我有点希望她继续下去。她却停下来说："我心里很烦躁。"

"上一次例假是什么时候来的？"我突然说。

小周脸一红："你这样说话好像是我的男朋友。你说得有道理。快半年了，周期总不对，是心理压力太大，得有个男人来救我。"小周将头埋得很低，以致领口开得很大很深。

"你觉得胡虎哪儿不妥？"我说。

"不只是心理，在生理上我都反感。"小周说，"他们自丑不觉，到处吃喝拿要，还以为是潇洒。白天里你不在，屁屁蔡领我们到一家皮具店去，胡虎非要买一只鳄鱼皮包送给我，还价后仍要一万多铢，相当于人民币五六千元。他一个月工资才五六百元，凭什么这么大方？我又不好拒绝，只能说不喜欢鳄鱼那阴森的样子。我现在担心明天参观珠宝店，他要是再送我宝石什么的，我能说不喜欢吗？他本来就是冲着我来的。早先他要何总安排去一趟美国，听说我要来，他才改主意让何总临时添上的。你不知道他有多厉害，我住处的门锁换了七次，他总能找窍门打开。有一次半夜里，他站在我床前，吓得我一连几天，只要上床睡觉，就开始发烧到三十八度五。后来，我只好在酒店里住，而且每天换一个房间。不过他有一宗好处，哪怕我睡得人事不知，也决不动手动脚。我本来心快软了，却又碰上了白珊。是胡虎透露的，说有个女孩同我长得很像，我就去找她。不知白珊同你说过没有，她十六岁时，就吃了胡虎的亏。她说胡虎这人看上哪个女孩，三个月以内是绅士，三个月以后是饿狼，再过三个月则成了流氓。你说怎么办？我认识他正好三个月了。白珊同牛总的事我比你清楚。三月底，你到机场送的白珊其实是我，因为怕露馅，我才早早进到里面。隔着玻璃望着你匆匆赶来，心里真是难受。我没有告诉你是因为我觉得你们的关系早一点结束为好。说实话，我很高兴你能离开白珊。这个世界上，现在只有一个女孩能配得上你，那就是我。"

"你不要再提白珊了。"说完我就沉默起来。

我想了许久才从椅子上站起来，走到小周面前，将手伸到她的领口上，一个指头按住了她的肌肤。我替她扣好两个扣子。

我说："叶老师有意让房，是为了使胡虎有机可乘。你得自己救自己，衣服裹紧点。"

小周一把捉住我的手说："你知道我为什么不舒服吗？是假装的，何总安排我今晚陪胡虎出去看曼谷夜景，我不能去！去了我就完了。"

最后这句话对我刺激很大，从来没有哪个女孩这么痛彻地表达出心底滋味。

我对小周说："让我想想。"

我确实这么对小周说了。究竟怎么想，我心里没谱。有一点可以证明，我几乎忘了孔雀答应陪我夜游湄南河。回房间后，钟老告诉我，孔雀来过电话，她身体不适，不方便去湄南河了。钟老说，女人最方便的借口是来例假了。而我这时也不想去湄南河了，就不去管她的借口合不合理。

"孔雀不是一般的女孩，你们都玩不过她。"钟老背对着我说，"这个团里只有两个人能对付她，一是何总，但何总有老婆管着，剩下就看我的了。说真心话，你粘上她，一点便宜也得不到。我可以断言，虽然不知道你们今天干什么去了，只要事情办成功，明天她就不理你。"

有人在敲隔壁的门。

"是胡虎。"钟老说。

钟老像是老妖精，算准了是胡虎，就不会错成胡猫。我开门出去，对站在小周门前固执敲门的胡虎说，小周吃了几片安定，喊不醒的。胡虎瞪了我一眼，悻悻地钻进电梯间。

随后，钟老笑着对我说："行，成功一半了。"

我说："我只是看不惯胡虎。"

夜里，钟老让我先睡，免得他鼾声一起，我又通宵无眠。

躺在床上，总在回味去清迈的车上，孔雀用两片嘴唇贴在我耳根上的感觉。她是在小声同我说话时，不知不觉地、断断续续地将嘴唇往我耳根上碰。去的时候有过一次，回来的时候又有一次。

去的时候，孔雀说："其实女人比男人更需要钱。"

回来的时候，孔雀说："其实女人比男人胆大，没有奥尔布莱特，克林顿不一定敢轰炸南斯拉夫。"

我还不算太愚蠢，最终得出结论，没有耳根上的感觉，我很难平静地走完这意外的旅程。

快到十二点时，钟老终于质问我，到底想不想睡。

我说："我问你一个问题，林青霞到底同你有没有关系？"

钟老说："当然有。行了，快睡吧！"

我接着又问："你喜欢胡虎吗？"

钟老说："你只看得见胡虎，告诉你了可别怕，他还不是我们当中最坏的。"

我还是吓得翻身坐起来。

刚好门铃响了。

钟老断言是小周。果然就是小周。

小周夹着一床被子要在我们房间里睡地铺。

小周终于穿上了睡衣。她执意睡在我的床前，夜灯下她那浑圆的乳房占据了全部有形无形的空间。

小周睡得很深，我却几乎没睡着。

钟老一夜没动静，连鼾声都没有。

我以为胡虎会到处找她，后来才发现，除了我和钟老，谁也不知道小周整夜都不在自己的房间。

9

早饭后我们出发去芭堤雅。十六个人正好乘一辆大巴。

王海和王凤，何总和叶老师，这四人是自然要坐在一起的，胡虎挤到小周身边也可以理解，费解的是钟老非要同孔雀挤在一起。因为这个，屁屁蔡上车就说，到芭堤雅去男女比例失调不要紧，芭堤雅欢迎男人，从来不怕男人多。屁屁蔡没有马上向我们讲关于人妖的情况，他扬起左手，亮一亮无名指上戴着的一枚戒指，开始讲起泰国如何盛产宝石。

　　徐科长笑着说："屁屁蔡又想抢我们的钱包了。"

　　屁屁蔡说："谁要是带着钱来泰国旅游，又将钱带回去，他肯定不是个真男人。当然，假如花光了我可以借给你们，因为这样的人是好汉！"

　　屁屁蔡边说边笑，一副色情相。

　　徐科长马上说："我先在你这儿挂号预约。"

　　屁屁蔡从口袋里掏出一只珍珠鱼皮钱夹说："没问题，我带着五万泰铢。若是不够，请各位多给点小费就成。"

　　大巴很快就将我们拉到一家珠宝店门口。

　　在武汉，我时常有中国人太多了的念头，到了泰国还能见到这么多的中国人，真让我心生恐惧。一二三层的营业大厅被挤得满满的，语音是熟悉的，气味是熟悉的，习惯也是熟悉的。万组长认为这样子太像晚上十点后的吉庆街。万组长他们转了一圈就出来，同根本没进门的孔雀站在一起，买了一只臭臭的榴梿，快乐地吃着。

　　钟老拉上我，跟在小周和胡虎的背后。胡虎不时挑出一些红蓝绿等各色宝石首饰让小周试戴。多数时候，小周只试了半截就递回去，偶尔戴上去对着镜子端详时，胡虎就开始掏钱包，但最终小周还是一撇嘴角嫌不好。不用钟老提醒我也能发现，小周每一次试戴，都要会意地朝何总看上一眼。

　　在二楼，我们碰见王海他们，王凤脖子上已添了一条红宝石铂金项链。我和钟老都说这条项链太美了，太适合王凤了。王凤像奖励我们一样，轻吻了王海一下。后来，小周同何总、叶老师终于正式走到一起。叶老师正在挑戒指。她将一枚大得像鹌鹑蛋黄的金戒指戴在中指上，再将一枚镶着绿宝石的黄金戒指套在无名指上。叶老师问大家哪个好看一些。大家都不说话。何总在叶老师背后将自己的无名指伸了伸。小周就指着叶老师的无名指说它好看些。叶老师高兴地说，她自己也是这样认为的。

　　何总转身去交钱时，将一副无奈的笑容毫不掩饰地展示给我们。

　　叶老师戴上那枚镶着绿宝石的戒指，让人觉得她手握一种武林高手才有的暗器。

付完款，何总忽然关切地四处寻找林处长，最后在大门外那些对珠宝毫无兴趣的人堆里发现了她。

小周同胡虎用了比旁人多一倍的时间才逛完珠宝店。

何总关切地问小周选到中意的首饰没有。

小周伸出一双光洁的小手："如果听胡虎的话，这九个手指都有戴的。"

说着，她轻轻揩了一下中指上的那枚红宝石戒指。小周早就说过，这是外婆传给她的。

"你也别太挑剔了。"叶老师似乎一语双关，说完后还看了看何总。

何总装作没听见，凑到我和钟老附近。看着叶老师同孔雀，加上刚出门的王凤，围在一起研究各自的首饰，何总对我们说："女人嘛，只要让她们开心就行。"见我们没有表示反对，他又说："男人千万不要对老婆的爱好说三道四，那会惹动她的疑心。"那边，叶老师将自己的手指同孔雀的手指并在一起比较。何总大声说："叶老师，别让孔小姐觉得寒碜。"何总这话有几分幽默，连屁屁蔡都笑起来。叶老师含情脉脉地瞪了何总一眼。她听不见万组长的话。万组长小声同他的人议论，孔雀的手指哪怕涂上一层牛粪也比叶老师的手指漂亮。

胡虎还在劝小周再回去看看。小周让他自己去给家里妈妈姐姐挑点什么。

胡虎说了几遍，小周忍不住说："你是不是也想将我打扮得像叶老师？除了何总发给你的　万，你自己带了多少钱？等回到香港，你陪我到谢瑞麟总店去，我若是看中什么，你可不许躲到一边。"

胡虎笑嘻嘻地说："小姐，你别吓我。"

钟老后来对我说，小周提到谢瑞麟总店时，林处长的目光警觉亮了一下。

临上车时，徐科长站在我面前，我问："你没买点什么？"

"珠宝哪儿没有，跑这么远来第一要尝的是异国情调。"徐科长很有见地地说。

上车后，屁屁蔡便给我们讲故事。他说在香港和东京这样的故事是要收费的，他免费给我们讲，是想让我们知道，男人到他们这儿来想那个——是天经地义的事。屁屁蔡说，去年清迈有个小姐来曼谷找发财的机会，来了一个月钱都花光了，她将最后几十个泰铢全买了彩票，然后在街边的一尊四面佛前许愿，若是保佑她中彩，她就跳脱衣舞给四面佛看。第二天那个清迈小姐真的中了头奖，赢了一千万泰铢。清迈小姐一高兴就将还愿的事忘了。回到清迈她就大病一场，怎么也治不好。还是寺庙的高僧提醒她。她连忙又到曼谷还愿。可大街上人太多，她只说跳脱衣舞给四面佛看，让别人看了四面佛肯定不高兴。清迈小姐便买了许多布，将自己和四面佛围在中间。脱衣舞一跳，清迈小姐的病就好了。

屁屁蔡说："四面佛是泰国最灵验的佛，它都要看脱衣舞，我们俗人还有什么不可以做？"

虽然屁屁蔡说，有个美国佬在旁边的酒店窗口用摄像机将这个场景摄录下来，然后拿回去在电视台播放了，但我还是认为这是他们对这儿的特色旅游的一种炒作。不过，它也展示了导游先生将怎样愉悦我们的前景。

"难道我们比四面佛还清净吗？"徐科长欢乐地叫道。

任何色情的东西都会使男人思维速度加快。我猛地想起清迈那间屋子的女人和她说过的话。就像射灯照在宝石上一样，我脑子里一闪，孔雀在清迈换来的珍珠鱼皮包里一定装着许多宝石。我站起来，看见孔雀将那只珍珠鱼皮包紧紧地抱在怀里。

小周也跟着我站起来，大家都能看见胡虎的手仍在紧捏着小周的手。小周一使劲，从靠边的座位挤出来，紧走几步后，一屁股坐在我身边。

"太不自重了！"她冲着我低声骂着胡虎。

"你要用它吗？"我亮了亮那把瑞士军刀。

小周用手指拭了几下刀刃，突然大声说："屁屁蔡，到了芭堤雅，一下车你就给胡虎同志找个人妖！"

屁屁蔡马上回答："人妖可是很贵的，摸一下就得给一百泰铢。这样，我先给你们讲个人妖的故事——"

胡虎打断他的话："算了吧，你别毒害我们这些金童玉女。"

我们这个旅游团下榻的金沙滩酒店离芭堤雅海湾只有一百多米。何总对这家酒店评价不高，先批评自动门不应当是单层，只有双层才能保温隔热。随后批评餐厅和大堂之间太透明了。进了房间收拾一番再来到大堂，他又批评房间里有不少黑蚂蚁。他质问孔雀，这里到底是几星级。孔雀还没说话，林处长先上来说："出门在外，能将就便将就。"何总马上改口说："林处长能将就，我就无话可说了。"孔雀隔了好久才嘟哝着表示，何总想堵林处长的嘴，何苦找她做靶子，真有钱就应该参加豪华旅游团。

我们在芭堤雅的第一个晚上，被屁屁蔡弄成了成人秀之夜。

听说是自费项目，每人要再掏五百泰铢，万组长他们六人便不肯去。万组长代表他们的人说，旅行社的报价单上没有的项目，一律不能去，这一点组织上交代得很清楚，谁要是弄出问题，不管是政治责任还是道德责任，都得自负。屁屁蔡说来芭堤雅不看成人秀，不是遗憾一辈子，三辈子都不止。这边徐科长恨不得一个人先走，他劝万组长，制度是死的，人是活的，就算芭堤雅这儿有间谍，他们也顾不上这么多的虾兵虾将。这时，林处长不耐烦地说："要去就都去，说这么多废话干什么。"说不清楚是官大一级，还是大家平时服从惯了，此话一出，人人都将钱交到屁屁蔡手里。

大巴停在一个简陋的巷子外面。

虽然有导游证明不用付钱，孔雀也不下车，她已经看过几次了。

进门时，王凤被一只气球迸裂的声音吓了一跳。我正要看看台上的裸体女子在捣弄什么，小周拉了我一把，让我在她身边的空位上坐下来。我还是没有看清台上的裸体女子如何将气球放置于自己的产道。小周一下子抓住了我的手。叭的一声响，台上又有一只气球被那女子产道中冒出来的神秘气流吹破了。小周紧张地问我，这是干什么？我也不知道，因为有沙子做朋友，一些荒唐事就算没做过，也还听说过，想不到泰国女人还有如此神功。台上又来了一个将自己脱得光光的女子，她扭了几下，依然用自己身上最隐秘之处作秀给大家看。先前放到台上的金鱼，被她一只只地放进产道，然后又一只只地从里面掏出来，放回到鱼缸里，让其继续游来游去。

小周忽然说："我得走！"

话音刚落，林处长抢先站起来往门口跑去。

小周不仅自己不肯再看，并且拉着我往外走。

人多场子小，进来不容易，出去同样不容易。我们正往外挤，舞台上的一对男女竟然公开行那房中之事。一口气跑到外面的巷子里，小周冷不防转身扑在我的怀里，抽泣着说："怎么可以将女人这样糟蹋，这里面一定有坏人！"

我说不出话来。我也有几分惊慌失措。

我只好牵着小周的手顺着巷子往停车场走。

半路上碰见林处长一个人蹲在路边哇哇地作呕。

小周上去替林处长擂了一阵背。林处长好不容易站起来，咬牙切齿地说："我若是泰国总理，非要下令将这儿的老板一刀刀地割死！"

三个人在一片小树林里来回走着。芭堤雅翠绿的树叶将一种又一种的霓虹灯光拂在小周脸上，她像一只受到恶狗追赶侥幸脱逃的小兔子，惴惴不安地向四周打量着。她一直不肯放开我的手。海就在不远的地方，可以感受到浪涛摔碎后的湿润。

林处长叹口气说："我终于明白了，为什么男人一拨一拨地疯狂往泰国跑。"

小周说："在这里做女人太惨了。"

孔雀不知从哪儿钻出来："她们自己还当这是艺术哩。"

小周说："你会这样干吗？"

孔雀没有回答，她要我们回到车上去，防止发生意外。我想抽回自己的手，小周用劲紧紧握着，还在底下用脚踢我一下。孔雀对这一切看得清清楚楚，她迟疑一下，想说什么，又缩了回去。

上车后，小周同我坐在一起，依然没有松手。

孔雀突然说："现在的女人必须自己有经济实力，否则就会比过去更没地位。"

我问她："这一次来泰国，是不是能大赚一笔？"

孔雀说："不狠心赚一笔，一辈子也不会有爱情。"

我问小周是不是这样，小周说："钱是最没良心的东西。"

"是吗？听说胡虎对你特别好，为了你，他放弃原则，使你们酒店得到意想不到的好处，有这回事吧，林处长？"孔雀冷不防地说。

林处长正色说："孔小姐，你是领队，是代表合同的甲方对我们乙方负责的。这时候不能感情用事。说句真话，早先杨仁追你，你不理人家，那你就不应该吃小周的醋，你不要自己不理杨仁，又不准杨仁对小周有所表示。"

到底是经验丰富的领导干部，几句话就将孔雀说服了。

孔雀马上改口说自己不该听信谣传。

这时，屁屁蔡带着其余的人出现在巷口。大家正走着，灯光里蹿出一条黑狗，冲着人群最后的王海王凤夫妇狂叫不止。叶老师疾走几步，飞起一脚，将那黑狗踢出老远。上车后，还能觉察叶老师的亢奋。叶老师打量着车窗外的样子似乎是希望那黑狗再回来，自己也好继续施之以拳脚。

包括胡虎和钟老，所有的人都用一种好奇的目光看着我和小周，还有两只握在一起的手。

我还是不太相信这样一握手，就会有奇迹出现。

如果别人传说我们是看了成人秀之后才催化出爱情，那可是太糟糕了。

屁屁蔡又在煽情，反复提及帝王浴，当然又是自费项目。

万组长他们感叹地说，他们相信世界上不会有比演成人秀更离奇的女人了，即使有他们也决不再开戒，否则心野了，电力部门的待遇再好也不够在外面潇洒。屁屁蔡胸中有数地将自己的房间号告诉大家，他带过几十个旅游团，韩国人和日本人无论男女，有什么自费项目，只要叫一声哇，便邀齐了一起去。中国人不同，要古典许多，还是唐朝时期的犹抱琵琶半遮面，习惯于半公开的方式。

万组长坚持说，他们能不花自己的钱到国外旅游，比起许多人还在为每天的油盐钱满街想办法，已经够奢侈了，不能多玩了，多玩就对不起别人。

车窗外一群摩托车轰鸣而过。

王凤嫌车内冷气太足，将车窗打开。

沿街数不清亮着红灯的酒吧就在露天里营业，似乎天下粗野的男人和放荡的女人都集中在这儿。

10

我和钟老正在百无聊赖地看着 CNN 关于科索沃战局的报道。我们都不懂英语，只能凭画面来判断。正看着，钟老轻轻笑起来。我也听见左边隔壁房间王海、王凤混合着发出的喘息与呻吟。接下来又听见了右边隔壁里卧榻的摇晃声，那是从叶老师与何总的房间。

钟老叹息说，今晚男男女女都疯了。

我预料小周会有事。稍晚一点，小周真的从大堂里打来电话，胡虎约她到海边散步，她要我跟在后面，以防万一。

我也给孔雀打电话，约她到外面走走。

我同胡虎在电梯里碰上了。他毫不客气地警告我，别坏了道上的规矩。我问他认不认识一个叫沙子的男人。胡虎想必听说过沙子，他冲着我愣了好久。我差一点就要问他当初如何虐待白珊。

电梯一停，进来一个身穿迷彩服的美国大兵，在他怀里，一个妖娆的泰国女人正吃吃地笑个不停。

美国大兵和泰国女人后面是胡虎和小周，再往后是我和孔雀，我们都去了海滩。然而，我们只走了约十分钟就逃离此地。美国大兵和那泰国女人竟然要在海滩上野合。回到马路边，孔雀依然不反对我们跟在胡虎和小周后面行走。

孔雀说："那次欠你的湄南河夜游，抵消了。"

我告诉孔雀，我已经知道她到清迈去是在走私宝石。孔雀没有否认，她说从一见到我，就觉得我是一个可以充分信赖的人。她也明白我对她有好感，可这不实际，因为我不可能容忍像她这样的女人。我问她哪来的资金做这种生意。孔雀要我别问，她不会说的。她拿我作譬喻，说我同样不会对她说出是谁出钱让我来旅游的。

孔雀说："看见小周对你那么好，我心里也很难过。除此以外，我什么都不会做。干我这一行的，见得太多了。在二十五岁以前，我得挣回一百万，否则，幸福就只能是花瓶一样的摆设。"

"一百万"让我吓了一跳。

胡虎突然转身向我走来："你为什么老跟着我们？"

我说："我正要问你为什么老挡我们的路哩！"

那边，小周小跑着进了酒店门前的那条小街。

胡虎拦住我，让孔雀跟上去。

胡虎毫不含糊地向我坦言，他同小周除了没领结婚证以外，什么都干过，如果想生孩子的话，现在儿子已经会笑了。他还说，小周的肚脐眼下面有两颗黑痣。我没有揪住胡虎的领口，只是轻蔑地说了两个字：恶心。

就在这时，一辆敞篷吉普车从身边疾驶而过。徐科长和屁屁蔡坐在车上，转眼间就消失在夜色中。

我对胡虎说："你们这种人，只配洗帝王浴！"

我扬长而去，没走多远，就听见有女人用不太纯正的中国话说，先生别这么寂寞清高好不好。我扭头往回看，只见胡虎被一个女人缠住。

胡虎后来的情形如何，我并不知道。

我在房间门口碰见钟老。钟老冲着我笑而不语。

进门后才发现小周坐在我的床上。我将钟老唤进来，又到万组长他们那里借来扑克牌，三个人也玩起了"斗地主"。

隔壁仍有那种让人耳热心跳的声音传来。

钟老在出错一张牌后，忍不住说，叶老师像头母牛，可王凤病成这样，怎么吃得消。

小周问王凤的情况，钟老脱口告诉她，王凤患了肾癌。

小周扔下手中的扑克牌，一个人怔了一阵，又将扑克牌捡起来。

凌晨两点，楼下传来一阵凄厉的狗叫。我们扔下扑克牌到阳台上观望。那个穿着制服的酒店侍应生怎么也撵不开那只黑狗。黑狗退后几步，又冲上来，冲着王海、王凤的窗口吠叫。好不容易狗叫声没有了，又传来王凤梦中惊恐的尖叫。

小周毫不犹豫地偎到我的怀里。

我没有抱紧她，相反，还下意识地向后缩了缩身子。

回到屋里，小周将扑克牌一拂："不玩了，没意思。"

我以为她会谈起王凤，女人一向无法不理睬红颜薄命的话题，哪怕像叶老师这样貌似巾帼英雄的人，也经受不了命运的错位。

小周却说："刚才胡虎对你说什么了？

我说："虎嘛，肯定比人凶。"

"你怎么不将虎当成畜生？他不会说我好话的！"小周说，"他生气了，向我下最后通牒，要我在回香港时答应他。"

小周补充一句后，紧紧盯住我。

"这人是不是变态？"我说。

"别以为就你自己正经！"小周朝我发泄了一句。

我明白，她这样说只是对我的回应没有达到她预想与希望的那样而生气，并不是替胡虎辩解。

钟老在一旁说："小周的手指这么好看，是该戴婚戒了。不戴婚戒，再好的女人也不完美。杨仁你要记住我的话。小周你也别怕，胡虎最多只是纸老虎。"

小周说："不，他可以一口吃掉我们酒店。"

我说："酒店是何总的，你怕什么？"

"何总对我有救命之恩。"小周说完，脸上掠过一丝忧郁。

小周又要睡在我们这里，我只好将自己的床让给她。

小周睡着后，左右隔壁的房间里又传出一些动静。

"若在二十年前，这样的声音叫作淫荡。"

钟老喃喃地说了这一句后，终于响起了鼾声。我从地铺上坐起来，用几个指头撑开盖在小周身上的被子。我没找准位置，刚看见小周几近透明的内裤，还没见到肚脐下的那两颗黑痣，小周的腿便轻轻动了一下。我连忙一松手，顺势躺倒在地铺上。在我闭上眼睛回想刚刚见到的情形时，那淡红色内裤底部一块潮湿的水印强烈地占据着我的大脑。我忍不住睁开眼睛朝小周看去，正好碰见小周半梦半醒的柔情目光。我虽然能够及时闭上眼睛，但小周却一下子撞破闸门闯入我的心里。

七点半，预订的叫醒服务电话一响，小周就在被子里捣弄。等到撩开被子时，身上的衣裙已基本整齐了。

钟老说："你真有本事，我还以为可以饱饱眼福。"

小周说："我可不是人妖。"

小周心情之好让人有些吃惊。

她似乎完全洞察到我心底的感觉了。

早晨的那一套都忙完后，我们开始上车。我刚坐下，小周就挨上了我。一向坐在最前面的胡虎一个人走到最后排，他刚坐下，徐科长就叫让给他。徐科长脸上有种说不出的舒坦。随后上车的是那两对夫妻。叶老师上来就大声说："这地方真有意思。"王凤只是笑，暗地里却在捏王海的手。王海的腿有些软，林处长的脚只是稍稍绊了他一下，他便扑到旁边的椅背上。何总最后一个上车，他嘴里含着几片西洋参，坐下时，叶老师扶了一把他的腰。

今天要过海。

孔雀说她晕船不去了。

钟老因年龄大也不去。

刚上珊瑚岛，海上就刮起大风，计划中的海底观光也看不成了。我们在沙滩上一直待到天快黑了，还没有快艇敢返航。从上岛开始，那两对夫妻和徐科长就倒在沙滩上呼呼大睡。万组长他们想打牌，又奈何不了大风像扫枯叶一样，将他们的牌吹上半空。胡虎和我先后邀小周下海游泳，小周都没应允。后来林处长想玩水了，小周才去租了两件泳衣。胡虎不怀好意地说，小周是不会穿那种露出肚皮的泳衣的。结果小周真是穿着上下连在一起的泳衣，出现在更衣室门口。

天黑前，终于来了一艘大船，将我们接回芭堤雅。

回到酒店后，我觉得正在呼呼大睡的钟老有点不对劲。

晚上大家都去看人妖歌舞表演，这是日程里安排好的，不另收费。这一次林处长没有提前退场，她事后感叹说，能将这些人概括为人妖的人，一定有过大彻大悟，这些人确实不能称为人而是妖精。连万组长他们都有些心动，反复缠着屁屁蔡问人妖结不结婚，是上男厕所还是上女厕所等问题。

　　夜里睡觉不如先前。

　　芭堤雅的景色同我去过的几处海滨相比较，只能算是较差的。在芭堤雅住了三个夜晚后，我弄明白一个道理，所谓旅游，实际上是猎奇加猎艳。第三天上午，我们去东芭乐园，见到泰国人居然能将那些敦厚的大象训练得像色鬼一样，去寻男人女人的私处下鼻子下腿。我不能不佩服泰国人在这方面的盖世功夫。还有屁屁蔡，他说如果有上一个星期的时间，什么样的男人他都有办法让其在芭堤雅播下情种，可惜只有三天时间。

　　徐科长也跟着惋惜。据说，第三天晚上，屁屁蔡给他找了个人妖。这一点也从小周那里得到证实。因为何总开始担心徐科长一人在芭堤雅花钱太多，恐怕到香港后会有麻烦。我们离开芭堤雅时，徐科长嘴唇都白了，他无力地感慨地说，从此天下女人在他眼里如同草芥。他说这话时，林处长正闭目养神。

　　徐科长将最后一点力气用来笑话胡虎，对女人的感觉仍处在初级阶段。

　　芭堤雅的最后一个晚上，与头两个夜晚没有太多的区别。稍稍不同的是，在十一点到零点之间，钟老留给了我和小周两小时独处的机会。但我们什么也没做。有几次，我想将胡虎说过的话问一下小周。为此我设计了一个文雅的开头，首先从人身上的痣说开，然后我会说假若女人小腹上有两颗痣，一定会生双胞胎。不管怎样，最终我没说出这些。相反，我却无聊地问别人为何不知道她这两天一直睡在 505 房间。

　　小周说过没人知道不久，胡虎就知道了。

　　胡虎敲门时，我们还以为是钟老。

　　胡虎进屋时装出很平静的样子，只说是借那瑞士军刀用一下。

　　小周使眼色让我别给。我没有理睬她。

　　胡虎接过瑞士军刀后，冷不防冒出一句："听说香港没有死刑，杀人不用偿命。"

　　我马上说："想杀人又怕死算什么男人。"

　　胡虎不同我说了，他转问小周："你这样做，可别成了家常便饭。"

胡虎对小周说的话，是在暗示我。

小周扮了一下酷，她说："你别这么在意，不然就进不了二十一世纪。"

胡虎说："那你是不是认为我现在可以去找个人妖？"

小周还没回答，胡虎就转了身。他一挥手，瑞士军刀咚的一声扎在门上。胡虎开门走后，我取下瑞士军刀，并告诉小周，胡虎是练过飞镖之类武功的。

小周不以为然地说："你的功夫是在心里。"

我不由自主地深情望过去。如此，小周才告诉我，叶老师以为腾出房间后，给了她和胡虎方便。叶老师一心为着丈夫的酒店，巴不得小周和胡虎早点做成那些事。

突然间，我的嘴巴失去了管制："你们在事实上已经成了吧？"

此话一出口，我自己先吓了一跳。

小周冷笑一声，她不慌不忙地说："我要洗澡了。"

我转身走上阳台，小周随即将阳台门插上。四月的风在武汉是相当宜人的，在芭堤雅却是蒸笼般的水汽。我想起白珊，她曾多次发誓，无论做人还是做鬼，我是她唯一的男人。沙子一直劝我别将这话当真，现在的女孩一个比一个胆大、一个比一个爱寻刺激，她们也知道女人一辈子如果只有一个男人，是无法体会性爱的奇妙。一阵热风刮过后，我听见王凤的声音："大夫说我肾功能不大好，要少做爱，我们老这样行吗？"王海说："大夫的话也别全当真，顺其自然嘛！让你来这儿，就是想你开开眼界。"王凤说："结婚这么久，这两天才体会到你的滋味有多舒服，我现在只想死在你怀里。"王海说："好吧，我再让你死一回。"接下来王凤那些惊心动魄的呻吟极像白珊。这一过程同小周洗澡的时间大致相当。当王海和王凤陷入一派死寂后，小周将阳台上的门打开了。

"我早就知道你会问这个问题，所以，前天晚上你才偷偷看我。"

隔了这么久，小周才回答。

我臊得恨不能躺进卫生间。

"你是第一个看见我穿内裤样子的男人。"小周说。

"是不是还有男人根本就不屑看你的内裤？"我故意恶毒地说。

小周马上说："这样的男人有一个就会死一个。"

有人在外面敲门。我上去拧了一下门锁，钟老笑眯眯地走进来。他望了一眼一点皱褶也没有的床铺，莫名其妙地说："人到六十，才知道时光的可贵。"说完他就去洗澡。

小周用鼻子在钟老走过的地方使劲嗅了一阵，一个人若有所思地笑起来。笑过之后，她主动说："钟老刚才一定是同孔雀在一起，他将孔雀身上的香水味带回来了。"

房间里似乎真有一股淡淡的香气。

"你知道叶老师跟着来的原因吗？"小周又说，"别人可能以为她来是为了防着我——本来嘛，这类故事都让人耳朵听出茧子来了——但实际上她是冲着孔雀来的。叶老师对我说过，有一次她碰巧接到孔雀打给何总的电话，一听那声音她心里就特别反感，所以才请假跟了来。"

刚才还挺紧张的气氛就这样化解了。

我轻松地说："说不定叶老师也是这么对孔雀说。"

小周说："叶老师像大姐大，不会搞阴谋诡计。"

小周要上床，她让我看了自己脱下上衣的样子。小周很坦然，我心里只能产生喜欢她的肌肤的感觉。

钟老从卫生间出来后，便轮到我。

关上卫生间的门，在一片哗哗水声中，我听到外面有动静。等我洗完澡后才发现，小周已不在房间了。

钟老说："叶老师和何总将她叫走了。"

小周走时，还带走了那把瑞士军刀。

"小周怕你同胡虎决斗。"钟老说。

我说："真不明白，她为什么一开始就黏着我。论条件她并不比白珊和孔雀差，而我则是个无业游民。"

钟老长叹一声："我这辈子已看透了官场和商场，就剩下这情场，怎么用力也看不明白。"

说着他又叹了一声。

这时，电话铃响了。

小周在她的房间里大声对我说："杨仁，我还是处女，你要是愿意，我现在就给你！"

我说："小周你怎么啦？"

我还没说完，那边的电话就被谁挂断了。

我刚打开阳台上的门，叶老师与何总的声音便传过来。叶老师在说胡虎的好处，好像胡虎有个更厉害的亲戚。叶老师还说毕竟他们一家对小周有救命之恩。钟老让我别偷听。我关上阳台门，上了床，随即闻到小周留下来的动人气息。

11

离开芭堤雅的时间正值早上，见不到有人伤情。

上车时王凤抬不起腿，万组长在背后推一把，并说，好日子要悠着点过。王凤的笑意里有股凄艳。屁屁蔡在一旁说，只有达到这种标准，那才是不枉费人民币来一趟泰国。胡虎的笑声最响。徐科长说胡虎还没结婚不能这么笑。胡虎张扬地质问，你怎么知道我没有结婚！徐科长似乎不愿惹他，转而说自己曾经遇见过一名刚刚遭到强暴的女人，女人求他用手机报警时的模样，就像现在的王凤。徐科长觉得不够刺激，又补充说，后来他才知道那女人是被六个男子轮奸了。

何总抢先坐到我身边，一点也不客套，直截了当地希望我不要再同小周来往。这样下去，不仅会毁掉小周，还会将他的酒店赔进去。何总还希望我像个真正的男人，在此关键时刻，挺身而出，帮他一把。何总的酒店能维持下来，就靠胡虎他们三位处处高抬贵手。现在胡虎中了魔，一心爱着小周。本来事情都快有眉目了，不料我一出现，情况便急转直下。我问他们关系曾经达到哪一层。何总说他不知道，但他估计应该与现在男孩女孩谈恋爱的节奏一样。我当然清楚这一点，我和白珊从认识到上床，刚好六十天。这个问题让我犹豫了一阵。何总趁机说，他知道我正陷入情感困惑期，也知道我是家里的独子，所以他真诚地劝我，将小周当作一般朋友即可。如果双方自愿，偶尔秘密地出格一回也不要紧，就是不要真的动情，动婚娶念头。他进一步告诉我，小周的身体有先天不足。在我不间断的沉默中，何总终于使出了杀手锏，他说小周做过妇科大手术，已经失去了生育能力。这句话反而让我从犹豫中跳出来，忍不住回应何总，他这样说，事实上是在侮辱我。我现在除了感情以外，已经一无所有，所以感情对我是最珍贵的，这时候我绝对不会去想哪个女孩能否生孩子的问题，只要她值得我爱，我会不顾一切。

我本来还要说，自己并没有最后决定去爱小周，他们无须这么惊慌失措。哪知何总坐不住了，他不等我说出这些便起身回到叶老师的身边。

坐在侧边的小周，隔着走道向我笑了笑。在她身边是林处长。

相比之下，作为女人，叶老师比何总略为可爱一些。在曼谷机场候机时，她借着劝我给家里的人带点泰国特产的机会，送我一包榴梿糖。她说我妈妈的爱好绝对同她一样，爱吃臭干子就肯定爱吃榴梿。她手指上的那枚大戒指，确实让我想起了妈妈。妈妈戴的戒指可能要小两号。叶老师首先说，她巴不得何总身边的女孩一个个早点结婚成家，省得她老是吃醋、老是猜忌。她让我看了头上的白发。她能清楚数出哪一根白发是由于哪一个女孩而生长的。叶老师同何总的看法不尽相同。在要我体谅丈夫酒店的难处时，又感叹小周其实还是选择我比较稳当。她不喜欢胡虎这么年轻，还没当上正经的科长，就如此专横。我问小周到底做了什么手术，叶老师正要说，又闭口不语，借口要去免税商场的另一边看看，快步走开了。

我们的话被站在货架另一边的孔雀听去。她在飞机上问我，这几天为什么不理她了。我说自己发觉还是小周可爱一些。孔雀于是告诉我，她听见我同叶老师的谈话了。叶老师不愿说小周做手术是为了什么，根本原因是怕没有男人娶小周做老婆。小周刚到酒店工作就发现患了卵巢癌，是何总出钱让她上医院做的手术。手术做得很彻底，不会复发。孔雀补充一句，像是给人以希望。

我不说话。

旁边的王凤在问王海，这架飞机像是先前坐过的。她在找送她冰酒的那个空姐。王海抓着王凤的手，心里明显在想着别的什么。

突然间一个念头蹦出来，我问孔雀，你是不是像当初拉我入伙旅游一样，又想让我替你带些宝石过海关？

孔雀恨不得用手捂住我的嘴。

12

一路下来，只有我没买任何东西。

刚到香港，王海就来朝我借钱。他在泰国的最后一天里，被屁屁蔡拉到一家养蛇场，花了五千多元人民币，买了十盒能治各种癌症的蛇药。现在他没钱了。我将两张百元美钞给了他一张。

想不到小周随后也来朝我借钱。

在机场接我们的依然是英伦。一见面他就问是不是在泰国将钱都花光了。他指的是男人。英伦说花光了也不要紧，过两天我们去澳门时，将他存在葡京大酒店的钱取出来就是。他说他每个星期天都去澳门存钱。只有叶老师没听出来英伦是在说去澳门赌博，她认真地问怎么他存的钱别人可以取，惹得大家都笑起来。

林处长这一次好像不大计较香港人的不客气了，在海洋公园看海豚表演，她笑得像个小女孩，同在泰国时的刻板判若两人。在太平山和浅水湾，她先后两次主动说，今年国庆时女儿结婚，到时一定让他们小两口也来香港度蜜月。

林处长的样子最让何总高兴。

孔雀一到香港就开始发烧，躺在酒店里病快快的，听任别人怎么拭她的额头。叶老师说她不像是感冒，可能是受了惊吓。孔雀不肯去看医生，只吃了旅行盒里的退烧药。

钟老也没有随团旅游观光，他要去找林青霞。

英伦听说后，拜托他要一个林青霞的签名。英伦显然是在挖苦人。

英伦上过旅游学校，他不讲屁屁蔡那样的色情故事，有空便给我们讲授钻石知识，说得小周等一帮女人一愣一愣的。接下来，旅游车就将我们拖到几家珠宝店门前。英伦开始盯着王凤，不断地同珠宝店的女孩一起向王凤做推销。王凤差不多对每一件首饰都感兴趣。英伦很快就发现王海的局促不安，便开始靠拢林处长。

小周同我站在一旁喝着店里免费提供的凉开水。

胡虎没来纠缠小周，他同万组长他们一道，坐在车上根本就没挪窝。

何总极其模范地陪着叶老师，我们两次听见叶老师对何总说，还是她手上戴的戒指好看。何总只顾点头。

我问小周："何总在老婆面前的样子你是不是觉得很陌生？"

小周反问我："男人是不是全都一个样？"

英伦一直跟着林处长。

林处长慢悠悠地走着，看不出有购物的欲望。

几家珠宝店耗去了半天时间，只有徐科长买了一条铂金项链，说是拿回去哄老婆。英伦的样子很不开心，大家都明白是因为回扣拿少了。

正要回到车里，林处长突然问："谢瑞麟总店离这儿远吗？"林处长只问这一次，接下来何总又问。英伦佯作没听见，直到何总问到第三遍时，他才回应。英伦劝林处长别迷信谢瑞麟的货，其实都一样。另外谢瑞麟总店不是他们旅行社的联系点，所以他无法帮忙要折扣。

林处长突然露出领导本色，不容反驳地说："去看看。"

实际上，从我们站着的地方出发，走上几十米，拐过一个街角，再走几十米，就到了谢瑞麟总店。小周最先进去，没走几步被展品柜中的一枚胸针吸引住了。我同白珊逛遍了武汉所有的珠宝店，去年出差到上海时，又将上海主要的珠宝店欣赏了百分之九十几，但我从未见如此迷人的钻石首饰：一对男女相拥着起舞，形态简洁，神韵万千。

小周哇哇地连叫了几声。

林处长在小周身后停留一阵，也轻叹一声。

我们还在这枚胸针前细细欣赏，林处长已看完展厅往外走。

小周问我："如果你爱一个女孩，你会送这么贵重的礼物给她吗？"

"不会的！"我毫不犹豫地说，"我不做超过自身能力的事，不然会毁了一切。"

"是，有的东西，可以喜欢，但千万不要不择手段地得到它。"小周边说边回头。

何总心事重重地站在门后发呆。

我们住在湾仔路上的一家酒店。下午三点，我们回酒店休息，准备晚上去浅水湾看夜景。看过孔雀后，刚进自己的房间，小周就来了。

钟老没回。我和她对视了一阵后，我说："胡虎在找你？"

小周摇头说："何总遇到难处了，你能借点钱给我吗？"

我将钱包里的一百美元递给她。她不相信地望着我。

"如果嫌少，这里还有五百人民币。"我说。

小周说："出门怎么只带这点钱？"

我说："还不是担心有人打劫。"

小周长叹一声。听她说急需十万人民币，我便追问这是干什么。小周一开始不想说，后来还是说了。

"林处长看中了谢瑞麟总店的那枚胸针。何总想买下送给她，钱又不够。"小周说，"没料到林处长将口张得那么大。"

我将一百美元收回来："我不能帮你们搞腐败。"

小周失望地走了。

不久，钟老回来了。

我说："找到林青霞了？"

钟老点点头后对我说："你能陪我去一趟九龙吗？现在就走！"

我说："不用带上瑞士军刀吧？"

钟老说："香港这儿是不屑用刀的。"

出了酒店，钟老拦了一辆出租车直奔九龙而去。一路上钟老没说什么，大约走了三十分钟，钟老突然叫停车。

下车后，钟老对着马路边的一家美容店怔了一会，才招呼我跟着进门。

一个女孩笑容可掬地迎上来。

钟老问："林青霞在吗？"

女孩笑得更妩媚了，她说："林老板带着女儿到夏威夷度假去了。"

钟老问："什么时候回来？"

女孩说："还有一个星期左右。"

钟老道过谢后，又带着我离开这家美容店。我们站在门外看着头顶上林青霞三个字组成的霓虹灯在大白天闪闪发亮。

钟老的眼睛里也有些水汪汪的东西在闪烁。

我心里有种念头，这个林青霞不是大家通常所说的林青霞。

我们没有直接回酒店。钟老要我一起到酒店旁边的酒吧坐坐。

刚坐定，钟老就对我说，林青霞是他的情人。他说，从前他也是个副厅级干部，现在由牛总管事的公司就是他创建的。牛总只是他的第三任继承者。钟老认识林青霞不久，就让她怀了孕。钟老于是花了五十万，将她弄到香港定居。接着又花了四百多万让她们母女在香港安身立命。这些刚办妥，他就被关进监狱，并判了八年刑期。

钟老没说他出来后怎么样，我也能猜出个八九不离十，否则，他也不会如此艰难才找到林青霞的踪迹。

钟老："我不同你们一道去澳门了，我在这边等等她们娘儿俩，十年了，也不知她们现在成了什么模样。你别担心，我不会拖累团队的。我在南京路有个店面，回去后你马上过去帮我照看一下。"

我刚答应这件事，他又警告我别再盘算怎么同孔雀好了，以他的经验，赶紧将小周抓住。孔雀是个既能干又有心计的女人，但不是个好女人。他残酷地告诉我，只要有一千美元，谁都可以上孔雀的床。我记起小周说过的话，就问钟老身上怎么会有孔雀的香水味。钟老干脆地回答，他在芭堤雅所花两千美元，全都付给了孔雀。这是他从监狱出来后唯一碰过的女人。之所以这样，完全是为了我和小周。由他来证明孔雀的操守，是替我解决心理负担的唯一捷径。

我实在憋不住，一个人冲出酒吧。

经过地铁站入口时，突然看见叶老师坐在台阶上流眼泪，何总和小周在一旁不停地劝着。猛地望见我，他们都愣了一下。我上去问发生了什么。何总推说没事，小周也不作声。叶老师边哭边说："你们当然没事，这么好的一枚戒指就这样没了，我心疼。"

我一向不会劝人，但也劝了几句。

叶老师忽然叫何总和小周先回酒店，让我陪着她。

何总和小周走后，叶老师对我说："太欺负人了！别怕，小杨，你今晚就同小周谈恋爱，气死那些家伙。有什么了不起，别以为真的怕他们。人心横了，什么事都做得出来。说实在话，你和小周是天生一对。小周的病也没有太大后遗症，她切除了一个卵巢，还有一个，照样能生儿育女。先前同你说的那些不算数，别人说什么你更不要相信。小周还是处女，她做手术时，医生做了检查。要不我怎么对她那么放心。出来的前一天，她还去医院复查过一次，身子还是完整的。"

叶老师骂了一串武汉街头随随便便就能听到的脏话："林处长贪财，徐科长好色，胡虎这么小竟然又贪财又好色，仗着手里的权力，竟敢敲诈老娘。真的惹烦了老娘，老娘一定会使出看家本领。"

对于叶老师的话，我听得很舒服。

可惜她骂了一通后，不肯往下细说，她只是要我今晚一定去找小周，她会为我们留下一段单独相处的时间。

叶老师手指上没了那枚戒指反而好看一些。

这是我，还有王海、王凤私下里的共识。

离开酒店时，正好碰见钟老独自归来。

胡虎故意大声问，找着林青霞了没有？

钟老没有作声。我要胡虎别说了，胡虎偏要重问一次。我不得不请林处长出面制止。林处长叫胡虎别闹，胡虎不听，又问了第三遍。钟老不得不摇摇头。我狠狠地盯着胡虎。

后来，在浅水湾旁的栏杆边，小周问我怎么对胡虎那么凶。

我将钟老的故事说给她听。

小周没有作声。突然间，她扭头吻了我一下。

我有些猝不及防。她大约也有些紧张，不合时宜地对我说起下午的事。何总将谢瑞麟总店里那枚被我们评价极高的胸针买了下来。他们实在无处借钱，便将叶老师的戒指，还有何总和小周的戒指与项链一起拿到典当行里卖了。他们没有别的选择，林处长从未开口找何总要什么，为了酒店的命运，只能这么做。小周说话时，我一直在盯着她的左手中指。那里曾经戴过一枚红宝石戒指，此刻只剩下一道隐隐的洁白皮肤。我想对小周说，自己这就去找钟老借钱，将外婆传给小周的戒指赎回来。

在我们身后，就是那座举行香港回归庆典的会展中心，连同身前灯光点点、波光粼粼的海湾，我们像身居一只巨大的琥珀之中。这个意象是小周发现的，看不出她对外婆传下来的红宝石戒指的失去有多心疼。

"连林处长都这样，让人想不到。"

过了很久，我才说，同时牵起小周的手。

"何总想到了，他一直留着十万元做储备，想不到的是林处长竟藏着血盆大口，不过酒店的问题也就算解决了。"

小周的脸又凑近了我。

我不能再拒绝。

我们深深地吻在一起时，叶老师用她那巨大的身影挡着别人的视线。

小周的嘴唇将是一条回家的路，我走上去就不肯回头。若不是王凤突然惊叫，这浅水湾之吻，谁也不知道会持续到哪个时刻。

我们狂奔过去时，王凤已经不省人事地躺在王海怀里。林处长吓得直哆嗦，不停地要英伦叫救护车来，送王凤去医院。大家手忙脚乱时，叶老师上来，不由分说地将王凤平放在花圃旁的人行道上，然后用大拇指猛掐王凤的人中。一会儿，王凤舒了一口气，眼睁睁地活过来了。她无力地对我们说，她没事，只是有些虚。

英伦见情形不妙，就劝大家别玩了，早点回去休息，明天还要赶路去澳门。

小周上去帮王海搀扶着王凤。

回酒店的路上，何总邀胡虎到酒吧去坐坐，胡虎冷冰冰地说他想睡觉。

我将房间门打开时，孔雀如同受到惊吓的兔子，猛地从钟老怀里跳起来。

我愣了一下才说："孔小姐，烧退了？"

孔雀低着头说："退了，你也知道关心我！"

"假心假意谁不会。有办法带着你的那些宝石过海关了？"见孔雀不作声，我又说，"对不起，我和小周恋爱了。"

孔雀抬头望了望我："你本来就该选择她。"她边说边往门口走。临出门时她回过头来对钟老说："钟先生，你多保重，林青霞一定会回心转意的。"

孔雀一走，钟老便说："没想到她还会善解人意。"

我说："人在情感上总是犯些低级错误。你又给了她多少美元？"

钟老说："没有，是她见我心情不好，主动来陪我聊天的。还送来几颗药。"

说话间，钟老将几颗药放进嘴里，他说一会就会起作用。

正在这时，电话铃响了，小周要我快去救她。

扔下电话，我冲出门去。小周的房门紧锁，但能听见胡虎在里面吼叫着。我一边撞门一边高声警告胡虎。何总和林处长他们闻声赶过来。他们也帮着叫，但没起作用。叶老师用钥匙试了试，也打不开门。还是徐科长贴着门说的一句话起了作用。他说："这是在香港，你舅舅那点权管不到这儿，闹出事来，你全得自己兜着！"胡虎将门打开后，我们拥进去。我刚伸手揪住胡虎的领口，就发现他的胸脯上有处伤口正在流血。

胡虎指着紧闭的卫生间歇斯底里地大叫："她想杀我！"

小周从卫生间里出来时，手上还紧握着那把瑞士军刀，她上身裹着一条宽大的浴巾，被撕破的衬衣垂在腰间。

小周说："你这流氓，我就是要杀你。"

胡虎被徐科长和何总带走时，小周说："何总，我不连累你们，我辞职，不跟你干了！"

何总用一块面巾纸按在胡虎的伤口上，什么话也没说。

林处长只是叹气，说自己其实根本管不了胡虎。

"我知道这不是你一个人的责任。"我有意将这句话说得很重很重。

这事还没了结，钟老和王凤又出事了。

钟老和王凤都是头晕得厉害。

不过钟老悄悄对我说，他没事，是故意用药物将血压升高了。

孔雀决定，这一次，不管香港看病多么贵，大家都得上医院去，包括胡虎。孔雀给英伦打电话选了一家医院。英伦赶到时，胡虎已经包扎好，没事了。钟老那边也很快安定下来，他血压太高必须住院观察。英伦只好给他办理滞留香港的手续。难办的是王凤，她已到了肾癌晚期，挨到黎明时，才决定马上转回武汉去治疗。香港医生不知道内情，冲着我们很难听地说，只有内地人，才会将癌症拖成这种样子。香港医生还顺口说，内地的腐败也是这么拖成的。惹得万组长突然发火，大声质问，香港什么都合理，怎么连一个张子强都对付不了！

王凤和王海要从香港直接回去。

分手时王凤说："下一回还是我们这些人，一起去俄罗斯旅游。我一直在读俄罗斯的诗歌小说，我很想在伏尔加河上乘船旅行。"

我们都说行，转过脸去便都伤心，照香港医生的说法，王凤最多还能活一个月。

我们答应王凤，回去后，上她家去将那瓶冰酒喝了。

钟老在我们同他告别时，只顾看着孔雀。

孔雀身上短裙的领口开得很低。

钟老同我说过，他没有去看浅水湾夜景，也能想象一定同孔雀那半掩半遮的胸脯一样迷人。

13

中巴车钻进过海隧道。英伦介绍说这是中线隧道，内地的中信集团用了十倍的投资又建了个西线隧道，但车流量只有中线的十分之一。英伦的话酸溜溜的。我们没有搭话。车上少了钟老和王海、王凤后，仿佛少了不少人气。

孔雀在发怔。万组长他们在车后玩"斗地主"。

徐科长不知在同胡虎小声说什么。

小周与叶老师分别将头靠在我和何总的肩上。

中巴车出了过海隧道，英伦搬出一只方形皮箱，开始向我们兜售那种在女人街遍地都是的腰间挂表。挂表要价一百港币。英伦说："这是司机大哥的，他跟你们跑了几天，你随便买几只，让他赚点小钱补补家用。"林处长与英伦的距离最近，英伦第一个找上她。林处长不情愿地拿起一只挂表看了看后，忽然问起参观珠宝行的事，她说："你们是不是也吃回扣？"英伦正色说：

"我知道你是内地的官员，只有从内地来的人才问这个问题，我们香港没人敢吃回扣，廉政公署太厉害，当公差的人收到超过五百块港币的礼品都得上交，每个月接受别人的请吃也不能超过五百块港币。五百块在香港能做什么呀？买几件裤衩、吃两顿快餐都不够。可没人敢违反。因为一旦查出来，便什么都没了。不比内地，什么都是公款报销，自己还可以拿红包，见到好东西，一个暗示就有人送上门来。我每年都要带很多你们这样的团，凡是要去谢瑞麟总店的人，自己口袋里从不会装钱。"

何总站起来打断英伦的话："英先生，我买六只。"小周从我的肩上抬头说："何总我辞职了，你买五只就行。"何总还是买了六只。英伦看了我一眼后，径直走向万组长他们。万组长挖苦地说："我们买了你的表回去送人，岂不是腐败？"英伦说："我听说过，好多干部吃进几十万元，还能保留党籍，这种表没人会查的。"万组长认真起来："那是别人，我们是我们。"英伦说："别这么小气。"本不关我的事，也是生气了，觉得自己家的丑事轮不到外人来管，便忍不住盯着英伦说："你错了，我们是小心，不想上当受骗！"

英伦卖完挂表后，车里又静下来。

坐在前排的林处长脖子上的青筋一下下跳得老高。

14

进入澳门后，有手机的人一齐将手机拿出来。珠海的手机网络居然被他们找着了，大家一时兴奋起来，就连徐科长在同妻子通话时，也情意绵绵的。最开心的人是林处长，她显然是在同女儿说话，万分爱意全部倾泻在手机上。她说："妈妈在香港为你买了一件非常好的礼物，保证全武汉没有第二份。"林处长小声说话时，完全没有了在去维多利亚港的路上被英伦戏弄得狼狈不堪的模样。

胡虎自己说完后，拿着手机犹豫一下，才将它递给小周。胡虎扭头时还看了我一眼。小周接过手机，同妈妈说了好一阵。她说自己一切都好，大家都很关照她。胡虎脸上的愁云一下子去了多半。小周说完后又将手机递给我。她小声说："尽管打，胡虎想收买我别将事情捅大。"

我先拨了家里的电话，没人接，这是意料之中的。他们不在家反而说明一切正常。往下我叩了一下沙子。一会儿手机里就响起沙子的声音。沙子听见我的声音也很高兴。我和他也真是有缘分，他刚从拘留所出来，用来同我说话的公用电话离拘留所大门只有五十米。说着话，沙子的声音压得很低，我不得不让他重复几次，最后才弄清楚他在说，白珊这回可要倒大霉了，牛总经济上的问题露了马脚，数额比他的两个前任加起来还要多，公安局很快就要下他的手。他最后告诉我，他已经是半个公安局的人了。

我说："你是线人？"

他说："你才待几天，怎么就一嘴的港味？不过，是那个意思。"

沙子问我要不要重新将白珊搞定。

我坚决地回绝了，并将手机还给胡虎。

胡虎有点蔫，在大炮台前观光时，几次想同我搭腔。在赛马场外，他终于开口，说包括先前那些话都是他瞎编的，还要我一定原谅他，他真的不想伤害小周，只是因为感情上有些受不了，才有后来的偏激行为。

我没有原谅他。

我的理由是，如果原谅了他，他以后还会无端骚扰别的女孩。

叶老师也找过我，让我劝小周别辞职。她在我面前越来越坦率，我与小周关系的确定最高兴的是她。这时候她当然不想让小周走，否则再来一个顶替小周的女孩，她又得担心着急，黑头发愁成白头发。

总的说来，除了孔雀，大家都比较轻松。孔雀总在同澳门这边的导游田小姐小声说着话。依我的判断，孔雀是让田小姐想办法将她的泰国宝石走私入关。田小姐说过，她天天都让家里保姆到珠海那边买菜，过海关就像上家里的卫生间一样。

孔雀大概同田小姐谈妥了。两个女人的眼光碰到一起时，一切都如白纸黑字的合同那样写得清清楚楚。

天快黑的时候，我们来到葡京大酒店外面。刚好天空上飘来一层乌云，使得这座著名的赌城更添了一层神秘。进门后，小周一刻不停地紧握着我的手。她几次问我那些香港的警匪片是不是在这儿拍摄的。问多了，我也觉得熙熙攘攘的人群中随时会有枪手冲出来。一楼大厅里挤满了人，各种赌法的牌桌让人眼花缭乱。我们都不懂那些人是如何输如何赢，何总显然懂，但他什么也不说。万组长不知怎么发现一楼旁边有许多老虎机，便拉我们去试试。田小姐劝了一句说，不赌即为赢。万组长不听，马上掏钱买了十个两元的港币硬币，他一口气将十个硬币全投进老虎机后，只听见一阵哗啦声，从老虎机里吐出一大堆硬币。万组长一下子赢了两百港币。他收起这些硬币，却不再玩了。小周连忙让我也去买些硬币来试。结果如同英伦所说，全部存进去了。除了林处长，别人都试了试手气，却没有一个人赢回一枚硬币。

这时，何总说："我们到四楼去看看吧！"

叶老师问四楼有什么好看的，何总笑而不答。

何总轻车熟路在前面走，我们只管跟着他。我问孔雀四楼是怎么回事，孔雀说她也不知道，以前虽然也带队来过这里，但从未上过四楼。往楼上爬时，四周很寂静，只有筹码在牌桌上来来去去的声音在响，听起来阴森森的。空调器吹出的风刮得人身上一层接一层地起鸡皮疙瘩。

小周小声说："你看过电影《赌王》吗？"

"哪一部？《赌王》多得很。"我还没说完，小周在台阶上一脚踏空了。

小周摔倒时，大叫了一声："哎呀！"我还没反应过来，不知从哪儿闪出两个彪形大汉。他们对着我和小周看了几眼，低头对着自己的领口小声说了句什么。小周坐在台阶上，脱下鞋让我替她扭扭脚。

跟在后面的胡虎对我说："小心将脚气传染到手上。"

小周马上说："你才有脚气，你舌头长了脚气。"

孔雀替胡虎解嘲，她说："只要钱包不长脚气就行。"

他们跟着田小姐继续走，孔雀留下来陪着我和小周。

十分钟后小周又能走了。

刚到四楼楼梯口，就碰上叶老师拉着何总慌慌张张走过来。我们以为出了意外，问过后才知道，叶老师从未见过豪赌的人，光看看就吓坏了。我们连忙赶到那边。万组长用嘴努努背对我们的那个男人，轻轻地说，两盘就输了两百万。说话时那人又将面前的一百万筹码推出去。我们还没弄清楚是怎么回事，第三个一百万又输了。当他将剩下的两百万推出去时，我和小周都紧张得有些发抖。可一点用没有，那堆筹码在牌桌上当当响过一阵后，便到了对手那边。

输光了的那人一回头，我和孔雀大吃一惊。

"牛总！"孔雀情不自禁地说。

牛总像是没看见我，他对着孔雀灿烂地笑起来，然后将她拉到一旁。两人说了一阵后，孔雀走过来低声对我说："你去同牛总讲一下，这些宝石有你的一半。"

我愣了愣。

"帮我一把，求你了。"孔雀又说。

孔雀转身向牛总走去。

小周拉了我一把，但我还是跟了上去。

牛总主动迎上来："没想到你有这么多投资，也能做宝石生意。对不起，我急着要花的。"

我说："没问题，但我的一半得留下。"

牛总非常高兴，连忙答应。他从孔雀那儿拿走一半宝石，匆匆写了收条交给孔雀，又连忙回到赌桌旁。牛总捧出那些宝石时，屋子里顿时绚丽起来。

这一盘牛总赢了。下一盘他又赢了。

两个穿黑西装的大汉马上从远处走近我们。

田小姐连忙催我们离开。

出了葡京大酒店后，孔雀主动告诉我，她从牛总那里借了五十万元人民币，然后全部在清迈买了宝石，没想到在这儿碰上输急了眼的牛总。她说："牛总也有糊涂的时候，这二十五万元的货，我不想办法留下来，他也会输掉的。"

孔雀让我挑两颗宝石，作为她的回报。

"我可不会装什么清高！"说完，我毫不客气地从她的珍珠鱼皮包里挑了两颗最大的红宝石。

我对孔雀说："我也是输急了眼才决定同你一起出游的。"

孔雀说："南方看来是你的福地，你赢得了最宝贵的东西。"

孔雀还坦白，的确是牛总让她来找我亲近的，好使我忘掉白珊。这是牛总借钱给她的条件。

夜里，我同小周坐在海边。

她对我说，女人不管曾经怎么做过，心里的最终目的还是要从男人那里获得爱情。

剩下的时间我们只知道亲吻。

小周的嘴唇不仅烫，而且清甜。

这一点沙子反复同我说过，女人对男人怎么样，只要吻一下就清楚。

事实上也是这样，白珊在名义上还是我的恋人的那几天，嘴唇又干又涩，像是八十岁老太婆，甚至还有隐隐约约的口臭。

第二天一早，田小姐来送我们过海关时，说了一条新闻：昨夜有个从内地来的老板，在葡京大酒店里输得太多，跑到澳门跨海大桥跳海自杀了。我马上联想这人是不是牛总。孔雀将珍珠鱼皮包交给了田小姐。我们全都顺利地过关到了珠海地界，唯独田小姐被海关人员卡住，非要她将那只只有巴掌大的珍珠鱼皮包打开，接受检查。

孔雀远远地看着那些宝石被没收，眼泪差一点出来了。田小姐懊恼地走过来说，我不能再干导游了，老板回头就会炒我的鱿鱼。她环顾我们说，你们当中一定有人向警察投诉了。林处长马上正色说："检举走私犯罪，这是正义的。"徐科长和胡虎跟着附和。田小姐不卑不亢地说："行，就当是为你们的社会主义建设做出奉献吧。不送了，我得回澳门去吃治反胃的药。"

出了海关，我和小周还有万组长他们依然上了那辆澳门至广州的直通大巴。孔雀留在珠海，她想找路子将珠宝弄出来。何总和叶老师还要陪林处长等人到深圳去玩几天。何总只对小周说了一句挽留的话，其余的话都是叶老师说的。叶老师说话的中心内容是，酒店大门始终为小周敞开着。胡虎没说什么，只是递给小周一本书。我们分手后，再看那书时才发现，是本中英文对照的《新约全书》。它是香港联合圣经公会放置在我们所下榻的酒店房间里的。我正要说胡虎他们真是什么都敢要敢拿，忽然发现封底上有一行字：Please carry me along with you！（请把我带走！）

小周说："老虎居然也念佛了。"

车开后，万组长他们又开始"斗地主"。

小周告诉我，检举孔雀走私宝石的人是叶老师，夜里她听见叶老师拿着手机在卫生间里悄悄地给110打电话。我只是嗯了一声，心里却在担心白珊。若是牛总完了，她怎么办。

从广州到武汉的机票是小周买的。

我口袋里的钱只能像万组长他们那样买两张火车硬座。

我们到家时，正碰上爸爸妈妈推着卖米酒的小车回来。

妈妈第一眼认错了，以为小周是白珊，等到弄清楚后，她才高兴起来。小周象征性地帮她拿了一只装米酒的盆子。小周一走，妈妈便迫不及待地称赞起来，还向我重申她的观点，好女人多得很。

坐定后，我先往白珊家打电话。白珊的妈妈在电话那边比从前还紧张，说她实在不知道白珊去了哪儿，连警察都找不着白珊了。接着我又往公司打电话，接电话的人声音很粗鲁，只顾追问我找白珊干什么。我感到发生了什么，就说找她到公安局去拜访一个朋友。

挂上电话我又叩沙子，等了好久，才有一个女孩复机说，沙子正忙，他要到明后天才能有空过来看我。我一生气，就要女孩告诉沙子，别一天到晚穿着我的夹克衫在外面摆阔。女孩吃吃地笑了几声。

叶老师给的榴梿糖，妈妈果然十分爱吃。爸爸却不喜欢那股臭不臭、酸不酸的气味，他要妈妈别多吃，米酒里若是惹上这怪味，就卖不出去了。

爸爸将白珊送来的一包钱交给我。

我大睡一觉，第二天早起，先去银行将这钱用白珊的名字存了，然后冒着雨去南京路。从公共汽车上下来，我向一个站在街上卖白兰花的女人打听，然后顺着所指的方向走过去。

我很惊讶，钟老所说的小店面，竟是一家颇具规模的公司。我曾同白珊一道在这一带替牛总打听过，钟老的公司所占房屋面积，每月租金不会少于六万元。按照钟老的吩咐，进门后我问哪位是苏小姐。结果迎上来的是位半老徐娘。

我一边自我介绍，一边改口叫她苏大姐。

苏大姐笑容可掬地将我领到一张大班台旁边，出乎意料地对我说："杨总，你以后就在这儿办公，假如这大班台你不中意，我马上安排人去花桥那边的富豪家具城重新挑一张。"

我转不过弯来："谁让我当老总的？"

苏大姐将钟老从香港发回的传真给我看，还附有一封给我的信。

钟老还让小周做我的副手。他自己现在只想享受天伦之乐，将公司拜托给我和小周了。

我还在发愣，苏大姐就开始汇报紧急要处理的事。

昨天，公司里来了一群"牛打鬼"，开口就要一万元的保护费，说好上午九点钟来取钱。

我看了看的帖子，就将大班椅转一圈，背对着门口。墙上挂钟一响，外面就骚动起来。片刻后，苏大姐领来两个人。

我头也不回地说："滚回去，叫你们老大亲自来。"

那两个人一溜烟走后，小周出现在门口。

我将传真与信件给她看过，小周满脸顿时涨得通红。

小周说："钟老这是害我们！我们对付不了胡虎那样的家伙！"

我说："就这样干吧，钟老又没有神经病，说不定我们真有自己还没发现的才华，再说胡虎在我们面前不是没脾气了吗！"

"还有张虎、李虎、王虎在替补席上急着想出场当主力哩！"小周还是胆怯怯的。

苏大姐在门口使了个眼色，我让小周闪到一旁，然后将一双满是泥水的脚跷到大班台上。一个戴着墨镜的男人带着先前来过的那两个人闯进来，他对我张开嘴却说不出话来。

我动了动双脚，恶狠狠地说："愣个卵子，还不快给我擦皮鞋！"

那戴墨镜的男人真的走近来，撩起夹克衫便要擦我脚上的皮鞋。

我赶忙缩回双脚，并大叫："沙子，你怎么可以这样对待我的衣服？"

沙子将叼在嘴角的烟吐到地上，大笑起来："他们说杨总杨总，怎么一下子就成了你？"

我说："你怎么跑到这儿来打码头？"

沙子说："有人愿意我来这儿。"

我看了小周一眼，才说："白珊怎么样了？"

沙子也看了小周一眼，但他没说话。

我指了指心窝说："没事，小周是我的这个——"

沙子又笑起来。他说："你出去这一趟，可是什么好运都来了。昨天夜里牛总在珠海被捕了，一起被抓的还有个女孩，但不是白珊。是我提供的情报。那天送你去火车站时就想对你说，有人安排我趁牛总被绑架之际救了他，然后又借故被关进拘留所，所以牛总特别信任我，要我替他在黑道上打点人情。"

我说："我问的你还没说。"

沙子说："她可能到了香港。是公司的前任老总偷偷安排的。"

我立即想到，这人也许就是钟老。

沙子环顾四周后说："你出息了，这夹克衫我就不还了。"

沙子开心地领着他的人风一样走了，几页传真也被刮落地上。

我冲着沙子的后背说："晚上到家里去吃饺子。"

我捡起地上的传真纸，又将钟老的信看了一遍，这才体会出他说"我会帮你除掉老也割不断尾巴的习惯"的含义。在钟老的传真中，还记着我们在太平山脚下，听导游英伦所讲香港大老板李嘉诚的故事。英伦说，李嘉诚有一次从公司楼里出来，顺手掏出手帕擤鼻涕，带出一张五元港币。一旁的清洁工连忙从地上拾起来，还给李嘉诚。李嘉诚左手接过五元港币放回口袋，右手掏出五百港币赏给那位清洁工。钟老没有复述英伦讲过的李嘉诚的故事，只是要我像这个故事一样对待爱情。

我对小周说："干吧！"

小周点点头。

我打开大班台的抽屉，取出一沓文件。

小周上来按住我的手："你得改天回去吃饺子，王海让我俩晚上去他家喝冰酒，王凤想见我们。"

小周揉了一下红起来的眼圈接着说："王凤不行了，可能就在这两天走。"

我沉默一阵，然后问在台北飞曼谷的飞机上见到的广告是不是说最美丽的女人喝最香醇的可丽儿冰酒？

小周一边点头一边拉开窗帘。

武汉老城在五月初的雨水洗浸中极富质感。

一九九九年六月二十日于汉口花桥

城市眼影

1

"武汉人胆子大，敢在北京人面前讲普通话。"这是我第一次面对武汉进行采访时，一位开奥迪车的老师傅说的。

从湖北大学毕业，分配到这家杂志社做编辑，已经四个年头了。就像克林顿盼着萨达姆被谁搞下台一样，五年当中，除了那些一大早就被人从被窝里拎起来的日子，我总是每天一睁开眼睛就在想，今天上班后会不会有什么好消息，或者干脆就是什么好事来骚扰一下自己？很多时候，我总在情不自禁地用整个杂志社公认智商最高的头脑复述着一个最简单的问题：天上一只鸟飞过武汉时，为什么要野蛮地拉下一泡鸟粪，并且刚好落在门卫老赵的独生女小赵的脖子里。不仅在起床前我这么想，在杂志社的女孩和女人，一边议论着手头的稿件，一边切磋使用化妆品的要领时，我也不时提起这个话题作为老生常谈。我的校友师思在正式场合中给我做了统计，她认为我对这个问题的关心，已经是两点一三倍于小赵的父亲老赵了。每一次，我总是满怀歉意地对她发誓，再也不在如此美丽的女孩面前，谈论这类粗鄙的问题。真的，在她们充满神往地齐心协力赞颂某个品牌的口红时，将鸟粪与其相提并论，实在是太不文明，也是对这个时代流行美学的不学无术。好在师思她们十分大度，一致认为，因为我是男人，因为伊拉克对美国的巡航导弹、隐形飞机毫无办法，所以应该原谅我。对于女孩们这类穷开心的嬉闹，我是不用去为之感动的。不过，我会偶尔装模作样地对她们说一声："主啊，感谢您的仁慈和宽恕！"

每当说了这话，我就会与师思对视一下。

我喜欢看她那眸子里闪烁着那些被感动出来的近乎泪光的东西。

师思对我的理解，是在一次办公室里只剩下两个人时。

我对她说："这上班的日子过得缺油少盐，清汤寡水，有点味道的东西，都被别人享受了。"女孩在办公室里单独同一个不是很差的男人相处时，总会有片刻温柔。所以师思对我说："这两年我也替你抱不平，怎么凡是好事都与你不沾边，提干没你、评职称没你、到新马泰采访没有你，只让你去一下海南岛，甚至连看二审稿的权力也没弄到手。别说你是一个男人，就连做女的，我也觉得自己干了三年，该有好处轮到我了。"

师思说到新马泰和海南岛时，我情不自禁地笑了一下。

去年，有关单位组织人员去新马泰，说是采访，其实不过是报纸电视里经常点名批评禁止的那回事。杂志社的主编老莫自己已经去过。他们对我说的话让我无法分辩，不让我去的原因是爱护我。去的人我们都叫她王婶。王婶走了一遭，并给男同事们带回一些生猛补药。当然是备有发票打算报销。哪知主编老莫不肯收她的礼品，还不无愠怒地说："你怎么知道我不行？"

这话在杂志社里一直流传到昨天。

昨天，师思在办公室里不知接了谁的电话，其间她冲着对方说了句这话。惹得整个办公室的人全都趴在写字台上笑。师思放下电话后也笑。在杂志社里，这句话太受欢迎了，所以谁都有过不小心将这话说漏嘴的时候。这话的暧昧意味，像暗号一样深深地镂刻在大家心里。王婶没有参与这故事后面的故事，她被调到主管局做了宣传处的副处长。虽然无人说过对她表示感谢的话，大家心里还是有那种对王婶给自己带来充满性暗示的快乐感到满意的意思。在武汉的高楼大厦、长街短巷里，大家一向格外支持这类义务劳动。

那一次，我同师思在办公室里说了许多有关杂志社内部人士的坏话。说得彼此都很痛快，后来我像电视新闻中的各国领导人那样，将手伸向师思，说谢谢她为我发出呐喊。师思将小手递给了我。我接住时，简直不敢用力握，那手太美、太诱惑人了。我感觉到自己身上有种八九月间钻出公共汽车，在车站旁的小摊上买一只雪糕，捏在手上的滋味。不只是骨髓，就是那些已脱离了头皮，但还没来得及掉到地上的头发丝，也都感觉到从未有过的舒适。天越热这种感觉就越深刻，同时留住这感觉的时间也就越短。

师思在我仍处于恍惚时将手拿了回去，然后问我是不是有什么发现。我坦率地说她的手如果不是玉琢出的，那一定是从狐狸精那里借来的。师思冷冷地说，凡是有心想碰她手的男人都有过这种遭遇，而我只不过是在形容词上更夸张一些，用了在越来越现代的武汉城区里，被人弃而不用的"狐狸精"三个字。所幸师思随后就笑了，还说我们之间假如就这样维持着这样的友谊，她还会给我许多这样的幸福时刻。

我被她一连三个这样说得只有点头的份。

我对她说："你放心，王婶送给我的那些药，我还没吃。"

我一直觉得这话是绝对的办公室幽默。

师思却板起脸来说："我讨厌男人总在这么炫耀。"她翻了一下桌上的杂志，又说："美国佬第一次向伊拉克炫耀武力时，许多人佩服，当他们接二连三无休止地这么做时，就没人喜欢了。"

我壮着胆生生地挤出一句话："这同你们一天到晚描眉画眼涂口红有什么差别？"

师思将一沓纸扔到我怀抱里，大声说："你这人怎么非要同女孩较个输赢，罚你帮我将这期的校样清了。"

结果有些出奇，那一期杂志上没有一处差错，在期刊协会举办的当年质量评比中，获得了特等奖，我的师妹校友据此拿了杂志社年终最高的奖金。而我从师思那里得到的唯一回报是，她用奖金的一部分到武汉广场买了一枚铂金钻戒戴在右手中指上时，让我替她看看与自己的气质和谐与否。

我酸酸地说："女孩自己给自己买戒指有什么味道！"

她马上说："主观上我将它当作你买给我的呀！"

我心里更酸了。特别是她那话最后的呀字，让我的牙吃了大亏。我恶毒地说："永远只有主观没有客观！"

这么好的事，是我来杂志社后唯一的机会。它却没有成为我的好消息。

杂志社在从前的英租界里给我安排了一张床位。早上，我从唯一可以藏得住个人隐私的被窝里探出头来，望了望对面墙角上的那张床。韩丁正戴着一副耳机在听境外的电台广播。韩丁手上有四万元的股票，那是他大学毕业后用比我多三年的时间，靠着给一些想出风头的企业家写报告文学赚的。他一直想买一套房子，但是这点钱，即便是在没人想去的东西湖一带，也无法拿到开门的钥匙。夏天的时候，他终于下定决心，将手上的积蓄完全投到股市上去，他渴望有最高的回报，以使自己在三十岁到来时，真正拥有自己的隐私。而不像现在，只要有女孩来这屋里找他，他就得先向我通报。韩丁从头上取下耳机时，我正要出门。

我问："有好消息吗？"

韩丁两腿一抖，掀开被子说："屁！光靠达赖，哪怕是真去美国，也掀不动股市上的笨熊。"

我说："你何不弄出一条假新闻，说长虹集团的生产线被人炸了几条，你的康佳股票还不飙升起来？"

韩丁站到地上提了提裤衩："你以为资本主义真的复辟了？这儿还是社会主义的天下！"

他跺了一下脚。本来还有可能来第二下，但他被地板发出的巨大回声吓坏了。

楼下传来一个女人的骂声。我连忙逃出门去，连自行车都没骑，舍命一样跳上一辆开往江岸方向的中巴。我递了五角钱给售票员，从她那里买来一些清静。中巴车快到杂志社所在联欢大楼时，我让司机带了一脚刹车，然后站到街边的一家小吃店门前，叫了一碗热干面。等待时，旁边的那家小吃店内一个女人冲着我连连说："过早吗？过早吗？"我冲着她那冷清的店面不置可否地看了一眼。

在我身旁，有七个人站在那里等待。大家像看杂技一样，看着女老板同她的打工妹手忙脚乱地将一碗碗热干面捣弄出来。因为联欢大楼就在身后，我显得格外有耐心，从声明要一碗热干面后，就再没吱过声。哪怕是比我晚来的一个中年女人，先于我开始用筷子搅拌着喷喷香的芝麻酱，我也只是笑一笑。没有好消息时，我必须照顾好自己的心情。

在我刚刚拿到热干面时，沙莎在附近叫："蓝方！"

我将已经送到嘴边的一口面条放回碗里，回头说："沙莎！"

沙莎的名字让店老板受惊不小，以为我在热干面里吃出了沙子。

我放弃了坐下的想法，站到沙莎对面，同她聊了几句这种时节弥漫在武汉所有人群中、虽然无聊又不得不聊的话题。所幸沙莎说了些意外的话：她家门口的那家卖早点的小店，今天突然换了一种芝麻酱，惹得很多人都发牢骚，决定不再吃这家小店的热干面了。沙莎也做了同样的决定。

沙莎同我说话时，眼睛总也忍不住朝我碗里看。她那样子无疑是想了解我正在大口吞咽的热干面味道如何。久居武汉的人，许多关系到民生大计的事都可以马虎，独独这热干面是无人肯马虎的。这一点又以汉口一带的居民们最典型。

吃热干面只要不怕噎，所花费的时间，在一天中完全可以忽略不计。我天生一副会自动产生润滑液的食道，三两热干面下肚，就像什么东西淌进下水道一样快捷。放下碗，扔掉一次性筷子，我随口说了声："味道不错。"

沙莎听见我说的话，整个地松了一口气，跟着又不满地说："从前那么好吃的豆皮，现在吃起来完全是肥肉煮糯米饭，要是哪一天将热干面也做变了味，武汉就没东西可吃了。"

我说："别着急，到那时我领你到黄州去吃豆腐。"

话一出口，我便觉得不妥。豆腐前面加个吃字，是这几年流行起来的一种暧昧话。照沙莎的脾气，她会马上扔一对白眼过来。不料这一次她送过来的竟是近似秋波一样的妩媚。

沙莎头一偏，长发在我眼前甩了几甩。

我读懂了她在抒情的含义，那是叫我同她并肩走着上班去。这对我来说实在算不了什么。在武汉大面积停电的夏天里，我曾多次一手扯着一个女孩，从联欢大楼的一楼一直爬到杂志社所在的十一楼。沙莎几次扭头像是有重要的话要对我说，每一次实际说出来的都经过全面篡改。她说过这么样一句话："这一期杂志我看过了，你当责编的文章占了四分之一吧？"我真想揭穿她，重申一下杂志社里当编辑的也就三个人，如果我只编了四分之一版面的稿子，还叫什么多！我也将心里想好的话篡改一通后，再告诉她，我若是不干，杂志就得开天窗。

沙莎马上说："不会的。有人会将局长的讲话稿补上去。"

我看了一眼沙莎，忍不住笑起来。

门卫老赵正在自己的小窗户里埋头吃着一只保温饭盒里的东西，旁边坐着一个笑眯眯的女人。我和沙莎都在猜测，那女人一定是老赵的老婆。所以沙莎才说，夫妻做到这个分上才叫幸福。所以我才说，找老婆目光得放远点，要看到六十岁以后。

在等电梯的时候，师思来了。她一定注意到我同沙莎站在一起时，肩头只有五至六寸的距离，这才故意站在大厅中央，将长长的米白色风衣撩开半边，露出一条极性感的大腿。她的这个企图得逞了。我无法不去欣赏那件让人充满想象的优秀作品。电梯来了后，大家像挤公共汽车一样往里挤。

轮到沙莎和我钻进去，警铃响了。

有人说："你们下去叫警察。"

我们退了一步后，我又将沙莎一个人推进去。

我说："让你去找警察简直是自投罗网。我一个人就行。"

这一次警铃没响。

电梯门关上后，师思的风衣也像门一样关上了。

趁着电梯门口只有两个人，我赶紧说："怎么将大幕关上了，是不是嫌观众太少？"

师思不屑地对我说："我本来就只想让一个人欣赏。"

大楼门口，局长同他的秘书走了过来。

我飞快地说："孔雀吃醋时才会扬起尾巴开屏。"

师思背对大门，她只管说："你的醋一分钱一斤也没人要。"

局长正好来到我们中间，他问我们为什么醋无人要。我只好瞎编说刚才过早时，因为醋不好，所以热干面都变了味。局长看了我一眼后，便邀请师思爬楼梯，顺带朝我示意一下。

局长的办公室在六楼。只要是早上来上班，他从不乘电梯。他说这是最经济有效的锻炼方式。为此，局里曾经在每年的九月初九举办爬楼梯比赛。后来因为一名处长在获得冠军后，突发心脏病，差点死过去，这项活动就不声不响地取消了。我们同局长一道向六楼攀登时，局长让师思给主编老莫捎个信，要组织一批高质量的反映下岗女职工生活的稿件。随后，局长谈起上期杂志封面，他觉得女人之美，以体型最为重要。局长没有赞扬师思的体型，只是建议师思在思想上更开放一些，争取参加下一届武汉小姐的比赛。

在三楼楼梯的拐弯处，我们碰见正在把楼梯栏杆擦干净的王婶。局长问她一早就做义务劳动，累不累。王婶回答说还行时，我和师思忍不住笑起来。好在局长没有追问，只是说自己希望看到全局上下人人都这么快乐。将局长送到六楼后，我们如释重负地钻进电梯。

满满一笼子人，我只好紧挨着师思，并且还装作无意地用自己的大腿在她的大腿上摩擦了几次。师思今天的脾气特别好，她不但笑，还小声提醒我，沙莎像是为我动情了。我装作高兴的样子，说如果这样，今年年底自己一定可以涨一级工资。说时，我用手握住她的手。师思一丝挣扎的意思也没有。

可惜电梯升到了十一楼。

一站到楼道上，就看见沙莎在旁边站着。

沙莎冲着我口无遮拦地说："怎么才上来，电梯都过了几趟。晚上请我到酒吧坐坐，我有好消息告诉你！"

沙莎的办公室不在十一楼而在九楼，这也是杂志社像小脚女人一样发展缓慢的并发症。望着她走向楼梯间的身影，我突然想冲上去搂住她，让她告诉我，到底是什么样的好消息。

沙莎走进楼梯间时，回头给了我一个意味深长的笑。

我还没有回过神来，就听见师思在杂志社门口，酸溜溜地大声说："我有好消息告诉你——们！"

我走过去，才发现杂志社的办公室里只有师思一个人。

我不得不认真地问她今天是怎么啦。

师思极不认真地告诉我，早上吃热干面时，吃出了一副假牙。

2

我从未被人这么折磨过。

只要电话铃一响，师思就说："蓝方，沙莎找你。"

她说话时连头都不抬，两只眼睛一刻也不离开桌面上摊开的那本与我们编的杂志属于同一类型，但比我们强大而且总想吃掉我们市场份额的杂志。在杂志社内部，这个张着血盆大口的对手被称作"猫头鹰"。

由于师思的炒作，全杂志社都知道我终于遇上好消息了。

我确实太需要有好消息了。为此，我一反常态，不停地看手表，并希望沙莎真的打电话给我。中午下班时，杂志社的女孩总是要提前去卫生间，将自己脸上的五官重新修整一下。趁办公室里无人，我赶紧给沙莎办公室打电话。拨了三次都没有人接听。后来我才明白自己又钻进了牛角尖。这个时候哪个女孩还能容忍办公室里的刻板继续留在自己的脸上，就是男人也会屙泡尿照照自己。

从卫生间回来的女孩，一个个光彩照人。

我拿上那本"猫头鹰"，翻出封二的广告美人，声称她们定是这广告美人的盗版。

这话立即招来强烈的抗议。她们说自己哪怕是去学那些卡通人，也不会对"猫头鹰"上炒作的任何东西产生兴趣。我马上指出，一个月前，她们中的三个，当着我的面，做"判断男人是否真爱自己的十个方法"的测试题。这个把戏就是由"猫头鹰"刊登出来的。我曾经很郑重地告诉主编老莫，我们的杂志之所以在与"猫头鹰"的较量中，总是表现得像只田鼠，根本原因就是内部存在汉奸。相同的测试题在我分配到杂志社的那一年，我们的杂志上就登载过。校样还是我看的。其中一条与"猫头鹰"津津乐道的一模一样，都是说如果在做爱时，男人还不时撩开女人的头发，看着女人的眼睛，就能断定男人对女人是爱，否则就只是性。在我进一步指出这一点时，女孩全都转过身去，背对着我和主编老莫，自己笑自己的。

主编老莫将我桌上的那本"猫头鹰"抓起来，扔到师思的脚下。他说："我知道你们都看了。我也看了。但我用的是批判的眼光。告诉你们，我有信心让他们明年乖乖地交出五万个份额给我们！"

女孩们全都哇地叫起来。

师思说："头儿，你这么有把握，今天中午就别让我们吃工作餐！"

主编老莫的心情确实很好，一点也没有受外面肃杀的秋风影响，虽然说不上是春风得意，但离那境界也差不了多少。他爽快地答应下来，还将签单权交给了我，并声明这种权力只是一次性的，同时又限定只能在圣诞和丹朱两家酒店消费。

主编老莫有事，只能陪我们喝三杯酒。我们赶紧下楼，电梯像公共汽车一样，一站一站地停靠，从十楼到二楼一层也没落下过。在九楼时，我看见沙莎站在电梯门口。在六楼时，电梯门外站着的是局长。可惜没人上得来。

主编老莫对局长连说了三声对不起。

局长挺高兴地说，这么多漂亮女孩站在电梯里，看一眼不为少，看两眼不为多。

师思嚷着要去圣诞酒店，她在头里走。大家都紧紧跟着。我在心里暗暗叫苦，圣诞酒店只是空有一个洋名，我们这些人哪怕撑死了吃，四百元钱也能搞定。好不容易让主编老莫放一回血，真放出来的却是一泡水。

进了圣诞酒店，路过一处小包间时，师思回头看了我一眼。

我突然想起，一年前我曾请师思在这个小包间里，吃过一顿晚饭。当时，有个卖花的小女孩进来，几乎是耍着赖要我送一枝玫瑰给师思。我只好花十元钱买了一枝。师思接过去时，笑一笑便放在一边，临走时我们都忘了还有一枝玫瑰孤单地躺在沙发上。师思回头看我的这一眼，让我感到她是在说一年前就该说出的谢谢。

坐下后，主编老莫看看手表，将陪我们喝三杯酒的指标减到两杯半。

师思又看了我一眼，这才转向主编老莫说："局长给我们下任务了，让去采访下岗职工。"

主编老莫说："这圣诞酒店就是下岗职工开的。"

我说："局长的意思恐怕是指那些下岗后遇到困难的职工。"

主编老莫有点不高兴了，他说："昨天局里开会，还说各部门的工作都要以积极向上的格调作为主旋律。"

师思说："描写困难和艰难，也可以是积极向上的！"

主编老莫的神情有点心不在焉，别人的叩机响，他也要将自己腰上的那东西掏出来看一眼才放心。他告诉我们，"猫头鹰"之所以在同类刊物中老压我们一头，那就是他们决不往国家大事上靠。国家大事有各级的党报党刊去关心，我们这类刊物只需关注那些熄灯上床后，还有百分之五十五的人想念的问题。

这样的问题本来就不是吃饭之前讨论的。它可能导致两种后果。一种是弄得大家全无胃口，一种是大家像末日来临一样每个人都拼命地吃，然后急忙打包。好比前不久台北路上的一家公司倒闭，它的员工一个个全都斯文扫地，连用了三年的痰盂，都掖着裹着往家里拿。这事是沙莎给我讲的。她姐姐就在那家公司做文秘，平素见了客户，那语音比唱汉戏的名角陈伯华在台上说的话还好听。公司倒闭时，她因矜持晚动手了十几分钟，到头来只抢得五又三分之一瓶墨水，其代价是一只红色的卡丹奴皮包，连同皮包内的口红、话梅等，都被碳素墨水精制了一回。

一想到这些，我便忍不住笑了起来。

主编老莫立即正色地问我，是不是对杂志社的工作有了高见。我当然必须说明自己的笑与眼前一切无关。听了我的解释，除了师思不笑，大家都开心了十几秒。主编老莫由此感叹起来，认为天下女人都一样，像他老婆，可以在菜场为了五分钱的菜价，同菜贩子争得面红耳赤；转眼间就会上武汉广场，眼睛眨也不眨，甩出一千几百元钱，欢天喜地地抱回一件衣服。

师思立即反驳说："只有领导干部家里的女人才是这样。同菜贩子砍价，越是血肉横飞，越能显出清正廉洁、艰苦朴素。武广的东西那么贵，不敢砍价是怕太招人显眼，被反贪局的便衣逮住了线索。"

武汉人习惯将一些有名气的商家的称呼缩减。武汉商场、武汉广场、亚洲大酒店，在人们的嘴里一溜变成了武商、武广和亚酒。就连位于花桥的汉口商业大楼，也被精简为汉大。在此之前还有个汉阳商场被顺口叫作汉商。我总是从"汉大"的称谓上，听出武汉三镇的随意性。这种随意性构成了这座城市生活中的方便。包括可以在车辆最多的解放大道上随意横穿。也包括可以在汉口绿化得最好的解放公园路栅栏旁随意小便，当然从市委大门左右各延伸两百米的地段除外。

主编老莫叫着师思的名字说："你是六渡桥的人，不应该有这种仇富心理。怎么去武广买东西的人，一下子都成了贪官污吏的裙带！"

师思反唇相讥地说："我又不是通过妹夫的关系从乡下来的，干吗要仇富。告诉你们，我正在想要不要下决心到汉正街找个千万老板，做他的二奶哩！"

主编老莫说："太好了，我们杂志可以免费帮你登广告。"

师思说："'猫头鹰'的发行量比我们杂志多几倍，我还不知道谁比谁的效果好！"

在杂志社内部，师思是唯一可以肆无忌惮地在主编老莫面前说话的人。那种通过妹夫关系进城的话，我们连与这意思沾边都不敢。否则，哪怕是最有市场的稿件，主编老莫也会将它退回或者永远留中，让你三个月没有一个字见刊。按规定，不仅本季度没有奖金，到年底时，全年的奖金也没资格参与分配。师思为什么敢这么放肆，这是杂志社内部为数不多的秘密之一。

这时候，酒菜已上齐了。主编老莫端着半杯酒同我们碰了一下。碰到师思的酒杯时，师思顺势将自己杯里的啤酒倒进主编老莫的杯里。

主编老莫正要一饮而尽，师思说："听说蓝方要鸿运当头了？"

主编老莫一愣说："这话怎讲？"

师思说："人事处的人在放风，有关于他的好消息！"

主编老莫马上将酒杯伸向我，一声碰响后，他先饮干了，然后才说："我希望咱们这儿的人才越多越好。"

两杯半酒的指标完成了，主编老莫却没有要离去的意思，坐下来自己又往酒杯里添了些啤酒。倒酒时的样子挺耐心，绝对是按"卑鄙下流"的要领，让啤酒慢慢地顺着杯壁淌下去。他举着快溢出来的酒杯说："说真的，市里各类杂志有近百家，唯有我们这儿同事之间不是泡沫感情。"

师思又顶上来了："你这个当领导的怎么一点不懂社情！我们这儿除了

泡，连沫都没有！"

主编老莫的眼神里终于有了丁点儿不快。

我感觉到师思身上哪根神经不对劲了，就说："各位该怎么地就怎么地，我同师思到外面说几句话。"

我将两块扣肉夹起来放进嘴里后，嘟嘟哝哝地说："这样才有力气同六渡桥的女人吵架！"

武汉有数不清的餐馆酒店，各处的大厨手艺不同，有些菜是不能轻易相信的。唯有两样是可以放心大胆第一口就结结实实地吞下去。第一样是豆瓣喜头鱼，第二样便是梅菜扣肉。武汉的梅菜扣肉，就是九十八岁的太婆，不镶假牙也能尝出味道来。站在包房外的走廊上，身体内有股清液滋润的感觉，舌底不断有津甜的滋味凉飕飕地渗出来，从脊柱上升至后脑，再过百会之顶绕到前额的睛明，一路尽是旱了百日的江汉平原有好雨落下的声音。昨天，我编了一篇替第三者鸣不平的文章，有段文字我很喜欢。它写了两个偷情者怎么样用舌尖顺着对方的脊柱，连吻带舔，沿着那条一经提示人人都能画出的抛物线，从腰眼一直到下巴。看二审的师思毫不客气地将这段可以惊艳的美文，用红墨水划去了。我问原因时，她回答说，这种知识知道的人越少越好。美味佳肴给人的感官刺激同情爱确实有相通的地方。体会此刻的经验，想着师思的反应及那段被红线牢牢捆在脑子里的文字，我更加陶醉于武汉的梅菜扣肉。

包房门响了一下，走出来的是主编老莫。他拿着手机，脸上的笑容谁见了都会觉得可疑。他没忘记抽空告诉我，师思让我别等了，想喝啤酒就回去坐下。

一会儿，走廊上除了两位身份可以发出同样疑问的招待小姐外，就只剩下我了。正在犹豫，走廊进口处的包房里走出沙莎来，那样子是去洗手间。也就在这时，师思出现在身后。师思将沙莎看了五秒钟后，只对我做了个请的手势。

我坚决地看着师思，她脸上的神情充分映照着身后沙莎向这边张望的样子。

吃完饭，女孩们开始唱歌。我是杂志社里在不计算头头的情况下唯一的男性。在这样的场合，她们唱着每一首歌时，只能将眼光投向我。女人的千姿百态也只有在这时，才能让一个男人无所顾忌地享受。

只有师思例外，她唱的是流行在她父母刚领结婚证的年代的样板戏。

我大胆地将师思这样子设想成吃醋。如果沙莎在今天傍晚不能送给我真正的好消息，师思眼下这种表现，也能够抚慰我坑坑洼洼的心中盛满的清冷孤寂。

　　整个下午，办公室的电话铃响个不停。

　　这是我们这儿的特点，每天一到北京时间十六点整以后，女孩们脸上的容光便像雷雨盛行的武汉之夏，阴晴无常。凡是阴沉时，接电话的女孩一概说晚上有采访任务。在她们笑得十分灿烂时，我听见那些不同形状的嘴唇，像琴键一样弹出一个个酒吧的名字。我留意地听着，最终也没出现神曲酒吧。那是我约沙莎的地方。

　　黄昏时，楼外下起了小雨。

　　我突然想起自己曾经爱过的三个女孩，这样的天气陪她们散步感觉最舒适。天气比较凉，身体会在无意中自动贴到一起。一顶小伞半遮半掩地，可以在大街上做自己激动后想做的简单行动。风中的湿润均匀地洒在皮肤上，触摸起来更加性感。她们离我而去时，一个个异常坚决。三个女孩一个在汉口，一个在武昌，另一个在汉阳。到现在我们之间还偶尔有联系。她们对我说过一句相同的话，她们都喜欢我，她们都不能接受我住的房子。

　　师思擦过我的肩头，毫不犹豫地将自己投入到雨中。

　　我冲着她的后腰喊："要爱护革命的本钱！"

　　一辆中巴开过来，师思跳上车去。杂志社的女孩都有个规律，凡是赴约会，一律打的。但凡回家，便全部规规矩矩地挤公共汽车。

　　看着中巴车往六渡桥方向驶去，我惆怅地问自己，什么时候才会在武汉彻底扎下根来，有自己的老婆、自己的孩子和自己的两室一厅外带厨房卫生间的房子。我顺着中山大道往长江上游走，目光不时与站在一家家商店门前的动人女子碰在一起。在这座城市里，我最清楚的一点便是，别去招惹那些漂亮的女子，免得到头来自己生自己的气。男人必须有漂亮的资本，才可以征服漂亮的女子。这条真理是武汉关的钟声，每天二十四小时，不管人是苏醒还是睡着了，都会按时在心头敲打。

3

　　神曲酒吧在车站路靠江边那一端，是由一座小教堂改造的。在替天下人受难的耶稣眼皮底下，男男女女尽情享受城市生活时，有一种特别的感伤。我告诉沙莎在这儿碰头时，沙莎怔了一小会儿。我在电话这端已感到她在犹豫。我没有迁就她，又补上一句"不见不散"。沙莎这才回了一句"好吧"。

小教堂改成了酒吧后外观依然是小教堂。在一片旧式两层楼群中，细雨黄昏愈发能烘托其锐利的房顶。进了门才会发现，做祷告的长木椅被一只只小酒桌替代了。那些供奉在耶稣和圣母玛利亚像前的红色大蜡烛，换成各种暧昧的灯光。我的脚步声惊动了酒吧的全体小姐。一般酒吧说是从下午四点钟开始营业，实际上在晚上九点钟以前几乎无人光顾。我知道自己来早了。这个时间是沙莎定的，我没办法。如果是师思，她会选择半夜十二点。同样是女孩，在不同部门工作时间一长，身上就无可避免地打上环境的烙印。

酒吧里没有第二个顾客，到处都是空位，这让我一时选不准坐在哪儿。最终我在一个角落里坐下来。我同走近来的酒吧小姐聊了几句，顺便夸了一下她的口红颜色。酒吧小姐朝我露出超过职业习惯的喜悦。她说自己正准备假如无人注意到，就换一种品牌的唇膏。唇膏是女孩对口红的时尚叫法。只有男人和老太太还在说口红。

这时，沙莎进来了。她走到稍稍靠边的一只酒桌旁，对我说："又不是搞阴谋诡计，别坐得那么偏僻。"

见她坐下来，我只好起身迁就。

弄清了由我请客后，沙莎要吃西餐。

挑来挑去，我们都挑了一份意大利空心粉。

我将啤酒杯举了举说："为了等你的好消息，我将酒吧全包了。"

沙莎环顾四周说："我不喜欢这地方。它让我总想着宗教的虚伪。"

我说："你也别只相信档案柜里的那些文件。"

沙莎说："你是没有接触档案，真让你将一个个人的档案翻开了看，你就知道什么叫真实。"

我说："我的档案你也看了？"

沙莎说："这是我的工作。请你理解。就像你刚才同这儿的小姐调笑一样，这也是你的工作习惯。"

我连忙低下头，一鼓作气地将面前能吃的东西全吃下去，然后扔下刀叉，开始注视着沙莎。女孩在外面最怕男人老盯着看她吃饭的样子。任何人，不管她多么美丽，多么有修养，有两样是掩盖不了的丑。其一是上厕所拉撒的样子，其二便是吃饭的样子。在这两点上，人和兽是没有任何区别的。沙莎知道我在看她。她装作没发现，匆匆往嘴里扒了一阵后，才抬头喘喘气。这时，她已顾不上同我说话了。朦胧灯光下，几分拘谨的沙莎有种妩媚之态。一点不像平时给人加工资、给人调换工作时那样刻板。沙莎好不容易将空心粉吃完了，抬起头来，几乎是迫不及待地说："给我要一盒冰激凌！"我朝酒吧小姐弹了一下手指。冰激凌上来后，沙莎用那小勺子舀了些乳白色的东西放到嘴里，翘翘的小指，红润的嘴唇，还有不时飘起来的媚眼，同刚才的吃相大不一样。连她自己都对自己满意起来。女孩心中一得意，脸上各个位置的器官，便都像小小翅膀一样，轻轻地飞扬着想真的飞起来。

沙莎出乎意料地同我谈起天气来。她说早上出门时，爷爷就提醒她带上伞，下午肯定有雨落下来。她居然知道我对武汉四分之三的气候非常蔑视，真正让我尊敬的只有秋天。

武汉的春天雨多得简直可以让街上的电线杆长出绿毛来。到了夏天，鞋底稍薄些就不敢出门，不然那感觉就像故事所说，让熊在烧红的铁板上隔一阵走一遭，熊的脚掌才长得厚，成为著名的熊掌。那年冬天，哈尔滨的一位同行来武汉，待了三天，手脚就生出冻疮来。他向我亮出那几处发黑的地方，说回去后无论如何也向老婆交代不清。果然他一到家就给我来电话，他老婆咬定他是去了齐齐哈尔而不是武汉。那女人认为江南武汉的冬天绝对冻不坏关东汉子。我在电话里请她吸取丈夫的深刻教训，充分尊重武汉的冬天，否则就要犯兵家大忌。那女人小声告诉我，丈夫在齐齐哈尔有点小情况，她不能不提高警惕。最后，他们两口子都邀请我去他们那儿看雾凇。

沙莎劝我不要同武汉的天气过不去，夏天该说热的时候，就要同大家一起说热；冬天该说冷的时候，就要同大家一起说冷。春天大家身上肯定都是黏糊糊的，我就别做出爽的样子。

沙莎由浅及深地说："知道为什么师思后来，反而先用她吗？因为有领导在会上说，你不喜欢这个城市。"

我确实听见了一声雷的炸响。我喊着冤说："这是个人性格呀！"

沙莎说："一个人心胸不开阔，连生活着的地方都不喜欢，又怎么能全心全意地投入工作哩！"

我生气地说："如果谁能给我一套两室一厅的房子，并配上空调，我若不喜欢武汉，那就不是父母养的。"

沙莎及时地逮住了我的目光。我想逃也逃不脱，她的眼睛像一只陷阱，我的视力只有零点四的左眼像条中了暗箭的狼，只有零点六的右眼像被武松按在地上打了三十大拳的老虎，这时候再怎么挣扎，也无济于事。

沙莎似乎是相信我了才开口说："有个好消息，局里要分房子了！"

突然间，我就紧张起来："政策出来没有？"

沙莎说："草案已送到局长手上。估计不会有太多的修改。按草案上写的几种标准，你我能够达标的只有一条。"

我说："能够达标就不错。别像前两次，我们只有在黄鹤楼上看帆船的份。"

沙莎轻轻一笑说："你是不是没听懂我的话？"

我问："什么话？"

沙莎继续轻轻笑着说："你不是号称有一颗全杂志社智商最高的大脑吗？"

我愣了一阵后，只好借故去一趟厕所。神曲酒吧的厕所是在院子里。我在细雨中站了一阵，还是想不出沙莎的话中有什么玄机。有关房子的话，武汉城区七百万人口，每人每天至少要随口说三次。

回到座位上，我只好说："对不起，只能不耻下问了。"

沙莎不满地叹口气说："难怪有人说你编的文章只会哄那些还没见过世面的在校生。告诉你吧，我是说我们的条件加在一起，才够资格参加分房。"

我明白让我落入陷阱的诱饵是什么了。去年，师思就编了一篇为了分房，一对男女突击结婚，房子到手后，又上法庭离婚的稿子。当时我还在杂志社的女孩中问有没有谁愿意为了房子同我结婚。她们异口同声地问我的别墅在哪儿。

我沉默一阵后才说："这只能算半个好消息！"

沙莎不说这个了。她提议每人来点威士忌。威士忌上来后，沙莎没加苏打水，便先喝了一大口。我盯着酒杯看了一阵，突然间一闭眼睛，将满满一杯酒一口喝尽了。慢慢地，身上开始发烧，血液冲击着指尖，使其一阵阵地如同街上的修车匠给刚补过的自行车轮胎打气般肿胀起来。

我伤感地说："怎么说，也是一个知识分子，都工作这么多年了，还是无产者。"

沙莎盯着教堂苍穹般房顶上的彩绘，冷静地说："我是想了三天三夜才下决心约你的。在局里，未婚男女能凑成一对，达到在本局工龄十年的人只有四个人。除了我以外，别的都是男人。老实说，你们三个中，你是最好的，

刘醒龙自选集

260

所以我才同你坐在这儿。"

我望着沙莎不知道如何回应。

沙莎说："实际上，我曾经偷偷喜欢过你一阵。后来发现你旁边漂亮女孩太多了，我怕事到半途又出问题，便按将下来。有了这个念头后，我反复思考过，任何爱情最终都要走入婚姻，而婚姻是同一点一滴的生活实践捆绑在一起。这是男女生活在一起的实质。与其先玩一把浪漫的乌托邦再说，还不如一开始就实打实地想着过日子。这样反倒比那些只会谈情说爱的人更知根知底一些。我也谈过恋爱，你也谈过恋爱，只是我俩没有直接谈过。不过，只要我们合得来，就不用担心。而且，你从乡下来城里，要站住脚，首先得有根呀！"

此类话有好多人在我面前说过，看似同情，实为蔑视。

沙莎也不是地道的武汉人。她的叔叔、姑姑至今还在黄陂。有一回亲戚来办公室找她，手里就提着一只老母鸡。她将老母鸡收下后藏在废纸篓里，被捆住脚和翅膀的老母鸡在一大堆柔软的废纸中下了一只蛋。为这事，我曾当着师思的面捧腹大笑。师思认为我的表情是抄袭了母鸡下蛋时的模样。想起这些，我的心情顿时轻松了许多。

我说："怎么说我也是本科毕业。就是浮萍，也只会在武汉这个水坑里飘着。"

沙莎说："未必你就没有别的想法。"

我犹豫一下后，还是说了真话："我连最坏的想法都有过，就是没有想过我们！"

沙莎说："这我清楚。在你们的眼里，人身上那些虚的东西，比实在的东西重要三点一四一五九倍。"

我又一次笑起来。

沙莎用涂了指甲油的手指甲在桌布上划出一个圆。她说："圆周的确比直径好看。这个问题我琢磨了三年，从那次在花桥你救了我开始。"

沙莎的话也许不假，留在桌布上的图形和用圆规划出来的差不多，很显然是有事没事地练习了多时。

我说："这是没办法的事！男人喜欢圆的，女人喜欢直的，所以他们才相互爱恋。"

沙莎张了张嘴后终于说："我喜欢你这么形容。不过，我想我现在应该学会适应你。"

沙莎的话让我吃惊不小。我不得不说："这样恐怕不行。我不是这种性格。"

沙莎说："这也不是我的性格。但在不能改变的现实面前，我会选择改变自己。"

酒吧门口终于又来了一对青年男女，他们的手臂像是被万能胶粘上了。酒吧小姐上前招呼时，他们也没有分开。我竭力不去看他们，哪怕他们在身旁的呢喃像小虫一样挠着自己的心，坚持只让目光停留在沙莎的脖子上。女人让男人崇拜的地方，最突出的是她那对环境的适应能力。就如此刻，旁边的男女毫不含糊地发出啐啐的亲吻声，沙莎面对着他们却泰然处之。

话说回来，沙莎此刻的表现让我颇为感动。如此深入社会现实的话，出自一个女孩的嘴也太不容易了。女孩中，没有几个不任性。沙莎如此认真，对男人的刺激性反而更大。

我答应沙莎，会考虑她的提议。

沙莎说："只有三天时间了。我们不能落在分房方案公布之后！"

我说："如果我们能白头到老，倒也挺有趣！"

沙莎说："我很高兴，你终于开始有想法了！"

离开神曲酒吧，沙莎上了一辆801专线车，她需要在花桥转一次车，才能回唐家墩家里。我冒雨一路往回走，既然这次约会注定一辈子也无法消磨，那就加上许多秋风秋雨，更深刻地留在脑子里。

上辈人普遍是先结婚后恋爱，我们也可以这样。

还可以领了结婚证后，过一两年再举行婚礼，也就等于给爱情一段悠闲时光。

沙莎的这些建议并不是完全不可行。

4

从前的租界中，数英租界最大。当年大英帝国的军舰强大到几乎可以将别国的领土，运回英伦三岛。如果这些由绅士变异的海盗预先明白自身也有衰落的日子，他们就不会在武汉盖起这么多坚固而漂亮的房子。在细雨之中，这些快一个世纪的房子用历史面孔铁板一块地斜视着我。每当我感伤的时候，我就怀疑自己是不是真的住在这儿。如果不是与人合住，如果局里不是将这儿当成集体宿舍，而是直接分配给我，我会更喜欢这房子。因为我总以为这房子里有贵族气。建筑是一种艺术，它可以影响人生。我还喜欢黑夜最深时，从外面采访回来，有意提前一站下车，沿着幽深的老街独自行走。此时，那些过于随意的商业霓虹全部熄灭了。只有当年英国人的手笔还在勾勒武汉往日的轮廓。

它还让我想起老家黄州。站在屋外，天下的黑夜全都一个样。心情好时它迷惑人，心情不好时它压抑人。

我在楼道里借着灯光掏钥匙，楼下的女邻居闻声打开门看了一眼后，刚要关门，又忍不住说："韩丁太不像话！"

我以为她还在生早上的气。爬上二楼，将钥匙塞进锁眼，却拧不动。连拧了几把后，我叫了起来。

韩丁将门打开一条缝，露出一张尴尬的笑脸。

他这副模样我不是第一次见到，我明白是怎么回事，扭头便走。

韩丁在背后说："我给你打过电话，是一个女孩接的。她说你今晚有约会，不会回来。"

我咚咚地走到街上。从我和韩丁共有的那扇窗户里飞出一团卫生纸，正好落在一辆在街上巡游还没载到客的出租车车顶上。司机探头骂了一句，虽然用的是武汉话，那口音却是外地的。

一会儿工夫，雨就下大了。我退回到门口时，身后有扇门响了一下。女邻居走到我身旁伸手试了试天上的雨，像是一只手没感觉，她又伸出另一只手。

双手伸在空中的女邻居对我说："盼下雨，又怕下雨。雨天生意好，但容易出事。"

女邻居夫妻双双下岗，两人轮换在街上开"电麻木"载客。

我说："能挣钱是好事，冒冒险也值得。"

女邻居说："现在麻木都快有自行车那么多了，想将别人口袋的钱掏过来，比做小偷都难。上个月你送我的一本杂志我全看了。怎么就不见有写下岗工人的文章？"

我说："过几期就会有。"

女邻居说："你愿不愿意写我同老马谈恋爱的故事？可比杂志上登的那些精彩。我可以将素材卖给你们。"

我说："你们自己也可以写嘛！"

这件事，他们两口子已同我说过多次。一想到夏天时，两个胖胖的中年人，穿着不能再少的衣物，坐在门口的街边上，各自拿着一瓶啤酒往嘴里灌的样子，我便不相信他们的故事还值得让别人看。

我抽身走开。

女邻居小声嘟哝："别以为只有上过大学的人才会谈恋爱。"

我往胜利街方向走，同以往一样，我要找家酒吧泡一泡，然后拿了发票回去，让韩丁报销。拐过一处街口，一股熟悉的香气从身后飘过来，我向右边扭头往回望，左边响起一个女孩的声音。

女孩说话的嘴唇几乎挨着我的耳垂："先生，这么寂寞，要人陪吗？"

一阵温软的感觉爬上我的腰间。我将头复位后再扭向左边。

一怔之后，我停下脚步大笑起来："师思，你这样子太专业了！"

我不由分说地将师思拖进最近的一家酒吧。师思一开始不大挣扎，进门之后她开始使劲了。我拦了几把，见有保安走过来，只好放手。

回到街上，师思才说："这儿不是我们待的地方，他们偷偷地往饮料中掺白粉。"

我说："这是'猫头鹰'说的，他们老是哗众取宠！"

师思一跺脚说："蓝方，怎么说我也是在六渡桥长大的，武汉的事，我做梦也比你看得清。"

一辆警车呜呜地从我们身旁驶过后并没有在酒吧门前停下来。

师思见我不说话，便又说："告诉你一句真话，我不愿见到你在武汉搭错车。"

这话一入耳，我心中就升起一股暖流。我们走进一家名叫"往事温柔"的酒吧。坐下后，我声明自己保留买单权。师思知道我会拿着发票回去找韩丁报销，所以她马上说在这儿消费至少要比去饭店开房间便宜一半，而且安全。我同师思聊过韩丁的事。师思曾经问过，我们之间是否在相互给予方便。

碰上师思的原因不必去问。

这是我同她之间慢慢地形成的一种默契。

起因还是那次触摸了她的手。

我在想象中认为，如果下一步她问我同沙莎约会的事，那么韩丁的电话一定是她接的，然后特意来住处附近等我。

师思迟迟不问这个，她老同我谈杂志社的事，主要议题还是主编老莫。

她越来越不喜欢主编老莫这人。她觉得在同"猫头鹰"大战中屡屡失利，其关键是主编老莫这人不行。他一天到晚总想着同上面的头头脑脑交往，硬要将局里的半年工作总结发在这期杂志上，还配着局长们的照片。我马上建议师思，干脆将局长的照片同获得"武汉小姐"的照片一起印在封面上。

师思为我这恶毒的主意笑起来。

在我进一步设想局长的照片应该放在"武汉小姐"身体的什么位置时，师思发现门卫老赵的妻子领着老赵正从门口走进来。

我们正要同老赵打招呼，在离老赵更近的地方，王婶同她丈夫出乎意料地站出来，将他们截住。我问师思过不过去。师思质问我，都什么年代了，怎么还有"文革"心理。我说自己是没做贼，更心虚。

穿过半个酒吧，师思身上的香气，让几个正陪女伴说话的男人情不自禁地扭头看过来。

王婶和老赵看见我们后，连忙将自己的配偶介绍出来。王婶的丈夫在一家酒店里当副总经理。他比王婶多了三点水，姓汪。老赵的妻子从洗衣机厂提前内退后，同几个人合伙在江大路附近办起一家婚姻介绍所，成了钱主任。

钱主任说："这地方本不是我们这种年纪的人能来的，但经不住汪总和小王的诱惑，就同老赵来开个洋荤。"

汪总说："我喜欢这酒吧的名字。"

王婶温柔地瞪了丈夫一眼说："别在他们面前说这个，惹得他们肉麻。"

师思忙说："王婶你是说我们没有往事吧，可我们有温柔呀！"

在我们笑的时候，钱主任追问："小王这么年轻，怎么就当婶子了？"

我说："这是同事们对她的尊称。"

他们这两家住在花桥小区同一栋楼，同一个单元，而且还是同一层楼。同他们一起的还有局财务处的牛会计。那三套房子是五年前局里买下来，分给他们的。我刚分配到杂志社时，正赶上王婶结婚，有机会去过她那新房。当时心里羡慕死了，想着自己如果能在这么好的房子里结婚，那一定比到了天堂还快活。

老赵在钱主任的影子里默默地看着我和师思。

钱主任像是极明白似的，带着一脸祝福的样子，让我们回去玩自己的，别误了美好时光。

我同师思回到座位上坐下后，有一阵一个字也没说。酒吧里越来越浓的酒香，掩盖了师思身上的气息。我们都明白对方现在想的是什么。有两次，两人的目光都在酒桌上空碰撞出声音来。

我终于打定主意告诉她，同沙莎约会的内容。开场白是说局里又要分房。师思听了立即换了一样神情。见她有几分惊喜，我又告诉她这是千真万确的。

本想将她的喜悦锁定了，哪知这添足的话一出来，师思反而冷笑一声说："不错，又提供了一次纯洁群众队伍的机会。"

"我准备腐败一次，再不腐败就没有机会了！"顿了顿后，我又说，"当然，我搞的是阳谋。"

师思马上说："是不是沙莎告诉你的。"

我点头说："你的第六感觉很到位。"

师思说："如果我和沙莎不经常向你透露点什么，你比老赵都迟钝。"

我不能否认这一点，局里也好、杂志社也好，多数消息都是她俩告诉我的。有些事绝对不会在文件上出现，但从各方面来看，它们比文件内容要重要许多。

当我欲说又止的样子出现一次后，师思马上沉默下来，过了一会她说："你还没有告诉我，有什么好消息哩！"

我望着旁边的老赵说："分房规定中有一条，只要我同沙莎搭伙，就可以达到。"

师思说："一定是沙莎出的主意，做人事工作的，就会算计！"

我说："别怪她！这样的算术，幼儿园小朋友也会做。"

师思突然大声说："谁怪她了？你心疼了？"

王婶她们立即投了目光过来。

"我们这样子像是真的有那么回事。"我伸手拍了一下师思说，"你算一算，我俩的工龄加在一起是多少？"

师思将手举向空中，酒吧小姐马上碎步走来。

师思说："给我来杯白开水！"

酒吧小姐去了又回。

看着师思面前那杯冒气的白开水，我说："还以为要伏特加哩！"

师思说："才不会。我要到你和沙莎的婚礼上去喝茅台。"

我说："连我都快蒙了，你怎么就当真！"

师思说："想不想同我打赌？你会答应人家的。"

我说："如果输了，你就嫁给我！"

师思说："人可以输给你，但我不会嫁给你！"

我说："真想不通，不就是住六渡桥吗，怎么你就有那么多的优越感。"

师思一本正经地说："听着这样的话，愈发觉得你不懂武汉，不懂城市了！看来你同沙莎确实该做一对。你是初中生，沙莎是初中老师，正好教你。我是大学老师，水平高，但教不了你！我只能教沙莎。"

我说："这正是你为自己挖下的一条防坦克壕沟。"

师思说："错了！这是城市生活的基本规则。不像黄州，只有田园风光。"

我反驳说："你也错了，黄州是文化古城！"

师思说："二十年前，沙莎的父母还是菜农，所以你同她的感情要容易交流。"

我生气了，冲着她说："小市民心态。"

说完，我起身去了卫生间。

秋天雨小，武汉的排水系统似乎特别通畅。我在卫生间除了吐过一口痰以外，什么液体都没排泄。我一直不习惯公共场所的水龙头把手，哪怕是天安、亚酒这样卫生得够可以的地方，也会怀疑那上面会沾着要命的病菌病毒。每一次见到这样的水龙头，心里总要认真犹豫一阵，才能决定是否使用它。

在我发愣时，老赵进来了。他毫不客气地冲着我大声咳了几下，直到将自己的脸憋得通红。

我说："赵爹爹，你咳的声音不对劲！"

老赵说："很好很好！"老赵的前列腺一定有问题，但他挺能沉住气，抽空还对我说："好好活。要是我能退回去，哪怕只有五年，我也不会是这个样子。"说着，他又咳起来。

我上去给他捶了捶背，他要我别在钱主任面前多嘴，提他咳嗽的事。我不喜欢婆婆嘴脾气的，我当然理解同样作为男人的老赵。我只是建议他去医院检查一下肺部。

还没回到桌旁，我就发现师思人不见了。通过对酒吧小姐的询问和王婶的主动通报，得知师思到外面打长途电话去了。我明白，她已经一去不回。

付完账单，要过一张发票后，我同汪总握了一下手。

钱主任不失时机地劝我，对女孩子要谦让点，不要动不动就来一通大爷脾气。

我真想问问她，在武汉有几个没有房子却成了大爷的人，也给我介绍一下。

外面的雨很大，我招手叫了一辆出租车，正要钻进去，忽然看见师思在街边站着。没待我叫，她自己跑过来，抢在我的前面钻进车里。

司机问我去哪儿，我问师思。

师思说："去你那儿！"

我给韩丁的叩机上留言，让他五分钟后将门打开。

五分钟后，韩丁真的将门亲自打开了。

师思望着韩丁枕头上若隐若现的一蓬金色头发，对我说："今晚我只能住在你这儿！"

我将师思领到床上坐下，回过头来再同韩丁商量。韩丁挺潇洒地说不用回避，这样睡，彼此都像看顶级碟片一样。我骂了韩丁几句，情知他也没地方去，只好转身问师思愿不愿同那女孩睡一起，这样可以空出一张床来，让我和韩丁睡。师思想也没想就将我的意见否决了。她还小声告诉我，那女孩可能是性工作者。韩丁想出一个办法，干脆大家都不睡，四个人正好可以打麻将。他的建议也被那女孩否决了。那女孩理直气壮地说，都是一个师傅教的，半夜三更进了男人的屋，就别装淑女。四个人全成了联合国安理会的常任理事，谁都可以否决其他三人的建议。

最后，我和韩丁放弃睡觉的念头，翻出一副围棋，趴在桌上下起来。我将酒吧的发票掏出来。韩丁不肯认账，他说今晚大家的待遇是平等的。争执一阵后，我们达成一致，下棋时谁输了，谁就掏钱买下那发票。其实，我是看出韩丁放纵之后露出了倦意，才有意诱他上钩的。他棋艺比我略好。我准备让他赢第一盘，自己赢第二和第三盘。韩丁打着哈欠顺利地拿下第一盘。接下来我便顺利地围住了韩丁的一条大龙。当我正要施杀手时，师思在被窝里突然抽泣起来。

我连问三声不见师思回答。

韩丁便说："女人伤心时最需要男人的抚摸！"

我走到床边，伸手轻轻地抚了一下她的头发。师思从被窝里伸出手将我的手捉住，用力咬了一口。我疼得大叫起来。韩丁的女孩吓得从床上坐起来，露出半截光溜溜的身子。韩丁连忙过去抚慰她。

师思像乡下人家养的狗，将陌生人咬了一口，便立刻躲到一边去，她的心疼变成我的肉疼之后，她也安静下来。然后小声告诉我，这时候如果我有一套房子，不要四室两厅，不要三室一厅，只要两室一厅，她就马上嫁给我。她实在受不了哥哥的女朋友，每星期至少要从汉阳过来住两晚上，而且一点不避忌讳，不待关灯就明明白白地上哥哥的床，并且还要叫春。家里本来就挤得很不成体统，所以她只好逃。她心里明白，哥哥的女朋友这样做多半是想撵她出家门，到外面另找住所。师思对这一招数毫无办法。这是她第一次对别人说家里的事。我想，等过了今晚，我一定要问问师思，六渡桥到底好在哪儿。因为这不是我此时的主要想法。此时此刻，我想得最迫切的是，能否将自己身体也塞进被窝里，哪怕是一部分，譬如已被师思握住紧挨着她肩头的那只手。

在我将要动手之际，师思突然推我一把说："下棋去吧！"

带着一脑子师思在被窝里的温柔状态，回到棋桌上，糊里糊涂地以为棋盘上那空白之处是分给我的一大套房子，下意识将一颗子投上去。韩丁马上狞笑着将那条已煮到九成熟的垂死大龙救活了。我方寸大乱，脑子里又出现沙莎说的那套分房方案。在我胡乱应招时，韩丁将胜利果断地抓到手里。岂料他一得意随手打翻了茶杯，慌乱中，棋盘上的黑白子被搅乱了。韩丁要复盘，我坚决不同意。他要我承认他赢了这盘棋，我更不能同意。两人僵持了一阵后，竟然不约而同地各自抓了一只茶杯，使劲砸到地板上。

我说："这日子我活够了！"

韩丁说："我也活够了！"

师思在床上一动不动地说："那你们还不出门到马路上，找辆凯迪拉克撞上去！"

我们怔了一会，忽然担心起楼下人家的反应。

听了几分钟，居然没有一点动静。

我们蹲在地板上收拾残局时，韩丁的女朋友将一条白花花的大腿伸出来，蹭了蹭韩丁的脸。韩丁在那大腿上吻了两下，忽然感慨地板上的玻璃碴为什么不是钻石。

我也有这样的希望。

下半夜时，两个女人在我们的床上，先后往里翻了一下身，露出两个半张床来。我和韩丁眼里都流露着上床的欲望。我故意对韩丁说，他那女朋友恐怕又靠不住，我们摔茶杯，她连屁都不放一个。韩丁说选她本来就是做短线，若是长线，他会选一个不会轻易同他上床的女孩。

外面忽然有人敲门。韩丁将门打开后，进来两个联防队员。我们当然明白他们是来干什么的。好在我们都是见过世面的，反倒朝他们要起搜查证来。联防队员恼了，他们上前二话不说就撩女孩们的被子。韩丁的女朋友对待身上的被子就像演员对待台前大幕一样，她精心地给了一个姿势。师思不一样，她死死抱着被子，等到终于被拉下后，她大叫了一声。联防队员望着她一身整齐的穿戴，不解地问她有什么好叫的。

联防队员说："跟我们走！"

我和韩丁说："走就走。只要有单间住，进监狱也行！"

说了好一阵，也不见他们动脚。后来，他们不耐烦地明说，让我们给点辛苦费，这事就私了了。

我不肯给。韩丁也不愿意，他还要我将记者证掏出来亮一亮。后来师思拿了二十元钱递给他们。我以为他们不会要，嫌少。哪知他们接过去后便扭头走了。临出门时，还不忘告诉我们，是邻居打电话投诉，他们才找上门来的。

关上门，我对师思说："这么点钱，你也敢给！"

"现在是原始积累时期。"师思看了看那个女孩，又说，"你还不太了解这个城市的这条街！"

那个女孩冷不防地开了口："我觉得蓝方老师已经了解武汉了。"

女孩的这个称呼让我胆战心惊。

5

后来，我常常想到一个问题：那天早上假如师思起床后，梳洗化妆完毕，同我一起过早，一道上班，许多事情便不会发生。遗憾的是，那天早上，师思像是预感到当天会发生什么，起床后粗粗地化过妆，连谢谢都没说，就冷冷地走了。为此，韩丁同女朋友发生争执。韩丁认为我同师思的关系完了。女孩则认为这仅仅是好戏的开始。

那天，女邻居和她的丈夫在门外的那辆"麻木"旁，冲着我们尴尬地笑着。

我在联欢大楼前停下自行车，沙莎已买好两份热干面在等着我。

我锁好自行车，端上热干面跟着沙莎进了电梯，再走进沙莎的办公室。在无人的十分钟里，我们上演了整整一曲由爱情到婚姻的大戏。我告诉沙莎，自己太需要有一处房子来隐蔽自己。沙莎当即从抽屉里拿出一份写好的结婚申请，让我在上面签字。我只是看清留给我签名的地方已经写好了"沙莎"二字，便提笔写下"蓝方"二字。那劲头颇似既然女人都敢动手，我一个大男人有什么好犹豫的。

沙莎在我签过字后，用手拍了拍我的手，她的手有点凉，惹得我的神经一跳一跳的。往后的事都是沙莎去办的，她要我什么也别说。当天下午，她就将一份鲜红的结婚证书交到我手上。我不相信这是真的，办结婚证有许多手续，其中一点是双方必须都到现场。沙莎告诉我，她让弟弟即时顶替了一阵。像中共地下党员接受秘密文件一样，在我接过结婚证书时，窗口有一对麻雀正在交嘴。这两个灰不溜秋的小东西，给我的意外婚姻带来难得的一点诗意。

我说："这就是我们的营业执照？"

沙莎说："又多了一个夫妻店。不过目前还不能营业。"

沙莎告诫我，一定要等到分房方案公布之后，我们的关系才能公开。我很佩服沙莎。因为太佩服了，所以我一直没有吻她的念头。

那天师思要到北京组稿，我送她到汉口火车站。

坐在出租车里，我突然扳过她的脸，用力地吻了她一下。她除了紧闭嘴唇，别的什么动作也没做。我将她一直送上三十八次列车的硬卧车厢，直到她从嘴里挤出一句"恭喜你有大房子住了"才离开。

师思是用直觉来判断的。

在直觉这一点上，我崇拜天下的所有女人。主编老莫只让师思在北京待一个星期。师思却待了半个月。她回来后，我和沙莎就将住房的钥匙拿到手。

分房方案刚刚张榜公布，我和沙莎就去买了十斤糖果，放在门卫老赵那里，让他代我们分发给每一个人。老赵比我们幽默，他在分房方案旁贴了一张告示，再将糖果置于告示下面，让局里的人自己随意取。好多人一边吃糖，一边看着分房方案，一边说我和沙莎登记结婚真是时候，早一天没意义，晚一天就迟了。

我同沙莎登记结婚，在局里的反应远远大于在我内心的反应。我同沙莎还像以前一样，各人上各人的班，各人下各人的班，甚至连什么时候举行结婚典礼也没在一起商量。每天早上，我们照例在办公楼前小吃摊上吃热干面过早，然后一道进电梯上楼。赶上电梯里没有别人，我们会走到一块，相互捏捏对方的手。这仅有的身体接触，一点也不能激起我对沙莎的欲望，那感觉就像在武汉商场门口，碰见熟人握握手一样。回到老租界里的那间屋子，面对因为我要搬走而格外高兴的韩丁，我有时会有一种念头，想强暴非要有两室一厅以上房子才肯嫁给我的师思。

对于沙莎，我一直没有兴趣。

我们之间直到结婚时，也没说过我爱你一类的话。

在师思从北京回来的前几天，主编老莫将我叫进他的办公室。我以为他要同我谈杂志的事，一开口才知道是代表局里，就分房问题同我谈话。他劝我不要掺和分房的事，大家都知道我同沙莎结婚，目的就是为了房子，这样太功利，会影响自己的政治前途。我没有马上回答他，而是当面打了一个电话给沙莎，将主编老莫的话说给她听。沙莎要我告诉主编老莫，就说自己若是想娶局长的女儿，准保什么事情也没有。我没有挂断电话，拿着话筒，照本宣科地对主编老莫转述一遍。这副样子让主编老莫不得不将准备说给我的许多话全噎了回去。他让我放下电话，关上办公室的门，换一副面孔，推心置腹地说起来。

我听了一下午，终于弄明白这套分房方案其实是为局长的女儿一个人制定的。办公室的人绞尽脑汁设计出一个复杂的计算公式后，刚好将局长的女儿算计成符合分房条件的最后一个。那时，他们没料到我和沙莎会从中插一杠子。我们一进到这个体系后，局长的女儿就成了"中央候补委员"。

弄明白后，我对主编老莫说："这个腐败我反定了。"

说到后来，主编老莫开始追问师思的行踪。他虽然加了一句"这家伙太不像话"来表达作为领导人的大公无私意图，我还是觉察到他对师思的特殊关切。我其实并不清楚师思在外的任何情形，我故意说师思上午还从北京给我打了个电话。然后细细感受这话对主编老莫的伤害情况。

我特别希望给我们的房子能在师思回来之前分下来，我怕自己在面对师思时，会改变主意。自从与沙莎登记结婚以来，在内心深处反倒淤积出一个对师思的情结。我特别清楚，那张婚姻的营业执照不在法律的保护之下。除了感情，连它的操作方式都是不合法的。只要我一否认，它就得完蛋。

然而，我必须在繁华的大武汉拥有自己的住宅、自己的家庭。我的名片上不能长久地只能印着叩机和办公室的电话号码。我不太羡慕别人名片上的职称和职务，让我心动的总是那些电话号码后面括弧中的字母 H。

好像沙莎也明白这一点，她比我更急。当着面她总叫我放心，汉江的水跑不脱是要流进长江的。这句话只有沙莎才说，连师思都不说。汉江水是清的，长江水是浑的。天下只有浑水往清水里掺的事，哪有那么苕的人，将自己的清水掺进浑水里。离开我，沙莎独自同行政科的人急了两次。人事处长也出面给行政科的人打了一次电话。这些行动还未见效果，师思便从北京回来了。

师思回来的消息，大家是从主编老莫脸上读出来的。师思从机场直奔杂志社，她一进办公室便冲着我们大笑，然后伸过手要同我握一握，说是恭喜我双喜临门。她在老赵的门卫室旁的墙上，看到了分房人员名单。这时，我也顾不了什么，扭头便往楼下跑。

师思在身后酸酸地说："别笑歪了嘴。"

出了电梯，果然见到一楼大厅的墙上贴着两大张湿漉漉的白纸。我和沙莎的名字在白纸上被连在一起，沙莎的名字在前，在那之后的括弧里写着我的名字，使我成了自由市场上买排骨必须搭上的烂骨头。以同一个从没表示过爱的女人结婚为代价，换来的房子，坐落在花桥小区里。它在老赵和王婶的家隔壁，目前的房主还是财务处的牛会计。

我有些蒙，直到老赵将一支烟塞到我嘴里，我才醒过来。老赵说："我们要成邻居了！"

我望望白纸说："为什么我们不能住新房子？"

老赵替我点上烟后才说："我就愿意住旧房子，新房搞不好就会让人伤心伤感。"

老赵忽然剧烈地咳嗽起来。我扶了他一把，让他回到门卫室后，终于忍不住说："你咳嗽的声音不对，是不是肺上有毛病？"

老赵说："你放心！我看过医书，这种年纪患了肺结核，也不会传染。"

沙莎随着一阵高跟鞋的响声出现在老赵的窗口。她对着那张白纸看了足足十分钟，直到将所有人的房子都记住才走过来。

沙莎说："我不太满意。你呢？"

不知为什么，我像报复谁似的。我说："阴谋得逞了，还不满意？"

沙莎说："能这样想当然好。我同牛会计说一下，明天抽空过去看看。"

沙莎走后，老赵对我说："你找了个了不起的女人。她有点像我家的老钱。"

我搞不懂他这话是褒还是贬，便说："搞人事工作的，个个貌似深沉。"

这天下午下班时，主编老莫让杂志社的人都别走。大家先去圣诞酒店吃晚饭，然后又让师思选了往事温柔酒吧泡吧。大家乱纷纷地坐了半夜，只有主编老莫一个人高兴。到买单分手时，师思没有同主编老莫一起乘出租车走，弄得主编老莫也不高兴。他真真假假地说我们都是狼心狗肺的家伙。还说等杂志社自己有钱了，像"猫头鹰"那样自己盖楼买楼，看谁还敢不卖他的面子。

师思自己叫了一辆"电麻木"往六渡桥方向走。我依然是徒步回住处。半路上，沙莎在我的叩机留了一条言：玩得开心吗？还没到住处门口，老远就看见窗户里灯光通明。等到我开门进去时，发现师思已和衣躺在床上。韩丁见我回来长吁一口气，说自己正不知怎么办好。我上前拍了拍师思的后脑勺，师思没有睬我。我只好挤到韩丁的床上。

师思照例天一亮就走了。

除了留在被窝里的体香，我连一句话也没捞着。

我出门时，韩丁递给我一只红包，说是祝贺我结婚了。

我收过红包后再告诉他，我无权将这房子百分之五十的使用权送给他。

见到沙莎时，她出乎意料地说："你有些忧伤！"

我一愣后才回答："已经到了围城门口，当然有反应。"

沙莎难得一见地笑起来："这几天你可以好好享受世纪末的感觉！"

我突然发现沙莎脖子上没有戴丝巾，浑圆与白嫩的肌肤让我有史以来对她心动了一下。

走进办公室后，我只来得及朝师思看上三眼，主编老莫就出现了。他一说话，满屋的人都能闻见从那张嘴里冒出来的热干面气味。

主编老莫说，提前开个编前会。

大家赶紧起身纷纷往自己茶杯里倒开水，然后，女孩们又拿出抽屉里的小镜子，将自己的眉毛与嘴唇重新伪装一遍。在这个过程中，女孩们马上发现师思的化妆品又换了品牌。主编老莫和我作为男人，对女孩在办公室里的这些特权，总是极有耐心地欣赏着。女孩有的拿过化妆品，有的将师思扯到窗口，捧着她的脸蛋，像是校对清样上的错别字，半是认真半是挑剔地端详着。她们一闹，半小时就过去了。主编老莫终于咳嗽一声，声明自己不得不做职业杀手，谋杀女孩们的业余爱好。一个女孩用香水瓶朝着主编老莫喷了一下。师思马上叫起来，说只这一下，少说也去了两元钱。我忍不住说了句，回头让主编老莫赔你一瓶。见师思眼角的光泽不对，我又补上一句，让师思将买香水的发票交给主编老莫签字报销。师思冷冷地说，她从来不用香水，这香水是配售的。

编前会终于进入正题。

除了老一套以外，新鲜事有两件，一是"猫头鹰"在向我们施杀手锏，他们以月薪万元为诱饵，将长期为我们杂志主持心理咨询专栏的董博士挖走了。主编老莫念了董博士的辞职信。虽然书读多了的人不免呆里呆气，但他倒也坦率，不像别人遮遮盖盖。谈到钱对他的重要性时，还有几分让人心酸。心理咨询专栏是我们杂志唯一超过"猫头鹰"的地方，"猫头鹰"抢走董博士，实际上是在动手掐我们的脖子。第二件事是局长正式发话了，从这一期开始，杂志上必须期期有反映下岗职工再就业的文章，而且还必须是重头的，不能蜻蜓点水。

主编老莫刚说将这个任务交给我，师思就发表不同意见，说人家正忙着结婚，杂志社的事再重要也不能耽误人家百年大计质量第一的好事。师思自己将这事揽走了。这是师思在我搬进花桥小区那套二手房子之前，唯一一次正面提起我的婚事。

对于第一件事，我们都束手无策。我提议可以用更高的薪水将董博士请回来。师思一针见血地指出，我们的经济实力还不到"猫头鹰"的十分之一，作为对手，他们这么做是明目张胆地同我们较量，打钱仗，我们必输无疑。其他人更不同意，个个都说自己只要一万元的一半，准保能将这个专栏办得超过董博士。最后，主编老莫拍板，心理咨询专栏由杂志社几位编辑轮流主持，每主持一期，额外多发一千元编辑费。主编老莫这话，将大家脸上的危机状态扫个精光，人人都露出美滋滋的模样。

这时，老赵从门卫室打来电话，杂志新一期的样刊到了，让我们下去拿。主编老莫让我带人下楼，他自己留下同师思具体谈谈有关下岗职工再就业典型文章如何写。

我们下楼后，见老赵正捧着我们的杂志在看。

见到我，老赵一扔杂志说："你们登的文章越来越不好看，这么下去谁还肯掏钱买回家去看呀！"

我翻了翻油墨尚未完全干的杂志说："你应该喜欢才对，这上面有表扬你们模范家庭的事。"

老赵将我递到他眼前的杂志推开。

我们叽叽喳喳地扛着杂志回到办公室时，师思一个人坐在椅子上发愣。

桌上的墨水瓶被碰翻了。我上前去将墨水瓶扶起来。

师思突然站起来，抓起桌上的皮包，对我说："我采访去了，这一阵不来坐班。"

剩下的话是：有事呼我。这是用眼睛说出来的。

师思走时，步点不像平素那样款款地有情有致，身姿神韵有些零乱。

一个女孩送杂志到主编老莫的办公室里，回来时，她大惊失色地告诉我们，主编老莫那条标价八百八十八元的领带，歪着挂在脖子上。

在我所相处的男人中，只有名利能让他们惊诧。女孩则还是一如既往，让她们惊喜的总是时尚的物品，而让她们惊慌失措的东西总是与情感有关。

师思一走，正好让我静下来考虑一下自己的婚姻与房子的关系问题。越想越觉得自己的城市生活全部内容都已成了一所房子。我想找个人说一说，找来找去，最后选定的还是韩丁。

韩丁正在一处股票交易所里，对着牛气冲天的股市行情乐得合不拢嘴。他在回话时，第一句话就说，照这样的行情，今年他完全可以到常青花园买一套房子。一听这话我就知道自己找错了倾诉对象。韩丁将房子当成一个人在城市里安身立命的基础，比"一个中心、两个基本点"还重要。我失望地将电话挂了。

突然间，我想到了董博士。

一拨电话，董博士正好在家，因为是熟人，我便将心里的想法和盘托出，并告诉他，这种本来目的非常明确的婚姻，不知为什么反而让我越来越糊涂。董博士在电话那头沉默了一阵，才问我是不是指桑骂槐，责怪他为什么要跳槽。其实他的想法同我现在的想法完全一样。自己本来就是冲着高薪来帮"猫头鹰"的，过来之后才发现自己似乎也要找人咨询一下这种心理到底是怎么回事。那些下岗工人，每月连一百四十元生活保障金都不能及时到手，自己怎么可以轻轻松松地就额外拿一万元。而且，他一直提心吊胆，不知那一万元是真给还是假给。第一笔报酬还没到手，心里就老觉得欠着他们什么。

我也欠了许多，但不知是欠谁的。

说到后来，反成了我劝董博士。

我告诉他，这年头只要是送上门来的钱，哪怕是上面有海洛因五号的味道，也只管花，汉口的五条干道，哪一条不是用钱铺起来的？说到这儿，我心里突然一亮，送上门来的老婆和房子，哪有不要之理。

刘醒龙自选集
276

我挂断电话，又拨通另一个电话。

对着话筒，我理直气壮地说："老婆！我是你老公！"

沙莎在电话那一端害羞地笑起来。

午间休息时，我在街上拦了一辆出租车，带上沙莎和牛会计去花桥小区看房子。仍由牛会计住着的房子按四星级宾馆标准装修过。我很想说，这样子挺好的，我们只需抱着铺盖进来住就行。沙莎却一口气挑出二十几处毛病，最后的结论是只有防盗门可以将就着用，但门锁必须换。这一点是牛会计主动提出来的。

牛会计问我们准备花多少万进行再装修。

沙莎笑而不答。

在我们察看时，老赵的妻子钱主任和王婶家的两口子都进来凑热闹。

王婶公开说，她原以为我同师思是一对，没想到鸳鸯谱上写着的是我和沙莎。

钱主任则说，从职业眼光来看，我同沙莎结合更加牢不可破。

他们邀请我和沙莎到各自家里坐坐。我被他们家里的温馨气氛深深地打动。特别是钱主任家里，老两口的床头柜上插着一枝鲜艳的红玫瑰。钱主任说这是老赵上个星期天给她买的。她说老赵隔一阵就会送一枝红玫瑰给她。说时，钱主任脸上自动迸出一排笑纹。

王婶家里则是实实在在的恩爱，她同汪总的各种亲昵姿势，用照片展示在家庭的每一个角落里，使得不被人注意的地方，也能放出光芒来。

回到马路上，沙莎出乎意料地抽出五分钟时间来挽住我的手。

我想起牛会计不肯说出价格的那个极其豪华的席梦思，心里终于有了准备在沙莎身上实施的欲望。

6

花桥小区中间的那条黄孝河路，是我同沙莎开始相交的地方。

一九九四年夏天，武汉出奇的热，才五月初气温就到了三十九度。我来杂志社报到的那天，是连续第六个三十九度的日子。按照武汉人的经验，只要气象台连续报三十九度，那一定是四十度以上了。多少年来，大家都在传说，国务院有文件规定，凡是气温超过四十，就得全城放假休息。因为不能这么放假，所以难得在天气预报中见到四十度，更别说四十一度了。一九九四年夏天的那个热，用师思家人的话来说：若没有四十一度，老子就是婊子养的！我是在沙莎手上报到的，她将我领到杂志社，并对大家说，这是新分来的大学生。我站在沙莎背后，不时望着那条深陷进肉里去的乳罩背带，并闻着她身上因为出汗太多而散发出来的轻微狐臭。当时主编老莫不在，还没调离杂志社的王婶出乎意料地冒出一句：现在的媒体真不像话，明明气温到了四十度，却硬说只有三十九，长此下去，什么话都没人听了。然后又对我说，这时候去乡下最好，乡下凉快。当时我手上还拎着充满学生宿舍气味的行李。沙莎问我的住处安排在哪里。王婶说这季节不要房子，睡马路也比屋里舒服。王婶也不知道将如何安置我。那一年大学本科生还勉强可以称为"人才"。主编老莫来后，才明白地说这个问题先得自己克服一下。沙莎当即为我抱不平。现在想来，也许从那时开始她就在寻找时机，将我变成她的老公。沙莎看我的眼光一直与众不同，这是杂志社内部公认的。沙莎看了我一眼，什么也没说就出去了。她回来时又看了我一眼，说她帮我找了个住处。这个住处就是现在我与韩丁同住的那间房子。这房子本是两个局之间的历史遗留问题。在我以前，我们局安排了一个单身女性去住。对方局却安排了韩丁。本以为男人会让着女人，从而在事实上占领这房子的另一半，哪知韩丁用了师思未来嫂子对付她的办法，来对付我们局的那个女的。韩丁小试锋芒便大获全胜。不是我们局做了让步，而是那女的一气之下，去了珠海。沙莎在对我讲述这段往事时，说那个女的现在是珠海一所别墅的女主人。沙莎说完这些后，还特别嘱咐我，要像坚守阵地一样替我们局守住半间屋子。自从有了安身之所，我同沙莎就没再相交。

　　再次见面已是一个月以后。那天我去汉口火车站附近，采访那里的安居工程，中午返回时，实在受不了公共汽车上的酷热，便在花桥站下车。站在树荫下撩起衣襟拼命扇风时，我看见沙莎戴着一顶蝉翼一样的钢丝折叠帽，手臂上搭着防止紫外线的纱巾，骑着自行车，顺着黄孝河路，赶着去上班。我正在想要不要同她打招呼，突然传来一声巨大的炸响，脚下坚固的混凝土托着我跳了起来。与此同时，马路上三个下水道的窨盖，拖着几道火光冲天而起。其中一只从空中落下后直奔沙莎而去。见势不妙，我奔过去，将还在自行车上不知所措的沙莎，连人带车用力拽到一边。那磨盘一样的铁家伙砸在离我们只有两米远的地方，狰狞地裂为两半。远处的两个窨盖在马路上滚了一段后，躺倒下来，冒起一阵青烟。裸露出来的三个下水道洞口里，蹿出一丈多高的黑色烟柱。《武汉晚报》和《长江日报》隔天都对此事做了报道。它们提到黄孝河曾是武汉最著名的污水沟，并引用专家的意见，说是这条被管束的污水沟里的大量沼气在少见的高温下，自燃爆炸。望着那股黑烟，我搂着惊魂未定的沙莎，站在马路边。纵然是第一次这么亲近一个年轻女人，无论当时还是过后，除了汗水的滑腻与滚烫，再也没有其他感觉。

如果这事发生在武汉之外的城市里，它一定是浪漫故事的美妙序曲。在武汉，这事就这样过去了，只有极少数人还记得报纸上说的，一只铸铁窨盖冲天而起，险些砸着一个骑车路过的年轻姑娘。

现在，我同沙莎在法律上已是夫妻，就要住进黄孝河路上的花桥小区。不是沙莎，我连想都不敢想。

感情问题和爱情问题一直没有被提上我和沙莎的议事日程，被优先考虑的是我们各自的存款。沙莎那头脑里不知装些什么先进仪器，她眨也不眨一下眼，就说出我的存款数额。这个数字同我真实的存款余额相差只有四百元。我像是被反贪局的人盯上一样，索性和盘托出，连那四百元也不要了。

有天夜里，韩丁同最近的那个女孩斩断关系后对我说，外地人找武汉女人做老婆是福气，做情人则是灾难。韩丁准备买房的钱又蚀了一截。他没说是炒股赔了，还是为那女孩破费了。不过多半是由于后者，因为近期股市仍在涨。

我一直在平静地观察沙莎。她确实是过日子的行家里手。自从我的存款交到她手上，她再也没有麻烦过我。我知道她在一趟接一趟地往顺道街和青年路跑，上那儿选装修房子的材料，选房子装修好了以后要用的家具。我几次提出陪她一起去，她都不同意，理由有两个：一是两人去要多花一倍的交通费；二是我不会说武汉话，跟人讨价还价时是个累赘。沙莎请的装修工人恰好是黄州人，他们同沙莎讲黄州话时，我还是不能插嘴。从牛会计搬走，到我们的家具进门，总共只用了三十天时间。

结婚的头一天，一切准备好后，局里的同事来看热闹。

几个同我一样，从外地来武汉的人咬定我们至少为这房子花费了六万元。武汉本地的同事没有如此高估，尤其是成了邻居的王坤，她认定的花费在三万元上下。这个数额正是我和沙莎的实际经济状态。

黄昏时，沙莎约我去一家酒楼。我们在酒楼里订了五桌酒席，酒楼的老板很高兴，免费给我和沙莎提供一顿晚餐。黄孝河路的中心地带，天一黑便摆满各种各样的小吃摊。我更多的时候是在看着窗外那些忙乱地招呼过路人的摊主们。

沙莎端起一杯啤酒说："我们俩碰一下吧。明天起就真的成夫妻了，希望你今天将那些未了的事，说的说完，做的做完。"

我将自己的酒杯贴上去说："你放心，这个年代没有藕断丝连的故事了。大家都是刀切豆腐两面光。"

一个穿黑衣的老太太拿着一束花走过来，客气地问我要不要给沙莎买枝玫瑰。我告诉老太太我们是兄妹关系。老太太根本不看我们，只顾看着自己的花，数落我这么说可不好，她自己年轻时，因为说错话结果将一段好姻缘错过了。

我赶紧掏钱，买了一枝玫瑰。

沙莎接过玫瑰高兴地说："往后可不许这么乱花钱。"

我提出上她家去看看时，沙莎没有明确表态，只说时机一到会让我去献殷勤的。

我们断断续续地聊着，八点钟一到就分手各自回去。

沙莎不让我送，但吩咐我今晚别玩得太久。

我不清楚自己会去哪儿玩。

沙莎明白地告诉我，师思会找我的。她有预感。

回到住处，果然发现门上钉着师思的留言条。我有意在屋里多待了一会，直到九点半才去往事温柔酒吧。我去时，师思桌上的酒水单上已划了三个勾勾。

师思说："你比我预计的时间提前了一个半小时。"

她要我买单，理由是明天的喜酒她不去喝。

我摸了摸快被沙莎掏空的钱包，壮着胆，点了头。

在我要的啤酒上来之前，我说："是不是后悔我娶了别人？其实，有可能是我后悔为什么要娶别人。"

师思说："这有什么好后悔的，大不了将来离婚，还能白得半套房子。"

我突然问："你今晚又是无家可归？"

师思说："不，他们旅行结婚去了。我心情不好，杂志社让人越来越压抑。"

我说："压抑的是我，盼了多少年的好消息，结果弄得这么酸不溜叽的。"

师思将一杯酒喝下大半杯，她说："蓝方，你确实是个笨蛋。你怎么就看不出那家伙对我不怀好意？"

奇怪的是，在我明白师思的意思后，一点也没有生主编老莫的气，我说："以你的智慧，对付这种男人，用几根头发丝就行。"

师思沉默了一阵说："你又错了，也许我根本就不用去对付他。说出来你会妒忌，今天上午他又批给我一千元采访费。"

我用武汉最流行的话骂了一句。去年我去北京采访也才限额一千二百元。师思在市内跑，却给一千。我一提到女人年轻就是资源和财富时，师思的眼泪就下来了。我慌忙递上一块纸巾。这一弄不要紧，她几乎将眼珠哭了出来。我不再说什么，也不做什么。对女孩最好的安慰是让她自己哭个够。酒吧的灯光很伤感，师思哭了二十分钟，我不得不找女招待要了两次纸巾。

周围的人仿佛都在欣赏师思伤情的样子。

的确，一个独自流泪的女孩，反而会让酒吧气氛像火一样燃烧。

我慢慢地呷着啤酒，心里一片空白。

师思终于将不要的眼泪全部洒在酒吧的地板与纸巾上，她抬头挤出些笑意说："好了。对你实说，我就是想要你陪着，让我大哭一场，好久没有这么哭过了。"

我说："再哭几下，龙王庙就有险情了！"

师思说："你得提防杂志社的险情。记住我的话。谁要是欺侮我，我就让他吃不了兜着走。"

我说："这话你嫂子若听去了，还不吓个半死。"

师思又举起酒杯。往下我们只聊杂志的事。师思采写的第一篇关于下岗职工的文章，将她自己都感动了。我建议她不妨写写我住处的那对开"电麻木"的下岗夫妇。旁边有人在问时间，回答说是十二点一刻。师思装作知趣的样子，提议我们回家。买单后，她送给我一只纸盒，说是结婚礼物。师思递纸盒给我时，两只手有些颤抖。

我说："你怎么啦？"

师思说："我一见到熟识的男人都有家室心里就慌。"

我说："武汉有三百五十万男人，怕什么。"

拎着纸盒同师思并肩走在马路上时，我向她提了三个要求。

第一个要求是轻轻地吻她。

第二个要求是深深地吻她。

第三个要求是疯狂地吻她。

她对这三个要求一概给予了拒绝。

她拒绝的方法是：除了皮鞋可以吻，其余地方都不行。

我问是不是市价，两元钱一双。

她回答说可以贵一些，毕竟嘴唇比鞋刷高贵。

师思依然上了"电麻木"奔六渡桥方向而去。

回屋后，我打开纸盒一看，是整整三十盒避孕套。

我惊愕地叫了一声："天啦！"我猜不透师思送这东西的心理。熬到天亮，我终于将韩丁唤醒，请他帮忙分析。韩丁将眼屎抠下来弹向空中，毫不犹豫地说，这是对方希望你不要匆忙要孩子，免得有了羁绊后，你们想找机会重组家庭也不大可能了。初时我没将这话当话，但随后我发现这话太正确了。

我们的婚礼很平常，就像十二月十二日这个日子一样，除了要做新郎新娘的我们，没有谁注意它。让沙莎提心吊胆的是，局长答应参加又没参加，婚礼为此白白推迟了半个小时，穿着红衣服的沙莎也掩不去脸上的苍白。她一改往日的沉静，忍不住小声对我说，局长是生气我们抢了他女儿的房子。我请她放心，局长是老武汉，懂得城市生活中的游戏规则。我的劝说，对缓和沙莎的心情没有起作用，起作用的是那些乘着酒兴来闹新房的男女，不停地冲着沙莎说的那些半荤半素的话，以及手脚上的那些小动作。等到他们闹够了散去后，沙莎兴奋得像只发情的小母狗。当她在朦胧的灯光下脱掉衣服后，我不知道自己是人还是动物，反正是亢奋起来。沙莎以前，我体验过几个女人。说心里话，只有沙莎为做爱所做的准备工作让我最冲动。后来我才明白，这是因为沙莎是这些人中唯一的处女的缘故。

局长的电话是在沙莎正为一半幸福一半疼痛而呻吟时打来的，他向我们祝贺新婚，又替自己解释没能亲自来的原因是局下属的一家企业里工人闹事，他去现场解决问题了。沙莎这时已不愿同局长讲话了。我拿着话筒时，她不停地在我身子下面扭动着。好在再也没有电话打扰。

我们在充满油漆味的新房里待了三天。初识此中滋味的沙莎同在办公室里的模样完全不同，她不停地要，得手一次就升华一次。有几次，她的急促让我都没机会使用师思送给我的结婚礼物。就这样，三天中我们也消费了两盒。弄得床上怎么清扫也还有薄薄一层滑石粉。三天后我们不得不出门，因为沙莎患上了急性盆腔炎。大夫说我们是正派人，因为这岁月只有正派人才会在蜜月时患盆腔炎。沙莎特别高兴听到这话。

新婚的第三天必须回门。沙莎却不乐意。从医院出来，我硬是强迫出租车司机往唐家墩方向开。因为黄州那儿就是这么个规矩。沙莎这次没将我当乡下人，她让出租车停在一处巷口。然后，我们下车顺着巷子走到头，最后停在一所破旧的矮房子门前。我立即意识到沙莎为什么要结婚、要房子。我们进去简单地坐了一会，一家人除了给我们端上一大碗吃食以外，谁也不肯暗示，结婚之前的沙莎下班后是如何在这所破房子里安身立命的。

这天是十二月十五日，患了盆腔炎的沙莎因不能做爱而同我做了一场严肃认真的谈话。她说，在城市里要活下来很容易，要活出质量来则不容易。在城市里，质量要靠物质来打基础。空有精神，只会是一个流浪文人的自慰行为。这些天的做爱，让沙莎身上总处在充血状态，她一认真起来，声音沙哑得就像走了磁的录音机中的响声。她第一次用这种声音对我说，虽然我们结婚的动机是为了得到一所房子，但她已经铁了心要爱我一辈子。

沙莎是站在黄孝河路紧挨着我们住所的那几棵树下对我说这番话的。那个卖花的老太太正在不远处盯着过往的人。她显然还记得我们已买过她的花，当我叫她时，她将玫瑰的价钱从每枝八元下调到六元。我将玫瑰递到沙莎的手上。沙莎说她希望我有一天也能这么对她说我爱她。卖花的老太太刚收了钱就匆匆走开。一会儿，老赵就同钱主任手挽手地出现了。

我对他们说："这年纪了，还能这样，真让人羡慕。"

钱主任说："老赵昨晚还说羡慕你们年轻哩。"

老赵灰白的头发在晚风中翻飞了一下，他冲着我们笑一笑，像一个听话的孩子被钱主任牵走了。

老赵一直没有回头，只是在过马路时趁机看了一眼那卖花的老太太。

卖花的老太太随后走向公共汽车站，上了那辆 524 专线车。

我认真地说："爱情是年轻时美丽，婚姻是老来美丽。"

沙莎也认真地说："我们会有这么一天。"

沙莎想听到的三个字在心里没组成串，我无法一溜地对沙莎说出来。但上床后，脱光了互相搂抱着依然睡得很香。沙莎的成长环境使她只能像这个城市的许多女人一样，务实不务虚，更相信面前看得见摸得着的东西。而我也变得同她差不多了。

早上醒来时，我发现沙莎嘴角上像小女孩一样耷着一根口水涎，心里顿时生出一丝爱怜。除了身体器质反应外，这是我第一次为她心动。

在我伸手摸她的眉毛时，她醒过来了。

沙莎睁开眼睛就说："肚子饿了，我想吃热干面。"

她特别提到解放公园路口，紧挨着市文联办公楼的那一家。

从前的书籍上总有病号饭一说。我穿好衣服，出门去给沙莎买病号热干面。下楼梯时，迎面碰上汪总领着一个美丽的女孩往上走。我同汪总寒暄时，那个女孩冲着我妩媚一笑。我突然认出她就是前些时躺在韩丁床上不肯走的那一位。汪总大方地向我介绍说，女孩是他们酒店公关部的副经理，叫小黄。走到街上，我才明白这时已是上午十点钟了。

找到沙莎所说的地方，正好走了一站路。我在人最多的那家摊点上买好两碗热干面，自己吃一碗，剩下的装进饭盒带回家。上楼梯时，正好碰上汪总同小黄往下走。汪总见我的样子就说我快成为一个地道的武汉男人了。我让过他们时，发现小黄的口红颜色同先前不大一样。

我掏出崭新的钥匙打开门，本以为沙莎还在睡觉，进屋后却听见她正用电话在同谁说话。听了几句，像是有谁要来。沙莎的声音有点怪，冷冷的像是在办公室里接待前来求职的大中专应届毕业生。

沙莎拿起热干面，只吃了一口眉头就皱起来。好不容易将第二口咽下去，她就忍不住数落开来，说我一定是偷懒，就在门外随便买了一碗拿回来哄她。我说了她推崇的那家摊点的模样，还掏出返回时乘524专线车买的车票作证。沙莎不但不信我的解释，还一并责怪我连一站路也不愿走，完全不像是从乡下来的人。我没说什么，将她手上的饭盒拿过来，一口气吃光了里面的热干面，然后又端着它出了门。这一次我叫了一辆"电麻木"，转眼就到了解放公园路口。我在三个同样卖热干面的摊点上各买了一份，拿回家摆在餐桌上，让沙莎自己挑选。沙莎只用鼻子一闻，就选出了她所要的。她还指着另一碗说，这是我刚买过的。我不能不佩服沙莎对热干面的敏感。尽管我刚发现她家就是卖热干面的，我还是认定这是她超过师思的地方。

这个故事半个小时后，就在武汉流传开了。

沙莎的几个中学同学上门来贺喜，沙莎不无得意地将我买热干面的经过说给她们听。一个女同学说，找个从乡下来的男人做丈夫，最大的好处是说话算话，令行禁止。她说自己的姐夫就是从乡下来的，虽然读了研究生，三年前没条件用洗衣机时，做姐夫的还得用手给她搓洗内裤。

我说这应该是姐夫对小姨子的性骚扰。

她们大笑起来，异口同声地说我，到底是从乡下来的，真的以为是沾了小便宜。

这样的气氛让我觉得无聊。我躲进房里，给韩丁发了个寻呼，想问他过得怎么样。在等电话响的时候，我找出没有用完的名片，在上面添上新居的电话号码，并在号码后面写上(H)。我将名片都写完了，韩丁才将电话打过来。他过得很好，又有了新的女朋友，只是股票老也涨不到他心中的那个期望值。我劝他像换女朋友一样，赶紧将手中的股票脱手，免得出现意外被套牢了。韩丁不同意，他说玩女人是玩感情，玩股票则是玩理智。韩丁说他有希望在春节前弄一串新房子的钥匙玩。

接下来我又给师思打电话，从接电话的女孩口气中我听出师思在办公室，但她不愿接我的电话。女孩同我打趣，要我别吃着碗里的肉，又瞅着锅里的鱼。我否认这一点，反说自己有种被她们开除的感觉。女孩对我叹气，满腹牢骚地说，杂志社的情况越来越让人心寒，主编老莫宣布了新的改革方案，将全社人员的工资同杂志的发行量捆在一起浮动。我一听，心里也不舒服，杂志发行的数量逐月下降，我们的工资就会变得没有出头之日。

在我纳闷时，客人们全走了。沙莎走进房中，根本不在乎我的情绪，武断地吩咐，十二点时有个姓王的经理要来，届时她躲在房里不出面。而我则要说她有急事出去了。待王经理坐下，她会打我的叩机。我趁机到房里回电话，并要故意将声音提高，让王经理能听见我也有急事必须马上出门。

一会儿，一个胖乎乎的男人果然敲门进来。

我不知底细，只好照沙莎说的去做。

我拿着响个不停的叩机进到房里，沙莎将一张纸放在电话机旁。让我依照上面所写的意思瞎说一通。待我回到客厅，王经理马上起身告辞。我将王经理送到门外，转身关上门，沙莎就迫不及待地冲进客厅，在王经理坐过的地方找寻起来。转眼间，就从茶几上的一本书里找到一只饱满的大信封。沙莎用两个手指一抠，竟然现出一大沓百元人民币的可爱真身。

7

由于沙莎不肯对我说王经理的来历，我也不肯接受沙莎关于家里的电话由她来接的规定。

沙莎的理由很充足：这部电话是从牛会计那里接转过来的，它可能牵涉到一些不同的秘密，她比我更了解局里的情况，由她先行甄别是必要的。沙莎有她的办法，当天下午她出门打针，回来时给我买了一双花花公子皮鞋。一开始，我还以为是在哪个路边店里买的水货，打开纸盒，上面有张专卖店的发票。我逛过那专卖店，像这样的鞋最低也要六百几十元钱。虽然我心情好了些，但是心里更怀疑那只装钱的信封的来历。

天黑时，老赵给我捎来一大堆信。

让我吃惊的是，"猫头鹰"的头头给我寄来一封信，祝贺我新婚大喜。信中说，无论哪一天，只要我肯去他们杂志社坐一坐，他们就会送给我一百美元作贺礼。沙莎立即劝我趁着婚假未满，到武昌找"猫头鹰"将那张绿钞票取回来，让她见识一下。

我同老赵说了一会儿话，钱主任便拿了一碗汤过来，让老赵趁热喝下去。

老赵机械地将头埋进碗里。

钱主任抽空给我们讲了她的婚姻介绍所里发生的一宗趣事：有一对男女，用他们提供的代号联系上后，相互写了五十多封情书，彼此爱得死去活来，到见面时，才知道对方是五年前闹离婚打得头破血流的冤家。

钱主任还没将结局说完整，隔壁王婶突然呐喊起来。

最先做出反应的是钱主任，她第一个跑到门口。

我们赶到时，王婶屋里传出尖利的玻璃粉碎声。

王婶的声音被门缝切割得又尖又细："你这人面兽心的流氓，老娘今天非同你离婚不可！"这种尖细的声音特别能刺激别人的心灵。门外的四个人，按照法律约定的配对关系，相互看了一眼。王婶又叫："老娘辛辛苦苦弄了一套房子成个家，你竟敢将小婊子往我床上领。觉得酒店的床不过瘾，想同人家做夫妻是不是？"汪总终于吼了一句："你不要像个泼妇，好好讲道理不行吗？"王婶声音更大："我就是泼妇，永远也不会像小婊子那样发嗲！"屋里什么重物被推倒了。

这时，楼上楼下的人全都钻出来，站在楼梯上听动静。

钱主任说："这样要出事的。"她拉上沙莎去敲王婶的门。

老赵趁人不注意，将剩下的半碗汤倒进卫生间的便坑里。老赵朝我笑的样子，很像小孩偷偷干了坏事被人发现，不但没有胆怯，反而有些快活。

钱主任将王婶的门敲了足足二十分钟，其间一点停歇也没有，直到王婶终于将门打开。我们进去时，发现地上全是咖啡壶的碎片，茶几四脚朝天地躺在地上。没容我们开口，王婶便气呼呼地告诉我们，汪总今天将什么女人领进家里了，不仅用了她的床她的枕头，还用了她的唇膏等化妆品。她说以前就觉得家里的唇膏被人用过，所以就特别留心，每次用过后，自己在唇膏上用头发勒一道细纹。她将唇膏给我们看，指出本来细纹应在什么地方，现在只剩下底部上的一点痕迹了。

汪总在旁边说："你今天爬起来就慌忙赶去上班，说是有要紧的会议。那样子，哪有心思去设陷阱！"

王婶说："告诉你姓汪的，我宁可自己不抹口红，也不会忘记往唇膏上做记号！"

钱主任示意我和老赵将汪总领到我家去避一避。

汪总进了我家门后，一屁股坐下来，随手拿起结婚仪式用剩下的香烟，朝我们各扔一支。我和老赵在家从不吸香烟，这时情不自禁地同他对了火。

吸了几口香烟后，汪总说："小蓝，我带小黄来和去你都看见了，这么短时间能做什么？"

我想了想说："真想做，时间还是够的。"

汪总笑了一下说："玩情人这样可不行。"

老赵说："我相信你，至少今天什么事也没有。"

汪总高兴地说："到底只有男人才能相互理解。"

此后我们不再提起这个话题，聊了一阵酒店的事后，汪总忽然告诉我，"猫头鹰"的头头今天中午在他们那儿包了五桌酒席，标准都是八千元，可出席的宾客都是不三不四的模样。我告诉他，这些人可能都是二渠道的书商，也就是报上经常批判的非法出版商。汪总马上改口说自己小瞧了他们，这些人现在是枭雄，将来是英雄。他劝我趁早结交一些所谓黑道上的人，因为迟早有这些人的用武之地。我们谈得热火朝天，要不是老赵说句话，似乎不存在刚才汪总和王婶吵架的事。

老赵说："她要同你离婚，你就答应下来。"

汪总说："我们的老板是日本人，他不喜欢手下人闹离婚。"

老赵说："别犹豫，不然就够你受的。"

总的说来，三个男人的谈话气氛是轻松随意的。不比隔壁，王婶的哭泣不时可闻。

因为这件事，三家六口人都上老赵家去吃晚饭。

老赵的女儿到深圳工作去了。老赵的屋里却还像年轻人喜好的那样，鲜花、干花和假花混杂着摆了许多。钱主任特地让我和汪总参观她和老赵的卧室，重点是床头柜上的那枝红玫瑰。她要我们向老赵学习，经常向妻子表示一下爱心。

夜里，我同沙莎睡在一起时，沙莎说她觉得汪总有对王婶的不忠行为是真的。我不能告诉她，我看见汪总领着小黄进屋。这是天下男人的秉性，外面的事尽量不同妻子说。女人天性好怀疑，说不定就会由他人联想到自己头上来。我只能对沙莎说，我相信是王婶多疑了。

沙莎说："你们男人总是偏袒男人。"

我说："女人还不是这样。"

沙莎又说："你们一定觉得王婶这样做太过分了。有句话我要先告诉你，你若是像汪总这样对待我，我就杀了你！"

沙莎的语气很平静。

我摸了摸她的脉搏，速率很均匀。

半夜里，沙莎将我弄醒。我知道她要干什么，就提醒她别忘了医嘱。沙莎要我进去后别动。她心里慌，想这样，不这样就不踏实。我本想就这样依她。但后来我们还是完成了整个程序。

沙莎说了句很有意味的话：谁叫我们正年轻哩！

事实上，沙莎的蜜月病并没有恶化。包括大夫的吩咐，世上很多前人的经验之谈，其实是危言耸听。

第二天早上，我们听见王婶在自家门外说了句类似的话："趁我们还没有老，赶紧从头再来！"

王婶将门摔得山响，整栋楼都颤抖起来。

王婶下楼的脚步声就像有一次送煤气的工人，不小心将煤气罐掉在楼梯上，轰隆隆地滚落的动静。

连续吵了几天几夜后，王婶和汪总终于协议离婚了。

他们办完离婚手续，我们的蜜月也度完了。

上班的第一天，师思就同我吵了一架。本不是什么大不了的事。校样上我将一处"唯妙唯肖"圈出来，改成"惟妙惟肖"。师思将它复原后，我又改过来了。旁边的女孩帮忙查字典,证明是我对。师思硬说这是约定俗成。后来我想"惟妙惟肖"这词在特定心情下是很敏感的。我并没有多说什么,师思就同我红了脸,还将几本杂志朝我摔过来。好在这时我已意味到这中间还有别的因素,我弯腰拾起掉在地上的东西时,自语了一句:"谁叫我是男人哩!"

我们刚吵完,沙莎突然出现在门口。

她是专门来告诉我,王婶和汪总离婚了。

沙莎的神情中有一股莫名其妙的烦愁。问起来,她又没有东西可说。

杂志社的男女都说我变憔悴了。他们隐去另外一句话:我纵欲过度了。对于我的记忆,新婚这一段,除了纵欲实在没有别的可说。

我抽空往"猫头鹰"那边打了个电话,感谢他们对我的祝福。然后约了去拿美元的时间。这天中午,主编老莫在圣诞酒店宴请从北京开完文代会的几个人。主编老莫被几两酒灌得红光满面,整个下午都在师思对面架着二郎腿,吹嘘刚刚听来的北京方面的故事。他说朱副总理在人民大会堂给文艺界的人做了形势报告,要大家将手头的钱管紧点,包括银行在内,许多人其实是在挥霍老百姓的存款。我忍不住插嘴说,他今天中午请客也是在挥霍全杂志社人的存款。

师思出其不意地说:"不同他们联络感情,谁给我们写文章!"

我被师思冷峻的神色震住了。

主编老莫得以继续侃下去。

我看得出师思是在装模作样地倾听。

师思不仅在编辑们的大办公室里倾听,还不时跑到主编老莫的小办公室去倾听。据同事们私下议论,这种情形从我请假度蜜月时就开始了。有人听见他们似乎是在谈一家房地产公司在杂志上做广告的事。

没几天,一九九七年第一期杂志的样刊出来了,除了封底全部印着黄鹤山庄的房产广告以外,在八十一页和八十二页的征婚广告前面的七十九与八十页上,还登着这家房地产公司的报告文学,作者的名字是莫思。这个笔名很容易让人想到是主编老莫与师思合作写的。杂志社的人在议论,这个广告将占据杂志一九九七年所有的封底。

大家心里像是有话,但说不出来。

按照约定时间,我从武汉关坐轮渡过江直奔"猫头鹰"而去。"猫头鹰"办公地点在胭脂路一带,我们总是讥笑他们选了个风水宝地。在这个"娼盛"

的年头，杂志上任何一点有关色情的暗示，都是潜在的卖点。只有我们杂志还这么笨，连老赵那五好家庭的事迹都敢刊载。接待我的是他们的副总编。我一直瞧不起这人，从前他是一个县里的兽医，业余时间写了大量的新闻稿，后被人揭发其中大部分是假新闻。没想到聘任到"猫头鹰"后，反倒如鱼得水，成了"猫头鹰"这几年大发展的头等功臣。他坦言告诉我，按照规定，这样的贺礼是给自己的员工或者是编外的秘密通讯员。他将一张百元美钞放在一份空白协议书上，希望我签约，成为他们秘密网络中的一员。他还告诉我，只要我签约，今后无论我有没有为他们做事，每月都可以领到一百美元津贴。我突然觉得这像是美国中央情报局在招募雇员。

我没想到会是这样，一时半刻不知如何是好。

过了好久我才表示，这种事需要认真考虑一下。

我空手走到门口，忽然看见韩丁正往台阶上爬。一时间两个人都愣住了。好像都在回避什么，我们点一下头，就各自走开。三天前，我还在街上碰见过韩丁，那时他的神情很正常，此刻却瘦得厉害，见人连眨眼的精气神都没有了。

回到轮渡上，听到几个人在议论，今天早上股市一开盘，便狂泻不止，深圳那边已有人跳楼自杀了。由此，我判断韩丁是去找董博士做心理咨询。否则，以他看重手中那笔钱的程度，很难熬过此关。

沙莎对我没有将美元拿回来大为不满，她是那么渴望能见识一下美元。她认为我的感情还有问题，不然，我就会将那张美钞像玫瑰花一样献给她。

她生气时，我只好下厨房。几样菜端上来，沙莎就开始挑剔说："肉淡了！"一会儿又说："鱼咸了！"我很平常地说："这就对了，淡肉咸鱼，还合口味！"沙莎说："你心里在厚此薄彼。"我说："看来你只有吃热干面的命。"沙莎放下筷子，头也不回地出门去。等她再回来时，浑身上下全是热干面的味道。她进门之际，电话铃响了。

我刚将话筒拿起来就被她劈手夺过去。

她很有派头地对着话筒嗯了一阵，最后似乎是不情愿地说："你来吧！"挂断电话，沙莎将曾经吩咐过的话又吩咐了一遍。

在她躲进卧室后，一个叫方老板的人敲门进来。我刚给他点上烟，沙莎就在卧室里呼我。随后一切如故。送走方老板后，沙莎在她特意放在茶几上的文件夹里，找到比王经理留下的信封更厚的一只信封。

我还是要求沙莎说明这是怎么回事。

沙莎用女人特有的专横劲，要我别问。

8

杂志封底的房地产广告已发了六次。

师思还是不理我。

除了工作上的事必须说话以外，平常我们的目光从未碰到一起。杂志社内部已开始有传闻，说是黄鹤山庄送了一套房子给杂志社做广告费。我们一算账，觉得这是可能的，因为十二期的广告费，完全可以买一套房子。

还有一件事让大家心惊肉跳，下半年的杂志征订数整整降了一半，只剩下三万份，如果再降下去就得亏本了。对外，我们仍然号称发行二十万。但是，在同广告客户谈起这个数字时，除了主编老莫，其余的人都露出了心虚的迹象。如果宴请上面来的领导，主编老莫几乎不再去圣诞酒店签单，要去也只是带上师思。

天气又热起来。我想起搁在老租界那间房子里的箱子中，还有一件真维斯T恤可以穿。沙莎知道后，便催我过去看看，凡是有用的东西，全部拿回来。趁午休时间，我和沙莎一起去了。刚走到门口，就听见里面有女人说话。这么热的天，气象预报已连续三天报了三十九度，韩丁还可以关在没有空调的房子里干好事，也算是让我见识了。关键还在于对方女人也是厉害角色。这种功夫非在巷子里长大的女孩莫属。我正犹豫时，沙莎毫不客气地上去用脚尖踢了两下门。

门一响，竟自动开了。

出乎意料的是，同韩丁面对面坐着的是楼下的女邻居。

韩丁看了我们一眼，迅速收起桌上的纸笔和小录音机。

女邻居不想掩饰，她不无得意地对我说："我请小韩帮忙写回忆录哩！"

沙莎抢先说："这太好了。现在最赚钱的就是写回忆录。你是不是同哪个明星浪漫过。"

女邻居说："没有。不过，这书一发表，我不就成了再就业明星？"

我同韩丁自那次在"猫头鹰"那里碰上后，再也没有见过面。有一次在办公室里给他打电话，接电话的人说他请了长假。我以为他有生命危险。哪知当股市上全是垃圾的时候，他却长得又白又胖。

我说："你的股票怎么样？"

韩丁说："还好，比卫生纸值钱。不然早揩了屁股。"

我说："你是不是也改了行吃文字饭？真能在发行量大的杂志谋个差事，三年内弄套房子没问题。"

韩丁说："我都快死心了。现在的房价，最少也要十万。除非上医院去卖肾才行。"

见女邻居离得比较远，我连忙小声问："你怎么同她搞到一起了？"

韩丁说："你当我是新贵？像我这样的大学生现在连当年的右派都不如。"

韩丁有些躲闪。我的东西还放在原地没动，满是灰尘的枕头上甚至还留着师思的几根头发。我拎上那只皮箱就走，沙莎看了看床上的铺盖，说了句什么，也跟着出了门。

虽然是正午，可马路上比那屋里舒适些。

在路上我提议给家里装上空调，沙莎同意后，又说还差点钱。

夜里的电扇一直开着三档，但那风又硬又热，将汗吹到一起，干成一个个的灰球。听着别人家的空调机嗡嗡作响，我抱怨说都是那些人将武汉蒸熟了。沙莎要我别再像个专好杀富济贫的无产阶级，在心理上要向中产阶级靠拢，起码要像个标准的市民。我没再吱声，一说话身上就会冒汗。

沙莎突然说："现在连狗都敢写回忆录。"

我说："这是对的。人对狗的兴趣大于对同类的兴趣。有兴趣就有市场。"

沙莎说："你们杂志的市场是厕所。"

我说："你错了。主要卖点是在小吃摊上给人包油条油饼！"

沙莎说："我看你得早点找个退路。你们半年没向局里交利润，局长都烦了。"

我说："是不是也想我去写回忆录。"

沙莎咯咯地笑起来。我还没见她如此笑过，情绪里一下子有了欲望。我们先去卫生间里冲了个凉。当我建议就在水龙头下面玩时，沙莎惊讶地说："这行吗？"不过她还是接受了。在一片水哗哗的声音中，她用力地告诉我，必须尽快弄到一台空调。

当她开始亢奋时，突然叫了声："为什么不打电话来？"

沙莎这话的意思是指前些时那两个莫名其妙的电话。

水龙头下面的强作欢乐一结束，外面就刮起凉风。

天气终于变了些。气温从三十九度降到三十八度时，我们赶紧松了一口气。

气温下降的这天傍晚，王婶家传来一个男人的叫门声。

沙莎一下子就听出是汪总。汪总叫了半天，王婶就是不理睬。后来汪总大声说，他买了一台空调就在门外，请王婶自己开门出来拿。我打开门，汪总朝我使了个眼色。

我心领神会地上去替他叫门，并说："王婶，你开门吧，我帮你将空调扛进去。"

王婶终于将门打开。汪总扛着副机挡着脸钻进屋里，我将主机拎起来，刚进屋就听见王婶叫汪总滚出去，这是她的家，不是街上的发廊。汪总几乎是哀求地说，这半年他像丧家之犬一样，没过一天人的日子，他要王婶让他住在家里，这样王婶也好看他的表现如何。王婶不为所动，反说一定是外面天热，洗桑拿的地方关了门，汪总找不到去处，才又想起这儿的。汪总将一只存折放到王婶面前，他用半年时间存了九千元钱。我赶忙帮一句，说如果真是花天酒地，这点钱连一个月都不够花。王婶总算叹起气来，她知道汪总不是国家干部，没人替他买单，她也看得出汪总为攒这点钱，人都饿瘦了。但是她不能原谅那个小黄在这屋里放肆。

说了半天，王婶将东西都收下，汪总还是得走。

不过汪总走时已不像是丧家之犬了。

汪总刚走，沙莎就喊我回家。

她高兴地说马上有人送空调来，她要我还像从前那样去做，自己依然躲进卧室，还将电扇搬了进去。

半个小时后，来了一个叫李厂长的人。

李厂长空手进来，见我一个人在客厅，就反客为主地说："我家也是这样，天热时女人穿得少，有客来就躲进里屋。我不坐了，你随我到楼下将空调搬上来。这东西自己搬才不扎眼。"李厂长还冲着里屋大声说，"刘会计，你别出来，让你先生搭个手就行。"

听着这话我心里一愣一愣的。但我还是跟随李厂长走到楼下的马路边，从一辆桑塔纳轿车的后备厢和后排座里取出两只纸箱。纸箱上的"美的"字样同汪总送给王婶的一模一样。

李厂长走后，我正想拎起这两只纸箱，沙莎突然出现了。她二话没说就招手叫了一辆出租车，让我将空调搬上车。出租车往唐家墩方向开，我还以为沙莎是准备将空调送给娘家。出租车停在新华下路一家家电商店门口，沙莎让我将空调搬下来。我扛着主机，拎着副机，汗水都快将自己淹没了。进了商店，一抬头不见沙莎人影。等了一会，她才同一个男人走过来。男人同柜台的售货员说了几句，然后又让我扛上另一种型号的空调，上了另一辆出租车。

这么一折腾后，我也有些烦。扛着空调，一进家门，我就逼问沙莎，这到底是怎么回事，为什么李厂长喊她会计。

沙莎比我还狠，她说："人家的舌头长在人家嘴里，想怎么喊，谁管得了。我又不是母豹子，能扑上去咬断他的喉咙？"

我说："你这样做迟早要出事的。别拉上我。"

沙莎说："那好，我们立个协议，这屋里的一切都归我，责任也由我来承担。"

我瞪了她一眼说："你以为法律相信这个！"

这时，汪总又在外面叫王婶的门。

汪总这一次是带着安装工回来。

王婶仍然磨蹭着不肯开门。

我们趁机叫汪总让他的安装工将我的空调也安上。钱主任和老赵也听到动静，他俩看了我们的空调后，说还是分体机好，他家的空调是窗机，开起来像是跑久了的公共汽车。钱主任后来又后悔，说窗机有窗机的好处，不比分体，说多了不吉利。年轻人爱用分体机，所以分手的也多。

王婶将门打开后，只让安装工进去。汪总坐在我家里，刚说了两句话，怀里的手机就响了。听他同对方说话的口气，就知道是个女孩。不过依照平常经验来判断，他们的关系还不算暧昧。汪总收了手机，无奈地说，干他这一行，免不了受女孩的骚扰。我说，所以，能做他老婆的人，一定要免疫力特别强。

沙莎和钱主任都去王婶家里看热闹。老赵放着家里的空调不享受，倒陪着我们闷闷地坐着，要出声时一定是咳嗽。

汪总说："当初别人劝我找武汉女人做老婆要慎重，武汉女人的性子，天天在一起会让人受不了，到想离开时，又舍不得丢。一个人过了半年，真的越来越觉得这话有道理。"

老赵冷不防说了句："到死的时候就可以离开了。"

我一走神，不由得想起了沙莎。过上半年的日子后，真的对她有些依恋了。

汪总要我们给他拿主意。我们真的有了主意。等到安装工上我家后，我们就将王婶叫出来，然后让汪总进屋后躺在床上。计划很快就做成了。沙莎指挥着将空调安装好，试机成功后，就不再关机。屋里只剩下我和沙莎时，我差一点对她说出"我爱你"三个字。

有此凉爽的空间，而且是在这个城市里，我怎能不激动。十几分钟后，沙莎就开始喊凉。她想将温度调到二十六。我不同意，说二十二到二十四，是神龙公司的那些法国专家在合同中规定的室温，既然是空调就得按空调的品位来享受。

沙莎第一次听了我的。

当然我有本事让她在空调环境下全身发烧。

沙莎身子在空调环境下渗出一层细密的汗珠。

电话铃忽然响了。她破例让我接。拿起话筒，听到的却是汪总的声音。让汪总在床上赖下去的计划，本来已让王婶心软了，偏偏不知哪个女孩打手机找他，王婶听见女孩的声音后，立即板着脸让他滚蛋。我也禁不住叹了一口气，告诉他爱情可以追寻，婚姻则完全是命运安排的。汪总叹了一口气后，挂断了电话。沙莎脸上毫无表情，隔了一阵才问我想不想继续。我说不想，她便光着身子跑到客厅里，将电视机抱进房里一个人看起来。后来她还伸长腿让我给她修修脚趾甲。

第二天上班后，老赵将电话打到办公室，让我去他那里一趟。

我去了门卫室，老赵问，昨晚是不是有个姓李的厂长上家里来过。

见我点头承认了，老赵就提醒我小心点。这人从前同他做过邻居，是个心狠手辣的家伙，一旦得了他的好处，就得给他几倍的收益，否则他就会翻脸。

从老赵那里出来时，我看见那个在黄孝河路卖花的老太太正在联欢大楼门前张望。她刚要往里走，又突然匆匆离去。一会儿钱主任出现了。看见钱主任，正要咳嗽的老赵连忙将嘴巴捂住。钱主任专门给老赵送热干面来。热干面是她亲手做的，她说老赵一辈子只喜欢吃她亲手做的热干面。

我径直到九楼找沙莎。一出电梯就听见她用软软的武汉话在向谁发嗲，进门后才发现对方是局长。局长的模样像是已不计较我们抢了他女儿的房子。

沙莎后来告诉我，局长亲手弄一个名单，安排名单上的人轮流去鸡公山和九宫山疗养避暑。局长走之前问了我杂志社的事。我知道他是礼节性的，也就礼节性地做了回答。

趁着没人，我将老赵的话对沙莎说了。

沙莎像六渡桥一带摆地摊的女人，见到巡警来也只是不慌不忙地一卷货物，走到旁边避一避。她眨一下眼，让我放心，一切行动都是光明正大的。

她盯着我说了句："我们现在是相依为命，对不对？"

我说："我怕你腐败了。"

她说："腐败要有资格，我还不够格。"

离开沙莎，我在电梯里碰见师思，她眼圈有些红肿。

电梯到十一楼后，见她不动，我也没动。电梯门关上后，我伸手按了顶层的按键。到了顶楼，我将电梯门用脚顶住，不让它运行。然后才问师思怎么了。师思抱着一摞校样，靠在角落里不肯说话，也不见流泪。

我说："你一定有事。发生什么了？"

好半天后，师思才说："我要坐牢了。"

说完，她走出电梯，顺着安全梯往回走。

9

我还没从师思的话中清醒过来，就得到父母亲双双到来的消息。我来不及通知沙莎，便赶到新华路长途车站接他们。父亲站在车站门口，一只手紧紧牵着他那从未来过武汉的妻子。看到我时，他惊喜一下，马上就沉下脸。只有我的母亲仍看着我，像当年从她体内脱落时一样，笑得合不拢嘴。在出租车里，父亲迫不及待地训斥我，连结婚这么大的事都不同家里说，弄得他们很被动。对此，我无话可说。幸亏他们对我和沙莎的房子比较满意。特别是母亲，她望着正在制冷的空调怔了一会儿后，告诉我，能在武汉安这样一个家不容易，要知足。她还摸着沙莎的照片说这是一个靠得住的姑娘，过好日子是没问题的。

沙莎得到消息，只用半个小时就赶回来了。她对我的父母比对自己的父母客气许多，都能与我们交欢时的温柔相比。沙莎回来的路上，已顺便买了一些菜。武汉女孩就有这个本事，越忙越能显出她的思路清晰，想让她犯糊涂，除非有本事让她一年到头无所事事。

我母亲也是个好婆婆，见到沙莎就夸个不停，甚至不惜说她讲的武汉话比黄州话好听。对于沙莎做的菜，母亲更不惜溢美之词，说自己从未吃过这么好的酸辣豆芽和豆瓣喜头鱼，就连一碗普通的番茄蛋汤也称赞了两次。母亲当然不会忘记顺带说了我从小就喜欢吃的几样菜。沙莎极有耐心地听着我母亲的唠叨。不过，她还是不留情面地拒绝了母亲想去看看亲家母的要求，尽管当时母亲将我们家仅有的一枚金戒指送给了她。

母亲和父亲住在我和沙莎的家时，钱主任带着老赵进来坐过两次。

邻居家串门，这在城市里已经是不多见了。

钱主任这样做确实有些反常。

钱主任第二次来串门时，还带上自己煨的一罐藕汤。临回黄州前，母亲特地嘱咐我，要关心一下邻居老赵，他和钱主任一起过得并不幸福。母亲一向不轻易说别人家的事，初次见面，她就如此说老赵，不得不让我心生惊讶。

沙莎待我父母应该说不错。她力主将装了空调的房间让给我父母睡。我们睡另一间房。刚享受过空调的舒适，回头再用电扇，号称不怕热的沙莎也受不了。父亲和母亲只在我们这里住了两天两夜。第三天中午，沙莎回来吃饭时，发现自己的唇膏被人用过。本来好好的，一下子就变了脸，毫不客气地说："妈，你要用唇膏我可以另买一支给你，别用我的。唇膏是不能共用的。"母亲当即麻木了。

沙莎说出来的这些文字是不要紧的，关键是串起这些字的语气。

沙莎同师思都一样，急促起来，语气吓人不说，连眉眼都会竖起来。

这也是武汉女孩普遍的习性。

下午四点，父亲在新华路长途车站打电话，告诉我钥匙已放在茶几上，门已反锁好了，家里有事，他们得急着回去。我知道这些全是因为那唇膏。下班后，当着沙莎的面，我将那支唇膏扔进锅里，恶狠狠地要熬一锅汤灌进沙莎肚子里。沙莎一点不含糊，舀了一碗汤便要喝，见这样子我又软了。

刚好这时，老赵不知为什么在门外自言自语："谁叫我是男人！"

夜里，汪总又来乞求王婶。

沙莎让我将老赵叫上，在家里开了一桌麻将。

沙莎说这是照我母亲的意思办的，让老赵幸福一点。

沙莎的意思也对，无论在这个城市的哪儿，碰到有人叫痛苦之后，必定还要补上一句：三天没摸麻将了！

从此，老赵天天晚上必来我家，再也不同钱主任一道出门散步。这样玩了十几场。有天晚上，还没到十一点，老赵突然捂着嘴跑进卫生间。他在里面待了十来分钟。汪总这时正抓着一副好牌，豪华硬七对已听和了，他急着催了几次，要老赵快点。老赵出来时，脸上挂着一副凄惨的微笑，他对我们说："好了，我终于可以解脱了。"一坐下，他就将一只东风放出来，并说："汪总，成全你了，也算我积一回德。"汪总愣了愣后，还是将牌推倒和了。他正是单和东风。

偶尔过来冷冷看上几眼的王婶也忍不住笑了。

钱主任则不高兴，她起身去上卫生间，刚一进门就惨叫起来。

卫生间地面一向被沙莎打理得比镜子还要亮，此时此刻全是鲜血。

老赵得意扬扬地冲着钱主任说："是我吐的！"

我、汪总，还有钱主任，七手八脚地将老赵送到南京路上的第二医院。大夫当即让老赵留下住院治疗。到第三天，诊断结果出来了，是肺癌晚期。医院没办法了，钱主任只好将老赵接回来，餐餐做好吃的给老赵吃。

由老赵的脸色自然想到师思。我几次叫她上医院去查一下，她都不理。从在电梯里对我说过一句话后，她又像观音菩萨像一样对我。

星期五的早上，我和沙莎在办公楼前的小吃摊上吃热干面。晚来一步的师思出乎意料地抢着将我们的钱给付了，然后说："我若是去坐牢，请二位常去看看，记得带一碗这里的热干面。"

师思先上楼去了。我问沙莎是怎么回事。

沙莎告诉我，局里已查清了，师思同主编老莫一起，利用给黄鹤山庄做广告的机会，接受了对方的一套住宅。主编老莫将它偷偷给了师思。作为回报，师思当然献出了自己的秀色。

见我做不出反应，沙莎说："这家的热干面做水了，以后我们不在这儿吃。"

我突然责怪沙莎："怎么不早点告诉我？别太将那破纪律当回事！"

上午九点，局纪检组的人来杂志社开会，庄严宣布将那套房子收归局里，然后统一分配，对主编老莫和师思只是给了个行政记过处分。宣布完后，他们问主编老莫和师思有什么意见。主编老莫说了一通让人肉麻的话。

轮到师思，她说："我希望局里能将这套房子分给局长的女儿。"

师思用从杂志上撕下来的纸，叠了一只小房子，再用拳头将它砸扁。

我跳出来说："我支持师思的建议，现在到处都在流行这样的分房原则，希望我们局不要例外。"

杂志社的人全都狡猾地笑起来。

我的话当天就在楼上楼下流传开了。

下班回家，没想到沙莎也表扬了我，说我终于有几分像武汉人，嘴巴上特别来劲。

嘴巴再厉害终归还是嘴巴，永远比不上屁股，屁股坐准了，那才是真厉害。被局里收去的房子，当天下午就被分给了上次分房的第二十一名，局长的女儿。看着那张光明磊落的告示，大家都无话可说。

只有师思自己嘟哝一句：真是举贤不避亲！

星期六一早，沙莎就同老赵他们一道去鸡公山避暑。

老赵自己坚决要求去，局里见他不像晚期癌症病人，就同意了。

沙莎的名额是处长让给她的。临出门时，沙莎只叮嘱我一件事，有陌生人打电话找到家里，什么也不要多说，让对方一个星期后再联系。

局里的车在楼下等着，我送沙莎上车时，钱主任在马路边对老赵一声声地嘱咐。车上的人都笑话，人到老了方知爱情甜蜜。

刚刚回到屋里，门铃就响了。我以为是缠绵的钱主任有话想跟我说，开门一看，外面站着的竟是师思。

师思进屋后，自己打开冰箱，将一大瓶可乐咕咕地灌进去大半，放在桌上那碗沙莎给我准备的绿豆稀饭，也被她端起来喝得见底。我在一旁问她怎么了，她也顾不上回答。

放下碗，她就往卧室里钻，嘴里说："我想睡觉！"卧室的地板上还有昨晚我同沙莎用过的卫生纸。师思视而不见，她一下子趴在我用的枕头上，只来得及对我说一句"将空调打开"，就睡着了。我怔了一会后，开始收拾夫妻间不可示人的那些东西。并抽空打量着师思：师思的皮凉鞋很脏，不仅有干泥巴，还有湿泥巴。纯棉白色短裙的后面，有一大块被青草染成的绿色污渍。像男孩子一样的短发比男孩子照顾得还差，眼窝肿肿的，还有泪痕。

房子收拾整齐后，我站在床前，犹豫着该不该将那双脏鞋脱下来。

就在我下决心将那脏鞋脱下来时，师思的叩机突然响了。我伸出去的手狠狠哆嗦了一阵。回到客厅，我从那只红色拎包里取出叩机，将按键按了一下，显示屏上出现一行字：师小姐，有位女士骚扰你，按规定我们没有呼你，谢谢你对本台的信任。十分钟后，叩机又响了，这次是给语言信箱留言，那呼叫的电话号码是主编老莫家里的。师思的叩机每隔十分钟就响一次。每次都是那个号码。我试着打过去问主编老莫在不在家，一个女人凶恶地说他得艾滋病被隔离了。我明白那边东窗事发了。

我找出一只夹子夹住自己的鼻翼，再往舌头下面放了一枚硬币，然后又拨通主编老莫家的电话。

我说："是不是你在骚扰师思？告诉你，我是她的男朋友。你丈夫不是个好东西，老子要将他阉了。还有，听说你女儿很漂亮，都十六了吧，小心我将她弄到南边去当小姐——真是搞邪了！"说完我就将电话重重地挂上了。

最后这句话，是我学武汉方言以来说得最像模像样的。

坐在沙发上，从卧室门口吹来的冷气也压不下我身上的燥热，我明白自己这是真的生气了。

外面又有人来，开门后，进来的是钱主任和王婶。

她们没有事，就是想来串门坐坐。我以为她们知道我屋里有别的女人，仔细观察，根本找不到她们有疑心的样子。钱主任先聊起师思。她是从沙莎那儿听说的。钱主任手头上掌握着一个条件蛮高的男性征婚者，学位是博士。她问我可不可以帮忙从中搭个线。我一口拒绝了，并劝她别浪费精力，师思心气很高，不会去她那里应征。钱主任反复劝我，声称不少男女开始都瞧不起征婚，后来试过了才明白，任何事都是一种缘分。

王婶见钱主任说完，支吾几声后，终于忍不住直截了当地问我那天是不是碰见汪总和小黄在家里进出。我在心里骂了一声汪总，不该这么出卖我，嘴里承认有此事。

我说："就只买碗热干面的工夫，不会出事。你别再怀疑了！"

王婶说："我知道。沙莎只吃解放公园路那儿卖的热干面，这一来一去得半个小时。"

我说："那是哄沙莎，哪儿的热干面不一样。我是在门外的摊上买的。"

钱主任说："男人现在怎么都这么滑头。"

王婶说："那也得十分钟。他那习惯，够了。"

听见我笑起来，王婶一红脸，连忙跑回自己屋里。

钱主任也要走，她刚站起来，又捂着胃部蹲在地上。没待我问，她就说是老胃病发了，平时只顾拼命照顾老赵，老赵一出门，这病就来了。我叹息他们夫妻有病，宁肯自己扛着也不让对方知道，真是太恩爱了。钱主任听我说老赵老早就在咳嗽时，一脸诧异地说，自己从前怎么就一点也没发觉。钱主任的话让我也诧异起来。

剩下一个人在客厅里，我将师思喝过的可乐倒了一些在嘴里，然后出门去买西瓜。

天热西瓜价钱涨了一半，从两角变为三角。卖瓜的人见我没说武汉话，就将瓜价抬到三角五分。我扔下西瓜要走，卖瓜人将长长的砍瓜刀拍得叭叭响。幸好附近的人认识我，他们一吆喝，卖瓜人就软了，说自己下岗后挣点钱不容易，请我原谅。我重又拿起西瓜，将钱扔给他，并说："还有人活得更不容易哩！"

我将西瓜放进冰箱里，转身再看师思，还像上床时一样趴在床上死睡。师思腋下的拉链像是自动松开了一截，露出一团白嫩的软肉。我心神不定地回到客厅，开始抱着电话到处找人聊天。后来居然在一个同学家里找到韩丁。韩丁说他现在不去想那些股票了，他准备十年后再到交易所看看行情。韩丁要跳槽，对方将他的住房都准备好了。我当然只能祝贺他。

正在说话，师思的叩机又响了。

我拿起来一看，是主编老莫的老婆的留言：原谅我的失态，我明白了，你我都是受害者。

卧室里有动静。师思走出来，拿过叩机看了一眼："又想将我当苕盘。"

师思进了卫生间。一会儿她叫起来："我要冲个凉。把你的衣服借我穿一下。"

我找了一件衬衣和一条裤衩从门缝里塞进去。

我说："别用别人的化妆品！"

师思说："我知道，女人的东西自己心里都有数。"

卫生间里的水像是流在我身上。我觉得哪儿都是湿淋淋的。水声停下后，我身上还不见干。师思穿着我的衣服开门出来，我的心绪顿时全被她胸前两个朦胧的黑点拴住了。师思将自己的衣服放进洗衣机里，她要我回头帮忙取出来晾干。我以为师思要离开，谁知她重新回到床上，只用了不到半分钟便又睡着了。

我搬出西瓜用刀杀了，留下一半，就着花生米和几块酱板鸭，一个人穿着裤衩，慢慢地耗去一个小时，才将它们吃下去。然后就着困意在铺了竹席的沙发上打起盹来。

迷糊中，听见有人叫我的名字。

我被自己的回应声惊醒，屋里没有别人。

我走进卧室，猛地看见师思像一只蚕儿那样盘在床上。我下意识退了一步。师思伸出一只手，从空中将我的魂抓过去。恍惚中，我听见师思说，到目前为止，她只欠两个人的，一个是我，一个是她自己。现在，她要偿还这笔债。在我完全拥起她的身体时，我感到自己正在拥有一份上帝的恩赐，一份自己的神往，还有一份是自己真实的感情。清凉的空调机中喷出的全是润滑剂，一切都是那么轻松，那么舒适，身体内的一切成了流动的渠水那般欢畅。我听到了那种从灵魂里发出的呼唤声。这种声音只在男人女人完全交融时才会产生。疼痛让师思眼角里盈满泪水。我知道在我和师思之间发生了什么。

我们什么也不顾忌，宽大的床单上一片片的鲜花开得又红又艳。

师思说："我只想让你明白是怎么回事。我需要你了解我。"

"师思，我爱你！"憋了很久的话就这样从我心里迸出来。

师思说："我也爱你！"

随后的一切，让我们之间开始了一场真正的蜜月。

我告诉师思，这是自己真正的新婚之夜。

师思告诉我，此后的一切与爱情无关。

师思说要走却一直没走。每一次说走之际，就是我们狂欢的开始。师思也没地方可去，自从半个月前她搬进黄鹤山庄的那套房子以后，家里已彻底取消了她的睡觉资格，而她也不愿再回那温度高到差不多可以烧开水泡茶的笼子里去。这样的夏季，谁家里也不愿多添一个人。昨天晚上她一个人在江边呆坐着，一心盼望局里的车早点出发。师思要去我在老租界那儿半间房子的钥匙，她准备在那里住一阵。至于韩丁，她一点不怕。她说韩丁财力不够，像她这样的白领若是陪男人睡觉，开价当然在千元以上。师思觉得自己没有对不起主编老莫的，她已经陪主编老莫玩过武汉所有好玩的地方。

我和师思在家里待了两天。

星期天傍晚，门锁响了起来。

我的头一下子胀得老大。

沙莎在我们最不希望她回来的时候赶回来，所幸的是夏天的衣服穿起来太方便了。让我想不到的是沙莎还能对我们笑。她手头上拎了不少菜。一进门就说她听说家里有客，有意买了猪蹄等可以美容的食品。沙莎客客气气地请师思到厨房帮忙，转眼就做好了一桌菜。她带头喝酒，带头吃肉，饭后还请师思留下来，看上海电视台重播的"相约星期六"栏目。

师思临走时对我们说："我现在不欠任何人的了！"

沙莎收起床单，别的都没动。她对我说，她相信师思是讲职业道德的，不会动别的属于她的东西。我不明白沙莎哪来这么大的毅力，她竟然连固有的火辣味都改了，不仅是我与师思的事，就是别的以往会发火的事发生了，她也沉静得可以。唯有两只眼睛充满血丝。

沙莎说："你了了一桩心愿，现在可要死心塌地同我过日子。"

我无法回答。我仍然睡在沙莎的枕边。

睡不着时，空调成了废物。

10

那个李厂长又来家里。

由于没打招呼，他将沙莎堵在屋里。

见到沙莎，李厂长有些目瞪口呆。

沙莎给我使眼色，我只好同她一道否认自己见过这个人。

李厂长走后，我终于明白，沙莎姓刘，牛会计姓牛。武汉人讲话从来不分刘与牛，刘也是牛，牛也是刘。那些送钱送空调的人，将姓刘的沙莎，当成了姓牛的会计。

李厂长留下一句话："你们搞邪了，想吃我的黑！"

沙莎叫我别慌，向她学习点经验。

我一直猜，在王婶和钱主任两个人中，谁更可能是告密者。

我和沙莎做爱的次数比以前还频繁，而且总是她主动要。可我清楚，没有哪次她是真动情了。她那牛皮一样的嘴唇和干涩的身子，根本就是逆来顺受。有天夜里，我们正例行公事时，她突然痉挛起来，捂着胸口，直叫喘不过气来。

我顾不上斯文，连忙敲开钱主任的门，找她要速效救心丸。

钱主任拿上药后，让我待在她家。她替我料理沙莎。

老赵从鸡公山疗养回来，脸色更加不好。他当着我的面将钱主任熬给他喝的银耳汤倒进便池里。他告诉我，我同师思的事是钱主任打电话到鸡公山去报信的。他还告诉我，沙莎能这样忍着也是钱主任教的。他还设想钱主任这时一定正在同沙莎说，这是最关键时刻，一定要咬牙挺住。夫妻间该做的事一点也不能少，等真的挺过来后，男人就会死心塌地一辈子在家好好过日子。

我问老赵身体怎样，他说他在等一个日子。

钱主任说沙莎没事了，沙莎就真的没事了。

沙莎还妩媚地对我说："咱们继续吧！"

然而，突然之间我发现自己不行了。

沙莎惊慌几天后，很快买回一台VCD机，另外还从前进四路买回十几盘"顶级"的影碟。她陪着我看，当我又行了时，她流下了眼泪。然后，她真动情了。虽然想法不一样，我们都是由衷高兴。

就在我们高兴的第二天上午，局纪检组的人将我和沙莎叫到他们的办公室。办公室里还有两个反贪局的人。初见面时大家都很客气。反贪局的人还问沙莎，怎么才两个月没见面就瘦成这样，是不是妊娠反应。

对武汉女人我真有种说不出的佩服。每当大事临头时，很难见到她们出现那种丈二和尚摸不着头脑的样子，总能很快在纷乱中理出一二三四的条理来，并抓住其中最主要的。这种天赋应该是武汉这个城市的特殊性构成的。由于长江、汉江的分割，外地人总是闹不清汉口、武昌和汉阳，到底在哪条江的哪个位置。在武汉问路，得到回答总是往上怎么走或者往下怎么走。由于有两条江交汇，这上下也变得混乱，况且又不比山里，这种上下是看不见的。只有武汉人自己能看见。这是地理。还有天文。武汉这儿夏天比广州热，冬天屋里比哈尔滨冷。这种冷热交替的磨炼，使武汉人个个都是性情中人。而热不怕热、冷不畏冷的女人又更强几分。此外，说是有山有水，但东湖枉比杭州西湖大许多倍，也枉清亮许多倍，谁也不买账。龟山蛇山名气大，去的人也多，不过大家也就是去了而已，在心里什么也留不下。这些不利因素让武汉人个个历练得心理素质极为强悍。

沙莎就是一个常见的例子。

她一看架势，就毫不犹豫地说自己与什么李厂长没有任何瓜葛，他是找错了门。

沙莎说："一定是将我当作了牛会计。我说我姓刘，他没有听清楚。"

听见沙莎竭力地说刘和牛时，我就忍不住笑。

反贪局的人也笑。他们像沙莎一样，虽然说话时分不清刘和牛，心里都很清楚。

接着他们问我，有没有接受一台别人送的空调。

我说："现在买空调，哪家不是送货上门。"

还是沙莎主动建议，现在的家电都有货号，拿出发票来一对就清楚了。反贪局的人上我家将空调机的货号抄走了，还有发票号。然后就没有动静了。

虽然我心里慌，并后悔，但我心里没有责怪沙莎的底气，相反，有时候还在暗暗佩服，那次在第一时间将李厂长送来的美的空调换成别的型号，这样的策略也只有沙莎才想得到。让我感到安慰的还有师思每天在办公室里奉献的无数微笑。

师思的微笑在杂志社里像春天的风在吹拂。

只有主编老莫觉得不舒服。

师思越笑，主编老莫越是不舒服。

我抽空问师思："同韩丁相处得好吗？"

师思说："他？还不是银样镴枪头。"

我说："怎么啦？"

师思说："他吓得不敢进门了。"

师思突然放声大笑起来。

这一笑足有两分钟，闹得隔壁办公室的人都来打听是怎么回事。巧的是韩丁这时突然出现在门口。这让她笑得更起劲了。还是王婶在门外说了一句话："等嫁了个男人，你就笑不起来。"师思一听这话就收拢脸上跑位的五官。

我将韩丁拉到椅子上坐下说："你来干什么？"

韩丁说："我写了篇稿子，给你们看看。"

我将韩丁的稿子铺开，师思一伸手抢过去，她看了一眼说："写下岗工人的，交给我编好了。"师思一口气看完后，连声说可读性极强，完全能够盖过"猫头鹰"今年发出来的那些稿子。我接过来看过几行就知道这是写老租界那儿的女邻居。越往下看越像，特别是踩"电麻木"的经历，活脱就是那一家子。不过最让人感动的是女邻居的母亲那场爱情经历。我建议师思去同主编老莫商量，将别的稿子抽下，在本期隆重推出。

师思去了五分钟就回来。主编老莫已签了字，同意我们的意见。主编老莫还跟过来，同韩丁握手，夸他初次写稿就达到这个水平实在不容易。主编老莫欢迎韩丁以后多给我们杂志写稿子。

主编老莫授权我们中午请韩丁吃一顿饭。

我们去圣诞酒店。酒店老板一脸不高兴，要我们付现金，他说杂志已经欠下近两万元的用餐费。师思更不高兴，她威胁说，要换头头了，当心新官不理旧账。老板收敛一些，还是接受了我们。

吃饭时，韩丁和师思的目光有多次会心的交流。

韩丁多次望着师思说，能在这座城市里拥有自己的住房，幸福才会开始到来。

师思举起啤酒杯同韩丁重重碰了一下，说："快了快了，好日子就要来了！"

天气转凉了。夏天之后的凉爽也是武汉的好日子。

十期杂志出来后，接着又马上加印了三万。大家都冲着韩丁的那篇稿子而来。就连反贪局的人也开口要我送他们十本。事实再次印证沙莎的高明，被抓住把柄的是牛会计，她被反贪局的人带走时，初步查实的黑钱就达九十一万三千元。牛会计被抓的那几天，我和沙莎身上一直在冒冷汗。家里也头一次备上了舒乐安定药片。

沙莎说："以后再也不干这种事了。"

我吸着凉气说："错了。干脆一不做二不休，等哪天换到局长住过的房子，用上局长留下的电话，我们还要大捞一回。"

"你这是做梦。"沙莎拿着油墨未干的杂志对我说，"我怎么觉得这上面写的那个处长很像老赵。"

沙莎说的处长是韩丁文章中母亲的情人。

沙莎将杂志拿给钱主任看。

钱主任看过后，轻描淡写地说："这种文章到处都有人写。来我这儿征婚的人，经历比这传奇多了。"

钱主任说"多了"二字时，声音有些颤抖。或许是为了掩饰，她马上对我们说，师思同她见面了。师思愿意与那位博士试着谈一阵。

我的反应很平静。

沙莎说："你要难受就找个方式发泄一下。"

我说："我不难受。"

奇怪，我真的不难受。

电话铃响起来，现在我能自由地接电话了。

我说："你好！请问找准？"

董博士的声音突然传过来："蓝方，有件事我想同你通个气。你们发的韩丁那篇文章，可能有大麻烦。这是被人控制操作出来的。目的是想釜底抽薪，将你们杂志彻底打入泥潭。哪怕整不垮，也要让你们爬不起来。我是知识分子，我有责任提醒你们。当然我不能详细告诉你整个计划，那叫出卖，我是不会干。以你的智慧，你应该知道这是怎么回事。"

有学问的人讲话总是慢条斯理，好不容易等他告一段落，我才抢着说："'猫头鹰'太狡猾了，对吗？"

董博士说："市场份额只有这么多，竞争手段当然越来越不近人情。"

董博士对我们仍将心理咨询专栏办下来表示钦佩，内容却被他贬得一塌糊涂，特别是我编的那一期，更是只有幼儿园的水平。我本想嘲笑一下他，说当年日本鬼子侵略中国时，那些当汉奸的都是有水平的人。话到嘴边后，心一软又缩回去了。

上班后，老赵坐在门卫室里，拿着一本"猫头鹰"在看。我习惯地向老赵打招呼，老赵太专注了，竟然没反应。

这时，门口进来两个扛摄像机的人，二话不说，就将镜头对准老赵。老赵回过神来，顿时火冒三丈，顺手将那本杂志摔到摄影机上，并且大吼："我同你们说清楚了，别人想拍你们去拍别人。想拍我，得等我进了太平间才行。"扛摄像机的人亮出记者证，说自己是电视台的。老赵毫不留情地说，是电死台的就去火葬场，自己还是活人，还没有死。记者们很尴尬，宣传处的人赶紧上前打圆场。

上到十一楼，坐在自己的椅子上，我找出老赵看过的那期"猫头鹰"。在董博士主持的栏目里，有这样一段话：日前，一位姓钱的女士打电话告诉我，说他们夫妻恩爱多年，最近老伴被查出患了肺癌。之后情形大变，一到没有外人时，两人关系就非常紧张。钱女士不肯往下多说。我只好如实告诉她，丈夫可能根本就没爱过她。往下是董博士的心理分析，我越看越觉得像是老赵和钱主任。

我将这些内容指给师思看。师思瞟了一眼说："我要是患了精神分裂症，哪怕去长江二桥上跳江，也不同心理医生打交道。"

办公室里正好没有别人，我抓住她的手说："你去了钱主任的婚姻介绍所？"

师思的手动了动后说："我觉得那是最讲实际的地方。我找到了一个博士和一处三室一厅。"

我说："人怎样？"

师思说："不知道。钱主任的规定是，没有好感前不能见面，也不能通电话。"

我说："你怎么会找她哩！"

师思说："不能再搞大海捞针，我得有的放矢。"

外面有人在小声哼唱。我放开她的手，待门口的人消失后才说："你送我的礼物快没用了。我们有可能在一起。"

师思说："你打算让我同别人合住在一起？我的小心脏很脆弱，不可能再承受这些。"

这样的谈话没办法进行下去。

我只好改变话题，告诉她董博士打电话告诉我的内容。

师思眼睛一亮说："别管它。由它自然发展。"

我说："那样杂志会砸牌子的。"

师思说："砸了才好。到那时，我俩搭班子参加竞选，不就成了机遇。"

师思想分散我对此事关注的心情，她从抽屉里拿出一封信给我看。信的行文逻辑性很强，像是读博士的人的手笔。我对他们以职务和学位来称呼对方，感到极不舒服。开头是"亲爱的编辑"，结尾是"你的博士"，这样的规定只有钱主任才能想出来，也只有着急要结婚的人才会接受这种规定。在修行老到的钱主任安排下，从哪个角度看去，我都觉得这更像是在做交易。

师思说："市场经济的方式就是自由交易。其实你对真理的实践还早我一步。"

电脑打印出的情书末尾，手书签名的"博士"二字让我觉得挺眼熟。

11

我给韩丁打了十几遍叩机，也不见他复机。

主编老莫比我更急，他不敢催师思，只好找我。

我只得回从前的住处看看。下楼时，正好碰上沙莎，她叫我今晚随便找个地方躲一下，别回家。她家里的人要找我算账。我知道这一天总会来临的，让我想不到的是他们来得这么迟。

韩丁正在收拾东西，女邻居同一个嘴唇很薄的体面男人，围着他说话。见我进屋，他们都怔了怔。随后韩丁将那男人介绍给我，说他是女邻居请的张律师。

我说："我们真要吃官司了。想打官司就打吧，大家都能提高知名度。"

张律师深沉地嗯了一声，示意女邻居同他走。

韩丁告诉我他有了一套两室一厅住房时，脸上并没有曾经盼望的兴奋出现。在我的追问下，他说房子是"猫头鹰"给的，自己已辞去先前的工作被他们聘为编辑。尽管自己每天都在面对大量的"黑箱"操作，我还是对此事表示吃惊。

韩丁说："这一切都是设计好了的。"

韩丁又说："包括文章中的女主人翁，她就盼着你们杂志早点将文章登出来，好同你们打官司，拿赔偿费。"

韩丁从床缝里翻出一条粉红色内裤，想也不想就扔进垃圾桶。

我说："韩丁，你真是个混蛋。怎么不早点从股票交易所的大楼上跳下来！"

韩丁说："可惜只有大户们才能上去，我没有这个资格。像我这样的人太多了，一不小心就成了蚂蚁，怎么好意思去跳楼。"

韩丁拒绝了主编老莫的邀请，不肯去杂志社，他急着要搬家，过过两室一厅的瘾。他坦白地告诉我，这场官司的赢家只会是女邻居，因为到时候他会道歉，申明自己确实没有经过女邻居的同意，而写了她和她家的隐私。他还告诉我，其实师思一开始就察觉到这个问题，为什么不深究，只有她自己清楚。

我像《智取威虎山》中的那个抓鸡的大个儿匪兵一样，在马路上踩出沉重的脚印，领着女邻居和张律师往杂志社走。进电梯之前，女邻居的目光在病入膏肓的老赵身上停了好久。

老赵要女邻居和张律师在他的窗口前填出入登记表。

女邻居将表格填好，还回去时，老赵看着她的名字，眼睛忽闪了一下。

他们走进主编老莫的办公室不久，紧闭的门里就传出主编老莫发怒的声音。

我们这边一共有六个人，大家全都竖着耳朵在听。

只有师思仍在埋头看校样。

我忍不住将她叫到楼梯间里，告诉她从韩丁那里听来的全部情况。

师思说："我根本不会考虑这个问题。我只是在想，谁上去当主编更合适。"我表示自己不会袖手旁观时，师思说："你别自作多情，人家要不要你帮忙，还很难说。"我嘴里仍然没软。师思开导我，还没弄懂武汉这城市里做事的规矩。她说："这是烂屁股的事，没人愿意让自己现丑。"

女邻居和张律师走后，主编老莫将我叫过去。

我将从韩丁那儿听来的话中，除去关于师思的那些，全都告诉了他。主编老莫说他要好好考虑一下。我建议他想办法将韩丁拉过来，让他做证人。

下班时，钱主任来接老赵。刚巧我、沙莎和王婶都在门口等车，他们四人合伙叫了一辆出租车往花桥方向走。这段路，同乘公共汽车相比，每人只多花一元钱。我对沙莎说自己去找韩丁，看看他的新房子。

事实上我去了韩丁和我的旧房子。

最多比我早到十分钟的师思正唱着歌打扫房间。我劝她就将这房子占住，这样就不用急着同连姓名都不知道的博士搞拉郎配。师思说这房子都建了七八十年，上面说拆就拆，那时又不知该怎么办了。

我告诉师思，自己今晚得在这儿避难。

师思正在犹豫，叩机响了起来。她一看后，脸都变色了。

师思说："你陪我回家去一下。"

出门时，我们叫上了女邻居。

女邻居开着"电麻木"送我们去六渡桥时，向我们打听主编老莫这人好不好说话，有没有赔偿的意思。我吓唬她，伙同别人做笼子，性质相当于诈骗。女邻居不但不怕，还笑起来，如果做笼子是诈骗要坐牢，除非将武汉的饭店都改成监狱，才够关人。师思也笑。做笼子的事，议论起来，武汉人都会会心一笑。做笼子的机灵、敏捷与狡猾，在这笑声中，变成了一种类似耍猴的东西。

"电麻木"开进六渡桥大街背后的一条巷子，远远看见一个年轻女子在巷子中间对着一个中年妇女在叫。师思说这就是她妈妈和嫂子。下了"电麻木"，师思上去问怎么回事。她嫂子抢着说，因为妈妈不懂得心疼儿子，所以她来补课。师思的妈妈气得话都说不连贯，说儿媳妇是想将公婆扫地出门。师思的嫂子马上说，这屋子小得舞不开扫帚，不用扫地就能出门。还说自己若是只有这么大的房子，根本就不好意思让儿子娶媳妇。

师思还没说话，女邻居就丢下"电麻木"冲上去，说师思的嫂子在当新媳妇时欠了一顿男人的打，所以才敢往婆婆头上爬。女邻居说，六渡桥的苕都能娶上漂亮媳妇，就因为这儿是风水宝地，摆只板凳在门口也能发大财。她当初想嫁六渡桥的男人都没资格。只好做六渡桥的街坊。女邻居说，别看她现在乳房不像乳房，屁股不像屁股，腰也不像腰，当初可比师思的嫂子漂亮多了。师思的嫂子这是沾了大便宜，要好好孝顺公婆丈夫才对。

说着话时，师思的哥哥赶了回来，问是怎么回事。

女邻居说，弄得长辈在一旁哭还能有什么好事，你应该二话不说，先给老婆一耳光，这才叫武汉男人。

师思的哥哥真的上去给了老婆一巴掌。

师思赶紧上去阻拦。女邻居则将打蒙了的女人扯到一旁细细数落开来。我跟着师思他们进屋后，小小屋子站了四个人就难以转身。十二平方米的屋子被隔成上下两层。无论怎么打量，我也找不到什么地方可以安置下师思。

师思的爸爸羞愧得躲在邻居家不出来。

我劝师思将妈妈爸爸带到老租界那儿去住几天，师思不同意，这个时候是关键，无论发生什么都得顶住。师思的妈妈同样认定哪儿也不想去，她说自己在六渡桥住惯了，换一条街都睡不着。

这时，沙莎打叩机唤我回去。

到家里的那一瞬间，我觉得师思家住的那种地方简直比火车站里的公共厕所还不如，然后就想喊两室一厅万岁。沙莎在努力收拾被家里人踩烂的房子。她对我说没事了。我暗暗松了一口气。哥哥为了自己的妹妹，将妹夫揍一顿的事，哪儿都会发生。所以才有天上雷公，地下母舅的说法。沙莎让我跪在地板上用抹布揩污垢。我擦了半间屋子后，她又不忍心地将我拉起来，自己接着干。我蹲在一旁，她边做事边说，家里人已被她说服了，相信我没有做任何对不起她的事。我说谢谢时，心里一点也没有被感动，反而老在想师思家里的事处理完没有。

半夜里，沙莎对我说，她决定去监狱里看看牛会计。

半个月后，沙莎真的去了。

回来后，她说，牛会计在牢里养得又白又胖。

师思像是也长胖了。她同杂志社里的那些女孩，一天到晚讨论减肥的办法。其中有一条是：当杂志主编，然后被人追着打官司。

女邻居同张律师后来又来过三次，他们一次比一次强硬，咬定如果私了必须付十八万人民币。他们还找了局长。局长表面没什么，但王婶说局长内心里开始烦主编老莫了。主编老莫当然比别人更敏感，他想早日了结这事，不惜将杂志社的财务家底和盘托出。主编老莫自己提出的五万元上限是杂志社真实的承受能力。从这一点来看主编老莫是急了。无论如何，主编老莫不肯相信这事是"猫头鹰"在江南伸过手来操纵的，他要我们别提这事，事情没有这么复杂，世界也没有这么险恶。现在，我们都明白，主编老莫这样做是不承认上了人家的当，他不能在这一点上丢人。据说，主编老莫偷偷约过"猫头鹰"的头头。对方推说忙，不愿见面，才将他刺激成这样。

杂志为一九九八年的订数展开大战之际，女邻居准时将我们的法人代表送上了被告席。作为第二被告的韩丁，也胸有成竹地上了法庭。当然，女邻居的诉状只要他赔偿三千元人民币。

主编老莫独自一人应付官司，我们全都被他派到全国各地跑发行。断断续续地忙了一个月，到十二月初，订单终于回来了，两万多一点的订数让主编老莫第一次冲着师思发火了。师思跑的是南方几省，那一带是我们的衣食父母，最好的时候曾达到过五万。不管怎么变化，南方几省的订数始终占有半壁江山。这一次，却掉得大，其中浙江一个省居然只剩下二十七份。主编老莫说，师思想取而代之也不能这么放冷箭。师思则说，她又不是公关小姐，连请人吃饭的权也没有，她用尽了正常情况下的一切办法，没有空手回来，正好说明包括我们杂志在内的这个世界还大有希望。主编老莫无论怎么愤怒，在师思面前也还是留有余地的。

春节很快就到了。腊月二十二，"猫头鹰"召开了一个声势浩大的迎新座谈会，我和师思都被他们请去了。所有人都得到一个红包。里面封了百元压岁钱。我得了两个，另外一个是他们许诺的百元美钞。他们的头头正式请我去他们那儿。面对那五十万的发行量，我不能不动心。让我犹豫的原因有许多。其中一点是我看到韩丁的模样，比股市暴跌时还不开心。董博士倒是春光满面，他同我们握手后，正人君子般坐在师思面前不苟言笑。

我们的杂志只给一些关系户寄了贺年卡。

大家都指名道姓地说，应该给主编老莫吃点壮阳药。

难过的还是过年的日子，不管是回黄州还是去唐家墩，听到别人祝我和沙莎夫妻恩爱早生贵子时，我都要努力地笑着，让大家看不出一点痕迹。当然，在这个城市众多人口中，不快乐的也不只我们。王婶和汪总是门里门外的一对冤家。钱主任更惨，老赵病成这个样子，还要在局里值班，连三十、初一都不落下。在深圳工作的女儿，到新马泰旅游去了，钱主任闲得无聊，竟考虑起给王婶和汪总征婚的事。她还同沙莎说，师思的事已有七成把握了。她已安排好，让师思在情人节这天同男方见面。

我想雪上加霜，故意在给主编老莫打电话拜年时，将师思的事透露给他。

对这事唯一高兴的人是沙莎。

喜悦让沙莎在情人节到来的日子里，一天比一天温柔。

情人节的前几天，老赵终于无法起床上班了。

大夫来家里看过后，吩咐准备后事。

老赵像一盏熬干的油灯，正一点点地熄去，他那眼睛里的火苗越来越暗。

沙莎奉命翻阅老赵的档案，她意外发现老赵二十年前就是正处级干部，当时他是另一个局的宣传处长。十九年前，老赵不知为何一调到我局以后，就主动要求担任门卫并兼做清洁工。沙莎将这些基本情况，交给写悼词的人。

我、沙莎和王婶被局里安排就近轮流照顾老赵。

老赵的眼皮一次次无力地闭上后，又奇迹般睁开。

二月十四日上午，我同沙莎、王婶守在老赵家的客厅里。

钱主任看着挂钟说，这时候师思该同董博士见面了，她安排他们在一路专线车起点站碰头，然后一起去东湖游玩。我以为钱主任搞错了。钱主任说一开始就这样，这是她的经验，有些人将真实面目露早了反而不行。

这时，老赵突然在床上叫了一声。

钱主任连忙跑过去，坐在床边问老赵是不是有话要说。

老赵拿起钱主任的手，慢慢送到嘴边。我们都以为他要同钱主任吻别。根本没料到他会张大嘴将钱主任的手狠狠咬住。钱主任惊天动地地惨叫起来。我们扑上去，费了很大劲才将钱主任的手从老赵的牙缝里救出来。钱主任的手腕一会儿就肿了。

我们拖着她上王婶家里去敷药。

待我们回来时，老赵手里竟握着一枝鲜红的玫瑰。

玫瑰花瓣上的露水将花瓣和老赵的鼻尖粘在一起。

我上前用手一试：老赵趁钱主任不在时，一个人永远走了。

我跑到阳台上往楼下张望。

上班时间，小区里静悄悄地一个人影也看不见。但在某棵树荫下，似乎站着那位总在这一带卖玫瑰花的老太太。

钱主任放声大哭起来。她一边哭一边将那枝玫瑰从老赵手里夺下来，用脚踩碎。

沙莎拿起电话给局长报丧。按道理，必须趁老赵尸体还在发热时将寿衣穿上。沙莎和王婶不敢动手，钱主任又只顾哭泣，我一个人没办法弄。幸亏汪总匆匆跑来了。他一进门就说有惊人的消息。王婶要他将老赵的寿衣穿好再说。汪总说这话他不说心里难受。

结果，汪总边给老赵穿寿衣边告诉我们。长江大桥靠汉阳的桥头上发生爆炸，一辆一路专线车被炸飞了，满满一车人全成了肉酱。我惊叫起来，因为师思很有可能就在车上。

事实证明，我的担心不是没有道理。本来师思同董博士已上了那辆大巴。突然间发现主编老莫也在车上。师思就拉着董博士下去了。结果主编老莫被炸得只有他老婆才能认出来。

在他的追悼会上，私下流传一句比悼词更容易让人记住的话：这样去死，不值得。

也就是这天晚上，我和汪总在我家里一人拿着一只啤酒瓶喝闷酒。隔壁屋里钱主任、沙莎和王婶，三个女人挤在一起抱头痛哭。她们反复嚷着一个话题：都做了一辈子的夫妻，哪来这样的深仇大恨。钱主任的手肿得像被蝮蛇咬过，打了两针先锋五号也不见消退。

凌晨时分，很远的江面上传来汽笛声。

沙莎突然一推我，她说："我怕极了，人咬人太厉害了。蓝方，我们还是离婚吧。我怕你到时也像老赵一样。"

我背对着她说："要是你走在前面，我不就没机会了！"

沙莎说："你这是咒我先死呀！"

我们暂时不再说话。

天亮后，我揉着涩涩的眼窝对沙莎说："好吧，我们今天就去将手续办了。"

在婚姻登记处，意外地碰见王婶和汪总。他们是来复婚的。王婶说，他们也想通了，人只能活这一辈子，能原谅人的时候就要原谅人，上半夜为自己想想，下半夜为别人想，这事就过去了。沙莎冷静地望着他们，说我们正在前赴后继。

离婚后，我和沙莎仍住在一起。对这套两室一厅里的一切物品与行动，我们都有详细的协议。包括早上起床后卫生间谁先用都有规定，所有一切都如美国法律那样周全。唯一疏漏之处是到了夏天，有空调的那间卧室如何轮流使用。在订协议时我想到这一点，但我没说。以沙莎的精明她不可能想不到这一点。她也没说。有时我想这也许是我们与上帝达成的一种默契。

主编老莫一死，韩丁那篇文章引起的官司就被人淡忘了。这天，女邻居突然领着那个在黄孝河路卖花的老太太来到杂志社。卖花的老太太竟然就是女邻居的母亲，她对我们说，自己是那官司中的真正当事人，她来告诉我们的领导，什么赔偿也不用给，她要撤诉。我将师思指给她们。师思已被提升为唯一的副主编，主持杂志社的工作。她被过去自己造成的问题压得时常将眉毛抹得一只高一只低。

我问过她同董博士的情况。师思说就像在广东吃那各种各样的虫子宴一样，开始有些恶心，后来情况有所好转。

有一天，我在外面同朋友泡酒吧回来，发现家里非常香。

我忍不住敲了敲的卧室门。沙莎穿着睡衣，但她没有睡。她将自己的衣裙挂了满满一屋。床头柜上有只瓷罐，瓷罐里点着一只无烟蜡烛。上面的小盏里有一汪水。沙莎在那水里滴了一滴名为"岁月柔情"的香水，所有的香气都是从那水里蒸发出来的，让人不能不醉。沙莎要将所有的衣服都熏得像洒了法国香水一样。但是花费只有"毒药"等品牌的十分之一。这样的香味会倾倒这座城市的许多男子。我对沙莎说了声晚安，回到自己的房里。我想起师思身上也曾有过这样的香味。我一遍遍地默诵着这些充满香气的名字。只有对生活充满热爱的人，才会有这样的构思。这种热爱藏在任何一位武汉女孩的骨子里，看起来很庸俗，想起来却是另一番景象。

楼梯上，汪总用普通话说了句："你好！"

王婶马上轻柔地讥笑他在说弯管子话。

夜很深时，很难说城市有无秘密。

夏天的消息在窗外悄悄传递着。

不知道黄孝河路上的窨盖会不会再次飞起来。

一九九九年三月八日完稿于汉口花桥

大树还小

……那真是一种天籁之音，分不清是云载来的，还是风刮来的，是水漂来的，还是浪打来的。不知不觉中它就有了。无论是灵魂还是情怀都真切地感到了它的存在，无论是血液还是骨髓都实在地领悟到了它的流动。它一点也不声张，更不去夸张，当然也不是默默地悄悄地，就像你的倾诉贴着脸庞流上耳膜，并最终发出同心灵一起共鸣的旋律。它是那种看不见只能悟得到的歌唱。而这个世界上太多的歌唱只是让人看的，无论是伴作疯狂的摇滚乐手，还是顾影自怜的流行歌星，那殊途同归的煽情，除了一时的感怀与躁动，与心灵并无关系。如果此刻没有恩雅我又会如何？如果世界上没有恩雅世界又会如何？无论如何，世界与我都会继续存在，它们的区别是媚俗与圣洁。你的声音是灵魂的战栗，是心灵的咏叹，你只愿说与我听，是因为你知道我是用相同的方式让灵魂和心灵倾听！只有这样，才能感悟到恩雅的歌唱是来自天堂。它是月光在九天之上的一种倾泻，它又是灵性在漆黑的天际中向前坦然地行走！我眼睛虽然紧闭，那圣光却一直在音乐中闪烁。它是那种春天里在溪流上放飘的河灯，也是那种冬季雪夜里在原野上寻觅的火把。看起来它只能照亮一点，它却是深沉地光耀着世界的要紧之处。你的心灵实际上也一直在歌唱，只是过去一直无人察觉。所以外婆才祈求她在转过街口就能遇上的那一位将我派到你的跟前。我很庆幸自己没有辜负，我领悟到了你的歌唱……我无法区分哪是恩雅哪是你。实际上我也懒得去区分，因为恩雅的歌唱本来就是你的一部分。只要恩雅在歌唱，你就从我的灵魂里走进我的生命，或是从我的生命中走入我的灵魂。这样的走动会让心灵重新获得它渴求的感觉……山里的风声，水里的流响，天上云朵相撞，地下群峰挤压，有十字架的屋顶下唱诗班正专注地望天赞美，没有十字架的旷野中人群低头用心灵祈祷，这是宇宙万物平常而由衷的声音。心在聆听，身在沐浴……我终于能安宁地睁开眼睛，漆黑的窗口竟射进一道亮光……领受着它的照耀，我忍不住嘲笑一切拦阻的徒劳。面对黑夜，我更会大声歌唱！

——NO．061 书信

山坡上刮过一股北风，阴阴地携起不少看不见的沙子，冰凉地打在有生命有感觉的东西身上。秦四爹放的那头黑色黄牯昂起头朝天打了个响鼻。秦四爹不冲着牛说，他告诉我，黑色黄牯虽然老皮很厚，却还知痒知疼，知冷知热。这个下午，秦四爹对我说了这么一句话后，便什么也不再说。他默默地注视着山下的公路，每当拐弯处冒出一辆汽车或者是一台拖拉机来，他那像树根一样的几个手指中，总有一两个要颤抖一阵。秦四爹从昨天下午就开始唠叨，说自己感觉到那些家伙又要回来了。那些家伙是些什么人，他一直不肯对我说明，只说等他们来了，我就知道。我以为是乡长带着一批干部下来弄吃弄喝，又以为是那些戴大盖帽，浑身肥得流油却仍要三天两头下来收这费那税的人，还以为是计生委的人来垸里抓那几个怀了三胎和四胎的女人。秦四爹没有摇头说一个不字，他对我的猜想的否定是从干涩的眼窝里迸出来的，落到地上时，砸得脚下的青石板直冒火星。

有一次，秦四爹突然说："那些家伙不是家伙！"

我想了很久，也想不出这话的意思，只好认定这只是老人的一种情绪，并不是语无伦次。秦四爹这句话从嘴里流露出来时，很平静，绝对不是在骂谁，仔细回味，似乎还有一种怀念在里面。

太阳将山坳照得暖烘烘的，地上的茅草很厚，我几次想学秦四爹的样子躺在上面，却怎么也躺不下去。茅草上面很干，挨地的部分却是湿漉漉的，手一抓就是一把水，极少处还能找见不久前那场大雪的残骸。秦四爹的耳朵旁就有一块。那团白花花的雪虽然被自己融化弄脏了，同那只发黑的大耳朵比起来，依然洁白照人。秦四爹在草地上翻过身来时，试图伸出舌头舔舔那雪，舌头不够长，若将头挪一挪就可以够得上，但他似乎懒得这么做，眼见不行也就罢了。

秦四爹转过身对坐在一块石头上的我说："你其实是个读书人，你怎么不去继续读书哩！有些事就得咬牙坚持。"

我极不愿意有人提及读书的事，我说："你若再说这个，我就将你的牛赶走，让你一辈子也追不上它！"

秦四爹忙说："小杂种，我不说就是，你可别将我的老伴弄丢了。"

我抓起一块石头做出要掷向黑色黄牯的姿势，见秦四爹一副着急的样子，我还是一使劲将手挥出去，在手臂挥动的刹那间，我松开五指，让石头从肩上坠落身后，扔出去的只是一股风。风落在秦四爹的脸上，他一惊，连忙跳起，一拐一拐地跑了两步，嘴里还大声叫着："哇啊！哇啊！乖乖别怕，我在这儿！"黑色黄牯安详地吃着地上的荒草，尾巴懒洋洋地迎风摇摆，一点也不在意这边的动静。秦四爹知道自己上了当，他笑一笑后依然回到原处躺下。我说："你这么懒，到哪睡到哪，地里的麦子该上点粪了！"

秦四爹说："你帮我做了吧，回头我给你讲讲当年同女知青谈恋爱的故事！"

我说："你别哄我，你同母牛谈恋爱还差不多！"

秦四爹一点不火，他说："你别小瞧我，当年———"

话到这儿秦四爹就不再往下说。他拿这话引诱我很多次了，每次我给他干完活之后，他就反复地叹着气，一副有话说不出口的样子。刚开始时，我以为他是耍赖皮。直到有一回我将他逼急了，他才凶狠地对我说，他现在不想说这件事，如果不相信就请我滚蛋。我很小的时候，总听见垸里的人在说知青没有一个是好东西，好吃懒做，偷盗扒拿不说，还将垸里的年轻人带着学坏。那时，我不懂知青是些什么人，大人们解释说是从城里来的人。我就问镇上那些从城里来的干部是不是知青。大人们说他们同知青一样好不了，但知青只是从城里来的学生。后来知青一词就不大被人提了，大家成天担心农药化肥涨价，买来的种子会不会有假，同村干部一道到处乱窜的几个干部模样的人是来干什么的。另外大家还爱议论的是谁家的儿媳妇好久没露面，是不是又躲到哪儿生孩子去了！我曾问过父亲，当年的女知青有没有同秦四爹谈过恋爱。父亲斥责了我几句，说小孩子别管这些闲事。我以为父亲是在掩饰他对这事的无知，因为二十几年前，他并不比我现在大多少。后来我听见他小声同母亲议论，说秦四爹没有吃上羊肉反惹了一身臊。父亲说的意思是指秦四爹被抓进牢里关了整整三年。这件事垸里大人小孩都知道，因为全垸人就他一个人在牢里待过。我很小时，就同一群孩子围在他乘凉的椅子旁，听他一遍遍地讲牢房的样子。他说牢房很小，墙是青砖砌的，窗户开在屋檐下搭人梯也够不着的地方，只有门上的一个方洞可以望见外面，十几个人睡在一个通铺上。在他的描述中，牢房并不可怕，所以我们垸的孩子用抓你去坐牢之类的话是吓不倒的。秦四爹有时还怀念坐牢的日子，说在牢里待着什么也不用发愁。他说他没有女人可想，所以牢里牢外都一样。

黑色黄牯在那边叫了两声，它总是这样，一吃饱了就吵着要回去。秦四爹低声说了句什么，慢吞吞地爬起来，随手在自己背上拍了两下，也不看紧紧粘在身上的草掉没掉一两根，就不管了。他还拉住我，不让我帮他，说自己还能行。秦四爹一条腿残废了，往坡上走着，看上去倒还舒服。他拾起牛绳往回走下坡路时，便艰难多了。黑色黄牯这时往他身边贴了一下，秦四爹伸出手挽住牛脖子。黑色黄牯低着头，压着步子，带着秦四爹缓缓地向山下走。

秦四爹还回头冲着我叫："别忘了地上的书！"

我拾起草丛中的高一上学期的语文课本，沿着被牛蹄踩烂的山路，阴着脸往山下的垸里走去。

天色正在黑下来，垸边谁家烧的火粪旁有几个孩子正在那里忙碌着，用几根小木棍在火灰中不停地拨弄，走近了就能闻见一股烤红薯的香味。

在头里走着的秦四爹扭头对我说："你家门前怎么有那么多人？"

我其实早看见了，只是没作声。我一直跟着秦四爹走到他的小屋门口，他让牛先进门，接着自己也进了门。跨过那道脏兮兮的门槛后，他要我过一会儿来告诉他家里发生了什么事。他还估计一定与我姐姐有关。

垸里能走动的人大概都聚到我家门口，大家正传看着一张女人照片。看见我后，母亲连忙从别人手里拿回照片让我看看。我拿着照片时一开始还以为是哪个电影明星，看着总觉得眼熟，后来我终于发现那女人正是姐姐。我愣了一下，连忙将照片还给母亲。旁边的人这时说："让大树再将信给我们念一遍。"母亲真的将一封信塞到我手里。

天色虽暗，但我还是能看清上面的字。姐姐在信里说，她现在在一家公司里找到工作了，是做文秘，工资也不少，环境挺好，要不了多久她就可以挣到能治好弟弟的病的钱。那时她或是回来，或是接弟弟去城里看病，只要有了钱就什么都不怕！我将信看了一遍，一个字也没念出来，就一头钻进屋里。

身后有人叹息说，大树这么聪明却摊上了病魔，真是不公平。

母亲跟在身后也进了屋，她在房门前一把扯住我问："你是不是又觉得身上疼？"

我一下子挣脱她，扑倒在床上谁也不理睬。

父亲随后也进了屋，他在外面大声说："谁一生没个三病两痛，一不舒服就朝别人撒气，算什么东西！"

我头也不抬地说："你们将姐姐的照片拿回来，不要给外人看，我就不生气。"

母亲嘟哝道："照片就是给人看的，保个什么密！"

母亲从外面将照片拿回屋里，搁在我从前做作业的抽屉桌上，然后转身走出房门。姐姐好看的一双大眼睛就在对面盯着我，弯弯的柳眉比以前更动人，双眼皮连眨也不眨一下。看久了，我忽然觉得姐姐那微微的笑容里不是流露的甜蜜，而是忧伤。姐姐出外打工已有一年了，春天时她也寄了照片回来，那只是一张普通的彩色扩印照片，衣着打扮同在家时差不多，只是背景是一座很高的楼。我数过照片上那楼的窗户，虽然只照出半截楼体，窗户就已经有二十二层。现在这张被人传看的照片上已看不出从前那个姐姐的踪影。母亲仍在外屋兴奋地同父亲说，假若这张照片不是寄给家里，哪怕是亲娘亲老子也不敢认。

从房门口飘进一股中草药的香味，不一会儿，母亲端了一碗汤药走进来，她先从罐头瓶里抠出了一坨冰糖，然后才将汤药和冰糖一起递给我。汤药的味道很怪，我什么也不顾，张大口几下就吞了进去，不待舌头完全感觉出那药的味道，又连忙将冰糖塞进嘴里。母亲看着我叹了一口气。

姐姐上高一那年我开始患病，当时我正读初二，有天放学回来，走到家门口，不知为什么突然一阵头晕，不小心跌倒后，就再也没有力气爬起来，甚至连手都要别人帮忙才能抬起来。治了半年，家里就变得一贫如洗，姐姐的书也读不成了，在家帮忙干活，闲时就将自己的课本讲给我听。偶尔有一两天病症感觉轻些时，我拿着笔居然能将初三的作业都做对了。后来姐姐决定出门打工挣些钱为我继续治病。姐姐走后的头一个月，我的病情突然加重，一连十几天高烧都在三十九到四十度之间，连医生都说没希望了，父亲瞒着母亲为我准备了一具小棺材，还托人说了一门鬼亲。没想到我却活了过来，烧退了不说，老毛病也减轻了许多。

危险期过了以后，姐姐才听说这事，她寄回一盒录有自己声音的磁带。我借了同学家的录音机放了两次，除了姐姐的一片哭泣声外，她反反复复地要我一定得挺住，她一挣到钱就接我到城里去治病。姐姐说我曾救过她的命，她一定要还我一条命。姐姐十四岁时曾患过白血病，奇怪的是父亲和母亲的血都不适合她，只有我的血型与她相同。于是每逢姐姐出现危险时，父亲就赶到学校，将我从教室里拖出来，赶着去医院给姐姐输血。每次输完血，姐姐清醒过来后就抱着我大哭，所以当我患病以后，她总是责怪自己说是自己害了弟弟。

喝完汤药后心里更难受，我揣上姐姐那张精美的照片一个人往秦四爹的小屋走去。

小屋里一片漆黑，一点灯光也没有。

我明白秦四爹在屋里没出去，推开半遮半掩的破门，我听见黑暗中有嘴在吧吧地嚼响。我从怀里摸出半支蜡烛，用火柴点上，火苗一跳，屋里闪出一对牛眼和一对人眼来。

秦四爹两手拿着两只生红芋，一只放在自己的嘴前，另一只则放在牛嘴前。他背对着烛光说："我不要你这鬼火，有亮我就吃不下东西！"

我说："若是有鱼有肉，把你放在火堆中间你也能吃得下去。"

秦四爹干笑了两声，听说我要给他看样东西，他一开始不在乎，等到姐姐的照片在烛光中一闪，他连忙将自己啃剩下的半截红芋都给了黑色黄牦，迫不及待地伸手想接过照片。我不让他用手碰，只许他用眼睛看。秦四爹看了一阵后不高兴地说："你不让我用手拿着，那怎么能看清楚内里的玄机。"

我让他去洗洗手，他犟了一会儿，还是去了，只听到墙角里一阵水响，转回时，那手除了变湿，脏东西并没有去掉多少。

秦四爹捧着姐姐的照片，一眼看了足足十分钟。看完后他一句话也不肯说，直到我真的生气了，准备离开时，他才对我说，尽管姐姐这副容貌超出一般，显得很美很漂亮，可她内心很痛苦。秦四爹还认定姐姐眼角上的一道什么痕迹就是鱼尾纹，他说："你姐才十八岁，就这么样愁苦，肯定有什么难言的事情。"

我看了看照片，总觉得不像秦四爹说的那样。

我收起照片后在小屋里坐了一会儿，秦四爹一句话也不再说，黑色黄牦已在秦四爹睡觉的床对面墙角草堆中趴下了，小屋里有股浓浓的牛粪臊味。我问秦四爹今天能不能讲白毛女的故事，秦四爹摇头不语，我只好回家。

刚走出小屋，就听见秦四爹在屋里低声说："现在这个世道，喜儿不像喜儿，黄世仁不像黄世仁！"

回到家门口，正碰上母亲欲出门喊我吃饭，两个人差一点碰上了，我一低头从母亲的腋下钻进屋里。父亲独坐在堂屋的饭桌旁，拿着酒杯一口口地呷着酒，见了我还问是不是将姐姐的照片拿出去在同学面前炫耀了。我没头没脑地顶了他一句，说他除了想喝酒时用脑袋以外，其他任何时候脑袋都是多余的。父亲毫不惭愧地说，他好久没读书了，脑袋当然生锈了不好使。我上前去一巴掌将父亲的酒杯打翻了，那杯酒洒了一地。母亲急忙上来将我拉开，并骂我太莽，父亲想喝酒想了几个月，才下决心去买了半斤酒。

父亲不待母亲说完就说："我今天心情好，不在乎这一点酒！"

临睡前，我将姐姐的照片嵌进玻璃镜框里，为了腾出地方，我将自己的照片取了几张下来。灯光下，挂在墙上的新照片使屋里熠熠生辉。可我怎么也睡不着，心里老想着镇里报摊上那些花花绿绿的小报中写的那些苦命的打工妹的故事！

早上醒来，母亲问我昨晚做了什么噩梦，半夜里大喊大叫的，我不记得自己做过什么噩梦，连一般的梦也不记得。

刚吃完早饭，秦四爹就在外面叫我，要我帮他将牛赶到后山上去，他自己随后就到。见秦四爹有些慌张，我就追问到底发生了什么事。秦四爹用手指了指远处的盘山公路，有几辆汽车正缓缓地向垸里爬来。

秦四爹说："那些知青又来了。"

我有些惊讶，秦四爹这辈子可没有怕过谁！

秦四爹不让我多问，我赶着黑色黄牯在头里快走，他在后面虽然跟得急，还是被拉开一大段距离。山上的霜花还没化去，像雪一样，脚踩上去吱吱响。黑色黄牯不停地打着响鼻，还扭头冲着越来越近的几辆汽车嗥嗥地叫了几声。这时候，人和牛应该待在太阳地里，秦四爹赶上来后，非要将牛撵到阴冷阴冷的山坳里去。我不愿跟过去，站在阳光的边缘上，望着满地里忙碌的秦四爹。

秦四爹很快就找到了一堆枯枝，他划了好几根火柴才将枯枝点燃，不一会儿火堆就烧得很旺。他向我招招手，我忍不住，只好过去。

秦四爹蹲在火堆旁，好一阵子一句话也不肯说，两眼只顾盯着火苗。后来他就叫我回去，今天不用陪他了。他要我回去后别对人说他在哪儿放牛，特别是不能让那些知青知道，他不想见他们。

我离开火堆走了几丈远时，秦四爹又将我叫住，他说："你小心留意一下，有没有一个名叫文兰的女人。

我说："她也是知青吗？"

秦四爹"嗯"了一声挥手让我快走。

在我回到垸里之前，那几辆汽车先进了垸里。远远地就听见一些男人和女人说着半生不熟的本地话，极张扬地大声叫喊着垸里人的名字。父亲的名字在他们嘴里响亮地出现了好几次，他们叫他秦小树，而且还故意将城里的话与本地话混起来叫，树字后面就出现一个有些调戏意味的儿字音。

父亲是垸里人当中为数不多表现兴奋的人之一。他一再说，当初这个知青点上有十六个人，八男八女，今天怎么少来了好几个。父亲冲着一个很富态的男人叫白狗子。叫白狗子的老知青说现在大家都是各自位置上的顶梁柱，想凑齐了回来一趟简直比登天还难。

父亲将白狗子他们让进屋时，我的房间还没来得及收拾，母亲不愿让客人见到那一片狼藉，赶忙将房门关上。我在大门外数了数，一共有十一个不认识的人进了我家。我心里马上说，这可够父亲忙一阵了，因为家里只有八只凳子。我预感到父亲接着就要唤我到邻居家借凳子，刚要走开，父亲抢先叫唤起来。我只好到邻居家借了三只凳子送回屋里。由于我故意少搬了一只，父亲没有坐的，站在那堆人中间，模样比坐着时显得有骨气些。

父亲将我介绍给白狗子他们，说我是他的儿子，学名叫大树。他们都笑起来，几乎是齐声说："没想到小树养了一棵大树。"

我对他们的口气很不满，就顶了一句说："你们连这个道理都不懂，天地间本来就是小树养大树，说大树养小树的只有白痴。"

他们一愣后，白狗子说："这道理还真不错，是这么回事。"

父亲这时问："白狗子，你们大车小车地回来，是不是也想搞扶贫？"

旁边的人一齐笑起来说："现在可不能再叫白狗子了，人人都喊他白老总白老板！"

白狗子也笑，他说："在秦小树面前，什么老总老板，全都是老母猪和老母鸡。"

大家笑得更起劲了。

母亲趁机说："如果你们来扶贫，秦家大垸就有希望了，你们吃过这儿的苦，会真的扶这儿的贫。"

母亲这话让屋里出现一些尴尬。

过了一会儿，白狗子才说："扶贫那是政府的事，我们是杯水车薪救不了急，如果你们私人有困难，我们肯定可以帮忙的。"

听到这话，父亲和母亲同时望了我一眼。

我明白他们想开口说我的事，就故意踢了一下正在鸡窝里生蛋的母鸡。母鸡一惊，拍着翅膀飞到白狗子的怀里。

旁边的人马上起哄，说白狗子真有艳福，走哪儿都有小情人往怀里扑。

父亲和母亲看出我的心思，他们瞪了我一眼后，将母鸡抱过来重新放回鸡窝。母鸡受了惊吓，不肯在窝里呆，折腾几下后，就跳到地上撒开翅膀跑到大门外去了。

又聊了一会儿，才弄清他们这次来只是旧地重游。省城里正在筹办几场纪念知青上山下乡三十周年的大型晚会，白狗子因此掏钱请大家回来感受一下，找一些灵感。

母亲觉得他们如此兴师动众花那么大一笔开销，只为排几个节目的行为太不可思议了。

白狗子却说，人的精神生活比物质生活更重要，为了精神上的需要，花得再多也值。他还举今年夏天香港将要回归的事为例，说按道理到时印一换，旗一换，收回了就是，可为什么要再花它几个亿来搞庆祝活动哩，为的就是精神的需要。白狗子还特别提到人的历史对自身的重要性。

母亲有些怔怔地望着父亲，眼神里好像是说，你把我的历史藏到哪儿去了。

说到这里，白狗子忽然想起什么，他问："秦老四哩，他现在怎么样了？"

父亲也不看我，就说："不怎么样，每天从早到晚只与那头黑色黄牯做伴。前些年，他还总是念叨要到城里去找文兰，现在老了，也不再提那话了。"

父亲突然一转话题问："文兰她还好吗？"

白狗子他们一下子都变成了哑巴，好半天才有人低声说："文兰她死了，很惨！"

父亲听说是不久前的事，就不再往下问。屋里的人都叹了一声，坐在墙边的几个女人，泪水都流下来了。母亲见状连忙到厨房里去为她们准备洗脸的热水。几个女人不用母亲招呼也跟着鱼贯而入。

屋里先是女人们小声地谈话声，接着便是抽泣，一会儿所有的女人全都放声大哭起来，连母亲都参与其中，甚至比别的女人哭得都起劲。

父亲惊愕地望着白狗子。

白狗子用低得几乎不能听见的声音说："文兰是自杀的！她从长江大桥上

跳进长江里，尸首也没找到。"

我一时难以自控，忍不住要将这个消息告诉秦四爹。

山坳里那堆枯枝正变成了灰烬，火星全被浇熄了，一闻那气味就知道是用尿淋的。我大叫了几声，不见回答，正要去找，忽然在一棵树后面发现了秦四爹。他笔直地站在树下面，不经意时，还以为他上吊死了。

我说："你怎么不答应！"

秦四爹说："你是个报丧鬼，谁会理你！"

我一愣说："谁告诉你了，这么快？"

秦四爹说："我料定文兰会有这一天。她逃不过去的，迟早会死在他们手里。"

秦四爹突然提高声调说："不管怎么解释，文兰也是被白狗子他们害死的。她当年若是嫁给我，怎么也不会落到如此地步！"

我说："你现在只能养活一头牛，人可不是只吃草，城里的女人更是天天得喝牛奶。"

秦四爹说："文兰走了，我灰了心。当年我可是大队长，一千多号人的吃喝生死全归我管着。公社里还准备提拔我当副书记。都是吃了白狗子这帮知青的亏，硬说我强奸了文兰，将我弄进监狱里。他们在垸里垸外偷鸡摸狗，行凶打架，只有我敢管教他们。他们怀恨在心，逮住机会就想报复我。其实文兰是真心跟我好！但我一直不明白她为什么在关键时昧良心改了口。"

秦四爹很伤心，但没有掉眼泪。我不信一个城里来的女知青怎么会看上他。秦四爹说自己当年唱样板戏比谁都唱得好，不只是这儿的知青点，远近几处的知青点上的城里学生都很佩服他，逢重要场合演样板戏，郭建光、李玉和与杨子荣总是由他扮演，而文兰只是在《沙家浜》中演过被刁小三抢了的姑娘。秦四爹说着就学了一句："抢东西呀，我还要抢人呢！"这是刁小三的台词。

秦四爹告诉我，有天晚上他去知青点看看时，屋里只有文兰一个人在，他冲她开玩笑，将刁小三的话学了一遍，并动手轻轻拉了文兰一下，哪料文兰一下子倒进自己的怀里不肯离开。文兰对秦四爹说她的命太苦，父母都在文革中搞武斗死了，哥哥失踪了，家里只剩下她一个人，所以她要找一个老实可靠的人成个家。文兰选中了秦四爹，这太出乎大家的意料。文兰的肚子大起来时，知青们绝没想到对方是秦四爹。文兰自己死不肯说，最后还是秦四爹自己承认下来的。本来文兰已事先与秦四爹通过气，她只说自己在山上被不认识的坏人害了，然后让秦四爹出面求婚，自己就可以光明正大地嫁给他。可秦四爹不肯，他不愿让别人说自己娶了个破货，也不愿文兰浇上这不存在的一盆臭水。他出面承认的第三天，就被公安局的人用手铐铐走。等他刑满释放回来，文兰早就回城去了，他险些无法打听到文兰肚子里的孩子是保住了还是没保住。

我告诉秦四爹，白狗子他们回来是为演戏寻找灵感的。

秦四爹哼哼一阵说："他们现在可以将那些当戏演了，可我们还得实打实地熬着过。"

从山上望去，白狗子他们从汽车里搬出不少东西，来来回回地往垸边小河滩上走，白狗子的身材最胖，隔得再远我也能一眼认出来。秦四爹看不清，那么远的距离，他只能认出一片小黑点。我告诉他白狗子一身肥肉少说也有一百八十斤。

秦四爹像是回忆着说："这狗东西倒翻了一番，那时最多只有九十斤，瘦得只剩下一根筋。"

我说："他们不用翻两番也能实现小康。"

说着话时，小河滩上开出几朵花一样的东西。一开始我并不明白这是什么，后来见人可以在里面进出，我才明白那是旅行帐篷。他们将秦家大垸当作旅游点了。我要秦四爹回去看看帐篷和汽车，特别是白狗子那台车，我在扑克牌中见过，叫凯迪拉克，是印在小王牌上，大王牌上印的是劳斯莱斯。

秦四爹对这些没兴趣，再好的汽车也不如他的这头黑色黄牯。

秦四爹断定白狗子他们一定想看看自己，他说不是不可以见，得等到他有兴趣的时候。

我很想见识一下那几顶帐篷，秦四爹也不想我陪他，他要我去那些老知青跟前探听些消息。特别是文兰，弄清她到底是怎么死的。

从山坡上向下走到垸里，路上碰见不少往回走的人，他们已看过帐篷的新鲜，都说着相同的话，说城里的人到底会过日子，几块布一扯，到哪儿都能搭个小房子，一男一女睡在里面要多舒服有多舒服。待我走近时，围观的人都已经走得差不多了。我在一顶帐篷门口探头张望时，看见白狗子正在里面同另一个男人争吵什么。我不知头尾地听了中间两句，好像是为了什么排名先后的问题。白狗子看见我就将我拉进去，让我试试他们的充气床。我坐上去试了试，他问我是什么感觉，我说像是骑在牛背上。白狗子笑起来，说除非让牛四脚朝天后坐在牛肚子上，他说等我结婚了就知道这是什么滋味。刚才还在同他吵的那个男人听了这话立刻笑起来。我听出那声音里有几分邪意。

我正要走，白狗子将我按住问："你为什么不去上学？"

我不想对他说实话，就说："我不想读书。"

白狗子眨眨眼说："我可是汉口王家巷码头边长大的，别的不行就眼睛厉害。"说着他一伸手从我的口袋里抽出姐姐读过的高一课本，"不想读，揣着课本干什么？"

我被他问急了，想抢回课本，又打不过白狗子，只好说："我不要了，等会儿你还不得亲自送到我家里去。"

我装出要走的样子，白狗子一点不在乎，他说："你不要那正好，我们没带卫生纸，正好可以用来揩屁股。"

这话让我火了，我说："你敢动一页，半夜里我撺几头黄牯来，连棚子带人都给踩成牛屎粑。"

白狗子一咧嘴，将书还给我。他说："没想到你比当年的秦老四还厉害！"

白狗子从口袋里掏出一支非常漂亮的钢笔，朝我晃了晃，然后对我说，他有几个问题，只要我如实回答，他就将钢笔送给我。

我想了想后，还是点了点头。

白狗子于是问："垸里的人平常还记不记得这儿来过一批知青？"

我说："没有谁记得，只是前两年讨论如何奔小康时，有人提议，到城里去找找那些曾在这儿插队的知青，请他们帮忙搞个什么能致富的项目。不过讨论完了以后，大家不仅忘了知青，连奔小康都忘了。大家都说，反正这都是城里人吃饱了没事，跑下来玩个名堂就开溜，忘了反而少些烦恼。"

白狗子说："这可不像是秦老四这样的人说的话！"

我说："你没听过，秦四爹的话水平更高。"

顿了顿后我又说："你信不信，他早就算准了你们这两天要来！"

白狗子瞪大了眼睛，过了一会儿才说："你不是说没人记得知青吗？"

我说："秦四爹心里是惦记着文兰。你们是沾了文兰的光才被人记着。"

白狗子说："我再问个相同的问题，你的同学们知道知青的事吗？"

我说："不知道的多，知道的少。但有一次老师在课堂上提起过知青，说他们老写文章抱怨自己下乡吃了多少苦，受了多少迫害，好像土生土长的当地人吃苦是应该的，他们就不应该这样。老师还说，自从来了知青后，这儿的流氓就大胆多了，像是有人撑腰似的。"

白狗子说："你们做学生的也不喜欢知青？"

我说："为什么要喜欢知青？"

我想起秦四爹的话，便又说："你们知青可从来没有喜欢过农村。"

白狗子不说话了，他低着头将手中的钢笔反复玩来玩去。后来他将钢笔递给我。我不好意思拿了人家的东西就走，在那儿站也不好，坐也不好。

正犹豫时，白狗子忽然朝我吼了一句："没你的事了，你还站在这儿干什么。"

白狗子的声音浑厚得像春天的雷霆，滚到哪儿，哪儿的地皮就发颤。

与白狗子同来的那些知青在垸里乱窜，他们对垸里的情况很熟悉，连秦打铁的家都记得。特别是那个与白狗子在帐篷里争吵的人。大家都叫他老五，也不知是他的姓还是他的名。

老五站在那被荒草封住的大门前说，秦打铁从前总吹牛，说他的技术全国第一，只要是钢铁他就能像揉面粉一样，将它弄成自己想弄的形状。老五他们回城探亲时，故意从父亲上班的工厂里拿了一截不锈钢，让秦打铁将它打成一把菜刀，秦打铁打了三天，白烧了几百斤木炭，也只是将那不锈钢打成一只破鞋底的样子，就这样还将秦打铁的腰弄闪了。

秦打铁现在家门绝了。他听别人的话，带上老婆孩子，挑上打铁担子到城里去赚钱。他不懂陌生处的水深水浅，一到就接了一批活，都是些长短刀具。他交完货，钱还没拿到手，就在夜里被人满门抄斩。据说是黑帮械斗，一方吃了秦打铁做的那些长刀短刀的亏，对打起来，秦打铁的刀还是刀，别人的刀则成了泥巴。吃了亏的那些人便向秦打铁下了黑手。

老五对秦打铁的遭遇叹过几声，说在城里可不是所有的人都吃得开。不比农村，再怎么样也有一块地可以养家糊口。在城里，双脚站的地方都有成千上万的人想要。说着话，老五忽然就怀念起当年这屋里炉子上吊罐里的狗肉香。

老五说话时，父亲正站在旁边，他说："那时，这一带的狗都叫你们知青偷吃光了。"

老五说："你不是也跟着吃了许多狗肉！"

父亲说："狗屁，你们总是将啃不动的狗骨头给我。"

老五说："可你还不是啃得津津有味。"

父亲笑了笑说："可你们不知道，有一年腊月下大雪时，你们将公社里养的一条狗打死了，刚煮熟，我跑去骗你们说那是条疯狗，你们吓得不敢吃，让我拿出去扔。我只扔了几块，其余的都让我和另外两个孩子躲在树林里，用树枝做筷子，过了一餐饱瘾。"

老五也笑，他说："那你就不知道下文了，那天晚上我们吃了你家的两只鸡！"

父亲说："谁说我们不知道，我们还找到吃剩下的鸡毛，旁边还有回力球鞋印，那种鞋只有你们知青才穿得起。如果不是秦老四出面拦住，我父亲早用刀将你们的三只手砍下一只来。秦老四说你们个个都是座山雕，人人都想摆百鸡宴，太多了不好对付。"

父亲告诉老五，秦四爹为了让知青不再在垸里胡闹，三天两头往公社里跑，要招工指标，要一个就送走一个，走一个垸里就多一份安宁，而且谁最捣蛋就让谁先走。老五是这个知青点上第三个走的。他走的那天正好是秦四爹被抓起来的日子，他还顺便搭上押秦四爹去县城的车。

我听秦四爹说过，当年他戴着手铐押进城的路上，有个知青不停地往他脚边吐口水，他忍无可忍最后用劲踢了那知青一脚。他说这个知青不知好歹，那个返城的指标还是自己用一包游泳牌香烟从邻近大队的大队长那里换来的。

我明白这人就是眼前的老五。

秦四爹还说，男女一共十六个知青中，老五是最坏的。秦四爹说的坏是捣蛋的意思。他说老五下来的第三个月就将另一个知青点上的姑娘肚子弄大了，其余偷鸡摸狗，挖队里的花生，摘队里的南瓜，哪一件事都是老五领头，最少也是个二把手。老五的绝招是到外面垸里去钓鸡，先用一枚大头针弯成鱼钩一样的形状，再用细线系好卷成一个团揣在裤子荷包里，然后就装作从别人垸前经过。趁人不注意时，用两个指头一弹，就将钩着小虫的钩子弹到一群鸡的面前。哪只鸡若啄了那钩子，便脱不了身，不吭不响，乖乖地随着他走。碰到有人时，他们就停下来，那鸡也呆呆地不往前走，那线细得谁也看不出破绽。走到没人处，他再将线一收，将鸡用外衣包起来，唱着知青们最爱唱的《再见吧江城》，旁若无人地往回走。

这个秘密是秦四爹后来发现的。除了猫狗之类的小东西喜欢跟在人的后面走，别的动物没有这个习惯。那天他看见一只公鸡跟着老五走走停停，就起了疑心。他捡起一块石子朝那只公鸡砸去，公鸡一惊，衔着一根细线飞了起来。为这事，秦四爹扣了老五十个工分。并将扣下来的这些工分划到我家的账页上。秦四爹曾说，当年十个工分虽没有两只鸡值钱，却比两只鸡重要，那时想多挣十个工分不知道有多难，年底算账时，十个工分往往可以决定这个人属于哪一类，是先进人物，还是落后分子。

秦打铁的房子无人去住，就连秦四爹这样的孤身老人也不肯要那房子，大家都看着它一天天地败落下去。老五说，若在城里管他什么原因，只要像房子的都会有人抢着去住。父亲问老五敢不敢进这屋。老五说，三十年前他是坟墓敢躺、棺材敢睡，现在不行了，有后顾之忧，他大小有一座酒楼，不能让生意惹上晦气。父亲没有恶意地说老五，当年他们做知青时总是嘲笑农民，这封建，那落后，怎么一有了钱财，反倒比农民还封建落后。老五说了句很深奥的话，人不可能没有文化传统，也不可能不批判传统文化。

这时，从小河滩帐篷里传出一阵手风琴声。

大家不约而同地扭头看了一下。

老五说："这是白狗子在拉。当知青时，他想要一只手风琴都快想疯了，现在他可以买下全中国当年生产的全部手风琴。"

父亲说："可他拉的曲子没有从前的好听！从前他拉的那个《莫斯科郊外的晚上》，不用说你们哭，就是我也曾想哭！"

白狗子拉的正是《莫斯科郊外的晚上》。

老五皱着眉头说："这曲子就应该在夜深人静时听！现在让人听，太早了点！"

我望了望后山，太阳仍有老高，黄昏还没露出踪影。我找了两遍，山上没有秦四爹的影子，那头黑色黄牯也没见着。

黄昏来临时，小河滩上首先冒起一股青烟，开始是浓浓的黑黑的，上升得很快，样子还有些猛。只一会儿，领头的那团乌云一样的烟雾，就顺着山势爬到山巅之上，在夕阳的映照之下，迅速幻化成一片彩霞。随后产生的青烟就没有这种性子了，它徐徐地缓缓地，甚至还有些绵软无力，还没达到半山腰就被渐起的暮色化解得若有若无。因为这青烟，才能看见晚风的样子。晚风的确像月里嫦娥舒开的长袖，它在半空里一挥而过，却在地面上留下许多生机与希冀。那堆忽明忽暗的火被白狗子和老五他们叫作篝火，火堆旁有女人在迫不及待地唱着歌，在风中隐隐约约断断续续地飘荡着。

父亲和垸里的人都在说，他们还是从前的老脾气，自己将自己弄得特别忧伤，好像是天要塌了下来，却又与别人无关。

秦四爹一直不见回来，白狗子已问过好几次了，他说他无论如何也要同秦四爹尽快见上面。

天黑之前，白狗子开着他的凯迪拉克到镇上去打电话。他的手机在这一带无法使用，只是一块无用的废塑料。白狗子开车离开时，老五在旁边笑着说他刚收了个小蜜，一天不见就心里发痒。白狗子开玩笑地用凯迪拉克去撞他。一不小心，车头撞在稻场边的石磙上。白狗子停下车开门看了一眼后，有些不高兴地责怪老五。老五不以为然地说，这点小事也值得伤和气，修一修也就一万元左右，谁也出得起！听见老五的话后，垸里的人顿时伸了伸舌头。白狗子像是想通了，笑一笑，钻进车门，只见满车身的彩灯一亮，凯迪拉克一下子蹿出老远。白狗子的车跑得很快，十几里山路一会儿就跑了个来回，人还没从车里钻出来，满脸笑容像花朵一样先从车窗里开放出来。

秦四爹依然不见回来。

我去他的小屋看了看，屋里的确没有一点动静。

天完全黑了，我有些着急，就对父亲说，自己要上山去找秦四爹。父亲瞪了我一眼，什么也没说，回屋拿上一只手电筒一个人向后山走去。

父亲对秦四爹的呼唤声在后山不停地回荡着。

随着篝火的亮堂，老知青们的歌声也清晰起来。他们都围在篝火四周。白狗子仍然拉着他的手风琴，老五在吹着一支被他们叫作萨克斯的铁管子一样的东西。没有歌声时这两样东西奏出来的音乐特别好听，而无论是手风琴还是萨克斯，当它们独自奏响时，就更动人了。垸里的很多人都来看稀奇，大家不远不近地站着，不与白狗子他们混在一起。

那几个女知青正在小声唱着一支让我听来很熟悉的歌时，白狗子忽然站起来，将手风琴猛地拉了一阵，然后调子一低，突然深沉地唱起来。

我想起来了，这首歌名叫《三套车》。

在我很小的时候，父亲就经常在屋里哼着这首歌。但他从不在母亲面前唱，好几次他正唱到得意时忽地戛然而止，我问他怎么不唱了，他说不想唱就是不想唱。后来我弄明白了，只要父亲的歌声突然一断，不一会儿母亲必然会出现。我以为父亲是怕自己唱不好，坏了自己在母亲心中的形象。父亲的确喜欢这首歌，除此以外，我没听见他唱过别的。

母亲也很喜欢听这首歌。有一次，父亲傍晚回家，拎了一桶水到后门外冲凉。哗哗的水声使他没有注意到母亲的归来。母亲没有惊动父亲，任他唱完了，才装着刚回的样子出现在父亲面前。

白狗子唱完后，老五用萨克斯管又将那曲子反复吹了几遍。

母亲不知什么时候站到了我的身后，我感到她的身子在明显战栗。

我想回头时，母亲用她的双手将我的头紧紧抱住，不让我往回看。我还听见母亲在自言自语说："他们怎么不哭了，那些年他们只要坐在一起唱着这支歌，一个个都哭得死去活来！"的确，我在篝火旁看到了一股悲伤的烟雾，篝火旁的男人都在猛烈地抽烟，女人则用双手托着腮帮，除了歌声的旋律外，没有第二种声音。后来，垸里的女人中，有一个人哇地哭着跑开了，接着又有一个女人用双手捂着嘴跟跟跄跄地冲入夜幕。

母亲的战栗更厉害了，她的双手无力地垂在我的肩上，用极小的声音对我说："大树，送送妈妈，妈妈想回去！"

回到家后，见父亲还没回，母亲终于忍不住趴在床上用被子捂住头大声地哭起来。我心里预感到了什么，有些替父亲伤悲。我从自己屋里拿了一坨冰糖，放进杯子里冲了半杯水，递给母亲。

喝完冰糖水后，母亲才镇定一些。她告诉我，她和那两个女人曾经都是公社宣传队的，那两个女人在宣传队里与两个男知青好上了，还偷偷怀过他们的孩子，两个女人为他们一共做过五次人工流产，每次都是她在偷着照料。男知青招工回城时，说好马上接她们去，可后来一直杳无音讯。等了几年，她们才嫁到秦家大垸。我以前就听说过，这两个女人都不能生孩子，原因是子宫被刮破了，先前不清楚是与知青们发生了事。

两个女人我都叫婶子，我的两个同宗叔叔对她们很不好，他们自己在外面乱搞，回来后还动不动下手狠狠揍这两个婶子，骂她们是破罐子。逢到这样的时刻，母亲从来不去劝解，她总是朝别人求情，请别人去劝解。很小时，我以为是母亲胆小，不敢上前去。有一次，我偶尔碰见母亲和那两个婶子躲在我姐姐的房里，抱头痛哭，而且母亲比她们哭得更伤心更带劲。

母亲在床上哭了一阵，忽然抬起头来。

窗外传来《花儿为什么这样红》的歌声。

母亲听了一阵，情不自禁地说："那时宣传队里有个叫欧阳的，他个子最小，饭量却最大，一份饭连半饱都吃不到。他在《沙家浜》里演四龙，在《智

《取威虎山》里演小炉匠。他家里情况最糟，爷爷奶奶爸爸妈妈外加叔叔，一家人竟有五个关在监狱里，并且全都是政治犯。亲戚六眷没有谁敢同他来往。我见他可怜，就常从家里拿些红薯给他吃。那年冬天，过年时，雪下特别大，所有的知青都回城过年去了，就他一个人没地方去，三十早上竟跑到我家里来，哭着喊我姐姐，要我留他在家里过个团圆年，如果我不留他，他就去跳崖。我只好求你外婆留下他。夜里他反复教我唱这首《花儿为什么这样红》，他唱得真好，若不是过年，我真的要再哭一场。夜里，大人都睡了，他非要我同他一起在火塘边等着听零点的新年钟声。新年钟声刚响一声，你秦四爹就带着民兵将他抓走，说他用坏歌儿毒害我。那场雪真大，有的地方都快没了腰，我跟在他们后面打滚，非要秦四爹放了欧阳。秦四爹被缠得没办法，只好对我说实话。他说知青已害了好多农村姑娘，他不能看着我也被欧阳害了！"

母亲叹口气说："后来，秦四爹还是将欧阳放了，不过他派了一个人将欧阳一直送回山那边的知青点。"

说着话，母亲竟小声唱起来："花儿为什么这样红？为什么这样红？哎，红得好像，红得好像燃烧的火，它象征着纯洁的友谊和爱情。花儿为什么鲜？为什么这样鲜？哎，鲜得使人，鲜得使人不忍离去，它是用了青春的血液来浇灌。"

我从未听见过母亲唱歌，更没料到母亲的歌会唱得这样好。母亲唱完后，我们沉默了好一阵。河滩上空盘旋的旋律，发生了变化。母亲后来开口告诉我这首歌名叫《小路》，是俄罗斯歌曲。

我说："妈妈，你告诉我实话，你后来是不是与欧阳相爱了？"

母亲怔怔地半天没有回应。

我心里有些明白，就说："我知道了，你不用担心，我不会告诉爸爸！"

母亲长叹一声说："你爸他都知道。欧阳走时，我偷偷送他，还是你爸在前面探路。怕被你外公外婆碰见。"

我说："你们有过孩子吗？"

母亲起劲地摇摇头，她说："欧阳全身都是病，我只是照料他。"

母亲顿了顿后又说："他走时答应治好病就会回来娶我！可他们都一样，一去就不回头！像河里的流水一样。他父亲后来平了反，前几年还老在电视中露面，他们父子长得极像。曾经，电视里转播了他父亲同学们的对话，有个学生当面质问他，为什么不对独生子的胡作非为加以管束。老欧阳当众抹了一把泪，说儿子文革时因父母问题受株连，平反后自己想给儿子以补偿，岂不料事与愿违。听那口气，像是犯了什么事，也被抓进牢里去了。"

母亲这时已经平静了不少。

我出门往小河滩上走，半路上碰见父亲。他没能找见秦四爹，回来邀几个人再上山去。我忽然想起秦四爹常提起那个战备洞，就叫父亲不用去了，秦四爹一定同那头黑色黄牸躲在战备洞里。父亲恍然大悟地"啊"了一声。他擦着我的肩头往家里走时，我突然说了一句话。

我说："爸，你真了不起！"我真的敬佩父亲对母亲一向那么好。父亲好像不在乎我这话里的意思，继续走自己的路。走了几步，父亲回头问了句："你妈她没事吧？"

我说："没事，她还爱着你哩！"

父亲轻轻笑了一下，我以为他不再说什么，他离我很远以后才独自说了句："都走了这么多年，还回来干什么哩！"

篝火旁唱歌的知青和围观的垸里人几乎不见少。唱歌的人很投入，看的人更投入。特别是那几个很有点胖的女知青，跳出一个有藏族味道的舞蹈时，身边几个年纪很大的男人女人，眼里都放出了光芒。他们说这舞蹈叫《洗衣歌》，过去知青们逢演节目是必跳的，真是迷死个人。现在她们发福了，身材没从前好看，但眉眼间，手足腰上的那些味道还在。他们还认得眼前那个身体最胖、头上白发最多的女人，就是当年跳独舞的那个小姑娘。让他们觉得可惜的是那个演解放军的男知青没有来。白狗子说，那个男知青到澳大利亚帮人洗碟子挣外汇去了。白狗子当年是 B 角，他放下手风琴到女知青中间，刚一抬手足，周围的人就大笑起来，年纪大的人说他现在的样子只能演狗汉奸。

白狗子不在乎，他用不太听使唤的手脚比画了一阵，猛地停下来，大声唱道："哎——谁来给咱们洗衣裳嘞！"

几乎没有停顿，一旁的男知青马上接唱："——没得人！"

白狗子又唱："——谁来给咱们做早饭嘞！"

男知青又接唱："——没得人！"

我听见这词与《洗衣歌》原词不同，就明白这是他们当年自叹自怜时瞎编的，他们一顺溜地唱了很多，都是就着现成的曲子改词，唱着唱着他们的情绪就有些低落。听的人中，先是大人们开始撤，然后小孩子也走了，白狗子和老五在篝火旁轮番大声叫着，要大家明晚再来，他们要正式演几个节目给乡亲们看。

我回家时，一不小心看见父亲和母亲坐在一条板凳上紧紧地抱在一起。见我回来了，父亲想松手，但母亲将他箍得死死的。我觉得自己脸上发烫，钻进自己房里，抬头看了看姐姐的照片，然后在房里鼓起掌来，并说："好浪漫的电影呀！"

小河滩上的歌声一直响到很晚。歌声消失后，接着消失的是手风琴，我以为剩下的萨克斯管也会很快消失，可它一直不肯退出夜空，有时候它变得极微弱，几乎等于没有声音，只剩下那么一点点的旋律像游丝一样在风中飘荡，若有若无，亦虚亦幻，当心随夜色静下来时，它又悄悄地从哪儿飘出来。初听到时还以为是错觉，往下的声音也还不敢相信是真的，非要等到这些都来过之后，那萨克斯管的声音才又完完全全地回旋起来。萨克斯管的声音如同母亲的手在我极度痛苦的时候，细细密密地抚摸我的心窝。在萨克斯管的声音中，我一直注视着姐姐的那双眼睛。在那些忧伤的微笑背后，我感到姐姐那微微颤抖的嘴唇，在喃喃地说着：回家。回家。

萨克斯管的声音正悠扬的时候，从窗后黑黝黝的大山中传出一声长长的牛嗥，是秦四爹那头黑色黄牯在叫。我真有点不明白，在自己垸里见到外来的老知青，秦四爹为什么还要躲。那防空洞又黑又冷，说不定还有什么野物，在那里面待着有什么意思。

夜里，我梦见了姐姐，不知为什么她总在哭，她什么也没对我说，却又哀求着要我千万别将她的情况告诉父亲和母亲。醒来后，我盯着黑洞洞的窗口望了半天。

天亮后，母亲起床了。她先将笼里的鸡放了出去，我穿好衣服走出去时，母亲正对着城里的方向出神。

我问她："人做梦是不是与实际情况相反？"

母亲说："是呀！前年我做梦时见到你外公外婆的病好了，逢人就笑，不多久他们就死了。"

我放下心来，不同母亲往下说，出了门就往后山爬。

那几顶帐篷在小河滩里寂静地搁着。帐篷边有一个黑影，刚开始我还以为是一棵小树，仔细看过几眼才发觉那是一个人，我觉得那只能是白狗子，那样子像是将纸铺在膝盖上写字。

战备洞在半山腰的一处土崖上，洞口有些塌方。

我的判断一点也没错：一行牛蹄印点点划划地通向洞里。

我刚爬到洞口，就听见秦四爹正在里面说话。

秦四爹说："连文兰都死了，我活着还有什么意思。那么好的一个姑娘硬是被人逼得走投无路。我可不是要害她，她性子不好老爱一个人发愁发闷，一个人流眼泪，身体又不好，三伏天也不能下水田干活。谁叫我当大队长哩，见她那样子我就想照顾她。她感激我，要同我好，我又没老婆，不找她还能找谁哩！只是我性急了点，那么急匆匆就上床同她睡了，但她并没有恨我。秦家大垸这儿都是这样，男人不行点蛮女人哪会主动迁就你！只要事后继续好下去就行。可他们却将城里的规矩搬到这儿来，要问我的罪。我有什么罪，真有罪文兰就不会那么舍不得将胎儿打掉！我牢也坐了。儿子还没出生就被人弄死了，后来我又等了这么多年，总想着文兰会回来，现在倒好，恐怕连魂也见不着了。她在阴间也不知道被分配到哪个国家，哪个县市，哪个单位，叫我如何去找她！文兰可是对我说过，生是我的人，死是我的鬼，不然我怎会这么痴痴地等她。我相信她，她当时说我害她是被人逼的，那不是真心话，是白狗子他们教给她的。白狗子他们一直对我不满，想将我弄倒了，没有人敢再管他们。我听见过他们骂文兰，他们说文兰是知青中的败类，丢了知青的脸，那么多男知青她不爱，却要同一个土克西鬼混。他们还发誓，不将文兰和我拆散，他们就集体跳崖。他们又向文兰许诺，只要她别说自己是自愿同我发生关系，再有招工回城的指标，他们一定优先让文兰先走。文兰被他们反反复复地折磨得糊涂了，就昏头昏脑地答应了他们。我坐牢后，文兰曾送了九个糖包子给我。看守没有对我说送糖包子的人是谁，可我知道是文兰。因为我对她说过，她胸前的漂亮山峰像两只糖包子一样诱人。为什么要送九个，那是长久永久的意思，她叫我不管多久也要等着她。糖包子是圆的，所以她还说等久了就会有我们的团圆日子。她后来还给我写过信，有好几封，都被看守的贪污了鲸吞了。他们对我和文兰的事特别好奇，有几次借提审时问我同女知青在一起时的感觉是不是很特别。我不肯告诉他们，他们心里很窝火，便想偷看那些信中说的是什么。那些女知青在大家的眼中，再不好看的也比得上仙女。我可不是这样的人，我和文兰是真心相爱，否则我绝对不会对她动歪心思。我要是那种人，为什么我后来不再找个女人，我就是要让那些用歪眼睛斜着看我的知青们看看，我对文兰是忠贞不贰，这辈子我心里只有她。文兰接不到我的回信心里觉得很苦，她奈何不了周围的城里人，只好听他们摆布。他们让她结婚她就结婚，他们让她嫁人她就嫁人。可她心里只有我，她的心是永远不会嫁给别人的。别人娶她就像娶了一头母牛，她没有情给人家，更不会献出自己的心。别人就一天天地虐待她，她没得吃没得喝，没得穿的没得戴的，身上只剩下一张皮包着一把骨头，这种样子只有跳江。跳进江里，江水那么深，那么宽，那么长，谁也看不见她的样子，连我都看不见，这是她最后的心愿，她只有这样表示她还爱着我。你说对吗？去年你的老伴老死时，你不是也不愿去看一眼吗？都这个分上了不看为好。关键是两个人的心要在一起。别人都说我苦，那只是别人的事，他们以为这样苦才会觉得苦，我不把这当作苦，那它怎么也不会苦了。我把文兰装在心里，就等于将幸福装在心里。心里幸福只有自己知道。心里有盼头那才叫真正的幸福，一想到文兰哪一天会突然回来，我就快活得要死。幸福不幸福关键是心里。你看白狗子他们，一台车比全坨人的家当都值钱，穿的戴的用的全都现代化了，可他们为什么还要跑到这个被他们诅咒了没有一万次也有九千九百九十九次的地方来看看，一定是他们心里找不到幸福的感觉了。先前以为能回城就是幸福，回城了又想着升官发财成就事业就是幸福，现在是不是又以为只有到了美国才是幸福？这是幸福对他们的报应，人太贪了，它就会让你找不着。我不贪，我有我的幸福。你觉得我说的那些都对吗？文兰一定是那样的，她的性格我太清楚了，她会那样做的。"

洞里很黑，除秦四爹的声音外，我还听见牛尾巴在地上拍打的声音。我将眼睛闭了一会儿，再睁开时，看见秦四爹还在梦呓一般对着黑色黄牯诉说着。

我挨着他坐了一会儿。

他闭着眼睛对我说："天亮了？"

我说："都快出太阳了！"

秦四爹说："昨晚我总算将文兰的事都想透了。她的确是个好女人。"

我说："白狗子和老五都不愿谈她哩！"

秦四爹说："他们哪是不愿，是不敢！"

我说："昨天到今天你吃了什么没有？"

秦四爹说："我到你家地里扒了些红芋，生的吃了几个，又用火烤熟吃几个，放心，饿不死我的。"

从爷爷死后，我家的红芋地里总是收不干净，照秦四爹的估计，十只红芋中少说有一只没有从土里挖出来。父母亲对这一点不大在乎，坨里人也一样，现在种红芋早已不是当年母亲为欧阳吃不饱肚子着急、偷着用红芋为他补充营养那样的目的了，现在家家都用红芋喂猪。往年，父母亲总叫姐姐隔几天就牵上家里的几头猪，到地里去用那长嘴筒子深翻浅拱，将那些没挖起来的红芋就地吃掉，省去许多的人力。今年姐姐到城里打工去了，这事就没人做。父母亲不让我做，垸里的习惯是这样，男孩子只可放牛放羊，但不可放猪。

洞里地上干干净净的，半块红芋皮，半只红芋蒂也找不见。

秦四爹说："你别找。只有那些知青吃红芋才剥皮削皮。当年我批评他们时，他们竟说如果稻谷不脱壳，小麦不去麸，他们才会将红芋连皮一起吃下去。还说吃红芋本来就屁多，再将皮吃下去打一个屁会起三个小旋风。"

秦四爹边说边轻轻地笑了笑，他说："那些小杂种也挺可爱，不但会唱歌，还会编歌，那些电影里挺好的歌儿，被他们一改词，就跑了味，快乐的变成了伤心的。"

秦四爹忽然唱了起来："樱桃好吃树难栽，不下农村不明白，工分不会从天降，仙人洞好搬不来。"

在母亲之后我又发现秦四爹的嗓子真的很好，可见他说自己演样板戏的事不是吹牛。秦四爹只唱了这几句就不唱了，他站起来摸了摸洞顶后，问我清不清楚这洞是谁挖成的。我说好像听人说过是知青们挖的。

我的确是听说过知青们挖战备洞的事。

那些年一到冬春就开始修水利，几乎所有的男女劳力都要上工地，家里只许留下少数半劳力的老弱病残应付应付。上面还要求让知青全部到工地去接受锻炼。父亲那年只有十六岁，他在离家一百多里的水库工地上当突击队员。每天要用那大号箢箕从坝底往一天天升高的大坝上挑一百多担土。但知青点上的那十六个男女，在工地上挑的所有的土加起来也超过不了一百担。知青们不是坐在土墩上给垸里的人发记分牌，就是在大坝上面给每倒一担土的人加画一笔"正"字。再不就是当宣传员写工地战报。父亲他们为此对秦四爹很有意见。父亲一向受人欺负，因为他那时个头太小还没发育起来。在他同白狗子干了一仗以后，大家才开始另眼相看。父亲至今也没弄清楚白狗子是不是故意整自己，因为他说过一句，知青不是"修"了，就是小资产阶级。父亲是在连续三天发现白狗子都要少给自己画一笔"正"字后才开始发火的，特别是那一天白狗子竟然少给他画了两笔"正"字。父亲说不过白狗子，有理也讲不过他。这是秦家大垸人的共同弱点。大家集中起来同知青辩论时，无一不被驳得体无完肤。父亲不是那种找茬故意赖账的人，这一点仅从他对母亲的情爱就能明辨出来。父亲就是在同白狗子算账的那一次，第一次看见母亲的。当时母亲不知为什么要来找白狗子，父亲没有追问过，但估计是为了欧阳。父亲一见到母亲正在人群中观望，心里就激动起来，他上去一把抓过白狗子的笔，说自己并不在乎那两笔"正"字，关键是要白狗子赔个不是，说声对不起。白狗子死不认错，还骂父亲混账。父亲一急之下顺手打了白狗子一耳光。白狗子马上扑过来将父亲死死扭住。尽管白狗子人高马大，在一对一的情况下父亲绝对吃不了亏。问题出在旁边的人以为父亲会吃亏，他们迫不及待地参与进来，在救助父亲的时候，顺便放倒了白狗子。白狗子在地上打了几个滚，爬起来就在工地上四处召唤，转眼间，几百名知青就聚集到父亲他们面前，恶狠狠地要以血还血、以牙还牙。父亲他们并没被吓倒。他们什么也不说，只是将一根根扁担横在腰间。在他们背后则是几千个同他们模样相同的人。不过这场冲突到底还是没有发生。父亲和秦四爹都说过，若不是知青先退缩了，肯定要吃大亏。工地上的人心里早对知青有怨言。开饭时，他们总是抱成团互相帮忙抢，干活总是挑最轻的，三五成群地横着走，见谁也不让路，还喜欢调戏长相好看的本地姑娘。双方的退却是从母亲和欧阳同时出现开始的，母亲在一边推着父亲往后退，欧阳则在另一边将白狗子往回拖。

秦四爹就是在事后第三天，突然将垸里的知青全部撤回去，让他们在后山上打一个战备洞。

这座战备洞知青们挖了两个冬春，秦四爹说他与文兰的结合就是在这洞里开始的，而父亲与白狗子也因这洞而结成了生死之交。

战备洞要在十米深的地方拐第一个弯，这弯怎么拐必须听秦四爹的。秦四爹从水库工地赶回来，他看了一眼就决定向右拐。秦四爹几乎没在垸里落脚便又来到水库工地，分明是各营连赶进度的紧张时刻，他却叫父亲等几个最卖力干活的男劳力回垸里休息几天。父亲往家里走时，秦四爹吩咐他们只许待在家里，不得乱跑，理由是怕影响不好。

父亲到家的第二天下午，垸里的所有房瓦都在头顶上乱响。接着就有人大叫，战备洞垮了，知青都被埋在洞里了。父亲当即拿上工具，叫上那几个休假的人往后山上跑，战备洞的洞口完全塌了下来，洞里的动静一点也听不见。父亲他们顾不上想许多，趴在那洞口上拼命地往外刨着土。父亲整整刨了六个小时，中间一口气也没歇，连水也没喝一口。天黑后，父亲一锹铲下去，眼前露出一个黑咕隆咚的洞口。父亲从洞口爬进去时，除了白狗子尚能睁开眼睛看看他以外，其余的人全都昏迷不醒。父亲这时已顾不上去回忆在工地上的那场不快，他抱起比自己高出半个头的白狗子，从那不大的洞口往外推，别的人则在外面接着用手往外拉。洞里几乎没有光亮。父亲的目光除了在洞口附近有些用处外，越往里走越没用。救出十三个人后，父亲找了很久才又找到另外两个，父亲无论如何也弄不开他们紧紧搂在一起的四只手，那个男知青的手父亲还能对付，对于女知青的手他无论如何不能用力掰。秦四爹有一回对我说，那些女知青的手的确很特别，哪怕是平常见面握那么一下，也会有种过电的感觉，让人不能自持，以致他后来都不大敢同女知青握手。秦四爹说那时这一带无论男人还是女人，没有不崇拜女知青的，特别是男人，见了女知青个个都会眼睛发亮。父亲从战备洞里救出十六个知青的事大家都不怎么说，传说的是父亲居然能一次摸遍知青点上的八个女知青，言语之中充满嫉妒。父亲最终也没将那一对正在热恋中的知青分开，而是将他俩一起弄出洞口。后来，在外面接应的人都说他吃独食，他应该喊个人进去帮帮忙。

父亲最后找到的是文兰。为了找到文兰，他足足花了十几分钟。他几乎摸遍了洞底的每一个角落，可就是找不到。他要外面的人细数一遍，外面的人说确实没错只有十五个人，并且明确指出是缺文兰。父亲当时就觉得文兰一定是被塌方压住了，他这才唤了一个人进来。两个人正紧张地从里往外挖土，突然有个黑影出现在背后，她无声地走到他们身边，轻声说："我在这儿！"父亲吓出了一身冷汗，那个人更惨，当时就瘫坐在地上。事后文兰对秦四爹说，洞口被塌方堵死后，别的人都感到末日来临，哭的哭叫的叫，那几对相好的还不顾一切地亲热。就她特别镇静什么也不想，在洞底找个不受干扰的土台静静地躺着，迷迷糊糊地还睡着了一阵，所以她一点事也没有。

那些被救的知青对父亲感激不尽，特别是白狗子口口声声发誓要报再生之恩。后来，白狗子知道父亲喜欢上母亲以后，几次出面找过欧阳，要欧阳不要从中搅和。他劝欧阳的话据说是这样说的：只有最没出息的知青才会真正喜欢一个乡下姑娘。这是秦四爹告诉我的。他说时没有挑明这话出现时的背景，像是笼统地泛指所有的知青。我是现在才判断出来它与我的父亲和母亲有关。

秦四爹用脚在地上跺了跺，说是当年的塌方就在这个位置上。

秦四爹望着我说："这里有个秘密。我对你说了你可不能向外说。那场事故是我故意制造的。我早就看出来洞口要塌方，我不提醒知青们，是想给他们一个教训，让他们背上一包恩情债，以后对当地人客气点。若不然，那么忙我怎么会将你父亲他们从工地里放假回来。我这是派的抢险队，事实证明，我这一招最管用。"

我瞪大眼睛想了半天才说："你真是胆大包天，老奸巨猾。"

秦四爹得意地笑起来，黑色黄牯也在地上打了一个响鼻。

秦四爹说，塌方后不久，战备洞就开始分岔了。文兰执意要在一条岔洞洞壁上挖一间小房子，大家拗不过她，就由她去，反正别人也不帮她。文兰对这间小房子特别来劲，每天上工，总比别人先来，比别人晚走。小房子有了雏形后，文兰又在里面留了几个土墩，她说一个是床，一个是小桌子，一个是梳妆台。早已不是她先前坚持要挖这小房子的理由，先前她说是得有一个能保密的司令部。秦四爹说他是在那小房子里同文兰真正好上的。那天他到山那边的小队里检查工作，回来晚了，就借了人家一只手电筒。经过战备洞时，他不知怎的就想进去看看。一走就走进了文兰挖的那小房子，而且发现文兰正独自睡在那张床上。手电筒照过去文兰也不知道醒。当时，他一下子想起许多文兰平时对自己含情脉脉的表示。从最开始他吩咐文兰从此不用干沾水的湿活时文兰瞅着自己的多情眼光，到前几天开会时，文兰当着众人的面，将自己那开了花的上衣脱下来细心地缝补时的柔情蜜意。秦四爹说，他一想到这些就没法控制自己，他几乎是扑过去一把抱住文兰，也不管她醒没醒就大声说：我是秦老四。说着就前所未有地癫狂起来。文兰一点也没反抗，秦四爹忙完后还以为文兰没醒，他拧亮手电筒一看，文兰正瞪着大眼睛望着自己。

秦四爹说文兰没有反抗时，话语里除了深情以外还有些委屈。文兰同秦四爹幽会了几次后，人明显长好了，身子胖了不少，脸上也红润了许多。就在大家欣赏文兰一天比一天更漂亮时，文兰的肚子出乎意料地挺了起来。

我告诉秦四爹，白狗子他们还没有认真找过他，只是问过几次。

秦四爹对这件事很关心。我的说法并没有让秦四爹扫兴。秦四爹说，他躲的时间越长，白狗子就越想见到自己。他要我先想办法让白狗子到自己的小屋里去看看，这样会加大白狗子他们的心理压力。

我不以为然地说："你这样做其实是虐待自己。"

秦四爹说："没有文兰了，我一个人算个什么东西。我就是要这样，让他们见了心里难受和惭愧，往后自我感觉不再那么良好。"

黑色黄牯突然一蹬后腿，猛地从地上站起来，它转过身子将头扭向洞口时，那根粘满土的尾巴刷地掠过我的眼前。

秦四爹告诉我有人来了。

果然随后就有人声传来。

连我都能听出，来人是白狗子他们，那一串串调门总在高处滑行的语气只有城里人才有。

老远就能听见白狗子的声音，他兴奋地叫："个婊子，这洞还在，一点也没垮。"

接着是老五在说："下次再来一定要在这儿树块碑，纪念我们的死而复生。"

随后是一片叽叽喳喳的声音，我听了半天，也没听见他们提到父亲救他们一事。好不容易终于等来这样的时刻，他们惊叹了几声真险以后，就迅速说起各自醒来时的情形。只有两个女知青在说过自己醒来时鼻尖几乎挨着一堆牛粪后，提到父亲救他们的时机太关键了。但白狗子马上取笑她们，说人一旦面临死亡才懂得享受生活是何等紧要。女知青马上讨饶，要大家别提那种时候的事。

只有老五想到文兰，他说真没想到面对生死考验都能万分冷静的文兰，竟然坠入一个农民的情网。白狗子马上说，不是坠入而是被诱入，是秦老四用卑鄙的手段害了她。老五不能完全同意这个观点，他认为主要是文兰受到的打击太多，内心里特别需要一个能让她觉得可靠的男人的保护。他还觉得白狗子当时的做法过分了，光顾维护知青集体的面子而不顾文兰的心情，结果害了文兰一辈子。一个女知青也说，文兰后来执意要回城里去生下那个孩子，可见她是下了决心的。秦老四被抓走时她都哭晕了好几次，如果不是胎儿流产了，她真的会去闯公安局将秦老四领回来。白狗子说，正是因为这一点，自己才将好不容易弄到手的回城指标让给文兰。文兰一回城也就将秦老四忘了，第二年就嫁了人。老五说在他看来文兰并没有忘记秦老四，不然她怎么会同那么本分的一个男人过不到一块，而且对工作也是时冷时热。她突然跳江更是让人感到意外。她那单位里百分之七十的人下了岗，大家都以为她是逃不过这一劫的，结果她偏偏留在百分之三十里面。这样的时候笑都笑不够，她却选择了死。

秦四爹在我的眼前轻轻地颤抖着。

老五继续说："我后来了解过，文兰出事前有三天没有回过家，也没去单位上班。我算了一下，正好是从第一场知青晚会那晚开始的。有人看见她在晚会尚未结束时就退了场，出门后也没上公共汽车，一个人顺着大街往前呆呆地走着。我想一定是那场晚会刺激了她！"

洞口外面沉默了一阵，过了一会儿才有人说，当初他们硬将文兰与秦老四拆散可能是一个无法弥补的错误。若是让她嫁给秦老四，至少不会走现在这条路。白狗子反对这样的假设，他提醒大家看看秦老四现在过的是什么日子，文兰真的当初跟了这个人，说不定早就饿死了。老五则不同意，他说真正的爱情和美满的婚姻可以改变一个人的全部生活道路。他举例说白狗子仅仅是几个月前找了个美丽可人的女孩做情人，买处房子当金丝雀一样养起来，人就容光焕发，生意一笔比一笔赚得多，回家也不同老婆吵嘴打架了。而像秦老四这样的人更容易满足，更容易将很平常的事当作天大的幸福。这样他会更卖力地过日子。

白狗子像是不愿意讨论下去，他让大家还是先进战备洞里看看，说不定还能找见当年从手掌上掉下来的满地的茧花。

我已经看见了从洞口射进的一个人影。

秦四爹突然在黑色黄牯背上猛拍了一巴掌，还叫了声什么。黑色黄牯猛地朝洞外蹿去，跟着洞外传来一片惊恐的叫声。

黑色黄牯出了洞后，扬着一对犄角漫山遍野地追逐着白狗子他们。别人还好，包括那几个女知青，都能很快地逃到山下，在一处处屋角后面探头往回看。白狗子太胖，怎么也跑不动，好几次都快让牛角挑着了，幸亏那些山路旁的树木，一见情形不妙他就往树后躲，闹出几个惊险场面，最终还是没事。只苦了脚下的那双皮鞋，老五说那鞋的牌子是花花公子，一双得花八百多元。

秦四爹还是不肯下山，他宁肯在山上继续观望。

我回到家里时，父亲与白狗子谈得正火热，母亲则在厨房里炒瓜子，一股浓浓的香气弥漫在屋里的每一个角落。母亲炒瓜子的手艺非常有名，连白狗子都知道。他们在这儿当知青时就吃过母亲炒的瓜子。白狗子称赞母亲炒的瓜子可以当营养品，如果到城里去开家炒货店准能赚大钱。父亲不同意，他说母亲炒瓜子的办法他见多了，一点窍门也没有，除了盐什么也不放，然后全用松毛柴烧火，就这两点。盐还好说，可城里哪来的松毛柴哩！白狗子说他可以派车到垸里来拉。父亲还没说出来，母亲先在厨房里回答了。她说，现在不管什么，只要是卖的，总要或多或少掺点假，那样的事她干不了。

母亲的话说得父亲眉开眼笑。

我和姐姐的事，父母亲显然已同白狗子谈过了。

在他们说瓜子的时候，白狗子不停地用目光打量我。我有些不自在正想抽身往外走，父亲叫住了我。

父亲说："白伯伯想带你到城里的大医院里治治那病，你愿意去吗？"

我说："我没病了，病全好了。过了年我要继续上学读书。"

白狗子说："要不了多长时间，你也别担心我会多花钱，我现在最不缺的就是钱。你放心好了，你父亲救了我一条命，我早就想找机会报报恩。"

我说："你有钱是你的事，我治不治病是我的事。"

说完这话，我突然发现自己对白狗子特别反感，白狗子其实并没有招惹我。但我似乎从心里讨厌白狗子。特别讨厌！特别讨厌！特别讨厌！只要想到白狗子，我就会一连三次对自己这么说！

父亲吩咐，让我将姐姐的来信给白狗子看看。

父亲说白狗子已经拍了胸，让姐姐进他的公司，他会好好照顾她的。

我说："姐姐不是在别处干得很好吗？"

我进房里找姐姐的信时，顺手将打开的门又关上。我从枕头下面将信取出来，将那些文字从头到尾看了一遍后，又将它夹在高一数学课本中藏起来。我不想将姐姐的信给别人看。

磨蹭了一阵，父亲推门进来，问姐姐的信找到没有。

我说找不到，可能是被老鼠拖进墙角的洞里去了。

父亲不相信，问我到底怎么了，干吗对白狗子冷若冰霜。

我告诉父亲，秦四爹让自己带了话回来，要他对白狗子多注意点。父亲不以为然，他认为秦四爹是老倔了，在往事的旮旯里拐不过弯，回不了头。父亲要亲自动手找那封信，我急了，就威胁说，如果做父亲的不相信自己的儿子，那就等于生病的人不相信医生给的药。我顺手拿起放在桌上还没有煎的草药要往窗外扔，父亲只好作罢。

我听见他出房门后对白狗子说："大树对他姐姐的东西看得比命还金贵，

不愿给外人看。他有病，只好迁就。"

父亲就是这样的人，他相信谁时，什么话都如实相告。

母亲的瓜子已经炒好了，外面传来一片嗑瓜子的喳喳声。

白狗子抽空说了句："男孩就要有个性，这样才会有大出息。"

父亲说："你们当知青时，人人个性鲜明。"

白狗子说："后来也叫秦老四整得差不多了。他那一招真绝，让我们去挖战备洞，名义上是照顾我们，实际上是磨我们的棱角。一天到晚待在那里面，风霜雨雪都见不着。一副埋了没死的样子，不同别人发生冲突，整整挖了两年，见了你们就像见了亲人。"

父亲说："那也是老四的一片苦心，他怕我们在一起时搞不好又要打架闹事。"

白狗子似乎笑了一声，他说："现在我对你说实话，那一次在工地上我是少记了你一担土，因为我觉得你瞪了我一眼。但你说三天中少记了四担土则是冤枉。"

父亲的笑则是明显的，他说："那时主要是心里有气，瞧你们舒服地坐在那里不顺眼。要说这事，幸亏老四处理得聪明，马上将你们调回来。不然你们可要吃大亏，大家都策划了，要找机会收拾你们一顿。"

白狗子说："我们心里也有数，也在做准备。不过就算我们皮肉吃了苦，倒霉的还是你们。那时的知青就是现在的熊猫。要不然秦老四怎么会被抓到牢里去了。若将文兰换成本地姑娘，准保屁事没有。"

我现在才相信秦四爹的话，这帮知青自我感觉到现在还是这么好。我找了一把锁，将房门锁好。我不想父亲在找不到信后又将姐姐的照片拿给白狗子看。我往外走时，母亲追上来，将一把热乎乎的瓜子塞进我的荷包里。

只一会儿没露面，晴朗的天空就变成阴沉沉的了。从山上刮下来的冷风，穿过棉衣，拼命往骨头里钻。我缩了缩身子，还没有直起腰，就听见后山上传来一声牛叫。那声音在北风里回荡了很久。

知青们分散在各家各户，一般人家都为他们在堂屋正中烧起了火塘。我在坎里走了一圈，大家都闻到了我荷包里的瓜子香。我明白有人同我打招呼是想分享几颗瓜子，我装作不明白，反问他们看见老五没有。大家都说没见到他，我就想他可能一个人猫在帐篷里。我赶到河滩上，意外地发现昨晚哭着离开这儿的那两个婶子，正坐在一顶没有他人的帐篷里相对哭泣，两个同病相怜的女人互相抓着对方糙得像木梓树皮一样的手，除了眼泪一个字也说不出来。

我悄悄地退回来，经过白狗子他们放车的地方时，隐隐听到一丝音乐。我往那几台车子跟前走，音乐声越来越明晰，像是一个外国女人在用英文唱歌，我从未听过，但觉得很熟悉，后来我才记起，它很像外国电影中那些教堂里的唱诗班在深情歌唱。汽车车窗都贴着一层外面看不见里面，里面却看得见外面的薄膜。我朝那有歌声的汽车轮胎踢了一脚，车门一开，露出老五的人头来。

我说："我到处找你。"

老五说："有事吗？我刚来了灵感就躲在车里写一个节目哩！"

老五让我坐进车里。汽车引擎在轻轻响着，车里非常暖和，老五说帐篷里冻得伸不直手指，他只好到车上来开暖气。

老五写的这个节目是讲当年知青点上的真事。那时大家都盼着回城，好不容易盼来几个指标名额，人人欣喜若狂，可一想到有人得留下来时，无论是谁都悲痛万分。谁走谁不走谁也开不了口，最后只好抓阄，没想到抓到"走"的人都像个罪犯，抓到"留"的人成了一时的英雄。

老五说给我听时，几次哽咽得说不下去。

可我一点也不觉得感动。

老五大概看出来了，特别悲哀地说："这段历史怎么能说忘就忘了哩！"

我无法同他说什么，我只关心自己想关心的事。

我问："你们城里的人都在找小情人吗？"

老五对我的问题没有准备，他愣了一下才说："你还是小孩哩，怎么能问这个！"

我固执地说："我就是想问这个，你是不是也有小情人？"

老五说："我怎么会有。我老婆是公安局的，若被发现，她会一枪崩了我。"

我说："那白狗子怎么敢找？"

老五说："你把我们的话都听进去了！白狗子不一样，他的公司大、业务多，成天在女人堆里泡着，谁还管得了，除非让他不做业务了，回家当个穷光蛋。"

我说："你见过白狗子的小情人吗？她长得怎么样？是哪儿的人？"

老五说："白狗子的历任情人我都见过，现在这一个长得怎么样就不好形容，你见过电视里做甜梦口服液广告的那个影星陈红吗？就像她！"

我心里一惊，垸里有彩电的人差不多都说过，姐姐的长相与那个做甜梦口服液广告的女人一样好看。

老五可能从我的脸色看出些什么，他又说："那女孩是安徽金寨人。"

金寨离我们这儿有一百多里路，中间隔着大别山主峰天堂寨，而且我们这儿归湖北管。不过我还是不放心，我说："要是你不认识我，我说我是河南人你也不能不信。"

老五说："白狗子可不是好骗的人，他看过那女孩的身份证，上面清楚地写着。"

虽然我明白现在身份证也可以造假，但我相信姐姐不会这么做。甚至她根本就想不到世上还会有这样专业的骗人招数。姐姐出外打工的前一天，垸里的一个女孩晾在外面的一双袜子不见了，人家随口问她有没有看见谁拿时，姐姐就红着脸说不出话来。

老五又说："白狗子这人就喜欢山里的纯情女孩，见一个动心一个。他人不坏就这么个毛病。这也是当知青当出来的，我们只是没做，心里的感觉是一样的。"

我放下心来后就同老五说别的。

我说："山里的男人也很纯情，你看秦四爹，放着好日子不过，一心一意地等着那个叫文兰的。"

老五说："他那叫苕，那本是不可能的，何苦还要如此哩！"

我说："你们是不是觉得秦家大垸的人都苕？"

老五忙说："瞧你这么敏感，怎么敢说你们苕！"

我说："你们应该去看看秦四爹过的什么日子。"

我要下车却打不开车门，老五伸手帮了一把。车门开后，我站在地上扶着车身，要老五随我去秦四爹屋里看一看。老五看了看手中几张写满字的纸，迟疑了一下还是从车里钻出来。我看见他在寒风中情不自禁地抖了一下。

天空阴得更厉害了。偌大的垸子几乎看不见一个人影，大家都猫在屋里。老五关上车门之前，先将车里的录音机关了，我问他刚才听的是什么音乐，他随手将那歌带取出来让我看了一眼。我还没认出上面的英文的意思，老五就藏宝一样收了回去。我同老五说话时，那音乐一直在影响我，音乐猛一停时，我心里有种丢失什么的感觉。老五比我的感觉还强烈一些，他是用双手捧着将歌带小心翼翼地放进盒子里的。老五盯着盒子上那外国女人沉静的眼睛，神情像是在拜佛。

空寂的稻场上，一头母猪正在用嘴叼着一团稻草匆匆地往它那窝里跑。老五望了望四周，说这迹象是要下雪了。老五有些得意自己还没忘记多少年前自己在这儿学会的气象知识。

秦四爹的房子在垸子的最西头，那儿的风最大，一点遮拦也没有。风头过来时，像十头黄牤一齐发癫那样，让人听着就心惊胆战。那所破旧低矮的房子在这样的大风中年复一年地挣扎着。

老五问我，秦四爹以前的那所大房子哪儿去了。

听说是被拆了给公路让路，老五就想到有关部门必须还给秦四爹一所房子，决不应该只让他在这破房子里度过半生。

秦四爹的门钥匙放在墙上的一个窟窿里，这个秘密全垸的孩子都清楚。我不止一次地问秦四爹，他屋里没有一件别人想要的东西，这门上锁有什么意义。秦四爹总是对我说，只有上了锁才像个家，不然别人会以为那是牛栏与厕所。

开门后，老五将一只脚伸进去又下意识地缩回来，他回头看看我，意思是问有没有搞错。我什么也没说，自己先钻进屋里。老五只好跟进来，然后默默地看着屋子里的一切，一个字也说不出来。昏暗的屋子里只有一张破桌子和一只破凳子，黑乎乎的灶台上搁着两只白瓷碗。秦四爹没有床，就在地上铺几捆稻草，再将一床旧棉被胡乱扔在草堆上。相距不到两尺远就是牛睡的地方，尽管有一股臊味但屋子还算干净，没有见到牛屎牛尿，并且稻草也都堆在该堆的地方，别的地方难得见到一根。在屋里多站一会儿，让眼睛适应了以后，还能看见桌子、凳子和灶台被经常擦拭而留下的光泽。

老五问："村里怎么不给秦老四以救济。"

我说："有救济，可他不要。"

这时，门口一暗，白狗子出现了。他冲着屋里说："这种破地方，你们来干什么？"

我没作声，是老五对他说，这是秦老四的家。

白狗子听明白后，也怔怔地进了屋。他看了不止一遍后说："秦老四怎么会是这样，他不应该是这样。我还以为他现在应该活得比谁都好！"

我想起秦四爹的话，就问："你们现在怎么想，不觉得心里难受吗？"

白狗子反问我："你这话是什么意思！又不是我们叫他这样，更没有逼他，他自己喜欢这样过，谁又管得了！"

我对这话很生气，将目光从白狗子脸上挪开，一低头发现地上有块白花花的东西。弯腰捡起来，见是一封信。我同秦四爹一道玩了这么多年，从未见过有谁给他写信，就是口信一年当中也难得有人捎给他几次。

我看见信封上的地址是城里的，心里更加吃惊。

老五先凑过来，只看一眼，就惊叫起来。

老五说："是文兰写的！"

白狗子不相信，他将信接过去在门口的光亮中细细看了一阵才表示，地址的确是文兰的。他还看了邮戳，正是文兰跳江的那一天。

一片白色的小东西落在信封上。没等我们看清它那美丽得有些凄凉的纹案，它就变成一粒晶莹的小水珠。我们都明白它就是雪花。

下雪了！

跟在第一朵雪花后面的是纷纷扬扬的数不清的雪花。

白狗子和老五要我做主将信拆开，看看文兰对秦四爹说些什么。

我不愿拆它，不是我不敢，秦四爹的眼睛早就老花了，这么小的字他必须请我替他认。我只是要他们上山去将秦四爹找回来。

在白狗子和老五不停地请求声中，我坚持不拆，非要等到秦四爹当了面才肯拆开它。

出了那破败的小屋，白狗子和老五一直在我身后跟着。转眼之前，雪就落满了天地。空中白白的，乱乱的，特别苍茫。

知青们闻讯都围了过来，那几个女的，手指还没摸着文兰的信，眼圈就红了。我有些抗不住，差一点便答应了他们。幸亏黑色黄牯又在后山上长噪了一声。我冷静下来，告诉白狗子，他们不去找秦四爹，只想拆他的信，这样做太不讲良心了。

我说完后他们就不再作声。

片刻后，一群人不约而同地一齐往后山走去。

我没有跟着去，就在秦四爹的门前等着。在我向山路凝望时，捧在手中的信封上迅速积满了一层雪花。

不知过了多久，白狗子他们簇拥着秦四爹和黑色黄牯从后山上走下来。秦四爹一拐一拐的身影在人群中特别刺眼。一路上的动静，一点也不像他们之间说过什么。

秦四爹显得比知青们平静。雪花一阵阵地扑打在他的脸上，他那满脸的皱纹竟不见动静，就像远处的千山万壑一样。

拴好牛以后，秦四爹才朝我眨了一下眼。

我小心翼翼地撕开封口。

文兰的信很短，只有不多的几行字：

老四：

你现在过得怎么样。我最怕你脾气犟，让自己吃亏。人毕竟只有一生。你也莫怪别人。像我，我只怪自己。原以为嫁了个老实人，没想到前几天他竟然将发廊里的女人领到屋里来了。我一直没有梦想，现在我只想到那边去，看看那边有没有从前的那种战备洞。

文兰

我将信递给秦四爹时，被白狗子半路截去。

信在知青们手上转了一圈才到了秦四爹手中。

秦四爹不看信，他将目光向屋里望去。

不知是什么原因，大家都觉得眼前一亮，非常清楚地看见对面的墙上，有一幅用木炭画出的人头像。

白狗子带头，大家齐声说："真像文兰！"

秦四爹这时才冒出一句话："那是摸黑画的。"

天黑后雪越下越大，白狗子他们只好改变原先的计划，只将几个来秦家大垸新编的节目在我家的堂屋里演了一遍。也许是因为文兰的那封信，他们演得特别投入。白狗子挺着水桶一样的肚子居然还能跳舞。垸里的人开始还觉得挺好玩。演到知青们为了一张招工表而又笑又哭时，垸里有人不高兴了。

"怎么走不了就像是在地狱受罪，那我们前几辈子没有走，后几辈子也没有走，钉在这儿就是理所当然的吗？"说这句话的人，一扭头离开了。

一会儿大人都走光了，堂屋里只剩下一群不知事的小孩。

秦四爹从头到尾都没离开。

他对我说，他在那群人中总能看见文兰的影子。

我问秦四爹，怎么白狗子他们一去他就跟着下山了。

秦四爹说没办法，雪太大，黑色黄牯抵挡不住。

我还要同秦四爹说话，突然觉得身上不对劲。我明白是那病又要发作了。我赶忙叫了声父母亲，他们跑过来将我抱到床上放平。从前这病发作时，我从未失去过知觉，这一次我一躺到床上就人事不省。

　　我是被一阵惶恐的声音惊醒的。

　　我从未见过白狗子用如此不妥的声调说话。

　　白狗子惶惑地小声说："怎么会是这样！她怎么可以是小树的女儿呢？"

　　老五的声音更小："我还劝过你，找小蜜要当心，搞不好就会碰上朋友的骨肉。"

　　白狗子说："我哪知道，她有身份证，一口金寨话又学得那么好。"

　　老五说："你还是冷静点，说不定会错中错。"

　　白狗子说："怎么错得了，这相片是我陪她去照相馆照的。"

　　刹那间，我明白是怎么回事了！

　　我从床上跳下来，不顾浑身的疼痛，一下子扑过去，狠狠地咬住了白狗子的一只手。我没有感到白狗子的挣扎，只感到老五在拼命地想将我拉开。我死不松口，想将白狗子的肉咬下来。我差一点做到了，当我的牙齿感到一股血腥味时，父亲闻讯跑来强行将我拖开了！紧接着母亲也过来将我紧紧地搂在怀里。

　　母亲以为我病得厉害，忍不住边哭边诉地说，等姐姐挣到足够的钱就好了，就可以替我找高明医生将这怪病诊治好。母亲说话时，眼睛还乞怜地望着白狗子。

　　我心里滴着血又不能说。

　　我只要父亲将白狗子和老五他们撵出去。

　　屋里只剩下我和母亲时，我望着姐姐的照片号啕大哭起来。母亲以为我想念姐姐了，就叫我别着急，白狗子他们明天一早就回城里去，请他们给姐姐捎个信，请假回来一趟。我用双手捂着母亲的嘴不让她说下去。

　　就这样我哭了整整一夜。

　　天亮时，父亲走进来，有几分高兴地对我说，白狗子答应，今天随车带我进城找最好的医院最好的医生，将病治好，一切开支都由他那公司里出。我听后大叫一声，说自己宁可死，也不去城里治病。还叫父母亲马上去将姐姐找回来，别再在城里待了。

　　天色越来越亮，从窗户里都能看见外面大雪茫茫。父亲劝不动我，便要强行将我拖进那辆黑色的凯迪拉克。我挣不过他，就将两只脚在雪地里划出两道深深的沟槽。我反复说着这凯迪拉克是具装死人的黑棺材，坐在里面的人都得去死。

秦四爹这时从雪地里走过来，他推开父亲，将我拉到远远的无人之处，问到底发生了什么事。我将姐姐的事告诉了他。他听后许久一句话也没说，直到父亲又想过来催时，他才对我说，病是不能不治的，但不能用他们的钱。我看着秦四爹回到他那快被雪压垮的小屋，不一会儿手里拿着一只纸包走过来。

秦四爹将纸包放进父亲手里，他说："这是一万块钱，我用不着它了，原准备文兰回来，现在全送给大树，治好了病再好好读书，做一个我们自己的知青。"

父亲从未见过这么多的钱，他捧着纸包呆呆地不知说什么好。母亲有些语无伦次地说："白总都已经答应了，我们不能再乱花别人的钱。"

秦四爹说："我这钱来得辛苦，用它买药治病见效快！"

秦四爹要父母亲不要谦让了，赶快商量一下由谁陪我进城看病。父亲母亲都想去，大家说也可以一起去，顺便在城里玩一玩，难得有这么一个机会，同时还可以看看姐姐。我不同意他们去，如果他们从姐姐那里看出破绽，那会要母亲的命。我说既然是秦四爹花的钱就让秦四爹陪我去，秦四爹从前到城里去开过积极分子大会，不比父母亲对城里的情况一无所知。

我悄悄地对秦四爹说，让他去是为了方便将姐姐接回来。

秦四爹一答应，父母亲便不争了。他们很快就帮我收拾好了行李，我不愿坐白狗子他们的车，要秦四爹带我到镇上去搭公共汽车。秦四爹瞪了我一眼说："就坐他们的车，他们能坐我们为什么不可以坐？"

另一边，父母亲还在对心不在焉的白狗子说着许多感谢话。

我想过去将他扯开，秦四爹用一只老手紧紧握住我的手不松开。

秦四爹用另一只老手摸着我的头说："记着毛主席的那话，要奋斗就会有牺牲，死人的事是经常发生的。"

天地在一刹那间变得很静，只有雪花的簌簌声。突然间，那个外国女人的歌声又响起来了，雪野顿时一派肃穆。别的人都没动，只有白狗子和那几个知情的知青，用双手抱着自己的头，拼命地向地下低去。

一九九七年九月二十九日凌晨两点完稿于汉口花桥

音乐小屋

轰轰隆隆的北风从上街来、从下街去时，满街的人和车都规规矩矩地俯下身子低着头，不只是鼻孔里，就连眼睛里也塞满了灰尘，以及灰尘中各类鞋底的气味，甚至还有高跟鞋磕在马路上的铁屑与铁腥。天上的颜色如同将整条马路倒扣了上去，或者是被刷了一层水泥浆，阴冷阴冷的，不用眼看心里也感到难受。没有一棵可以挡风的大树。一溜溜的冬青植物如大叶黄杨与小叶黄杨，用不着谁来摧残，光是些尘埃就让它们十足地狼狈了，可怜兮兮地一副自身难保的样子。看起来已连成片的高楼起不了什么作用，反倒是将北风激怒起来，像那扎破的气球，呼呼地从楼群豁口中钻出来，汇合到大街上，顷刻间就将街面剥去一层皮。大街因此显出了一段清洁。实际上这也是城市的表皮。角质化的皮屑，在半空中飞舞成鼓鼓囊囊的塑料包装袋和扭扭怩怩的长筒丝袜，错字连篇的广告条幅和散开脊背像雪片一样飘飘荡荡的书籍残骸。被如此剥去的城市表面，陆续汇聚到各式各样的拐角处，惹得各式各样的城市眼光在那些垃圾上一掠而过。几株营养不良的菊花散落在冬青植物的缝隙里，唤不起过路人的珍贵意识，那金灿灿的花瓣也闪烁不起来。

万方双手握着口琴，站在窗前已有好长时间了。

同屋的陈凯最后一次笑话他已是半个小时以前的事情。陈凯说他盼黄昏就像盼情人一样。这之前，陈凯连续不断地说，万方是在遥想从城市垃圾中找到一张百元美钞、一条像狗链一样的金项链和一张中了百万元头奖却被主人遗忘的彩票。陈凯说过万方盼情人一般渴望黄昏到来后，自己也如释重负般倒在床上，一歪头便呼呼睡去，那张洗得不太干净的脸，只差几寸就能贴到墙壁上那幅半裸外国女人画的胸脯上。那画儿是陈凯自己贴的，很难说他是有意还是无意。屋子又窄又矮，贴到枕边是最合适的选择。

当初，环卫站马站长笑眯眯地告诉万方，他将同一个叫陈大头的人合住一间九平方米的房间。万方听后心里乐成了一块冰糖，他知道在这座六七百万人挤在一起的城市里，许多家庭两三代人也还只有资格合住在八九平方米的小屋里。万方跟着马站长在弯弯曲曲的巷子里糊里糊涂地转了一大通后，马站长才将一扇安在楼梯底下的门指给他看。他用马站长郑重地交给他的那把钥匙拧开门上的锁，进了屋才发觉，地下的面积是够九平方米，可勉强能直起腰的空间只有两平方米多一点。没等他开始失望，马站长又告诉他，在另一个单元相同的房子里，住的可是一位给市里那些著名演员写剧本的戏剧学院毕业生。马站长没有进门，站在门外将口袋里压瘪了的半包阿诗玛香烟扔到万方怀里。马站长说，站里穷，这几支烟就算是为他接风洗尘。万方一再声明自己不会抽烟，也不敢让领导破费。马站长很果断地一挥手，将他的谦让压制下去，并预言万方三个月以后就会移情别恋，爱上抽烟。马站长临走时告诉万方，在自己手下当清洁工的人，无论男女没有不抽烟的。万方一个人在楼梯底下的小屋里住了整整十天，他天天盼着那个叫陈大头的人出现。第二个十天刚开始的那个中午，万方正在窗边吹着口琴，陈凯推门进来将一大包行李扔在床上。小屋里只有一张三尺宽的床，马站长说过这床从来都是睡两个人的。万方以为陈凯就是陈大头，便退到墙角里，一声不吭地看着陈凯将自己的行李用品都摆放在各个有利的位置上。万方不知道陈大头是真名还是诨名，有好几天不敢称呼陈凯。偏偏陈凯又是个不讲究的人，每天上午九点到十点之间下班回来，也不认真洗一洗就爬上床睡觉。待万方洗干净了钻进被窝里，陈凯的那双臭不可闻的大脚早将万方的枕头熏成了公共厕所中的弃物。忍了些时日后，万方实在忍不下去，终于冲着陈凯叫嚷起来，说陈大头你再不好好洗脚，我就将你的脚皮剥下来。陈凯愣了愣后反问，你怎么给我取诨名。这么一说之后，万方才明白，陈凯不是陈大头，陈大头已被马站长炒了鱿鱼，到别的什么地方打工去了，陈凯是来顶替陈大头的空缺。陈凯是河南新县的人，万方正好同他相邻，家在湖北红安。叙谈之后，两人之间的关系一下子变得亲密了，说到都是高中毕业时，两人都长叹了一口气。这也是他俩第一次的默契。

万方的确是在等候黄昏的降临，他不太喜欢城市的白天，化日之下城市的糟糕之处没个躲闪，总让他看了难受，然后就开始怀念天台山上上下下的许多美妙与美丽。黄昏后却不一样，霓虹初上，满世界就朦胧起来，阳光下不堪入目的东西，转眼间就变成了抒情。最要紧的是以万方的模样走上大街，只要不是在灯火最辉煌之处，竟也能吸引几道城市女人的目光。

那些孤零的菊花这时是万方眼中唯一的景物，他总在心里将它们当成了自己。从它们绽开第一枝花瓣开始，每天深夜里，万方都要过去悄悄地给它们浇上一些水，然后用手轻轻地在每枝花瓣上抚摸一下。这个动作没有人发现。所谓没人，其实单指陈凯。街上的行人目光总是那样茫茫然，看见了也像没有看见一样。关键是陈凯从没看见。陈凯总说，万方的目光里有两只小手，见到什么就抚摸什么，包括漂亮和性感的女人。陈凯若看见他对菊花的抚摸，一定会说出更加赤裸裸的话来。

北风一点也没松劲。

这是入冬来的第一场北风，也是万方来到这个城市里遇到的第一场北风。他有点想不起，这时候如果在红安家里，自己会干些什么。

头顶和脊背上的脚步声逐渐多了起来，开始还是时断时续，接下来就像擂鼓一样连成了一片。住楼上的人都下班回来了。

那个胖乎乎的女人在外面叫："老公，怎么还不下楼啊，未必要我这个女将背车子上去不成！"

话音刚落，脚步声便从天而降，急促得如同石头滚下山。陈凯准确地睁开眼睛，死死盯着鼻尖上面的楼梯。万方还是看着窗外，心里却在数着高跟鞋磕打楼梯的次数。刚数到十，他便下意识地缩起了脖子。几乎是与此同时，锅盖一样盖着他们的楼梯被那高跟鞋狠狠地蹬了几下。楼梯上没有灰尘掉下来，一日一次，灰尘早已掉干净了。

等到胖女人的脚步声被一声门响掩去后，陈凯从床上跳起来，狠狠地骂道："这肥猪婆，死了要用垃圾埋！"

万方没有作声。

陈凯又说："天天这样，我们又没有罪了她。"

万方这才回头说："人家是看你不顺眼。一双臭脚将一栋楼都熏成了臭干子。她比别人体积大，要多花半瓶香水才能出门！"

陈凯说："我只是脚臭，瞧她那男人全身都往外冒酸臭，一副娘娘腔，见了老婆恨不得趴下去舔她的脚趾缝。"

万方说："人家这叫恩爱。"

陈凯说："屁，我老婆待我才叫恩爱哩——不同你说这个，你没有恋过爱过，怎么说也没体会。这样，哪天你问问居委会的何大妈，了解一下这胖女人的底细，我们再商量个对策。"

万方说："要问你去问。人家说不定是养成了习惯，进家门前，不蹬几脚不舒服。"

陈凯说："你以为像你，见了女人不看一眼就难受！不信打赌，她若不是对我们有什么仇恨，嫌我们没有将她走路的大街扫干净，我请你吃十个羊肉串。"

陈凯接着说："何大妈见了你像见了亲儿子，你开口问她准会说的。"

万方又不说话了，他将头扭回去。窗外的黄昏已正式降临了，亚洲大酒店楼顶的霓虹灯像掐着秒表一样准时闪烁起来。不一会儿，整条大街便被妖冶飘忽的彩色浪花淹没。陈凯从床上爬起来时，不留神屁股拱了万方一下，万方下意识地用手去扶面前的墙壁，一直紧握着的口琴在墙上蹭了一下，不少白灰粉末钻进口琴里。这样的情形每天都要发生好几次，陈凯一点也没在意，问了问万方现在是否出去吃饭。见万方摇头，陈凯便独自走了。

屋里的空间一下子大了许多。万方看了看手表，见六点钟只差五分了，连忙将口琴放进水桶里洗了洗，然后又用力地甩了几下，也没看看是否洗干净了，就急促地用双唇一含，轻柔地吹奏起来。

音乐一出现，眼前的城市忽地就变可爱了。

整六点时，一个美丽的女孩从窗前走过。女孩背着一只小巧的坤包，下身穿着长袜短裙，再披一件淡黄色的羊绒长大衣。北风太大时，更衬起女孩的款款姿韵。女孩一路望着充满音乐的窗户，像帆一样驶向了远海。万方知道女孩在听在看，尽管他从没抬头望穿玻璃去做印证，仍旧在心里对此确信无疑。万方是在臆想陈大头何时出现的那段时间里，无意中看见这个女孩的，几天后他就明白女孩总是在这个时间里出门上班。万方第一次鼓足勇气在傍晚六点到来之前吹响口琴时，很熟的曲子竟错了几处。他独自羞愧地闭上了双眼，结果竟然看见那久违的天台山中的景色。特别是落霞中弯弯曲曲的炊烟和池塘边洗菜汰衣服的姑娘。当即万方的双眼就湿润了。口琴中飞出的串串音符仿佛得到及时滋润，也能够在城市的黄昏里楚楚动人和曼曼舒展。

万方确实不知道自己为什么要这么做。他非常清楚这个城市对他使的白眼就像夏夜里星星对月亮一样多。他有时也有片刻明白，更多的时候是不明白，可越不明白他越要这样做。

女孩已经走了，这一点万方也知道，他还是将一支曲子完整地吹奏下来，稍事歇了歇，又换了一支曲子吹起来。他一共吹了六支曲子，同以往一样，刚好半个小时。万方没有说演出到此结束，因为他确实不是在演出。所以，这么庞大的城市听见了，也没有人给他一巴掌掌声。

万方在用红绸布包裹口琴时，心里明朗了许多。他想着那女孩此时可能正在拥挤的公共汽车上，被人挤得东西不像东西、人不像人的模样，不知怎的竟轻轻笑了一声。

外面忽然有人敲门，轻轻地像是女人。

万方有些紧张，除了居委会的何大妈外，从来没有女人进过这门，但那声音又分明不是何大妈，何大妈习惯一边敲门一边叫唤。万方让自己镇定了一下，这才将门拉开。

门口只站着一个五岁的男孩。

万方弄清了确是这小男孩在敲门后，才问他有什么事，是不是爸妈没回来，进不去屋。小男孩摇摇头后，突如其来地告诉万方，他讨厌学钢琴，喜欢吹口琴。小男孩还说，他想让万方教他吹口琴，妈妈不同意他可以偷偷来。万方吃惊地看了他几眼，才劝小男孩还是学钢琴好，钢琴文明，是富足有知识的象征。小男孩说学钢琴一点也不文明，他妈妈老用尺子打他的手和屁股。小男孩一再说万方的口琴吹得真好听。

小男孩将万方的口琴拿在手里反复抚摸了一阵，然后郑重地告诉万方，他以后每天趁妈妈没下班时，下楼来找万方。小男孩转身要走时，万方将他扯住，小声问，这一带最美丽的女孩叫什么名字。小男孩想也不想就说出一个名字。小男孩转身走开的样子让万方想到那个胖女人，他追了几步一问，果然胖女人就是小男孩的妈妈。

回到屋里，万方赶紧在一张纸上写下"伊丽莎白"四个字，并久久地凝望着这奇怪的名字。

霓虹灯太奇妙了。细细的弯弯曲曲的各种小管子，竟能让光亮像舞台上的时装模特儿，不仅能随心所欲地变化着色彩颜容，还能随心所欲地变换着姿态风韵。一样的城市，有霓虹和没霓虹的地方，在黑夜里绝对是两个世界。江汉路同二七路在城市里是同等的悠久，汉正街同粮道街隔着江曾经对应扬名，现在的夜里还有谁能看见二七路和粮道街哩！那些地方在更深人静之际，一个人孤单地走过时，稍不专心，就会恍若徜徉在荒郊小镇乡间集市上。城市说到底，离不开伪饰与伪装，离不开那趁人不注意时的梳理与清洁。

在钢铁的摇滚中，城市开放着灿烂的霓虹之花。没有冬青植物的映衬，更不需要那些孤零零的菊花来争艳。城市怎么能就这般展示自身的美丽，展示自身的青春哩！

霓虹之花开得太过分了，就像施肥太过，只知道疯长的庄稼。

陈凯进屋时重重地打了一个嗝，小屋里马上有股子热干面的气味弥漫着。听说万方只泡了一碗散装方便面，陈凯就笑着说他这么做很对，早点将钱攒足了，回天台山娶个水灵灵的姑娘过好日子。

陈凯见桌上有张纸条，就扫了一眼。

陈凯装作吃惊地说："怎么，你想娶英国女王做老婆？"

万方没好气地说："就兴那老太太叫，别人就叫不得伊丽莎白？"

陈凯说："我一进屋就见你在出神，谁告诉你这个名字的？"

万方想了想后，还是将事情的来由告诉了陈凯。不过他隐瞒了自己天天吹口琴等那女孩经过的事实，只说了今天见到女孩的情形。陈凯听了后，嘴张了几次才说出一句自己会给万方帮忙的话来。

坐了一会儿，就到了晚上八点半。陈凯一把扯起万方，要他早点出门上班。万方说离九点钟还差一大截，用不着到街上去喝北风。陈凯力气大，扯了几把就将他扯到门外。

刚走到街边，陈凯就停下不走。

万方问时他说是等一个人。

街上的人比平日少了许多，沿街的许多小货摊和小吃摊也不见摆出来。万方诘问陈凯是不是见街上的人不多，想拉他来凑数。陈凯笑嘻嘻地反问他，说他们进城来不是凑数又能是什么哩，城市永远也不会拿他们当自家人的。

万方正要回答，陈凯忽然叫了声："伊丽莎白！"

万方刚要回头，不料脸上竟发起烧来，他不敢再转身，竖起耳朵听见一个小女孩脆脆甜甜的声音说："是你在叫我啊？"

万方正在发愣，陈凯在身后说："这位叔叔想同你认识一下。"

万方感到有人扯了一下自己的衣襟，他刚说了声"小朋友好乖"，脸上烧得更厉害了。幸亏手指触到送那小男孩离开时随手放进口袋里的口琴，他连忙说："你想同我学吹口琴吗？"

小女孩一偏头说："我同丹麦王子说定了，由他先向你学，回头他再教给我，免得他以为我在同你谈恋爱。"

听到这话，万方和陈凯都吃了一惊。

这时，一个女人蹿了过来，一边叫着伊丽莎白，一边将小女孩从他们身边扯走。离开几米远才回头质问，你们这副样子也不怕让巡逻的警察见了，当作人贩子抓起来。万方心里凉了一阵，陈凯却自个笑起来，伸着指头点着万方的鼻子，说他对城里的小姐太着迷了，连小孩的话也分不出真假来。万方眨了几下眼，也禁不住笑起来，怪自己怎么一时糊涂，竟误解了小男孩的话，幸亏不是公狗推荐的美人，不然他也要将母狗当作了最美丽的女人。

万方和陈凯一前一后走进环卫站，冲着几个已穿好橘黄色马甲的乡下女人叫了声伊丽莎白，趁她们还没明白，又扭头将另几个男人称为丹麦王子。大家回过神来问他俩发的什么疯。马站长从里屋钻出来，不待他俩说什么，便一本正经地说，大家就是要将自己当成王子和王后，别人看不起清洁工时，自己就要格外看重自己。万方本来已咧开嘴准备大笑的，马站长这一说后，他将笑声变作一句话说了出来。

万方说："有个胖女人故意用脚在我们屋子上面猛踩。"

马站长说："鞋子在外面脏了，进了门谁都会踩几下。"

陈凯说："可她天天如此，肯定是故意的。"

马站长答应有空就到他们那里看看，然后一边挥手叫大家上班去，一边吩咐，风越大，扫街时越要小心，免得与行人惹起纠纷。大家用四川、河南和湖北的方言纷纷答应着。

万方同陈凯是在亚洲大酒店附近的一处街口分手的，万方顺着江流的方向往下扫，陈凯与他相反，是逆流向上扫。

北风吹了一整天，地面上的垃圾已先行汇聚到一处处各种各样的角落里。几个男人手挽手排成一排，冲着万方一点不准备躲闪地走过来。万方开始没注意，听见脚步声有些不对头，他一侧身，见人墙已逼近，连忙拖着扫帚跳着退了好几步，直到将整个路面都让给他们。男人们走过时，有人说这场风让乡巴佬扫大街时占了便宜，还没动手垃圾就自动归了堆。另一个人接着说，毛主席的话看来也有错，扫帚没到灰尘也会自己跑掉嘛。说话时，大家纷纷向地上吐了许多痰。万方等他们走远了，才低声回敬说，你们懂个屁，风将垃圾归了堆后反而更难扫。说完他用扫帚将一堆垃圾狠狠地扬到天上。一根细丝样的东西，出乎意料地飞得又高又远，落在一家餐馆前的霓虹灯上，霓虹灯冒了一阵火花，随之熄灭了半边。万方提心吊胆了一阵，餐馆里的人竟没发现,不见有人影出来观望。万方因此扫得更卖力了,他想早点离开此处远远的。拐角里的垃圾像是生了根,大扫帚挥舞不起来,万方不得不经常蹲下去,用手或捧或抠地将它们弄出来。

万方好不容易平静下来,忽听见凭空里有人叫着他的名字。万方正蹲在地上,他随口应了一声。待站起来四处观望,周围并不见一个人,能动的只有一辆辆小汽车。这一声喊让万方琢磨了好久,如果是在家里,他会怀疑或许是遇上鬼了。城市里是不用这么顾虑的。不过,万方总也放心不下,毕竟这一声喊,证明了在这座城市里,除了环卫站的同伴以外,还有一个愿意与他交往的人。

除了路灯以外,还在闪亮的只有霓虹灯。远处,亚洲大酒店门口还能见到一些女人晃动的身影。霓虹灯很明显不是为万方而闪烁,没有了对象,它就少了多半生气。在大扫帚的枝杈缝隙里,迷人的色彩也少有光鲜。陈凯好几次在空无一人的大街上对万方说,只有在这一时刻里,这座城市才属于他们。没有陈凯在身边,万方一点拥有的感觉也没有。实际上,他来到城市就是想拥有它的,至少也得让城市拥有他。万方的父亲在他很小时就告诉他,垸里从前来过一群叫作知青的城里人,一个个都是年轻英俊的模样,能歌善舞,能写会画,将垸里的青年人都迷疯了。父亲说知青有一个特别的物品,人人都揣着一只口琴,走到哪儿吹到哪儿。万方在对口琴的向往中长到十岁,他讨下母亲准备杀了给他过生日的那只大公鸡,自己抱到镇上卖了,获得的钱刚好让他买了一只口琴,然后将镇文化站阅览室里的那本无人触摸的《口琴演奏法》,偷偷塞进怀里,从此据为己有。他没对任何人说,他确实很多次听见口琴里发出大公鸡的呜呜声。

万方这时又一次想到了同垸的伙伴万有。万有与他同岁。在万方拥有一只口琴时,万有不知从哪儿弄到一把小提琴。万有做事向来都是神神秘秘的,从不将底细对别人说明。在他们长大的过程中,万方对口琴的把握,无论如何苦练,也只有万有对小提琴的理解一样好。万有还获得过县里器乐比赛小提琴组的一等奖。万方没有拿上奖状奖杯,县里没搞口琴比赛,不过在器乐比赛结束时的汇报演出上,专门让万方上台表演了一番,大家就说他其实也获得了一等奖。万有比万方早一年来到这个城市,听说混得很不错了,但万有还同以往一样,不让别人了解自己,别人只见过他坐着小汽车从城市往家乡跑。想到这些,万方就意识到那个叫他名字的人十有八九就是万有。一个月前，万方坐在垅前的草坡上，对着黄昏吹着口琴，看着一辆小汽车慢慢地从山下爬到身边，万有从车窗里伸出头来朝他喊，问他怎么还留在乡里，怎么还不进城去。万方没有回答，万有就驶车跑远了。第二天，万方便在家里收拾行李，第三天他就挤上了进城的长途客车。

想起这些事，万方忍不住从口袋里掏出口琴，望了几眼，又忍不住吹起来。不知为什么，万方有些兴奋有些激动，他一扔扫帚，竟在当街上摇摇摆摆地演奏起来。他一点也没注意到，有一辆红色富康出租车在身后停了一阵，后排的窗玻璃还摇下了一道缝。

站里的那辆比拖拉机还破的垃圾车咣咣当当地驶过来，猛地响了一下喇叭，司机冲着万方叫了声什么。万方回头看了看，依然吹着那没有完结的曲子。

垃圾车声音消失后，万方又一次听见有人在喊自己。就像那音乐声一样，从风中飘过来的。万方稍将耳朵侧了侧，就沿着马路飞奔起来。那声音越来越清晰，万方已听清了是陈凯，找了一阵才发现陈凯躺在地上，满脸淌着艳得瘆人的鲜血。万方不用问就知道陈凯是被人打了，扫街的清洁工，不小心将灰尘什么的弄到别人身上，挨几下毒手是常有的事，那些人出了气后，像是约定了的，总要骂上一句，乡巴佬，连地都不会扫。万方要将陈凯送到医院去，陈凯不愿意，他舍不得花冤枉钱。陈凯说没什么大不了，他将地上的一点什么湿东西，搅到一个过路的男人脸上，那男人就朝他下手，他以为城市人没力气，没怎么预备，没想那拳头还挺重，几下就将他打晕了。

万方说："你有这大的块头，就同他过几招啊！"

陈凯说："这儿不是新县，若在新县，老子要打得他爬到厕所里吃屎。"说着他叹了一声，"我们的对手是整座城市！"

万方说："城市又不是他们的！"

陈凯说："那也未必属于我们！"

万方说："你这样想，那挨打是活该。"

陈凯冷笑一声，从万方怀抱里挣出去，走到一家早已打烊了的酒店台阶上，解开裤带蹲了下去。不一会儿，风中有股臭气飘过来，万方怕惊醒酒店里的守夜人，不敢大声劝阻。

偏偏在这时，有人突然在身后质问他们在干什么。万方一惊，待看清是马站长时，才放心下来。马站长指着马路边上挂着"爱我城市"的标语牌，用穿着皮鞋的脚在陈凯的屁股上踢了一下，问他是怎么理解的。陈凯指着自己脸上的血说，城市对他这般理解，他就对城市如此理解。陈凯又用手指了指那还在霓虹灯下冒着白气的一摊黑乎乎的东西。马站长不说话，拉上陈凯，要万方陪着去医院。陈凯不愿意，直到马站长说可以报销百分之五十医药费，他才勉强跟着去了。

值班的医生似乎没有听见马站长说陈凯是为城市做清洁时挨了打，由于不耐烦，手脚很重，疼得陈凯后来反复说那不是医生，而是杀猪宰牛的屠夫。

马站长叫万方送陈凯早点回去休息，却没说要不要将没扫完的垃圾扫完。陈凯躺在床上，摸着已经肿起来的嘴巴，非要万方用口琴来抚慰一下自己。万方怕吵着四邻正在熟睡的人，陈凯不以为然，说他们白天睡觉时，那些人怎么就不怕吵着他们了呢！

万方吹响口琴后不久，窗户被人敲了几下。

万方有些慌，打开窗户后，外面竟站着被叫作"伊丽莎白"的小女孩。

女孩对他说，她从没听见口琴能吹得这么动人。女孩隔着窗户对他忧郁地笑了一下。

万方好像见到了城市的黎明。

城市是不夜的，它哪来的黎明。黎明是一个启蒙的过程。城市的霓虹灯能与日争辉，它妄自表现时，充满了狭隘和俗气。黎明是一种孕育，是一种博大的吐纳，是一种深沉的省思。失去黎明，城市才会浮躁而刚愎。能像女孩那样忧郁，才会有几分可爱。

万方收获了小女孩的微笑后，心里非常激动。他自告奋勇地对陈凯说，自己要到晚报社去，让报纸将陈凯挨打的事登出来。其实他心里想着的是晚报可能在发表采访文章时将自己的照片登出来，让那女孩见一见。万方只睡了两个小时就爬起来，穿衣服之前，他特意将口琴放在显眼处，以防万一忘了，不能随身带上它。万方先到环卫站，他要会计开一个介绍信，自己要去晚报社反映情况。会计不给开，说介绍信只能给正式职工用。万方对这话一点办法也没有。他知道会计是城市的人，对打工的农民一点也不同情。他正要走，会计告诉他，说刚才有个男人打电话来找他，那人既不说有什么事，也不说自己的名字，工作单位和电话号码一概也不留下，只是口气很大地说请找万方先生，会计将"请找万方先生"六个字说成了十八个字，万方知道后面两句是会计加的，因为会计说话时嘴角都歪了，明显是被太多的轻蔑压变了形。

万方麻木地走出环卫站，他心里明白，打电话的人肯定是万有，只有万有才是这种德性，他想不通的是万有怎么连自己待在这种鬼地方都了解得一清二楚。

从这儿到晚报社去很方便，万方打定主意去闯后，就上了801专线车，若不是坐过了站，就再顺利不过。他问过车上的人，到晚报社在哪一站下车好，车上的人要么爱理不理，要么就用鼻子发出一种让人弄不清意思的嗯嗯声。当发现晚报社的招牌一晃而过时，他心里对全车人产生了一种憎恨。

晚报社看门的老头听了万方的讲述，马上像乡里的干部一样，晃着头，捂着一只茶杯说这种事太多了，算不上新闻，上半年报上发表了一条类似的新闻，但那是因为有个清洁工的耳朵被人割掉了。按照看门老头的指点，万方找到要找的那个门，接待他的人挺客气，可听他说时却心不在焉，眼睛总盯旁边正在操作电脑的一个女记者。万方说到一半时，那人就将他的话打断，自己简要地抢先说了，说完还问对不对。万方以为是有人捷足先登。没想到那人回答说，这种事前因后果总是一样的。不过他答应力争让这事曝曝光。

回到大厅里，万方一眼发现万有正在墙边上等电梯。万有也发现了他。两人一开口，就明白昨晚在大街上叫万方的真是万有。万有当时坐在一辆宝马轿车上，见到万方在扫大街，他就用手机打电话问114，查到了环卫站的电话号码，今天一上班他就将电话打到环卫站。万有还是不告诉万方自己的住址和工作单位，只说自己是来报社做取暖器广告的，他得意地说公司买下了晚报三天三个整版，那样子，像是他自己买下的。这时电梯门开了，万有没有同他握手也没说再见，而是说了声拜拜，便钻进那只铁笼子，万方怔了一会儿，待电梯门合上后，才记起来，冲着很小的一道门缝叫，要万有留个心，有合适的工作给他换一换。铁门那么厚，万方对万有是否听见了没有一丝把握。

万方刚转身就听见一个人对他说："晚报的总编退休了，你想不想来干？"

万方嘴里没作声，心里却在说："我干你妈。"

从原路回来，陈凯对他说有人找过他。万方以为是那个女孩。陈凯将关子卖够了才说是"丹麦王子"来找他学口琴，见他不在，那小男孩还说他不守信用。

陈凯又用铝锅煮了一锅红薯稀饭。

万方说："你又用炉子烧火了？不怕楼上的人再骂？"

陈凯说："我上楼一家家侦察过了，除了小孩，没一个大人在家。能偷着煮一餐就省一餐，街上卖的东西太贵，我们吃不起。"

两个人正在吃，楼梯上响起沉重的脚步声。万方看了陈凯一眼，正要说什么，楼上几个女人几乎同时惊叫起来。转眼间，那几个女人就冲到小屋门前，将几件被油烟熏得麻麻点点的浅色内衣伸到他们面前，口口声声要他们赔新的。万方正不知如何是好，陈凯挤到前面，伸手拿过一件白色乳罩，上下打量了几下，然后说这种东西怎么会让我们弄脏了呢。女人们一愣，从陈凯手中抢过乳罩后，骂骂咧咧地往楼外走。陈凯瞅着她们忍不住一个人大笑起来。万方要他别笑，她们一定是到居委会去了。

不一会儿，一个慈眉善眼的上了年纪的女人在门口唤万方和陈凯。他们见了这女人连忙叫何大妈。何大妈问他们是不是又烧炉子做饭了。陈凯说没有。何大妈不信，她说她一进楼就闻见一股垃圾焚烧的气味。何大妈指着桌上的两只碗，问他俩怎么将生米煮成熟饭的。陈凯尴尬地笑了笑。何大妈责怪他们说，男人总会干点坏事，可干坏事时得将退路想清楚。烧炉子时别用橡胶、塑料和油毡，用点废木料就行。何大妈说今天这事她就担当了，以后他们得注意。

万方连忙应允。陈凯却不急，他说自己这样做也是报复。都怪那个胖女人，每天上楼下楼总要用脚在他们头顶死命地蹬，蹬得心都掉到下面成了一坨尿肉。

何大妈骂陈凯臭嘴，一点也比不了万方。接着她才解释，胖女人姓许，以前是唱楚戏的，楚戏团垮了，她只好自己到汉正街摆地摊。这间小屋从前是给她婆婆住的，前年她婆婆死了，她又将这小屋用来放杂物，居委会逼着她将小屋交出来，租给了环卫站，所以她才见了万方和陈凯不顺眼。

闹腾了一阵，外面有人叫卖晚报，万方掏了五角钱钻出去买了一份，站在路边打开，看看上面是否有陈凯被打的消息。找了几遍没找着，倒是在读者广角专栏中，看见一篇短文，抨击昨晚有人在酒店门前霓虹灯下大便的事。

何大妈在一旁也瞅见了这条消息，她说："那一带归你俩扫，昨天夜里你们就没发现？"

万方有些支吾，他说："扫大街的，见人都抬不起头来，看见了也像没看见一样。"

何大妈说："你们是心理失衡，城里其实没有谁能把你们怎么样！"

万方不作声，他将报纸往兜里一塞，转身往不远处的百货商场走，等他买了一只儿童口琴回来，陈凯已知道晚报上的事了，他一点也不愤怒，反说这样极好，农民在城里挨揍是活该，谁叫农民将酒店当成厕所了哩。

陈凯笑嘻嘻地对万方说："替我在马站长面前说一声，我头晕、脑震荡了，今天不上班。"

万方说："你可别装样。"

陈凯说："谁敢说我装样？查得出来吗？"

万方说："城里不比乡下，医院里有脑电图。"

陈凯说："他们怎么会舍得让我去做那高级检查哩！"

说着，陈凯就叫起头晕来。

万方想了好久才说："我不喜欢你这么做，可我也不会当叛徒出卖朋友。"

将剩下的稀饭吃完，陈凯又倒头睡下，为防止马站长突然来了，他特意用条干毛巾将额头捆住。万方也想睡，正在脱衣服，小男孩敲门进来了。

小男孩见万方花钱给自己买了只小口琴特别高兴，说是尽管他妈妈嫌他俩脏，自己还是要收下这小口琴。万方问小男孩在钢琴上弹什么曲子，小男孩背了一遍后，万方马上用口琴吹奏出来。小男孩说这比钢琴的声音好听多了。小男孩很聪明，万方教了不到一个小时，就能将音阶掌握得很准。小男孩走之前，万方又问他这一带最美丽的姑娘叫什么名字，他特地补充说，是指他爸妈平时谈话时说到的。小男孩说，他妈总认为自己最有魅力，他爸当面同意，背后却反对，说是芦苇长得最漂亮。

万方对小男孩这些话确信无疑，他高兴得也叫了声丹麦王子。

上正班的人下班时间快到了，马站长还没来，陈凯躺不住，从床上坐起来，求万方去帮他打电话请个假。陈凯说自己心里已有了计划，所以万方非得帮他不可。万方被缠得没办法，只好到外面公共电话亭里给环卫站打电话。万方以为马站长下班后会顺路来看望一下，哪知马站长只说知道了就放下电话。万方去上班时才明白，马站长带着女会计到歌厅唱歌去了。

第二天上午马站长才来到小屋。马站长来时，万方还在梦中，陈凯有些慌，就借故将他弄醒。马站长走后，万方才知道在他熟睡时，陈凯正在看一本封面封底共有十几副女人胸脯、屁股和大腿的杂志。马站长进门就说陈凯两颊绯红、眼睛发亮，一点也不像脑震荡。陈凯反说，自己就是担心领导怀疑，不好意思，脸上才害羞发烧。陈凯瞅空朝万方使眼色，要他帮忙证实。万方装作没看见，一扭头发现那个叫作丹麦王子的小男孩正站在门口。

小屋太小了，容纳了三个人后，连小孩也无法钻进来。马站长一时还不想走，似有什么要对他们说。万方腾挪了一阵才将小男孩弄进屋里。

口琴响起来的一瞬间，小屋忽然变得空阔了。

马站长怔怔地在一边听，看着万方的眼睛比平时大不相同。

马站长瞅个空对万方说："真没想到你还是个人才！"

停了停马站长又说："本来想叫你俩到家里去帮忙搭个偏屋，你口琴吹得这样好，让我都不敢开口了。"

陈凯不待万方表态，抢先说："没事的，你说个时间我俩一起去。"

万方说："你不是有脑震荡吗？"

万方没有理睬他们，马站长说正因陈凯休病假他才敢打他们的主意的话，像阵风吹过一样没留下一丝印象。万方吹出的一串和声使得小屋成了宇宙。

马站长的表扬在另一方面给了万方以信心，这天傍晚，万方吹着口琴看见女孩在外面走过时，他隔着窗户轻轻叫了声："芦苇！"

没想到女孩听见了，应了一声不说，还给了万方一个灿烂的微笑。

没有霓虹城市便是村庄。北风从城市上空驶过，但它什么也不会给予城市，反而让城市显得更加空虚。这种空虚需要一种绵绵不绝的旋律来充实。就像一只口琴能让一间小屋的破烂与简陋，焕发出生命本质的光艳和生存意义的色泽，关键是它能发出震彻心灵的旋律。可城市的旋律发自哪儿呢！它不像北风来自高空来自西伯利亚，也不像霓虹来自工厂来自公司。或许它应该来自每个人的心里，来自人与人、人与心、心与人、心与心的和谐。

旋律是一种可以在空中飞舞的飘带，只是这种飘带是从心绪中延续出去的，在有的时候，心绪延续只是一种弥漫状态，它无法形成美妙的形体。

陈凯一个病假休了十几天。马站长的偏屋他还是去帮忙搭了，并且照例拉上了万方。陈凯不上班，可他整日整夜地不在屋里呆，口袋里揣着一份不知看了几百遍的外地小报，上面写着那儿的一个青年农民舍身救火，后被那儿的城市消防队破例录用为正式成员。陈凯每天回到小屋时，不是很焦躁便是无精打采，然后就在那张印有他在酒店门前大便的晚报上一遍遍地胡乱写着他妈的城市或者城市他妈的等等。万方说他这是梦想从星星里跳下一个大美人。陈凯则愤愤不平，这个城市每天发生的各类凶案和灾难不下数十起，可他就是一宗也碰不上，想不到愿意当那舍己救人的英雄也得有资格。

没有陈凯做伴，万方更加孤单，特别是当他独自与城市大街相处时，内心深处的寂寞都快憋死人。他只好在上班时将口琴揣在口袋里，趁着大街上人车稀少，不时拿出给自己的心情来一阵荡漾。

半夜里，天上忽然下起了雪。开始只是细细的稀稀的，不一会儿就纷纷扬扬起来，转眼就在街道边铺上了一层雪白。万方当时正想着下午陈凯告诉自己的话，陈凯说他设计了一个万无一失的方案，接着他又补充说这是一个百发百中的创意，它的主旨是变被动为主动。万方不知陈凯到底要干什么，一想到这儿他便情不自禁地靠到一根电线杆下面，掏出口琴，闭上双眼忘情地吹奏起来。他一点也没发现，雪花在空中飘飞的样子正切合了从他心里飞出来的旋律。当他睁眼睛时，地面上舒展的晶莹皎洁让他突然有了惊喜。

这么大的雪，街面上的垃圾已无法扫了。见到雪，万方更不想早点回去，他将扫帚倒插在一块闲置的护栏混凝土墩上，索性痛痛快快地吹起口琴来。雪越来越大，北风还是老样子，像太极推拿那样舒缓而有力地刮着。万方从没见过城市在雪里的模样，更没见过雪里的霓虹和霓虹里的雪是什么模样。当北风、雪、霓虹和城市完全融为一体时，他有些莫名地兴奋起来。口琴似将雪花都吸引到那倒插着的大扫帚上，转眼间它就变成了一棵银装素裹的圣诞树。

又有人在深更半夜里突然叫万方的名字。

这一次，万方看清了是马站长，马站长骑着自行车在街上看雪情。他同万方打过招呼，要他到附近的酒店去打个电话，让站里值班的人告诉局里值班的人，赶紧派扫雪车出来。万方迟疑了一会儿，还是收起口琴往那灯火辉煌的酒店走去。

万方面对那玻璃自动门走去，冷冰冰无情无义的东西无声无息地开了。他刚迈进去，便被两个穿红衣戴红帽的男服务员挡住，并且极有礼貌地称他为先生，同时又指了指门前的一块告示牌。上面写着衣冠不整者不得入内。万方几乎要质问自己哪儿算得上衣冠不整，无非是脏了点。他忍住后将来由解释了一番，男服务员们还是说对不起不能进。就在这时，万有从那弧形的宽大楼梯上走下来，气宇轩昂地说了硬邦邦的几个字："请这位先生进来，并向他道歉，否则的话——"万有没有将话说完，两个服务员就连声说对不起，对不起三个字后面再无别的字。在万有目光的护送下，万方顺利地拿起总台前的电话，拨完了一组号码。他将马站长的话对着话筒复述了一遍。打完电话再回头时万有已不见了，他望了几眼后面，嵌在大理石墙壁里的电梯似有动静。电梯门开后，走出来的竟是那个每天傍晚六点钟准时经过小屋窗前的女孩芦苇。万方赶紧将头与身子的位置摆正，拿起电话胡乱拨了一个电话号码。电话铃响了几下后，一个女人的声音出现了。女人迷迷糊糊的声音有些熟悉。万方正想不起是谁，那边又问他是不是乖女儿，怎么这晚给家里打电话。因为芦苇，万方恍恍惚惚地以为接电话的人是何大妈。

芦苇跟着万有消失后，万方才回到外面的风雪中。

马站长对他说："我还以为你进不了那大门，或者进了那大门就被扣起来了呢！"

万方毫无表情地说："我还想将它当作菜园门哩！"

扫雪车开过来了，地上美丽的模样立即被它糟蹋得一塌糊涂，惨不忍睹。

就在这时，马站长告诉万方，陈凯要成英雄了，他在半夜12点37分时，跳进一处没有井盖的下水道里，救起一个跌落其中的女人，而他自己险些因此送了命。闷在下水道里出不来时，多亏那个被救的女人唤来两个巡逻的警察。马站长说，是陈凯自己打电话到他家里，告诉这件事的，还要马站长在天亮以后，面对记者们的采访多美言几句。

万方想着包括刚才那电话在内的两件事，感到这个世界确实让人琢磨不透。

雪太大，清洁工在街上做了事也是无效的，马站长就让大家回去休息。

万方推开小屋的门就闻到一股异味。

陈凯将身上换下来的脏衣服扔在屋角里，沾满下水道污秽的衣服将本来就小得不能再小的屋子弄得更加苦不堪言。陈凯一点也不在乎这些，他拿上一只扁瓶装的黄鹤楼酒，就着一碟从家里带来的腌菜和几颗花生，坐在被窝里津津有味地品尝。

见到万方，陈凯不慌不忙地将嘴对着瓶口喝了一大口，一边咽一边说："苍天不负有心人，我成功了！"说着他就大笑起来。万方对他的笑声很反感，正要转身出门，陈凯竟然哭了起来。

陈凯边哭边告诉万方，他琢磨了很久才有了个主意，天黑之前，他用橡皮筋做了只弹弓将几只路灯灯泡打破了，天黑后他又将那里的下水道井盖偷走了三只，然后就躲在一旁等待着谁掉进去，自己便冲上去救。他一直等了两个小时，才等来机会：一下女人在马路上好端端地走着，忽地一下就消失了。陈凯说他冲上去后听见有两个人在嚷快拨110报警电话。他当时就急了，不管三七二十一就往那黑窟窿里跳。下水道里空间太小，那女人又长得出奇地胖，好半天他才将那女人弄出井口，自己却一点力气也没有了，倒在那流得很凶的脏水里动弹不得，还喝进去不少。要不是巡警来得快，马站长这时可能在给他写悼词。

陈凯说："我上有老下有小，中间还有老婆生得娇，想想我要是这么死了，他们可怎么过哟！"

万方见陈凯哭得上劲就说："你要是还想喝酒，我出去弄。"

陈凯说："不能多喝，明天记者可能来采访。我喝酒是想将喝到肚子里的脏水中的细菌杀死。"

说到这儿，陈凯不哭了，他眼睛一亮说："你猜那胖女人是谁？"

万方说："是不是丹麦王子的妈妈？"

陈凯有些扫兴地说："你这样可不好，好像什么事情都知道。"

沉默了一阵，陈凯忽然要万方用口琴吹支曲子给他听，万方自己也想吹。雪花打在小屋的窗户上，无声地响着。口琴声拍打着这扇小窗，像是拍打城市的心扉，可城市睡得正酣像死过去一样，一点也没察觉这灵魂颤抖的声音。那旋律正极抒情时，万方忽然停下了。两人相对发愣都不作声。

窗户忽然响了两下，有人在外面说："美极了，再来一首俄罗斯民歌！"

陈凯警觉地问："你是谁？"

窗外的人回答："我住隔壁单元的楼梯间。"

万方想起别人说的那个写剧本的大学生，便真的来了一曲《三套车》，那大学生在窗外跟着唱了一句：冰雪覆盖着伏尔加河——往下就没有动静了。

天亮后不久，马站长来看陈凯，他顺便告诉万方，这场雪得三两天才能化完，如想回家看看他会准假的，万方当即表示自己要回去一趟。

吃过早饭万方就到长途车站，上了去红安的客车。快到家时，一辆挺气派的小汽车迎面疾驶过来，他心里猜测可能是万有坐在车内，进门后才知那车果然是万有的。父亲问万方怎么自己不带小汽车回，因为万有在垸里到处说，万方在城里比自己混得还好。父亲埋怨说，以前在家时，万方同万有相比，往低处说点两个人在各方面也还是平起平坐的，所有该显露的就得显露，现在也不是那种不敢显富的年月了，幸亏母亲帮忙说话，她觉得人不管什么时候还是朴素一些好。万方有些没好气，在家只住了一天，第三天一早就往城市里赶。

小屋里几乎没有变化，唯有陈凯老揣在口袋里的那张外地小报被扔在桌上，上面如同先前的那张晚报也写满了那两句粗话野话。万方正在喝水，那叫丹麦王子的小男孩走进来，不高兴地问他这几天去哪儿了，也不打招呼，连芦苇姐姐都问过几次了，万方听说芦苇都关心起他的去向，心里激动起来，一时不知如何是好，竟懵懂地要小男孩带自己去看看他家的钢琴。小男孩很高兴，扯住他的手就往楼梯上走。

自从搬进这间小屋，万方从没上过楼梯，他从自己房顶上踩过去时，心里有股别样滋味。小男孩用脖子上的钥匙打开了门，屋里的样子让万方吃了一惊，毛茸茸的红地毯一直铺到门口，那种逼人的高贵之气让万方简直不敢抬脚往里走。小男孩在前面使劲拉他。万方想起城里人进门要脱鞋的传说，就弯下腰将鞋脱下。小男孩一直将他拖进琴房，将一块金丝绒撩开，露出漆光比镜子还亮的一架钢琴来。

万方有些控制不住自己，他将正要往琴凳上坐的小男孩挤开，自己坐了上去，然后学着电影电视中见到的那些钢琴家，双手一抖，猛地来了一阵和弦。万方在学校读书时还练过风琴和电子琴，他试了几下就能在钢琴上弹奏出完整的乐曲，并让自己完全沉浸其中，从而一点也没发觉外面的门已被胖女人打开。

胖女人冲进屋里时，万方一下子愣住了。胖女人吼了一声，要他马上滚出去。万方身子一颤，屁股却没动，直到将正弹到半截的乐曲弹奏完。起身时，他还学着一只手摸着胸口行了一个鞠躬礼。到门口他正要穿鞋，胖女人飞起两脚，将地上的鞋踢到门外的楼梯上。

万方顺着楼梯走回小屋后，一声也没有吭，静静地听着楼上的胖女人对小男孩的大声斥骂。

陈凯站在小屋中央，什么菜也不用，光秃秃地喝着酒。

见了万方，陈凯忍不住破口大骂起来，说这个城市的人都没心没肝，他舍命救人，他们却连屁都舍不得放一个。万方听说这三天中，居然无人对陈凯救人的事做出半点反应，心里也很气愤。

傍晚，万方正在吹口琴，何大妈在门外喊他，有人到居委会告状，说万方心怀不可告人的目的，破坏她家孩子学钢琴。万方连忙否认。何大妈说，人家孩子都亲口承认了，说是万方用口琴引诱他，自己才不好好学钢琴的。

万方知道这话不可能是小男孩说的，就懒得再争辩了。

何大妈要万方以后注意，没有家长同意，不要教任何孩子学吹口琴。何大妈说，口琴学得再好也不能当明星，反而将人弄丑弄俗气了，只有钢琴好，摆在家里既气派又有身份，既能陶冶灵魂又能成为明星挣大钱。

万方就说，过去城里人不是特别喜欢口琴吗？

何大妈告诉他，时代在前进，口琴已经落伍。

万方忽然不想同何大妈说话了，他转向窗口继续吹口琴，正巧芦苇又从窗边经过，芦苇看了窗户一眼，万方用握住口琴的双手上空闲的几个指头同她打了个招呼。

躺在床上的陈凯这时"哎哟"了一声。何大妈上去摸了摸陈凯的额头后，有些惊慌地告诉万方，陈凯不仅在发烧而且烧得很厉害。何大妈正在劝陈凯，要他到医院去检查一下。陈凯忽然坐起来，掀开被子就往地下跳。何大妈拦住他，说发烧的人经不起凉风吹。陈凯拨开她说他要上厕所。公共厕所离得很远，陈凯跑得像比赛一样，结果裤子还是弄脏了。他刚回屋弄干净，便又提着裤子往外跑。闹了好几次后，陈凯脸色苍白地从厕所出来，告诉万方自己拉出的东西都是红色的，他要万方送他去医院。进了医院，陈凯就出不来，医生说是中毒性痢疾，必须住院。

陈凯进病房不久就进入了半昏迷状态。病房的几个人当着万方的面数落，说他们只顾进城打工挣钱，什么便宜吃什么，一点也不注意卫生。万方实在忍不住，就将陈凯为救人喝了下水道的脏水的事对他们说了。几个人不太相信，说这么好的事迹，报上怎不见报道。这话问得万方哑口无言，他守在病床前想了好久才想起万有，他觉得只有万有才会帮这个忙。于是他到医护值班室将前些时的晚报翻出来，找那整版的取暖器广告。翻了好久后那广告终于让他找着了，上面除了印着总经理的芳名外，还有总经理助理万有等一行字。万方拿上那张报纸，出了门，倒了三次公共汽车，终于找到那个叫作"青春岁月"的公司。

万方推开办公室的门，正要开口问，一个五十多岁的女人从里屋走出来，办公室里所有的人立刻都站起来，恭恭敬敬地叫着李总好。

万有见到万方有些吃惊，但他没问万方是怎么找到他的，只问万方来有什么事。万方也不啰唆，照直将陈凯的事一五一十地全说了。万有眉头都没皱，走到门口不知对谁吩咐了一句，让联系一下晚报广告部的胡主任。不一会儿万有桌上的电话铃响了，万方清楚地听见万有与对方称兄道弟地侃了一通，陈凯的事只说了几句。万有放下电话就叫万方快回医院，记者们马上就会到的。

万有送万方出门到电梯前时，没头没脑地说了一句："还是你这样子最好！"

万方回到医院，等了不到半个小时，果然来了两个女记者。陈凯还在半昏迷中。单听万方一说，女记者们就感动了，说这么好的英雄模范差一点被埋没了。女记者留下一个等陈凯醒过来，另一个随着万方去采访被陈凯救的胖女人。这一次，万方进了那门故意不脱鞋，还将鞋上的脏东西往地毯上蹭。胖女人被女记者的提问压得抬不起头来，支吾着答不出自己为什么不向媒体报告自己被救的事实。逼得没办法时，她才说那井盖肯定也是进城的农民偷的，她虽被进城的农民救了，但那本是他们应该做的。

从胖女人家里出来，女记者冷不丁说了万方一句，他不应该把鞋上的脏东西往人家地毯上蹭，如果恶习不改掉，农民永远也不会被城市接纳。

几天后，城市的报纸和电视台不约而同地一齐宣传陈凯。医院宣布免收陈凯的住院费。没过多久，有关方面授予陈凯"荣誉市民"称号，不仅将陈凯的户口转入城市，而且还让他当了这一带治安联防队的副队长。

陈凯上任的那天，对手下的人讲的第一句话是："今天是立春，是个好日子。"手下的那些人和各个居委会的头头，都笑起来，然后私下交头接耳地冲着何大妈说，真是不忘农民本色。

除了女人的大腿以外，城市对春天一点也不敏感。只有那些大腿，当城市里的人还捂在呢绒、棉絮和羊毛之中，它们就在荒芜的大街上，僵硬的壁柜里，亭亭玉立地挺拔起来，成了灰色压抑中的唯一风景，也成了城市街道与写字楼中所有目光的向往。当女人的大腿从严冬的冰冻中吐蕊般出现后，城市只要安上黑色橡胶轮子就能向前进，扬起的阵风，轻易就将女人的短裙从家里吹到街上。城市的色彩也因此再度丰富起来，短裙飘到哪儿，哪儿就出现了最早的春色。至于冬天，则被从长裤上褪下，锁进满是樟脑味的大橱小柜。

万方仍然同陈凯住在一起。联防队给陈凯安排了一间正儿八经的房子，陈凯要万方同他一起住过去，万方不肯，陈凯也懒得去，他说在那儿一下班就没有个说话的人。陈凯现在在小屋里已很难听见头顶上轰隆的脚步声,这一带一些总爱在家里邀人搓麻将的人,见到他时,哪怕不喊陈队长最低限度也要点头打个招呼。

万方还习惯地看着陈凯从口袋里掏出三二只半包半包的红塔山香烟来。

万方不肯搬走是因为他越来越迷恋芦苇了。陈凯劝过几次,要万方放过这念头,城市女孩是无论如何也看不上扫大街的清洁工。万方对陈凯的话很恼火,他认为芦苇不是普通的女孩,这一带唯有她和"丹麦王子"表现出了对音乐的真正理解。这以后陈凯就不说了,他答应尽力帮忙,可万方知道陈凯帮不了自己的忙。

芦苇每次从小屋窗外经过,身着的各色衣裙就似乎要缩短一点,身上的肌肤也像春蚕从桑叶中一点点地往外钻。

这天,陈凯同万方一道在窗前盯着芦苇那如诗如画般的胳膊和腿,陈凯突然说:"你再不收敛自己,会出大问题的。"

万方将口琴吹到没有规定的规定时间,才腾出空回答:"你以为当了几天水货警察,就能将所有人都当作嫌疑犯!"

陈凯正要解释,马站长从门外钻进来。马站长告诉万方,这片住宅小区的清洁工像陈大头一样不辞而别了,因此要新派一个人来填补,居委会的何大妈点名要万方,他特地来做商量的。万方正要答应,陈凯提醒他,说在小区里做清洁可是比扫大街辛苦多了,那掏不完的灰道总爱堵,一堵就得钻进去捅,一天洗一百次澡身上也没有一点干净。万方不理陈凯,对马站长说自己愿意干。马站长很高兴,当面许诺每月多发十元钱给万方。陈凯在一旁气哼哼地说,应该是万方给马站长发奖金,因为马站长帮了万方的大忙。

这天晚上万方没有去上班,他在小区里转了一圈,并且第一次发现在几栋高楼后面还有一块小小的花圃,不多的花朵在夜色中开得很美丽。半年多时间,万方已习惯了半夜做事,猛一改变他怎么也睡不着,心里估计芦苇要下班回来了,就爬起来,走到街边的黑暗处静静地等候。

街上不见春色,冬青植物还是一如既往地呈现着一派比苍茫还沉重的死灰。红色出租车在霓虹灯色彩中无精打采地闲逛着,一群群地全都一个样。只是当晚风拂过时,才感受到一种舒适。

万方在城市的阴影中站了近一个小时,才看见一辆白色的宝马轿车载着一个女孩,在对面的马路边停下。从车里走出来的正是芦苇。芦苇穿过马路,对着万方走过来，一边走一边将身上的各种饰物纷纷取下来，塞进小小坤包中，最后她还拿出一张纸手巾将血红的唇膏擦去。芦苇在离万方还有两尺远的地方拐了一个弯，然后消失在墙角后面。万方在确信四周无人后，才从黑暗中走出来。他将芦苇扔在地上的纸手巾拾起来，又是闻又是看，独自摆弄了半天。万方依依不舍地将纸手巾重新扔到地上后，眯着眼睛疑惑地将城市看了又看。

第二天早上，万方还没起床，何大妈就来请他。

何大妈满脸笑容说了一通欢迎的话，接下来便告诉他，五一节快到了，小区的卫生要抢在头里做，特别是那十条被堵的灰道，必须在今天疏通，不然那些满天飞的垃圾就更难清扫了。

万方二话没说，胡乱洗了一把脸，又在街边买了几个烧饼，拿在手上边走边吃。到了环卫站，大门却没打开。等了近二十分钟，会计来开门后，万方才领到垃圾车和一应工具。

以前万方也曾听说掏灰道的活苦，真干起来以后才明白这话一点也没有掺假。好不容易掏完一条灰道，从嘴里吐出来的痰都成了水泥浆。等到掏好十条灰道，万方发现自己呼出来的气，就像汽车后面翻滚的尘雾一样。何大妈见他一整天都没喘气，就关切地问他累不累，并从家里拿出几只梨子给他吃，还说吃梨可以润肺。万方在何大妈面前说自己什么事也没有，回到小屋后才对陈凯说了实话：他感觉到自己血管里流的不是血液，而是下水道里的水。

陈凯一把扯过万方的手，要带他去洗澡。

万方以为是去澡堂，哪知道陈凯带他去了一家桑拿洗浴中心。万方一见到那妖艳的灯光就胆怯了，却抵挡不住陈凯的拉扯。陈凯对总台的小姐说了句什么后，拖着万方就往里面走。万方第一次洗桑拿，什么都跟在陈凯后面学。洗过蒸气浴，冲过凉，搓过背，陈凯问万方要不要按摩。万方听说是由小姐陪着，躺在一间小屋里想做什么就做什么，立刻瞪大眼睛坚决地谢绝了。陈凯劝他，这时按摩一下正合适，还可以缓解他对芦苇的单相思。

万方生起气来，说在这种地方提到芦苇简直是对她的亵渎。

万方一个人回到小屋后，闷闷不乐地吹起口琴来。

陈凯很晚才回，那种心满意足的样子让万方难受得一整夜都没睡踏实。天刚一亮，他就将陈凯弄醒，然后在被窝里狠狠踹了他几脚，说没想到他腐败得这么快，自己不担心他别的，只担心他将性病带进这间小屋。陈凯迷糊地告诉万方，直到昨天晚上他才感到自己完全被城市接纳了。

万方爬起来，一甩门冲了出去。

小区内为数有限的几棵树下，一些老人在练气功。万方拖着装满垃圾的垃圾车走过时，老人们都皱起了眉头。

由于起得早，忙到十二点，万方就将该干的活都干完了。吃过午饭，万方拿出存了半年的钱，跑到汉正街，买了一套在他看来已经是够奢侈了的西服，迫不及待地穿在身上，然后到小区里面转悠。万方一直不知道芦苇是谁的女儿，也不知道她住在哪个单元哪一层楼。他一遍遍地打量着每一扇窗户，每一处阳台，寻找那熟悉的身影。当他找不见人影时，他开始将搜索的目标放在那些衣裙上。快六点钟时，万方仍一无所获。他怕错过在窗户里望见芦苇的机会，只好匆匆回到小屋。

万方干了三天。还没侦察出结果，何大妈就找他去提起意见来。那些意见是老人们提出来的，每天早上用来锻炼身体的好空气，全被万方破坏了。万方嘴上答应，心里却在想，他一定要干到找到芦苇时为止。

万方只歇了一个早上，到第五天他又依然如故。

下午的太阳很温暖，万方身上有股激情在涌动。走到那小花圃附近时，万方怕遇见住在旁边楼上的何大妈，就低头快步往前走。这时，头顶上有什么响了一下，接着传来一个女孩的惊叫声。万方抬头向上看时，一件很眼熟的裙子正从天而降。万方连忙伸手接住。在他的头顶上，芦苇正抱着一沓收晒的衣服，站在阳台上俯身往下看。

万方挥了一下手中衣服，扭头钻进门洞里。

他上到五楼时，芦苇已将门打开了。她接过裙子说了声谢谢，便迅速将门关上。万方在门外站了一会儿，然后掏出口琴，轻轻地吹起来。他只吹了半支曲子，门就重新打开。

芦苇站在门后疑虑地说："那个每天在小屋里用音乐送我的人是你？"

万方放下口琴说："我知道只有你才能听得懂。"

芦苇请万方进屋，说她一直不相信口琴吹奏得那么好的人，竟会是一个打工农民。万方瞅了瞅自己的衣服，一时不知说什么好。芦苇请万方坐下后，两人竟找不到话题。还是万方先开口，他问芦苇在哪儿上班，怎么一年到头总是天黑了才出门上班。芦苇笑一笑没有回答。万方还要问，芦苇却要他再吹几支好听的曲子。

万方想了想后，刚将《牵手》的旋律吹出来，芦苇连连摇手说她不想听这个，她要听这个城市里没有的。万方愣了半天，才记起几首山里流行的民歌。万方在吹奏这些民歌时，心情极好，因为他脑海里同时浮现出许多少年时的趣事来。他一点也没料到芦苇竟会流出眼泪来。可这是千真万确的。芦苇就在只有咫尺的地方，用双手捂着脸，泪水顺着指缝里淌出来。万方正想停下来，芦苇似乎意识到了，张开口叫了声："别！"万方继续吹着口琴，直到将能记起的民歌都献给了芦苇。当他终于放下口琴时，芦苇已伏在他的膝盖上泣不成声。万方想抚摸那芳香袭人的黑发，手都举起来了却不敢放下。

芦苇抬起头来死死盯着他说："我听腻了一切音乐，只有这些是属于我的。"

芦苇又说："从十七岁到现在，整整五年，我就剩下这些东西了，它是你给我的。"

芦苇的头一直在仰望着，万方清楚地看见她的双唇在焦渴地颤动着。他放下口琴，猛地将自己的双唇压上去。芦苇没躲避，万方感到她浑身发烫，同时也感到自己热血沸腾，他一腾身就将芦苇放倒在沙发上，然后就去解她衣服上的扣子。芦苇嘴里叫着别别别，拦他的手却一点力气也没有。当芦苇赤裸着身子躺在沙发上时，万方的手脚变得忙乱起来，总也解不开自己的衣扣。

万方好不容易将扣子解开，顾不上脱就向芦苇扑去，就在这时，门突然被打开了。

何大妈站在门口愣了几秒钟后，猛地扑过来，嘴里大叫着，说万方是个大坏蛋，竟欺负到她女儿头上了。芦苇推开吓蒙了的万方，抱着自己的衣服冲进卧室里，放声大哭起来。

万方有点清醒了，他反复自语，说她怎么会是何大妈的女儿呢。

何大妈不停地打着万方的脸，恶狠狠地要拖万方到派出所去让法院判他二十年徒刑。

外面楼梯上响起纷乱的脚步声，六七个男人和女人一个接一个地冲进屋子，问出了什么事。

何大妈正要开口，又突然止住。

有人又问她，怎么轻易让一个在垃圾堆里滚的农民进了屋。

何大妈出乎意料地说："我就是为这个发脾气，他见我给了点好脸色，就硬往屋里闯,说是看看有没有要他帮忙做的事。"

何大妈回头要万方走时,声音已很平静,卧室里的芦苇哭声早就听不见了。

万方还没出门,身后就传来一片呸呸声。

万方一直在小屋里待到黄昏。

陈凯一进门就问,整六点了,怎么还不吹口琴。

万方下意识一摸口袋,才想起口琴掉在芦苇家里了。

陈凯又问他下午到谁家里去了,闹得全小区里都有些人心惶惶。

万方反问他到底听说了什么。

陈凯说也没什么,只是发觉整个小区的人都对万方特别反感。

陈凯追问了几次,万方心里烦,一个人开门走出去。

半路上,万方想起这事得同万有商量一下,以防万一何大妈真的告到派出所后,有个应对的办法。他不知道万有下没下班,若是下班了就无法找,他只能去公司碰运气。

这一回是轻车熟路,万方很快就找到了万有的办公室。他听见里面有动静,敲了一下门,也没等里面做出反应,一扭锁把就闯进去。但他很快就像碰见蛇一样跳回到门外,然后顺原路逃到楼下。十几分钟后,他见过的那个女老板李总一脸不高兴地从楼内出来,钻进一辆白色宝马轿车,一溜烟走了。随后万有也出现了。万方迎上去时被万有狠狠地踢了一脚。万方顾不了痛,责问万有怎可以同都快老掉牙的女人鬼混。万有没好气地说,如果不这样,能有我的今天?万有问他来有什么事,万方将下午的事从头到尾说了一遍。万有想也不想就说,不管怎样,还是先到派出所去自首为上策。

一想到派出所,万方心里就没个谱,他走到似乎很森严的门口,又退回来,找了一个公用电话给陈凯打呼机。陈凯赶来后,万方又将对万有说过的原话再说一遍。陈凯当即拦住他,要他别做苦事,这一自首,往后的麻烦事可就不断了,将来发了什么案子都会怀疑是他干的。陈凯说因为是好朋友,又是同病相怜,他才说实话。万方不听劝,非要陈凯领他进去,不管怎样,交代清楚以后,自己心里会踏实一些。陈凯没办法,只好提醒万方将来若后悔可别埋怨他。

陈凯同派出所的人很熟,进出大门小门都像进他们住的那小屋,值班的小胡录了万方的口供后,在强奸未遂四个字后面打了个问号。小胡让万方先别走，陈凯只好留下陪着他。小胡自己骑上摩托到何大妈家走了一趟，不到十分钟就返回来，张口就责备陈凯开什么玩笑，何大妈和芦苇都矢口否认有这事。小胡将笔录撕下来搓成团砸向万方和陈凯，并且不无讽刺地说，这种情况他在警校学习时，听心理老师分析过，有些进城不久的农民，面对诱惑又不能排泄，就会产生压抑心理，心里想着城里姑娘，行为上又很自卑，最终会出现臆想，以为自己强暴了谁。小胡还说，何大妈亲口说过，万方这样的人想碰她女儿一指头都是绝无可能的。

万方回到小屋，一个人待了两天两夜没出来。

第三天早上，万有突然来了。万有被他的老板炒了鱿鱼，原因是他们之间的关系被万方撞破了，不过老板给了万有一笔数目不算小的安置费。万方没说对不起，而说这样的结局来得越早越好。万有代替万方在小区里清理了一天垃圾，他穿着做助理时的西服和皮鞋，惹得小区里的人都在悄悄议论他的来头。收班回到小屋，万有直叫痛快，说是索性就这么干一个月，然后再去做别的发展。

六点钟时，万有忽然指着窗外的芦苇告诉万方，那是一只"鸡"。万方有些傻眼。万有说他曾包了一个月，花了8000块钱，不过都是公司的账上出支。万有要出去将芦苇叫进来玩一玩，万方连忙将他拦住，并将那天的经过又对万有说了一遍。万有听到万方说，芦苇那种哭是一种到了极致的伤心与无奈，表情里也有一种黯然。

这时，小男孩"丹麦王子"出现在小屋门口，他将一只小包交给万方，并说是芦苇姐姐托付的。万方打开纸包：一块洁白的新手帕包着那只丢失了的口琴。

万方拿起口琴正要吹，忽然发现上面有一道半弧形的口红印痕。万有在一边说，若是有把小提琴就好了。陈凯听了，自告奋勇地说他看见隔壁单元楼梯间里住着的那个写剧本的大学生有一把小提琴，他可以去借来。

陈凯果真将小提琴借来了，还说他看见那桌上放着一部剧本的手稿，题名叫《音乐小屋》。

万有觉得这题名特别有回味。他很快将几根弦调准，一挥弓，便同万方的口琴合奏起来。陈凯没事干，只有用手指敲着桌面，打着节拍。

城市大了，膨胀了，便什么都有。有人说，城市是我们的，不是你们的。你们都往城里涌，谁来种田，谁去生产粮食。然而，如果有这么长、这么宽的一把大刀，将城市像切蛋糕一样切成一百块，这百分之一的每一块会不会如同一处不起眼的乡村小镇哩！北风也好，霓虹也好，春色也好，只有心中的旋律永远无法弄碎！

这些都是陈凯三心二意时想到的。

一九九七年元月二十六日凌晨两点于汉口花桥

分享艰难

八月的夜晚，月亮像太阳一样烤得人浑身冒汗。

孔太平坐在吉普车前排的副驾驶座位上，两条腿都快被发动机的灼热烤熟了。车上没有别人，只有他和司机小许，按道理后排要凉爽一些，因为离发动机远。孔太平咬紧牙关不往后挪，这前排座如同大会主席台中央的那个位置，绝不能随便变更。小许一路骂着这鬼天气，让人热得像狗一样，舌头吊出来尺多长。小许又说他的一双脚一到夏天就变成了金华火腿，要色有色，要味有味，就差没有煺毛。孔太平知道小许身上的汗毛长得如同野人，他忽然心里奇怪，小许模样这么白净，怎么也会生出这些粗野之物哩。他忍不住问小许是不是过去吃错了什么药。小许说他自己也不明白，接下来他又马上声明，自己在这方面当不了冠军，洪塔山才是镇里的十连冠。孔太平笑起来，说洪塔山那身毛，若不用两担开水泡上几个回合，再锋利的刀也煺不下来。两人说笑一阵，一座山谷黑黝黝地扑面而来。吉普车轰轰隆隆地闯了进去。小许伸手将车门打开，并说，孔书记，到了你的地盘。违点小规也不怕了。孔太平没说什么，他先将车上的拉手握牢，另一只手将车门打开。一股凉风从脚下吹向全身，酷热的感觉立即消散了许多。

刚刚有些凉爽的感觉，吉普车忽然颠簸起来，孔太平赶忙将车门关好。小许说不要紧，路上有几个坑。孔太平却厉声说，关上门，不怕一万，只怕万一！小许没敢吱声，赶紧关上车门，同时减小油门让车速慢下来。这以后，两人都没说话，路况好，车子走得平稳时，这种沉默有些不对头。孔太平明白自己刚才说话声音太大了，便有意找话说，缓和一下气氛。他掏出香烟，一次点燃了两支，并将其中一支递给小许。

小许抽了一口香烟后，马上告诉孔太平这是假的阿诗玛。

小许说，这香烟是县城南边金家坳的农民做的。

孔太平说，金家坳是我县唯一一个有希望进入亿元级的村子哩。

小许说，若将那些假香烟一查禁，恐怕同我们西河镇的情况差不多。

孔太平说，是该查禁，不然国家的事就全乱套了。

小许说，昨天我听人说了一副对联：富人犯大法只因法律小犯大法的住宾馆；穷人犯小法皆是法律大犯小法的坐监牢。

孔太平想了想，觉得这副对联有些意蕴，他问小许说，你还听见什么没有？

小许说，洪塔山近期内可能要出事。

孔太平忽然敏感起来，他问，出什么事？

小许说，县公安局还在整洪塔山的材料，似乎是经济上有问题。

孔太平说，不对，经济问题应该由检察院办理。

小许说，那要么就是嫖妓搞女人。

孔太平正要再问，迎面一辆汽车亮着大灯扑过来，灯光刺得他俩睁不开眼睛。小许踩了一脚刹车让吉普车停下，然后拉开车门跳到公路中间破口大骂起来。那辆车驶近了，停在小许的身前。孔太平认出是一辆桑塔纳，马上猜测是镇养殖场经理洪塔山的座车。果然从桑塔纳车门里钻出来的那个人正是洪塔山的司机。小许用拳头擂着桑塔纳的外壳，说那司机也不屙泡尿照照自己，敢在西河镇里亮着大灯会车。那司机分辩说，是因为小许没关大灯他才学着没关的。

小许说，今天得让你付点学费，认清楚在西河镇能亮大灯会车的只有老子一人。

小许正要抬脚踢那桑塔纳车灯，孔太平大声阻止了他。

孔太平下车后，那司机赶忙上前赔不是。孔太平支开话题，问司机去哪儿。司机说是送一个客人。孔太平见车内隐约坐着一个人，就挥挥手让桑塔纳开过去。桑塔纳走后，孔太平又说了几句小许，他担心那车内坐的是养殖场的客户。小许说那人绝不是什么客户，那副妖艳的模样，一看就不是正经路上的人。听说是个女人，孔太平也不再数说小许了。倒是小许来了劲，不断地说现在太不公平了，洪塔山算什么东西，居然坐起桑塔纳来，书记镇长却只能坐破吉普。小许说他若有机会，一定要治一治洪塔山，不让他太嚣张。

小许的话说得孔太平烦躁起来。这时，吉普车已来到镇外的河堤上。孔太平让小许停下来，打开车门时，他叫小许开车先走，自己一个人慢慢地走回去。

吉普车消失在镇子里，四周突然静下来。被太阳烧烤透了的田野，发出一股泥土的酽香，月亮被醺醉了，满面一派橘红。热浪与凉风正处于相持阶段，一会儿凉风扑面，一会儿暑气袭人，进进退退地叫人怎么也安定不下来。

河堤外边的沙滩上，稀稀落落地散布着一些乘凉的男女青年，女孩子嗲声嗲气的话语和男孩子有些浪意的笑声，顺着河水一个涟漪便漂出半里远。孔太平想起小时候自己从县城里来乡下走亲戚时，舅舅带着他走上几里路，同垸里的男女老少一道来这河滩乘凉的情景。有天夜里，满河滩的人睡得正香，忽然有人喊了声，狼来了，狼来了，惹得许多人慌忙逃个不迭。后来舅舅大喊了一声，说这么多人还怕几只狼，一人屙一泡尿就可以淹死它！舅舅的喊声制止了河滩上的慌乱，大家镇定下来以后才弄清楚是有人在闹着玩，目的是想吓唬那几个睡成一堆的女孩子。舅舅走上前去揪着那人的耳朵，一使劲就将其扔到河水中去了。那人在水中挣扎时，大群女孩纷纷抓起沙子撒到他身上，直到那人急了，说若是谁再敢撒沙子，他就将身上的衣服全脱光，这才将女孩子吓退。那人从水中爬起来时，舅舅对他说了几句预言，断定其人将来不会有出息。孔太平记起这个故事，却不记得舅舅所说的这人是谁了。在当时他可是知道这人的姓名的，时间一长竟忘了。忘不了的是这人如今也该四十岁了。

想起舅舅，孔太平的目光禁不住拐到另外一个方向上。远远地一座小山之下，忽明忽暗地闪着一架霓虹灯，"西河养殖有限公司"几个字一会儿绿，一会儿红，反复变幻不停。空洞的夜晚因此的确添了几分姿色，美中不足是那个"殖"字坏了半边，只剩下"歹"在晃来晃去。舅舅的家就住养殖场附近，虽然离得不算远，可他已有一年多时间没有进过舅舅的家门。孔太平打定主意，近几天一定要去舅舅家坐一坐，不吃一顿饭也要喝几杯水。

孔太平从县商业局副局长的位置下到西河镇任职已有四年了，头两年是当镇长，后两年任的是现职。论政绩主要有两个，一是集资建了一座完全小学和一座初中，二是办了这座养殖场。现在镇里的财政收入很大一部分来源于这座养殖场。所以他对养殖场格外重视，只要有机会，不管是什么场合，他都得重申，要像保护大熊猫一样保护养殖场。实际上，这座养殖场也关系到自己今后的命运。回县城工作只是时间问题，关键是回去后上面给他安排一个什么位置，这才是至关重要的。小镇里政治上是出不了什么大问题的，考核标准最过硬的是经济，经济上去了就是一好百好。

凉风一阵比一阵紧了，暑气明显在消退，河滩上几个女孩子忽然唱起歌来。孔太平心情好起来，刚要加快步伐，迎面走来两个人影。不知为何，孔太平认清那两人是镇完小的杨校长和徐书记后，竟下意识地躲进河堤旁的柳丛里。

杨校长走到他跟前时忽然停下来说，等一等，我要方便一下。

徐书记嗯了一声说，我陪你。

好半天没见水响。杨校长说，人家在县城里偎老婆，让我们又白等了半夜。

徐书记说，这热的天再好的女人偎起来也没意思。

杨校长说，人家不像我们这些穷教师，去年家里就装了空调，改造了自己的小气候，你还当是大环境啦！

徐书记说，你别笑我土，我还真没见过空调是什么模样哩！

杨校长说，恐怕是你不注意，县城里好多楼房的外墙上挂着些像麻将里的一饼、二饼那样的东西就是空调。

孔太平差一点笑出声来。

杨校长继续说，胡老师突然发病住院，也不知是好是歹，三个月没发工资了，医疗费还要学校先垫付，这是什么道理！说话时，杨校长还脱口骂了一声。

徐书记说，镇长书记只管自己升官发财，哪里会真心实意地关心教育。你没听见刚才开车的小许在镇委大院里嚷，要全镇人勒紧裤带给镇里买台桑塔纳，否则出门太丢人了。

杨校长说，也是，县里随便哪位领导少买一台小车也够全县教师好好过上一个月——喂，老徐，我这一阵不知怎么的，屙尿特别费劲，老半天也挣不出一滴。

徐书记说，莫不是前列腺有问题，得赶紧查一查，男人这地方最容易患癌症。

杨校长说，患了癌症才好，我就可以解脱了，死不死、活不活，反让人难熬——好了，总算屙出来了！憋死个人！

一阵水响过后，两人终于走开了。孔太平听出他们要去镇医院。孔太平明里暗里听惯了别人的牢骚话，他知道杨校长是在说自己，抬腿将眼前的柳树狠狠踹了几下后，心中的火气也就去了多半。

孔太平没走多远就碰上了地委奔小康工作组的孙萍。孙萍一个人正顺着河堤散步，孔太平一见她那模样就开玩笑，是不是又收到男朋友的信或者是刚刚给男朋友写完信。孙萍挺大方，说两样都不是，而是一个三年不通音讯的老同学突然莽撞地给她写了一封求爱信。孙萍还说，她发现老同学的文章写好了。孔太平提醒她，留心对方是不是抄了哪个名人公开发表的情书。孙萍笑着表示了认同，接着就告诉孔太平，镇里人都知道他今天回来，包括杨校长在内的好几拨人一直在等他，直到小许一个人开着车进院后，他们才散去。孔太平问清楚，除了杨校长是准备找他要钱的，别人都是来申冤告状，便多多少少有些放心下来。他告诉孙萍，这年头只要不涉及钱，一切都好办。说了一阵闲话后，孔太平要孙萍给他帮忙做件事，马上去镇医院，看看那个姓胡的老师到底是什么原因住院的。孙萍答应后便往镇医院方向去了。

一进镇子，街两边乘凉的人都拿眼光看他，打招呼的人却很少，偶尔开口也是那几个礼节性的字。孔太平平常进出镇子总是坐车，同镇上的人见面的日子不多，这般光景让他有些吃惊，自己刚来镇上时可不是这样。那时谁碰见他都会上前来说一阵话，反映些情况，提点建议什么的。孔太平看见街旁一位老人还在忙个不迭地招呼几个孩子，就走上去询问他家中的情况。他以为老人的儿子、媳妇外出打工去了，谁知老人气呼呼地告诉他，孩子的父母都让派出所的人抓了起来。老人说，自家几个人在一起打麻将带点彩犯了什么法，开口就要罚款三千。那些个贪官污吏怎么不去抓，那么多行贿受贿的人怎么不去抓？老人一开口，四周的人都围拢来了。大家七嘴八舌地说了半天，孔太平总算搞清楚，镇派出所前天晚上搞了一次行动，抓了四十多个用麻将赌博的人，清一色是镇上的个体户，不要说是干部，就连农民也没有一个。他们认为这一定是派出所的预谋，十几万罚款足够买一台桑塔纳。

孔太平借口自己刚回，不了解情况，转身往人群外面走。老人在背后说，我将话说明了，要钱没有，要命有几条。孔太平没有理睬。老人又说，这哪像共产党，连国……

孔太平不等他那更刺耳的话出口，便猛地转过身大声说，不是共产党有意睁一只眼闭一只眼，让你们这些私营业主先富起来，你们能有今天这么大的铺子？钱来得太容易了，就想赌，是不是？莫以为自己逃税的手脚做得干净，让你逃才逃得了。孔明知道关羽会放曹操一马，才让他去守华容道。不让你逃时，你就是如来佛手中的孙悟空。得了龙王爷的恩惠却想着王八的好处，这叫什么，这叫混账！前年订《村规民约》时，你们都签过字，赌博就要挨罚，不想交罚款的人明天到镇委会里登个记！

孔太平一吼，街上突然静下来。他什么也不再说，一溜烟地回到镇委院内，也不理睬别人叫他，站在院子当中扯着嗓子大叫：老阁，老阁在家吗？分管政法的阁副书记应声从自家门口钻出来，孔太平要他马上将派出所黄所长叫来。

他刚开门进屋，住隔壁的妇联主任就送来两瓶开水，并随口问他怎么这次出去时间延长了三四天。孔太平说，刚开始只准备参观一下华西村，后来大家都闹着要去张家港看看，参观团的领导只好修改日程安排。妇联主任问他有些什么收获，孔太平一边叹气一边告诉她，经验很多，可是太先进了，西河镇一下子学不了，还得敲自己的老实锣鼓。

孔太平开始解上衣纽扣，并说自己要冲个澡。妇联主任说，你冲你的澡，我说我的话。孔太平说，那我就脱裤子了。妇联主任笑着说，你那东西我家里也有，吓不倒人。说笑之间妇联主任站起来，跨过门槛后又回头告诉孔太平，他不在家里，宋家堰村超生了一个人。她说，本来差一点就是三个，另两个被她抓住了时间差，抢先将工作做妥当了。孔太平说，今年一切工作都白做了。他叹了一口气，随手关上门。

孔太平打开水龙头，放水冲了一阵身子，他刚用肥皂将身子涂抹一遍，水龙头里就没有水了。他打开窗户探出头冲着楼下叫道，一楼的，等会儿再用水好不好，让我将澡洗完。叫了两声，水龙头里又有水了。他赶忙凑过去。这时，电话铃响了起来。孔太平马上意识到一定是妻子打来的，目的是探听他的行踪，她总是怀疑自己在镇里有别的女人，常常出其不意地搭车跑来或在半夜三更打来电话。孔太平冲出卫生间，抓起电话大声说，是我，我是孔太平，我已经准时回到镇里，你该放心了吧！别用什么孩子不听话，钥匙找不见了等借口来掩盖自己的别有用心，我都明白，你不要耍这种小聪明！他吼了一通后，电话里竟无一点反应。他又说，有话你就快说，不声不响地到头来还是我付电话费。电话里轻轻地响了一下，接下来是一串蜂鸣声。孔太平愣了一会，伸手拨了自己家里的电话号码，电话铃响了一阵后有人拿起了话筒，他对着话筒说，我爱你，你放心，我不会三心二意的！电话里忽然传出儿子的声音，儿子说，你是谁，不许你爱我妈妈，我妈妈只能让我爸爸爱！

孔太平说，儿子，我就是你爸爸！儿子在那边欢叫道，妈妈，爸爸要爱你！孔太平放下电话，继续将身上的肥皂液冲洗干净。

派出所黄所长进来时，孔太平刚刚将裤子穿好，天气太热，他懒得再穿上衣，光着膀子，开门见山地问抓赌的情况。黄所长说他们的确是选择了镇上干部发工资的前几天行动的，因为这时干部们口袋里都是瘪的，无钱上麻将桌，这样可以减少许多麻烦和难堪。只不过他们没有考虑到镇上那些个体户竟敢公开抵抗，到现在连一分钱都没收上来。他们准备明天先放几个女人，探探风向。孔太平沉吟一会儿后，表态不同意这种做法，他说政权机构做事就得令行禁止，不能半途而废，否则就会失去威信。孔太平答应由镇里出面帮他们维持一下，条件是收上来的罚款二一添作五，两家对半开。派出所所长不同意，他们正指望用这笔钱添一些交通工具。孔太平告诉他，老百姓已猜出他们是想买辆桑塔纳，他们若真的这么做，会失去民心的。因此，不如将这批罚款分一半出来，捐给镇里，专门发放拖欠了几个月的教师工资。黄所长有些松口了，只是不同意交出一半，他觉得太多了，学校有困难，公安部门也同样困难。孔太平思考了半天后改变主意，提出只要明天一天，到时收到多少算多少。黄所长很高兴地同意了。

门外响起了高跟鞋的磕磕声。孔太平连忙抓住上衣往头上套，孙萍进来时，他那铜钱大的肚脐眼还没有盖住。孙萍刚坐下，黄所长便起身告辞，那模样似乎有点避嫌的意思。孔太平留他没留住，只好由他去了。

孙萍将乌黑的披肩长发甩到胸前，像瀑布一样垂着，然后说她想喝口茶。孔太平正要重新泡一杯，孙萍已拿过他喝过的茶杯，有模有样地抿了一口。孔太平想阻止却来不及，他看着孙萍那好看得像糯米粉做的双手，心里咚咚地响了两下。

孙萍抬起头来说，孔书记这茶叶太好了，是哪个村里做的？

孔太平说，我这茶叶算什么好，这回出去考察，地委组织部的人那茶叶才真叫好哩，一连八九天，就是看不见他们茶杯里有哪片叶片是两芽的。

孙萍说，那还不是下面乡镇的干部送给他们的。其实我们镇上也应该搞点特制土特产，这对开展工作有好处。

孙萍这话是双关意思，暗里还指疏通关节可以早点向上提拔。孙萍是昨天回到镇里的，她在地区团委工作，团委同组织部在一层楼上办公。她这次回去休假，刚好遇上东河镇的段书记鬼头鬼脑地在组织部门口转，一看就是上门送礼的。孔太平本来对孙萍说话的口气有些恼火，但她话里的内容却很重要。东河镇的段书记是他的主要竞争对手，连续三次考察，都是孔太平排第一，老段排第二。这次地委组织部组织外出考察，人员名单是戴帽下达的，上面没有东河镇的段书记，他原本有些暗暗高兴，没料到人家却来了这一手。

孙萍说，现在考察干部并不是光看政绩。

孔太平说，我不会这么贱，胡子一大把了，还低三下四地去巴结那些二十来岁的毛头科长。不说这个了，说说医院里的情况吧！

孙萍说，胡老师可能是中暑了。但医生还不敢贸然下结论，一般的中暑醒过来就没事了。胡老师却是醒过来后又接着昏过去了。所以非得住院观察。

孔太平嗯了一声。孙萍继续说，同胡老师一个病房里还有宋家堰村小学的一个民办教师，两人的症状几乎一样。

孔太平想了想说，我得马上去看看，不然万一出了事可没法交代。

孔太平领着孙萍走到门口时，看到院子里空无一人，他很奇怪，往常大家总是整个晚上都在外面乘凉，怎么一下子就变得不怕热了哩！他下到院子中央大声说，都睡了吗？还没睡的请出来一下。喊声刚落，家家户户都有人从门里钻出来。孔太平告诉大家，他准备到医院里看看两个住院治病的老师，谁家里有暂时用不着的罐头、奶粉、麦乳精什么的，请先借给他用用。孔太平一开口，几乎人人都转身进屋拿出一两样东西来，一会儿就积成不小的一堆。孔太平也不客套，找上两只口袋装好后就往医院方向走去。

走了半天，孔太平回头一看，只有孙萍一个人跟在后面。往常这种事他不用开口，鞍前马后总有几个人跟着，特别是妇联主任，哪怕是有意甩也甩不掉。孙萍走上来，接过他左手提着的那只袋子时，无意中碰了一下他的手。顿时，一种别样的滋味袭上心头。他一下子明白过来，大院里的人为什么要躲进屋里，为什么一个人也没跟上来。他心里骂一句：这些狗东西，是想创造机会让我跳火坑哩！孔太平想到这里，脚下迈动的速度忽然加快了。孙萍跟不上，一会儿就被拉开几丈远。急得她不住地叫着等一等。结果，二十分钟的路程，他们只用了十五分钟。

一到医院，孔太平就嚷着找院长。院长闻讯来后，孔太平嫌他来得太慢，盯着手表看了一眼后，大声说自己是十点十分到的，院长是十点十八分到的。其实也就等了八分钟。孔太平这样说是有意的，他怕万一出什么问题，大家都能证明，自己曾经及时到医院来过。这之后，他们才去病房。一边走院长一边同他说了实话。胡老师他们病因其实已查明了，主要是营养没跟上，身子太虚了，又赶上双抢季节农活太累，所以中暑的症状就特别严重。院长对政治问题比较敏感，知道现在教师的情况很复杂，搞不好一颗火星可以燎起一场大火，所以特别吩咐主治医生将病情说含糊一些。院长说杨校长再三追问是不是有营养不足的问题，他们咬紧牙关没有说出真情。孔太平听说胡老师一家人已经有两个月没敢花钱买肉吃，就连端午节时也只是买了一堆杂骨熬上一锅汤。而那个民办教师情况更糟，民办教师有个孩子在地区读中专，为了供孩子上学，暑假期间，他除了下田干活以外，每天还要上山砍两担柴挑到镇上来卖。昨天中午他柴没卖完，人就晕倒在街上。院长的话让孔太平心里格外沉重起来。

孔太平出乎人意料之外来到病房，胡老师他们特别感动。杨校长和徐书记还没走，他俩心里对镇委领导有些气，听孙萍说孔太平一到家就赶到医院里来，也不好一见面就发牢骚，但脸上的表情没有胡老师他们好看。孔太平不大理睬他俩，他询问了胡老师和民办教师的情况以后，当着大家的面表了硬态，他说，这个月十五号以前不将拖欠的教师工资兑现了，他就向县委递交辞职报告。孔太平这么一说，杨校长就不好再挂着脸色了，他主动上去说自己想了个减轻镇里负担的办法，让学生们再挤一挤，腾出几间教室租给别人办企业，只要一个月有它三五千元的收入，学校就可以维持下去。孔太平瞪了他一眼说，这样做你不怕人背后骂，我还怕哩，你若是想当校长就只管教书，若想做生意就将校长的位子让给别人。

这时，门口跑进来一个女孩，冲着孔太平问他几时回来的。孔太平反问她怎么在这里，是不是家里有人生病了。躺在床上的民办教师忙说是学校里安排田毛毛来照料他的。田毛毛是孔太平的表妹，是他舅舅的独生女，高中毕业后在村办小学里当民办教师。田毛毛也不管是否有正经事，一下子就将孔太平拖到病房外面的走廊上，撒着娇非要表哥给她帮一回忙。田毛毛长相很动人，孔太平从小就很宠这个表妹，他早就在舅舅面前表了态，一定要给田毛毛找个最适合她的工作。他的确联系了几个地方，可田毛毛都不愿去。孔太平以为又是找工作的事，就开口答应了，谁知田毛毛竟要他写个条子给洪塔山，让洪塔山以优惠价卖给她一千只甲鱼苗。

孔太平很奇怪，就问，你要这东西干什么？

田毛毛说，当然不是放在家里养，是别人托我要买的。

孔太平说，毛毛，你别以为现在钱好赚，生意场上的事太变化莫测了，你涉世太浅，经不住这种折腾。

田毛毛说，就这一回。赚点小钱将自己打扮打扮。

孔太平说，你要是想买什么就对我说。

田毛毛一撇嘴说，罢罢，我可不敢沾惹你家那只醋罐子。

孔太平笑起来，他抽出笔，就近处找到一张处方笺，随手写了几行字后递给田毛毛。他告诉田毛毛，甲鱼苗平常卖时要二十五元钱一只，他让洪塔山十八元钱一只卖给她。他要田毛毛别出面，直接将条子交给那要买甲鱼苗的人，然后按差价的百分之五十拿回她应得的那一份钱。他再三叮嘱田毛毛，一手交条子一手收钱。田毛毛不以为然地要孔太平别太小看她了。

孔太平返回到病房时，医院院长正同杨校长谈给自己的孩子换个班的事，院长说现在的班主任对他的孩子一直有些歧视。杨校长否认有歧视这回事，但还是同意考虑，只不过得找个恰当的理由。

孔太平来医院也就是看看，并没有具体的事，往回走时，院长送了一程，正要打住，孔太平却要他一起走一走。一路上，院长不断讲些小故事，逗得孙萍笑个不停。院长说现在搞计划生育的真正阻力是男人，所以有的地方就针锋相对地让男人去结扎，免得他们搞些借腹怀胎的鬼名堂。有一回，他随计划生育工作组到一个村里去攻克堡垒时，一个七十多岁的老头缠着他们，非要代儿子做结扎手术，工作组不同意，老头反将工作组的头头训了一通，说他们挫伤了他计划生育的积极性。孙萍的笑声让孔太平心里很难受，他知道孙萍是下来镀金的，时间一到就要飞回去，再艰难的工作，在她来看也只是谈笑之间的事。然而，对他们来讲，越是让局外人发笑的事情，做起来越要呕心沥血和绞尽脑汁。

镇委会院子里依然没有人，孔太平拖着院长在院子里的空竹床上坐下来，直到有人从屋里走出来他才放其回去。孔太平回屋再次冲了一个澡，然后也搬了一只竹床到院子中间。他还没有下楼就发现院子满是乘凉的人。

坐定后，不断有人凑过来问这问那。食堂炊事员最后过来，该问的别人都问了，炊事员就问华西村那么富，馒头是不是还用粉蒸。一院子的人都笑起来。孙萍一边笑一边说，何师傅，你这种问法，真有点毛主席的味道哩！

孙萍这话提醒了孔太平，别人都睡着了以后，他还望着天上的星星和月亮在心里细细琢磨。人再富吃的馒头也还是粉做的，一把手身上的脏东西多数是二把手偷偷扔的，这都是基本规律，到哪也改变不了。孔太平下决心要在三天之内搞清楚，自己不在镇里的这段时间，到底发生了什么事。同时，他也要看看镇长赵卫东的政治手腕有没有长进。

鸡叫过后，天气转凉了。孔太平咳嗽一阵，翻身吐痰时，看见一个人影在一旁徘徊，有点欲前又止的意思。他认出是副镇长老柯。老柯平时跟他跟得很紧，有什么小道消息绝不会放在心里过夜。现在连老柯都犹豫起来，可见问题的严重性。

孔太平一翻身就想出了一个对策。

天亮以后，孔太平让办公室主任小赵通知早饭后开一个党委、政府和人大负责人会议。小赵告诉他，赵镇长原定今天到县里去要钱，这时恐怕已经走了。孔太平知道小赵与赵卫东是亲戚，他有意说，镇长知道我回来了，怎么连照面也不打一个就走，该不是我哪儿对不住他吧！小赵是孔太平与赵卫东之间有些摩擦以后，孔太平有意提拔起来的。老柯开始还替他担心，唯恐小赵为虎作伥。但后来的情况让老柯打心里佩服孔太平，小赵当了办公室主任以后，常常直接从孔太平那里领略到许多暗含杀机的话语，小赵当然会转告赵卫东，可赵卫东又不能就这些话有所表示和反应，那样就等于出卖了小赵，由于这种顾忌，赵卫东不得不多方做些收敛。

赵卫东果然没敢走，而且是第一个赶到会场。

等人一到齐，孔太平就宣布开会。他说今天会议议题有两个，第一个议题是如何搞好社会治安，协助派出所收缴赌博罚款。孔太平没有说出自己昨晚与黄所长协商达成的协议，只说今天在家的干部都要上街，由他自己带队。有两个人当即表示不同意这么做，其中就有老柯。老柯平时总与孔太平保持高度一致，他一反对，反让大家迷惑不解起来，谁都不敢轻易表态。事实上，老柯的反对是孔太平会前安排的，什么缘由，他却没有说明。孔太平借口让大家再想想，转而进行第二个议题。他先问赵卫东有多长时间没有回家。赵卫东说差不多有四十天。他又问了几个人，得到的答复是最少的也有二十天了。这时，孔太平才说，第二个议题是干部休假问题。因为双抢已基本结束，所以他提议镇里的干部分三批休假，第一批优先照顾三十天以上没有回家的人。大家对这提议都表示赞同，只有赵卫东不同意，但一点用处也没有。孔太平说他若再不回去，老婆闹离婚时，组织上概不负责。大家都笑着劝赵卫东接受这个提议。赵卫东只好也笑着答应下来。孔太平又要小赵以组织的名义通知赵卫东家里，从今天起给他放七天假。孔太平说，赵镇长太累了，必须强制他休息一阵。说着，他就回到第一个议题。九点钟时，他一敲桌子，说不能占了赵镇长等人的休假时间，第一个议题过后再说。

孔太平明白别人都不愿上街和群众对着干，他开这个会的真正目的只是放赵卫东的假，收罚款的事他自有主张。

散会后，几个干部围上来说，他们还以为孔太平今天只是传达出外考察的情况。孔太平说这事过一阵有了空再坐下来细细地说。接着又指出他们用词不当，考察情况只能汇报，不能传达。干部们都说，你是一把手，怎么能向我们汇报哩，只能是我们向你汇报。

孔太平对这种回答在心里表示满意，开会的效果开始立竿见影了。

小赵按孔太平的吩咐，让税务所和工商所的头头带着所有的人都来镇委会开会。同时又以镇委会的名义发了一个通告，要那些收到派出所罚款通知书的人，在今天之内将全部罚款送交到镇委会，否则后果自负。

税务所和工商所一共二十多人，孔太平领着他们先上街走了一圈，他没有向他们布置何任务，只是叫他们一个个跟紧些，路上说说笑笑可以，但不准打打闹闹。当然制服是必须穿的，这是孔太平让小赵通知他们时郑重地声明过的。转了一圈回来，孔太平让他们集中在二楼会议室打扑克下棋，半小时后，自己再独自到街上走了一圈。见了人也不说话，人同他打招呼他也不理睬，顶多只是用鼻子哼一声。从街上往回走时，他到镇广播站里去了一趟。他刚回到镇委会院子，镇上的几个高音喇叭就同时响了。先是报时的嘀嘀声，然后女播音员说，现在是北京时间十一点整，离镇委会上午下班时间还有半个小时，离镇委会下午下班时间还有七个小时。无论是镇委会院子里还是街上的人，一下子就听出了那种最后通牒的倒计时的味道来。

孔太平上到二楼会议室，他要大家再出去走一趟，他要求这一次人人面孔必须十分严肃。天气很热，刚出门大家身上的制服就被汗水湿透了。因为镇里一把手在头里带队，大家也不好说些什么，加上心里对这些安排一直不摸底，神神秘秘的反让他们做起来挺认真。冷冰冰铁板一样的人群在小镇的窄街上流动，虽然已近夏日正午，也还有一股凉飕飕的东西直接渗到空气中。

孔太平正在当街走着，一辆桑塔纳迎面驶来。他看出那是洪塔山的座车，便理也不理，昂着头仍旧不紧不慢地走着。

桑塔纳赶紧靠到街边，个子和模样都让人看了不舒服的洪塔山从车子里钻出来，老远就大声说，孔书记，我有急事正要找你。

孔太平说，过了今天再说，今天我没空。

洪塔山还要开口，孔太平突然说，你那养殖场的干部有没有人赌博？惹毛了我，就是经济命脉，我也要查封。

洪塔山一愣说，你这是说的哪门子话？

孔太平说，我还想见识一下，在西河镇有谁屙得出三尺高的尿！

洪塔山也是在生意场上炼成精怪了的人，他意识到孔太平是在敲山震虎，马上露出一副骨头软了的模样说，我这饭碗还不是书记你给的，我可不敢让它变成石头来砸自己的脚。

洪塔山站在街边，一直等到孔太平领着那群人走过去后，才转身上车。

上街转了两圈，食堂的饭已熟了，还不见有谁送罚款到镇委会来。孔太平心里有些不踏实，却不让表情露出来。他让两位所长带着自己的人到镇委会食堂去吃饭，一个人也不许回家。有几个女人推说家里有急事，想回家去。孔太平开始没有阻拦她们，等她们走到院子门口时，他才暴跳如雷地吼起来，一声声都是说，今天是非常时期，就是家里死人失火，也必须坚守岗位到最后一刻。孔太平骂她们时，许多人都从院门外边往里望，那些骂人的话每一个字都听得清清楚楚。孔太平平时对人态度很好，从不直接批评普通干部和群众，对女同志尤其和气。这也是他妻子对他不放心的地方。今天他一反常起来，立刻使人联想到这件事的严重性和关键性。

女人们抹着眼泪回到食堂。

孔太平让事务长大张旗鼓地到镇委会门前的商店里搬回四箱啤酒。

税务和工商的干部们在酒杯面前没有不厉害的，孔太平自己带头上阵不说，还鼓动镇里那些会闹酒的人尽情发挥，一时间，食堂里碗盏叮当人声鼎沸。转眼间四箱啤酒就喝光了，孔太平让事务长再去搬了两箱来。事务长搬了啤酒回来后，悄悄告诉孔太平，外面有些人借故有事，在偷偷地看动静。孔太平心中有数，让他别着这个急。

事务长刚走，老柯又凑过来，提醒孔太平是不是稍加收敛，这么大吃大喝传出去影响不好。

孔太平说，大吃大喝也是一种工作方法。

一顿饭用了两个小时，六箱啤酒全喝光了。大家都很高兴，那几个挨了训的女人也都带着醉意说，孔太平指到哪里，她们愿意跟着打向哪里。孔太平没有醉，他只喝了很少几杯酒，看见拐角处有人在偷偷张望，他故意大声说，那好，下午依然是一边休息一边待命，一过六点钟就行动。

下午三点钟，广播喇叭里说，离镇委会下班时间还有三个小时。

三点过五分，小赵接待了第一个来交罚款的人。紧接着交罚款的人像穿珍珠一样，一串接一串地来了。交完罚款，他们都要问一个相同的问题，就是交了罚款以后还会不会吊销他们的营业执照。税务所和工商所的人听了很奇怪，他们从没有说过要吊销执照的话。孔太平不让他们将谜底揭穿，他要他们对那些人说，自己这次外出考察，学了许多好经验，现在个体户的确太泛滥了，该关的就要关，该管的就要管。这话一点也没有违反国家政策，但从孔太平嘴里说出来时，却有一股子煞气。孔太平说，现在这个时候，当领导的就是要时时透露一点煞气给人看。

孔太平看着小赵的登记表上已有了整整四十个人，抽屉里的现金塞得满满的，脸上立即堆起了笑容。

正在开心时，派出所黄所长急匆匆地闯进来。

黄所长腰里吊着一把手枪，见了面就嚷，孔书记，你可不能将我们的油水揩干净了呀。孔太平说，哪里哪里，我们绝对保证只收今天一天，以后的全归你。

黄所长说，你们还会给我以后，不到天黑就会收光的。

孔太平说，不会的，绝对不会。小赵，我们收了多少人的罚款？

小赵心领神会，马上说，才二十多个。

黄所长说，赵主任，你别太小瞧我们的侦察能力了，你们已经收了三十九个人的罚款，正负误差不会超过两人。

孔太平心里吃了一惊，他怕事弄僵了，忙说，我们也没料到局势会变化得这么快。

黄所长说，孔大书记也别挖苦我们，我们有我们的难处，枪杆子不能对着人民专政，人民公安是保护人民，不像你们人民政府专门管着人民。

孔太平说，都是社会主义事业。我看这样，镇里这边就收到现在为止，剩下的都让他们去派出所。

黄所长很干脆地说，不行。

孔太平一见黄所长的态度很强硬，就拐个弯避过锋芒说，要不这样，剩下的还是你们收，至于我们已经收了的，找个机会，我们再好好商量一下。

孔太平这边一软再软，黄所长就不好再强硬下去，但他要求今晚就开始协商。孔太平想了想，见一时间找不出合适理由，只好答应他。

黄所长一走，孔太平就叫小赵先将现金送到银行里存起来。小赵从未见过这么多钱，一个人不敢去，就叫上小许开车送。他俩刚上车，马达尚在呜呜叫着没有发动起来，办公室电话铃突然响了。

孔太平拿起话筒一听，竟是赵卫东。

赵卫东上午出了大院门，其实并没有回去。

孔太平不便问他躲在哪里。

赵卫东说，他得到消息，派出所准备半路拦劫，将镇里收到的罚款控制在手里，争取分配时的主动权。黄所长判断镇委会的人不敢将这笔巨款存放在办公室，一定会在天黑之前送到银行存起来，所以他已派人在工商银行与农业银行附近分别把守着。

孔太平没料到黄所长竟会这么干。他又有点不相信，就让小许开着空车出去转了一圈。小许在街上见到的情况真如赵卫东所说，不仅银行门口有派出所的人，就是镇委会大院门口也有一个拿着对讲机的警察在望风。

孔太平不由得对赵卫东心生谢意。他冷静地想了一阵，终于有了对应的办法。首先他亲自给县教委，电视台和县里分管教育的副书记、副县长打了电话，请他们今晚来西河镇参加一项重要活动。接着又给洪塔山打电话，安排他的桑塔纳去接县电视台的记者。然后让小赵坐上小许的车，到两家银行门口去逛几趟，将黄所长的人从镇委大院门口调开。

小赵和小许一动身，大门口的那个警察果然就尾随而去了。紧接着洪塔山的桑塔纳准时开了进来，洪塔山自己也随车来了。孔太平让老柯去县里将一应人等全都督促来。

洪塔山来是找孔太平有事。在等待镇教育站何站长的空隙里，洪塔山对孔太平说，养殖场昨天来了几个客户，偏偏甲鱼池旁边的棉花地有人正在打农药。洪塔山怕被客户碰见会有不利因素，影响他们之间产销合同的签订，就亲自去劝正在打农药的田细伯稍缓两天再打，结果双方几乎发生了冲突，田细伯差一点用锄头敲碎了洪塔山的头。

孔太平轻轻笑了笑。田细伯就是他的亲舅舅，他嘴里说没想到老人家会如此火大，并答应明天抽空去一趟舅舅家，亲自处理这事。孔太平随后告诉洪塔山，他写了一个条子，答应给人一些甲鱼苗，希望洪塔山给个方便。

洪塔山说得很漂亮，孔书记的指示是圣旨，他绝对百分之一百二十地照办。

洪塔山刚走，教育站何站长就来了。

孔太平非常严肃地先要他用党性担保，然后才说，无论他想什么办法，一定要紧急通知各学校校长，晚上八点钟准时赶到镇委会会议室开会，而且必须保密，开会之前不能让消息走漏给外界。何站长有些摸不着头脑，孔太平不肯透露半点信息，只说绝对是不让他们吃亏的事。何站长自有办法，转身到镇外的必经之路上，有人过来就伸手拦住，也不管认识和不认识，只要问清楚是哪个村的，就让其捎信给当地的小学校长，说是有天大的好事要连夜讨论确定。那些捎信的人，无一例外地想到一定有民办教师转正指标下来，一边承诺，一边加快了脚步。何站长也像是默认一样朝他们点头称是。

从何站长告诉第一个人算起，到最后一位校长赶到教育站，总共只用了一个半小时。来得最早的是镇完小的杨校长，完小里没有民办教师，但他意识到这个会可能有其他目的。他问何站长时，何站长不停地摇手叫他别瞎猜，免得犯错误。杨校长不管这些，继续追问是不是镇里想用那笔赌博罚款补发教师工资，何站长叫他别再说下去，同时又觉得这种推测有几分道理，现在的事没有比钱的问题更让人敏感了，何况又是眼看着就要进派出所小金库里的钱，那敏感程度则更要翻倍了。其他校长来了后，他们就不再说这个。校长们争着先要看文件。何站长拿不出来，便随口说，到时县里领导要来亲自传达。

校长们到齐后，派出所黄所长也来了。

黄所长说自己是来帮一个亲戚开后门的。

何站长装模作样地记下了他那亲戚的名字。

黄所长忽然问，怎么中学唐校长没来。

何站长本是将中学给忘了，他下意识地说中学里没有民办教师。虽然是撒谎，却也天衣无缝。

黄所长走后，何站长越发感到杨校长的推测有道理。

八点钟时，他带着一帮校长来到镇里，他一个人悄悄地将这一切都说给了孔太平，并重点申明自己是领会到领导的意图以后，有意不通知中学唐校长与会，免得引起派出所的怀疑。孔太平一点也没有给他面子，反说是画蛇添足，不让唐校长来才让人怀疑。何站长想一想终于悟出道理来，现在哪个会议不是毫不相关的人坐半屋子，来与不来是对会议主题的态度问题。看着何站长灰溜溜地走到一边，孔太平心里又有些感叹，文人的自作聪明让人觉得又讨嫌又可怜。

这时，黄所长带着他的两个副手全副武装地走过来。

孔太平老远就冲着他们笑，并大声说，天气这么热，还这么注重仪表。

黄所长说，我这是向税务所和工商所学来的，有些事情是得用点威慑力量。

孔太平说，要是你威慑到党委和政府头上，那可就要犯大错误哟！

黄所长听出这话的分量来，他不甘示弱地说，要不要我们回去重新打扮一下，再找几个公关小姐陪着来！

孔太平见好就收，他说，不用不用，我们这些做地方领导的还巴不得请两名警察站在门口，你们一威风，我们也跟着有点英雄形象了。

听到这话的人都笑起来。

孔太平趁机将黄所长等三人请进办公室。还没坐定，县教委主任、电视台记者和县委肖副书记都来了。

孔太平开门见山地对着摄像机镜头说，他代表全镇五万人民感谢镇派出所在自己经济状况十分困难的情况下，仍向全镇教育系统捐款人民币十二万元。黄所长一时没反应过来，摄像机的强光一照，三个警察都有些发呆。肖副书记表扬他们的话，全成了耳边风。直到孔太平请他们一起到二楼会议室同全镇教育界的代表见面，走出办公室，被室外的凉风一吹时，他们才清醒过来。两个副所长借口上厕所，一去不回。黄所长挨着肖副书记，他不敢走，而且还在聚光灯下，亲手将孔太平交给他的一大提包现金，转交给何站长。在十几位校长的掌声中，黄所长还说了一些堂皇的话语。接下来由何站长抱着大提包说些答谢的话。

黄所长趁人不注意，狠狠踢了孔太平一脚。

孔太平没有还手，他小声说，你应该感谢我让你出了名，他们说了，这条新闻可以上省电视台的新闻联播。

黄所长说，你不该设圈套让我钻。

孔太平说，我这也是没办法，镇财政太穷了。

黄所长说，只怕是有些事到时候我也没办法。

捐款仪式一结束，黄所长就走了。

这时，校长们已知道民办教师转正通知完全是编造的，惹得他们一个个有喜有忧。喜的是拖欠的工资可以到手了，忧的则是回去没法向民办教师们交代。肖副书记只对结果满意，但对过程提出了批评。孔太平说，如果县里给西河镇一百万，他绝对负责一切都照党章和宪法法律办事。他说正确路线不能当饭吃，不能当钱花。批评归批评，肖副书记也明白基层干部的难处，他说自己在理论上是绝对不支持这种做法的。

正经话说完以后，肖副书记甚至要孔太平付给他当演员的劳务费。

孔太平听到大家都跟着肖副书记喊他孔导演，不由得苦笑几声。

大家一一告辞时，何站长也想走，孔太平叫他先留下。待肖副书记他们都走了，孔太平才当着老柯和小赵的面，要何站长将那十二万元分出四万元给镇委会。何站长有些不情愿，他觉得教育站将各方情意都领了，往后肯定是要通过教育资源来回报各方，所以现在得到的好处不能打折。孔太平不说话，只是阴着脸坐在那里。小赵和老柯不停地劝何站长，要体谅孔书记的一片苦心，没有孔书记这破釜沉舟的一招，大家的工资还得拖欠下去。何站长说这钱本来镇里就是要给的，现在名义上给了十二万元，可实际上只得到八万元，这之间的亏空，教育站实在没办法背负。

做了半夜工作，何站长还是不松口。

孔太平火了，他指着何站长的鼻子说，老何，别给面子还不知道要。十二万元都给你，你也多得不了一分钱，我要四万元自己也不敢全贪污，就这样定了，就现在，你数出四万元给赵主任。

说着，他一甩椅子到院子里乘凉去了。

他刚坐下，孙萍就将自己的躺椅搬过来。两人相距不远也不近。孙萍告诉他，镇里对今天发生的两件事反响很强烈，群众都说孔书记真有水平，一天时间就将当今最霸道的人和最难缠的人都摆平了。孔太平问孙萍，还听说其他情况没有。孙萍说别的没有，就只看见赵卫东赵镇长在街上拦住肖副书记的车，似乎是回县里去了。孔太平心里又有些不爽，赵卫东同肖副书记是高中同学，关系不同一般，两人这一路同车，也不知会说些什么。

孔太平犹豫了一阵，最终还是开口问孙萍，在地委组织部有没有比较好的关系。他以为孙萍会理解自己的意思，哪知孙萍只说她有一个校友在组织部干部科当科长后，就没有下文。干部科正好管着孔太平这一类干部的升迁，孔太平对孙萍一下子重视起来。

这时，小赵走过来，说何站长已答应了，但他希望孔书记表态，在镇里财政收入情况好转以后，采取某种形式给教育站增加四万元。孔太平毫不犹豫地说了两个字：没门。过了一会儿，他又斩钉截铁地补上一句，这个先例不能开，党委和政府不是个体商店可以讨价还价。小赵回屋不久，何站长一个人提着大提包出来了。他有些垂头丧气地同孔太平打了个招呼。孔太平看着背影突然将他叫住，然后又叫起小赵和老柯过来，让他们护送何站长到银行去，将钱存起来，以免出现意外。

何站长苦笑着说，别人抢劫偷盗我都能对付，我只怕你孔书记。

大家都以为孔太平要发脾气，谁知他竟哈哈大笑起来。

老柯从银行里回来后，坐在孔太平的竹床上，说了一通悄悄话。老柯告诉孔太平，赵卫东这一阵在镇里放风，说孔太平要回县里去当商业局长。孔太平心里响了一下。镇委书记去当商业局长，看起来是平调，实际上是降职使用。这种类似的职务一般只给乡镇长，书记则大多是到政府这边的人事、财税、公检法等要害部门，或者到党委这边的大部大委大办去，否则就有问题了。孔太平明白昨晚回来时的冷清场面，一定是这个原因，他没有责怪老柯不及时通风报信，老柯有老柯的难处，与他太亲近了，万一赵卫东当了镇委书记，他的处境会不妙的。他原谅了老柯还因为今晚的气氛已发生了变化。

大家公开地说西河镇唯有孔太平才能镇住，别人都不行。

孔太平对后面这句话感到特别舒服。但他心里还是打定主意要找机会让赵卫东出一回丑，杀杀赵卫东身上的那股邪气。他将小赵叫来，问他知不知道赵镇长现在在哪。

小赵这次真算是见识了孔太平的厉害，他不敢说假话，如实说赵卫东晚上才回去，整个白天赵卫东都在财政所同人下象棋。小赵说，赵卫东是担心镇里今天有事万一用得着他，才没有走的。

孔太平心里清楚赵卫东是怎么个想法，赵卫东一定是打算出来收拾残局的。他没有将这一点戳穿，他心里担心赵卫东将财政所控制得太死了。镇里分工，他管人事干部，赵卫东管财政金融。他在内心做检讨，今后对赵卫东分管的这一块也不能太放任了。

夜深以后，院子里静下来，天上的星星此时格外明亮。

孔太平又想小时在河滩上乘凉时有人喊狼来了的情节，他觉得如果现在能找到这个人，肯定十分有趣。

半夜过后，孔太平朦朦胧胧地感到有人用什么东西往他身上遮盖着。他以为是孙萍，睁开眼睛一看，是妇联主任。他没有作声，又将眼睛闭上。刚刚睡着，忽然有人将他摇醒了。摇醒他的人是洪塔山。

洪塔山也不管孔太平是否完全清醒，急如星火地说，派出所的人将养殖场的几个客户抓走了。孔太平迷糊地问，为什么抓他们？洪塔山说是因为有几个姑娘陪他们玩。这话让孔太平一下子惊醒了，他翻身坐起来，从头到尾细问了一遍。

为了招待那几个客户，洪塔山专门从省城请来几个公关小姐。昨晚没事，哪知今晚派出所的人突然下了黑手。养殖场四周围墙上架有电网，派出所的人也做得出来，居然像特务一样剪断电网，从围墙上爬进养殖场，又用麻醉枪将几条狼狗放倒，顺顺利利地钻进客房里，将那些男男女女光着身子逮走了。

洪塔山说，事先他还专门请派出所全体人员吃了一顿，要黄所长高抬贵手给企业一条活路，黄所长答应只要不太出格，他们就睁一只眼闭一只眼。洪塔山断定，黄所长他们出尔反尔，是为了报复镇委会和镇政府，因此这事只能由孔太平出面调解。

洪塔山的养殖场提供的税收占全镇财政收入的百分之五十以上，有时竟达到百分之六十左右，而这几个客户又保证了养殖场销售额的百分之五十到六十。派出所这一招实际上是冲着孔太平的咽喉而来，孔太平身上感到一股凉飕飕的寒气在弥漫，转眼之间浑身上下又有了一种火燎火烧的感觉。他朝洪塔山要了一支香烟，一口下去就吸掉了半截。

恢复冷静后，他要洪塔山严格控制此事的知情范围，对养殖场内部的人要把话说绝，谁将此事告诉第二个人，就立即开除出场。对外部的人除了他以外，暂时谁也不要说。而且他估计，派出所那边也不会将此事大肆渲染，甚至有可能同样严格控制此事的知情范围。

洪塔山当即回场处理内部事宜。

孔太平一个人想了好久，才决定将此事扩大到小赵那里。

他叫醒小赵并对小赵说这事到他那里应该画上句号，包括镇长暂时都不要让他知道。

孔太平带着小赵往派出所走去。

让他们奇怪的是，派出所里里外外竟然一片漆黑。他们对着紧闭的大门叫了半天，也不见有人来开门。孔太平心里窝着一团火又不能发泄出来，只好强忍着让小赵别叫了，干脆回去睡觉，明早再来。

天亮后不久，洪塔山又跑来了，他告诉孔太平，五更时分，场里值班人员接到一个客户家里打来的电话，那个客户的妻子因为打麻将也被公安局抓了起来，家里要他赶紧回去救人。洪塔山真的急了，不管三七二十一，拉起半醒不醒的孔太平就往外走。孔太平生气地摆脱他，说自己总不能连脸也不要吧。他洗脸刷牙时，洪塔山一直在旁边催促着说，我的好书记，你动作快点吧！到派出所的路上，洪塔山将自己如何在场里做的安排，一一对孔太平做了汇报。孔太平没有挑出什么毛病，就说他是亡羊补牢。

派出所半掩着的大门前，一只肥猪正在拉屎，热腾腾的白气升起老高。孔太平正要吆喝，从门缝里飞出半截砖头，砸在猪身上发出肉奶奶的一声响。大肥猪一下子蹿出老远，并且像有绳子牵着一样，从门缝里拖出黄所长。

黄所长拿着一把扫帚说，孔书记、洪老板，二位一大早结伴而来，是不是向我们这些穷警察捐赠点什么？

孔太平说，黄所长别叫穷，我们不会在你这儿揩油吃早饭，还是让我们进屋去说话吧！

黄所长做一个请的手势。派出所办公室的确有些寒碜，两只破沙发上，几团黑棉絮从窟窿里翻了出来，水泥地面上尽是大坑小坑，办公桌上油漆已经剥落了许多，上面印着的毛主席语录已是残缺不全。

洪塔山说，黄所长办公条件这样艰苦可不行，什么时候闲了到养殖场去走一走，我送几套办公用品给你们。

黄所长说，洪老板这么慷慨，我却不敢接受，艰苦点好，免得落下腐败嫌疑。黄所长接着说，照我多年办案的经验，无论是当领导的，还是当老板的，如果是主动登我这破门槛，一定是有求于我。

孔太平说，黄所长你也别绕弯子了，我们的确是无事不登三宝殿，当然，话说回来，你这儿也太森严了，个个腰间都别着一把铁公鸡，好人也怕枪走火哩。

孔太平使了个眼色，洪塔山忙说，请黄所长高抬贵手，将我那几个客人放了。小弟我懂得规矩，知道如何感谢你们。

黄所长正色说，你这话是什么意思，别说我们这儿没有你们的什么客人，就是有客人被逮住了，也绝对会按法律条文办事，要感谢你们到北京去对着天安门磕几个响头就行。

洪塔山说，黄所长别戏弄我，我们职工昨晚亲眼看见你的两个副手带人冲进客房里，将那几个人带走的。

黄所长说，这不可能，他们做事不可能不先同我打招呼。当警察与钩心斗角的官场和互不买账的生意场不同。我们这儿是军令如山，官大一级压死人，管你没商量！

孔太平说，不看僧面看佛面，昨晚我就亲自来过，无论怎么叫你们都不开门，现在是第二次了，你总该给我们一个准确的信息吧！

黄所长说，我们借贵处宝地安营扎寨，哪敢得罪。昨晚上所里的同志都出去巡夜了，按规定，家属是不能管公事的，孔书记你也别见怪。我这就去替你们查，看看是否有人搞僭越，有事没有通过我。

黄所长让他们坐一会，自己去去就来。他一走，孔太平和洪塔山就相对骂了一声。果然，只一小会儿他就转回来了，进门就说，是抓了几个外地人，已搞清楚了，没什么问题，刚刚放了他们。孔太平和洪塔山赶到门口一看，果然有几个男女在往门外走，洪塔山大喜过望地说，正是他们。黄所长连声说误会误会，并将他俩一直送出门。孔太平心里觉得奇怪，跨过大门门槛后，他回头看了一眼，见派出所的几个人正相对而笑。

洪塔山顾不上同孔太平打招呼，连同客户和公关小姐们一起，六七个人挤进桑塔纳里，向养殖场急驰而去。

孔太平刚回到镇委会，小赵就迎上来告诉他，昨天夜里，山里的一个村子发生了泥石流，一座上百人口的坨子几乎完全被毁，死了九个人，牲畜死了多少还没有准确统计，最少也有四十多头。

孔太平头皮一下子发麻了，血气阻在那儿，仿佛要胀破头皮。他望了望初露的骄阳，真不敢相信这是事实。可山里就是这样，隔着一道山梁，一边暴雨成灾，一边赤地遍野。他让小赵将昨晚从教育部捐款中扣下来的四万元钱全部拿出来，同时大声吆喝，让镇委会在家的干部做好准备，十分钟以后随他出发去救灾，镇里只留小赵一个人上传下达。小赵将四万元现金交给他时，提议火速通知赵镇长回来。孔太平没有同意，他只同意让赵卫东在县里做些联络，尽可能多弄一些救灾物资和资金回来。

孔太平对小赵说，你告诉赵镇长，三天之内他要是不能搞到五万元钱现金，一万斤粮食，我跟他从此就是仇人。

十分钟后，全镇的干部都出动了。孔太平带上老柯、孙萍和妇联主任坐上吉普车在头里走了。路过派出所，他让小许停一下车，自己跳下去找到黄所长，要他派两个人去帮助维护治安。

黄所长了解情况后，连忙叫全所的人将自备的干粮与治外伤的药全拿出来，然后骑上那辆旧三轮摩托，亲自往灾区赶。黄所长的做法提醒了孔太平，他让孙萍下车返回去，协助小赵通知镇上各部门单位，轮流做些熟食送到山里，同时动员镇上的人将自家的旧衣旧物捐献出来。

黄所长的三轮摩托拉着警报在前开道，半路上果然见到路旁的河里在涨着浊水。

被泥石流袭击过的村庄田野真是不忍目睹，半夜里从家里仓皇逃出来的人们，多数只穿着一条裤衩。失去衣服遮护的女人们全都挤成一团躲在一处小山坳里，一声接一声地哭着。男人们望着面目全非的家园，呆呆地站在那里，一句话也说不出来。天上还在下着雨，泥泞在男人和女人那半裸的身体上流淌着。孔太平记得垸子附近有所小学，就想将灾民转移到学校里去躲一躲，他趟过齐腰深的泥泞过去看时，才发现学校已被毁得干干净净，就连学校操场边那棵八百多年树龄的老银杏，也被连根拔起，滚到很远的一处山崖下。

孔太平他们忙了半天，救灾工作才有点头绪。

中午过后，县里的领导赶来了，赵卫东也坐着他们的车子赶回来。一见面赵卫东就说他已按照孔太平的要求完成任务了。孔太平免不了要说几句客套话，但心里还在保持着警惕，赵卫东能在半天之内完成这些钱粮任务，可见他的潜力很大。孔太平让赵卫东仍旧回镇里去组织救灾的后勤保障工作，看上去与平常无异，其实是深思之后的一种断然。

这时，天已经晴了。

太阳一出来，气温就急剧升高。

孔太平夜里没有休息好，白天里一急一累，外加高温蒸烤，早上和中午又没有好好吃东西，正在指挥别人搭简易棚子时，突然一阵眩晕，人一歪，就倒在地上。大家七手八脚地将他抬到阴凉地方，早有医生上来给他推了一针葡萄糖。

孔太平醒过来不一会儿，洪塔山匆匆跑来了。

孔太平以为洪塔山是来救灾的，一搭腔才知道还是为了那几个客户嫖妓的事。派出所名义上是将那几个人放了，但还扣着他们的身份证，以及他们的口供材料。他们被放出来时，派出所并没有就此事给他们一个明确的说法。洪塔山推测，可能是要他们拿钱赎回那些证词证物。

天灾人祸都处理不过来，洪塔山又拿这说不出口的事来烦他。

孔太平真的恼火了，生气地质问洪塔山，你是不是还想我为养殖场当干爹，拉皮条！

洪塔山并不示弱，他说，你信任我，让我当镇上龙头企业的头头，我得对你负责，不然企业出了问题，到头来还得你出面收场。

孔太平说，你别拿这个来要挟我，我不吃这一套！

洪塔山说，我说的是实话，换了赵镇长我还懒得这么跑腿费口舌哩。养殖场不是我的。办垮了我正好有理由去干个体。

洪塔山又说，能不能拿钱去贿赂派出所的人，他等着听孔太平的答复，有人挑担子他才敢做，否则将来跳进黄河也洗不清。

洪塔山说着转身跳进淤泥中，帮忙寻找被掩埋的物件。

孔太平清楚自己是绝不能开口表态同意洪塔山这么做，这是原则问题。然而，卡着养殖场脖子的几个客户，实际上也在卡着他的脖子，养殖场一垮，全镇财政一瘫痪，自己的政治前途也就终结了。别人以为他还在休息，都不忍来打扰。他一个人苦苦思索了半天，终于觉得三十六计中的连环计可以一试。他朝洪塔山招三次手，洪塔山才发现。

孔太平要洪塔山在天黑之前将那几个客户用车送到这儿来，名义上是找黄所长说情，实际上是要他们触景生情，主动表示爱心善心，先让他们受感动，再让他们自己去感动黄所长，形成一个连环套。

洪塔山觉得除此以外别无他法。

西河镇虽然山多沟多，毕竟只那么大一个地盘，桑塔纳跑一个来回，也就个把钟头。估计洪塔山快将那几个客户领上山时，孔太平事先将黄所长叫到身边，名义上商议晚上要不要派人巡逻值班。黄所长说为了防止发生意外，还是派人顶几夜为好。这事刚说好，洪塔山他们就走拢来了。几个客户严肃的面孔上都流露着震惊与痛苦。洪塔山向黄所长说，他们是特地来请求宽恕的。年纪稍大一些的姓马的客户打断他的话说，我们的事算个屁，是自讨苦吃，这些人才是真正造孽哟。太多钱我也拿不出来，说话算数，我捐一万元钱帮助他们重建家园。这位姓马的一带头，剩下几个也马上表示，不多不少都捐一万。说了不算，还当场写了一张欠条，让洪塔山先替他们垫付，回去后马上将钱汇过来。洪塔山与他们的业务关系很密切，当然是满口答应。

见事情完全按照自己预计的方向发展，孔太平心里很高兴，自然说了不少感激的话，还大声对现场四周的干部群众做了宣布。受了灾的那些人更是热泪盈眶。激动一阵后，大家又回过头来说泥石流，说到最后几乎都是一样的话：他们都听说过泥石流的厉害，可是没想到泥石流这么厉害，简直就像一群饿狼攻击一头瘦牛。

孔太平抓住时机对黄所长悄悄地说了一句话，其实，这些人心里也不坏，还算有良知。

黄所长看了他一眼说，孔书记，尽管这幕戏只有我一个观众，但我还是被感动了，不管怎样，我也得为这些灾民着想啊。

说着话，黄所长取出腰上的对讲机，他先喂喂地联络了几声，然后说，王八案子取消，放他们一马。洪塔山一高兴，当场表示要送一台大哥大给黄所长。几个客户也千恩万谢地说了不少好话，他们最怕这事捅出去在家人面前不好交代。黄所长叫他们到派出所去将身份证拿走，口供材料当面在派出所毁掉。

一行人走后，剩下孔太平和黄所长呆呆地站在树荫下。

黄所长先找到话题，他说搞政治的人总以为自己比别人聪明，总爱耍些小花样，其实有些事明了说效果反而更好些。

孔太平连忙解释，说自己这样做也是穷怕了，明里是一级政权，其实是光有政没有权，有时候不得不做些违心的事，搞些短期行为，欺下瞒上敲左诈右，不这样日子就没法过。

黄所长说，我也对你说点真心话，不是体谅你的难处，这一回非要让你服输不可，只要我咬住养殖场，你孔书记就是有九条命也过不去这一关。

孔太平叹气说，我也说实话，哪个狗东西想赖在书记的位置上不下来。我早就不想干，可人总得争口气，不干了也得有个体面的退法。有人想撵我走，可我偏不走。

黄所长说，我知道你指的是谁，是赵卫东，对不对？那小子鬼头鬼脑的，还总想同我套近乎！不是卖乖，我更喜欢你些，哪怕有时是对手，同你干仗很过瘾，输了也痛快。

孔太平笑起来，黄所长也跟着笑。

笑过之后，孔太平说，到了这个分上，我们索性说个明白，你跟我说实话，是不是有人在告洪塔山的状？

黄所长说，没有，我们这儿没有，县局有没有我就不知道了。

孔太平说，你得帮助我探个虚实，查一查到底情况如何，最少让我心里有个底。

黄所长说，我可以问出个九分，剩下一分你可不要找我。

孔太平说，能这样我就很感谢了。

黄所长又问孔太平，检察院那边查不查，那边可是经济案子。

孔太平想了想说不用查，别的问题他可以想法保洪塔山，如果是经济上有问题，保他反不如抓他，免得好好的一个企业被他搞垮了。

听他这一说，黄所长当即擂了孔太平一拳，并夸奖孔太平是个清官坯子。他后面的话是在试探，所有有问题的领导人，下属案发以后，总是想方设法找检察院的人探听，以判断下属是否将自己牵连进去。孔太平敢于置检察院而不顾，说明他在这方面是清白的。孔太平吓了一跳，他没料到黄所长在这种气氛下还在搞侦查。

黄所长告诉他，许多案子其实都是在这样的不经意中发现并破获的。

黄所长问孔太平想不想知道赵卫东的一些个人隐私。

孔太平一口谢绝了，他有他的理由，他认为自己同赵卫东实际上是在搞一场政治竞争，知道了隐私就会加以利用，这会导致自己在工作上少花精力，别看一时可以得势，但最终还是不行的，因为别人知道了这一点后会充分做好防范，什么事都有一条暗暗的红线做界限。失去别人的信任比什么都可怕。

黄所长觉得孔太平的这段话里充满了哲学辩证法。

救灾工作搞了差不多一个星期，灾民总算基本得到安置。资金紧巴巴的，也还能对付。孔太平没有让洪塔山垫付客户们的捐款。那几个客户回去后，怕邮寄出问题，包了一辆出租车亲自将钱送过来。孔太平让小赵将钱分文不动地存进银行，还是不许动用。他想着冬天，那时才是真正的困难，得提前预防。

孔太平刚刚松口气，又马上担起心来，因为又到了月半发工资的日子。先是财政所丁所长找他诉苦，说自己无论怎么样努力奔波也只是筹集到全镇工资总数的一半稍多一点。孔太平要他去找分管财政的赵卫东。丁所长去了以后又依旧回来找他，而且是同镇委会的会计一起来的。孔太平摆出一副撒手不管的架势，说自己这个月工资暂时不领，为镇财政分忧。会计提出先将小赵存的那笔救灾款子挪出来用一用，到时候再填进去。孔太平正色说，不许提这笔钱，谁若是动一分，我就撤谁的职，丁所长这时才说，实在不行，可以将养殖场下月应交的款项先收了。孔太平心里早就料到了这一着，他估计这是赵卫东他们私下设计好了的，目的就是想插手进入养殖场。

他不动声色地说，这得看人家企业同不同意，若同意我没意见。

丁所长说，洪塔山那里得孔书记发话才行，别人去了不管用。

孔太平愠怒起来，他说，你这是说的什么话，好像洪塔山是我的亲信家丁，可我听说你们哪一个去不是在他那里又吃又拿的，一箱阿诗玛三五天就抽光了。

孔太平站起来大声说，我累了我要休息，该轮到我休假了。

孔太平让小赵通知镇上主要干部到一起开个会。会上他没说别的，只说自己这几天腹部很不舒服，因此打算从明天起休息一阵，顺便检查一下身体，家里的工作暂时由赵镇长主持等等。赵卫东没有当面提钱的事，反而说希望大家在这一段时间里尽可能不要去打扰孔书记，让他安安静静地休养一阵。

孔太平从这话里听出一些意思来，但他懒得同他计较。

回到屋里，孔太平独自坐了一会，然后将一些必须用品放进手提包里。后来，他清点起口袋和抽屉里的钱，连毛票子一起，刚好够一百元，钱是少了点，好在是回家，多和少不大要紧。屋子里很热，镇上又停了电，只靠自己用扇子扇风。他想起家里空调的舒适，妻子的温存，儿子的可爱，心里忽然有了几分期盼。

这时，表妹田毛毛敲门进来了。

几天不见，田毛毛变了模样，颈上多了一条金项链，身上的连衣裙不仅是新款式，而且没有过去的那种皱巴巴的感觉。孔太平多看了几眼，田毛毛就问自己是不是变漂亮了。孔太平反问她，洪塔山是不是已将甲鱼苗按数给她了。

田毛毛说，如果不是做成了这笔生意，我能有钱买这些东西吗？她补充说，我现在既不像民办教师也不想当民办教师了。

孔太平说，那你想做什么？

田毛毛说，暂时保密，到时你肯定会大吃一惊的。

孔太平笑一笑，也不追问，他说，你父亲好吗，听说他同养殖场的人干了一仗？想必身体没有什么问题。

田毛毛说，他还是那个样，一天到晚都在那一亩半田里泡着，将棉花种得比我妈妈还漂亮。

孔太平说，怎么不说他的棉花种得比你还漂亮？

田毛毛说，他心里是想，可是没能做到。不过他也不敢，他种的棉花若是比我还漂亮，恐怕每株都要变成迷人的妖精。

孔太平说，那也是，光你这小妖精就够他对付了。

田毛毛咻咻地笑起来，她忽然问，表哥，你知道我给甲鱼苗取了什么名字？

孔太平猜不出来。

田毛毛说，它叫迷你王八。

孔太平没听清，随口反问了一句。

田毛毛说，现在小家电等商品不是流行什么迷你型吗，这甲鱼苗不就是迷你型王八吗？

孔太平笑得差一点将手中的茶杯丢到地上。田毛毛得意时，那种娇态特别让人喜爱。田毛毛将一只红丝线系着的小玉佛送给孔太平，说是她特意买的，男佩玉，女戴金，可以避邪，她还搬出贾宝玉做证明。孔太平不敢戴这玉佛，且不说党政干部戴这东西影响不好，三十几岁的年龄也不合适。田毛毛说干部们之所以老得快，根本原因是心态衰老得太快，总以为成熟是一件好事。孔太平不同她讨论这个，转而问那个住医院的民办教师的情况。听说那人已出了院，并且已领到拖欠几个月的补助工资，孔太平心情更加好起来。

说了一阵闲话，田毛毛突然提出要他帮忙，做做她父亲的工作，她想同家里分开过。孔太平吃了一惊，直到弄清她的真实目的是想分得那一亩半棉花田的三分之一面积后，才稍稍宽下心来。孔太平一边问她要分地干什么，一边在心里做出推测。田毛毛不说她的目的所在，孔太平想不出根由，也就不肯表态帮忙说服舅舅．惹得田毛毛噘着嘴气冲冲地走了。孔太平追到门外留她吃过午饭再走，她连头也不回一下。

孔太平大声开玩笑说，看来自己不是迷你型的表哥。

田毛毛这才回一句话，她说孔太平这个表哥是冷血型的。

田毛毛走后，孔太平又到办公室里去转了转，翻翻当天的报纸，发现地区日报上有一篇消息，说西河镇党委政府高度重视教育，然后将孔太平去医院看望教师，千方百计组织资金，将拖欠的教师工资全部补发了等几个例子举出来。

孔太平一看文章没有点赵卫东的名就猜出是孙萍写的，本地的业余通讯员，无论何时也不会忘记力争在每一个字上都做到党政一把手之间的相对平衡。他拿上报纸去找孙萍，孙萍不在，随后他想起孙萍同自己打过招呼，回地区领工资去了。孔太平让小赵将这张报纸剪下来，贴在会议室里的荣誉栏上。

小赵只将报纸剪下来，但没有上楼去贴。

小赵说，办公室剩下的最后一点糨糊已彻底用完了，赵镇长已吩咐，这一段一切办公用品都不许买，一分一厘钱都要用来发干部职工工资。孔太平将自己房间的钥匙扔给小赵，让他开了门去拿自己用剩下的半瓶糨糊。

小赵不再作声，拿上钥匙赶紧去了。

孔太平忽然觉得自己这么对待小赵一点意思也没有。他打定主意索性回避个彻彻底底，干脆下午去养殖场看看，再顺便看看舅舅，处理一下舅舅往棉花上打农药的问题。

养殖场占地有一百多亩，大小几十个水泥池子里放养的差不多全是甲鱼，从前这儿规模很小，只能从别人那里买来甲鱼苗自然喂养，两三年才能长到半斤以上，所以养殖场总在亏本。洪塔山来了以后，第一年就建起甲鱼过冬暖房，不让甲鱼冬眠，一只甲鱼苗一年时间就能长到一斤多。养殖场也有了丰厚的利润，接下来洪塔山就动手扩大规模，并创出了西河镇养殖有限公司这块响当当的牌子。

孔太平悄悄走进养殖场新搞成的甲鱼繁殖池，只见成千上万只甲鱼苗像一朵朵印花一样趴在池边的沙地上，那种娇小玲珑的样子实在有几分可爱，孔太平想着田毛毛给这些小家伙取名"迷你王八"，忍不住独自笑起来。某一时刻里，他不经意地咳了一声，只见先是近处的"迷你王八"们纷纷逃入水中，接着是远处和更远处，悄无声息地骚动一阵后，印花般的"迷你王八"们都不见了，池边只有一带银色的沙滩。

孔太平绕着养殖场围墙墙根慢慢走着。好像是前年，孔太平在年终总结大会上讲过，养殖场是自己的心头肉，自己在位一天，就决不许别人到养殖场里胡来，还规定镇里的干部进养殖场，必须有镇委和政府办公室出具的通行许可证。这个规定开始执行得很好，后来因为工作上的事，直接或者间接牵涉到养殖场，而同赵卫东摩擦了几次，他也不愿执行得太认真了，以免矛盾扩大化。正走着，围墙转了一个九十度的急弯，跟着就闻到一股农药味。他紧走几步登上围墙角上的瞭望塔，就在眼皮下面，养殖场围墙呈现出一个"凹"字形。

在凹字的凹处，有一块长势极好的棉花田。

一个老人正背着喷雾器在棉花丛中喷洒着农药。

孔太平叫了声，舅舅！

老人抬头看了一眼塔棚，又一声不吭地低下头去继续做自己的事。

孔太平又叫了声，舅舅，我是太平！

老人这次连头也没有抬。孔太平知道叫也无益。

他走下塔棚，来到养殖场办公室，正好碰见田毛毛在同洪塔山说着什么。孔太平有些不高兴，就问洪塔山怎么带头违反规定，随便放人进来。洪塔山分辩说田毛毛是养殖场的客户，田毛毛也说自己在同洪塔山谈一笔生意。孔太平不准他们之间再搞什么交易了，"迷你王八"的事只能到此为止。田毛毛说她也不想再做这"迷你王八"的生意了，她现在同洪塔山谈判的是有偿租借土地的问题。

孔太平马上想到那块被养殖场围墙围了一半的充满农药味的棉花地，一时间竟不知说什么好。

洪塔山说，希望孔书记能支持这项交易，棉花地的问题不解决，万一被客户发现，有可能危及整个养殖场的生存。

田毛毛说，那块凸进来的棉花地正好占整块棉花地的三分之一。

孔太平沉吟了半天才说，这事操作起来一定要慎重，毛毛她父亲人虽好，但涉及土地，恐怕是不会让步的。

田毛毛说，我才不怕他，那地本来就有我一份。

孔太平瞪了她一眼说，你难道不了解土地是你父亲的命根子！

田毛毛说，我就不信他把土地看得比我还重要。

孔太平说，这个险可不能随便冒。我看还是将围墙再加高一些吧。

洪塔山说，行不通的，田细伯连现在的围墙都要推倒，说是挡了他家棉花地的光和风。

田毛毛大咧咧地表示，一切都包在她身上。

田毛毛走后，孔太平思绪纷乱，心里有一种异样的感觉。

洪塔山以为是办公室里太热了，就要领他去客房，打开空调凉爽一下。

孔太平拒绝了，并婉转地告诉洪塔山，镇里有人没安好心，总在想方设法要从养殖场挖走一坨油，自己从明天开始休假，镇里又等着钱发工资，没人撑腰时希望他能巧妙对付。洪塔山心领神会地说，他也来个三十六计，走为高，出去躲一阵再回来。

孔太平没有说这样做妥不妥，只说没事时，洪塔山可以去自己家里坐一坐。

孔太平转而问起那几个客户的情况。洪塔山回答说，那个姓马的昨晚还给他打电话，让转告对孔书记的问候。孔太平知道这是卖乖，却不戳穿他，依然接着客户的话题，问洪塔山，对那些人的做法如何看。洪塔山狡黠地回答，他没有看法。孔太平本想提醒一下他，让他各方面都收敛一点，特别要注意别撞在公安局那些人的枪口上，见洪塔山有意不正面回答，自己也就不想说了。

隔了一阵，他还是放心不下，就换了一个方式，告诉洪塔山，自己有意让他当县人大代表，最少也要争取当政协委员，关键是这段时间里不要自己往自己脸上抹黑抹屎，若是又脏又臭，就无法提名让他当候选人。

洪塔山赶紧表态说，一定要管好自己从头到脚的每一个器官。

孔太平又叮嘱了一些话，便起身往外走。

洪塔山将他送到养殖场大门口后，人已转了身，又回头对孔太平说，镇里的司机小许，似乎有些同他的司机过不去，总是将吉普车拦在路当中，不让他们的桑塔纳舒舒服服地走。前天傍晚，他们又在路上遇上了，小许的车故意在旁边慢慢地挤，弄得桑塔纳差一点掉进小河里。孔太平知道这事十有八九是真的，他说回去后问一问小许，看看到底是他的车出了毛病，还是人出了毛病。

田毛毛家在宋家堰村的边上。

田毛毛知道孔太平要来家里，早就在门口守候着。

孔太平进屋时，舅舅正在后门外用水冲洗脑袋，屋里的农药味，被孔太平开玩笑说成是田毛毛身上的化妆品味道。舅妈泡了一杯茶端上来，田毛毛要孔太平别喝这烫人的茶，自己进房拿了一杯凉茶给他。孔太平笑一笑，放下凉茶，拿起热茶呷了一口。田毛毛不高兴，说他也守着老规矩，一点开拓思想也没有，这热的天，放着凉茶不喝，而去喝热茶，真是自找苦吃。舅舅走过来，找了张凳子坐下，然后从口袋里摸出一根没有过滤嘴的香烟，自顾自地抽起来。

屋子里忽然沉静下来。

孔太平赶紧主动开口问，棉花长势很好吧！

舅舅磕了一下香烟烟灰说，不怎么样。

孔太平说，能这样已经够不错了。

舅舅不高兴地说，你不要一当干部就忘了本，同前几年比起来，这棉花要逊色好几分，连我自己都不敢看，看了就觉得自己可耻。他突然抬起头来，望着孔太平说，大外甥，你能不能让洪塔山将那些白水池子都拆了？

孔太平说，为什么呢，全镇上的人都指望靠它发家致富。

舅舅说，你这话不对，我就不指望它。

舅妈插嘴说，你别以为自己是个国王，什么事都要以你的意志为转移。

舅舅默不作声低头吸烟的模样让孔太平生出许多感慨来。他说，舅妈，不要紧，我就是想多听听舅舅的想法。

舅舅将一支香烟抽完后，站起来，拿上一把锄头，帽子也没戴便往门外走。

舅妈说，太阳这么毒，你光着头去哪？

她没有等到回答。

孔太平说，我同舅舅一起出去走走。

屋外热浪逼人，太阳照在地上反射出许多弯弯扭扭的光线，像是正在燃烧的火苗。舅舅在前面缓缓地走着。一只狗趴在屋檐下懒洋洋地看了他们一眼，连叫也不愿叫一声。几头牛在一片小树林里无力地垂着头，偶尔用尾巴抽打一下身上的虻虫，发出一声响，却不惊人。炎夏的午后乡村，比半夜还安静，半夜里可以听见星星在微风中唱歌，可以听见悠远的历史，在用动人和吓人的两种语调，交叉着或者混杂着讲述着一代代人的过去故事。骄阳之下，淳厚的乡土只能在沉默中进行积蓄。孔太平跟着舅舅走过一垄垄庄稼时，心里都是一种无语的状态。

两个人终于来到了棉花地前。

舅舅问，你怕农药吗？

孔太平说，不怕！

棉花叶子被太阳晒蔫了，白的花朵和红的花朵也都变得软绵绵的，垂着花瓣，颇像女孩子那丝绸的裙边。

孔太平，这地能产多少棉花？

舅舅说，从来没有少过两百斤。

孔太平心里一算账，也就两千几百元收入。

他正要说种棉花比养甲鱼收入低得太多，舅舅指着养殖场的围墙说，你的爱将洪塔山，将这么大一片良田熟地全毁了，也将这儿的好男好女给毁了。过去村里一个二流子也没有，现在遍地都是游手好闲的人，等着天上掉面粉，下牛奶。他还想要我这块田，没门。

孔太平说，有些人只是分工不同而已。

舅舅说，吃喝玩乐也是分工？我不大出门，可心里明白，这围墙里进进出出的都是什么角色。大外甥，别看洪塔山现在给你赚了很多钱，可你的江山也会被他毁掉。

孔太平说，我哪来什么江山。

舅舅说，你还记得小时候在大河里乘凉时，半夜里有人喊狼来了吗？

孔太平说，记得，可我不知道那人是谁。

舅舅说，还有谁，远在天边近在眼前，就是洪塔山。洪塔山自己成了狼。人是从小看大，小时候大人都说洪塔山不是块正经材料。

孔太平说，大人们说过我吗？

舅舅说，说过，说你能当个好官，可就是路途多灾多难。

孔太平轻轻一笑。这时，从旁边的稻田里爬起来一只大甲鱼。舅舅上前一脚将其踩住，再伸手抓起来，一挥臂就扔到围墙那边去了。

孔太平说，这儿经常有甲鱼？

舅舅说，这畜生厉害，叫它王八可真没错。过去除非病急了，医生要用王八做药，人才吃它，不然就会遭到大家耻笑的。真没料到世事颠倒得这么快，王八上了正席，养的人当它是宝贝，吃的人也当它是宝贝。

孔太平说，事物总是在变化。

舅舅拍拍胸脯说，这儿不能变。

这时，瞭望塔上出现一个人，大声问谁往水池里扔东西了。

舅舅没有好气地说，是我，我扔了一瓶农药。

孔太平忙解释说有只甲鱼跑出来，被扔了回去。

那个人认出孔太平，客气两句后又隐到围墙背后去了。

舅舅说围墙里的那些家伙，总将周围村子里的人当贼，其实他们自己是强盗，将最好的土地强占去了。

孔太平还在想着那个喊狼来了的少年，他突然意识到，怎么现在没人喊狼来了呢？

舅舅在自家田地里摸索了一下午。孔太平不能从头到尾地陪他，四点半钟左右就离开了，太阳太厉害了也是其中原因之一。孔太平在舅舅家等了四十多分钟，为的是等出门到朋友那里借美容杂志的田毛毛。舅妈不在场时，他郑重地提醒田毛毛，如果她执意将棉花地的三分之一转给洪塔山，很有可能会亲手毁掉自己的父亲。

天黑后，小许开车送孔太平回县城休假。

一出西河镇，一辆桑塔纳就从背后追上来，鸣着喇叭想超车，小许占住道死也不让。孔太平只当没看见，仿佛在一心一意地听着录音机播放的歌声。压了二十来分钟，桑塔纳干脆停下不走了。小许骂了一句脏话，一加油门，开着车飞驰起来。这时，孔太平才问小许为什么与养殖场的司机过不去。小许振振有词地说，他这是替镇领导打江山树威信。孔太平要他还是小心点为好，开着车不比空手走路，一赌气就容易出问题，心里却认同小许这么做，有些人不经常敲一敲压一压，就不知道自己是几斤几两，腰里别一只猪尿泡就以为可以平步青云。

进县城后，小许主动说，只要不忙他可以隔天来县城看看，顺便汇报一下别人不会汇报的事。

孔太平不置可否，叫他自己看着办。

孔太平进屋后，妻子和儿子自然免不了一番惊喜。随后，一家三口早早开着空调睡了。儿子想同孔太平说话，却被他妈妈哄着闭上了眼睛。儿子睡着以后，孔太平才同妻子抱作一团，美滋滋地亲热了半个小时。事情过后，孔太平仰在床上将自己摊成一个大字，任凭妻子用湿毛巾在身上揩呀擦的。接下来妻子将半边身子压在他的胸脯上，说起西河镇发生泥石流后，自己心里不知有多担心，还说她的一个同学的父亲，当年到云南去支边，遇上了泥石流。同行的五辆汽车，有四台被泥石流碾得粉碎，车上的一百多人都死了，一具尸体也没找到。孔太平听说妻子天天打电话到镇委办公室去问孔太平是不是平安，同时又不让小赵告诉他，心里好不感动，两只手也在妻子身上抚摸起来。不料妻子话题一转，忽然问起镇里是不是有一个从地区下来的年轻姑娘。孔太平就烦她像个克格勃，想将自己的什么事都查清楚。他一推妻子说自己累了，想睡觉，一翻身，就真的睡着了。

孔太平一觉睡到第二天上午九点钟才醒，睁开眼睛时，见妻子坐在自己身边，还以为自已只迷糊了一阵。听妻子说儿子已上学去了，连忙爬起来拉开窗帘一看，外面果然是红日高照。孔太平自己睡得香，妻子却一直在担心，怕他睡出毛病，连班也不敢上，请了假在屋里守着。他瞅着妻子笑了一阵，忽然一弯腰将她抱到床上，飞快地将她的衣服脱了个干干净净。

恩爱一场，再吃点东西，就到了十一点。孔太平也懒得出门了，索性开了空调坐在屋里信手翻着妻子喜欢看的那堆闲书。午饭后，孔太平又开始睡午觉，直到下午四点半才爬起来，一个人在屋里说，总在盼睡觉，今天算是过足了瘾。

傍晚，孔太平在院子里捅炉子，住楼上的邻居同他搭话。邻居说，从昨晚到今天，他们总感到这屋里有个男人，却又不见露面，还以为是什么不光彩的人来了哩。孔太平的妻子笑嘻嘻地将邻居骂了几句。孔太平则说现在找情人挺时髦，不找的人才不光彩哩。这话邻居没听进去，妻子却听进去了，晚饭没吃两口，就撂下筷子坐到沙发上一个人暗自神伤。

孔太平一个人喝了两瓶啤酒，趁着儿子在专心看动画片，他对妻子说，如果她总是这么神经过敏，他马上就回镇上去。这一招很灵，妻子马上找机会笑了一阵，接着又里里外外忙开了。

孙太平看完中央台、省台和县台的新闻节目后，换上皮鞋正要出门到县里几个头头家走一走，电话铃响了。孔太平以为是镇委会哪一位打来的，一接电话才知道是派出所黄所长。

黄所长说，你托我问的那件事，我已问过，你判断得很对。

孔太平开始没有反应过来，好在他迅速想起来，自己托他问的是洪塔山的事。他说，具体情况如何？

黄所长说，其他该要的东西都有了，只是还没有立项。

孔太平见黄所长将立案说成是立项，马上意识到他现在说话不方便。一问，黄所长果然是在公安局门房给他打电话。孔太平就约黄所长上家里来谈。十几分钟后，黄所长骑着摩托车赶来了。进屋后，免不了要同孔太平的妻子说笑几句。

孔太平叮嘱妻子不要进屋，他们有要事要谈。

黄所长告诉孔太平，有人联名写信检举洪塔山，借跑业务为名，经常在外面用公款嫖妓，仅仅是在县城里，那几个在公安局挂了号有前科的小姐，都指认洪塔山是她们的老客户。告状信上时间、地点和人物都写得清清楚楚。

黄所长翻看了全部材料，那上面有的连住旅店宾馆的发票复印件都有。看样子这几个联名告状的人大有来头，一般的人不可能得到这些材料。

黄所长说，只要立案，洪塔山肯定在劫难逃。

孔太平听黄所长说了几个人的名字，都是镇上的普通职工，因为种种原因同洪塔山产生过冲突，所以一直想将洪塔山整倒。但是这些人不可能有如此大的神通，弄到这么完整的材料。孔太平听到黄所长说那住宿发票复印件上，有"同意报销"几个字，很明显是从养殖场账本上弄下来的。他马上联想到财政所，只有财政所的人在搞财务检查时，才可能接触到这些已做好帐的发票。

黄所长说，现在唯一的办法是将那些检举信从档案中拿出来毁了。不过这种事他不能做，他是执法者，万一暴露了，自己吃不消。他建议这事让地委工作组的孙萍来做，因为她同管理这些检举信的小马是大学里的同班同学。

黄所长又帮孔太平分析，这件事的幕后指使者只能是赵卫东。在生意场上走的人，大都有过这类淫秽经历，镇上几个小企业的头头，甚至半公开地同那些不三不四的女人往来，除了家里吵闹之外，从来没有人去公安局或者派出所检举揭发，主要是他们分量太轻，就算全部扳倒了，也得不到好处。重中之重的洪塔山就不一样了，养殖场实际上在控制着西河镇的经济命脉，谁得到它谁就可以获得政治上的主动。孔太平觉得黄所长言之有理，赵卫东管财政而不能插手养殖场，权力就减去了一半。按照赵卫东的性格，他是不会轻易罢休的，这种做派也像他的惯用手法。

说着话，黄所长长叹一声，有些档案我也不能看，听管档案的同事说，洪塔山那点事，与其他被检举的企业家相比，还可以评上先进模范。那些案子都被封存了，县太爷发了话，若将犯罪的经理厂长全抓起来，县政府就得关门，当警察的也得到街上去摆摊糊口。

孔太平说，其他厂长经理的案子真的被封了起来？

黄所长说，话是这么说，但总得来几下敲山震虎，还可以缓一缓老百姓心中的怨气。

孔太平说，这就对了，撞在枪口上的就算倒霉。

黄所长点点头。他起身告辞时，一连看了几眼那嗡嗡作响的空调，并说，这东西让人觉得比妻子还亲热。

两人笑起来，站在门口握了握手。

回屋后,孔太平见妻子在那里抹眼泪。一问才知道妻子以为自己犯了什么法,才约黄所长来密谈。妻子说,这几年银行待遇不错,家里有八万元存款,若是犯的经济案,她可以帮他退赔,若是男女作风问题,她可是要离婚的。

孔太平安慰了一番,她还不相信。

惹得孔太平生气了,他说,夫妻几年,未必你还不了解我的为人,经济上家里沾没沾别人的光你应该最清楚,作风上怎么说你也不信,我发个誓,若是在外有别的女人,那东西进去多少烂多少。

妻子破涕为笑,还嗔怪他一张臭嘴只会损自己。

孔太平给洪塔山打电话,洪塔山不在家。孔太平就让洪塔山的妻子转告,明天一早将桑塔纳派到县城来,并让司机带足差旅费,他要到地区去一趟,同时他又要求不得向别人透露自己的行踪。

打完电话,孔太平出门转了一圈,得到不少消息。最主要的有两点,一是县里已正式将自己同东河镇的段书记一起列为下一届县委班子的候选人,可实际空缺只有一个,因此竞争会很激烈。二是赵卫东今天在县财政局活动了一整天,最后搞到一笔五万元的财政周转金,拿回镇里去发工资。这两点都让他心绪难宁。首先县里的周转金是用于生产,既要计算资金利用率,又要按时偿还,用它来发工资实际上是寅吃卯粮,现在不饿肚皮将来饿得更狠。可是别人不管这个,他们只管十五号来领钱,担心着急都是他一个人的事。其次是那没有把握的候选人资格,他很明白,在人缘关系上自己远不如东河镇的段书记,段书记非常精明,在省地组织部门都有比较可靠的关系户。

孔太平回家后,第一句话就问镇上是否有电话来。听说没有,他心里很不踏实,手都摸着了电话话筒了又缩回来。他觉得自己有些虚弱,但又不相信赵卫东一天之内就能扭转乾坤。

孔太平很晚没睡着,很早就醒来。正在刷牙,外面汽车喇叭响了两下。他以为是桑塔纳到了,开门一看却是小许的吉普车。小许问,有没有要他办的事。孔太平想了想说暂时没有。他本来要小许吃早饭以后再来看看,他担心养殖场的桑塔纳不会准时来或者根本不来,一转念又决定如果洪塔山胆敢这么快就翻脸不认人,他就让其尝尝监狱的滋味。

孔太平要小许这几天在镇里守着,赵卫东要用车,也别老不给他面子。

小许应声走后不一会儿,桑塔纳就来了。

一上车,司机就告诉他钱带得很足,并说是洪塔山亲口说的数字。

孔太平问洪塔山昨晚干什么去了，司机说洪塔山找赵镇长有事。

孔太平心里来了火，他装着若无其事地问，是不是有什么难题？

司机不知道，随手拿出一只大哥大，说是洪塔山让他带给孔书记的，机器已办了全国漫游，走到哪儿都可以打电话。

孔太平拿过大哥大，反复把玩一阵，心情渐渐好起来。车出了县城，他问司机来时碰见小许的车没有，司机说碰见了，但他不愿惹小许，远远地拐进一条小巷，绕道而行。孔太平说他们都是小心眼。

桑塔纳跑得很快，半路上，孔太平给地区团委办公室打电话，孙萍不在。他说了自己的身份，请团委办公室的人通知一下孙萍，让她在办公室等候，他有急事。十点钟不到，车子就驶进了地委大院。孔太平第一次怀着个人目的来此，也不知是不是车坐久了的缘故，进到那气势很压人的办公大楼后，两腿竟然有些发飘。他在找到团委办公室之前，先看到组织部办公室，一溜七八间屋里坐着的全是一些比自己年轻一大截的男女。一想到多少基层干部的前途都由这些涉世不深的人所掌控，孔太平心里不由得感到几分可悲。

孙萍仍旧不在办公室。这让孔太平感到有些束手无策。本来可以马上回到车上，但他在楼里多待了一会，才出来。

司机哪里知道这段时间孔太平全在卫生间里蹲着。

他对司机说组织部一位副部长约他下午再来，现在他们先去找个地方住下。

地委直接管的宾馆就在地委大院旁边，登记了一个双人间后，孔太平说自己去看一个朋友，如果十二点没回来，那就是有事缠住，司机可以自便。其实，孔太平是去找孙萍的住处，找了好久总算着了，门口晾着孔太平看熟了的衣服，却不见人。他给孙萍留了个纸条，让孙萍回来以后到宾馆来找他。

孔太平看看手表，见快到十二点了，便上街找了一处小饭馆，要了一碗肉丝面和一瓶啤酒，三下两下吃下去。他不想这么快就回去，街上太热没法待，他干脆花五元钱买了一张票，进到一家门口写有冷气开放的镭射影厅看起电影来。他没想到是一部三级片，尽管很刺激，但他一直如坐针毡生怕万一被人认出来回去不好交差。熬到散场时，他赶紧抢在头里第一个离开。出了门，他并没有直接回去，而是朝与宾馆相反的方向走了几站路。然后站在街边给宾馆打电话，说是几个朋友将他灌醉了，要司机到他说的地方来接他。司机开着车来后，他做出一副醉酒的模样，一头倒在后座上。

回到宾馆，孔太平趴在床上，吩咐司机四点钟喊醒他。司机果然在三点五十分叫喊起来，孔太平翻身起床，慌忙不迭地梳理一番，然后仅从提包里拿出一只小文件包，夹在腋下，匆匆出了门。

孙萍依然没去办公室，住处门上的纸条也原封未动地粘在那儿。

孔太平从没遇到这样的冷待，心里难受极了。

这时，他看见东河镇的段书记从一辆车子里下来，拎着一只大包，朝比孙萍的住房好许多的那片小楼走去。孔太平躲在密密的灌木篱墙后面，足足等了半个小时，才看见老段空着手从小楼那个方向走回来。孔太平怔了好久，他慢慢地走着，觉得自己挺悲哀，费尽心机玩些小花样，目的只是骗司机，不想让司机小瞧自己，说自己没门路，来地区后鬼都不理。人家姓段的玩得多么潇洒，大明大白，昂首挺胸，谁也不怕。走出宿舍区，孔太平又看见老段的车停在办公楼旁。他等了几分钟，便看见一群人拥着老段从办公楼走出来，亲亲热热地送老段上车，老段与他们握手都握了两三遍，那些人一个个都在留他住一晚上，老段说他只有一天时间，时间长了，家里说不定会闹政变。

老段走后，孔太平垂头丧气地回到宾馆。

司机问他怎么了，他一惊后醒悟过来忙说是中午的酒还没醒。为了表示喜悦，他打开电视机的音乐频道，随着那些歌星哼唱起来。

晚饭他们是一起吃的。司机说孔太平有喜事临门，应该要个包房，自己庆祝一下。孔太平不肯，就在宾馆买了两张普通进餐票，进了普通餐厅。菜饭刚上来，门口忽地涌进四个姑娘，打头的正是孙萍。孔太平激动地叫起来，孙萍一看也有些惊喜。两人说了几句闲话。孙萍说她手上有些多余的会议餐票，今天没事就约了几个朋友来这儿吃饭。

孔太平一时高兴，就说今天我请客，找个包房好好聚一聚。孙萍她们也不谦让，很熟悉地挑了一间叫梅苑的包房。大家边吃边唱，孔太平不会唱卡拉OK，在一旁专门听。那司机却唱得很好，转眼间就分别同每个姑娘联手唱了一曲对唱。孔太平瞅空问孙萍忙不忙，想不想就他的车去西河镇。孙萍说，要走也只能在后天走，孔太平连忙答应他可以等她一天。

孔太平不敢直截了当地请孙萍出马，他怕孙萍一口拒绝，准备到了县里以后再跟她挑明。

这顿饭花了一千多元钱，孔太平心情好，也不怎么心疼钱了。他原以为孙萍晚上要好好陪陪自己，哪知孙萍吃了饭就要走，丝毫没有在镇里时总想往自己身边靠的那种样子。好在孔太平顾不上计较这些，约好明天晚上在宾馆房间里碰一下头，确定后天出发的时间。

第二天，孔太平让司机整天自由支配，走亲戚会朋友都可以，只要晚上早点回来睡觉就行。他说自己要写一个报告，是地委组织部要的，今天必须交给他们。司机走后，他一个人关在房间哪儿也没有去，看了一整天电视，闲得无聊时，他用那只大哥大给家里打电话，同妻子、儿子聊天。他一个人也懒得去外面吃饭，就在宾馆小卖部里买了些方便面、火腿肠和啤酒等，在房间里对付了两餐。晚八点司机才回来，又过了半个小时，孙萍来了，大家说好明天吃过早饭就出发。

孙萍坐了不到二十分钟就要走。

她走后，司机有些不满意，说孙萍在下面当工作组时，乖得像个小媳妇，一回到上面就变成了冷眼看人的阔太太。孔太平替孙萍解释，她本来有安排，请他们去跳舞，被他推辞掉了，乡下干部不能学上这些东西，学上了就更不安心在基层为普通百姓做实事。前面那些话是他现编的，后面的却是真心话。

孙萍一到县城便又变回来了，一举一动都乖巧可人。孔太平安排孙萍在县政府招待所住下。她一进房间，脸也没洗就说自己忘了一件事，本来应该带孔太平到组织部去见见朋友，哪知一忙人就糊涂了。孔太平心里有事需要孙萍帮忙，顾不上计较这种小伎俩，一边说这事来日方长，一边将这次去地区的真实目的告诉了孙萍。孙萍想了一会说自己先洗个脸。她在卫生间足足待了二十分钟才出来，也许是化过妆，那笑容显得更加动人。

孙萍笑眯眯地说，孔书记千万别以为我是在谈交换条件，其实我早就有在基层入党的愿望和要求，只是怕自己条件不够才一直没有向你表露出来。

孔太平沉吟了一阵说，派下来当工作组的同志，能不能在下面入党，这事还没有过先例，可能得研究一下。

孙萍说，说真心话，如果是别人，孔书记开了口，我不会有二话。可是我实在不想帮洪塔山。有件事我一直没有向你汇报，今年年初时，你派我同养殖场的几个人一起到南方出差，一路上洪塔山就反复说，这次要我当他们的公关小姐，并说只要生意做好了，他给我从头到脚都按现代化标准进行包装。我开始以为他只是说说笑笑，谁知一到深圳他就来了真，深更半夜要我同他的一个客户去游泳池游泳，气得我差点要甩他一耳光。当时我的确是为镇里的利益着想，只是推说身体不适例假来了，委婉地回绝他。我后来越想越气，无论怎样，我是地委派下来帮忙工作的干部，洪塔山怎么可以如此狗眼看人哩。

孔太平隐约记得洪塔山曾经说过，孙萍差一点当了他的公关小姐。

孔太平顾不上求证真伪，他说，无论怎样，小孙你得从我们西河镇大局去看，洪塔山是有不少坏毛病，可现在是经济效益决定一切，养殖场离了他就玩不转，同样镇里离开了养殖场也就运转不灵。说实话，这事到现在我还瞒着洪塔山，将来我也不想让他知道，免得他认为现在的党委政府都是围着他转，离了他就不行，因此变得更加有恃无恐。从这个道理上讲，你不是帮他，而是在帮我，稍作点夸张说，是在帮助西河镇的全体干部和人民。

孙萍说，我也说点心里话，尽管现在许多人把入党看得很淡，可在地委机关不入党就矮人一头，升职提干都轮不上。机关里年轻人多，等排队轮上你时，人都快老了，再当个科长、副科长有什么意思。所以下来帮忙工作的人都想在回去之前能在基层将党入了。不然，基层又苦又累，谁愿意下来。

孔太平突然意识到，前天自己在地委大楼见到组织部那帮年轻人时，所产生那种蔑视是完全错了，连孙萍这样的女孩都有如此成熟老到的政治远见，那些人想必会更加厉害。

孙萍继续说，这事也不是没有先例，与我一同下到邻县的那些年轻人中，已有三个人在火线入党了。

孔太平咬咬牙，终于答应了孙萍，但他提出孙萍自己必须拿出一两件说得过去的事迹。

孙萍脱口说出可以用自己前些时在泥石流灾害救助活动中的表现作理由。

孔太平差一点被这话噎住了，他实在佩服孙萍敢于说这种话的勇气。孙萍说她在救灾现场被碎坡璃割破脚掌，那件刚买的新裙了·也被树刺拉破了。不管怎样，救灾过程中有她，这是一个不错的理由。

找公安局的小马是孙萍一个人去的，孔太平从司机那里拿了一千元钱给她做活动经费，孙萍没有要，她说小马不是那种可以用金钱收买的人，小马一向只看重一个情字，亲情、友情、爱情和真情，四者皆能降服他。趁孙萍去公安局时，孔太平回家去了一趟。

家里一个人也没有，屋子里有几分零乱，这同妻子一贯爱整洁的习惯有些相悖。他便猜测是不是出了什么要紧的事，才让她变得手忙脚乱连屋子也顾不上收拾。他进到里屋，果然看见桌头柜上放着一张字条。妻子写道：舅舅被恶狗咬伤，住在镇医院里，我去看看，下午赶回来。孔太平有些吃惊，他隐约感到那恶狗可能就是养殖场养的那些大狼狗。

孔太平努力让自己镇静下来。然后拨打镇上自己房里的电话号码，电话没人接。他又给黄所长打电话。他想既是恶狗伤人，派出所一定会知道原因的。

果然，黄所长告诉他，的确是洪塔山养的大狼狗咬伤了田细伯，起因是为了那块棉花地的归属问题。具体细节还没搞清楚，但赵卫东已叫人将洪塔山扭送到派出所，收押在案了。黄所长说，他已看出一些端倪，这个事件的幕后人物是赵卫东，因为他听见田细伯骂出的那些难听的话语中，提到洪塔山勾结买通赵卫东想强行夺走他的土地。

孔太平刚同黄所长通完电话，孙萍就将电话打进来，要孔太平赶紧回招待所。孔太平锁上家门回到招待所，孙萍见面劈头盖脸就是一句：士别三日，真是刮目相看。孙萍说小马曾经是那么单纯的一个小伙子，过去还每星期写一首诗，可现在开口要钱，结巴也不打一个，舌头翻个身就要五百。孔太平将孙萍方才没有要的一千元钱都给了她。

孙萍只要一半，孔太平让她拿着备用。他有一种预感，孙萍再去时小马可能要加码。果然，孙萍再次回来，进门就很文雅地骂了一句小马，说他一日三变，刚说好五百，回头又要翻一番。孙萍说，小马又提出洪塔山刚在西河镇犯了案，所以这检举信就更加重要了。孔太平相信孙萍没有从中鲸吞，因为洪塔山刚刚犯案的事是不可能瞎编的。花了钱将心病去掉，怎么说也是值得的。孙萍告诉他，那些有关洪塔山的检举信及材料，小马都当着面烧毁了。小马问是谁请她出马的，孙萍没有告诉他真相，而说是洪塔山自己请的她。

孔太平无心陪孙萍，正好孙萍说她已有安排，不用任何人陪，县里有她三个同学，他们要聚一聚。回到屋里，孔太平一直盼着电话铃响，他急于了解舅舅被咬伤的情况，却又不想丢身份打电话到镇委会去问，因为这样的事，下面的人总是应该主动及时地向自己汇报。等到下午三点半，镇里还无人打电话给他，倒是小许敲门进来了。

小许一坐下就告诉他恶狗咬人的事情。

原来洪塔山这几天一直瞒着孔太平在同田毛毛办那棉花地转让手续。因为土地所有权在国家和集体，这事必须通过村里，村里知道田细伯视土地如生命怕闹出事，就推到镇上。那天晚上孔太平打电话找不着洪塔山时，洪塔山正在同赵卫东谈这棉花地的事。赵卫东一反常态，不仅支持而且非常积极，第二天还亲自到养殖场去敲定这事，在场的村干部偷偷向田细伯透露消息，田毛毛回家偷土地使用证时，被田细伯当场捉住，狠狠揍了一顿。田细伯拿着从田毛毛身上搜出来的土地转让合同书几次想闯进养殖场大门，都被门卫拦住。天黑以后，洪塔山牵着一只大狼狗在镇上散步时，被田细伯看见，他扑上去找洪塔山拼命。洪塔山挨了田细伯两拳头，但洪塔山牵着的那只大狼狗，一口下去就将田细伯手臂上的肉撕下来一大块。事发之后，赵卫东翻脸不认人，不仅指挥人将狼狗当场打死，还将死狗和洪塔山一起送到派出所。赵卫东还委派小赵代理养殖场经理职务，又将田毛毛安排进养殖场协助小赵工作。在土地转让合同书中本来就有这一条，由田毛毛出任养殖场办公室主任。

小许说的这些情况，完全出乎孔太平的意料，洪塔山瞒着他搞的这些更让他气愤。他这才明白，那天田毛毛说自己马上有一个让他意料不到的工作，原来是指的这些。他特别想不通的是赵卫东这么安排田毛毛是出于什么目的。让一个十八岁的女孩去管理养殖场，这种决策能力实在不敢恭维。

小许走后，孔太平决定给镇里打个电话，他要让那些人重新体会一下自己。他拨通镇里电话后，只对接电话的小赵说如果看到他妻子就让她马上回家。说完这话他就将电话挂了，他很清楚妻子这时肯定已在回县城的末班车上。他知道小赵马上就会将电话打过来。果然，一分钟不到，电话铃就响了。他拿起话筒，听见小赵在那边问是孔书记吗，就将话筒放在一边，随手将录音机打开，让小赵最喜欢听的贝多芬《命运交响曲》的声音大到不能再大。小赵不停地叫，孔书记，他不回话，也不压上话筒。十分钟后，他才用一个指头敲了一下压簧，话筒里立即传出嘟嘟声来。

天黑之前，妻子回来了。她说的情况同小许说得差不多，另外还说舅舅同田毛毛断绝了父女关系。孔太平估计小赵他们晚上可能会赶过来，便故意出门躲避。他对妻子说，自己在十点半钟左右回来，小赵来了先不用催他们，等过了十点钟再找个理由让他们走。

妻子心领神会，答应到时就说孔太平事先打了招呼，若是十点钟没回就不会回来。

孔太平在第一个要去的人家坐了一阵后，出来时一眼看见孙萍同一个穿警服的小伙子在街边的林荫树下慢慢地散步，不时有一些比较亲密的小动作与小表情。孔太平不声不响地观察了一阵，忽然觉得如果孙萍旁边的小伙子就是小马，那他绝对不会开口朝孙萍索贿，避免破坏自己的形象。孔太平不愿想下去，他同样不愿一个漂亮女孩的形象在自己心目中被破坏。

小赵他们果然来了。孔太平没有估计到的是，同行中还有赵卫东。他甚至有点后悔，自己的这些小伎俩有些过分了。妻子对他说，赵卫东在屋里坐的时间虽然不长，却一共四次使用向孔书记汇报工作这类词语。按惯例，镇长是不能用这种词语的，赵卫东破例这一用，竟让孔太平生出几分感动。

躺在床上，他默默想了一阵，觉得自己还是提前结束休假为好，赵卫东没有明说，但他这行动本身就清楚表示了那层意思。他开口同妻子说了以后，妻子开始坚决不同意。他细心地解释了半天，妻子终于伸出手在他身上抚摸起来。见她默认了，他也迎合地将手放到她的胸脯上。

孔太平和孙萍坐着桑塔纳一进院子，小赵就迎上来，开口就检讨。随后赵卫东真的将这几天的情况向他做了汇报。孔太平什么也没说，只是听着。直到听完了，他才说，暂时按赵镇长的意思办吧。这话明显是专指养殖场的情况。随后，他布置小赵，通知镇里有关领导和单位，开展一次抗灾救灾的评比表彰活动。

孔太平先到医院看望舅舅。舅舅将他臭骂一顿，一口咬定这些是他策划的，然后借故走开，让别人来整他。孔太平不便在人多口杂的地方多做解释，站在床前任舅舅怎么骂。骂到后来，舅舅自己不好意思起来，他见许多人都挤在门口围观，又骂孔太平真是个苕东西，这么骂都不争辩，哪里像个当书记的，这么不顾自己的威信。孔太平非要等舅舅骂完了再走，舅舅没办法，只好闭上嘴。

办了一圈事后，孔太平才去派出所。刚进门就看见田毛毛正缠着黄所长磨嘴皮子，要黄所长放洪塔山一个小时的风，她有要紧的业务上的事要问。黄所长不肯答应。孔太平没有理睬田毛毛，只对黄所长说，自己要同他单独谈点工作。说话时，他甚至看也不看田毛毛一眼。黄所长就要田毛毛回避一下。

气得田毛毛跺着脚说，当个书记有什么了不起，不就是个土皇帝吗，别人怕，我连做噩梦时也不会怕。

田毛毛一走，黄所长就开口问孔太平事情办得如何。孔太平将经过简单说了一遍，最后才说到一千元钱的事。他还没说完，黄所长连忙直摆手说，这个我不听，我什么也不知道。孔太平明白黄所长的意思，情不自禁地叹了口气。

黄所长问他想不想见洪塔山。孔太平先没答复，反问这事会是什么结果。

黄所长说照道理也就是罚罚款了事，但他觉得这种人得到机会应该关他几天，让他以后能分出好歹来。这话在孔太平心中产生一些共鸣。黄所长又问他，洪塔山随身带的大哥大要不要拿下来。自从洪塔山进来以后，就一直用大哥大朝外联系。黄所长担心将那大哥大拿下来后会影响养殖场的业务，才没有下决心，但他一直在怀疑洪塔山在用大哥大调动客户来向镇里施加压力。田毛毛这么急着要见洪塔山一定也与此有关。

孔太平马上给小赵打了个电话，问他养殖场现在的情况。小赵说洪塔山被关起来后，有四家客户打来电话，说是从前的合同有问题，要洪塔山在三天之内赶到他们那儿重新谈判，不然就取消合同。小赵随口漏了一句说，赵镇长为这事挺着急。孔太平一下子想到赵卫东是感到不好收场，才请他回来收拾局面的。放下电话后，他同黄所长合计了一阵，黄所长断定这是洪塔山做的笼子，目的是逼镇领导出面做工作放他出去。孔太平当即叫黄所长收了洪塔山的大哥大，同时又叫小赵安排人将养殖场电话机暂时拆了，免得外面有人将电话打进来。他要黄所长对洪塔山宣布行政拘留十天，到了第五天，再由他出面担保，放洪塔山出来。

黄所长很快办好了与此有关的一些手续，然后就去向洪塔山告知，回来时，手上多了一只大哥大。黄所长说，他将裁决书一宣布，洪塔山竟跳起来，那模样实在太猖狂。洪塔山口口声声说这是政治迫害，他要求见孔书记。

孔太平硬是坐着等了一个小时，才让黄所长将洪塔山带上来。

见到孔太平，洪塔山情绪很激动地说，这是赵卫东设的圈套，原因是自己不该同孔太平走得太近。

洪塔山嚷得正起劲，孔太平忽然一拍桌子，厉声说，你这是狗屁胡说，你哪儿同我走得近，我叫你别打那棉花地的主意，你怎么不听我的。当着黄所长的面跟你说实话，照你的所作所为，坐牢判刑都够格。

洪塔山愣了愣，人也蔫了些。孔太平说了他一大通后，又说不是自己不保他，是因为回来晚了，裁决书已经下达，没办法收回，所以希望洪塔山这几天表现好一点，他再帮忙争取提前几天释放。孔太平问洪塔山业务上有什么要急办的。洪塔山说没有。孔太平就问他合同是怎么回事。洪塔山说那是自己串通几个客户要挟赵卫东的。洪塔山回拘留室后，黄所长说这种人得送到县拘役所去灭一灭威风。孔太平表示同意。

临走之前，黄所长提醒孔太平，田毛毛在洪塔山手下干不是件好事，稍不慎就有可能出差错。孔太平说他已想到了这个问题，只是目前她铁了心，连父亲都敢对着干，别人就更没办法约束，只能等一阵再想办法调开她。

过了两天，镇里开会，孔太平提出要发展孙萍入党，表态支持的人很少，妇联主任公开表示异议，认为不能开这个先例。孔太平谈了自己的看法，他认为从上面下来的人，又是女同志，能主动参加抗灾救灾活动，就很不容易了。现在上面下来的人越来越少，所以每来一个人我们就应该让这个人心里留下一些可以作纪念的东西，万一他们以后发达了，对西河镇多点怀念，总不会有坏处，从这一点上讲，这也叫为子孙后代造福。孔太平说孙萍年轻，前途不可限量。他自己年纪大了，不可能沾她什么光，但镇里的年轻干部就很难说了。说不定哪天就需要人家关照。孔太平一席话将年轻干部的心说动了。孔太平抓住时机要赵卫东作为孙萍的入党介绍人，赵卫东犹豫片刻，点头同意了。他还接着孔太平的话说这也叫感情投资。他俩一表态，这事就成了。当天孙萍就拿到了入党志愿书。

有天夜里，孔太平突然接到一个陌生人打来的电话。

那人说，洪塔山在拘役所折磨得实在受不了，请孔书记无论如何快点保他出去，哪怕早一小时也是天大的恩情。

孔太平一算已到了第五天，便约上黄所长，第二天早饭后，一行人开着车直奔县拘役所。拘役所关的人太多，洪塔山在那里一点优越地位也没有，几天时间人就变得又黑又瘦。孔太平他们去时，洪塔山正光着头在火辣辣的太阳底下同另一个犯人搭伙抬石头。见到孔太平，他扔下抬杠就跑过来。看守在后面吼了一声，要他将这一杠石头抬完了再走。洪塔山二话都不敢说，乖乖地拾起了抬杠，抬着石头往一处很高的石岸上爬。

洪塔山回来后，孔太平依然让他当养殖场经理。

田毛毛则正式当上经理助理。孔太平见已成了既成事实，干脆让镇里下了一个红头文件，想以此加强约束。

舅舅出院以后，很长时间胳膊都用不上劲，所幸狼狗咬伤的是左手，对干农活影响不大。秋天，棉花地换茬后，舅舅又将小麦种上。麦种是孙萍帮忙撒的，孙萍入党后，各方面表现突然好了许多，舅舅在一天当中为她说的好话，比田毛毛一年听到的还要多。

因为田毛毛一直不回家去，孙萍没事时就去孔太平的舅舅家，替两个老人解解闷。种完小麦，还没等到它们出芽，孙萍下来的时间到期了，孙萍走时还到那块没有一点绿色的地里看了看。然后去养殖场拿走田毛毛养在一只小鱼缸里的两只长相很特别的"迷你王八"。

秋天的天气很好，可孔太平心情非常不好，上面一抓反腐败，甲鱼的销路就大受影响。洪塔山带着田毛毛在外面跑了一个多月，销售量却比去年同期少了近三分之一。就这样也还算是最好的，其他一些养甲鱼的同行，干脆停止使用暖房，让甲鱼冬眠，免得它吃喝拉撒要花钱。洪塔山神通比同行们大，这是他们一致公认的。然而就这三分之一让镇里财政处境更加困难。国庆中秋相连的这个月，孔太平咬着牙动用了那笔别人捐赠的救灾款中的一万元，全镇所有干部职工和教师的工资也只能发百分之五十。而上个月的工资到现在还分文未发。

孔太平天天盼着洪塔山回。

等到十一月初，洪塔山和田毛毛终于回来了。

两人气色都不好，孔太平以为他们累了，问了一些简单的情况以后，孔太平就叫他俩先回去休息。

洪塔山头里走了，田毛毛却没有动。

待屋里没人时，田毛毛忽然扑到他怀里号啕大哭起来。

孔太平一时不知如何是好，只有用手轻轻地拍着她的背，反复叫她有话就说，别哭坏了身体。

哭了好久，田毛毛突然抬起头来说，表哥我想回家！

孔太平说，想回家，这太好了，我送你回去。

田毛毛说，可我怕他们不让进门。

孔太平说，你不用担心，有表哥我哩。

说着，他就叫小许准备车。然后将田毛毛牵出屋，上车往家里开去。舅妈见田毛毛回来了，喜得双泪直流，两个人正抱头痛哭，舅舅却一声不吭地拿上锄头往门外走，但他两脚一直未跨过门槛。孔太平看时，才发现舅舅脸上也有两行泪痕。

孔太平说，好了，毛毛回家你们应该高兴才是，别再哭。

他还想宽慰几句，小赵骑着自行车，满头大汗地跑过来，结结巴巴地说，各个学校的代表来镇里请愿了。赵镇长请你马上回去。孔太平脑子轰的一声，像爆炸了一样。他二话没说，转身就往外走。

孔太平上车时，舅舅在身后叫道，大外甥，别慌，吉人自有天相。

孔太平嗯了一声，吩咐小许快开车。半路上，碰见教育站何站长在路边匆匆忙忙地跑着，小许停下车将他也捎上。孔太平问他是怎么回事，何站长脸色发白，他事先也一点风声没听见，倒是有不少老师在他面前声明，能体谅镇里经济上的困难。孔太平要他马上打听，背后有没有其他因素。

教师请愿团的总代表是镇完小的杨校长。孔太平有几个月没见到他了，一见面发现他人瘦了许多，而且气色也不正常。杨校长开门见山地说，教师们没有别的要求，只想要回自己的那份工资，如果不答复他们明天就停止上课，也出去打工自谋生路。杨校长很谨慎地避免使用罢课两字。孔太平同他们说了半天没结果，反而将气氛弄僵。

赵卫东便提议镇里领导先研究一下，回头再同代表们见面。杨校长他们同意了。

到了另外一间屋子，赵卫东说他发现一个问题，杨校长用的是要回自己的那份工资，而不是补发，那意思像是干部们将他们的工资贪污了。孔太平觉得赵卫东的话有几分道理，不然教师们不会有这么大的火气。

正在分析，何站长来了。何站长打听到，事情起因是镇里从派出所捐出的十二万元钱中扣下的那四万元钱，教师们认为是被镇里的干部们私分了。何站长还解释，这事他们一直瞒得很好，前几天，教育站的会计被要工资的人逼急了，一不小心说漏了嘴。

孔太平心里有了底，他回到会议室将四万元钱的事做了解释。杨校长他们听说这四万元钱全都用在被泥石流毁掉家园的灾民身上，一时间都无话可说了。孔太平索性向他们交了底，说镇委会账户上还有几万元钱，那也是别人捐给灾民的，上上个月实在无法，大家要过中秋节，只好挪用了一万，现在眼看冬天就要来了，他们一分也不敢再挪用了，否则那些灾民就可能冻饿而亡。这样，轮到杨校长他们说要商量一下了。

很快教师们就有了商量结果，他们说应该相信镇领导会带领全镇干群共渡难关，因此他们不再提停课的事，还是回去安心将书教好。孔太平很感动，当即表态，这个月三十一号以前，他一定要兑现全镇在册人员的工资，他说哪怕是将自己妻子的私房钱拿出来也在所不惜。

教师们走后，赵卫东说孔太平最后那句话说过头了，两个月的工资，全镇共需十多万，这么急，哪儿去弄这么多钱。赵卫东说他妻子不在银行工作，家里没有私房钱。孔太平认为赵卫东这是推卸责任，他不应该挑剔谁说了什么，谁没说什么，关键是管财经不能只管花钱而要想办法挣钱。两人绵里藏针地斗了一阵嘴，赵卫东一直不肯让步。孔太平火了，他说这件事自己一担挑，反正到月底他负责让大家领两个月的工资。赵卫东真是求之不得，他说这样更好，自己可以向一把手多学几招。

赵卫东一走，小许过来小声提醒孔太平，这是中了赵卫东的激将法。

孔太平有些恍然大悟，可话说出去收不回来了。

孔太平同老柯、老阎他们商量了一阵，决定开一个全镇企业负责人会议。他在会议上将各单位本月应上缴的资金数强行分解下去，还要他们立下军令状。企业头头们勉勉强强地答应了，可是会一散，他们又纷纷叫苦和反悔。孔太平不理他们，回头又去召集财政和工商税务部门的负责人会议。

忙了两天两夜的会以后，孔太平又带着一帮人到各村去扫农业税死角，每天总是要到晚上十点以后才能休息。中间他还抽空到养殖场去了两次，要洪塔山挖挖潜力，能缴多少就一定要缴多少，要打埋伏也得等到熬过年底再考虑。他每次去时，田毛毛都不在办公室，问时都说她从出差回来以后就一直没来上班。

孔太平问洪塔山是怎么回事。

洪塔山说他也不知道，或许是田毛毛想辞职不干了。

孔太平觉得田毛毛真的辞职倒是件好事，省得他老是放心不下。

孔太平前些时一直没有机会告诉洪塔山，他们到县公安局帮他弄掉那检举信的事，到了这时候，为了让洪塔山对自己不存二心，他安排了一个时间，让洪塔山到自己房间里来，专门同他说了这件事。洪塔山听后脸色发白，没说一个字。

这天晚上，孔太平从村里回来时，发现门口蹲着一个人。

孔太平认出来是舅舅，连忙开门将他请进屋里。

舅舅全身发抖，站不住也坐不稳，进了屋也只能蹲在墙根上。

孔太平慌了，正要叫人请医生来，舅舅终于开口说了一个不字，然后绝望地要孔太平将洪塔山那畜生抓起来枪毙了。洪塔山在出差的第二天晚上就闯进田毛毛的房间里将她强奸了。田毛毛回来后不敢说，直到今天傍晚突然肚子疼，送到医院里一检查说是宫外孕，这才说出事情真相。

孔太平气疯了，他拿起电话吼叫着让黄所长马上来。

几分钟后，黄所长就到了，听完情况，他二话没说，回头就走。

二十分钟以后，黄所长打来电话说嫌疑人犯已押起来了。

孔太平随后去了医院，田毛毛脸和手白得像面粉捏成的，两眼不看他，但是泪水在哗哗淌。舅舅和舅妈像木人一样待在床边。孔太平一个字也说不出，他转身找来院长，要他将这间病房的其余床位空着，不许安排别人，同时尽量封锁消息，不要让无关的人知道真相。院长对病床的事很为难。孔太平蛮横地说，不管他想什么办法，总之这间屋子不能有别人。他还加上一条，病历上也不能写宫外孕，只准写阑尾炎。

孔太平见到黄所长时第一句话就问有没有将洪塔山上手铐，铐紧了没有。黄所长说他将洪塔山双手捆着吊在窗户上，脚下垫着一块踮着脚尖才能踩住的砖头。孔太平说就这样吊他个三天三夜。接着他又问能不能给洪塔山判死刑。听到黄所长说不能，他恨恨地说现在的法律太宽大了。他要黄所长加重刑罚，最少也要将这狗杂种弄成个废人。

黄所长说这一点他能够办到。

从派出所出来，孔太平又去了医院。他怕田毛毛万一有什么闪失，整夜都在她床边守着。

天亮后不久，黄所长骑着摩托车来到医院，见孔太平冷静了些，就请他到自己家里，极小心地告诉他一件事。昨天晚上，赵卫东在财政所喝酒，可能是喝多了，在丁所长面前炫耀自己如何计谋，当初让田毛毛去养殖场就是为现在的变故留下的伏笔，他早就看出洪塔山对田毛毛不怀好意。现在就看孔太平还保不保洪塔山。没有洪塔山，孔太平的半壁江山就不存在了。丁所长一向与赵卫东走得近，听了这话后也觉得赵卫东这人太可怕，他不好直接告诉孔太平，就托黄所长转告。

孔太平听完这些，一下子清醒过来。

孔太平在黄所长家里想了半天，吃中午饭时，才开口问洪塔山现在的情况如何。

黄所长说一切照旧。孔太平叹了一口气后，让黄所长赶紧叫人将洪塔山从窗户上放下来，不能再吊了。

黄所长问他，怎么不想将洪塔山杀了或者弄废了？

孔太平说，谁叫我当了这管着几万人吃喝的官呢！

黄所长长叹一声，说这样做才是正确的。

黄所长又说，孔太平昨晚的言行有些过激，但这种反应也是对的，只有这样才让人觉得孔太平是个有血有肉的领导，如果连自己的亲人有难都不管不顾，这样的人官当得越大，老百姓的灾难越深重。

黄所长还告诉孔太平，自己根本就没有用那些法子折磨洪塔山，他虽然被关着，但在小屋之中还有自由。

孔太平盯着黄所长看了好久，才揪着自己的头发说，如果再有别的选择，我决不当这窝囊官。

孔太平一直没去镇里办公，一天到晚待在医院里。镇里有什么事，分管的人就来医院请示他。镇上许多困难，在说给孔太平听的同时，舅舅和舅妈也同时听见了。到了第三天，几乎所有人来后都要说养殖场不能就这么群龙无首，否则全镇干部职工就没有钱买过年米了。

孔太平对这些情况一概不表态。

第四天上，舅舅对他说，他应该去上班，为百姓做点事。孔太平说他在这里也是为百姓做事。舅舅说了这一句又不说话了。过了好久，舅舅突然开口要孔太平出去一下，他一家人要商量一件事。孔太平一出门，舅舅就将门反锁上。他在门缝中听不出里面在说什么，不一会儿，屋里传出两个女人的号啕大哭声。

孔太平急得用拳头直擂门。

女人的哭声低下来时，舅舅将门打开放孔太平进屋。

舅舅用揪心的语调说，我们说定了，不告姓洪的了！让他继续当经理，为镇里多赚些钱，免得大家受苦。

孔太平扑通一声跪在地上说，我一直想说这话，可我没脸说，我没本事将西河镇搞好，却害得表妹受这等菲孽！

孔太平说着话，眼泪像河水一样淌出来。

舅舅要田毛毛提前出院回家去休养。孔太平问过医生，并得到允许，便替他们办了出院手续，然后用车将他们送回家。回转来，孔太平让黄所长将洪塔山放了。黄所长说他知道事情会是这样的结局，所以连口供也没录。洪塔山出来时，要找孔太平谢罪。孔太平不想与他见面，除了继续让他当养殖场的经理外，什么话也没传给洪塔山。

第二天，洪塔山就让司机开着桑塔纳送自己到省城去了。孔太平许诺的日期已经很近了，收上来的钱离给全镇吃财政饭的人发两个月工资还差得远。他没办法，只好真的回家翻箱倒柜将妻子八万元钱存折找出来，他打算以此作抵押，找银行贷些钱。就在他跨进镇工商银行大门时，小赵追上来告诉他，洪塔山在省城将桑塔纳卖了，汇了十几万元钱回来给镇里发工资。

工资刚发完，县里通知孔太平到地委党校学习，同行的还有东河镇的段书记。两个人住在一个房间话却不多。有一天东河镇有人给老段送来不少茶叶。老段让他尝了尝，他觉得味道非常好。老段得意地说这叫冬茶，刚焙的，他每年只做十斤这种茶叶。孔太平说，这时候采茶叶，霜冻一来茶树不就要冻伤吗？老段说一棵茶树才几个钱，我用这十斤茶叶换来的效益，不知要超过它多少倍。

刚好这天黄所长带着洪塔山来看孔太平。洪塔山在这段时间里做成了几笔生意，镇里的经济情况眼见着有所好转，孔太平听后对他说，再出去时将镇完小的杨校长带出去，找家大医院检查一下，看他是不是患了前列腺癌。洪塔山心领神会地一连三遍说，要孔书记放心。

孔太平将段书记留在屋子里的冬茶拈了点，泡给黄所长和洪塔山喝，还讲了冬茶的来历。他最后才说，如此名贵的冬茶，一定是要送给一些关键人物。黄所长当即骂了几句。

喝罢茶，孔太平提出到外面走一走。

黄所长推说想躺一会，没有去。

孔太平领着洪塔山出了党校后门，进到一片僻静的树林。走了几步后，孔太平忽然转身对着洪塔山就是几拳。洪塔山晃了几下没有倒，但他也没还手，任凭孔太平的拳脚雨点般落在自己身上。

孔太平踢了最后一脚后问，我待你怎么样？

洪塔山说，很好。

他俩回屋后，黄所长依然躺在床上。

夜里，东河镇的段书记拿上茶叶出门了。过了几天那些冬茶又被人送回。老段很奇怪，以为是味道不好，便打开一只密封的盒子检查。盖子一揭开，上面有张字条。字条上写着：有权喝此茶者请三思，如此半斤茶叶可使一亩茶树冻死。再检查其他盒子，都有类似的字条，只是有些言语更激烈些。

一九九五年十月九日完稿于汉阳南湖纺织疗养院

挑担茶叶上北京

　　今年的第一场北风从昨天天黑之后开始刮了整整一个晚上，早上起来时满地一派萧条。门洞和台阶上，枯叶与杂草铺了厚厚一层，一些勺子似的枯叶里盛着浅浅的尘土沙粒。稻场上干净得如同女人那搽过雪花膏的脸，黄褐色的地皮泛着油光和油光中厚薄不匀的粉白。田野上滚动着带着牙齿的干燥气旋。往日绿色的风韵犹如半老徐娘，眼见着已经无法抵挡那几片飘飞的枯叶的诱惑与勾引。飘飞的枯叶是只鬼魂。一会儿上下跳跃，一会儿左右回旋，它呜呜一叫衰败的消息就响彻了。

　　石得宝嘴里叼着牙刷往门口走，他看见石望山扶着一把竹枝扫帚站在稻场中间。

　　石望山是他的父亲。父亲每天总是起得很早，开门第一件事就是打扫家门前的这块稻场。被夜幕从日落蒙盖到日出后，稻场上总会堆着十几堆冒着热气的猪粪狗屎。公鸡母鸡除了也做做小巧玲珑的龌龊之事外，一早起来便在这空荡之处使劲地筛着痒，抖落笼中憋坏的羽毛，把地上弄成毛茸茸的一片。还有禾草枝叶，这些既无翅膀也无脚的东西，永远都会在黑暗中不声不响地来到稻场上。垸里能看见石望山扫地的人不是很多，他们通常只是看看被石望山扫得干干净净的稻场，然后提着裤子钻进稻场边各家的厕所。父亲在风中伫立，任凭北风用头和尾戏弄着他那很旧了的衣襟。

　　石得宝刷完牙，一仰脖子咕咏咏漱了一阵，猛一吹，一口水喷出很远。

　　"这地不用扫了！"他说。

　　"天变冷了，早上别让风吹着，回屋吧！"他又说。

　　石得宝说了两句，石望山没有理他。地上有两行蹄印。一行是牛走过的，一行是猪走过的。石得宝感觉父亲也发现蹄印了。他望着父亲放下扫帚去到屋檐上取了一把锄头，然后一个个蹄印地修整那些小坑小凹。石得宝转身进屋，那行大的蹄印已踩在眼睛里，小的蹄印则是踩在心上。他有点叹息父亲现在是英雄无用武之地。

妻子在房里唤了一声，石得宝连忙过去，见她是要解手，就扶着她下了床，走到马桶边坐下。屋子里水响一阵，他又过去扶着妻子回到床边。妻子往床沿一趴，要他拿条热毛巾帮忙揩揩下身，说是被马桶里溅起来的水弄脏了。石得宝拿来毛巾替她揩干净时，她嘴里不停地埋怨丈夫不该又起晚了，又倒不成马桶。

妻子四天前开始发烧，而且不想吃任何东西，医生来看过两次总说是小毛病不要紧，但发烧总不见退。人虚得骨头像棉花做的，连马桶也无力端出去倒。

石望山自己一生没有给女人倒过马桶，作为父亲，他也不允许石得宝做这种伤男人阳气的下贱之事。自妻子病倒之后，石得宝的一举一动都在父亲的监督之下，父亲怕他夜里偷偷给妻子倒马桶，将前门后门都上了锁，不给他以任何机会。石得宝没敢将这一点告诉妻子，只说自己趁早上父亲还没起床时去倒马桶。但是父亲每次都比他起得早。

妻子在床上躺好后，石得宝用手摸了摸她的脸。妻子将他的手从脸上取下来搁到自己胸脯上，要他捏一捏。石得宝捏了两下，不忍心再捏，虽然心里有些挂怵，他还是能克制住。妻子说对不起他，让他天天受累，自己又没办法慰劳他。他正想说老夫老妻的怎么还说这种话，石望山在外面叫起来。

父亲指着光秃秃光溜溜的小路远端。

"那是不是会计金玲？"父亲说。

"好像是她。"石得宝回答说。

"我看就是她，你瞧那一双手摆得像电视里的人。"父亲言语有些不欣赏的意思。

"这一大早，她跑来干什么！"石得宝问自己。

花花绿绿的小点点，从树梢慢慢滑到树根。山坡上的小路是挂在稻场边那棵树叶几乎掉尽的老木梓树上的。老木梓树下落叶铺成一片金黄，树上雪白的木梓树籽衬映着粗黑的树干。金玲从这样的背景里出现，让石得宝多多少少吃了一惊。

"这么大的垸子，怎么就你家的两个男人起来了？"金玲脆脆地说。

"难怪大家都要选你当村长，几代人都这么勤快。"金玲又说。

"还不如你哩，你一大早就赶了这么远的路。"石得宝说。

"哪里，我昨晚在得天副村长家里打了一通宵麻将，我赢了他们，不好意思提出散场，只好奉陪到底。"金玲说。

石得宝本来要提醒她，女人打麻将不能太熬夜了，一记起妻子正躺在床上养病，就没将这话说出口。他只问了问都是哪四个人，听说除了她和副村长石得天，另两个人也都是村干部，他心里就不高兴起来，忍了几下没忍住，就责怪他们不应该老是几个村干部在一起搓，最少也应该叫上一两个普通群众，免得大家说村干部腐败。金玲不以为然地分辩道，如果同群众一起搓，群众赢了当然无话可说，若输了说不定会背上欺压群众、鱼肉百姓的罪名。金玲的话让石得宝笑起来。他将金玲让进屋。

金玲没说正经事，却先进房里看望石得宝的妻子。

两个女人拉着手说话，石得宝站在一旁，心里在不停地盘算可不可以叫金玲帮忙将马桶倒了。他正在琢磨，妻子自己先开口了。

"病了几天，马桶也没人倒。"妻子望着金玲。

"男人都是这样，别做他们的指望。"金玲说。

"想叫人帮个忙又没气力喊。"妻子还在这上面绕。

金玲却岔开话题，劝她早点去镇上找医生会诊一下。

石得宝忽然生起气来，冷冷地告诉金玲，这事不用她操心，他已经准备好，早饭后就送妻子去镇医院。

金玲不在意地说，他们本该早点去，时间拖长了病人吃亏。

接下来，金玲才告诉石得宝，镇里通知他今天上午去开会，任何理由都不许请假，不许找人代理。

镇上的会多，领导们总在布置任务。因为镇里住着地委的奔小康工作队，石得宝以为又是讨论落实检查总结前一段奔小康活动的情况，就叫金玲统计几个数字，好在会上汇报。石得宝要金玲赶快回去，将那些数据准备好，早饭后在公路边等他。金玲却当即将一组数字报给了他：村办企业产值增长百分之十九点一，人平均收入增长百分之十九点四，等等。看着金玲那口报鲤鱼十八斤的模样，石得宝在屋里找开了笔记本。找了一阵总算找着，他拿着笔记本一对照，立即指出金玲的数字不对，特别是村办企业，明明白白地只增长了百分之六。金玲告诉他，昨天镇里派人下来要数字，说是要，其实是摊派，全镇要求的增长数字是百分之三十。石家大垸村一向拖后腿，靠别人来填补空洞，所以镇里只给他们前面的那些数字。石得宝想了想，让金玲将她上报的那些数字都写在他的笔记本上。金玲一边记一边告诉他，镇里的数字也是县里压下来的，而地区在压县里，省里在压地区。中央压没压省里，他们都不知道。

"中央不会搞假的！"石望山一旁突然说。

"那是那是。"石得宝边说边朝金玲眨眼。

金玲没有接话，她又提醒石得宝一次，别忘了去开会，也别迟到。石得宝知道镇里召开各村干部大会，谁迟到就要罚谁。金玲走后，他就忙开了，一会儿做饭，一会儿又去招呼妻子洗脸换衣服，同时又吩咐父亲到门外去张望，托人捎个信，叫昨天约好的拖拉机提前点来。

拖拉机来时，已快八点钟了。镇上的会总是九点钟开始。石得宝拿了一只躺椅搁在拖拉机上，又将棉絮拖了一床垫上，这才扶着妻子上去坐好。一路上妻子直想吐，拖拉机停了几次，每次她虽然呕得比拖拉机的声音还响，但什么也没吐出来。

"我这呕吐怎么也会来假的哩！"妻子不好意思地小声嘟哝，石得宝这才知道她一直在听着他们的一切谈话。

到了东河镇医院，免不了一番忙碌，挂号，就诊，石得宝都是来回跑着步，后来医生开了一张条子，要石得宝领上妻子去抽血化验。他一打听，光这一项就得花一个多小时，心里就有些急。他同妻子商量几句后，就叫开拖拉机的小严帮忙照看一下，他到会场上转一转再溜出来。

石得宝在镇委会门口迎头碰上了丁镇长。

丁镇长见了他很不高兴，说他迟到了十五分钟。

丁镇长用手指磕得手表梆梆响。

石得宝到会议室一看，全镇十五个村的村长已到了整整十位。

大家都是熟识的，见石得宝进屋，就有人同他开玩笑，问他是不是同村里的女会计一起到镇上逛街了。有人装作不明白，故意问是怎么回事。于是又有人将石得宝前两年为了物色一个年轻漂亮的女会计，特地在全村搞了一次石家大垸"环村小姐"评选活动，历时半年，还聘请了几位城里的评委，但评委主任是他妻子，最后终于选出一位让他妻子十分满意的女会计来。最后一句话让大家哄堂大笑起来。那人在笑中补充一句，说石得宝的名字就是由此而来，他自己的意思本来准备叫"是得抱"，妻子非让他叫石得宝。

石得宝慢吞吞地反驳，说那些人的思想一点也没有转移到经济建设上来，不懂得利用人力资源，女人丑不怕就怕不会利用。他用手指指着笑得最响的那些人，说自己如果将来有事找他们时，就派一个丑女人去，一天到晚跟在身前身后，让他们恶心得吃不下饭，最后绝对只有乖乖地将事情办了。石得宝这一说，大家突然都有了发现，纷纷说这一招用在讨债上肯定灵，让一个满头癞痢，不说话嘴里也流涎三尺的女人，往那些平日美女如云的老板办公室一坐，不出半个小时，就会有人将现金支票送过来。

说着话，大家还要拿石得宝取笑，说这是不是他妻子用来对付他的高招。

石得宝要大家别说了，他妻子现在躺在医院里还不知祸根在哪儿，别让她在那边打喷嚏，加重了病情。

正在这时，丁镇长走进会议室，问大家为什么笑。

大家都不说话，石得宝主动说，他们笑他找了一个丑女人当村里的会计，是成心想减少到村里检查工作的上级领导的食欲。

丁镇长板着脸叫他们别这么损，说自己若是真想在哪个村吃饭，就是满头癞痢的女人坐在对面，他也照吃不误。听他这一说，一屋的人再次哄笑起来。丁镇长开始以为是自己的幽默所致，他马上发现情形并非如此，便半是恼怒地说，今天一定要好好收拾一下这群地头蛇。

大家以为接下来会宣布开会，哪知丁镇长又出去了，他说哪怕缺半个人也不开这个会。

丁镇长说得出来也做得出来，有一个村来的是副村长，他当即将其撵回去，非要村长自己来不可。

石得宝坐在会议室里，心却飞到医院了。

熬到十点半钟，丁镇长才宣布开会。第一件事就是收会议迟到的罚款，钱不多，每个迟到的村长只需掏五角钱，但必须由迟到者亲自送到主席台上交给他。石得宝掏出钱往前走时，脸都红破了。第二件是由他自己宣布在镇党委书记老段到地委党校学习期间他全面主持镇里的日常工作，他说完主旨后顿了顿，石得宝以为他是在要掌声，就带头鼓掌。四周有响应，但不热烈。丁镇长在主席台上说着那些可说可不说的话，石得宝在台下想起别的。现在冬播已结束，按季节是上水利建设项目的时候了。但段书记走前布置工作时已明确说了今年镇里不搞大型项目，由各村自己安排，项目宜小不宜大，让老百姓有个休养生息的空隙。另外一个就是计划生育，因为就要到年终了，多数在年前年后结婚的青年，差不多都在这时候生孩子，许多生二胎三胎的往往也夹在其中，趁浑水摸鱼，所以一到年底总免不了要大抓一阵计划生育工作。

石得宝没想到丁镇长布置的具体任务只是每个村向镇里交两斤或者三斤茶叶，按村大村小来分，石家大垸是全镇最小的村，自然是最少的两斤。石得宝正在奇怪丁镇长怎么杀鸡用牛刀，为几斤茶叶的事如此正经八百地开大会，并且一斤一两地分得清清楚楚，丁镇长就开始在主席台上说具体要求了。

一听说这些茶叶必须是冬天下雪时现采的，不能有半点含糊时，在场的人顿时面面相觑。

有人忍不住当场发问，说是茶叶从来都是春天和夏天采摘，冬天采茶这不是违反自然规律吗？

丁镇长解释说，这是县里布置下来的，是政治任务，必须不折不扣百分之百地完成。他还告诫大家，这事不要向外张扬，避免产生不利影响。将来哪个村里出了漏洞，就找哪个村里的干部追究责任。

丁镇长要各位村长回去先做好准备，哪天下雪哪天就及时动手，到时候他会派人到现场去督察的。丁镇长也不等大家说话，一只手拿起桌子上放着的那只不锈钢保温茶杯，一边起身一边宣布散会。

出了镇委会大院，几位村长在商量找家餐馆点几个菜聚一聚，问到石得宝时，石得宝没有同意，他要到医院去招呼妻子看病。他匆匆地赶到镇医院，找了一阵没看见妻子的人影，回头再看停在医院外面的拖拉机也开走了。他估计妻子一定是看完了病，先回家去了。如果是这样她的病情一定不算严重，要不然就会留在医院住院。石得宝这么一想，也就放下心来。他扭头走出医院，穿过镇里的主要街道往镇中学方向走。

石得宝正在低头走着，街边忽然有人叫他，一看，那几位村长正坐在一家餐馆的门口。石得宝应了一声正想走，有人跑过来扯住他就往餐馆里拖，然后将他按在一张桌子旁，他坐下来一看，开会的村长们几乎都在。石得宝正要开口，有人说除非他妻子要死了，不然就不许他走，因为谁叫他走了又回头哩！

另外几个人却说，正好可以私下开个会，扯一扯这冬天下雪采茶的事。

石得宝本来打算到镇中学去看看读高二的女儿亚秋，眼看走不脱，他只好安心等酒菜上来。不一会儿就有人端来一只热腾腾的火锅。火锅有脸盆那么大，下面的炭火还没旺，有一股子猫尿臊，但大家都说好香。石得宝也闻惯了。家里存放的木炭，总是猫最喜欢撒尿的地方。一到冬天，只要一点燃木炭，那股浓酽的味道是垸里家家户户温暖将至的前兆。

十几个人围在桌旁，挤得像一群猪娃在槽边抢食的模样。

也没什么好菜，三斤肉三斤鱼，外加猪血豆腐和腌辣椒，切好了一齐烩入火锅里，锅里才刚刚冒出几个气泡，就有人将筷子放进去捞了起来。

几杯酒一喝，大家就议论起采冬茶的事。

根本用不着猜，村长们就明白，一定是上面的人在想新点子给更上面的人送礼。

大家都非常不满，说巴结领导也不应该挖老百姓的祖坟。村长们都是内行，他们非常明白，十冬腊月茶树是动不得的，莫说掐它那命根子芽尖尖，就是那些老叶子也不能随便动。不然的话，霜一打，冰一冻，茶树即便不死也要几年才能恢复元气。

有人开口骂起来。

石得宝马上劝对方，说这事还是不在外边议论为好。

听石得宝如此一说，当即就有人问他，有什么好办法。

石得宝也没有什么办法，现在茶场都承包到私人，让他们采冬茶等于让他们自己砸自己的饭碗。

酒喝到差不多时，有人提出各个村联合起来进行抵制。

这话一出，大家突然都不说话了。

见说话的人很尴尬，石得宝就劝他放心，在这儿说的话不会有人往外传，谁要是往外传，他就带头将这件事栽赃到谁头上。他这一说，大家都连声附和，说是这儿说的话就在这儿忘记，不许带到门外去。

渐渐地，又恢复了活跃的气氛，大家不再说采冬茶的事。反正离下雪的日子还早，水还没开始结冰，等事到临头再说，能躲就躲，不能躲时总会有个办法解决的。因为这样的任务完不成，除了说组织观念不强以外，总不至于受到什么处分。

散席时，餐馆老板一算账，每人要付十一元五角。

大家分别拿了自己的那份发票，出门后各奔东西。

石得宝依然往镇中学方向走。出了镇子，过了一道小河便是中学，操场上到处是蹦蹦跳跳的学生。石得宝一不留神，一只皮球刚好砸在他的身上。

学生们有些不好意思，他摸了一下砸着的部位说没事没事，一伸腿将皮球踢了回去。操场上没有亚秋的影子，寝室里也没有。还没到上课时间，石得宝走到教室门口，一看亚秋正在那里埋头看书。石得宝从口袋里摸出五元钱递给亚秋，叮嘱女儿不可太用功，该休息还是要休息。亚秋说期中考试她只得了第二名，期末考试时她一定要将第一名夺回来。见亚秋学习上如此用功，石得宝心里想好的事又有点不好开口，犹豫好一阵他才说了出来。石得宝要亚秋今天下午下课后一定回去一趟，看看妈妈，顺便帮妈妈将马桶倒了。亚秋撅着嘴说爸爸和爷爷都是封建脑子。

石得宝还要说什么，上课的铃声响了。

回家时，石得宝拦了一辆回村里去的机动三轮车，大家都管这种车叫三马儿。石得宝同车上的人一样付了两元钱，开三马儿的人嘴上说着不好意思收村长的钱，伸出的手却比闪电还要快，丝毫没有犹豫。半路上。碰见小严开着拖拉机迎面而来。石得宝正要同小严打招呼，拖拉机忽闪一下擦身而过。他看见挂斗上的躺椅和棉被都不见了。

"村长，我怎么听说镇里给每个村都布置了一项特殊任务！"开三马儿的人突然回头说。

"没有哇，我怎么没听说，你倒先知道了。"石得宝有些吃惊起来。

"你别瞒我，是任务总要往下布置的，不如先吐露一点风声，好让我们有个心理准备，免得到时候一开会就吵架。"开三马儿的人说。

这话是实话，每次村里开会分配任务时，家家户户总是又吵又闹，哪怕是多出一块石头也不肯让步。他们担心这回多一点下回就要多两点，再下一回就会多三点。当村长的写保证书也没用，非得当场扯平均不可。

"这话你是从哪儿听说的？"石得宝开始反问。

"是丁镇长到车站送客时，同人聊天时说出来的，他没有明说是什么事。"开三马儿的人说。

石得宝不明白丁镇长不让他们说，为什么自己又在往外说。后来，他又觉得这是丁镇长故意放点风出来。

石得宝想明白后，也故意放点风，说是镇里开会是为了茶叶的事。车上的人一直都在竖着耳朵听，只是没有吭声。听到石得宝一说，他们立即松了一口气，纷纷说自己还以为又有什么任务要摊派下来，如果是茶叶的事，他们就放心了，大不了是为了定明年的特产税，茶叶树就在那儿长着，谁都可以去数有多少棵，想多交办不到，想少交也办不到。

大家一松气，石得宝心里却紧张起来，他无法预料村里人听说要采冬茶后是什么样的反应。石得宝担心，村里人现在越放松，将来反应越强烈。

一到家，石得宝就看见石望山坐在门口，手里拿着一只红薯在大口大口地啃着，红的红薯皮和白的红薯浆在嘴角上闪着各自的光泽。石得宝走拢去时，石望山出其不意地给了他一个耳光。

石得宝被打蒙了，捂着脸下意识地叫着父亲，问这是为什么。

石望山不说，叫他只问自己的妻子。

果真问过妻子后才知道，妻子在医院检查后见不是什么大病，就拿了些药自己坐着拖拉机回家。进屋子后她解开裤子坐在马桶上方便，不料起身时人突然昏倒在地上。父亲在堂屋里干着急，不敢进房动手帮儿媳妇一下，只好跑到隔壁喊别的女人过来。

石得宝这才明白为什么刚才回来时，全垸的男女见到他时，都在捂着嘴笑。

石得宝心里也有几分不好意思，一时间不知说什么好，只有告诉妻子，女儿亚秋天黑时可能回来。妻子果然笑了一笑。

他又将这话告诉石望山，父亲那像麻骨石一样的脸上，也有了些喜色。

石得宝到菜园里弄了一些菜。正在换季，刚被拔掉的辣椒禾上有不少很小的辣椒。石得宝将这些嫩辣椒摘了一些，又摘了一把嫩辣椒叶子，其余正在地里生长的白菜和萝卜，也一样摘了一些，够炒一碗的。回屋子后，他又捉了一只母鸡杀了。妻子躺在床上叫他杀那只黄公鸡，石得宝没有作声，背地里打的是另一番主意：妻子病了不能吃公鸡，他不能让妻子在一旁看着家里人吃。

天黑之前，女儿亚秋果然回来了，她一进屋就直奔母亲房里。

石得宝在厨房里做饭，耳朵却在听她们母女在说笑什么。

这时，石望山在外面叫来客了。石得宝探头一望，是镇里的宣传干事老方。老方一进屋就说，赶得早不如赶得巧，今天这餐酒他是喝定了。石得宝心里不高兴，却又没有办法，只好装出些笑脸请老方赏光留下来吃顿便饭。老方说他来找石得宝有事要了解，就是想走也走不了，必须以工作为重。

老方刚坐下，亚秋便端着马桶从屋里出来，一步也不绕地擦着老方的身子走过去。

石望山追出门外，等着亚秋回来后，小声责骂她不懂事，不应该在客人面前倒马桶。亚秋也不争辩，端着马桶一步不差地从原路返回房里。

隔了一会儿，屋里的鸡肉香味更浓了。

亚秋钻进厨房，一边同石得宝说话，一边悄悄地拿了一只碗，把锅里煮熟的鸡肉盛了一碗。石得宝只顾埋头往灶里添柴，发现情况不对后，想阻止时已经来不及了，亚秋端着满满一碗鸡肉，进到母亲房里，还顺手将房门掩得严严实实的。

石得宝正担心老方敏感到了，老方就在堂屋开口叫唤起来。他丢下火钳跑出去，老方二话不说，从口袋里掏出十元钱搁在桌子上，转身走了几步，他才说没有带什么东西来，这点钱留下给石得宝的妻子买点东西补补身子。

石得宝说，这不是屁股屙尿反了吗？

石得宝追到门口拉了几下怎么也拉不住老方，见硬拉不行，就借口说，不是还有事情要了解吗。

老方说天色不早了，他得早点回去，需要了解的事请石得宝明天上午到镇委会去谈。

老方骑上自行车毫不犹豫地走了。

石得宝没有怎么说亚秋。石望山一个人将要说的话都说了，他说亚秋是一碗饭养大的，总以为自己读书多，不懂人情世故，就是要饭的赶上吃饭时主人也得给上一碗，何况老方是镇里的领导。亚秋不示弱，站到爷爷面前，说爷爷和父亲总是对那些人做无原则的忍让，老让他们占便宜，结果是害人害己。

石望山很生气，就要石得宝的妻子掌女儿的嘴巴。

亚秋站在那里，拍了两下巴掌，大声说妈妈已打了我，还哭了几声。

石得宝担心将石望山气出毛病来，就大声喝住亚秋，不让她再闹下去。

吃饭时，石望山已消气了，他只是遗憾地说了两次，没有个客人，好酒好菜都不香。

亚秋一回，石得宝妻子的病就减轻多了，晚上睡觉时，她主动抚摸了石得宝几下。石得宝问清她的病是妇科急性炎症，就想起自己每次往妻子身上爬时，妻子总抱怨自己不肯将下身用干净水抹几把。他避开这个话题，将上午镇里开会的内容告诉妻子。

"天啦，这种逆天的事，亏得他们能想出来！"妻子惊叫道。

"我们也奇怪，他们在上面怎么能够凭空想出这种鬼点子哩！"石得宝颇有些慨叹。

"在这些事情上，有些人的确是高水平。"妻子说。

"他们水平高，也胆大，敢说敢做，可是我怎么开口向村里人说哟！"石得宝说。

"这种事只要你一做，管保下一回村长就要选别人了。"妻子说。

"算了，算了，别说这个。"石得宝有些心烦。

这垸和这村虽然叫石家大垸，但石姓人口却是少数，主要是一九四八年底当时的国民党撤退时，在这垸里狠狠地杀了许多姓石的人，当时垸里的人都不明白这是什么缘故，多年之后，他们才搞清楚石家的一个人在北京做了大官。石望山叫他十三哥。小时候他们常在一起放牛。十三哥给石望山写过一封信，却从来没有回来过。因为这个缘故，石家的人一直当着这个村的头头。但这几年搞选举，同族的总帮同族的人，石得宝当了三届村长，但得票一年比一年少，最近一次，他只比半数多了十几票。

石得宝一直想到半夜，他听见妻子在梦里还在惊叫着下雪天怎么采茶。他忽然突发奇想，要是今年冬天不下雪那该多好。

第二天一早，石得宝起来送亚秋上学。

屋外北风已不再吹了，稻场上很脏乱。石望山手中的竹枝扫帚在清晨的原野上挥舞得唰唰响。

石得宝从他身边经过时，他什么也没说。

过了一会儿，石望山才问石得宝，是不是有什么心事难以启齿。

石得宝回头张望，见石望山仍是低头扫地的模样。

亚秋在一旁撵着木梓树上的一群鸟。

石得宝又一次望了望石望山，那边的目光并没递过来。

石得宝刚转身，身后的石望山又说话了，要他不要太忧虑，会伤身子的。

石得宝没有再回头，叫上亚秋，踩着重重的露水，朝田野中央走去。

田野无人，几堆已烧了几天的火粪还在吐着清烟，有浓有淡，有轻有重，或细或粗地袅袅缠绕着，凝重的深秋因此透出些许轻盈。

"爸爸，你是不是有外遇了？"亚秋突然问。

石得宝吓了一跳。

"你一定是有外遇了，不然不会这么心事重重。"亚秋继续说。

"别瞎说，好像一想心事就是在搞婚外恋，我是在想工作。"石得宝说。

"村里人都在自谋生路，连脑袋都削尖了，你一个破村长有什么工作可做。"亚秋说。

石得宝摸了一下亚秋的头，他知道有些话是同孩子说不清的。但他还是告诉女儿，上面千条线，下面一条根，上面几级布置的任何事，最终都要归结到小小的破村长身上，别看他无职无权，可哪件事离了他就办不成。他挥手拦住一辆三马儿。看着亚秋远去的背影，情不自禁地轻叹了一声。

石得宝回家将妻子起床之事料理完了，又来到公路上，拦了一辆三马儿，到镇里去见老方。

老方找他并没有什么重要的事，只是因为要写一篇新闻稿，需要摸一下各村的情况，特别是有趣例子、小故事等。石得宝讲了一阵，老方都不满意，索性就摆手让石得宝走了。石得宝在镇委会各个办公室转了一圈，还没见到丁镇长，一上午的时间就完了。石得宝往外走时，正碰上老方拿着碗到食堂里打饭。老方坚决要他在镇里吃了饭再走。石得宝因昨晚的事不好意思，整个吃饭过程他都没有抬头看老方一眼，直到碗里空了，他才对老方说自己吃好了。老方饭后又拉他到房里坐会儿，喝杯茶。老方越是亲切就越让石得宝感到心中有愧。

喝茶时，他们很自然地聊到茶叶的问题上。老方已知道丁镇长要各村下雪天采茶的事，他告诉石得宝，现在党的三大优良传统的提法已变了，叫作理论联系实惠，密切联系领导，表扬与自我表扬。采冬茶的事就是为了密切联系领导，而且是镇里段书记发明的，后来又引起县里的重视，成了县里头头们打开省城与京城大门的秘密武器。

石得宝很奇怪段书记怎么会想到如此怪招。

老方就说一招鲜吃遍天，虽然只是一点茶叶，由于是冬天下雪时采的，别人没有，给领导的印象一下子就深刻了。别的东西都是大路货，你有我有大家都有，很难引起领导重视，况且别的东西送多了还有行贿受贿等腐败之嫌。斤把两斤茶叶算什么呢，不就是见面递上一根香烟的平常礼节吗！

老方说得越轻松，石得宝心里越沉重，他怕这件事无法完成。

老方不当一回事，认为"车到山前必有路，有路就有丰田车"。

石得宝告辞出来，正好碰上一上午没碰上的丁镇长。

丁镇长迎面甩来一句，说石家大埝村过去做事总是中游偏下，希望这一次他们能出个风头，当个上上游。石得宝正说自己能力有限，丁镇长毫不客气打断他的话，要他回去早做准备，今年气候有些反常，夏天已是比往年热，据说冬天也将比往年冷，下雪的日子可能提前到十一月底十二月初。

丁镇长还提醒他，别让区区两斤茶叶给难倒了。

石得宝嘴上说不会，心里却着急起来。

临走时，石得宝问今年的民政救济金什么时候能发下来。丁镇长回答说光有了指标，钱款还未到。丁镇长又说将来哪个村没有完成镇里下达的任务，他就扣发哪个村的救济金，让那些日子过不下去的人都到村干部家去过年。石得宝只把丁镇长这话当作说笑之词，并没有往心上搁。

半路上几个本村的人拦着问他。镇上开会是不是为了救济金的事，他们还等着买过冬棉衣。石得宝只好说就要下来了。

石得宝回到家里，见妻子下了地，坐在稻场上晒太阳，才算高兴起来。

一个星期以后，妻子的病完全好了。

石得宝好久没同她亲热，一连几个晚上没有空闲。

这天晚上夫妻俩正忙碌，妻子忽然说，外面下雨了。

冷雨果然打在窗玻璃上，脆脆响，石得宝翻身爬起来，打开电视机收看晚间新闻后面的天气预报。等了几十分钟，天气预报不仅说这一带没有雪而且连雨也没有。他关了电视机生气地对妻子说，城里的人只关心大环境，不管小气候。他钻进被窝。妻子抱着他，刚将身子偎热，他突然推开妻子披着衣服再次下床。

妻子问他去哪，他说到父亲房里去看看。

刚好这时那边屋里传来一串咳嗽声。

石望山坐在床上戴着一副老花眼正在看《封神演义》，一边看一边念念有词地小声叨唠。石得宝上前叫了一声，石望山手里一哆嗦，《封神演义》差一点掉下来。

"我正看着妖怪要吃姜子牙哩，你把我吓着了。"石望山说。

"见你咳嗽就想过来看看。"石得宝说。

"没事，天冷了总有点儿。"石望山说。

"这种天气，会不会下雪？"石得宝说。

"这时候怎么会下雪，还早哩！"石望山说。

"会不会提前呢，不是说有一年十一月份就下了雪吗？"石得宝说。

"那一年是世道大变。今年不会，最早也提前不到十二月半。"石望山说。

石望山拿起《封神演义》，刚送到鼻子底下，又放下来。

"这一阵你好像特别关心下雪，国内的也好，国外的也好，连莫斯科下雪你都吃惊，是不是等着下雪，想做点什么。雪能做什么，只是化成水烧开了泡茶，好喝还润肺止咳。"石望山说。

石得宝掩饰地说，自己就是想弄点雪水泡茶给石望山治治咳嗽。

石望山看了看他没有作声。

早上起来，石望山一个人在雨里收拾稻场。

雨下得不大，石得宝光着头走下门前的石阶，不料一阵雨滴钻入他的后颈，他情不自禁打了一个寒战。

石望山在一旁说，这场雨一过，冬天就真正来了。

石得宝不希望下雪，雪也就没有下下来。这场雨下过后，石得宝抽出一天时间，爬到木梓树上去，用一把长把的柯刀，收获木梓树籽。

木梓树籽都结在当年的新枝上，新枝挨过几场霜后，变得特别脆。柯刀刀口朝天、刀背与刀柄间形成一个钩，石得宝用这个钩勾住那新枝，再一拧长把，新枝发出一声脆响，齐崭崭地断了后，带着一束木梓树籽粒掉到地上。木梓树籽雪白如玉，妻子在树下捡起它，先用手一搓，再用手一捋，玉一样的木梓树籽就在箩筐中铺上一层。

木梓树籽长在树上时更像是一团团白雪。冬天的初雪，很少有能积下来的，总是沾在地上一会儿就化成一摊水，等到雪停时，便只有去树枝树叶上找它们。雪在那些地方蜷缩成一团，大如拳头、小如豆粒，如果是在木梓树上，无疑就成了收获之前的景色。

在树上干活从来都是男人们最喜欢的，它能记起和感觉到自己遥远的童年，特别是当树上有一个鸟窝，男人们手中的柯刀总是一次又一次地往鸟窝底下伸。当然，没待碰着，他们就停止了，并在怔了片刻后，顺手折下一枝结满木梓树籽的新枝。女人在树下总不能理解这点，一到这时她们便在树下细声细气地指着树的一边说，这儿还有不少没有收获哩！石得宝在树上一想到雪，就没有了往年的那种怀想中的小小冲动。已经有两个从树下路过的男人提醒他树上有三个鸟窝，石得宝手中的柯刀仍是一点干坏事打野食的欲念也没有。

像雪一样的木梓树籽粒越来越少，黄昏之前，石得宝终于使它们荡然无存。他顺着树干放下柯刀，坐在一条干枝上出了一会儿神。

石望山一见，就叫他快下来，说天黑了，人脚不沾地久了，会被邪气所乘。

石得宝从树上下来后，脚下果然有些不舒服。他不顾这些，只想着一个问题，将一对目光盯着石望山。

"我们这儿有过不下雪的冬天吗？"石得宝问。

"有，但那样的年份可不好。"石望山说。

"你是说收成吧？"石得宝问。

"嗯。"石望山哼了一声。

"如果只影响收成，今年不下雪才对，才算苍天有眼。"石得宝说。

"有时候，民心比收成更重要啊！"石得宝又说。

"你不说我也知道，你是有很重的心事，你该同别的村干部一起商量一下，有困难大家一起承担，出了问题，也不至于一个人背黑锅。"石望山劝了一阵。

父亲的话，正是石得宝心里想的。

天黑之后，石得宝出门往金玲家方向走去。

翻过两座山嘴，就看见金玲家的窗户大放光明。他以为金玲又在家里打麻将，推开门却见金玲同一个男青年相拥着站在堂屋中间。他不高兴地说，金玲这么大胆，自己会不放心让她掌管村里的财经大权。金玲笑着解释说自己在学跳舞，接着，她将丈夫从里屋唤出来，弄得石得宝有些不好意思，连忙从口袋里掏出几张发票叫金玲报销了。金玲拿出算盘，等那男青年走了，才将发票摊在桌上算起来。一共是五十多元钱，主要是开会坐三马儿的票，再就是那天村长们在一起吃饭的那张发票。

金玲将现金如数给了石得宝后，才说得天副村长对石得宝将在外面吃饭的发票，拿到村里报销，嘀咕了好几次。石得宝不满地骂得天副村长是在放黑狗屁，村长去镇里开会，等于因公出差，在外面吃饭还不是因为工作。

石得宝将钱装好后，又吩咐金玲通知几个村干部来她家开个短会。

金玲知道石得宝是想搓几圈麻将，连忙叫丈夫出去叫人。

屋里剩下他们两个人时，金玲打开录音机请石得宝跳舞。

金玲脱了呢子大衣让石得宝将自己搂在怀里。石得宝前年也是这样让金玲教过一次，但那次人多。两人单独在一起，又挨得这么近，无论是否跳舞都是第一次。石得宝摸着金玲腰的那只手有些发抖。金玲感觉到了，笑着说，我都不紧张，你紧张什么。石得宝一笑人倒放松了。过了一会儿，他将手从金玲的腰部挪到屁股上摸了几下。金玲要他别这样。他鄙视地说，外面都在传说我们之间有不正当关系，要是连摸都没摸一下那不是太吃亏了。

金玲扑哧地笑起来，并往他怀里贴紧了一些。

石得宝干脆将她抱在怀里。

金玲也不挣扎，直到石得宝累了手臂略松一些时，才抬起头来说，可以了，以后别人再怎么说，我们都不会觉得吃亏了。石得宝不自觉地放开了她。金玲刚一转身又回过头来，用手摸了一下石得宝胡须巴茬的下巴。

金玲拿了一些瓜子到厨房里去炒。

石得宝独自坐在沙发上，不时摸一下被金玲摸过的下巴。他有几天没刮胡须了，胡须很扎手。他有些明白金玲那个动作的意思，自己已经四十多岁了，而她才刚满二十岁。

石得宝用手掌在自己的头上打了几下，随手拿起一本残缺不全的书乱翻一通。后来他发现这本书竟是《毛泽东选集》。他正要批评金玲，刚好她丈夫回来了。石得宝顺嘴说了他几句，你们什么不可以撕，为什么偏偏要撕这一本？金玲的丈夫说别的书都有用他们没舍得。石得宝警告他，这种事若放在二十年前，弄不好会杀头的。金玲的丈夫摸摸脖子说他幸亏那时没出生。

金玲和她丈夫都只有二十岁，中秋节才结婚。

村干部陆续来了。金玲将瓜子端上来时，得天副村长第一个伸手，抓了一大把放在自己面前的桌子上。石得宝皱皱眉头宣布开会。石得宝也没想好会议的主旨，采冬茶的事说与不说，他一直没有拿定主意，说了怕传出去先乱了阵脚，不说又怕到时候问题出来了，会像父亲说的那样一个人背黑锅。石得宝让大家分头汇报一下今年各人分管的几项工作。大家说了半天，也没有什么新内容。只有得天副村长提出村里的砖瓦厂今年产值和利润怎么报，是不是按惯例多报产值少报利润。大家正说按惯例时，石得宝却说今年利润要如实上报，但在分红时想办法多给群众一些。

石得宝这么一说，大家马上明白，这一届村委会明年年初就到期，该换届了。

见大家实在无话可说了，石得宝在宣布散会之前，布置了一项任务，要村干部们明天上午在南坡金玲家的那片茶地边集中，挨家挨户检查一下村里的茶树越冬情况。得天副村长嘟哝一句，说这可是改革以来的新生事物，茶树越冬情况也要检查。

石得宝瞪了他一眼，说今年可能有大雪大寒潮哩。

得天副村长不作声，转过脸要金玲将麻将拿出来，趁天气尚早大家一起搓一个东西南北风。他一提议，桌边上早围上四个人。金玲要他们中的谁让位给石得宝，民兵连长见自己的职位最低，只好起身。

石得宝谦让了一番，后被金玲按到桌边坐下来。

石得宝要金玲也上桌，金玲推辞说自己准备茶水。石得宝没想到自己的手气会这么差，整整两圈没有开和，金玲在一旁指点也没有用。得天副村长不停地笑话，说石得宝赌场失意一定是因为情场得意。石得宝嘴里不作声，心里却在猜疑是不是刚刚同金玲有过几下亲昵动作的缘故。金玲只是笑，待石得宝手中的牌听和以后，她装着给别人倒茶，将得天副村长他们三个的牌都看了，然后回到石得宝身边，偷偷地告诉他单吊三万。果然，吃了一圈牌后，石得宝将刚摸起来的三万留住，将手中的二万放出去，得天副村长马上叫了一声碰，并开出一个三万。石得宝一推牌，大家一看竟是个豪华七对。只此一盘，石得宝不仅将输出去的那五十多元捞回来了，还倒赢了将近一百元钱。接下来石得宝和金玲如法炮制，接连粉碎了得天副村长的几个大和。得天副村长气得直叫，怀疑金玲在一旁当了奸细。这话多说了几句，他们就争了起来。得天副村长一不留神竟说石得宝同金玲关系特别。

金玲的丈夫当即上来要得天副村长的嘴巴。

牌局眼看着就被闹散了，石得宝却不让大家走，等气氛平静一些后，再接着来一个东西南北风。他说当干部的就要有哪里跌倒了在哪里爬起来的勇气，同时他还要大家用实际行动挽回在金玲家失去的威信和影响。这局牌打到半夜才散，最后只有石得宝小小地赢了几十元，得天他们一人输了十元左右。

出了门，大家都说得天副村长的牌风不好，赢得起，输不起。

得天副村长则反击，说大家的眼睛被色和权迷住了。

石得宝到家时，石望山仍在看《封神演义》。他将石得宝叫进房里，小声说，他妻子大概是出门盯梢去了，也是才回来不久。石得宝到房里一看，妻子的鞋上果然沾满杂草和露水。他有些烦，上了床也不说话，将屁股狠狠地冲着妻子。妻子也不说话，两人僵持了一会儿。石得宝身上一暖和，加上心里还搁着一丝金玲的滋味，他忍不住一翻身将妻子压在身下。妻子见石得宝刚回来就能如此，便放下心来迎合丈夫。

　　这一场交欢竟让石得宝睡过了头，醒来时，太阳已斜着照进屋里。他匆匆爬起来，洗了吃了，正要出门时又想起一件事，他转身问石望山今天有什么事没有，如果没事不妨给家里的茶叶树上几担土粪。

　　石望山正在抽烟，他用鼻子嗯了一声，说茶地的事不用他操心。

　　石得宝赶到金玲家的茶树地时，其他人都到齐了。

　　睡了一觉，大家的怨气都没有了。金玲的丈夫还同得天副村长对着火抽香烟。金玲家的茶树地伺候得不好，地里见不到一点肥料的迹象。不过大家都很理解金玲，说他们两口子刚结婚正忙着下人种，顾不上给地里上肥是再自然不过的事。得天副村长号召大家一起往地里撒尿。金玲一点不怕，反说只要得天副村长敢带头，她自己也往自己地里撒泡尿。石得宝拦住他们，不让说下去。

　　看了十几家，茶树施肥情况有好有差，不过最差的还是金玲家的。

　　石得宝装作无意地说："这冬天的茶叶采下来做成茶不知是什么味道？"

　　得天副村长不假思索地说道："春茶苦，夏茶涩，秋茶好喝摘不得，冬茶就更不用说了。不论动物植物，凡是越冬的，一到冬天总是积足了营养。白菜和萝卜霜一打，味道比先前的美多了，茶叶也是这个理。"

　　得天副村长说了一大通后，石得宝说既然如此，何不动员群众采冬茶，说不定还能搞出名牌产品。

　　得天副村长马上说这样不行，就像男人喜欢野女人的滋味，但这种滋味不能长远，不能过日子，过日子得靠糟糠之妻。现在的群众也还只知道过日子，尝野味那是有钱有权的人的事。

　　别的人也都跟着说，不能拿群众的三百六十天，一天三餐饭来冒险，茶树被冻死可不是闹着玩的事。

　　见大家一致反对，石得宝就没有再往下说。

　　中午，村干部们到村砖瓦厂吃了一顿便饭，没有鱼肉没有酒，只有一些豆腐。

　　饭后休息时，金玲趁无人时小声问石得宝是不是真的想采冬茶，如果真的想采，她可以将自己家的那几分茶地交给村里做试验，反正她也不想种了。

　　石得宝很想接她的话，等到开口时，反而词不达意地说，金玲结婚结得太早了。

金玲说她知道自己前程无望，就想早点结婚有个依靠。

石得宝想说她小小年纪别只想着贪欢，却没说出来。

下午最后一站是石得宝家的茶地。

石得宝好久没来自己家茶地，一进山坳，茶树和茶地的模样好得让他不敢相信自己的眼睛。村干部们也都一致称赞说，这是今天见到的最好的一块茶地。

石得宝说这都是他父亲的功劳。分责任田那年，石望山亲自动手将这块地改为种茶，开始时还不时让石得宝来这里帮帮忙，后来，他别的事全不管，一心一意地摆弄这块茶地，从种到采到卖，都不要别人插手，也从不要石得宝的一分钱。这样过了整整十年，有一天，石望山突然提出要将家里的旧房子拆了盖新房。石得宝说没钱盖不了。石望山掏出一个存折递给石得宝，上面竟然有整整两万元存款。这件事不仅轰动了全坳，县里的记者也知道了，老方陪着他们来了一趟，后来省里的几家报纸都登了这个消息。

大家站在茶地边提起这段往事，都说石得宝摊上一个好父亲如同得了一件宝贝。石得宝说老人本来就是宝嘛。

转了一天，石得宝吩咐大家到各自联系的小组去，督促那些没有给茶树施过冬肥和施得不够的人家，赶紧补施足够的肥料，最好是鸡粪和猪粪。用它做肥可以提高土壤温度，形成小小气候。

石得宝特别提到金玲家的茶地，要她带个好头。

金玲笑嘻嘻说她准备搞一回试验，采一回冬茶试试，茶树若冻死了也不怕，省得明年春天做茶时，一双手染得像枯树皮。好几个人说她靠着一个好公公，这一生不愁吃不愁穿。金玲的公公在镇上开五金商店，赚的钱像河水淌来一样多。石得宝没有批评金玲，他在心里已将她家那块茶地当作采摘冬茶的突破口。

虽然看过全村的茶地，石得宝心里反而更不踏实，其中原因包括镇里布置采摘冬茶的事，居然能保密这么长的时间。往常不用说村干部，就是普通群众也能很快得知某项任务的内情。每年年底，石得宝还没去开会，村里的人就知道谁要吃救济，谁的救济金是多少。这些说法总是与镇里实际发放的情况相差无几。眼下的这种沉默只能说是有关知情人都意识到这件小事在本质上的严重性，都不敢轻易捅这个马蜂窝。

又熬了几天，还是不见有任何关于采摘冬茶的小道消息在群众中流传。

天气在一天天地变冷，电视里已经预报过一次冷空气南下的消息了。

冷空气南下往往会引发降雨或降雪。

石得宝坐不住了，决定去邻近的几个村子看看。

天气很冷，一般人无事都不外出。石得宝很顺利地找到了那几个村的村长，他们也都很着急，便跟着石得宝一个接一个村串，最后竟串成六个人的一支小队伍。他们同石得宝一样，一直将采摘冬茶的事捂在口袋里，一个字也没往外透露。因为他们实在不知道如何向群众解释采摘冬茶的道理。天黑时，六个人推着自行车在乡间的机耕路上一边走一边商量。寒风像小刀一样在他们全身上下一阵又一阵地乱刺乱砍。分手时，他们还没有想出办法来，只说是先熬着，等到下雪了，再看着办。

石得宝一到家就听说丁镇长坐着车子来过村里，点名只见他一人，听说他不在，丁镇长很不高兴，幸亏石望山同他聊天时无意中提到种茶，丁镇长才缓和下来。

丁镇长问石望山，种茶技术能不能有所突破，让茶树一年四季都能采茶，下大雪也不怕。丁镇长还让石望山领着到自己家的茶地里转了一圈。丁镇长走时什么话也没留下，屁股一抬说走就走了。

石望山告诉石得宝，丁镇长亲口对他说过，天柱山茶场去年冬天就曾采过茶。

石得宝心里很清楚，丁镇长这是不便说明，只能通过别人暗示，要他抓紧准备。

石望山又说丁镇长同自己谈过十三哥在北京的情况，十三哥离休了，但身体不好，既怕风又怕阳光，所以很少出门走走。尽管十三哥人老了，但他还是石家人的骄傲。往后不知哪一代里才有人能做到那么大的官。

石得宝在父亲的梦呓般的喃喃自语中，忽然想到一个主意。

第二天天一亮石得宝就爬起来，妻子听到厨房里有响动，披了衣服过去看时，他已将一碗冷饭用开水泡了两遍后吃光了。他先将邻村的村长们邀到一块儿，然后告诉他们丁镇长可能在暗示可以去天柱山茶场买冬茶。村长们一听说有地方可以买到冬茶，都说花点儿钱买个清静也值得。

依然是六个人，他们租了一辆三马儿直奔天柱山茶场而去。茶场的彭场长正好在，听到他们说明来意后，彭场长顿时面露难色。彭场长说，他们去年是采了几斤冬茶，那也是没办法，是镇里段书记下命令，不执行就换人。

结果今年茶叶产量就明显下降了，而且最好卖的谷雨茶产量降得更厉害，搞得场里几乎没有利润。石得宝以为他是在讲价钱，就主动说，只要他们愿意卖，价钱好商量。彭场长苦笑着算了一笔账，采冬茶不像春夏茶只要有茶树都行。冬茶得挑好茶地里的好茶树，几亩地才能采到一斤鲜芽尖，几斤鲜芽尖才能炒一斤成品茶，加上茶树被冻死冻伤，第二年减产减利，一斤冬茶少说也要卖两千七百元钱才不亏本。石得宝他们吓得张开大嘴半天合不拢，直到吃饭时他们才纷纷说，开始以为每斤过不了三百元，哪怕五百元他们还敢下决心，两千七百元一斤冬茶，简直就是天方夜谭。

彭场长留他们吃饭并喝了两瓶孔府宴酒。往回走时，他们心情才不至于太低沉。没想到他们吃饭没有叫上开三马儿的人，那人心里有气，一路将三马儿开得风快，拦了几回也没拦住。大家正提心吊胆，忽然一阵天摇地动，等到清醒过来时，才发现自己同三马儿一道躺在一块烂泥田里。三马儿是邻村的，邻村村长很生气，赌着气说回去后要将开三马儿的家伙好好修理一番。

幸好路上的三马儿不少，他们很快换乘了一辆。坐在车上，他们又庆幸自己是翻进烂泥田，不然说不定连小命也丢了。大家像是死过一回，说起冬茶的事语气坦然多了，一个个都说完不成任务丁镇长总不至于将他们都吃了。

正在豪情满怀时，三马儿突然一个急刹车。

村长们以为又要翻车了，一个个脸色苍白。

片刻后，车却停稳了。宣传干事老方出现在车厢后面，说是丁镇长有请各位村长。他们下了车，果然望见丁镇长的桑塔纳像老虎一样趴在公路当中。丁镇长从车里伸出头来，叫石得宝到他车里去，其余的人依然坐着三马儿随去镇里。

石得宝上了丁镇长的车，车内很暖和，他将沾满泥巴的大衣脱下来，正要放在座位旁边，司机叫起来，说别脏了我的车。他一时不知所措。幸好丁镇长发了话让他就放在座位上，丁镇长说车子总是要被人弄脏的。石得宝原以为丁镇长要剋自己一顿，责怪他不该同村长们串通一气对付上级领导。谁知一路上丁镇长只是和颜悦色地同他说着闲话，如亚秋读书成绩如何，他妻子的病完全好了没有，石望山同石家十三哥的关系密不密切等等，甚至还问他家一年养几头猪几只鸡，从头到尾只字不提冬茶和与冬茶有关的事。丁镇长越是不说重话，石得宝心里越是忐忑不安。

桑塔纳进了镇委会后，丁镇长还是不让他与村长们待在一起，将他一个人带到自己的办公室里，亲自烧上一盆炭火让他烤衣服。

石得宝惶惑一阵才镇静下来，他想事已至此，干脆当面将话挑明了说。

石得宝咳嗽几声，又喝了几口水才开口。

"丁镇长，这冬茶的任务我们完不成。"石得宝只说出几个字，额头上就渗出一层汗珠。

"我也是这样向上级反映情况的，可任务还是不能推辞。"丁镇长找了两块餐巾纸让他擦擦汗。

"你找我们话还好说，你找群众话就不好说了。"石得宝说。

"既然好说，那就别叫困难了。你放心，谁帮我抬庄，我丁某是不会忘记的。"丁镇长说。

"其实你可以叫天柱山茶场做这事，那是镇办企业，有话好说一些。"石得宝说。

"我跟你说实话，那是段书记的后花园，我们都进不去，进去了说话也没人理。"丁镇长说。

"这是公事，和段书记商量一下不就行了。"石得宝又说。

"段书记有段书记的关系，他已让茶场办了。"丁镇长说。

石得宝从丁镇长的话中隐约听出，这冬茶的任务是从两条不同的线上传达下来的。

这时，吃饭的时间到了。丁镇长领导着他到大会议室，叫上另外五个村长一起到食堂吃饭。石得宝见自己身上泥巴已烤干了，那些人一个个还像泥猴子，就不好意思起来。石得宝上前去同他们搭话，那些人全都爱理不理。上了饭桌，五人自动围在另三方，石得宝想同他们坐在一起，丁镇长却拉着他坐在身边。丁镇长也让人上了酒。两杯酒下肚，有人就说他们今天能喝上丁镇长的酒是沾了石得宝的光。石得宝听出这话里的味道，便往旁边岔，说如果不是自己约他们出来，他们的确喝不上丁镇长的御酒。

丁镇长任他们打嘴皮官司，只是笑，不搭腔。待到最后，他才举杯给大家敬酒驱寒，并希望大家像对段书记一样落实他布置的工作，像对段书记一样完成他布置的任务。

丁镇长硬话软说，使大家很尴尬，酒一喝完就纷纷告辞。

石得宝也要走，丁镇长当着大家的面叫他稍等一会儿，他让司机开车送他。

丁镇长开玩笑说，石家大垸是镇上最小的村，这就像大户人家一样，家中老幺总得多关照一些。

村长们一点也没有被这话逗笑，一个个表情严肃地走出食堂。

丁镇长的桑塔纳真的将石得宝送回家里，半路上还捎上了他存放在路边小卖部里的自行车。石得宝第二天才发现自己的自行车被人放了气，铃铛盖也被人下走了。他感觉这事肯定是别的村长干的。因为他们的自行车是存放在一起的。他后来抽空到那小卖部去问，卖货的女人承认是邻村村长干的，还让她给石得宝捎话，说石得宝是个拍马溜须舔屁股的小人。

石得宝一肚子的委屈不知从何说起。

有一天，石得宝在砖瓦厂办公室用电炉烤火，忍不住同金玲说起这事，金玲毫不犹豫地说这是丁镇长在施离间计，目的是不让村长们团结起来对他的一些做法进行抵制。石得宝嘴上不相信领导会对下级玩手腕，心里承认了这个事实。天气越来越冷，只要预报寒潮，石得宝就去找那些村长们商量如何统一行动，采或不采冬茶，然而那些村长都避而不见。偶尔堵住一个人，也没有好话说给他听。冷嘲热讽，话里带刺，明里说他是丁镇长的红人亲信，暗地却骂他是丁镇长的干儿子。还警告说别看他现在得宠于丁镇长，等段书记从党校学习回来，准保叫他吃不了兜着走。

石得宝被这些话激怒了。丁镇长比自己还小几岁，他们居然这样骂他。他恨恨地说，不管他们怎么做怎么说，他偏偏要帮丁镇长这一回，看看谁敢一口咬下他的卵子！

石得宝打定主意，只要下雪就去找金玲，让她先采点冬茶对付一下。反正金玲也没将那点茶树当回事。

回村时，他先绕到金玲家。听到屋里有人声，敲门却不见答应。他推了推，门从里面插上了。石得宝以为金玲在家做见不得人的事，再一想又觉不对，她才结婚正是恩爱得如胶似漆的时候，便明白一定是两口子大白天在屋里干好事，于是就站在门口大声说，金玲快开门，我找你有事。过了一会儿，门果然开了，两口子衣冠不整，脸上都挂着不好意思。石得宝心里痒痒的，他没有坐，直截了当地说，村里准备在她那茶地里做试验，要她在不向外扩散消息的同时做好准备工作，他强调说这几天一定要给茶树施一次肥，过两天他要来检查的。

金玲一时没反应过来，似乎还沉浸在枕边的恩爱之中，她恍惚地问做什么试验。

石得宝不高兴了，他不回答，只是叫金玲自己好好回忆一下。

石得宝离开金玲家，踏上田间小路时，金玲忽然在身后大叫，说是她想起来，她这就准备采冬茶。

石得宝吓了一跳，连忙摆手不让她叫。

路旁田里，一个正在给小麦浇水粪的老人抬起头来，问金会计在叫什么，这个时候怎么就准备采茶。

石得宝掩饰说，老人听错了，金玲是叫自己坐会儿喝杯茶再走。

石得宝独自走了一会儿，心里觉得再精明聪慧的女人，一旦坠入情网就会变得稀里糊涂。

过了三天，石得宝真的一早就来金玲家的茶地检查，每棵茶树底下都像模像样地撒了一些猪粪。金玲伸出手给他看，嫩红的手掌上有两个水泡。金玲还做出一副要脱衣服的样子，说她的两只肩膀都磨破了皮。石得宝知道她有些做作，但还是心生怜悯，说他到时候会想办法替她做补偿的，金玲似乎是无意地说她这块每年产的茶能卖五百元。石得宝心中有数，有意讹诈她，说那天搞大检查时，你不是说只要两百元，就将这块茶地让给别人吗？金玲怔了一下，随即露出委屈的模样，说自己没说这话，若说了也是说错了。她撩了撩身上的大衣衣襟，说这件呢子大衣要四百多元钱，就是用卖茶叶的钱买的。石得宝没有往下说，他怕金玲也像彭场长那样精打细算，那样这几棵瘦茶树就更值钱了。更让石得宝害怕的是，金玲有意无意地露出自己的一段腰身。

石得宝走时要金玲留神天气预报，随时做好准备。

半路上，石得宝碰见了得天副村长。

得天副村长气吁吁地说，镇委会老方带着县里的一帮人到村里来了，正在村委会门前等，他这是找金玲拿钥匙开门。石得宝看看手表，见才九点半钟，就提醒得天副村长别在金玲家打嘴巴官司，快去快回，争取在十点半钟以前将他们打发走，免得村里又要招待他们吃饭。

石得宝走得很快，五分钟后就赶到了村委会。

老方远远地迎上来，先将来人的意思说了。

听说是县文化馆的人，石得宝微微皱了一下眉头。

老方说他们是来搞文化活动调查的，同时也兼着采访，准备县里的春节文艺晚会的节目。石得宝忍不住责怪老方，说他不该将这种与他们不相干的人往村里领。老方拿出一个笔记本，指着上面的名单说，他是逐村排队的，一个村一次轮流转，而他们还是排在最后。石得宝说越是最后越吃亏，轮上那些下来打年货的人，开销可就大了。石得宝要老方明年若还排队就将他们村排在中间，摊上七八九三个月的高温，谁下到农村，一见苍蝇多虫子恶，没有电没有自来水，像蜻蜓点水一样，屁股一沾凳子就回头，这样的客人接待起来才舒服。

老方答应下来，同时又要石得宝给个面子，别让他下不了台。他告诉石得宝，县文化馆虽然是个很无聊的单位，但在那里拿工资的人一大半是县里头头的子女，上班时唱歌跳舞，画画照相，水平高点的就写诗写小说，活得不知道有多潇洒，隔上一阵便要到下面来走一走，换换口味。有些单位对他们不重视，结果都吃了大亏。

石得宝心中有数了，才上前去同带队的蒋馆长握了握手，回头还想与同来的六个人握手时，几个女孩都借故躲开了。

金玲还没来，石得宝站在门口迫不及待地请蒋馆长做指示。

蒋馆长矜持地说等进了屋再慢慢细谈。

石得宝不停地看手表，心里急得直冒火。

十点过了得天副村长和金玲才匆匆赶来。金玲解释说从茶地里回来她就去小卖部买洗发液，得天副村长去找她时，两人已走岔了。石得宝小声责怪他们，说这些人若送不走，中午的饭钱由他们俩负担。

村委村有一阵子无人来办公，桌椅上都是灰尘，他们手忙脚乱地打扫又去了二十分钟。除了蒋馆长以外，那六个人瞅着椅子，好久才勉强坐下去。

蒋馆长先说了一通文化工作的意义，接着又是此行的动机和目的。石得宝一看手表，已经到了十一点钟。他对文化工作没有一点认识，心里又装着中午吃饭的问题，蒋馆长一说完，他就将汇报的事推给金玲，说金玲在村里分工负责文化宣传。金玲小声分辩说村里从来就没有分工由谁来管文化。石得宝劝她说，全村就她的舞跳得最好，哪怕没分工，这事也轮不到别人。金玲反应能力不错，她套着蒋馆长的话，慢慢地说开了。讲到村里如何同封建迷信做斗争时，得天副村长插话说，村里有个瞎子算命像神仙，当年曾预言他第一个妻子不能算数，非得娶第二个妻子才能安居乐业，后来他果然在三年内结了两次婚。得天一开口就将县文化馆的人都吸引住了。

金玲主讲，得天副村长补充，会场气氛很生动。

石得宝同老方打了声招呼，说是去安排中午的饭。他去了四十分钟才回，进屋时手里提着几只鸡和一大块猪屁股。当着大家的面，他穿过会议室将这些东西提进村委会那久未起火的厨房。

不一会儿，外面又进来了个包着头巾的女人。

正在说话的金玲和得天副村长见了不禁一愣。

得天副村长小声问她来干什么。

包头巾的女人说，是石得宝叫她来为客人们做饭的。

石得宝在厨房门口招手让包头巾的女人过去，他吩咐了几句后，依然回到自己的座位上。包头巾的女人在会议室与厨房间来回忙着，先出去弄青菜回来，又出去提着酒和干菜回来。然后，厨房里在噼噼啪啪地弄出柴火响，一会儿就有水汽贴着厨房门框飘进会议室。得天副村长又在举例子时，包头巾的女人忽然在厨房里叫起来，要石得宝去帮忙将鸡杀了。石得宝面有难色，说他平时连别人杀鸡也不敢看，他要得天副村长去，蒋馆长不肯，要得天副村长留下多讲一些实际的东西。蒋馆长同行的一个男人去帮忙，一个女孩也跟了进去。

一阵鸡的扑腾声传得很响。石得宝还在聆听，那个女孩咚咚地跑出来，刚一出门就迫不及待地蹲在地上呕吐起来。汇报当即停止了，大家都围上去问怎么了。女孩不肯说，这时，那个男人垂着沾满鸡血和鸡毛的手走出来，好几个人围上去，那人低声说了句什么，文化馆的那些人，脸都变色的。

骚动过后，汇报继续进行。

石得宝拎着开水瓶给大家添水，文化馆的人全都断然拒绝。

汇报完后，石得宝殷勤地说，大家都是难得请来的客人，今天中午就在这里吃个便饭，虽是家常菜，但厨师的手艺非常不错，连省里来的人都称赞不已。蒋馆长正在表示感谢，他手下的那些人一个个起身往外走，说是家里有事得赶快回去，蒋馆长说人家饭菜都准备好了，我们就不用谦让了。那个呕吐的女孩说，就请蒋馆长作为他们的代表，留下来多吃点。

见大家都走了，蒋馆长也不好单独留下，拿起桌上的茶杯和提包追了出去。

老方不知其中名堂，走也不便，留也不妥。

这时，从厨房里走出一个满头癞痢的女人，大大咧咧地说，她已光荣地完成任务了。

老方一下子明白过来，他哭笑不得地说，石得宝，这种事你也做得出来。

石得宝苦笑着回答，说这是上次开村长会时，大家研究出来的办法。

金玲和得天副村长在一旁大笑，他们猛一见到这女人包着头巾进来，就猜到石得宝在搞什么诡计。老方也要走，石得宝不让，他说鸡也杀了一只，索性就做了下酒菜。他让金玲将借来的猪肉和酒、干菜等都还了回去，拎上自己家的死鸡与活鸡，拉上老方去家里好好叙谈。

金玲和得天副村长随后锁上村委会大门。

"你这总统府大门也不知下次是什么时候开。"老方说。

"村长，村长，撑着也不长。村里的事难办呀，干脆永远关门，村里群众的日子可能还要好过一些。"石得宝说。

"我是体会到你们的难处。"老方说。

"但有的人不这样看。"石得宝说。

回家后，妻子一会儿就将鸡烧好端到桌面上来。

石得宝将一只鸡大腿夹到老方碗里。

"情况我都知道，可我是党委中最小的官，只有看的份，没有说的份。就说冬茶的事吧！"老方说。

石得宝怕石望山听见，要老方将声音放小点。

"丁镇长见段书记搞冬茶送礼非常有成效，就趁机也让大家搞冬茶，说是上面要，其实还不是自己先到上面去取好卖乖，不然上面的人怎么会想到寒冬腊月冰天雪地还可以采茶。说是上面腐化，可谁叫下面的人投其所好哩！说穿了，大家都是拿着公家的钱不当钱，拿着公家的东西不当东西，拿着公家的人不当人，只有拿着公家的官职才当回事。"

老方的说话得石得宝直点头。

"那你说，这冬茶我们还搞不搞？"石得宝问。

"搞，怎么不搞，搞了总对你有好处。"老方说。

"要是这样，我就不搞。"石得宝说。

"这就是你的不对，当官的诀窍只有一个，丢掉人格，捡起狗格！"老方说。

"这样说，我就更不能搞了。"石得宝说。

"我再劝你一句，与其让别人搞，不如自己来搞。你搞时还记着体恤群众，可若是换了别人，他会不顾一切地把情况搞得更糟。"老方说。

石得宝看着老方一连喝了三杯酒，他也一仰脖子将一大杯酒灌进喉咙。

老方又将石得宝数说了一通，别看文化馆这帮人不值钱，但说不定哪天就派得上用场。今天看起来略施小计获得成功，实际上耽误了大事，他们一传出去时，就算实说只是一个痢痢女人烧火做饭，经过二传，再经过三传，就传走样了。到时候上面的人不吃你们的，不拿你们的，你们工作就被动了。

石得宝说他巴不得现在就有人不要他们采冬茶。

老方一搁酒杯，说石得宝是不是巴不得他现在就离席。

石得宝赶忙赔不是，将酒杯塞到老方手里，再用自己的酒杯同他连碰了几下。

老方酒量不算大，六两酒就喝了个九分醉。

石得宝听见他骂段书记和丁镇长都不是好东西时，便开始往他杯里斟凉水。

老方说自己好久没有这么痛快地喝过酒了。

这时，石望山从门口进来，一见到老方就问有没有十三哥的消息。

石望山只要一见到上面来的人，总要打听十三哥的消息。

老方自然不知道，但他醉醺醺地说，一到冬天就死一批老同志，冬天太冷，人的血脉流通不畅，十三哥这种上年纪的人，一说出问题就要出大问题。

石望山对他这话很不满，他说老方这样子才会出大问题哩。

石得宝也怕老方出问题，喝完酒后，不让他骑车回镇上，而是在坳里找了一辆拖拉机，连人带车送回镇里。

采冬茶成了石得宝的一块心病，他一听到茶就头痛。

石望山不知道这秘密，他将猪栏里的猪粪取出来，摊在稻场边让太阳晒。天气出奇的好，山上山下一点雾也没有，太阳扎扎实实地将天下万物一连晒了五天。

石得宝看着父亲一遍又一遍用锄头在摊开的猪粪中翻动，留下一排整整齐齐的小沟。正午时，猪粪随着锄头的犁动，徐徐地冒出一股股热气。石望山已将山坳中的茶地挖成一片土坑。他等着这猪粪彻底干燥，然后将它挑上山，埋入坑中。这是提高土壤温度的最好的办法，别人只在育种育苗时才用，但石望山年年都这么伺候自己的茶树。几只本该继续冬眠的苍蝇，错误地醒过来，在猪粪上笨拙地飞翔着。石望山抬头看了看天空。阳光比前几天更暖和，寥寥几朵白云在不紧不慢地飘移，一只苍鹰在太阳底下盘旋，那种高度不会是在寻找食物，悠闲中几分高傲的姿态很是潇洒。山风从苍鹰的翅下扑地而来，顺着田野上一片通红的枫叶的指引，在田埂上、小河里起起伏伏地吹拂。当跳舞一般的那片枫叶迎着石望山而来时，石望山把手中的锄头举得老高老高。在他将锄头举起后不久，红枫叶哗啦一声从半空中跌落地上，打了一个滚，轻轻地停在石望山的脚边。

山风终于看不见了，满地都是阳光，田也好，地也好，枯禾枯草也掩饰不住它的肥沃，冬日的温暖正是这肥沃酿造的。

石望山又开始翻动猪粪，而且频率明显加快了许多，雪亮的锄板像白帆一样从黑乎乎的猪粪上快速驶过，激起两排黑油油的浪一般的痕迹。

"明天你帮我将这些猪粪挑到茶地去。"石望山突然说。

"看样子该下雪了！"石望山突然又说。

石得宝听了第二句话后才明白父亲为什么突然又要自己插手茶地上的事了。

太阳还同前一天一样让人心醉。茶地躲在山坳里，北风吹不进来，阳光却一点也少不了，都快进入严冬，茶叶还是那种青翠欲滴的样子。石望山骄傲地说，他伺候的这块茶地现在还可以采摘几斤毛尖。茶叶是绿的，地上的坑无论四周还是底部都是黑色的。石得宝每一担猪粪都是在石望山准确得像秤和尺子的目光中倒入其中。石望山抚摸着一棵棵茶树，吩咐哪个坑里多放一些，哪个坑里少放一些，那语气俨然是对待孩子，谁肚量大，多吃点，谁肚量小，少吃点。

"我小时候你这样照顾过我吗？"石得宝问。

"那时有你妈，用不着我。"石望山说。

"妈妈说过，你只爱庄稼不爱人。"石得宝说。

"那是她小心眼，能让人吃饱穿暖不就是爱吗！"石望山说。

父子俩坐在一棵茶树的两边，同时将嘴里的香烟抽得巴巴响。

石得宝在想着心思。

石望山也有自己的心思。

"老方那天的话提醒了我，我们石家有人在北京当大干部，自己却忘了招呼。说不定十三哥喝的茶还是找别人要的，那多没味道。明年春上，我说什么也要亲手做上几斤好茶，送给他尝一尝。若满意，以后我年年负责供应他的茶。我想十三哥会满意的，家乡的茶永远是最好的，神仙种的茶也比它不过。”石望山一个人唠叨了半天。

石得宝越听越难受，一支香烟还没抽完，就挑上扁担篼箕往山下走。

半夜里一阵燥热将石得宝弄醒，他用力推开妻子压在自己身上的半个身子。妻子以为他又要她，迷迷糊糊地说都四十几的人，怎么比年轻时还有干劲。他没有搭腔，将一只脚伸出被窝，翻身睡去。

不知过了多久，石得宝忽然感觉到冷。他起床走到后门撒尿时，听到近处的山岭上发出阵阵呼啸声，紧接着外面的树木瓦脊一齐飘动起来。一股强大的寒风扑进门里，逼得石得宝仓皇后退几步。

寒风一阵比一阵吹得紧，偶尔有一段喘息时间，还没等石得宝迷糊上，那种尖厉的声音又响起来了。五更时，屋顶上响起了头几下沙沙声，转眼之间沙沙声就响成了一片。从门缝和窗缝里钻进来的风，带着一股潮湿的气味。屋檐下响起滴嗒声时，石得宝终于睡着了。

冷雨下得满天满地灰蒙蒙的，天亮的时间晚了许多。

雨不大也不小，架势也不紧不慢，一副满不在乎的痞气味道。

石得宝从早晨观察到傍晚，最后相信石望山的关于下雪的预言是不会错的。这样的天气，不下雪就不会变晴。

吃过晚饭，石得宝拿上手电筒和雨伞钻进漆黑雨幕中。路上没有碰见一个人。他径直走到金玲的家门前，敲了半天，屋里才有人说他们已经睡了。石得宝站了一会儿，本不想开口，终究还是忍不住对着门缝说，看样子是要下雪了，得早点将箩筐、簸箕和炒锅等一应用品准备好。

石得宝走出老远，才听见金玲家的大门响了。

灯光透出金玲的身影，她站在门口叫了三声石村长。石得宝没有拧灭手电筒，任那光柱在雨中晃来晃去，同时他也懒得回答。他心里忽然生出一种好没意思的感觉。

回到家里，妻子没头没脑地说了他一句。

“人家没留你多坐会儿？”

“你这话是什么意思？”石得宝反问道。

“就这意思。”妻子说。

石得宝将手电筒猛地往地上一摔，碎玻璃哗哗啦啦地跑了满屋。

“你明白不明白这是什么意思！”石得宝大声说。

妻子当即跑进房里哭起来。石望山拿着《封神演义》从自己屋里出来，看了一眼又回屋去了。他在屋里大声说话，要他们夫妻相互敬重恩爱。又说石得宝最近工作上一定又遇到了难题，当妻子的这时候要知道体谅。石望山一说，石得宝心中的气先消了。他弯腰捡起手电筒，费了很大劲才将后面的盖子拧开，然后找了一段小圆木和一把锤子，叮叮当当地将摔扁的部位重新敲圆。

天亮之前，妻子将石得宝推醒，说她听到鬼叫了。

石得宝侧耳细听一阵，屋外果然有一种古怪的尖叫。

石得宝起床推开窗户，拧亮手电筒照了好久，终于发现是风吹过那堆废酒瓶发出的声音。他关上窗户，说女人天生胆小。妻子还没等他完全钻进被窝就偎到他的怀里。

妻子说，若是女人都胆大那还要男人干什么，女人找男人就是为了有个依靠。

石得宝要她以后别再疑神疑鬼。妻子说，其实她最怕的鬼神是外面那些不怀好意的女人。石得宝要妻子学得大气一点，外面的事情很复杂，有事业心的男人根本没空拈花惹草。说话时，石得宝在她胸前拧了一把。妻子顺势撒娇一样在他怀里扭了一下身子。

冷雨下到第四天上午，天空中开始飘起雪花。到了午后，先前的雨丝全变成大雪，在空中狂飞乱舞。久雨之后的雪花，个头很笨重。落到什么东西上，像被摔碎的玻璃屑。

石得宝匆匆赶到金玲家，见她正同几个男人在打麻将，立即不高兴地说她怎么越来越不像个村干部了，打麻将的时间比工作和劳动的时间还多。金玲笑嘻嘻地说他们打完这一圈就撤。石得宝不问三七二十一，上去将那垫布一抖，桌上的麻将牌全乱了。金玲惊叫着说最低也该让她将这一盘打完，她的豪华七对已经听和了。石得宝一见金玲那痛心的样子，自己也心软了，就让他们再打一圈，结果这一圈耗掉了一个多小时，金玲连登四五庄不下来，将那个豪华硬七对的损失弥补回来了。

金玲拿上箩筐对丈夫说自己去茶地干点活。

丈夫没有追问。石得宝倒追问起来，问她是不是将采冬茶的事告诉了丈夫。

金玲说，先不说清楚，过后想说清楚也难。

石得宝不好再说什么。

茶树上积满了雪，石得宝用手将雪摇落，两个人找半天也没找到一只芽尖。金玲说这有点不对头，是不是上级领导坐在四季如春的房子里，忘了冬天草木不长。石得宝挠着头皮想了半天，他也没见过冬茶是什么模样，便想象着让金玲拣那最嫩的叶片采。他打着伞替金玲挡着雪，金玲的两只手一会儿就冻红了，两个指头也开始发僵。

石得宝开玩笑，要她将手放进自己怀里焐一焐。

金玲竟真的这么做了。

正在这时，有人在旁边叫了一声，说太好了，我有好多年没见到采茶妹与情哥哥在一起的情境。

金玲吃惊地缩回手。

石得宝回头一看，竟是镇里的老方。

老方奉了镇长之命，特地下来检查采摘冬茶的情况，并通知明天带茶叶到镇里去开会。

石得宝问他冬茶怎么采。

老方也不知道，他看看茶树，又看看金玲的箩筐，犹犹豫豫地说大概就是这样吧。

老方也陪着金玲站在雪地里，并不时将金玲的手拉进自己的怀里。三个人说说笑笑倒也不觉得太冷。村里有几个人从附近路过，好奇地问他们在茶地里干什么，石得宝说是在搞一项试验。有人说，茶叶不能搞试验，这几年搞叶面施化肥，结果产量虽然上去了，味道却差许多，弄得茶叶都不好销出去。石得宝说他们只要出点小问题就不相信科学。那人说现在没什么可相信的，连自己对自己都怀疑。老方插嘴问那人，八月十五是中秋，腊月三十过大年他相不相信。那人说这也不一定对，日历也会印错。

过了不久，村里人得知消息，陆陆续续赶来看稀奇。

见人越来越多，石得宝担心他们出去瞎传瞎说，就吆喝着要他们回去。大家退了几步，又站着不动。石得宝生起气来，说谁不走，他们就到谁家的茶地去搞试验。大家嘟哝着说这种试验恐怕又是劳民伤财，慢慢地全都退去了。

忙到天黑，也只采了小半箩筐稍嫩点的茶叶，石得宝估计炒制后连半斤茶都不够。炒了之后，用秤一称，果然只有四两多一点。石得宝看着这不够分量的一丁点儿茶叶，不停地发愣。老方不管这些，他拈了一撮茶叶进杯里用开水泡了一会儿，然后小心翼翼地呷了一口。老方眯着眼睛不吭声，过了一会儿又呷了第二口，然后一睁眼说，狗东西，这冬茶的味道的确妙不可言。老方不管石得宝怎么个态度，从荷包里掏出一只早就预备好的塑料袋，拈了一大把装进去，打好结后放进贴身荷包里。老方说这算是大雪天陪冻的报酬。石得宝不好说他，只有说这点茶叶明天怎么向丁镇长交代。金玲用秤再称了一次，炒好的冬茶只剩下二两半左右。

老方笑着说他有办法。老方将秤盘里的茶叶分成一两的两堆，半两的一堆。半两这堆他又分成两份，一份给石得宝，一份给金玲，让他们自己留着尝个新鲜。又叫金玲拿出两听没有卖出去的茶叶，轻轻地将封皮揭开，再打开盖子，取出一两茶叶后，再将冬茶放进去盖在上面，重新封好封皮。石得宝说，这样弄虚作假怎么行。老方要他放心，反正这茶叶是要送人的，也不是丁镇长自己喝。对于他们来说，只要丁镇长不知道有假就行。石得宝觉得这样做不妥，但又没有更好的办法，只好迁就老方的意思。

这时，金玲叫起哎哟来。她那手被雪一冻，又马上伸进热锅里炒茶，出现皮肤被冻伤了才有的那种奇痒。炒茶的手染得发青，看不清皮肉模样。金玲的丈夫心疼地抱着那双小手，不停地抚摸，嘴里忍不住责怪丁镇长太不顾别人的死活了。石得宝看着金玲的手，只有说对不起，让她跟着受苦受累。

天太晚了，老方懒得摸黑路，就在石得宝家里睡。

第二天，他俩一齐到了镇上。丁镇长一见到石得宝手里拎着两听茶叶，立即高兴起来，说还是石得宝抓工作扎实，说五就五，说十就十，不打折扣。

石得宝不好意思同他多说，放下茶叶连忙去大会议室。村长们差不多都来了，他们围着火盆像个铁桶一样，见石得宝进来大家都抬头望了一眼，却没有一个人给他挪挪位置。石得宝转了一整圈，仍无人理睬，心里不由得冷笑一声。他不动声色地将桌上的开水瓶拿到手里，抽出瓶塞，举过那些人的头顶，问谁要添水。大家还是不理睬，石得宝将开水瓶一倾，冲着火盆边一只茶缸倒下去。那水却是泄在炭火上，一股白烟缠着火灰冲天而起。火盆边的人赶紧四散而逃。石得宝放下开水瓶一边说对不起，一边欲帮那些沾满灰尘的人拍打干净。那些人都果断地挡住了他的手。石得宝笑一笑，也不是真要这么做。

丁镇长进来后，问这是怎么回事。

石得宝说自己给他们添开水添错了地方。

丁镇长宣布今天开会的主要内容是落实发放到各村的救济款。一听到这个话题，大家都暗暗兴奋起来。丁镇长将有关政策说了一遍，然后就让各村村长汇报自己村的情况。大家都是胸有成竹，账本都在心里，虽然每人只给五分钟发言时间，但各人将自己村的情况说得十分清楚。

等到十五个村长都说完后，丁镇长就宣布休息一阵子。

有几个人准备上厕所，丁镇长将他们叫回来，先问各村下雪的情况，有没有人畜遭灾。大家都说这点小雪没问题。丁镇长突然说，可你们自己却出了问题。他从提包里拿出石得宝送来的两听茶叶，说你们都叫苦，说采冬茶太困难，人家石家大垸村哪一点不比你们更困难？可石村长就有这股子不服输的精神，昨天下雪，今天茶叶就交上来了。

丁镇长将两听茶叶敲得桌面叮当响，要各村将自己做工作的情况说一遍。十几个人中没有一个人先开口。丁镇长生气地说，你们刚才要救济的时候怎么一个个那么会说，几斤冬茶怎么就那么难。你们少打几圈麻将，少到群众家里喝几餐酒，问题就早解决了。

丁镇长点名叫了几位村长也没有用，他们像约好了一样，就是不开口，他要石得宝介绍一下经验，石得宝也不肯说。丁镇长生气地往门外走，走到半截又回来对石得宝说，看来今天只能落实石家大垸村的救济款了。他要石得宝马上拿出一个救济方案交给他。

丁镇长走到窗口，看了看外面，大声说：你们看，雪停了，这好的机会被白白错过！

丁镇长迟迟不宣布继续开会，大家心里明白，冬茶的问题不落实，丁镇长也不会落实救济款如何发放的问题的。果然，僵持到十二点时，丁镇长宣布今天的会到此为止，什么时候再开听候通知。

丁镇长正要走，石得宝忽然站起来要他等一等。

"上下级之间都要相互体谅，但丁镇长你作为上级更要多对下级体谅些，这场雪是停了，可这并不等于说从此再不下雪了，说不定一个星期以后又要下雪的。这么多村长没有任何人说过一个不字。丁镇长你不是教导我们说做工作要有耐心吗？"石得宝说。

"说句老实话，咱们镇没有哪一个村有厚油水。每回换届时，镇里总少不了动员人出来当这个群众头儿。一年到头，少不了受群众的气，镇领导要是不理解说不定哪天大家都会辞职不干的。除了多抽几包香烟，多喝几杯酒，当村长的还能见到什么好处？我们总在挨批，国家干部总在涨工资。我们当村长当到死，也没人给定个股级科级，可你们国家干部只要能熬，一生总能提几级。"石得宝继续说。

"就说这下雪采茶，这事无论怎么掩饰，也是个遭人咒骂的事，若是捅大了说不定还能闹到中央去。中央说不准坑农害农。下雪采茶，三岁小孩子也明白是什么性质。但各位村长也明白上上下下的实际情况。事实上也没有让镇领导有更多的难堪，所以，镇领导也不要让大家太难堪。现在群众一年下来能见到上面好处的就这点救济款，若是过年前不能兑现，村干部可就没有年过了。脾气好的人只是到家里闹一闹，脾气不好的说不定就用那鸡爪扒的字写成状子，这一状也不知会告到哪里。"石得宝又说。

这一番话将丁镇长说得一愣一愣的。

村长们也在"是啊""是啊"地不断附和。

丁镇长终于接受了石得宝的意见，将会议继续开下去，并初步确定了救济款发放的对象名单和金额。丁镇长再三强调这是初步定下的，村长们心里明白，丁镇长这是不见兔子不撒鹰。便都表态，下次下雪就是撵也要将群众撵到山上去将冬茶采回来。丁镇长提醒大家一定要注意，茶叶最多只能采两芽，因为少，所以必须精。

散会后，丁镇长将石得宝单独留下来，说他今天说了自己那么重的话，自己都接受下来了，这是给了他天大的面子。所以希望他还能还自己一个面子。说着他将一听茶叶打开，将茶叶全都倒在一张报纸上。石得宝看着两种不同的茶叶，脸色唰地一下变得通红。丁镇长痛心地说，无论如何也没料到石得宝居然想出这种办法来糊弄自己。过去，在自己的印象中，石得宝虽然工作方法少了点，但人是诚实可靠的。没想到石得宝一下子变成这样。

石得宝实在羞不过，又不能将老方说出来，他一狠心，当场表态说，一定要给丁镇长弄两斤上好的冬茶。

丁镇长从提包里拿出一只精致的小铁盒，让石得宝看里面装的茶叶，还告诉他，这是段书记在天柱山茶场定做的冬茶，全部都是一芽的。丁镇长说自己做过调查，全镇上下能超天柱山的只有石得宝的父亲石望山的那块茶地。实际上，只要石望山同意，仅那块茶地就可以采摘两斤冬茶。

石得宝答应了丁镇长，就采自己家那块茶地的茶。

丁镇长也说了实话，自己在北京有个重要的关系，就全靠他这极品冬茶来联络感情了。

临出门时，丁镇长表态，多给一笔救济款，由石得宝自己掌握分配。

镇上的雪没能存住，满街都是糊状的雪水，石得宝在屋檐下蹦跳地走着，冷不防有人捉住自己的一条胳膊。那些村长又在餐馆里聚着，单单等他来。一落座，就有人说他们这一阵中了丁镇长的离间计。石得宝正不知说什么好，有人提起他用痢痢女人对付文化馆那帮人的故事。说得大家哈哈直笑，边笑边说石得宝真会活学活用，别人开个玩笑，他就能实际做出来。说笑一阵，大家又和好如初。

吃饭时，大家自然又提到冬茶。

石得宝将自己骗丁镇长又被丁镇长识破了的经过说了一番。

村长们叹息了一番，都承认自己斗不过丁镇长，丁镇长身后一定有大人物在撑着，他们再团结也没有用，丁镇长大不了换个地方再做他的官，而换来的人说不定更难对付。大家又数起丁镇长的好处，然后叹息他在段书记的阴影下工作，不用点手段也的确没有出头之日。最后大家一致认为，反正农村是穷定了，多那点茶叶，少那点茶叶都没有利害关系，反倒是丁镇长，万一利用冬茶打通了什么关节，为镇里要个什么项目来，说不定真能给全镇带来什么变化。

大家约好了，再下雪时各村一齐动手，并由党员干部带头。

石得宝一回到家里，就被石望山狠狠剋了一顿，说他竟敢逆天行事，创茶叶史上的世界纪录，下雪天也能采茶。让他这个当父亲的都感到脸上无光，恨不得将自己家的茶树都砍了，免得一见到它们就觉得耻辱。石得宝没有争辩，只是告诉他采冬茶的事是天柱山茶场带的头。石望山气愤地说那是因为天柱山茶场属于集体，垮了毁了没人心疼，只要自己荷包里捞足了就行。

石得宝不敢与石望山争吵，推说要传达镇里的会议精神，出门绕了一圈后，来到自己家的那块茶地里。

四周的山上还是白茫茫一片，茶地里的雪却快融化光了。只有叶片或树权上还有少数宛如白玉雕凿的雪球。两只野兔不知躲在哪笡茶树下面，听见脚步声，才不慌不忙地跑上山坡，回头望了一阵，见石得宝是个陌生人，便继续远去。石得宝听石望山说过，茶地里有一对野兔同他挺熟，见了他也不回避。融化着、破碎着的雪球，不时在茶树中哗啦地响着。石得宝看见茶树上真的有许多细嫩的芽尖，而自己在以前竟一直没有注意到。他暗暗佩服丁镇长对任何一件事情的钻研劲头，居然连他家的茶地都如此熟识。

石得宝在茶地里抽了四支香烟，就是想不出如何对父亲说起将要在这儿采摘冬茶。

下山后，石得宝顺路到一些等待救济的人家走了走，告诉他们钱款很快就要下来。有人为了表示感激，偷偷地告诉他，说得天副村长在到处造他的谣，说他挖空心思想办法巴结上级，让金玲趁着下雪采什么冬茶拿去送人，还许愿明年让金玲当副村长。

石得宝对这话很恼火，转身就去了金玲家，将得天副村长的话告诉了她。

金玲说得天副村长是在为当村长做准备。

石得宝问金玲手上的冻伤怎么样了。金玲说她丈夫特地去镇上买了一架频谱仪，照了几次就将痒止住了。石得宝听说买这个东西花了几百元，就说金玲这样的女人不是随便一个男人可以养得起的。金玲不愿听这个话，自己若是那种人，为什么还会去受冻采冬茶哩！石得宝将去镇上的经过都对金玲说了，金玲说这是他家的事，她也没法帮他。

石得宝最后问金玲想不想当副村长。

金玲想都没想就说，如果石得宝还当村长，她当当副村长也可以。还说她喜欢同石得宝在一起，石得宝身上什么男人的味道都有。

临走时，金玲提醒他，万一有什么难处不妨去找找老方，这个人总有些出人意料之外的新点子。

雪停了之后，天却不见晴朗。一连几天，老刮着北风，阴云一会儿薄，一会儿厚。石得宝老是抬起头来看，他总感觉到这雪还没有下完。

雪停了之后，电视里播了一条讣告。

石望山听了半截，跑出来一惊一乍地问是谁死了，是不是十三哥。

石得宝心里说这十三哥可能还不够格在电视里播讣告哩，嘴里却在安慰父亲，死去的老干部不是姓石。

夜里，屋外出奇地安静。

没有一丝风声，也没有小兽窜动的响声。

窗户上很亮，如同一弯月亮挂在中天。

石得宝迷迷糊糊地以为天晴了。就完全放下心来，睡了下雪以来的第一个安稳觉。

早上，石望山的开门声惊醒了他。石得宝竖着耳朵听，父亲通常每早开门时，总要习惯地随口说一句，天晴了或又是晴天、落雨了或又是雨天、天阴了或又是阴天等等，既有变化又没变化的话。石望山什么也没说，这让石得宝感到很奇怪。他耐着性子又等了一会儿，见外面还没有动静，他忍不住一骨碌地翻身爬起，冲出房门，在面对大门的一刹那间，他惊呆了。

父亲蹲在大门口，一言不发。

大雪从他的脚尖前铺起，一直漫向无边无际的山野。天地间没有别的颜色，洁白如莹的雪花在一夜间不知不觉中改变了整个世界，并且那几乎密不透风的洋洋洒洒的雪花还在继续下着，洒落在石望山和石得宝身上的六角形羽毛般大小的雪花久久没有化开。

"几十年没有见过这样的大雪了。"石望山说。

"雪大好过年。"石得宝说。

"十三哥最后一次离家时，也是下着这样的大雪。我还记得他的脚印转眼就被雪花填平了。"石望山说。

石得宝突然不愿接话了。

下雪了，说不定丁镇长又要派人督促。

石得宝站在石望山的身后，盯着父亲佝偻的脊背和头上如霜似雪的须发。他突然明白，自己永远无法开口对父亲说出那曾经对丁镇长说过的话。石得宝一转身回到房里。脱掉衣服钻入被窝，打算睡过这一天。

中午过后，石望山站在房门槛外对着房里叫着他的小名，说他该起床了，这么大的雪肯定有人遭灾，他当着村长就应该及时去看看。石得宝一下子悟过来，连忙起床，穿上父亲为他准备的防滑的木屐，拄着一根棍子钻入雪中。

半路上他碰见丁镇长和镇里的两个干部。他正要为采冬茶的事做解释，丁镇长却问他村里有无人畜受灾。石得宝说他正要去了解情况。丁镇长生气地说这是失职，如果出了人命他是要负责的。另一个干部说丁镇长天一亮就开始逐村视察，到这儿是第四个村了，还说丁镇长今天一定要跑完八个村子，剩下的七个村明天跑完。石得宝一时感动起来，便领着丁镇长朝一些可能出事的地方走去。

村里果然塌了房子，伤了人，也伤了牲畜。得天副村长的父母单独住，他们的两间小屋被雪压垮了一半。可得天副村长不知躲到哪儿打麻将去了，他父母又同儿媳妇闹翻了脸，两个老人只有躲在随时可能塌掉的那剩下的一间小屋里，抱头痛哭。丁镇长很恼火，当即领着老人进了得天副村长的家，凶狠地对得天副村长的妻子说，只要老人出一点事，他就送她去蹲监狱，同时又宣布得天副村长停职察看。丁镇长将随身带来的救济款散发给各受灾户，同时又要石得宝赶紧动员全村人无论有没有危险，先将各家房顶上的雪扫掉。

丁镇长走后，石得宝就忙碌起来。

天黑后，金玲跑来告诉他，丁镇长在去邻村的途中，滑下山崖摔断了一条腿。石得宝着急起来，问丁镇长现在哪儿。金玲说往后的事传话的人也不太清楚，只听说丁镇长不肯回去，非要将计划中的八个村全部视察完。

第二天上午，邻村的村长跑过来问石得宝冬茶怎么采，并告诉他丁镇长的确摔断了一条腿，用木棍固定之后，他让几个人扶着，硬是撑到半夜将八个村都看完。今天一早又出发看剩下的七个村去了。邻村村长说他很受感动，所以特地抽空跑来学点经验。回去就动员一些人上山采冬茶。石得宝回答说，除了手上会被冻伤，其他方法与采春茶一模一样。

邻村村长走后，石得宝一横心准备同父亲说，但一见到父亲那满是沧桑的面孔，一点勇气又一次消失得干干净净。

雪一停，太阳就出来了。

石得宝到镇上去看望丁镇长。丁镇长架着一对拐杖，忙得比以前更厉害。石得宝说了几句慰问的话，便告辞了，然后一间间办公室寻找老方。最后才发现老方躲在镇广播站里写全镇人民抗雪灾的汇报材料。石得宝要他帮忙做做父亲石望山的工作，让其同意采那块地里的茶叶。老方说他现在得赶这个材料，县里马上就要。石望山的工作怎么做他仓促之中想不好，但他明天上午或下午总会抽空去的。

太阳一出，雪就开始融化，家家户户的瓦沟下垂着一串串冰吊儿。

石得宝站在家门口张望着老方来的方向。

石望山从外面回来，见了石得宝就匆忙发问。

"这么大的雪，你去茶地干什么？"石望山说。

"自己家的东西，随便看看。"石得宝说。

"我一看脚印就知道是你，你还将几枝茶树枝的顶给掐了。雪一化，地上就会上冻，那几个枝子会冻死的。"石望山说。

"那是随手掐的，当时忘了，以后再也不会这样。"石得宝对自己说出这句话来，感到惊诧不已。他不知道自己如何才可能收回这话。

"我的地不是金会计的地，我的茶树也不是金会计的茶树，任谁也不许乱来。"石望山说。

"我知道那是你的命根子。"石得宝说。

石得宝将门口的椅子让给石望山，自己进屋倒水喝。开水瓶是空的。石得宝等不及烧开水，端上杯子出了后门到邻居家讨了一杯水，还同邻居聊了几句亚秋的学习情况。

石得宝从原路返回，一进门，正好听见老方大叫着说，石老伯，你十三哥在北京出事了。石得宝听了心里一惊。老方又说你十三哥得了癌症，昨天晚上专门打电话到镇上报信，让这边准备一下，随时进京去办理丧事。

石得宝走拢去时，石望山正急得手足无措，嘴里不停地说，这怎么可能呢，北京那么高级，怎么就医不好他的病。

老方又说，那打电话的人说北京有个从前给光绪皇帝看病的老中医开了一个偏方，但要用病人家乡的茶叶做药引子。

石望山说，这还不好办，他们要多少他可以给多少，就是挖几棵茶树送去也可以。

老方说，不是石老伯想的这么简单，这茶叶必须很特别，虽然只需两斤八两就足够，可它必须是冬天下雪时现采现炒的。

石望山一愣，将两眼在老方脸上扫来扫去，然后问老方是不是哄他，拿他开玩笑。

老方着急地说，一开始他也不相信，后来请教了镇上的一个中医，人家说药理是对的，癌症多为内火旺，冬天为寒，下雪为最寒，这时采的茶叶必定是大凉大寒，正好可以消除癌症的邪恶之火。老方还补充说，自己大小是个国家干部，拿一个七八十岁的老人开玩笑有什么好处哩？

石得宝听到这里就知道是怎么回事，他递了一支香烟给老方。

老方要石得宝赶紧召开紧急村委会，在村里动员一下，趁雪没化赶紧采了冬茶芽尖，炒好后坐飞机送到北京去。

石得宝真的离开了他们后，站在一处高坡上往下看动静。

隔了一会儿，他看见父亲石望山在雪地里匆匆地走着，肩上挎着一只箩筐。

又过了一会儿，自己的妻子也同样挎着一只箩筐，踩着父亲的脚印往山坳上的那块茶地走去。

然后是老方。老方是向着石得宝走来，远远地就得意地说，自己这是妙计安天下。他要石得宝将多余的八两冬茶交给他，他说自己当了六年宣传干事，也想用这冬茶来改变一下命运。

石得宝心里有些厌恶，嘴上不好直说，就责怪他不该用老干部的健康来编恶作剧。

老方不以为然地说，都这把年纪了，任谁也免不了一死。

石得宝沉默了一会儿，突然对老方说想一个人待一会儿。

老方一路用脚踢着地上的雪，边走边唱着歌："桑木扁担轻又轻，一片茶叶一片情，船家问我哪里去，北京城里看亲人。"

老方不记得下面的词，大声哼着曲子。

石得宝记得这首歌，还记得另一段歌词是："桑木扁担轻又轻，头上喜鹊叫不停，我问喜鹊叫什么，它说我是幸福人。"

老方在雪野中消失了，石得宝并没有用眼睛看，他是用心感觉到的。浮现在眼前的唯有山坳中的两个人影。白茫茫的雪坡上像是有不少缝隙，父亲和妻子在其中一点一点地游动着。雪地是一块暂时停止涌动的波涛，两个人是两只总在渴望前行的船帆。石得宝仿佛看见寒冷正从他们的指尖往心里侵蚀，他自己亦在同一时刻里感到周身寒彻。

金玲不知从哪儿突然钻出来，不安地指着山坳问石得宝，怎么采冬茶的事就你家独担了？金玲好看的眼一直在眯着，雪地里阳光太刺眼，只有戴上墨镜，两只眼睛才能完全睁开。金玲说这时候采茶，一片芽尖一把雪。

一九九五年十月十六日完稿于汉阳南湖纺织疗养院

恩重如山

1

阴历是丁巳年，阳历是一九七七年的那一年冬至节，一大早，垸里家家户户的枕头上就回旋着一个陌生婴儿的啼哭。

啼哭声好弱。

大家就想到，这定准是个早产儿。

大家都是心中有数，垸里几个怀孕的女人，还没有到解怀的时候：也都明白，所有怀孕的女人，从没有像现在这几个怀孕的女人卖力，一天到晚都在憋着气用力往下挣，想赶在腊月三十以前将那一团细皮嫩肉生下来，免得拖到明年。明年年岁不好，阴历没有立春，是个无春年，生的孩子，日后大小前程好歹运气都要受到好几成的折损。

垸里的前辈中，四聋子是无春年生的，都到了胡须拖鸡屎的年纪，还没有哪个女人肯上他的门。四聋子过去时常蹲在门口大声叫骂："再搞十次土改，老子依然是贫雇农，你们箱子底下有几个钱的家伙可得当心点，你们连一次土改关也过不了，到时候老子就算七十岁了，也要将你们家的黄花闺女分一个回来做老婆。"现在四聋子依然在叫骂，但次数日见稀少，中气也不大如从前足了。

不知是哪个能干女人，到底如愿提前将胞衣屙下来。那啼哭声一落到枕间，便惹起不少夸奖、羡慕和夸奖羡慕之后男女之间的那种勾当声。

等到有天明起床第一个出门捡粪的人吆喝起来时，大家又明白，哭声好弱不一定就是早产儿。冻极了、饿极了、病极了的婴儿哭声也是洪亮不成的。

出门捡粪的是四聋子。

四聋子不论冷热天，早晨决不赖床，一觉醒来，就迅速穿衣下地，出门做事。几十年如一日。以往，工作组老是评他为劳动模范。四聋子得了奖状，回头就送给肯让他摸一下的女人剪鞋样。四聋子其实最想与别的劳动模范一样四处做报告介绍经验，在外面开会吃好的不说，晚上睡觉还有女服务员帮助掖被窝。工作组却不让他去。这全怪四聋子头一回做报告时，将工作组教的话全忘记了，说自己每天起早下地干活，是因为一个人睡觉没意思，守着空被窝想女人，特别难熬，只好找点事做，好转移注意力。不然，又会像年轻时那样，睡在床上打自己的手铳。那样会伤元气，会短阳寿的。工作组气得当即就将他撵回家，无论他怎么背诵毛主席语录也无益。

婴儿啼哭是强是弱四聋子一点也不在意。他一边走一边用粪锄将躺在薄霜中冒着热气的猪粪铲进筼箕。这时，山顶上透出锯齿一样一带有亮的天空来，垸子的里里外外也一下子亮堂起来。大部分窗户仍是黑洞洞的，一点动静也没有。四聋子想，这是女人的香气将男人迷住了，搂住那一团暖和的嫩肉，谁还愿意早点撒手呢！

想女人，女人就来了，朦朦胧胧地，四聋子看到生产队文化室门口，有团花花绿绿的东西。那模样乍一入眼，让四聋子以为是刚从山那边嫁到垸里来的静文。垸里女人中，只有静文的穿戴，让人在黑暗中也分得清。

四聋子说："喂，你也起这么早？抵不住你家男人的冲锋枪了？"

没人答应。四聋子愣了愣。

四聋子又说："你要奖状做鞋样么？"

见无人理睬，四聋子走拢去才看清，那只是一件花棉袄。四聋子用粪锄捞一下，想将花棉袄勾起来。不料，一声响亮的啼哭腾空而起，四聋子猝不及防，失手弄泼了刚刚捡到的半筼箕猪粪。

四聋子过去听人说鼓书时，总是想入非非，指望哪一天也有一个螺蛳精或狐狸精变成女人，来替他洗衣做饭做老婆，今天一早，这愿望眼看就要实现了，却在转眼之间变成了花棉袄，又变成了婴儿。

心里一惊一气，四聋子就像盼望再来一次土改那样吆喝起来。

"喂——这是谁家的野种呵！"

四聋子一咋呼，满垸的人都赶过来看稀奇。

女人都看那婴儿。

男人都看那花棉袄。

女人议论婴儿长得好模好样，看那黄豆大小的卵子，就知道日后是个风流种。

男人唠叨，花棉袄像只骚狐狸的皮。一边说一边轮流用鼻子嗅，然后，一致同意，说这种味道，只有城里的风骚女人身上才会有。

四聋子听到女人的夸奖，忍不住一阵凄凉从脚底往上升，便有意扫女人们的兴，说："看模样顶屁用，得看八字。这孩子呀，十三岁时若无贵人搭救，一生便无出头之日。"

见到女人们都怔怔地听自己说，四聋子高兴极了。

四聋子又说："冬至节的早晨让女人衣物罩住了头，一百二十岁也别想翻身转运。"

书报上，电台广播里，成天到晚都说算命的话不可信。而这说算命不可信的话，山里人总听不进去。所以，四聋子的话一出口后，这孩子就注定归他所有了。几个想收养的年轻寡妇便立刻打住了念头。

这时，静文的丈夫打雷似的吼了一句："都给我上工去，谁走慢一步，就扣谁的'三基本'。"

静文的丈夫是生产队长。

垸里人中，没有敢不听队长的话，连四聋子也从未听漏过他说的一个字。

人都开始离去时，静文在背后叫起来："都走了，这孩子怎么办？得有个人养呀？"

队长听了忙说："都别走。谁家愿意再养一个孩子？"

四聋子说："兄弟，这事你可不能强迫命令包办代替，得自愿啰！"

队长说："我可以给他增加'三基本'。"

四聋子说："那就让你妻子抱回去吧！"

静文这时款款地走了几步，四聋子看到她的胸脯像两块水豆腐在不停地颤悠，静文对丈夫说，这事得大家做主，不该政府出面干涉。队长立刻不吱声了。

静文扭头对垸里人说："我有个主意，像捡东西一样，谁先发现就归谁养。"

垸里人都说好："四爹，你不娶妻子就得个儿子，太便宜了。"四爹是四聋子的尊称。

四聋子这时急了，看到静文那一脸好看的笑容，他不忍心骂，就转向静文的丈夫。

四聋子骂道："你这个狗卵子将来不得好死。"

队长说："那你说我怎么个死法？"

四聋子听出这话里有一股整人的味道，愣了半天，才想出一句可以下台的话："像林彪一样，坐飞机摔死。"

垸里人哄地笑了，说："不管是谁，能摊上这么个死法，太值得了！"

队长也笑了，说："四聋子，你也值得，连扒女人裤子的力气也没费，就白落得一个养老送终续香火的儿子。"

四聋子说："又不是我舍不得费力，我是有力无处使哟。"

静文刚满十八岁，四聋子的话撩得她满脸通红。

队长一见，忙说："这孩子的归宿就这么定了，日后让他做牛做马，一切都是你自己的事，你要他怎么报恩就怎么报恩。"

大家都散去时，四聋子却极其恶毒地骂了一句。

静文听见了，转身说："队长是党员，你敢骂党？"

四聋子一手拎着花棉袄里的婴儿，一手拎着筲箕回答："谁叫你们将我捡的粪全弄泼了！"

这时候，山那边射过来的第一道阳光，刷地照在婴儿的脸上，如同传说中的真命天子转世那般光景。四聋子抱着婴儿站在一大堆冒着白气的猪粪前，阳光和白气恰似那瑞气和祥云。

2

四聋子给捡来的婴儿取名叫冬至。

四聋子不学别人，对不是亲骨肉的儿女，千方百计地遮掩其来历。他每天早晨醒来，第一件事，就是对着床上逐渐长大的那只光溜溜的屁股甩一巴掌，同时小声说一句：

"你这野种是老子捡粪捡回来的，长大了可要报老子的恩啦！"

聋子小声说话，别人听了却似雷鸣。四聋子也不例外。垸里人听习惯了，若是哪天早晨没听到这声音，就猜测四聋子是不是钻到哪个寡妇的被窝去了，到塘边洗衣涮马桶时，都会下意识地看看哪个寡妇的眼窝发黑了。

四聋子自己也没料到，因为有了冬至，才让他没有白投一回男人胎。

那天，四聋子抱着冬至，十分无奈地往家里走。一线阳光始终照在冬至的脸上。四聋子不知是吉还是凶，只分得清婴儿高一阵低一阵的啼哭，绝对不是什么欢心事。捡来的这个儿子，一点也弥补不了对被弄泼的猪粪的惋惜。他抱着冬至走之前，用筲箕将那猪粪罩住，还大声声明：

"这粪是我捡的，等会儿我再来拿。"

在别人看来，四聋子最看重那些猪粪。

静文在前面走着，听到身后的婴儿老是哭个不停，就停下来，等四聋子走近了，就抱过冬至。

静文说："莫以为做老子就那么容易？也不知道哄一哄。"

四聋子说："没生过孩子不知道那东西痛。我没经验嘛！"

静文瞪了他一眼："你再在我面前说流氓话，我就叫队长开你的斗争会。"

四聋子说："你敢在会上揭发我，那太让人高兴了。"

冬至这时哭得更厉害了。

静文就说："他一定是饿了，得找人喝点奶。"

说着，静文就抱着冬至进了一户人家的门。不一会儿，冬至的哭声消失了，再过一会儿，静文就抱着孩子出来了。

静文对四聋子说："我帮你和她说好了，以后，孩子饿了，你就抱来找她喂奶。"

四聋子一边伸手去抱静文递过来的孩子，一边点头答应，冷不防一泡臭痰从静文嘴里吐出来，黏糊糊地粘在四聋子的脸上。

看着静文红着脸气冲冲地走了，四聋子愣了好一阵才明白过来，一定是自己伸手去抱冬至时，碰上她胸脯了。

四聋子回味半天，才好像有感觉似的自言自语。

"这水豆腐，硬了点，还没揉软。"

四聋子没料到冬至到他家的第一天晚上，就开始报他的恩。

那天晚上，冬至又是尿又是屎地折腾了半夜，四聋子笨手笨脚地摆弄完，以为再没事了，脱下衣服准备睡觉。刚刚将冷被窝睡热，冬至就开始吊着嗓门哭闹起来。

哭到最后，隔壁人家不耐烦了，敲着墙叫四聋子。

"孩子饿了，得想点办法，别让他哭呛了肺。"

四聋子气得一掀被窝跳下床，冲着冬至的屁股就是一巴掌，这才抱过他，开门出去找人喂奶。

给冬至喂奶的女人是个寡妇。说是寡妇，其实男人并没死，叫寡妇是贬她。她结婚十几年，生了十几胎，却没有一个活到满月的。最近这一胎又是如此，她丈夫气得离家出走，发誓永远不回来见她。

四聋子敲开她的门。坐定后，她扯开衣襟便将奶头塞进冬至的嘴里。四聋子瞅着那团圆白花花的嫩肉，怎么也收不回发直的目光。

后来，女人将冬至还给他说："好了。"

四聋子不肯接孩子，说："我也饿。"

女人说："回去啃你的桌子脚。"

四聋子说："那不中，我饿了几十年。"

说着四聋子便扑上去，女人开始还用冬至来遮挡，到后来则只说门没关，又说到床上去吧。四聋子这时一切全然不顾，就在冰凉的地上了结自己大半生来的一宗心愿。

由于太急，女人的裤子被撕破了，女人发现后，嘤嘤地哭起来。

四聋子说："你沾了大光，我是个童男子呢。"

女人仍在哭，嘴里说："你把冬至的花棉袄来赔我。"

四聋子想了想说："那可不行，这是孙悟空的紧箍咒，离了它，冬至会不报我的恩，长大了会逃走的。"

女人说："那你赔我的裤子。"

四聋子说："你还我的童男子身我就赔。"

女人只好又哭。四聋子不管她，抱起冬至走了，一边走一边亲着那小脸蛋，心里想道：一定是老天开眼，派你来当大媒人，守着你，老子一定还有老来福。

因为裤子的事，四聋子担心那女人不再理睬他了。谁知第二天夜里睡得正好时，门被敲响了。

四聋子问："谁？"

"我来给冬至喂奶。"那女人在门外回答。

3

冬至在一天天长大。

花棉袄在一年年变小。

长大的冬至和变小的花棉袄依旧紧紧地裹在一起。

捡来的儿子容易养。

四聋子依然每天早上拍打冬至的光屁股，说他是野种，不是自己好心收养他，他的狗命早就没有了，要他长大了多行孝，多报恩。

冬至慢慢地懂得了这话的意思，知道一个人偷偷地伤心落泪。

四聋子见了很高兴，就更进一步地搞现场教育。

四聋子将冬至领到生产队文化室门口，用那件花棉袄摆成当年的模样，并憋着嗓子学冬至当年哇哇的哭声，四聋子学两声，见自己的嗓声像是老鼠叫，就没再学下去。而临时编造说，当时有两只野狗正在啃他的小手脚。四聋子这话一出，冬至的脸色立即发青了，身子也抖了起来，眼睛更是水汪汪的。四聋子见效果不错，就继续编下去，说有一只母狗跷起后腿朝他脸上厕了一泡尿，差一点没将他呛死。边说边跷起自己的脚，趴在花棉袄上做样子给冬至看。冬至仍旧没有当着四聋子的面哭出声来，四聋子就去人家粪堆里铲了一些猪粪来，堆在文化室门口，再放上花袄，说冬至当时就是这么个样子，一只手里还抓着粪团往嘴里塞。

冬至听到这里，再也忍不住，扑到四聋子的怀里号啕大哭起来。

冬至一边哭一边说："父，你的恩情比天高比地厚。"

四聋子说："孩子，你说错了，那话是广播里歌颂共产党用的。你只能说，大恩大德来生来世做牛做马也报答不完。"

冬至说不清那句子，只说："……大恩大德……做牛做马。"

四聋子也不多计较了，他知道冬至在自己面前，这辈子也不可能昂头说话了。四聋子最后怜爱地说一句："幸亏当时你睡的猪粪是热的，还在冒白气，不然早冻死了，我捡回来放在心窝捂着也无益。"

四聋子还要冬至学古人，夏天钻到蚊帐里将蚊虫喂饱后，他再进去睡。

静文听说后，骂四聋子太黑心。

四聋子表示，这是让冬至学习报恩。

静文说："蚊帐里的蚊虫可以拿扇子赶嘛，你可以用别的法儿教育他。"

四聋子说："那你可以嫁个年轻漂亮的，干吗非要嫁个胡子拉碴的老男人呢？"

静文听了，默不作声，转身走开时眼圈却红了。

四聋子觉得这么养冬至一场，自己决不能吃一点亏。有时候，半夜醒来，他又小心翼翼地掀开被子，盯着冬至一看就是半个时辰，总盼望这捡粪时捡来的儿子，给自己带来更好的运气。

冬至八岁以前，四聋子对这一点一直抱着幻想。

四聋子的这种想法并不是没来由的。

冬至一来家，就让他真正做了一回男人。除长期与那个守活寡的女人相好以外，别的女人抱冬至玩，他也乘机摸摸捏捏，有对方动心的机会，就抢着做一回露水夫妻。

这种事被四聋子认作收养冬至的一种报答，不算奇怪。

真正奇怪的是，每年冬至节，冬至总是遇上不可思议的事情。

头一年冬至节，队长安排四聋子去烧火粪。他将冬至放在向阳的山坡上晒太阳，自己去一层柴草一层土地垒火粪堆。冬至这时还不会走路。没听见哭声，他就放心地干自己的活。垒完火粪堆，一把火烧出一股冲天的狼烟。四聋子回头找冬至，冬至却不见了，低头一找就找见地上有一溜很小的脚印。四聋子顺着脚印到一处树林，看到冬至躺在一只母狼的怀里，顿时心里叫了一声，说自己这一年的心血白费了，一场辛苦却只是照顾母狼吃了几口好食。四聋子正在叫屈，又明明白白看见冬至爬起来，那母狼也站起来，像是相互说了些什么，又都点点头，便各自走开了。四聋子看着冬至走回先前躺的地方重新躺下，他走拢去叫了半天才将冬至叫醒。

醒后的冬至浑身有一股狼的臊味。

那山坡上的小脚印也还清晰可见。

这两点满垸人都知道。然而，垸里的人更清楚，冬至真正会走路，是在后来脱下花棉袄，穿上开裆裤的时候。当时，四聋子对垸里人说这奇事后，就要冬至走给大家看。比卵子大不了几圈的冬至连站也站不稳。四聋子又打又骂也无用，他觉得很丢面子，非要别人跟他上山去看脚印。有人去了。有人没去。去了的人就相信四聋子所说的。没去的，仍旧不相信去看过了再回来的人所说的话。

下一个冬至节，冬至已经是满垸跑了。那天黄昏，家家户户的烟囱刚开始冒烟，冬至在垸边玩够了，回家时，身后竟跟着一只又肥又大的野兔，冬至在前面一蹦一跳地走，野兔在他脚边一步不落地跟着，一直跟到屋里，乖乖地让四聋子逮住，一刀宰了，剥了皮熬成一锅汤。这件事全垸人都看见了，队长还闻讯去四聋子家讨了一碗汤喝。

这样的怪事一直延续到冬至启蒙上学。

如果要四聋子起誓，说真话不说假话，他肯定会说不让冬至去读书。

四聋子送冬至去上学是静文出面威逼的。

静文因为一直没有生孩子，上面便要她抓垸里的计划生育工作。其实也就是上面来人检查时，口头上说说，什么头衔也没给她，她却什么事都想管一管。

静文找四聋子，要他让冬至上学去。

四聋子说："读书读野了心，将来他会不认我这个老子。"

静文说："不会的，读书人更知书识礼。"

四聋子说："狗卵子，他们连孔圣人都敢糟蹋，养父继母比猪粪都不如！"

静文说："垸里到年龄的孩子，都要上学。"

四聋子说："人家是亲，我这是疏，亲疏本来就不平等嘛。"

静文说："不让孩子上学的，上面就收他的责任田。"

四聋子说："收了更好，我早就不想种了，谁收我的田地，我就上谁家吃喝去。"

静文说："冬至有异象，来头不善，你不好好待他，当心天上落祸在头上。"

四聋子说："烂婆娘，你敢咒我？"

静文说："你怎么知道我烂了，你把头伸到我裤裆里看啦？"

四聋子说："你若没有烂，怎么不会生孩子？"

静文说："你问问你兄弟，看他中用不中用。你们家人，要都像你们这样，不绝种那才怪呢！"

天上会不会落祸？真让四聋子伤透了脑筋，实在没办法，他只好送冬至去上学。

启蒙那天，冬至在前面走，四聋子慢吞吞地跟着，半路上碰见垸里唯一的初中生，正挑着行李出门找事做，他那可怜的父母拉着衣角要他多给家里写信，多给家里寄钱，多回家看看。初中生极不耐烦地说，我又不是上老山去打仗，又不是上火葬场进化尸炉，有什么好哭的，该写信时自然会写信，该寄钱时自然会寄钱，该回家时自然知道回家，你们就好好关心一下自己吧。

这情景几乎让四聋子彻底改变了主意，他拉起冬至准备往回走时，终于又咬牙决定，这个弯还是慢慢地转为好，再狠的人也屙不出三尺高的尿，得用点心计。

给冬至报名时，四聋子手插在荷包里，将准备好了的学费攥得紧紧的，嘴里说，家穷，拿不出学费。心里盼望老师别收冬至，谁知老师心地特别善良，说你家的情况我听说了，学费先欠着吧。

四聋子嘴上感谢着，心里却在骂，你这个黄世仁，充什么假善人，老子才不领你的情，这笔学费你一辈子也别想收走。

冬至上了两个月的学，成绩好得让老师吃惊。一天放学后，老师跑到四聋子家，着实将冬至夸奖一番。老师越是夸奖，四聋子越是心惊胆战，当即就有竹篮打水一场空的感觉。老师说，冬至将来肯定可以考上留学生，漂洋过海到美国日本去做学问。老师说，他已经偷偷地将冬至的学费全免了，但要四聋子不要告诉别人，免得大家抬扛。

四聋子还没等老师回到学校，就已经说得满垸人知道了。

老师前脚进校门，后脚就跟来一大群家长，都要求减免学费。

四聋子对他们说，都去闹吧，将学校闹垮了才好。

老师知道后，骂四聋子不是个东西，说自己过去的话不算数，过了冬至节，四聋子再不将学费交来，就将冬至开除掉。

四聋子盼的就是这个，表面上却和老师吵，说你敢开除贫雇农的子弟，除非想当反革命。

冬至节的前一天，四聋子挑着一担茯苓下山去卖，他在外面混了五六天，估计冬至已被开除了才回家，到家后没见到冬至，问邻居。邻居说冬至上学去了。四聋子一听，越发看不起读书的，认为读书人都是一张婊子嘴。

天黑时，冬至放学回来，四聋子问他怎么还没被开除。

冬至说："我交了学费。"

四聋子不解，问："你哪来的钱？"

冬至说："你走的第二天，我上学时，路上碰见一个女人，非要我喊她妈，不然不让我过去。我只好闭着眼睛喊了一声，睁开眼睛时，我看有道红光一闪，女人就不见了。进学校以后我打开书包，看到有一个纸包，纸包上面写着：这是冬至的学费。后来，我就把它交给了老师。"

四聋子问了半天，也没有将冬至问成说谎的模样来。

于是，四聋子记起那天正是冬至节，还记起了从前的母狼和兔子，便在心里断定这是天意。与静文说的落祸是一样的，只是天意是好事，落祸是坏事。

4

垸里的学校只有一个民办班。

学校三年招一次生。

学生从一年级读到三年级。

再想读书就得走二、三十里山路，到下面的正规小学去。

一般的情况，读完三年级以后，无论是家长还是学生，无人愿意每天来回爬几十里山路，极个别的、老师认为有天分的，才肯收下来在学校里住读。这种事情，到现在为止，只在那天那个出外做工的初中生身上发生过。

冬至的老师是静文的丈夫下山十多次，才请来的。

老师姓戴，有四十岁了。垸里人怎么也看不出他已经到了四十岁。特别是女人，总是一致地说，戴老师只有二十八九的样子。垸里的女人常将自己腌的豇豆萝卜，大碗小罐地往戴老师屋里送，弄得他屋里一年四季总有一股酸溜溜的味道。戴老师人极随和，傍晚放学之后，常常踱到垸中间，一站就是一个时辰，和围上来的女人们和小孩们说着各种有趣的事，常常逗得女人发痴笑。等到上山干活的男人都回来时，戴老师就蹬着那双黑亮黑亮的皮鞋，缓缓地踱到一个很空旷的地方，从怀里掏出一只收音机，收听天上传来的声音。

戴老师还拉得一手好京胡，刚上山的那年中秋节，他一个人又是拉，又是唱，又是念台词，又是数鼓点，硬是将京剧《红灯记》从"提篮小卖"唱到"会师北山"。戴老师刚上山那阵，一到夜晚就自拉自唱，后来发现垸里的女人，因听他唱戏，忘了做事，而老挨男人的打，就不大唱了。偶尔唱一曲，总带着一股凄凉味。

戴老师还会算卦，这是垸里男人们最喜欢的，他算卦从不收钱。让人将时辰八字报上后，他就拿着粉笔在黑板上演算。结果有准的，也有不准的。不准时，戴老师就找出一本算卦的书反复地看。

四聋子极端想不通，一连几年没有老师肯上山来，为何独独来了这么个怪人，教书兼给人算命。

关于戴老师的来历，有两种说法。一说是，他在县城教中学时，与女学生谈恋爱，县里摆出坐牢与上山两条路让他选，他于是选择了上山。二说是，他想和老婆离婚，法院说，只分居两年就可以宣判，于是他就跟静文的丈夫上山来了。

四聋子对戴老师的来历一点也不关心，一天到晚只是着急，如何将冬至拢在身边。

冬至自从上学以后，对四聋子不那么恭敬了，每天晚上都要提一些古怪问题考他。有天早上，四聋子拍打他的屁股，要他别忘了报恩时，冬至竟说，长大了我也要报戴老师的恩。说过这话后，冬至果真常常提出，要去给戴老师做伴。四聋子不肯，但又不得不常常在深夜里，去戴老师的被窝里将他夹在腋窝下弄回来。

有天晚上，四聋子又去寻冬至，师生两个还没睡，他听到戴老师正在教冬至说洋文。四聋子身上顿时冒出一层冷汗，心里骂道，狗东西，真准备将这野种弄到外国去了。他冲进去，朝冬至甩了两个耳光，说："冬至是我家的孝子，我不准我的儿子学洋文。"

听到骂声，戴老师抬起头，见四聋子气得走了五形，便很侮辱人地用眼角和嘴角朝他笑了几下，又笑了几下，最后还笑了几下。

四聋子平静之后，老忘不了这笑。

他连喝了四天红芋酒才明白，戴老师的笑大有文章。

瞅着静文不在家，四聋子将静文的丈夫唤出来。

四聋子问："你到底还中不中用？"

静文的丈夫反问："哥，你说哪里的话呀？"

四聋子说："静文亲口说的，你别装苕。"

静文的丈夫怔了怔，喃喃地说："我是不中用，降不住她了。"

"当初我就劝你不要找没有开苞的，活该你现在做乌龟，当王八。"

"静文不是那种人。"

"你没有见到她和戴老师见面时的那种神情，要笑不笑的。四只眼之间不停地扯着丝线飘来飘去。"四聋子想起自己和女人间的事，又补充一句，"只有有私情的男女。见面时才笑一笑，不说话的。"

"不会，不会的，真有那事儿，静文就不会天天晚上缠我了。"

"我的话你还不信？真叫你当场捉住，还不将人活活气死！你是队长，你说句话，我就去将那戴老师撵走。"

静文的丈夫惊恐地说："那可不行。静文说过，戴老师一走，她就去寻死。"

四聋子一下子苶了，说："我还说讹戴老师一下，真有那回事了？"

静文的丈夫很痛苦地点点头，说："我想要个儿子。"

四聋子差一点说出将冬至给他做儿子的话来，幸亏还能及时悬崖边勒马，他一跺脚走了。

半路上，碰见了静文，四聋子拦住她说："要借种干吗不找我？"

静文不解："借什么种？"

四聋子说："人种。"

静文说："可惜你不是人。"她说这类话和听这类话时，已不再脸红了。

隔了几天，四聋子在学校门口发现戴老师将什么东西塞给冬至，他便在半路上截住儿子，搜出戴老师让冬至捎给静文的纸条。纸条上写着：静文，我不能答应，这样做太不道德了。

四聋子听冬至念完纸条上的字后，非常想不通。

四聋子明白，戴老师那意思是告诉静文，他不能和她睡。

后来，四聋子拿过冬至的铅笔，将自己过去常在厕所墙壁上涂画的那种图案，添在纸条上，再将纸条还给冬至。

天黑后，冬至回家来，四聋子迫不及待地问："静文说什么话没有？"

冬至说："说了。她说戴老师真是好人。"

四聋子问："还说了什么？"

冬至说："别的什么也没说。"

四聋子听了，露出一副很失望的样子，忍不住踢了冬至一脚，并骂一句："白把你养这么大，一点卵子用也没有。"

冬至痛得直龇牙，蹲在地上一边护着痛，一边小声回嘴："你这个四聋子才没有卵子用，一个字都不认识，只知道画流氓画。"

四聋子并不是真聋，冬至的话让他吃惊。他咬咬牙，心里说，得想别的办法，将戴老师撵走。

四聋子用力地咳了几声，然后"叭"的一声，将一小坨浓痰狠狠地射在地上。

这天晚上，四聋子趁冬至睡熟时，用一瓶墨汁将一只箩筐涂黑了，顶在头上，去戴老师门口守着。半夜里，戴老师起床屙尿，隐约听到门外有一个声音在响。

"先生姓戴么？"

"戴先生醒了么？"

戴老师刚将门拉开一条缝，一个面如磨盘的怪物闯进来，他吓得大叫一声，倒在地上不省人事了。

四聋子从头上取下箩筐后，将戴老师抱到床上睡好，又用一支香将枕头熏了一阵，这才退出去，关好门，一下下地用小刀将门闩拨回去，插得好好的。

戴老师醒后，分不清看见的怪物是真是假，嗅着屋里的一股异香，觉得头重脚轻，门闩又闩得好好的像是没有打开过。他强撑着算了一卦后，不由得长叹了一声，待冬至早上来找他学英语时，他有气无力地要冬至告诉同学们，这几天学校放假。

早饭后，好多人来看戴老师，四聋子也来了。

人们问病因时，戴老师摇头不语。

这时，四聋子要大家都退出去，自己有话要单独和戴老师说。

见戴老师同意了，别人无奈，只好退出去。

四聋子说："戴老师，你遇上劫了。"

戴老师大惊失色："你怎么知道？"

四聋子说："昨天晚上，我做了一个梦，看见一个女鬼将一只布袋耍来耍去，还冲着布袋口口声声叫着薄情郎，醒来后，我细细一想，袋袋戴戴，戴戴袋袋，这一定兆示戴老师你的事了。"

戴老师说："袋者代也，传宗接代是也，不瞒你说，我给自己算了一卦，也是这个意思。看来是静文在克我了。"

四聋子怕言多有失，马上转到正题上："依我这大老粗看，逃灾避祸，你还是趁早逃避一下。"

戴老师说："我这一走，冬至他们怎么办？"

四聋子说："再让上面派个教书的不就成了。"

戴老师说："只是没理由。"

四聋子心里极端鄙视戴老师，骂他像个没开聪明孔的大老苕。

四聋子继续帮忙出主意："你不是病了么？用不着找理由，就说是治病去。"

戴老师当天就走了，极匆忙的，只带走那本《易经》和几本算卦的书，主要是怕静文知道后纠缠不放。

临走前，戴老师摸着冬至的头对四聋子说："这孩子极有天分，你要好生请人教化他。"

四聋子连连说："我知道，我知道，我一直在教他知恩图报，尽忠尽孝——天不早了，你快下山吧！"

这时，静文正在用心梳洗，准备去看戴老师，她还没吃早饭。

过了些日子，山下突然上来了几个警察，说戴老师犯了法，要垵里人起来揭发他，再后来听说，戴老师坐牢了。

四聋子常和冬至说，他替戴老师难过。

冬至说他也是。

5

四聋子最不爱人说冬至前途无量。

四聋子对别人说，他没有别的念头，只要冬至能报恩就行。

还在冬至启蒙上学前两年，静文的丈夫终于顶不住上面的政策，决定也学山下，将田地分了。

这消息来得太突然。

垵里最早知道这消息的，除了静文夫妇外，就数冬至和四聋子了。

那天，冬至在静文那儿玩够了，回家来问四聋子："父，什么叫分田分地？"

四聋子说："你要早生几十年，赶上土改就清楚了。"

说了一句后，四聋子忽然觉得奇怪，冬至这孩子怎么知道分田分地呢？一追问，才知道是在静文家听说的，四聋子当即放下碗筷就出门去了，片刻后，又手舞足蹈地大笑着进门来。

四聋子连夜将笼里的几只鸡和栏里的一只小猪仔全部宰了，扒皮拔毛、开膛剖肚，结结实实地熬了一锅汤，父子俩喝了一整天。

先是比赛着喝。

后是比赛着拉。

垵里人看到他们一会儿不要命地趴在桌边吃喝，一会儿又看到他们发疯似的往厕所里跑，都觉得奇怪。

冬至也奇怪，蹲在厕所里愁眉苦脸地问四聋子："父，咱们这几餐就将家里的东西全吃光了，往后怎么办？"

四聋子在另一只坑蹲着安慰说："你没经过土改，不知道分田地时的情景，现在家里越穷，到时候分得东西越多。"

晚上睡在床上时，四聋子对冬至说："分了田地后，你就得自己睡一张床了。"

冬至问："那谁给你喂蚊虫，谁给你焐脚呢？"

四聋子说："那时，会给你分一个妈妈。你妈会陪我做很多事，你就不用操我的心了。"

冬至说："还想要个奶奶。"

四聋子说："要奶奶干吗？又不能杀肉吃。"

冬至说："妈妈陪你睡觉，奶奶陪我睡觉。"

四聋子想了想说："你想要个人陪睡觉也行，到时候我去要求，让他们少分一头猪，另外给你分一个童养媳。"

这年冬播过后，田地真的全都分了。队部、保管室、集体喂养的猪牛羊和公共的桌椅板凳农具等也全都分了。分完了这些集体的东西，四聋子在等下一步。他想下一步一定是分富人的浮财。等到上面来人宣布，现在的一切，二十年不变时，他才如梦初醒，知道这回不是自己盼望的第二次土改。

四聋子觉得吃了大亏，却连骂都不能骂一场。

队里只剩下文化室没有分，说是留作垸里议事用。

四聋子就要冬至有屎有尿都到文化室里去拉。冬至不肯，四聋子便狠狠揍他，边揍边说，文化室是留给他家做厕所用的。还扬言如果冬至敢将屎尿拉到别处，他就割他的卵子剜他的屁眼。四聋子自己也去拉，但只是在夜里干这事，半夜里被尿憋醒了，放着尿壶不用，非要出门到文化室里去厕。

冬至带给四聋子的福气，自上学以后，便中止了。

戴老师走前的那个冬至节，冬至身上什么事情也没有发生。

自此以后，倒是四聋子自己说话屡屡应验。先是说戴老师有劫难，没多久就听说戴老师下了大牢。再往后，过阳历年时，静文不知发了什么邪气，叠了一只纸飞机，与丈夫在门口飞着玩。飞机在头顶上飞，静文的丈夫一边追，一边伸手去捉，没防着脚下一绊，滚了几个翻身，掉到高崖下摔死了，死时，屁股正压在纸飞机上，人们于是便想到四聋子曾经骂他将来要"像林彪一样坐飞机摔死"，可不是又一个应验？

垸里人背后都说四聋子是一张尿嘴屎嘴，都不敢招惹他，怕他咒。

四聋子也觉出自己的厉害了，就说，再也不会有老师来了！

四聋子故意将这话一连说了三遍。

也真的再也没有老师上山来了。

冬至非常想念戴老师，经常独自坐在门口，拿着课本反复读。四聋子不想让冬至读那书，但又怕冬至咬自己的嘴唇，四聋子曾经从冬至手里夺下过课本，当时，冬至不哭也不闹，只是站在门槛上，一只脚在屋里，一只脚在屋外，用两颗虎牙狠狠地咬着下嘴唇，下巴上的血滴成了一条线。四聋子有些慌，就将课本扔着还给了冬至。

冬至抱着课本过了一个冬天。

开春时，山下的货郎又来垸里了。

四聋子买了一颗糖给冬至。

冬至吃了。

四聋了问："甜不甜？还想不想吃？"

冬至说："好甜！好吃！真想一口吃十颗！"

四聋子说："你可以用书换。"

冬至望着货郎担子思考了半天，最后还是打定主意，用课本换糖吃。

几本旧课本只换了八颗糖。四聋子在一旁帮忙讨价还价。货郎要走，四聋子死死扯住担子不放。货郎无奈，只好又补了两颗糖。

冬至真的将十颗糖一齐塞进嘴里，嘴太小装不下，掉了一颗下来。四聋子弯腰捡起，吹了几口气，见粘在上面的尘渣不肯掉，就伸出舌头舐了几下，舐干净后，再填进冬至的嘴里。

冬至说不出话，但眼光里有很多的感谢。

6

冬至很快就习惯了不读书，并且很快学会了能使垸里的男孩子早点长大的方法，见到结了婚的年轻女人上厕所时，就偷偷趴到厕所前，从门底下的缝隙朝里看。四聋子见冬至学会了这一招，非常高兴，鼓励他。还要冬至想办法看一看静文。冬至很内行地摇摇头说，不行不行，静文总是闩起门来在家里，从不在外面上厕所。

静文丈夫死的那年秋天，冬至和一伙孩子在田埂上放野火。经过一春一夏的时间，田埂上的茅草长得有半人高。垸里的孩子从家里偷出火柴，划着了往田埂上一扔，那火苗就蹿起老高，像一头怪兽呼呼吼着，很快就从这头烧到那一头。烧完一道田埂又去烧第二道，不一会儿，山垅里就是雾蒙蒙烟迷迷的一片。四聋子和所有的大人都爱闻这野火的烟味，都说非常非常香，都说野火越香，明年收成越好。野火起了后，山垅里便不时刮起一阵旋风。一见到烟打旋、火转圈、枯草和灰尘拔地而起时，冬至他们就惊叫着，鬼来了！鬼来了！一个个拼命地往家里跑。没等到家，那风就散了。于是又回去接着烧。烧得一道道田埂像一条条黑纤绳捆在山腰上。山里田特别小，田埂特别多，冬至他们烧野火要烧半个月。

这天，他们烧得正欢时，不知从什么地方冒出几个人来，塞了几块糖给他们。要他们摆几种姿势站一会儿，莫乱动。

冬至后来看到自己变成了一些长长短短的黑线，蹲在一张白纸上。

冬至不理解，怎么人、垸子、山、树、牛、田埂和野火都变成了一条条黑线，也没有着色，但看什么像什么。

冬至问他们道理。

他们不肯说，只说冬至是个小傻瓜，

冬至便想，这些人没有戴老师和善，警察怎么不抓他们而要抓戴老师呢？

冬至后来特别恨这些人。

这些人住在垸里的文化室里，成天和静文打得火热，帮静文画像，却又不认真画，画得一点也没有静文长得好看，特别是胸口两边，像是堆着两泡牛屎。静文身上最好看的眼睛，被画到后脑勺上去了。静文那又香又甜的嘴，画得如同粪坑。最让冬至可恼的是，静文见到那些画，一点不恼，反而笑得一口气也不歇。

四聋子又在骂静文是烂婆娘，像个发情的母狗，不知道为男人守孝守节。

冬至也想骂，但不知骂什么好。

静文说这几个人是搞美术的。

这几个搞美术的人在文化室里住了一个多月。

有天夜里，冬至因四聋子又不在家睡觉而害怕时，忽听到文化室里那几个搞美术的人像垸里人结婚办喜事一样闹腾起来，并且还一阵地吼叫着，一会儿说好好好，一会儿又说臭臭臭。冬至爬起来好奇地走到文化室门口前，心里猜疑他们几个人怎么闹腾出千军万马的声音来，进门后才知道，是收音机在响。是收音机在播乒乓球比赛实况。

文化室里有一对大桌子，过去冬至不知道它是干什么用的，只知道它当饭桌嫌大，当床睡觉嫌小，开会时又嫌占地方。搞美术的人来后，冬至才从他们嘴里听来，这东西叫乒乓球台。

那几个搞美术的一边听着收音机，一边就自己围着球台干了起来。一个守，一个攻，一会儿远，一会儿近，一会儿快，一会儿慢，一会儿高，一会儿低，硬是将八九岁的冬至看呆了，呆成八九十岁的老头儿。

后来，收音机歇了，唱起歌来。

搞美术的人累了，收起打球的东西，打开铺盖铺在球台上睡了。

冬至回屋后怎么也睡不着。一心想着那奇妙无比的乒乓球。睡不着时，突然想起四聋子砌墙时用过的托泥沙粉墙的那木托子。冬至也许要长到很大时才知道，也许这一生都不会知道，日本人和南朝鲜人打乒乓球时，用的就是方球拍。冬至若知道这些，就不会三更天从床上跳下来，找出四聋子的那木托子，刀削斧砍地摆弄到天明，那木托子终于去掉了四角，有点像搞美术的人用的球拍了。下一步，他得有自己的乒乓球。冬至不愿开口找搞美术的人要。冬至想，他们应该白白送给自己一只的。

好几次，冬至对他们说："我父说了，文化室是我家的厕所。"

冬至又说："你们来后，我就没来这里上厕所了。"

冬至还说："你们出去画画时，我一直在这里守门。"

搞美术的人便随手赏给冬至一个颜料瓶，冬至挺喜欢颜料瓶，但更想要乒乓球。

冬至每天晚上都泡在文化室里，非常勤劳勇敢地钻到桌子底下或墙旮旯里给他们捡球。四聋子这一段老骂冬至吃家饭屙野屎。谁知，直到这几个搞美术的声明明天一早就离开此地的那天晚上，还不见有谁送球给他的意思。

冬至在听到他们说打完这一盘散了时，心里好失望。他有气无力地在地上用黑炭写着："19：12"。这时，冬至忽然又来劲了。打球的也来了劲，一个大力抽杀，推动了球台，露出被桌脚压住的老鼠洞口，冬至有点不敢看那老鼠洞。抬头时，见到贴在墙上的那张过去常见的破红纸。四聋子曾说这是毛主席语录。

上面写着，最高指示：眉头一皱，计上心来。

冬至计上心头时，眉没皱只是手有点哆嗦。

冬至在桌底下搞阴谋诡计，将拣到手的乒乓球，朝老鼠洞口滚送过去时，歪了半尺多，他连忙伸出右脚挡一下，才将乒乓球送进老鼠洞里。

冬至伸脚挡时，头在球台上狠狠碰了一下，将正在等球的那两个人吓了一跳。搞美术的人弯腰看时，发现冬至后一个动作，就跑过来掼了冬至一耳光，并骂了一句："操你奶奶的！"

冬至没有娘，骂他奶奶他更不会怄气。

冬至怕那搞美术的人再打第二下。他看过这搞美术的人的手。那天，他们相互看手相时，他就站在背后，看见这人是个断掌。四聋子常说，断掌打人，三下就能将人打死。

冬至连忙说："我去挑水将乒乓球灌出来。"

另一个搞美术的人拿着一只破乒乓球，扳倒冬至，让冬至头朝下屁股朝上，说要将破乒乓球塞进冬至的屁眼里去。

第三个搞美术的人这时走拢来，推开伙伴，用猫屎狗屎一样的颜料，在冬至脸上画了个淋漓尽致，一边画一边说："你不将球弄出来，我就不把擦颜料的药水给你洗，过了三天，它就跟皮肉长到一起，永远也洗不掉了。"

冬至跳到河里捧起沙子和水往脸上使劲擦那颜料，也不肯回去弄那乒乓球。

乒乓球还是要用水灌出来的，不过得等到那几个搞美术的人走了以后。

远远地看见搞美术的人终于走了以后，冬至挑起早就准备好了的水桶，飞快地跳到塘边，舀了半担水，却无法飞快地挑到文化室去。纵然是半担水，也压得他甩不开大步。一连串碎步中，桶晃得厉害，人晃得更厉害。

第一个半担水，总算咕咕咚咚地灌进了老鼠洞。跟着是第二个半担和第三个半担。

挑了二九一十八个半担水，再加上四聋子闻讯赶来挑的两个满担水，还没有将乒乓球灌出来。

四聋子见冬至挑着水桶忙了半天，就问："孩子，干什么呀？不怕压坏了腰么？"

冬至喘着气说："父，我在灌老鼠洞呢！"

听说是灌老鼠洞，四聋子便马上想到也许是搞美术的人掉什么宝贵东西了，碍着旁边有人，不好深究，忙接过水桶。挑了两担后，文化室里没外人了，四聋子立即掩上门。

唯恐有人偷听，四聋子贴着冬至的耳朵问："是不是那几个搞美术的人，把什么值钱的东西掉到老鼠洞里了？"

冬至回答说："是的，我把他们的乒乓球藏在里面。"

四聋子说："你别瞒我。我是你父，你还没报我的恩呢！"

冬至说："是真的。"顿了顿又补充一句，"戴老师要我别说假话。"

冬至一说完，就挨了一脚一巴掌，外加一扁担，四聋子还将水桶没收了。

这么多的水也没有将乒乓球灌出来，冬至已不想用水桶挑水灌了。他找到一把挖锄，追着洞穴挖起来，可是，刚挖起两箢箕土，就无法挖下去了，地下全是大石头。铁的挖锄无可奈何，肉的心肝总在打主意。

冬至夜里搞不清自己是醒还是梦。只见一位像是熟识，却又不知在哪儿见过的又瘦又干的老头对他说，只要你将屋后阴沟里的那块长满青苔的石头撬开，我就将乒乓球还给你。冬至记得干瘦老头将这话反复了几遍。

天亮后四聋子醒来，准备打冬至的屁股，伸手一摸不见人了。一扭头，看见冬至正鬼鬼祟祟地往外走，他跳下床，一把揪住冬至，还没开打，冬至便说了实话。

四聋子初时半信半疑，待撬开阴沟里的那块石头，真的哗哗啦啦地淌出十八个半担水和两满担水来。最让四聋子傻眼的是，那白花花的乒乓球真的随着最后一股水滚了出来。

冬至不管四聋子如何的想不通，他迫不及待地抢过乒乓球，迫不及待地支好乒乓球桌，迫不及待地挥起那木托子改成的球拍。

到这一刻，冬至也傻眼了。

他这才明白自己还缺个对手。

冬至独自坐在文化室门槛上，长一声，短一句地哭泣着。

四聋子不管他，和别人说："这小狗卵子，跟那年冬至夜里，将老子吵醒时，哭得一模一样。"

别人说："这是他的命。"

这时，静文也在哭，声音很低，是在房里，外面听不见。

静文哭自己命苦时，听到外面的哭声比自己的哭声响亮，想到自己这么偷偷地哭有什么意思呢。不如不哭。

静文擦干眼泪，走出来看冬至哭。

冬至见了静文就不哭了，而是问："你会打乒乓球么？"

静文说："在娘家时打过两三次。"

冬至说："你能陪我打么？"又说，"我想打球，却没有对手。"

静文说："我还在守孝呢，不能陪你玩。"

静文又说："在娘家时，我看见有的男孩子一个人对着墙打乒乓球。"

7

冬至听了静文的话，将球台另一端抵在墙上。开始，那墙将他打过去的球弹回来时，总是十有八九不对路数。直到半年后的有一天，那墙突然像得了仙气一样，变化得比那些搞美术的人还会打球。那一天，冬至和墙打了十八局，输了十八局。第十九局又要输时，冬至才发现那墙上什么时候多了一只圆洞，细看后，更是惊奇。一只大老鼠拉开架势，下蹲在洞口里和他对阵。

是老鼠在使唤着墙呢！冬至想。

冬至还觉得这老鼠很像梦中见到的那个瘦干老头。

四聋子听说后，也跑来看。

果真是只要乒乓球一响，那只大老鼠就跑出来，蹲在那里。

四聋子临走时，不知说什么好，冷不防冒出一句："这老鼠是你亲老子啵！"

这盘球冬至又输了。

老鼠转身往洞底钻时，一条细长的尾巴挂在墙上。

冬至突然指着老鼠说："戴老师！老鼠很像戴老师，像戴老师在作业本上打的对号，打的红钩钩！"

四聋子和冬至想得到过去，却想不到现在。

话音刚落，呼呼啦啦进来几个人，抬起球台就往门外走。他们将球台摺在文化室外面的白粉墙下，再搭上一张凳子，再站上一个手拿红颜料瓶、红毛笔的人。垸里人知道，白粉墙上又要写新政策了。

新政策一连写了好几天。

冬至等急了，墙洞里的大老鼠也等急了。由急到恼，冬至终于忍不住趁写新政策的人下了球台去吃饭时，甩了一泡牛屎两砣烂泥，粘在没写完的新政策上。

擦干净后重写，冬至又照样甩。

较量了几次，冬至终于被人逮住了。

那些写新政策的人决定，返工刷白粉墙重写政策的工钱，得由冬至的父亲四聋子负担。四聋子气得将冬至放倒在地上，手忙脚乱地一顿痛打。痛打中，乒乓球从冬至的衣兜里滚出来，四聋子立刻狠狠一脚踏上去，乒乓球当即瘪成半只蘑菇。

冬至爬起来，捡走半只蘑菇一样的乒乓球，又开始坐在文化室的门槛上号啕大哭。

四聋子见了心里一咯噔，怪！怎么这野种一哭就跑到老地方去。这文化室与他是不是有缘分？

这时，静文来给写新政策的人送茶，前前后后一打听，便数说四聋子："打了就不能罚，罚了就不能打，你不能又打又罚，干吗要踩乒乓球呢！那乒乓球打好了可以出人头地，可以发家致富，可以周游世界，光耀门庭。不是说要冬至报恩么？到那时，你要什么有什么。"

四聋子说："我讨厌将来，我只顾得了现在。"说完，就气呼呼地走了。

静文见四聋子走远了，便俯下身子给冬至揩眼泪．还咬着耳朵和冬至说了许多话。

末了，冬至小声反问："这样真的能行？"

静文点点头："听我的准保没错。"

于是，冬至坐在门槛上，假装睡着了。静文在一旁提醒他，嘴角要弄些涎出来，才会更像，冬至弄了半天也只弄些痰出来。冬至一直睡到中午。

四聋子在家门口，极其恐怖地吼叫，要冬至回去胀饭。胀饭是有关吃饭的骂人话中，最恶毒的一种，它含有吃饭了不干事和吃饱了去死两种意思。

静文帮忙回答，说："四哥你不要这么咒骂孩子，他哭累了在文化室门口睡着了呢，你再吼再骂也无益。"

四聋子气恼地说："又不是你的小男人，你这么护着他？"

四聋子走到文化室门口，正要伸手揪冬至的耳朵，冬至猛地跳起来一把抱住四聋子，大叫着："神仙！神仙！让我随你一道回去吧！"四聋子吓了一大跳，险些跌倒，定眼看时，冬至双眼仍旧紧闭。他心里骂，嘴里也骂："这野种在做白日梦呢！"

四聋子知道，冬至又有怪事临头了。

冬至醒来后，果然说，他又梦见那瘦干老头了，瘦干老头要他天天打乒乓球，还教了他一个补破球的办法，但是，得静文来帮忙。

静文来后，当着四聋子的面，将那半只蘑菇一样的乒乓球，放进一只盛着开水的茶杯里，盖上盖子，搁在文化室墙上那老鼠洞口下面，让冬至拜了几拜，再一声断喝："起！"

四聋子揭开茶杯盖子一看，真的好端端一只又白又圆的乒乓球躺在水面上。他回头看着冬至，冬至的两只眼同样直愣愣地瞪得又白又圆。

回家的路上，四聋子问冬至："神仙在梦里提到我没有？"

冬至说："没有。"

四聋子说："你没记错？"

冬至说："瘦干老头只提到静文。"

四聋子委屈地叹口气说："我是你老子呀，怎么会不提我。"

8

写新政策的人，目睹这一切后，便用从未有过的高速度，在白粉墙上写完新政策，将乒乓球台还给了冬至。

四聋子虽然用一半委屈、一半不平的口气说冬至纵然神鬼相助也无益，却也不再干涉冬至对着墙和墙洞打乒乓球了。

冬至的球技在天天长进。那墙的球技也在一天天长进。

冬至的年龄长进得更快。

那天，静文到山下去开计划生育会议，回垸后说，乡里为展示大好形势，要开首届运动会，她已经替冬至报了名，让他参加乒乓球比赛。四聋子开恩了，他想冬至这么大了，还没下过山，这次就让他出去见识一下。

谁知冬至这一去，竟像毛主席说的，横扫千军如卷席，很轻松地就拿了冠军。

乡领导很高兴，当即表态要他参加县里的运动会，领导问冬至跟谁学的球，冬至说是墙。

乡领导又问，有没有碰到真正的对手。

冬至还说是墙。

乡领导很不高兴，叫他在别人面前不要这么说。

当县广播站的上万只喇叭，一齐欢呼，少年农民冬至，刻苦自学，奋力拼搏，练就一身非凡球艺，即将作为最年轻的运动员，参加本县首届体育盛会时，四聋子执意不肯再放冬至下山去了。

四聋子说，毛主席教导我们，不可沽名学霸王。

这天早晨，四聋子醒了，冬至还没醒。

四聋子撩开冬至的被窝，准备照常给那屁股一巴掌，准备照常说，你这小杂种是老子捡粪捡回来的，你可要报老子的恩啦，要打未打，要说未说。四聋子看见冬至闭着眼睛搂着那件花棉袄，嘴里喃喃地唤着静文的名字，接着他又发现冬至裤裆里黏糊糊湿了一大块。

四聋子兴奋地自语："好的，比老子早了整三年。"

到这时节，四聋子改变了主意，他对上面来的领导说："静文是冬至打球的师傅，让她和冬至一起去。"

上面来的领导，看了正在垸边晾衣服的静文，满口答应，说："就让她去当冬至的教练。"

临走的那天，四聋子将冬至所有的上衣都藏了起来，只给了他那件花棉袄。

他们走时，四聋子在背后唠叨："不脱花棉袄，就脱离不了我。"

等沉重的山口吞没他们时，垸里的人和四聋子搭讪上了。

"真叫那年算卦的言中了，这小子真的遇上贵人了。"

"八字没一撇，九字没一钩，是福是祸还料不定呢！"

"冬至这次能不能赛赢那些城里人？"

"你说什么？"

"我问这次谁能赢？"

"我。"

四聋子说自己才是赢家后，垸里人笑话了好几天。

四聋子不怕别人笑，依旧断言自己的话准得很。

等垸里人不再笑时，冬至他们就从乡里移师到县城。一进县城，穿花棉袄的冬至就成了所有人注目的中心。正式比赛的头一天，冬至在所有训练比赛中，都将对手打了个落花流水。只有那个被列为头号种子选手的，费了好大劲才赢了一盘，另两盘冬至一口气就赢了下来。

也就是这天黄昏，有个半老徐娘在一个僻静之处，拦住冬至和静文。

半老徐娘悄悄地问："你这花棉袄是哪儿来的？"

冬至被四聋子训练十几年了，脱口回答："捡的。"

"你家在哪儿？"

"大山头上。"

"今年多大啦？"

"十九了！"静文见女人话里有音，就挺枪出马了。

说冬至十九时，她自己心里也想了一下。

半老徐娘忧伤地走了。

冬至却不肯走，站在原地问静文："你为什么说我十九了？"

静文笑着说："十九岁的男人，最让女人喜欢么！"

冬至说："我要是十九岁了，就娶你做妻子。"

静文说："我可是你婶。"

冬至说："我从来就没承认，也从来没有叫你婶。"

说着话，两人心里都在抖动。

第二天，赛场上也闹得天翻地覆，原因是冬至一上场就碰上了头号种子选手。头号种子选手和他的教练说，冬至那木托子改的球拍，不符合技术规则。冬至不懂什么叫规则。静文就解释说，规则就是政策，就是文化室白粉墙上写的那些条文，譬如计划生育，不准生二胎，生了一胎就得避孕结扎。

冬至问："你避孕结扎了么？怎么老不生孩子？"

静文说："你要是和我结婚，我就能生孩子。"

说完，静文自己就笑弯了腰。

他们这话是悄悄说的，不然，整个赛场会笑爆的。

这时，包括裁判长在内的所有人，都一齐指责那木托子球拍。乡里把夺冠军的唯一希望寄托在冬至身上，到这一步，带队领导忍不住大发脾气。

"屁规则！尿规则！你们知道他自学成才是何等艰难么？他要买得起你们规定的球拍，就不会只穿这件花棉袄筒子。"

"可是，全世界也不能因为一个人而改变规则呀！"

所有人都不肯退让。不肯退让时，静文将裁判长手上的一本书拿过来翻开指点给冬至看，说就是这几句话规定的，你这光溜溜的木板是不准击球的。冬至很想不通，怎么天下竟有人早就订好政策来管他，等着他去违背呢？难怪头号种子选手在昨天惨败之后，还冲着他做了一个阴险的鬼脸。

裁判让冬至换球拍，冬至不愿换，也实在没有什么可换的。

这时，半老徐娘再现了。她送给冬至一只全新的红双喜球拍，随手还在花棉袄上抚摸了一把。再比赛时，冬至恨恨地要将头号种子彻底打败，一下子脱掉花棉袄，光着膀子冲进赛场。可是裁判依然不允许。

"平时都这样怎么不说不行？"冬至问。

"平时与现在不一样。"大家都这么说。

最终结果，让四聋子预言准了。

往日俯首帖耳的乒乓球，一碰上红双喜球拍，就左右上下乱舞。

大家都说冬至成了一只挨宰的猪。

说这话还留着些余地。因为宰猪时，猪还会挣扎。

冬至输的样子，其实像一只刚出壳的小鸡，让黄牯踩了一脚。也似那只乒乓球，让四聋子踩了一脚。冬至穿着花棉袄还感到阵阵凉意，往日赤膊打球时满身的汗珠一颗也没见着，就被裁判宣布输了败了完了。

头号种子选手赢了后，对着冬至和静文说："我这是有中国特色的欧洲弧圈球。"

这场球半老徐娘只看到一半，就红着眼圈走了，并且，从此再也不会出现在冬至的人生里。

走出赛场后，乡里的带队领导对冬至和静文说："你俩该回去了。"

静文看着琳琅满目的街道，眼泪一串串往下掉。

冬至试了几次，到底还是将手伸到静文的脸上，一边替她揩眼泪一边说："莫在街上哭，丑！"

静文真的不哭了。

9

四聋子真的赢了。

冬至和静文灰溜溜地回来时，四聋子对一百个人说了一百遍。

"这世上的人，有神鬼相助也无益。"

冬至不再打乒乓球了。

那天，四聋子说："你该下地干活了。"

冬至就乖乖地跟在后面下地了。

除了干活以外，冬至没有更多的事可干，偶尔得空到文化室转一转，或是看看那墙洞。或是在白粉墙下死死盯着上面的"避孕""结扎"两个词。夏天的黄昏，静文坐在门口，使劲搓木盆里的衣服。冬至便拿出红双喜球拍，目光长了钩儿，勾在静文的身上，拽也拽不回，一只手下意识地在球拍的塑料皮上轻轻抚摸着。

四聋子挺可怜冬至的，时常将烟袋递给他，要他抽几口，还说这东西又过瘾又解闷。

不久，冬至就自己用细小的竹篾子做了一支烟袋，成天别在腰上，有空就咝咝抽几口。

每天早晨，四聋子还是要去掀冬至的被窝，打冬至的屁股，要冬至报恩。

立春这天早上，冬至挨打过后，忽然板着脸说："这是最后一回了，你再打，我可要还手了。"

四聋子骂道："日你娘！你敢！"

冬至说："我没有娘——我娘是马蜂窝，我娘是瘦母狗，我娘是日本鬼子的地雷——你敢不敢去？"

四聋子被冬至怄得两天没吃饭。

冬至一点也不管，也不到床前问一问。

四聋子熬不过，只好自己爬起来。他知道，冬至已长成一个真正的男人，得教他一些男人的东西。

从这天晚上开始，四聋子一遍遍地讲自己如何将一个个女人弄到手的故事，甚至不厌其烦地将每一个细节都讲到。开始时，冬至低头不敢插话。几天之后，冬至就能够提一些技术性问题了。大约在半个月以后，冬至提的一些问题，四聋子也无法回答了。

四聋子叹口气说："问得再清楚有什么用？主要是动手干。我要是你这种年纪，就天天晚上去撬女人家的后门。"

冬至问："要人家反抗怎么办？"

四聋子说："你去找静文试试，胆要大，捉住了就别松手，我们打个赌，她要是不答应，回头我给你做儿子，你来当老子。"

冬至迟疑了一会儿："我真的可以去试试？"

四聋子一摆手："去吧！去吧！"

冬至真的走了后，四聋子自己一点也安静不下来。一袋烟接一袋烟地抽，一直抽到五更还不见冬至回。

早饭过后，冬至才一脸倦容进屋来。

四聋子问："吃了么？"

冬至说："她给我做了一大碗荷包蛋。"

四聋子问："我说的事怎么样？"

冬至说："她开始不肯，说要遭雷打的。我用了点劲，她就肯了。我不会的她都教给我了。天亮时，还不让我下床，还要我今晚再去。"

四聋子说："让你去，你就去，锅里还有一碗枸杞粥，你吃了吧，吃了晚上有劲。"

冬至一碗粥没吃完，就趴在桌子上睡着了，直到下午才醒。

醒来后，冬至对四聋子说："父，你真的料事如神！"

一年后的某天，太阳明亮得很。四聋子怀里抱着一个婴儿，眯着眼睛坐在门口打瞌睡，一张老脸上很安详，很满足，并且比以前白胖了一些。离他不远的一只粪坑里，冬至正在用五齿钉耙，一下一下，卖力地往岸上取土粪。虽然是正午，垸里可以见到不少人，但寂静得很，没有多少声音。

忽然，垸里的狗一齐叫起来。

四聋子睁开眼睛一看，垸外走来一个陌生人。

陌生人径直走到四聋子面前，说："四大伯，多时未见，你比先前福气多了。"

四聋子乐哈哈地回答："小的们还算行孝，养儿防老，就是图的这个嘛。"

四聋子又问："你是谁？面生得很。"

陌生人说："我姓戴呀——"

四聋子张大嘴巴，惊讶地说："你就是戴老师？徒刑满了？"

戴老师说："平反啦，无罪释放，冬至呢？"

四聋子说："那不是，正忙着呢。如今铁锅顶着头，懂事多了。你瞧瞧，这是他的儿子。"

戴老师说："他怎么会有儿子？我记得他应该还不到十五岁。"

四聋子说："你记性真好。要到下半年才满十五呢！他是十四岁结的婚，一结婚就做了父亲，这在如今已是很了不起了。"

戴老师问："他妻子是哪儿的人？"

四聋子说："就是静文啦！"

戴老师问："她不是冬至的婶么？"

四聋子说："干柴烈火，生米熟饭，都是这种情况，谁还管得了，再说我们这儿也开始开放搞活了。"

说着话时，静文从里屋走出来，见到戴老师她猛地一怔，半天回不过神来。

四聋子将婴儿塞给静文，说该给孩子喂奶了。

静文一边撩起衣襟，扯出奶头，一边颤抖地喊："冬至，戴老师回来了。"喊完之后，静文将几颗眼泪滴滴答答地洒在婴儿的脸上。

冬至没听清，一边走一边用手使劲往衣服上揩，一边问："来了谁呀我正忙呢！"走近来，见是戴老师，就咧咧嘴，说："你——怎么又来了？"

戴老师说："出狱后没事，来看看。你怎么老得这快？"

冬至说："静文也这样说，说都快赶上我父了！"

冬至从腰上解下烟袋递过来："你抽烟吧？"

戴老师说："坐牢时戒了。"

静文说："屋里有纸烟。给戴老师纸烟抽。"

冬至说："没了。早上让我和父抽光了。"

静文低头嘟哝了一句。

四聋子插上嘴说："你坐牢时，上面来人调查，我们可尽说你的好话，半个坏字也没说。"

戴老师说："平反时警察告诉我了。我落难时，就你们没有落井下石。"

戴老师走时，四聋子中午饭喝醉了不能送，静文要去找跑不见了的猪，只有冬至抱着儿子陪他走路。那件花棉袄已经在儿子身上裹着。

太阳照在文化室外的白粉墙上，一层层石灰水遮盖的陈八代的字都透了出来。

戴老师问："这上面的字，你都认识么？"

冬至说："有几个认得，有几个不认得。"

戴老师又问："给你的课本还在么？"

冬至摇摇头，然后反问："你还来么？"

戴老师说："等你的儿子启蒙时，我一定再来。"

冬至本想问戴老师，这次来是不是主要想看看静文，也想如实相告静文当初是那么喜欢戴老师。但是，冬至又有些不好意思，说正是因为自己看出来戴老师也很喜欢静文，这才跟着戴老师学习喜欢静文的。冬至好不容易准备开口时，一阵山风就将戴老师吹得老远，变成一只没办法说话的小小黑点。

一九八七年九月于英山文化馆

散

文

南海三章

我有南海四千里

天章南海，人文三沙！

在南海，为三沙纪念馆题写这八个字时，内心非常诧异！

迄今为止，母语中的"海"字，写过无数次，真正面对这与人类相生相伴的关键景物时，却没有写一个字。与自己相关的这个秘密，曾长久埋藏在心底，不仅不想对别人说，甚至都不想对自己说。我理解山，即使是青藏之地那神一样的雪山冰峰，第一眼看过去，便晓得那是用胸膛行走的高原！我见过海，在北戴河，在吴淞口，在鼓浪屿，在花莲，在高雄，在泉州，在香港，在澳门，在青岛，在三亚，在葫芦岛，在海参崴，在仁川，在芭堤雅，在赫瓦尔岛，在大突尼斯，在纽约和洛杉矶，面对海的形形色色以及形形色色的海，心中出现的总是欲说还休难以言表的空白！

这个夏天，到南海的永兴岛、石岛、鸭公岛、晋卿岛、甘泉岛、赵述岛，再到满天星斗的琛航岛，漫步在长长的防浪堤上，一种从未有过的东西，随着既流不尽也淌不干的周身大汗弥漫开来。分明是在退潮的海水，丝毫没有失去固有的雄性，那种晚风与海涛合力发出的声响，固然惊心动魄；那些绵绵不绝，生生不息，任何时候都不会喘一口气的巨浪，才是对天下万物的勇猛！包括谁也摸不着的天空！包括谁也看不清的心性！包括大海以及巨浪本身！天底下的海，叫南海！心灵深处的海，叫南海！防浪堤是一把伸向海天的钥匙，终于开启了一个热爱大海的成年男人关于大海的全部情愫！

拥抱大海或让大海拥抱，这是梦想，更是胸怀。

七月四日正午，从只有零点零一平方公里的鸭公岛上，纵身跃入南海的那一刻，一朵开在海浪上的牡丹花，冷不防蹿入腹中。哪有海水能畅饮？只是咽下这牡丹花的那一刻，心情很爽快。这世上最清澈的海，这海里最美丽的蓝鱼儿，这鱼儿中最柔情蜜意的彩色亲近，这亲近中最不可言说的沉醉！因为高兴，就必须承认，这是自己喝过的最可口的海水！

可口的南海，总面积三百五十万平方公里，属于中国领海的有二百一十万平方公里。四千里长的中国南海，每一朵海浪都怀有千钧之力，每一股潮水的秉性都是万夫不当之勇。偏偏还有一处独一无二的任谁都会觉得可口的泉水井。橘红色的冲锋舟将一行人送上甘泉岛滩头，走几步就能从沙砾中踢出西沙血战时击爆过的机枪弹壳，看几眼就有老祖宗生命印记的陶瓷残片跃上眉梢。待到从老水井里打起一桶，呼呼啦啦喝个痛快时，那种渴望宛如想痛痛快快地饮下万顷南海。我是喝过了，喝过了还难解心中焦渴，便抱起那只桶，将整桶水浇在头上，那一刻真个是水往身上，心往天上。偌大的南海，上苍竟然只有这丁点的赐予，再多一点的淡水也不肯给。

曾经写过好水如天命，这一刻又明了，天命亦可成为好水。

多年前，偶然读过一段文字，说是在解放军兵种系列中，除了陆海空和二炮之外，还有"第五兵种"。身处南海才晓得，这兵种的最高统帅是一名下士，所率领的士兵只有屈指可数的四名。下士和他的队伍被称为雨水兵，其唯一使命就是在别人盼望风和日丽时，蓄意反其道而行之，盼望老天爷天天来一场暴风骤雨。风刮得越猛，雨下得越大，他们越是高兴。这些全世界独一无二的雨水兵自成立之日起，十五年间，用尽各种办法，在永兴岛上收集上苍赐予的雨水一百二十万吨。依照水库容积规定，装下这么些水，需要一座中型水库。在中国人的眼里，南海再大再深，每一滴海水都不是多余的。在南海的雨水兵心里，更是抒写成南海天空上的每一滴雨都不是多余的。

面对这样的甘泉，一个人的情感会因丰富到极致而将其当作天敌，怀恨的理由当然是抱怨其太少。南海的天敌是什么？那个风高浪急的暗夜，我们在前往永兴岛的"三沙一号"上熟睡时，有贼头贼脑的舰船正在我船航线附近游弋。对此恶行当可同等鄙视吗？

在赵述岛却有一种明目张胆的天敌。向南的岸线上，礁盘像是有半个海面大，下水才走两步，就捡到一只疑为天物的彩条球体贝壳。事实上那是海星钙化后极薄的外壳。赤着脚小心翼翼地淌过海水中密密麻麻的海星，在天敌横行的海底，仍旧生长着一丛美丽如琥珀的珊瑚，偏西的太阳照着海水，被阳光透露的海水浸润着珊瑚，仿佛神话的珊瑚反过来用一身的灿烂，还南海以漫无边际的霞彩。

珊瑚灿烂，珊瑚的天敌海星也灿烂，同样从海水中捧出来的海星的天敌大法螺也一样的灿烂。美是丑映衬出来的，爱是恨打造出来的，南海所有的灿烂无比，命中注定要由天敌激荡出非凡的审美格局。就像琛航岛上十八烈士大理石浮雕的壮丽，是与天敌的西沙之战所匹配。

此刻，南海星斗遥远。太过遥远的南海，反而不似任何时候都是遥不可及的别处。只需站在海边，哪怕是最不起眼的一颗星，都会是世上最深情的人正在家门口深情伫望远方。身处星星散落一样的小岛甚至是小小的小岛上，用这个世上最清纯海水洗过的目光，与同样用这海水洗过的星星相互凝视，譬如美济礁居委会的八十二岁老人与美济礁的相望，谁也不觉得对方渺茫，谁也不觉得对方垂老。用能看清三十米深海的目光，看什么东西都是美妙，看任何人事都是天职，看每一朵浪花都是神圣。所以，在最黑的夜，只要有一丝云缝，南海的星斗们也绝不会错过，即便那云缝只够容纳一颗星，那就用这颗星来闪耀整座南海。

真的不想再提那些热门的太平洋岛屿了！南海的海滩洁白如塞外瑞雪，又像故乡丰收的白棉花。这样的海滩只能是白云堆积起来的。即便是用脚踏了上去，再用胸膛扑了上去，也不愿相信，这是海水与海沙随心所欲的造物。除了天堂，无法想象还有哪里的比得了，这一片连一片，每一片都令人不忍涉足。一湾接一湾，每一湾都比另一湾美不胜收的海滩。哪怕是只有零点零一平方公里的鸭公岛，只要开始行走，就会沉醉于扑面而来的万般美妙，丝毫感觉不出自己的双腿正在围着只够隐藏一对，最多两对情侣隐私的小岛绕行。或许天堂建筑师的灵感，正出自对南海诸岛的复制。或许干脆放弃什么天堂，对于人的想象来说，还有什么东西能够超越南海的恩典呢？对人的情怀来说，还有什么比南海更能使人心性皈依呢？

还有那海水，这世界所有现成的话语，都不足以用来表现她的气韵与品质，唯有那渔民平平淡淡地说，做一条鱼，不用奢求做一条青花鱼，也不用奢望做一条红花鱼，能在这海水里做一条奇丑无比的石头鱼便是前世修行的福报。毫无疑问，南海就是一门宗教，唯有使自身回归普通与平凡，尽一切可能不出狂言，不打妄语，不起邪念，不生贪欲，才能保证自己不会在那海天之下羞愧得抬不起头来。没有如此宗教，哪怕变成一只丑陋的沙虫，也会无颜面钻进沙土之中。

神圣之于天下的意义，不必彻底理解，但不可以没有敬畏在心头飘扬。

一顶竹编帽就能倍感荫凉的恩情。

一棵椰子树就能消解生存的绝望。

礁石再小撑起的总是对大陆的理想。

水雾再轻实在是甘霖对酷旱的普降。

用不着太多，只要看见一只玳瑁在南海中翩跹的样子，就会明白幸福是为何物。只要看见一只手从南海中悠然伸起来，将一件物什放进水面漂着的容器里，就会懂得如何得幸收获。一道雷电与一只海鸥在南海上的意义是不同的，雷电是肆意暴虐，海鸥在抒发自由。一只小小舢板与一艘航空母舰在南海的地位是相同的。航空母舰再庞大，也由不得其耀武扬威。舢板虽小，尊严无上。

一九九二年发表的中篇小说《凤凰琴》，以及随后的长篇小说《天行者》，写了深山小学校，用笛子演奏国歌升起国旗。一直以来，此景象都是乡村教育的经典写照。曾是赵述岛上仅有的那对夫妻居民，对着大海一边唱着国歌，一边升起国旗。这样的画面没有成为南海的经典，夫妻俩作为升旗手，将自己锻造成一根钢制旗杆，十六点八级的超强台风"蝴蝶"也不能吹倒，才是神圣中的神圣。三沙的人，真个是出海如同出征，安家就是卫国。在中国的南海，被越南人非法关押一年的这位丈夫说，做渔民的，有时候就像一条鱼，海才是我们讨生计最好的去处。他说的其实是一种诗情：我在天涯我就是天涯！我在三沙我就是三沙！我在南海，我就是中国的南海！

用一把渔网向着最宽阔的海面，哪怕它是唯一一把渔网，南海的渔民也会美滋滋地撒下去，即便那海面视渔网为无物，也要用这渔网来打捞南海的历史与现实。

用一根钓线钓起最深的海沟，只要有一根钓钱，南海的鱼钩就会坠入其中，即便那水深不可测，那鱼重达千斤，也要用这一头连着大海，一头连着人心的丝线传达南海的灵魂。

在最猛烈的海浪下，只要有一丝踏实，南海的海沙们就会勇敢落地，即便那地方只能安放一粒细沙，那就用这粒细沙来界定茫茫海天。

一个人来到南海，不只是做每一粒海沙和每一朵海浪的主人，也不只是做一座海岛和一片海洋的主人，而是为了与每一粒海沙，每一朵海浪，每一座海岛，每一片海洋，成为兄弟。如此才有赵述岛上那座兄弟庙，其传说与道德的主旨是：船上没有父与子，海上不分叔与侄，上了船，出了海，所有人都是患难兄弟。海有海的哲学与审美，海有海的叙事与传奇。不进入大海，就无法理解一滴水。理解了南海的一滴水，才有可能胸怀祖宗留下的南海。

流火的七月，歹毒的台风即将袭来，却暂借船头一片平静。南海之事，一天也耽搁不起。南海之美，每一样都刻骨铭心。如是写下这诗句：

长城长到天姿几？

永暑永兴永乐知。

我有三沙四千里，

不负南海汉唐旗。

二〇一六年七月五日初稿于琛航岛
二〇一六年七月十一日定稿于东湖梨园

菩提南海树

在南海，曾被仰望。

世界上有许许多多的东西值得仰望，凡是受到仰望的东西一定是人间瑰宝。一个人无论尊卑贵贱，也不在乎俊美丑陋，总有其不得不仰望的时刻。所以，仰望是人生的一种大德，是生存的一种修养。当高山就在面前，站立者抬起头时，身躯会是某种锻造。当星斗就在面前，站立者抬起头，心灵会是某种清洗。这些是往大处着眼，而与高处的长者、尊者、智者面对，那些油然而生的仰望无疑会成为催促与激励。

仰望难道不就是如此由低处向高处的张望吗？

在南海如此张望的仰望比比皆是。走在小小的海滩上，美丽的贝壳们，哪一只不是这样？沿着没有尽头的水线走着，大大小小的浪花，敏捷地冲上滩头，再洒脱地退回海中，进退之间的那一个细微变化不是这样？稍远处，正在退潮的海水中露出黑牡丹一样的礁盘，一串连一串，哪一串不是这样？还有被阳光染成彩色的海水，或者干脆就是用海水染成彩色的海水，由着那些任性的青花与红花鱼儿，最快乐的跳跃与冲击也是这样。即便是供人行走的岛屿，那最小的与最大的，也同样倾注着可以称为仰望的情绪。

在南海待到第三天就会明白，种种习惯的仰望在这里都成了错觉。

明知没有瑞雪，没有谁会在南海想着仰望雪山与冰峰。也清楚南海没有秋风，没有枯叶，也就不会心怀对秋天的仰望。

让人不曾料到的是，南海的天空很小！

见过草原的觉得比不了草原碧空！

见过戈壁的觉得比不了戈壁星际！

到过大江流畔的觉得比不了大江流畔水天！

到过高山峰顶的觉得比不了高山峰顶苍穹！

甚至比故乡饮烟勾勒出来的青天红日还要小，小到连五更鸡叫，黄昏放牛，东篱种菊，西塞问鹤都会勉为其难。这看上去很小的南海天空，没有哪一朵云具有真正的高度，没有哪一抹霞光是从高处飘来，也没有哪一只鸥鸟能飞得比人的睫毛高。那些足以遮蔽一切的漫无边际的雨水中的任何一滴，竟然都是从额头上滑落下来的。仿佛有人一不小心撞破隐藏水天的奥秘，降下这仿佛并非来自云层的雨滴，而更像自身额头上的汗珠。到了夜里，太多的星星垂在眼前，伸手去摘都觉得太费事，恨不能吹口气就能掉下一颗。在别处的天际里，月亮是那样遥不可及，到了南海，那只硕大的月亮用不着月光，而像镜子那样直接面对夜行者，几乎能使人撞个满怀。

南海秉性大概如此，一切都在眼皮底下，没有任何一种东西能够真正具有高度。

如果南海真的不需要高度，那又如何仰望？

如果仰望是人的灵魂尺度，南海如何丈量？

这是南海一天天积累的疑云，也是南海一天天将要给出的答案。

人世间一切事物不是没有疑难，也绝非没有解脱。越是不理喻的东西，所隐蔽的真理越接近于常识。有过这么一句诗：有恨思填海，无言可问天。在南海，这种境界是无法成立的，除非改为：有恨思破天，无言可问海。

只有问一问南海，才知道，海天之间，有一种珍宝叫作树。

有植物学家走遍南海，只在永兴岛上发现两棵百年树龄的大叶榄树和两棵抗风桐。此外就只有晋卿岛上还有一棵一百至二百九十九年之间的古树。拥有两百八十万平方公里的南海的五棵树，该怎样活过自己的百年？

在很多人的故乡，很多人都有一棵由长辈替他种下的同年同月同日生的树。也有人没有如此福分，比如我，所以，当有机会在城市里拥有块自己的土地时，我便迫不及待地将父亲母亲有了固定住处后，亲手种下的桂花与紫薇移植到我的院落里。我们的爱可不可以重来？我们的情可不可以重来？植树如扎根，留种如留心。一棵绿油油的树，哪怕是天底下只有这孤单的一棵，也是最踏实的。至少可以在这树下，将几十年前、几百年前的往事，托寄给活生生的枝叶，任风来摇曳，任蝶来舞蹈，一不小心就有可能遇上从记忆中退出很久的心事。

一棵树能活下来就不需要原因，那些活不下来的肯定有原因。

这话说的是唐诗，在唐诗里，许许多多的珊瑚树、芳菲树、蓬莱树、窗前两好树、婀娜金闺树、孤电挂岩树，已经活了两千年，还可以再活两千年。

在南海，一棵树活不下来不需要原因，那些活下来的树肯定另有原因。

倚岩千树，宋词里的辛弃疾说了一个原因；惊鸦时绕树，陆游说了第二个原因；第三个原因，需要我们来说。

所以，在南海，有一种比天还大的事情叫作种树。到南海的第三日，一上到赵述岛，大家便扔下各式各样的抵挡紫外线的物什，手忙脚乱去种树。树苗很小，却怀着未来高大壮硕的椰子树的梦想。在别处若为大树，莫与草争，有草来缠那就长得更大，不声不响地遮蔽死它们。但在南海，一棵极不起眼的小草，其珍贵程度丝毫不亚于正在栽下的椰子树苗，也不亚于那五棵早被当作至宝的百年古树。南海选择椰子树来相伴相生，不是因为椰子树知道一棵树能够在南海活下来的原因，而是椰子树有让一切小草在树下从容生长的品格。

随着渡轮隔海搬来的黄土，随着渡轮隔海搬来的净水，我们的仰望是要抵达椰子树根。

椰子树苗很小，比女子的高跟鞋略高，但不及男子的小腿。我们的仰望恨不能变成供其茂盛起来的椰子树根。手拿铁锹铁铲或者铁锄，弯腰趴在赵述岛上的这一刻，一应人分别变成了李敬泽树、樊希安树、王树增树、曹文轩树、刘醒龙树、苏圻雄树、应红树、刘亮程树、范稳树、吴玄树、董宏君树、徐则臣树、石一枫树、张定浩树、陈晗雨树、范党辉树、李晓晨树，还有黄晓华树、冯文海树和肖兴树。此外还有四棵，这刚好剩下的四棵椰子树，该不该叫黄河树、长江树、黑龙江树和雅鲁藏布江树？或者是叫泰山树、华山树、天山树和昆仑山树？再不就叫洞庭湖树、鄱阳湖树、太湖树和青海湖树？还可以叫渤海树、黄海树、东海树和南海树？当然，最有可能也是最应当是仍然用曾经在我们身边，让我们总在纪念的那些名字。比如曾经共同在三亚外海的西岛上为南海栽过一棵树的陈忠实之树，比如自己的每一篇作品都要放在被褥里捂上一阵的贾大山之树，比如半辈子坐在轮椅上的史铁生之树，比如英年早逝几被世人淡忘的姜天民之树。

海风随来。

菩提树上。

有灵魂的树不是供人仰望，而是为了延续我们对南海的仰望。

长江三峡两岸崖壁上的疏花水柏枝、中华蚊母，如果知道生长在海边珊瑚石灰岩缝中，既叫海梅，又叫海芙蓉的水芫花，肯定会仰望南海。九寨沟中的七彩林海，如果看得见将花瓣开得像枫叶的猩猩木，肯定会为自身永远没有第八彩而仰望南海。满青岛城的爬墙虎如果联络上南海中比牵牛花更像牵牛花的爬藤花，有可能不敢太茂盛而仰望南海。仿佛秋天里开遍北方原野的蟛蜞菊和本来就是海棠果的海棠果，与之面对就像站在自家门口对邻居家小院风光的仰望。在海与岛之间构筑一道绿色屏障的草海桐、曼陀罗和银毛树，是天下水线的仰望。攀附在陆地的最外侧的海岩上，与海水共进退的锥穗钝叶草、盐地鼠尾草、海马齿苋等。南海的国土上从不生长杂草，所以生长在南海国土上的植物，都是中华民族的瑰宝。永兴岛上的一位军人曾将南海的全部花朵收藏在军营里。守卫国土也即是守卫国土上的一草一木。比如椰子树，每生长得高大一些，就对树下细小的生机爱惜十分。

做一棵树！

做一棵椰子树！

做一棵生长在南海的椰子树！

真的能做到如同生长在南海的椰子树，才懂得与任何一朵小花、任何一棵小草共生共荣的意义。

南海蓝，蓝海南，将蓝颜色发挥到撼动人心的南海，是开在人世间的一朵最大的蓝色花。

生长在这蓝色花一样的南海的椰子树，是狂风吹的，也是巨浪打的，还是盐碱折腾的，在百折千回中生长得千姿百态。有横躺在海滩上的，有歪斜在半空中的，有盘旋着先向北再扭头向南的，有弯腰向下再昂首朝天的，虽然东倒西歪，虽然左右失序，虽然上下难分，南海的椰子树一直记得大海在哪里，一直记得天空在哪里，一直记得不使自身多占了阳光雨露，一直记得不使躯干压迫了任何小草小花。

冲锋舟在风浪中将我们一下一下地抬得很高，为了驶向停在大海中央的那艘大船，在抬得很高之后，又将我们沉入浪谷。在海浪的后边，小小的椰子树，只要三年时间，就能与近处早先长成的正在挂果的椰子树那样，成为海天间的新高度。谦谦君子模样的椰子树，总是面对南海，恭敬地低着枝头。从浪谷中看南海，南海是如此险峻。从浪尖上看南海，南海是如此壮阔。一旦到了大船上，就会看不见椰子树了，但在椰子树上一定看得见大船。还看得见银杏、水杉、香樟、松柏，还看得见牡丹、玫瑰、兰草、狗尾巴草……

春情浩于海，佛性深如海，雀老方悲海，老龙卧沧海，这些都不足以形容南海！

落红愁处如海，这话表达的也不是南海，而是默默别过南海时的心境。

花花芳草，森森树木，被仰望的南海，于椰子树那里是最深的情怀，也是最明白的意境。对南海的仰望，没有高过椰子树的。像椰子树那样，长得越高，站得越高，对南海的仰望也就越多。生长在南海边，而成为最美风景的椰子树，从第一次仰望开始，就向世间诉说一个真理：对南海的每一次仰望，都需要低下头来！就像俯首入尘埃，又似俯首视寰宇，更是俯首流泉仰听风！只有低下头来才能领略南海，而哪怕是稍稍抬起眼皮，就会被南海挤进狭窄的天上去。

二○一六年七月二十日于东湖梨园

蓝洞

第一次用手足腰肢颈项、用头发耳郭肚脐、用泪水汗水、用太阳穴人中穴涌泉穴接触南海。我努力将自己所拥抱的南海想象成小时候戏水的大别山溪，成年后孤独游过的长江三峡，以及从十年前开始天天都去游上一千米的恒温泳池。我也明白，拥抱我的南海在用一种更加强大的能量浸润我的每一寸肌肤，以给我新的温情、新的才华和新的命运。

有情怀的拥抱总是令人痴迷。

我在诱惑南海，南海也在诱惑我。

如果是相恋，这便是两情相悦的极致。如果是相依，这便是相约朝朝暮暮之后万般无奈的又岂在朝朝暮暮。我努力向海潮涌来的方向游去，浪很大，潮水更大，却没有丝毫拦阻的意思。海水丛很蓝变成更蓝，又从更蓝变成更加蓝，海滩上那些呼唤转身的声音渐渐弱到穿不透海涛音响。待真的转身时才发现，海滩仍旧停在咫尺之处。也是这一回头，就有了南海心得，壮阔从来不会拦阻任何事物，那些在壮阔面前感到被拦阻，实在是性情与壮阔的差别太过悬殊，是望而却步后自叹不如的逆向陈词。

　　从南海海水中起身，与别处的起身完全不同。分明身在船上和岛上，脚下沙土松软，甲板坚硬，从身心到眼界，与泡在海水中几乎没有差异。

　　到处是海平线！

　　到处是海岸线！

　　不是被海平线所迷恋，就是被海岸线所迷惑！

　　偌大南海，真个找不出看不到海平线与海岸线的地方。

　　沿着鸭公岛的水线走，有人弯腰从贝壳石堆积的软松海滩上拾到一块指甲大小、色彩沉重沧桑满满的陶片。陶片太小，看不懂在它还是完整时先人们曾经用来做什么，也看不懂画在上面的釉彩是祈祷吉祥还是福报安康。只隔一日，在赵述岛，在退潮后的礁盘石缝里，我找到一块巴掌大小的陶片，上面的釉彩也大了许多，只不过同样看不出闯荡南海的祖先，在它没有碎成陶片、作为整体的一部分时，是用来盛淡水还是装食物。像随机测试那样，南海时时刻刻都有可能给出一种祖先的古老命定，又不肯随随便便地说明白祖先们的踏破铁蹄事，花好月圆情。

　　不需要猜测的椰风很熟悉，熟悉到不能不记起夏夜纳凉时，家家户户的外婆与奶奶，母亲和姐姐用大蒲扇扇起刻骨铭心的清凉。不需要猜测的珊瑚很美妙，美妙得像那邻家女孩或是隔着窗户，或是隔着篱笆，用红裙与霞光打扮出来的无与伦比。即便是难得一见的砗磲在那里大肆夸张，将记忆中的蚌壳模样从巴掌大小，半公斤重量，放大到长约一米，重达一百公斤之巨，也能熟悉地联系到白云青草间放浪游牧的羊儿牛儿马儿们的自由自在。

　　在赵述岛拾到陶片之前，去那甘泉岛上时，就已经习惯从船头跳上海滩，从满世界的贝壳中，细细地拾上几只，再细细地挑选一只最好的留下，其余的则一一扔回南海，这才进行下一步，真正踏上陆地。甘泉岛上的清泉于我事先是有所想象的，喝过，洗濯过，心有感动当然不会意外。从千百年前就有了的甜水井周围开始，那小小的热带雨林则是介于意外与不意外之间。林中小路通往岛的中心处，那里的地势较高，十六级台风卷起的浪花也绽开不到如此高度。天气奇热，地表温度很高，高到每擦一把汗就会与自己所居住的著名火炉城武汉做一回类比。擦过几十次汗，扔掉上百把汗，将甘泉岛与武汉的类比越来越多，却越来越不像。可能在汗水中想象的终于变成别的了。一阵蝉叫响起，在汗水中想到的火炉，终于变成少年时去大山上砍柴的那些小路。还有那小路上，每走一步都焦渴难耐，每每与林风接触，浑身上下就毛茸茸湿漉漉地搔痒难受。

南海的路是漂在水上，一会儿在波涛上，一会儿在浪谷里。偶尔会延伸到岛上，那也是婴儿在母亲怀抱里生长，要不了多久就得自己满地撒欢，用自己的腿去行走，万不得已时还得用手相助，走不得了只有爬。

南海的行走是在水上。

上了岸的南海，如同爬行。

在甘泉岛，只有十分钟，就让人如同解脱般终于走出小小的热带雨林。面朝一块空旷的草地，再次低头擦汗的那一刻，我忍不住叫了一声：沙牛儿！没有其他人的共鸣，也没有其他人对我的兴奋表示兴趣。天气真的太热了，就像当年上山砍柴，除非万不得已，任何同伴都不会对他人的小小惊喜表示认同。除非大家全都歇了下来，全都有了淘气的念头，才会出现有呼有应的共同行动。

我太高兴了，自己竟然毫不犹豫地记起沙牛儿！

很高兴这少年时节比小猫小狗更加有趣，更能带来别样意味的沙牛儿，还藏在记忆深处，一有需要便分秒不误地重新回到现实世界。沙牛儿是一种小甲壳虫，长着一对牛角一样的小触须。整个少年时期，沙牛儿是每个夏天都要反复玩弄的小把戏，却从没有人知道它的真正名字。事实上，就连沙牛儿的叫法，都有可能是一群砍柴少年的创造。那些年的暑假，上山砍柴时，只要见到地上有小酒盅一样的细小沙窝，哪怕太阳就在头上挂着，也要停下脚步，趴在地上淘气一阵。小酒盅大小的沙窝，更像后来才见识到的小小的沙漏，事实上也精致得如同沙漏，周身极圆，窝底极尖，在极尖锐的窝底，肯定会藏着一只自己将自己埋起来的沙牛儿。少年知道藏起来的沙牛儿要干什么，捉一只蚂蚁或是小虫放入沙窝，那沙牛儿果然一个翻身钻出来，将蚂蚁或小虫子捉住，又一个翻身将其拖入沙窝深处与自己的身子一道重新隐藏起来。有时候少年不想让沙牛儿太省事，故意将一只肥硕的蚂蚁或较大虫子放进沙窝，沙牛爬将出来，却打斗不过，待到嘴的美食离去后，还要花费精力重新将细小沙窝打理得该圆的地方比乒乓球还圆，该尖的地方比刀尖还尖。

就像他乡遇故知，在汪洋南海中遇上沙牛儿，不能不让人平添一种兴奋。

兴奋归兴奋。兴奋是真的。兴奋只是一时，过后总是觉得此中还有某种欠缺或者可以理解为失落的情态也是真的。一只沙牛儿的细小沙窝有哪些意义？将没来得及细数，也不可能数清楚的整座甘泉岛上的沙牛儿的细小沙窝，全部相加又有哪些意义？在南海这里，沙牛儿的细小沙窝是别样的存在。大别山高，南海岛低，一只叫沙牛儿的黑色小甲壳虫，偏偏能贯通其上，穿越其里，连虫儿都能早早来到南海，何况号称好汉的男人和执掌好汉荣誉授予权力的女人。

这些断断续续的念头与情绪，这些涨涨落落的海潮与海风，在从南海回到武汉后才有了顺畅。

从新闻里得知，自己刚刚去到的晋卿岛所在的那片礁盘上，发现地球上最深的海洋蓝洞——三沙永乐龙洞，南海与世间传诵的神话之间终于有了可靠通道。那"地球给人类保留宇宙秘密的最后遗产"的蓝洞洞口直径为一百三十米，洞底直径约三十六米，深度达到三百多米，远超过巴哈马长岛迪恩斯蓝洞的二百〇二米、埃及哈达布蓝洞的一百三十米、洪都拉斯伯利兹大蓝洞一百二十三米、马耳他戈佐蓝洞的六十米。学界兴奋于永乐龙洞那难以估量的科学价值。在人文历史这里，从谭门镇出发的南海打渔人，早就驾着大小船只满世界传说，蓝洞那地方本是插着老龙王的定海神针，因为孙猴子齐天大圣相中了这件神器，拔走定海神针做了跟着自己七十二般变化的如意金箍棒，才留下如此深不可测的龙洞。

在少年的兴趣里，藏着沙牛儿的细小沙窝，几乎就是一座大山抛来的媚眼。永乐龙洞，这世界上最深的蓝洞，就该是藏着南海全部美学、全部真理、全部勇气和全部可爱的天生慧眼。

学界说，尚未观测到蓝洞内与外海联通，洞内水体无明显流动，从一百一十米水深处开始，水中的溶解氧含量几乎为零。又说洞中礁体与礁体之间有珍珠网一样连在一起的细线，上面布满絮状物，这让人硬是将自然奇观的最深蓝洞想象为齐天大圣进出过的盘丝洞。为什么不能凭借想象呢？有了想象，那藏着沙牛儿的细小沙窝，与永乐龙洞这举世无双的绝美蓝洞，就不会缺少命定的关联与通达。沙牛儿的细小沙窝将南海送达年少时的乡土，叫永乐龙洞的蓝洞要关联与通达的是天下少年与中华血脉。

蓝洞通向哪里？深刻的三百米，划出世上蓝洞的极限，这样的极限如果不是用于屏蔽与阻隔，就一定是到达与通晓的宣示。比如家国必须捍卫的底线，比如人伦必须彰显的价值，比如说溶解氧为零的深海会有海怪一样见不得阳光的厌氧生物。还可以比如文学是要学习成为美，而不可以企望自己的笔将自己弄成丑八怪后，美会主动走进文字里，化鼻屎般的腐朽为神奇。

将冲锋舟从空中砸进浪谷，又从浪谷抛向空中的海潮，没有刹车，也没有倒档，摧枯拉朽一往无前轰轰烈烈地驶到一条长度有限的海岸线前面，太像九千台轿车加上九千台卡车，排成两排同时追尾的模样。深蓝的南海海水一碰上陆地就变得激烈了。不是男子向女子示爱被拒绝而气血攻心，也不是姑娘对小伙表明心迹反遭嘲讽而柳眉倒竖，在内陆一向是山不转水转，来到南海就变为海不弯岛弯，山和水不是矛盾，海与岛也没有冲突，视野之内全是与生俱来的性情驱使。激烈的海潮打碎自身，留下如美人腰肢一样的白嫩海滩，时光的岩石挺起自身，展示的是如婴儿眸子一样的清洁浪花。

既是咫尺之遥，也是一步之差。只需要跨过这用来砸碎海潮的浅浅白沙滩，南海就变化成如故土乡情一样的风景。

沙牛儿的细小沙窝深不过三厘米，三厘米的极限对万物花开的世界真如一个笑话。如果没有那淘气的少年，如果没有淘气少年成人后突然迸发的记忆，这沙牛儿的细小沙窝存于世上的意义会出现在教科书中的哪一页？

沙牛儿待着的细小沙窝，细沙曾经细得就像婴儿的皮肤，如今依然细得像婴儿皮肤。细小沙窝曾经圆润得就像美丽女子的事业线，如今仍旧圆润得就像美丽女子的事业线。这么多年过去，依然也好，仍旧也罢，还可以看清楚，轻轻松松席卷八千里的东西南北风，走了就走了，就不再有一丝一线回头的东西南北风，全在这细小的沙窝里，用听不见的风声呼啸，用看不见的风尘滚滚。

带我去砍柴的小径上那沙牛儿的细小沙窝，曾经是一个少年心中最大的神秘，明知细小沙窝尖锐的底部正躲着一只黑小的沙牛儿，还是忍不住要用茅草杆，试探着挑一下，哪怕每次挑出来的无一例外是那黑小的沙牛儿，也要在心里大惊小怪一场。这一次，在南海，又掐了一根草茎，又挑出那沙牛儿，这么多年了，沙牛儿还是那样黑，那样小，一点没见长大，性情一点没见变化，躲过草茎便一个劲地往细沙底下钻去。我没有再做什么，我知道黑小的沙牛儿一会儿就会自己爬出来，将细小沙窝儿打理得如同美人美脐。我是真的心满意足，能在千万里之外的南海，见到少年时的朋友，尽管沙牛儿不曾理睬我，那是因为它从来就不理睬除了蚂蚁昆虫之外的任何生物。用不着回头，想回头也无益，只要稍稍挪开，沙牛儿的细小沙窝就会被任何一片叶子所遮蔽。所以，我宁肯一边往前走一边想象，这不经意的美妙，是那天堂中人因羡慕南海，而瞒天过海那样，想瞒过人世间所有眼睛而悄悄修在南海深处的一扇表示后悔的心灵窗扉。

让南海带上那与佛事禅意相关的两个字，可以组成很庄重很庄严的不二词语：南海观音。在真实的南海面前，用不着带上这表达灵魂精气的两个字，那平常见不得的庄严与庄重就是一种无所不在的结结实实的存在。为了南海万物的方便，与南海一般大小的南天，顺带一个门字，组成仅有的词语：南天门，所展现的旷古神话及其传承下来的神圣，到了真实的南天环境中，全部神圣之事，都可以在一边摘着椰子，一边驾着渔船，而不会耽搁地抵达南天深处。甚至可以像选择高速铁路和高速公路，以及国道、省道和县道那样，选择从哪一朵云缝中行走更加可取。

不去想这蓝洞是去往哪里，有这样的三百米，足以点化世界。

不去想这沙牛儿的细小沙窝为何能满世界生生不息，如此三厘米足以为世界点睛。

于是，就有了在远离南海的地方拥抱南海。

于是，就可以在不知道南海有神奇的环境里领略南海。

二〇一六年八月十六日于长春松苑宾馆

亲爱的三峡

再次来到三峡。这是第几次来到这里，很难记得清楚了。唯一清楚的是每一次与三峡相逢，都是一次情怀与思潮的碰撞。

长江一万里，大岭九千重，能奔涌的自然奔涌而来，会伫立的当然相守相望。还有一万一万又一万，像我这样的人，毫不吝惜从青丝到皓首的光阴，一次又一次乘风而来，看不够满江的桃花汛。一回又一回顺水漂泊，拥抱起漫天红叶而归。

来到三峡的方式越来越快捷，拥抱三峡的方式越来越舒适。从最熟悉的武汉为另一个点，将三峡连接起来的时间，即便是从汽车时代算起，也有了从漫长的两天两夜，到如今的只需三四个小时的巨大变化。在这种改变的过程中，从三峡工程截断亘古江流至今的时间算起来一点也不长，很奇怪曾经冷冰冰的山一样、海一样的钢筋混凝土建筑物，竟然悄无声息地从我这里获得了某种感情。

对三峡的迷恋无外乎那举世无双的山水，以及想看透与这得天独厚的山水密切相关的现代化工程的计划与实施。因为来得太多，因为来得太多生发的深情，因为深情而对天赐山水肯定会消失的惆怅，因为惆怅太多，必须排遣而又无法排遣，所以只能使用得幸天赐的抱怨为出路。可以想象的原因还有一些。这一切原因都还看得见摸得着，哪怕有少数原因变得淡忘了，也还在记忆的边缘小心翼翼地游走。

我的小猫小狗一样的童年，我的海枯石烂不可改变的日常起居吃喝口感，我的审美趣味，我的思哲基点，我的视野偏好，我的话语体系，我的一切构成生命的非物质元素，早就决定着我会将个人立场建立在纯粹自然一边。比如我是那样讴歌，只生长于老青滩岸边的香也香得醉人、甜也甜得醉人的桃叶橙，本是普通的几株果苗，偏偏遭到雷击，枯了半边，活了半边，然后就变异出世无所有的果中极品。比如我是那样抒情，只生长于老归州外鸭子潭中的桃花鱼，本是昭君出塞前洒在香溪中的一滴泪，年年江水涨起，淹得无踪无影，再大的江水只要退去，那婀娜多姿的桃花之鱼依旧从雷霆袭过、龙蛇滚过、恶浪翻过、洪峰漫过的江底飘然而至。比如我是那样惊叹，年年桃花汛期，那些要去金沙江产卵的鱼群，冲不过江中的急流，便聪明地沿着江边礁石阻击后的细水缓流向上游进，更聪明的三峡儿女，排着队站在细水缓流旁，轮番上前用手里的渔网舀起许多健硕的鱼儿，再将这些鱼儿晒满两岸的江滩。比如我是那样敬畏，江边那被炭火熏得漆黑的老石屋，比老石屋还黑的老船工，至死不肯去儿子在县城的家，只要说起现在的江、现在的船，老船工就会生气地大声嚷嚷，这叫什么江，这叫什么船，一个女人，一边打着毛线，一边飞着媚眼都能开过去，这不是江，也不是船。老船工的船是必须手拿竹竿站在船头的船，老船工的江是船工手中竹竿在礁石上撑错半尺就会船毁人亡的江。比如我是那样赞美，一排排船工逆水拉着纤绳，拖着柏木船不进则退，退则死无葬身之地时，那些被称为滩姐的女子，一边唤起船工的名字，一边迎上前去，挽着某位船工的臂膀，助上一臂之力，等到柏木船终于驶过险滩，那些滩姐又会挽起船工的臂膀，款款地回到自己的家。这些旷世的奇美，早已被钢筋混凝土夺走了，砌在十万吨现代建筑材料的最深处，见过的人还能有些记忆，没见过的人纵使听得倾诉一百遍，也是枉然。

站在我站过多次的神话般世界最大的船闸旁，站在我站过多次的高高的坛子岭上，站在我站过多次的巨大得令人震撼的大坝坝顶上，站在我站过多次的亿万年沉潜江底的岩石旁，我真的太惊讶了，大江流水，高山流云，一切都在蓝天朗日之下，我居然对用三千亿人民币打造的三峡有了一份由衷的感情。

好像只是回眸之间，亲爱的三峡，也许是经历了太多的流言，才使人想为她抱一点不平。循着长江大桥、长江二桥、二七长江大桥、白沙洲长江大桥和天兴洲长江大桥下从未有过的清得可以的江水，再一次来到三峡，是九天来水驯化了钢筋混凝土的庞然大物，或者是钢筋混凝土的庞然大物习惯了九天来水，年年一二月份，这仿佛天作之合的大坝与水，就会千里奔驰到上海，去挤压从东海涌入的咸潮。三四月份，这温情之水又会加大流量去温暖万里长江的每一朵浪花与旋涡，让每一条怀春的鱼儿早些做那繁衍后代的准备。进入雨季，要做的事谁都知道。防完洪水，就该满负荷发电了。接下来的冬季，当美丽的洞庭湖太过干涸，当鄱阳湖露出湖底石桥，便是最多流言攻讦的时候，殊不知往年这种季节长江过水流量不过两千几百，亲爱的三峡为了保证通航，已补充水量到五千几百。这比自然还温馨的几种，真个配得上人称亲爱的情感。还要为左岸电站那八台进口的七十万千瓦水力发电机而感动，不只后来的右岸电站的十八台同等量级的发电机完全由中国工厂自己制造，还以此为基础制造出世界上还没有谁能造出来的更大的发电机。我对三峡的亲爱的感情，还源于自己十八岁时，受县水利局委派主持修建一座名叫岩河岭水库的小水库所学到的专业知识，当全世界的自媒体都在疯传三峡面对战争可怕后果的威胁时，我知道那是不可能的，哪怕是百万吨级的氢弹直接命中，三峡之水也不可能像自来水那样直接冲击到武汉与上海，亲爱的三峡更准确地告诉我，最坏的结果是，那些水会在枝江以上形成新水库，然后，那水就会沿着长江河道，习惯地流向下游。

我曾经发现三峡的可爱，如今再次发现三峡的可爱。

人总是如此，一旦发现，就会改变。不是改变山，也不是改变水，而是改变如山水的情怀，还有对山水的新的发现。

二〇一六年六月六日于宜昌

真理三峡

对三峡的神往总是每个男子汉的梦想。在许多年里，我和许多人一样，饮着或没有饮着长江水，都要想象上游奇妙的所在。曾经无法意识男人与三峡的相逢，实在是生命中不可回避的毕生缠绕与碰撞，只以为那是一处美丽，一处风景；而不知那是人生中一次至关重要的约会，一次生命的相邀。也曾经许多次错过对三峡的拜访，那是因为自己总在想以后还会有机会的。那些邀我的人都为这种错过一次次地惋惜。我也浑然不觉这一切都是冥冥之中的定数与安排，一如浅薄地对他人说，长白山天池，神农架草甸，青岛海滨可以作为弥补。待到时光终于将我推到三峡面前，我才恍然大悟，明白自己先前的错过是多么幸运，而别人的惋惜马上显出那对命运的无知。感谢上苍！三峡对我现在是一种朝拜，一种洗礼。在往后的人生中，此番朝觐当会受用无穷。

还不到深秋，红叶只是星星点点。半坡枯草，半江冷水，半山风阵，映衬着偶尔跳跃出来的娇艳，愈发让人沉醉难释。

置身船的水上，车的地上和脚的山上，无论是凝固的还是流淌的三峡，都在我可望而不可即的高处。每一次凝眸对视，最终都让人羞愧地低下了头。我似乎才知道，三峡是无人能懂的。人说是刀削斧砍的连绵绝壁，何如对它的轻蔑；人说是牛肝马肺的峡谷怪石，何如对它的糟践；人说是神女的大岭雄峰，何如对它的猥亵。我只读懂了人们的不懂，余下的也是一派迷茫。我猜测过，那林立如织的绝壁会不会是谁家男人摊开了的意志坚强？我也曾揣摩，那银光泛泛的浪滩碧影、幽幽深潭会不会是哪个女孩蕴涵着的情愫绵绵？这些念头一旦萌生，我就发觉自己的无可救药。能及时地对三峡说声对不起，行么？然后仍要继续往下怀想：三峡是永恒生命的一处波澜，三峡是灵魂流浪的一次垒砌，三峡是用每一个人的血与肉做成的，它不相信思想与智慧，唯一仰仗的是情爱、仁慈与激越。不如此，又怎能千万亿万地年年不老，岁岁春华。

从没感受到山与水如此地交融一体，而不显半点勉强。依恋是依恋，牵挂是牵挂，映衬就是映衬，碰撞就是碰撞。山让人呼喊坦然，呼喊雄奇。水让人吟咏沉静，吟咏纯美。我不好形容这是天作之合。

三峡或许根本就不在意这些，它一直冷冷地看着我和我们，仿佛在心里说这就是那些总在张扬着一得之愚的人吗？三峡就是这么随意地说出一个个世间的真理来，它面对的只是一个个生命、一篇篇爱情。它不面对功名或功业，哪怕它们也能指向千秋。功名也好，功业也好，都是它身上的秋叶，有的红了，有的黄了，有的落了，而经年的已化作泥土了。人世的忙忙碌碌确实很俗气，甚至想到要将一些人的才华镂刻在三峡上。三峡不在意，它不痛苦也不欢喜，就像一只小虫忽然在身上歇了一下脚。倒是后来人一场场地感到汗颜，如同自己在做着玷污。用那万劫不灭的岩之躯，三峡对每个人做着生命沧桑的见证。再用那空谷流云的思的沟壑，复对我们诉说热爱其实是一座看不见但感觉得到的高山，对她的攀登可能更难更难，因为她没有路，无论什么形式的途径都没有，唯有用心情步步垫起自身。

在险峰与断崖之畔，三峡向我们陈列着昔日山与岭的碎骨遗骸。挺立着的是生命，灰飞烟散陨灭了的弃物也曾是生命，正是因为各种各样的毁灭，才诞生了不得不作为风景的雄伟。不经意的三峡真理，藏在岩缝里。岩猴将它抓起来，塞进嘴里，填起鼓囊囊的腮帮。别处的真理，特别是思想家的真理能够这样吃么！大山大岭，大江大水，大风大气，浩荡而来的三峡本该是天赐的精神。山有山言，水有水语，问题是我们如何体验、如何学习对它的参悟。

作为人，我们真小气！面对三峡，这是唯一正确的认识。

一九九六年十一月三十日于宜昌

人性的山水

　　夏天带给一个人的最大变化是性情。有冷雨也好，没有冷雨也好，只要是夏天，谁敢说自己的情绪仍旧一如秋天的浪漫、春天的激荡？只有山水如是！在山水面前，人的夏季，如同穿过空谷的清风，用不着躁动的喧嚣，也用不着迷惘的委顿。峰峦上厚厚的绿，是一种难得的沉思，流响中潺潺的清，则是一番久违的行动。正是因为这样的夏季，让我由衷地想到，假如没有那个独立于人类许多遗憾行为之外而延续自然意义的九畹溪，人性的范畴，或许就要缺少一些季节。

　　已经发生的记忆里，长江三峡是不会不存在的。几年前，由于长篇小说《一棵树的爱情史》的写作经历，我曾多次出入于此。这样的写作，总会让我理解许多文字以外的存在与不存在。譬如那座只存在于历史与记忆中的三峡，除了多多少少的传说还能让我们闭目徜徉，扪心想往，所有正在使人亲眼目睹、亲临其境的风景，早已成了人与自然共同拥有的一份无奈。在历史中读三峡，是何等伟大，何等雄奇！曾经的水是无羁的，曾经的江是魔幻的，曾经的峭壁敢于蔽日问天，曾经的男女惯于驾风戏浪。真正的三峡是有生命的。只有当我们察觉到这一点时，这种自然风采中的俊杰，才会通过一个个心灵通向永恒。只可惜，昔日一次次咬断船桅的活生生的浪头，在现代化的高坝面前无可救药地变得平淡无奇。只可惜，昔日一场场考验男性胆略女性意志的水道，在迈向平庸的舒适里心甘情愿地消沉了自我。空荡的水天上，只有去那遥远得早已看不见摸不着的境界，才能聆听浩浩荡荡的纤夫们的歌唱。繁茂的世界里，任我们如何深情搂抱那如神迹的纤夫石，也无法感受到所有滩姐都曾留下过的怀抱的温暖。

　　宽厚的过去文化，孕育了幼小的现在文明。渴望成长、食欲过盛的现在文明，反过来鲸吞作为母体的过去文化。历史的老人，为什么总是以这样的方式来教导青春年少的时代？

　　一直以来，我用我的写作表达着对失去过去文化的三峡的深深痛惜。并试图提醒人们，眼际里风平浪静、波澜不惊的三峡，在人性的标准中，是深受怀疑的。不管有没有人附和，我都要坚持。这是一种人文操守，也是不可或缺的人文责任，哪怕它何等的不合时宜！我的多年的情绪，直到那条出入西陵峡，名叫九畹溪的河流被发现，才得以平缓。平心而论，紧挨着西陵峡的这条河流，能够完好如初地保留至今就是奇迹。这样的奇迹出现在时时刻刻都有人文的和非人文的景观灭绝的今天，本身就能获得不可磨灭的意义。三十六里长的有情之水，用那三十二滩急速的飞泄，张扬着仿佛已在山水间绝迹的豪迈。还有三十二潭满满的温柔。很显然，如此盈盈荡荡，早已不是一条溪流与生俱来的，那所有的承载更多是从不远处大壑大水中移情而来。

　　人文情深，天地当会浓缩。若思三峡，当来九畹。乘一瀑清泉，飞流直下，耳畔里时时飘来古韵民歌，还有哪里找寻得到？这样的时刻，沉浸其中的人性，才是最有幸的。直接地，赤裸地，狂放地，在自然界最有魅力的一侧面前，作为人，除此还能做什么哩！虽然有些小巧，虽然有些玲珑，对于早已习惯今日生活的人，怀着对三峡的情思，享受着九畹的仅有，除了感官的满足，还应该不能忘记：这一切全是我们的幸运！

二〇〇二年六月十四日于东湖梨园

九寨重重

　　有些地方，离开自己的生活无论有多远，从这里到那里又是何等的水复山重不惊也险，一切十分清晰明了的艰难仿佛都是某种虚拟，只要机遇来了，手头上再重要的事情也会暂时丢在一边不顾不管，任它三七二十一地要了一张机票便扑过去。重回九寨沟便是这样。那天从成都上了飞往九寨沟的飞机后，突然发现左舷窗外就是雪山，一时间忍不住扭头告诉靠右边坐着的同行者，想不到他们也在右边舷窗外看到了高高的雪山，原来我们搭乘的飞机正在一条长长的雪山峡谷中飞行。结束此次行程返回的那天，在那座建在深山峡谷中的机场里等待时，来接我们的波音客机，只要再飞行十分钟就可以着陆了，大约就在这座山谷里遇上大风，而被生生地吹回成都双流机场。有太多冰雪堆积得比这条航线还高，有太多原始森林生长在这条航线之上，有太多无法攀援的旷岭绝壁将这条航线挤压得如此容不得半点闪失。也只有在明白这些以壮观面目出现，其实是万般险恶的东西之后，才会有那种叹为观止的长长一吁。

　　几年前，曾经有过对儿寨山地一天一夜的短暂接触。那一次，从江油古城出发，长途汽车从山尖微亮一直跑到路上漆黑才到达目的地。本以为五月花虽然在成都平原上开得正艳，遥远得都快成为天堂的九寨之上充其量不过是早春。到了之后才发现，在平原与丘陵上开谢了的满山杜鹃，到了深山也是只留下一些残余，没肝没肺地混迹在千百年前的原始森林和次生林中。我看见五月六月的九寨山地里，更为别致的一种花名为裙袂飘飘。我相信七月八月的九寨山地，最为耀眼的一种草会被名曰衣冠楚楚。而到了九月十月，九寨山地中长得最为茂密的一定会是男男女女逶迤而成的人的密林。

　　我明白，这些怪不得谁，就像我也要来一样。天造地设的这一段情景，简直就是对有限生命的一种抚慰。无论是谁，无论用何方式来使自身显得貌似强大，甚至是伟大，可死亡总是铁面无私地贫贱如一，从不肯使用哪怕仅仅是半点因人而异的小动作。所以，一旦听信了宛如仙境的传闻，谁个不会在心中生出用有生之年莅临此地的念头？每一个人对九寨沟生出的每一个渴望，莫不是其对真真切切仙境的退而求其次。谁能证明他人心中的不是呢？这是一个自问问天仍然无法求证的难题。千万里风尘仆仆，用尽满身的惊恐劳累、疲惫不堪，只是换来几眼风光，领略几番风情，显然不是这个时代的普遍价值观，以及各种价值之间的换算习惯。以仙境而闻名的九寨山地，有太多难以言说的美妙。九寨山地之所以成为仙境，是因为有着与其实实在在的美妙，数量相同质量相等的理想之虚和渴望之幻。

九寨沟最大的与众不同，是在你还没有离开它，心里就会生出一种牵挂。这种名为牵挂的感觉，甚至明显比最初希望直抵仙境秘密深处的念头强烈许多。从我行将起程开始，到再次踏上这片曾经让人难以言说的山地，我就在想，有那么多的好去处在等待着自己初探，却要在这么短的时间里重上九寨山地，似这样需要改变自己性情和习惯行为，仅仅因为牵挂是不够的。人生一世，几乎全靠着各种各样的牵挂来维系。其中最为惊心动魄的当数人们最不想见到，又最想见到的命运。明明晓得它有一定之规，总也把握不住。正如明明晓得在命运运行过程中，绝对真实地存在炼狱，却要学那对九寨山地的想象，一定要做到步步生花、寸寸祥云、滴滴甘露才合乎心意。

牵挂是一种普遍的命运，命运是一项重要的牵挂。与命运这类牵挂相比，牵挂这片山地的理由在哪里？直到由浅至深从淡到浓，用亲手制作的酥油搽一辈子，才能让脸上生出那份金属颜色的酡红，与玉一样的冰雪同辉时，于心里才有了关于这块山地的与美丽最为接近的概念。

再来时已是冬季。严冬将人们亲近仙境的念头冰封起来，而使九寨沟以最大限度的造化，让一向只在心中了然的仙境接近真实。冬季的九寨沟，让人心生一种并非错觉的感觉：一切的美妙，都已达到离极致只有半步之遥的程度。极目望去，找不见的山地奇花异草，透过尘世最纯洁的冰雪开满心扉。穷尽心机，享不了的空谷天籁灵性，穿越如凝脂的彩池通遍脉络。此时此地与彼时此地，相差之大足以使人瞠目。从前见过的山地风景，一下子变渺小了，小小的，丁点儿，不必双手，有两个指头就够了，欠一欠身子，从凝固的山崖上摘下一支长长的冰吊儿，再借来一缕雪地阳光，便足以装入早先所见到的全部灿烂。

人生在世所做的一切，后果是什么，会因其过程不同而变化万千，唯有其出发点从来都是由自身来做准备，并且是一心只想留给自已细细享受的。正是捧着这很小很小，却灿烂得极大极大的一支冰吊，我才恍然悟出原来天地万物，坚不可摧的一座大山也好，以无形作有形的性情之水也好，也是要听风听雨问寒问暖的。从春到夏再到秋，一片山地无论何等著名，全都与已无关。山地也有山地的命运，只是人所不知罢了。前一次，所见所闻是九寨沟的青春浮华。不管有多少人潮在欢呼涌动，也不管这样的欢呼涌动，会激起多少以数学方式或者几何方式增长的新的人潮。在这里，山地仍然按照既有的轨迹，譬如说，要用冬季的严厉与冷酷，打造与梦幻中的仙境，只有一滴水不同、只有一棵草不同、只有一片羽毛不同的人迹可至的真实仙境。

人与绝美的远离，是因为人类在其进行过程中越来越亲近平庸。能不能这样想，那些所谓最好的季节，其实就是平庸日子的另一种说法。不见洪流滚滚激荡山川的气概，就将可以嬉戏的涓涓细流当成时尚生活的惊喜。不见冰瀑横空万山空绝的气质，便把使人滋润的习习野风当成茶余饭后的欣然。当然，这些不全是选择之误。天地之分，本来就是太多太多的偶然造成的。正如有人觅得机会，进到了众人以为不宜进去的山地，这才从生命的冬季正是生命最美时刻这一道理中，深深地领悟到，山有绝美，水有绝美，树有绝美，风有绝美，在山地的九寨沟，拥有这种种极致的时刻已经属于了冬季。

二〇〇七年三月十八日于东湖梨园

重来

最苍茫那句：知音去我先，愁绝伯牙弦！

那一年，夜宿这湖边，秋月初凉，清露微香，偶然得获此诗此意。并非月移花影的约定，前几天，重来旧时湖畔，天光似雪，水色如霜，心情被雁翼掉下不太久的寒风吹得瑟瑟时，忽然想起曾经的咏叹，沧桑之心免不了平添一种忧郁。

一段小小时光，配得上任何程度的纪念。

高山上，流水下，知己忘我，琴断情长。在此之前，记得与不记得、知道或不知道，都与别处物种人事相差不多。因为过来，因为看见，风情小俗，风流大雅，便镂刻在凝固后的分分秒秒之间。能去地狱拯救生命的，一定要知其何以成为天使。敢于嘲笑记忆衰减、相思债张的，并不清楚往事如何羁押在尘封的典籍中泣不成声。弱枝古树，前十年红尘际会；旧石新流，后十年灵肉相对。整整二十载过去，草木秋枯，留下的唯有松柏傲骨。

一种离去的东西被长久怀念，定是有灵魂在流传。

临水小楼依旧以水清为邻，流星湖岸还在用星光烛照。

此时此刻，听得见当初水边浅窗内纸笔厮磨沙沙声慢。

斯情斯意，孤独倚涛人可曾心动于咫尺天涯切切弦疾？

兰亭竹掩，梅子霓裳。珊瑚红静，紫霞汪洋。泛舫荷野，邀醉雁霜。有曲琴断，无上嵩阳。廊桥情义，渔舟思想。细雨诗篇，大水文章。

那些用白发蘸着老血抒写的文字，注定是这个人的苦命相知。马鸣时马来回应，牛哞时牛来回应，如若幻想马鸣而牛应，抑或牛哞而马应，只能解释为丰草不秀瘠土，蛟龙不生小水。鲍鱼兰芷，不箧而藏。君子小人，怎能共处？譬如，黄昏灯暗，《挑担茶叶上北京》的字与字中，有心鸣冤，无处擂鼓，让相知变成面向良知的一种渴盼。譬如，黎明初上，《分享艰难》的行与行里，两瞽相扶，不陷井阱，则成了相知的另一番凄美景象。天下心心相印也好，惺惺相惜也罢，莫不是如此。

凄美不是催化知音的妙方，而是莫非凄美无以验证。那些自扫门前雪的饮食男女，不管他人瓦上霜的市井贵胄，只求一己活得舒坦，还要知音典范作甚！如此想来子期伯牙定非伶官，那年头善琴者必是君子！世事重来何止琴瑟共鸣，那些天将与之、必先苦之之人，是将命运做了知音。世态百相中天将毁之，必先累之，任他不可一世，终不及草芥一枚，这才符合万般知音中的人伦天理。所谓国色何须粉饰，天音不必强弹，是将人世做了人格的知音。所谓播种有不收者，而稼穑不可废，是将品行做了世道的知音。

沉湖纵深处，芦荻飞天，为铭记鬼火能焚云梦。

江汉横流时，洪荒亘古，以警觉贼蚁可决长堤。

天知地知你知我知，本质是阴险虚伪；知天知地知你知我，倾诉的才是心声。

愿做情痴自然会相遇红颜知己，深陷情魔少不了聚合狐朋狗友。大包大揽、大彻大悟、无所不知、无所不晓的相知者肯定从未有过，否则颂为知音始祖的伯牙怎么无法预测子期命之将绝？俞公摔琴，流芳百世，如心血之作遭人谬读便愤然焚书，肯定会成为现实笑料。钟君早去，遗恨无边，若身心受到诋毁就厌世变态，会错失自证自清的良机。沧海混沌，不必计较些许污垢，更不可以此否定其深广无涯。世人都在叹息钟俞二君，殊不知二位一直在为刚愎矫情的后来者扼腕。历史总在寻觅相知，却不在意相知或许正是能开花则花、不能开花便青翠得老老实实的那棵草。

一丝一弦，山为气节独立攀高。

一滚一沸，水因秉性自由流远。

依随千古绝唱旧迹，续上肝肠寸断心弦。知音之魂，在山知山，在水知水，在家须知白石似玉，在国当知奸佞似贤。

留恋才思泉涌的二十年前，尊崇老成练达的二十年后，用十个冷暖人间，加上十个炎凉世态做相隔，前离不得，后弃不得。如果忘掉夹在中间这个叫我的人，被二十个春夏秋冬隔断的此端与彼端，正如湖心冷月相遇霜天红枫，深的大水与薄的冰花，肯定无法阻挡两情相悦两心相知。人孤零零来到这个世界时，从未签约保证朋友多多，处处春暖，处处花开，也从未有过公开告示其孤苦伶仃似落叶秋风。天长地久的一座湖，也做不出才子佳人锦绣文章承诺。而我，在与这湖最亲密的时候，日后且看且回眸的念头也曾难得一见。人之所在，唯有时光是随处可见又无所追逐的终极知音。只可惜指缝太宽，时光也好，知音也罢，全都瘦得厉害，到头来免不了漏成一段地老天荒。这时候，静是唯一的相知，偌大一座湖，偌大一面琴，鸳鸯来弹，织女来弹，柳絮鹅绒来弹，鸿鹄来听，婵娟来听，雨雪雷电来听，还有那些思念、那些重来！

附记

1995 年国庆节后在南湖边武汉职工疗养院小住半月，于 10 月 9 日完成中篇小说《分享艰难》写作，紧接着于 10 月 16 日完成《挑担茶叶上北京》写作，前者成为学界多年以来重要研究课题，后者则获第一届鲁迅文学奖。

二〇一四年十二月十二日于东湖梨园

天香

　　一座山从云缝里落下来，是否因为在天边浪荡太久，像那总是忘了家的男人，突然怀念藏在肋骨间的温柔？

　　一条河从山那边窜过来，抑或缘于野地风情太多，像那时常想往旷世姻缘的女子，终于明白一块石头的浪漫？

　　山与水的汇合，没有不是天设地造的。

　　在怡情的二郎小城，山野雄壮，水纯长远，黑夜里天空星月对照，大白天地上花露互映。每一草，每一木，或落叶飘然，或嫩芽初上，来得自然，去得自然，欲走还留的前后顾盼同样自然。

　　小雨打湿青瓦人家，晨曦润透石径小街。都十二月了，北方冰雪的气息，早已悬在高高的后山上，只需心里轻轻一个哆嗦，就会崩塌而下。小街用一棵树来表达自身的散漫和不经意，毫不理睬南边的前山，挡住了在更南边驻足不前的温情。

　　一棵树的情怀，不必说春时夏日秋季，即便是瑟瑟隆冬，也能尽量长久地留下这身后岁月的清清扬扬，袅袅婷婷。细小的岩燕，贴着树梢飘然而过，也要惊心一动，被那翅膀下的玲珑风，摇摇晃晃好一阵。当一匹驮马或者一头耕牛重重地走近，树叶树枝和裸露在地表外的树根，全都怔住了！深感惊诧的反而是鼻息轰隆的壮牛，以及将尾巴上下左右摇摆不定的马儿。

　　山水有情处，天地对饮时。一棵树为什么要将那尊沧桑青石独拥怀中？若非美人暗自饮了半盏，趁那男人半立之际，碎步上前，将云水般的腰肢与胸脯，悄然粘贴身后，临街诉说心中苦情，有谁敢如此放肆？乾坤颠倒，阴阳转折，将万种柔情之躯暂且化为一段金刚木，做了亿万年才练就强硬之石的依靠！一如江湖汉子走失了雄心，望灯火而迷茫，将离家最近的青石街，当成天涯不归之路，饮尽了腰间酒囊，与数年沉重一起凝结街头，在渴求中得幸久违之柔情，再铸琴心剑胆。

树已微醺，石也微醺。

微醺的还有那泉，那水，那云，那雾……

所谓赤水，正是那种醉到骨头，还将一份红颜招摇于市。只是作了一条河，便一步三摇，撞上高入云端的绝壁，再三弯九绕，好不容易找到大岭雄峰的某个断裂之缝，抱头闭眼撞将进去，倾情一泄。有轰鸣，但无浑浊，很清静，却不寂寥。狂放过后是沉潜，激越之下有灵动。在天性的挥霍之下，桃花源一样的平淡无奇，忽然有了古盐道，以及古盐道上车马舟楫载来的醉生梦死，萧萧酢歌。

所谓郎泉，无外乎将人生陶醉，暂借给潜藏在亿万年的岩层中，那些无从打扰的比普通水还要普通之水。这样的泉水，看得见红茅草和白茅草的根须，年复一年，竭尽所能地向最深处，送去一颗颗针鼻大小的水滴。只是不知这些年，又有了多少草根的汗珠！相同道理，这泉水少不了清瘦黄花，冷艳梅花在爱恋与伤情中，反复落下的泪珠。任谁都会记得其中多少，只是无人愿意再忆伤情抑或残梦重温。在有诗性的白垩纪窖藏过，再苦的东西，也会香醇动人。

流眉懒画，吟眸半醒。

临水泛觞，与天同醉。

似轻薄低浅的云，竟然千万年不离不弃！

分明貌合神离的雾，却这般千万年有情有义！

云在最高的山顶苔藓上挂着，雾在最低的河谷沙粒上歇着。一缕轻烟，上拉着云，下牵着雾，一时间淡淡地掩蔽所有山水草木，仿佛是那把盏交杯之性情羞涩。还是一缕轻烟，上挥舞着云，下鞭挞着雾，顷刻间酽酽然翻滚全部悬崖深壑，宛若那鸿门舞剑之酒肉虎狼。淡淡的是淡淡醇香，酽酽的是酽酽醇香。淡淡之时，一朵梅花张开两片花瓣，如同云的翅膀，酽酽之时，两朵梅花张开一片花瓣，仿佛雾的羽翼。偶尔，还能听到一块石头尖叫着，从梅的花蕾花瓣堆成山也高攀不上的地方跳出来，夸张了一通，然后半梦半醒地躺在野地里。让人实难相信，世上真有不胜酒力的石头？

是往日珊瑚石，还是今日珊瑚花？映着幽幽意，从山那边古典地穿越过来，又穿越到山那边的二郎小城。

是一只岩燕，还是一群岩燕？带着剪剪风，从云缝里丝绸般落下来，又落在云缝里的二郎小城中。

山水酿青郎，云雾藏红花。山和水的殊途同归，云与雾的天撮之合，注定要成就一场人间美妙。舒展如云，神秘像雾，醇厚比山，绵长似水。谁能解得这使人心醉的万种风情，一样天香？

二〇一二年元旦于东湖梨园

天姿

深情莫过深秋，红颜哪堪红叶。

沿着巴河水线边雪一样洁白的细沙，一程程逆流向上。将城市尘嚣丢在汽车的尾气里，再从纷乱如麻的通途中，选择一条用忧郁藏起残春的平常道路，远望大别山，伫对大别水，抢在偌大的北风到来之前，寻一寻温柔过往。直到那些像细沙一样多的传说，变成天堂寨下坚冰般纯情的巨石。

那些名叫九资河的田畈，那些名叫圣人堂的山冲，那些名叫千基坪的林场，凡此种种细微的地理，春风拂拂时，大小如同一朵花苞；此刻，因为秋已深，因为霜已近，才变得如同一片向着天空瑟瑟的红叶。

清风缕缕掠过，丝丝情意分不清是微寒或者稍暖，悄然颤抖只在心中，谁让她变成参天大树的摇晃，留下落叶漫天飘散，更使落叶幻化群山。青山座座扑来，重重喟叹想必是为着前世与来生，环顾求索才上眉梢，恍然间流泉飞溅白云横渡，只见得薄雾浓霞搂去了丰腴山坳，高挑峰峦。

五角枫红了，刺毛栗红了，鸡爪槭红了，茅草葛藤灌木林，一丛丛一片片地红了，最红最红的却是山间道道田埂上，处处土岸边，用一棵棵孤独聚集而成的乌桕林海。奔着秋色而来，可是为了追究人生某个元素？是少年用竹篓将太多太多的乌桕落叶收拢来，铺在自家门前晒成过日子的薪火？是青春将太艳太艳的乌桕落叶铺陈开来，陶醉成对所有岁月的倾情浪漫？那样的红叶，是任何一棵树都会拥有的火热之心。那样的红叶，是任何一个人都能点燃的蜡烛青灯。那样的红叶是藏得太久的心在轮回，那样的红叶是迸发太多的情在凝眸。

是昨日晚霞的宿醉，还是今朝晨露的浓妆？或者是二者合谋将天堂迷倒，摔落银河里的许多星斗，暂且栖身乌桕树梢。风不来时，绵绵红叶可忘情。雨不落时，磅礴红叶胜雨声。片片只只，层层叠叠，团团簇簇。终于能够不必相信灿烂等于匆匆，匆匆过后还有足以撼动心魄的重逢。终于明白夏天偶尔可忆春花，冬日永远记得秋色。

无所谓欢乐，欢乐再多，红叶也不会为了某种心情而特殊热烈。也不必矜持，含蓄再美，红叶也不会为了某种性格而改变明艳。平平常常踏踏实实就行，用挤满水稻酽香的沃土铺路，款款地走向用红叶燃烧的山野。轻轻松松明明白白亦可，受丛生花草芳菲的季节拥戴，悠悠然迈向用红叶拥抱的胸怀。没有忍耐，也不需要急躁。没有伤感，也不需要快乐。唯独不能缺席的是记忆中的怀念，或者是怀念中的记忆。红叶是情怀中的一颗心，红叶是一颗心中的情怀。记住了红叶，就不会有对赤诚的遗忘。

不用盼望，明年，明年的明年，还会在这里，不用纪念，去年，去年的去年，总会在这里。红叶让春花的来世提前，又让其前缘重现。百年乌桕将一切愁苦尽数冬眠在斑驳的树干上，又将红叶高擎于天，就像人世间总是需要的信心与信念。

秋叶一树，正如那座天堂大山的掌心红痣！

二○一三年十一月九日于东湖梨园

刘醒龙自选集

536

天心

　　小时候，曾怀揣过一方别样的小石头。听大人说，这种石头还会生长。于是又将石头放回山上。多年后，在东海，见到像牡丹绽放、玫瑰飘香一样的水晶，才发现那无根无叶无眼泪的僵硬之物之所以还会生长，是这些宛如千仞壁立的石头性情更比如水流年。

　　世事千千万，都有一样的说法，譬如好与不好。天地万万千，也有一样的标准，譬如美或不美。日常中的山，总是以五岳为宗，后来多出一种赞叹，称为黄山归来不看岳。再往后肯定还有逍遥游历、兴致飞扬的由衷大话。沧桑里的水，免不了用黄河开篇，随之就派生两全其美，硬把西湖比西子，过些时少不了又会有怡然性格、率真脾气的金口玉言。但凡需要彰显个人所好时，人人都会穷尽褒扬。也是因为张口就来的语言可以不计成本，一句顶一万句的不见得必须珠光宝气，一万句顶一句的也不会破帽遮颜。即便万水千山、山高水远，人间趣味仍是见山啸风、临水扬帆。难得有山水合璧，一抱就能抱成团，一眼就能望得穿，一想收藏就能安放紫檀座上、红木丛中！

　　似这样山与水的咫尺天涯，出于对一种名叫水晶的器物的等待。

　　在原野中互相追逐是乡村童年的天赐。在不记得的某次追逐中，某个孩子因故突然站住不动了。有时候是遇上一丛狼牙刺，有时候是碰到一只马蜂窝，有时候根本没有原因，只不过是累了不想玩了。有时候是发现一枚生锈的子弹壳、半个残缺的老铜钱和不知何故独自待在小树林中的女子，还有一块六角形状的半透明的小石头。读过的书在提醒我们，这石头应当是水晶。读过的书又提醒我们，水晶是何等的宝物，这小石头实在太简陋了！

　　在真的水晶出现后，多年以前的犹豫变成一个道理，哪怕当一辈子石头，也要过上几天水晶日子。

　　几乎每一次，当年的孩子多么希望这雨水冲刷出来的石头正是神话中的宝贝。只可惜见多识广的长辈，感兴趣的是老铜钱、子弹壳和小树林中的孤独女子。被我们小心翼翼捧在掌心的，他们从未看过两眼。事实上，当男孩刚刚想到这六角石头是否可以作为信物送给心爱的女孩时，我们就长大了，长得同身边的成年人一样，除非是不经意，也开始不用正眼看一看这种山野间偶尔得见的略有新意的石头。

若不是二〇一五年秋天偶然到了苏北的东海，这辈子极有可能错过与诗意等同的水晶，错过与水晶般通透的童年重逢。那天是休息日，特意开放的水晶博物馆，少了熙熙攘攘的人群，腾出承接光彩的足够空间，那些最不起眼的角落，都变得美不胜收。山重重，水重重，水晶一块到龙宫。进到如此龙宫了，才有机会叹服东海水晶如何美上巅峰，妙到毫纤。睹物思之，遥想十万里滔滔海洋深藏地下，十万代炎凉日月翻覆轮回，唯有天地如此合谋，凝聚一滴璀璨的冷清，挤压一方寒凛的温馨，才有可能接近人间的无限晶莹。

这世界的人为这世界创造了太多溢美之词，在太多体现极致之美的语言中，水晶二字无疑是极致中的极致。古人曾用冻玉表达赞美，相比水晶原意，无非多一个雅号，还不能算是出色。我这里因应旧事新闻，想到那些清雅纯粹，那些淡意浓情，高山浅水合为一物，秀岭老潭并成一体。小小水晶，就包罗了山的大千气象，水的无边天色。一如人人，除了我心，有什么可以怀天下！

山繁水复，不过是一方水晶的洞察。

人心可鉴，天心犹在！

东海水晶，正如天心吗？

至少这水晶已无限接近你我童心。

二〇一五年十一月十六日于东湖梨园

去南海栽一棵树

认识陈忠实是在海边。

那是二○○三年十二月底，俗称圣诞节的日子里，一百万字的长篇小说《圣天门口》初稿终于完成了，带着闭关数年间对家人的亏欠，携妻子和女儿到海南岛休息。本意是悄悄地不想惊动朋友，一家人离开海口时，才发短信给蒋子丹，说自己来了，不想打扰她，但还是知会一声，现在去三亚了。谁知蒋子丹马上来短信和电话，她正在三亚陪着陈忠实，还有李国平等人。且不由分说，在我们一家到三亚后，硬是接到与陈忠实等人同住一家酒店。原计划私下的家庭休闲变成了公开的文学活动。印象很深的是，女儿见到陈忠实后非要喊爷爷，我不同意，让喊伯伯，女儿又不同意，觉得陈忠实比爸爸老很多，只能喊爷爷。实在没办法只好由她去。那天我们搭乘警备区的交通艇去一座没有对外开放全部由部队驻守的小岛，从满是贝壳的沙滩码头上岸后，一队被海风吹得黑亮的年轻士兵在木栈道上列队迎接，冲着走在最前面的陈忠实齐声喊道："首长好！"背着一只黑色单肩包的陈忠实一时没有反应过来，陪同上岛的警备区政委在他身后小声提醒一句，陈忠实才像有点羞涩地大声说了一句："该干什么干什么去！"惹得跟在身后的我们想笑又不敢笑。那座神秘小岛除了军人再无他人。动物也只有两只狗，一只是公的，一只是母的，士兵们给这两只狗男女取了台湾岛上那对中华民族永远公敌的名字。我们如此叫着两只狗，两只狗马上跑过来。陈忠实也学着叫，那两只狗却不大听他的。大家就说笑，陈忠实的陕西话很深奥，它们听不懂，正如台湾岛上的某些人听不懂我们的善意。

岛四周的海却是懂得一切。女儿在环岛的沙滩上，欢天喜地地拣着贝壳珊瑚，大人们面对深蓝的大海时唯一的选择是沉默。天水茫茫，巨浪无边，那些不同于别处的海水，仿佛看得见年年月月台风刮过的痕迹。一般人上不了这岛，上了岛后任何人都要种下一棵树，这既是责任，也是纪念。我们一起在岛上的人工树林中合力栽下一棵树，那次是这辈子栽树事例中最神圣的，能在祖国的最南端，栽下一棵将个体荣耀与民族兴盛紧紧联系在一起的命运之树，实在令人激动，也令人感慨。只是女儿还不到五岁，不懂得人间还有比快乐淘气更为紧要的庄重与庄严，硬是从一脸严肃认真的部队首长那里拎过那如黄金般珍贵的淡水，用自己的小手浇灌给小树，弄得在场的官兵们不知如何是好。半年后，陈忠实成为我们一应作家的团长，率队重走长征路，从南昌出发，翻过贵州境内的梵净山后，我们在住处的院子里，面对一棵小小的红枫叶树，突然说起在南太平洋的小岛上一起种下的那棵树，还有我那淘气的女儿。女儿的情况我当然尽知，但是那棵树，那棵我们一起栽下的树，我们一起种在国土最南端的那棵神圣而庄严的树，虽然相隔只有半年，那些摧毁力超乎想象的风雨对我们栽下的那棵树有过何种的滋润？那里的海涛对我们栽下的那棵树有过怎样的侵袭？我们共同的想法是，只要那棵树能活下来就好。

二〇〇六年四月二十日在汉口百步亭又见到陈忠实，之所以要特别提及这个日子，是因为那天他从东湖边归来，冲着我发了一声感叹，说东湖哪里是湖，完全是海！屋里的人很多，陈忠实是看着我说的，他一定是又想起南太平洋空阔无边的波涛，还有被波涛团团围住的那棵由我们四只大手栽下去，再由我女儿那双小小手浇水灌溉过的杳无音讯的树。多年之后，我才想起，在那一刻，我本当要回答一句的，却没有回答。也是在这次见面的前前后后，因为《圣天门口》的出版，我接受了不少于百次的访谈与采访，我多次说过自己读书的真相，却没有一家媒体如实登载过，原因也是为了我好，害怕我这大实话一出来，会得罪一排人。我说过这样的话，当代中国作家的作品我读过三遍的只有《白鹿原》。那次见面后刚刚二十天，陈忠实就寄来我代朋友索要的他的书法："胸中云梦波澜阔，眼底沧浪宇宙宽。丙戌书古诗原下陈忠实。"这样的诗句也是海一样的情怀了。当陈忠实说东湖是海时，我本当要告诉他，《白鹿原》的文气像海洋一样！

为人当胸怀江海！生长在滴水如金的黄土高原上的陈忠实，慨叹东湖如大海时，是用自己的心胸装着宽广的海洋。

二〇〇八年元月七日正好是周一，我在西宁参加由《芳草》杂志推出的青年作家龙仁青的作品研讨会，早上九点整，正是北京那边的上班时间，忽然一连串地接到中国作家协会几个朋友的电话。几位一上班就分别收到由武汉市钟家村邮局寄出的匿名信。经历"文革"等种种运动，他们普遍痛恨写匿名信的行为，也不相信匿名信，所以才告诉我当心小人。元旦前后，中国作家协会颁布了第七届茅盾文学奖评奖条例，面对与此相关的不正常的文坛躁动。我只能说无聊，甚至连无德都不想说。话虽这么说，心情还是相当不好，曾经很自信，这辈子没做什么能遭人泼污水的事，却还是遇上了。原本打算回家的，便改了行程，第二天去了九曲黄河第一弯的循化，忽然发现黄河之水也能如此清澈。所住的循化宾馆二〇一室，隔着两堵墙就是十一世班禅参拜十世班禅故居时住过的二〇五房。那天下午，我们一起前往十世班禅母亲的家。接下来的一些事情，当地人评价说，是非常吉祥的。于十分复杂的心情下，我写了一首歌不是歌、词不是词的文字：雪山想念天鹅，哈达想念卓玛，彩云一样梦幻的姑娘，是雪莲中的雪莲。酥油灯点亮千年高原，吉祥湖畔开满花朵，啊，雪莲中的雪莲，你的眼睛是我的错，你的泪水是我的错。草原想念羊群，白云想念情歌。羊圈中生下你的阿妈，是卓玛中的卓玛，小小女儿要牵苍老的手，忧伤的爱禁不起祝福。啊，卓玛中的卓玛，你的泪水是我的错，你的眼睛是我的。写完成之后，也不知为什么，忽然想起来发短信给陈忠实。陈忠实不会发短信，他马上来电话，说自己高原反应严重，一直不敢来这些地方。听说我们回程要路过西安时，他很高兴，还特别说，很想见见与我同行的朱小如，他那一声说"多年不见朱小如了"，不知有多少情怀在其中。

二〇〇八年一月十日从西宁飞西安的航班一再延误，一直到傍晚十八点二十分才起飞，到西安后，正在取托运行李，女儿来电话，祝爸爸生日快乐。也在三亚认识的李国平已等候多时，陕西省作家协会办公室主任杨毅亲自驾车。到了市内，径直去餐馆，陈忠实率红柯、周燕芬和李清霞等已等候多时。

见面后我将在西宁机场买的一盒雪茄送给陈忠实。见面不一会儿，陈忠实就主动提及《圣天门口》，他用那天下独一份的陕西话，说起马上要评的第七届茅盾文学奖，并说《圣天门口》肯定会如何。可以肯定陈忠实这样说，不是关了一盒雪茄的原因，在陈忠实眼里，天下雪茄都不如被关停的宝鸡卷烟厂出产的七元钱一盒的雪茄好。借着高兴，我先说，第四届时，我的长篇小说处女作《威风凛凛》就与《白鹿原》一道入围初评的前二十部。接下来我再将前几天有人写匿名信的事当众说了，形容这是前途险恶的凶兆。陈忠实闻听哈哈大笑，然后说了两个字："喝酒！"一杯酒喝下来，陈忠实再次冲着我笑，这一次笑却是意味深长。二〇一一年八月，《圣天门口》之后创作的长篇小说《天行者》获第八届茅盾文学奖之际，想起当初陈忠实的笑声，顿时明了个中滋味。

说话间，朱小如透露今天是我的生日。陈忠实连忙让李国平安排。人在旅途，遇上这样一群好朋友，既吃上了寿面，又吃了蛋糕，一位在西安很红的民间歌手，追着陈忠实而来，也顺便唱了一首生日歌，真的很是惬意，一时间就将那匿名信的不快丢到九霄云外。

在西安的第二天，李国平带我们去陕西省作家协会转了一圈，得知陈忠实的办公室是当年"西安事变"时张学良用来关押蒋介石的地方。我也找到机会难得大笑地说，这就对了，这样的房子只有像陈忠实这样的人住在里面才镇得住，别的人待在里面怕是要出问题的。

二〇〇八年十月二十八日下午，从北京传来第七届茅盾文学奖终评结果的消息，在许多打来宽慰的电话中，让我既觉得意外，又觉得感动的是陈忠实。妻子和儿女们正在一起吃晚饭，陈忠实的电话来了，在话筒里长叹一声，说简直不敢相信，前些时，他还在《西安晚报》的访谈时，预估《圣天门口》最有可能获奖。陈忠实也不知如何是好，只是一声接一声叹息不停，就这样说了近十分钟，而不肯放下电话。那样子就像是陈忠实自己犯了错，明明公开对记者们发布了个人预测，而今又没有兑现。陈忠实说，这叫我如何与记者们说呀！到头来反而是我劝他，说自己的作品，一定有写得不好的地方，让人揪住了，而当初敢于替《白鹿原》担当的像陈涌先生那样的人又没能出现第二个，出现如此结局也是可以理解的。这一次，我算是又与陈忠实合力栽下一棵树，只是这棵树是无形的，用肉眼看不了，用文字也难叙述，但她是文学的风骨气韵，更是人格的清洁爽朗。

曾经收到一封电邮，落款是陈忠实，内容则是推荐某个青年作家的作品，粗读一遍发现不是那回事，再细看信又发觉多有不对，比如对方称我为"您"，这显然不符合我与陈忠实一向交流的话境。于是打电话过去问。陈忠实没有直接表示什么，只是说曾向一些青年作家推荐我编的杂志，却从未推荐过具体的作品。换了别人可能会不高兴，发发脾气也是正常的，陈忠实在电话那边不轻不重地说了几句，就将此事一笔带过，再没有表示要追究对方一类的意思。如何对待这种成功心切，时常使些小手段的青年作家，陈忠实又像在海边栽小树一样，在风狂雨暴的季节，重要的是呵护。

二〇一二年五月二十六日，我开车去甘肃参加一个文学活动，要经过西安，途中约陈忠实，到西延路上的一家酒店小聚。我们刚到，陈忠实就来了，还令人惊艳地带来一箱白鹿原出产的樱桃。正是收获高峰季节，那樱桃特别红艳，而我又是格外喜欢樱桃口味，一口气吃下许多，甚至还约有机会去白鹿原，坐在树下吃那樱桃。陈忠实很高兴，历数陈世旭、刘兆林、舒婷、张炜等朋友，都去他家原上吃过樱桃。第二天一早，我开车继续去往兰州。天黑前，到达兰州城外一处度假村，一帮当地与外地的作家先到了，在那里美美吃着烤羊肉，喝着鲜啤酒。我将自己吃剩下的半篮红樱桃拿出来，初时无人动手，待我说起这是陈忠实在白鹿原上亲手摘下的红樱桃时，不知从哪里伸出来那么多的手，眨眼之间就被抢得精光。吃完以后还有人盯着汽车后备厢，以为那里面还有。

二〇一四年八月十九日，杂志到西安办一个活动，那天西安城内发生一件令人啼笑皆非的事情，有两拨人在同一酒店喝酒，因为口角进而互相打起来，其中一方打了对方的人后，发现被打的人是区委要员，打的人是个小官员，也没有人逼他，自个主动下跪道歉，而那区委要员也下跪请对方起来等等。大家说笑话时，我给陈忠实打电话，告知自己来了西安，因为日程太满，只有第二天中午有空，问能否见面聊一下。陈忠实稍一迟疑还是同意，找好地点后，告诉他，他说自己会准时来。回头再给李国平打电话，要他届时也到场聚一下。李国平听后，一连两遍问是不是明天中午，还说老陈中午有午休习惯，是绝对不见任何人的。听我也说绝对不错后，李国平很感叹，说你的面子太大了。这是他认识老陈以来，头一回见他中午出来见朋友。李国平的话说得很严重，我想想也觉得太严重，为什么要生生破坏他人多年养成的良好习惯呢，第二天早餐后我发短信给陈忠实："中午就不打扰你了，你先好好休息，我们在酒店吃过自助餐后赶着去华山看看！"那天上午我有讲座，九点三十分结束时，陈忠实刚好来电话，说过遗憾，又约下次见。中午李国平来小坐，说起来才知，老陈情况不太好，陕西省作家协会党组正要向省委报告，让老陈到医院仔细检查一下。那一刻，我们的心情突然沉重起来，当然，也更加觉得，自己主动取消的本该是中午的小聚，不管成与不成，于情谊是何等珍贵。

二〇一五年七月七日，我去北京参加中宣部一个活动，在八大处报到后，正在无所事事地乱串门时，红柯拖着行李进来，三言两语之后，便告诉大家，陈忠实患口腔癌了，正在做化疗，吃东西很困难，完全靠鼻饲。我心里一着急，明知自己没办法帮忙，但还是请红柯回西安时，带去几句话。几天后的晚上九点，红柯来电话，他将我托转的癌症靶向治疗方法转告给陈忠实。陈忠实要他一定代为表示感谢这时候还有朋友惦记。红柯当时在电话里说，老陈对治疗很有信心。再往后，与知情的朋友打听，也说情况恢复得不错。却不知，再得到消息时，自己只能沉重地写上一句：西去永西安，大道送大贤！那天也是从游泳池里起来，得到消息，人着实有些不肯相信。时间不长，电话就不停地响起来，都是媒体的朋友，心知他们的意思，却不愿接听，我很清楚自己心里还没做好接受这一事实的准备。直到终于可以面对时，我接听了一家媒体记者的电话，刚刚开口，说我知道你是为什么事，接下来本要说陈忠实三个字，只是这名字还没说出来，自己已泪流满面哽咽着半天说不清一个字。

二〇〇九年十一月六日，陈忠实曾打电话，要我给他寄一本《天行者》，他说他当年也当过民办教师。在《天行者》的扉页上，有这样一句话：献给在中国大地上默默苦行的民间英雄。这句话用于陈忠实同样不错。二〇一六年四月七日下午，在江西于都红军长征纪念碑前，我代表重走长征路的作家们发言，开头的一段话是说给陈忠实的。我说十年前重走长征路时，陈忠实是团长，十年后再次重走长征路，陈忠实身患重病无法成行，有于都这样曾经庇护过十万红军的偌大福地，希望于都将太多的奇迹赐予一些给陈忠实，希望能庇护长征精神的最好诠释者陈忠实平安常在，养好身体再当团长，再与我们一道继续这将政治与军事的长征融合为文学精神的长征。

这时候，我记起那些洒在兰州城外的来自白鹿原上的红樱桃，按照童年的经验，那些从嘴里吐出来的红樱桃核不可能全部入土发芽，但也有足够的比例让这些来自白鹿原的红樱桃长成小树苗。正如南海小岛上那棵由不同的手共同栽的那棵树，有天地护佑，一定可以长成祖国最南端的最坚强的硕大之树。

我不记得南太平洋上那小岛的名字，也不记得与陈忠实共同栽下的那棵树的名字，更不记得那位同意我的不懂人间艰辛的幼小女儿亲手将一桶如黄金贵重的淡水浇在小树上的军人的名字，但是我无论如何也不可能忘记，白鹿原和大别山、东湖和南太平洋、南太平洋上不知名小岛上不知名的小树和在兰州城外被朋友们一抢而空的白鹿原上的红樱桃，她们都有一个共同的名字。

用我长江边故乡的话说，男人的泪水是金贵的，因为她是南太平洋上那能浇灌初生树苗的淡水，因为她是那被人生酸甜苦辣泡过的醇酒，因为她能够结出苍黄莽莽的北方大地上灿烂的红樱桃。天下文学莫不是在南海种下一棵树，天下人等莫不如艳丽的红樱桃，好看固然重要，还要做得到在北方黄土高原上也能好看，也能作为他人的生命营养。

二〇一六年六月六日于宜昌

有一种伟大叫巴金

秋叶苍红，秋草苍黄，秋夜苍白，秋水苍茫。

我趴在塞外一张陌生的桌子上，好不容易写下"泪水清扬的满月"这一句。

头一天，在渤海大学音乐厅的讲台上发言，曾经脱口提及文学艺术的描写，从来都是黄昏之壮美远远胜过清晨的秀丽，在数量上，对黄昏的关注更是不成比例地远远超过清晨。十月十七日，一大早就外出，赶在每个月的农历十五都免不了的大潮涨起淹没之前，经过那罕有的海底天桥，去到渤海中央的笔架山岛，尔后又忙忙碌碌地到了曾经名叫平远和威远的那座古城，看看天黑了才往住处赶。途经锦州城外一条宽阔的大河，望着河的西端尽是辉煌晚霞，车上有人说起我先前的话题，言语未定，蓦然间从河的东端升起一轮清清朗朗的满月。刹那间，所有人都屏住了呼吸，明明是三十五个座位坐着三十五个人的大客车，竟然一点动静也没有。塞外的天空让人惊讶，那种天空上的满月让人感受到的更是一种震撼。

塞外的黄昏总会来得早一些。然而，这一天，从不与满月争辉的黄昏落霞迟迟不肯抽身隐退。时近七点了，一行九人从住处出来，去到锦州大戏院看那东北二人转到底如何恶俗时，还能从炫目的霓虹灯旁找到依依不舍的许多碎片。八点刚过，《文学报》徐春萍突然打来电话说："巴老走了！七点零六分！这一次是真的！"这后一句话里包含有一件旧事。去年冬天的一个深夜，本地一位记者打电话到家里，也说是巴老走了。不记得当时曾如何表达自己的忧伤，只晓得后来迅速打电话到上海，求证于正在生病的徐春萍，以及在《文汇报》供职的女作家潘向黎。一年前的新闻终于不再假，那种难过，让电话里的我们说不成任何句子，除了寥寥无几的三五个字，其余全是空空的电磁声。这时候，潘向黎也发来相同内容的短信。我无心再看二人转了，与同行的另外八个人打招呼，孤单地回到房间，摊开纸，刚刚写出一行字，便被那止不住的泪水彻底模糊了双眼。

我晓得此时此刻自己需要一场刻骨铭心的伤痛。

我别无选择，只有将电话打回家，那是一个行将五十的男人唯一能够彻底敞开胸怀的地方，也只有骨肉至爱的女人怀抱，才能让早已心如止水的男人隔着千山万水放声大哭。平静了一些，我才重新拿起笔来，匆匆写了一段无论如何也平静不下来的文字。

> 是您自己的选择，还是上苍的安排，泪水清扬的满月，就这样载走了亲爱的巴金老人！从此后，谁堪做文学中国的良心？我唯有匍匐在山海关外的茫茫大地上，祈望天空那颗最大最圆的月亮成为您的永生！

我还想说，从此后，谁堪矗立文学中国的脊梁？

我还想说，从此后，谁堪标志文学中国的清洁？

长夜难眠，这发自心灵的伤痛，其实早就深植在浅薄的年少时期。那时候，我生活着的小城，流行一种名为文学青年的毛病。就像传播非典型肺炎的蝙蝠与果子狸，小城里最活跃的几个人，每次外出参加各种文学活动归来，总要传播一些闻所未闻的小道消息，或者是美其名曰的文学新观念。很多次，混迹在听众中的我，闻得种种对巴金老人的不敬，血肉之躯竟然能够产生阵阵莫名其妙的亢奋与激烈。世事如烟，所幸我还能及时看清楚，在谎言被重复千万次的那段时间里，真理并没有真的被淹没。只是以其沧桑历尽的姿态，耐心地等待着对方，用忏悔的耳光，痛苦而幸福地抽打自己。年少并不等于无知。真无知是因为个人欲望太过强烈，看不到追名逐利背后的丑陋与肮脏。更看不到文学的真正巨人反而类似老父老母，从不在儿女面前以哲人姿态，散布那种语不惊人誓不休的大话，更不会利用各种方式将自己的书写无限夸张。

有一说法，远处的作家是天才，隔壁的作家是笑话。远处的巴金老人，越来越不被人当成是天才。在我成为一名真正的书写者，并将巴金老人当成动笔就能见到的邻居之后，老人拥有的全部朴实无华，都在证明，真是高僧，只说常话。所以，不将巴金老人当成天才是对的。天降大任于斯，为的就是让巴金老人与众多狂妄之辈的平实相处，及时地帮其来几颗救心丸，饮一剂还魂汤。

一位老人的远去，让一批后学长大许多。第二天的早上，大家又到了一起。回忆着一九九九年，老人在喉咙里插上两根导管之前，所说的最后一句话："从现在起，是为你们活着！"我没有同意对老人最后言语的普遍说法，也没像从前那样只要求自己心里有数，不去触犯众怒。算不上挺身而出，我只是不再习惯从众，不再习惯洁身自好，不再习惯温良恭让。我想让大家同自己一起去触摸一个伟大的灵魂了。

　　虽然早已不是年轻人，这个念头刚一出现，我就觉得肩头上一夜之间磨出了一层老茧。也只有这种老茧才有力量让我将心里的话当众掏出来。当然，这老茧也是老人离去后，我们这一代人必须担在肩上的责任。

　　在《圣天门口》中，我形容说，一盏灯最黑。那样的黑是众多逃避所导致的，不是不懂得，而是世界太聪明，非要等到唯一的灯熄灭之后，人们才开始点燃自己的心灵之火。这些年，有多少年轻人都不堪重负的责任，被强压在这位衰弱得无法做出任何行动的老人的肩上。有多少声名显赫位高权重者都三缄其口的话语，还在凭借连呼吸都不能自主的老人的名义发出声音。老人终其一生从不计较一己之私，不管世俗之眼如何相看，事实无可否认地摆在那里，没有老人的脊梁作为支撑，文学中国也许早就被一些三头六臂的怪物，幻化为出产种种丑陋私利的自家后院。老人是定海神针，老人是镇宅宝镜。本可以早些仙去的老人，就连文学中国里最基本的良心，也还要以一己之力独自担当，直到悬于一线的生命最后一次搏动。

　　对巴金老人的尊敬和热爱，就像大树一样年年见长。却不然，这成长连一丝氧气、一只吊瓶都不如，救不回哪怕只需延续到一百〇二岁生日的一点点时光。虽然永生也是活着。虽然一百〇一岁也是永恒。

　　一九九一年春天，我去北京参加全国青年作家创作会议。那是我第一次到北京，作为首都的这座城市先前样子我并不晓得。因为是一九八九年之后，这次会议显得格外特殊。即使是我这样的陌生人，也能感受到最初时刻的郁闷与压抑。

　　然而，一切都在那一天的那一刻烟消云散。

　　一个声音在冷清了许久的会场上响起："说真话，把心交给读者！"

　　没有人不懂这声音的深刻性，如风暴一样的第一轮掌声，是那最好的证明。没有人不明白这声音的针对性，如雷鸣一样的第二轮掌声，是那最好的响应。没有人不听从这声音的号召，如天崩地裂般的第三轮掌声，更是那只为真理迸发的热情。巴金老人没有亲临会议，尽管那声音只是用书面形式发出来，仍然有足够力量撼动所有年轻的心。没有巴金老人的会场上，巴金老人却无所不在。巴金老人的无所不在一出现，那些同样无所不在的假话空话和废话，顷刻之间就被荡涤得干干净净。迄今为止，这是我所见到的，用最貌不惊人的真相，表达出来的文学的最精髓。

一九九四年十一月，我去上海参加一个文学颁奖活动。与周介人先生见面不久，他就问我想不想见巴金老人。在心里，我非常想见，说出来的话却变成不想打扰。后来听说有人去了，也没有生出多少后悔。有三年前巴金老人的耳提面授，得一箴言足矣。

我坚持着这种与巴金老人亲密接触的最好方式。

时至今日，它却成了天下之人的唯一形式。

在文学中国处于最危难时刻，巴金老人以最坦荡的方式来到了我们当中。

而他自己却在文学中国春暖花开时节，以一种最艰难的方式悄然离我们而去。

好在天空中有一轮最圆的月亮，还活着的失落之心才不至于像枯叶一样四处飘零。我寻找到一处网吧，将无论如何也难表达怀念的文字发送出去。塞外深秋不再是凉，而是真实的冷。我不想马上回到住处，顺着漫长的街道往前走，不时地心中会怦然一动，以为自己接近了某种渴望。月光如雪水流遍，清冷浸透到灵魂深处。这时候，才想起在河流之上见到的落霞满月，真的是一种预兆。

天地留言，默默雾雨电；星月流响，朗朗家春秋。

好在这世界猛然惊醒过来，像我一样明白，有一种伟大叫巴金！

二〇〇五年十月十七日于渤海大学

钢构的故乡

　　一个从哺乳时期就远离故乡的人，正如最白的那朵云与天空离散了。

　　小时候漂泊在外地，时常为没有故乡而伤心。成年之后，终于回到故乡，忽然发现故乡比自己更漂泊。

　　因此，漂泊是我的生活中，最纠结的神经，最生涩的血液，最无解的思绪，最沉静的呼唤。说到底，就是任凭长风吹旷野，短雨洗芭蕉，空有万分想念，千般记惦，百倍牵肠挂肚，依然无根可寻和无情可系。

　　在母亲怀里长大的孩子，总是记得母乳的温暖。

　　在母亲怀里长大的孩子，又总是记不得母乳的模样。

　　因为故乡的孕育，记忆中就有一个忽隐忽现的名为团风的地方。

　　书上说，团风是一九四九年春天那场叫渡江战役的最上游的出击地。书上又说，团风是抗日战争时期，国内两支本该同仇敌忾的军队，却同室操戈、时常火并的必争之地。书上更说，团风是改变中华民族命运的赤色政党中两位创党元老的深情故土、痴情故地。

　　著书卷，立学说，想来至少不使后来者多费猜度。就像宋时苏轼，诗意地说一句，人道是三国周郎赤壁，竟然变成多少年后惹是生非的源头。苏轼当然不知后来世上会有团风之地，却断断不会不知乌林之所在。苏轼时期的乌林，在后苏轼时期，改名换姓称为团风。作为赤壁大战关键所在，如果此乌林一直称为乌林，上溯长江几百公里，那个也叫乌林的去处，就没有机会将自己想象成孔明先生借来东风，助周公瑾大战曹孟德的英雄际会场所了。

　　书上那些文字，在我心里是惶惑的。

　　童年的我，无法认识童年的自己。认识的只有从承载这些文字的土地上，走向他乡的长辈。比如父亲，那个在一个叫郑仓的小地方，学会操纵最原始的织布机的男人；比如爷爷，那位在一个叫林家大垸的小地方，替一户后来声名显赫的林姓人家织了八年土布和洋布的男人。从他们身上，我看得到一些小命运和小小命运，无论如何，都不能将这位早早为了生计而少能认字的壮年男人，和另一位对生计艰难有着更深体会而累得脊背畸形的老年男人，同那些辉煌于历史的大事伟人，做某种关联。

比文字更让人难以置信的是亲人的故事。

首先是母亲。在母亲第九十九次讲述她的故事时，我曾经有机会在她所说的团风街上徘徊很久，也问过不少人，既没有找到，也没有听到，在那条街的某个地方，有过某座酒厂。虽然旧的痕迹消失了，我还是能够感受到生命初期的孤独凄苦。当年那些风雨飘摇的夜晚，别的人都下班回家了，母亲搂着她的两个加起来不到三岁的孩子，加上那些仿佛有十个酒鬼晃在身边的弥漫在空气中的大量酒分子，以及各种粮食发酵后散发出来难闻气味，还有那些成群结队的千真万确的硕鼠。一盏彻夜不灭的油灯，成了并非英雄母亲的虎胆，夜复一夜地盼到天亮，将害怕潜伏者抢劫的阴森车间与仓库，苏醒成为翻身农民供应美酒的酒厂。

其次是父亲。父亲的故事，父亲本人只说过一次。后来就不再说了。他的那个一九四八年在汉口街上贴一张革命传单，要躲好几条街的故事，更是从一九六七年的大字报上读到的。那一年，第一次跟在父亲身后，走在幻梦中出现过的小路上，听那些过分陌生的人冲着父亲表达过分的热情，这才相信那个早已成了历史的故事。相信父亲为躲避文革斗争，只身逃回故乡，那些追逐而来的狂热青年，如何被父亲童年时的伙伴一声大吼，喝退几百里。

还有一个故事，她是属于我的。那一年，父亲在芭茅草丛生的田野上，找到一处荒芜土丘，惊天动地地跪下去，冲着深深的土地大声呼唤自己的母亲。我晓得，这便是在我出生前很多年就已经离开我们的奶奶。接下来，我的一跪，让内心有了重新诞生的感觉。所以，再往后，当父亲和母亲，一回回地要求，替他们在故乡找块安度往生的地！我亦能够伤情地理解，故乡是使有限人生重新诞生为永生的最可靠的地方。

成熟了，成年了，越喜欢故乡。

哪怕只在匆匆路过中，远远地看上一眼！

哪怕只是在无声无息中，悄悄地深呼吸一下！

这座从黄冈改名为团风的故乡，作为县域，她年轻得只有十五岁，骨子里却改不了其沧桑。与一千五百年的黄冈县相比，这十五年的沧桑成分之重，同样令人难以置信。最早站在开满荆棘之花的故乡面前，对面的乡亲友好亲热，日常谈吐却显木讷。不待桑田变幻，才几年时间，那位走在长满芭茅草的小路上的远亲，就已经能够满口新艳恣意汪洋地谈论这种抑或那种项目。

爷爷奶奶，父亲母亲，是故乡叙事中永久主题。太多的茶余饭后，太多以婚嫁寿丧为主旨的聚会，从来都是敝帚自珍的远亲们，若是不以故乡人文出品为亘古话题，那就不是故乡了。有太多军事将领和政治领袖的故乡故事，终于也沧桑了，过去难得听到熊十力等学者的名字，如今成了最喜欢提及的。而对近在咫尺的那座名叫当阳村的移民村落的灿烂描绘，更像是说着明后天或者大后天的黎明。

一个人无论走多远，故乡的魅力无不如影相随。

虽然母亲不是名满天下的慈母，她的慈爱足以温暖我一生。

虽然父亲不是桀骜尘世的严父，他的刚强足以锻造我一生。

故乡的山，丘陵得漫不经心，任何高峰伟岳也不能超越。

故乡的河，浅陋得无地自容，任何大江大河都不能淹没。

故乡是人的文化，人也是故乡的文化。那一天，面朝铺天盖地的油菜花野，我在故乡新近崛起的亚洲最大的钢构件生产基地旁徘徊。故乡暂时不隐隐约约了，隐隐约约的反而是一种联想：越是现代化的建筑物，对钢构件的要求越高。历史渊源越是深厚的故乡，对人文品格的需要越是迫切。故乡的品格正如故乡的钢构。没有哪座故乡不是有品格的。一个人走到哪里都有收获思想与智慧的可能。唯有故乡才会给人以灵魂和血肉。钢构的团风一定是我们钢构的坚忍顽强的故乡。

二〇一一年四月于团风

也是山

上山后，我道："果然。"

这心里话是回答上山前自己的想法的。那时，感觉里认定大崎山应该是掬几捧龙王井里绽放的水花，给双手染上一份圣洁，去岩头涧尾采撷唇红般秋果的季节。

风吹瘪了山的肚子。

风吹壮了我们的腰身。

矮矮的是树冠，矮矮的是峰头，矮矮的是云层，我们站在那里，寻找高高的还有谁呢？不知道时，就拼命地说着快活话。问谁愿意当压寨夫人？答谁愿意当寨主？一阵肆无忌惮地推选后，又说压寨夫人是抢回的才能镇得住山。又有一番融贯古今的计划，引发山间一阵漾于林涛之上的嬉笑。又问，这好美好美的去处，谁愿意在这里过一辈子？忽地一下大家都安静下来。许久，才有人心虚地说："小住一段还行……"等了半天，再无下文。

这少年胡涂乱抹一样不知留下几笔舒坦的高山大岭，包容了人生中的全部苦难和忧伤、艰辛和困惑。

父亲对我说，我小时候每天一面跑五十里路到大崎山砍一担柴。

我对父亲说，我小时候每天一面跑三十里路到余家冲砍一担柴。

大崎山在江边，余家冲在山里，都是由大别山用泪水和汗水浆砌而成的。

父亲说你小时候没有我小时候苦。

我说你那是旧社会我这是新社会。

母亲连忙出来圆场，唤着我的乳名说一家兄弟姐妹五个就我吃苦最多。

这些也是在上山前说的。母亲忧伤的回忆几使我欲弹珠泪。

看看这山，不能不再次想起父亲。用松枝撩开雾带，想找见哪条路是父亲曾赤脚丈量过的。用亲情嗅遍森林，想觅得哪棵树是父亲歇荫时倚靠过的。

用舌尖挑起一枚野果，想寻回父亲饥饿时那种难言的感受。

　　每每惊回首的公路上，汽车温顺得如一只小羊缓缓地行驶着。脉脉的细水挂在山崖上，摆动成飘柔的秀发。风瘦瘦地不紧不慢不轻不重地散着步，沿着容不下许多人的小路，似语非语、似笑非笑，分明一往情深地款款而行，偶尔打旋，驻足在山后的某个传说里，做一回回眸，又做一回凝望。竹子在摇曳着诉说，说它的潇洒，说它的英俊，说它的骨肉，说它的深情，说它不喜欢藤，不喜欢一切攀援之物，它把自己的话絮絮地细细地点滴在含蓄的叶尖上，幽幽逃避着那些守望的眼睛。而山中九月底的太阳，晒不落在春天就飘上树梢的叶子，晒不蔫载不起许多晨露的弱草，轻轻地从我们的左眼里起床，悄悄地落在我们右眼里安歇，听不见它划过蓝天的桨声，却将桨叶搅起的剪剪风洒向山，洒向在九月的紫光里晒太阳的我们。

　　这些都不属于父亲。

　　裸露着青铜黑褐斑驳道劲的古城墙依然在山里卧成盘龙，古寨门东西南北，正是男人的五指之缝。风可以掠过，路可以穿过，竹可以拂过，太阳可以划过。古寨门的胸怀是铁石做成的。如古寨门一样听不懂倾诉的还有一树古松。戴着苍茫的扁平树冠，如戴着陈年旧草帽，草帽的年轮已不再年轻，凸突在石缝间的老根无法掩饰岁月漫长之河，古松的脉络里却涌动一股浓郁如烈酒的芬芳。于是，它便在自信孤傲中挺拔起一副傲慢而轻蔑的模样，不管周围的一切是怎样的嫉妒。还有坦然安卧林间的巨大孤石，无须烟火，不见蓬勃，愣愣地做成古城墙、古寨门和古松们的心脏。于是，峭立于大岭之上的夕照壁，便成了它们饱经沧桑的面颊，风雨也来，冰雪也来，日月也来，轮轮番番过后，成熟的印记也来了。

　　我还是找不着！

　　也许找着了于心已无处存放。

　　昨夜的半个月亮又搁在星云的梳妆台上了。

　　我们从这山走向那山，这山低，那山高。这山小，那山大。

　　守望台的石壁上写着或刻着许多谁谁某某到此一游的字样。我忽然想起，父亲也许该对我说声对不起，他当初不该没有在哪个可以蛊惑人的地方留下纪念。我也不会。我不是来一游的！我是朝拜者，我眼里燃着三炷香，纵然此山不留人，也无法拒绝我永远寄托此心！月光把人的影子拉得又细又长，森林又将它肢解得零零碎碎，但不管怎样，我知道它的飘落依然全在山上。

我记得我是父亲的儿子。

　　我就不再寻找父亲了。

　　昨天的月亮是在半山腰上，今天的月亮是在山顶上。昨天的半个月亮本是比今天的半个月亮小，今天的半个月亮本该比昨天的半个月亮大。

　　置身山上，忽觉身边似有默默哭声，一颗颗蕴藏天下百般波澜的泪珠，一次次地淹没了脚下的山。

　　我想说，是该哭！哭多少总比笑好一点！

　　面对大山，我也想哭！可是，我不能！因为我是男人！

　　　　　　　　　　　　　　　　一九九一年九月十七日于大崎山

抱着父亲回故乡

抱着父亲。

我走在回故乡的路上。

一只模模糊糊的小身影，在小路上方自由地飘荡。

田野上自由延伸的小路，左边散落着一层薄薄的稻草。相同的稻草薄薄地遮盖着道路右边，都是为了纪念刚刚过去的收获季节。茂密的芭茅草，从高及屋檐的顶端开始，枯黄了所有的叶子，只在茎干上偶尔留一点苍翠，用来记忆狭长的叶片，如何从那个位置上生长出来。就像人们时常惶惑地盯着一棵大树，猜度自己的家族，如何在树下的老旧村落里繁衍生息。

我很清楚，自己抱过父亲的次数。哪怕自己是天下最弱智的儿子，哪怕自己存心想弄错，也不会有出现差错的可能。因为，这是我平生第一次抱起父亲，也是我最后一次抱起父亲。

父亲像一朵朝云，逍遥地飘荡在我的怀里。童年时代，父亲总在外面忙忙碌碌，一年当中见不上几次，刚刚迈进家门，转过身来就会消失在租住的农舍外面的梧桐树下。长大之后，遇到人生中的某个关隘苦苦难渡时，父亲一改总是用学名叫我的习惯，忽然一声声呼唤着乳名，让我的胸膛感觉到一种从未有过的温厚。那时的父亲，则像是穿堂而过的阵阵晚风。

父亲像一只圆润的家乡鱼丸，而且是在远离江畔湖乡的大山深处，在滚滚的沸水中，既不浮起，也不沉底，在水体中段舒缓徘徊的那一种。父亲曾抱怨我的刀功不力，满锅小丸子，能达到如此境界的少之又少。抱着父亲，我才明白，能在沸水中保持平静是何等的性情之美。父亲像是一只丰厚的家乡包面，并且绝对是不离乌林古道两旁的敦厚人家所制。父亲用最后一个夏天，来表达对包面的怀念。那种怀念不只是如痴如醉，更近乎偏执与狂想。好不容易弄了一碗，父亲又将所谓包面拨拉到一边，对着空荡荡的筷子生气。

抱着父亲，我才想到，山里手法，山里原料，如何配制大江大湖的气韵？只有聚集各类面食之所长的家乡包面，才能抚慰父亲五十年离乡之愁。

怀抱中的父亲，更像一枚五分硬币。那是小时候我们的压岁钱。父亲亲手递上的，是坚硬，是柔软，是渴望，是满足，如此种种，百般亲情，尽在其中。

怀抱中的父亲，更像一颗坨坨糖。那是小时候我们从父亲的手提包里掏出来的，有甜蜜，有芬芳，更有过后长久留存的种种回甘。

父亲抱过我多少次？我当然不记得。

我出生时，父亲在大别山中一个叫黄栗树的地方，担任帮助工作的工作队长。得到消息，他借了一辆自行车，用一天时间，骑行三百里山路赶回家，抱起我时，随口为我取了一个名字。这是唯一一次由父亲亲口证实的往日怀抱。父亲甚至说，除此以外，他再也没有抱过我。我不相信这种说法。与天下的父亲一样，男人的本性使得父亲尽一切可能，不使自己柔软的另一面，显露在儿子面前。所谓有泪不轻弹，所谓有伤不常叹，所谓膝下有黄金，所谓不受嗟来之食，说的就是父亲一类的男人。所以，父亲不记得抱过我多少次，是因为父亲不想将女孩子才会看重的情感元素太当回事。

头顶上方的小身影还在飘荡。

我很想将她当作是一颗来自天籁的种子，如蒲公英和狗尾巴草，但她更像父亲在山路上骑着自行车的样子。

在父亲心里，有比怀抱更重要的东西值得记起。对于一个男人来说，一辈子都在承受父亲的责骂，能让其更有效地锤炼出一副更能够担当的肩膀。不必有太多别的想法，凭着正常的思维，就能回忆起，一名男婴，作为这个家庭的长子，谁会怀疑那些聚于一身的万千宠爱？

抱着父亲，我们一起走向回龙山下那个名叫郑仓的小地方。

抱着父亲，我还要送父亲走上那座没有名字的小山。

郑仓正南方向这座没有名字的小山，向来没有名字。

乡亲们说起来，对我是用"你爷爷睡的那山上"一语作为所指，意思是爷爷的归宿之所。对我堂弟，则是用"你父亲小时候睡通宵的那山上"，意思是说我那叔父尚小时夜里乘凉的地方。家乡之风情，无论是历史还是现世，无论是家事还是国事，无论是山水还是草木，无论是男女还是老幼，常常用一种固定的默契，取代那些似无必要的烦琐。譬如，父亲会问，你去那山上看过没有？莽莽山岳，叠叠峰峦，大大小小数不胜数，我们绝对不会弄错，

散　文
557

父亲所说的山是哪一座！譬如父亲会问，你最近回去过没有？人生繁复，去来曲折，有情怀而日夜思念的小住之所，有愁绪而挥之不去的长留之地，只比牛毛略少一二，我们也断断不会让情感流落到别处。

小山太小，不仅不能称为峰，甚至连称其为山也觉得太过分。那山之微不足道，甚至只能叫作小小山。因为要带父亲去那里，因为离开太久而缺少对家乡的默契，那地方就不能没有名字。像父亲给我取名那样，我在心里给这座小山取名为小秦岭。我将这山想象成季节中的春与秋。父亲的人生将在这座山上分成两个部分，一部分称为春，一部分叫秋。称为春的这一部分有八十八年之久，叫着秋的这一部分，则是无边无际。就像故乡小路前头的田野，近处新苗茁壮，早前称作谷雨，稍后又有芒种，实实在在有利于打理田间。又如，数日之前的立冬，还有几天之后的小雪，明明白白提醒要注意正在到来的隆冬。相较远方天地苍茫，再用纪年表述，已经毫无意义！

我不敢直接用春秋称呼这小山。

春秋意义太深远！

春秋场面太宏阔！

春秋用心太伟大！

春秋用于父亲，是一种奢华，是一种冒犯。

父亲太普通，也太平凡，在我抱起父亲前几天，父亲还在牵挂一件衣服；还在操心一点养老金；还在希望新婚的孙媳何时为这个家族添上男性血脉；甚至还在埋怨距离手边超过半尺的拐杖！父亲也不是没有丁点志向，在我抱起父亲的前几天，父亲还要一位老友过几天再来，一起聊一聊"十八大"；还要关心偶尔也会被某些人称为老人的长子，下一步还有什么目标。

于是我想，这小山，这小小山，一半是春，一半是秋，正好合为一个秦字，为什么不可能叫作小秦岭呢？父亲和先于父亲回到这山上的亲友与乡亲，人人都是半部春秋！

那小小身影还在盘旋，不离不弃地跟随着风，或者是我们。

小路弯弯，穿过芭茅草，又是芭茅草。

小路长长，这头是芭茅草，另一头还是芭茅草。

轻轻地走在芭茅草丛中，身边如同弥漫着父亲童年的炊烟，清清淡淡，芬芬芳芳。炊烟是饥饿的天敌，炊烟是温情的伙伴。而这些只会成为炊烟的芭茅草，同样既是父亲的天敌，又是父亲的伙伴。在父亲童年的一百种害怕中，毒蛇与马蜂排在很后的位置，传说中最令人毛骨悚然的鬼魂，亲身遇见过的莹莹鬼火都不是榜上所列的头名。被父亲视为恐怖之最的正是郑仓垸前垸后，山上山下疯长的芭茅草。这家乡田野上最常见的植物，超越乔木，超越灌木，成为人们在倾心种植的庄稼之外的最大宗物产。八十年前的这个季节，八岁的父亲正拿着镰刀，光手光脚地在小秦岭下功夫收割芭茅草。这些植物曾经割破少年鲁班的手。父亲的手与脚也被割破了无数次。少年鲁班因此发明了锯子。父亲没机会发明锯子了。父亲唯一的疑惑是，这些作为家中唯一柴火的植物，为什么非要生长着锯齿一样的叶片？

芭茅草很长很逶迤，叶片上的锯齿锋利依然。怀抱中的父亲很安静，亦步亦趋地由着我，没有丁点犹豫和畏葸。暖风中的芭茅草，见到久违的故人，免不了也来几样曼妙身姿，瑟瑟如塞上秋词。此时此刻，我不晓得芭茅草与父亲再次相逢的感觉。我只清楚，芭茅草用罕有的温顺，轻轻地抚过我的头发，我的脸颊，我的手臂、胸脯、腰肢和双腿，还有正在让我行走的小路。分明是母亲八十大寿那天，父亲拉着我的手，感觉上有些苍茫，有些温厚，更多的是不舍与留恋。

冬日初临，太阳正暖。

这时候，父亲本该在远离家乡的那颗太阳下面，眯着双眼小声地响着呼噜，晒晒自己。身边任何事情看上去与之毫无关系，然而，只要有熟悉的声音出现，父亲就会清醒过来，用第一反应拉着家人，毫无障碍地聊起台湾、钓鱼岛和航空母舰。是我双膝跪拜，双手高举，从铺天盖地的阳光里抱起父亲，让父亲回到更加熟悉的太阳之下。我能感觉到家乡太阳对父亲格外温馨，已经苍凉的父亲，在我的怀抱里慢慢地温暖起来。

小路还在我和父亲的脚下。

小路正在穿过父亲一直在念叨的郑仓。

有与父亲一道割过芭茅草的人，在垸边叫着父亲的乳名。鞭炮声声中，我感到父亲在怀里轻轻颤动了一下。父亲一定是回答了。像那呼唤者一样，也在说，回来好，回到郑仓一切就好了！像小路旁的芭茅草记得故人，二十二户人家的郑仓，只认亲人，而不认其他。恰逢十年浩劫，时值中年的父亲逃回家乡，芭茅草掩蔽下的郑仓，像芭茅草一样掩蔽起父亲。没有人为难父亲，也没有人敢来为难父亲。那时的父亲，一定也听别人说，同时自己也说，回到郑仓，一切就好了。

散　文

随心所欲的小路，随心所欲地穿过那些新居与旧宅。

我还在抱着父亲。正如那小小身影，还在空中飞扬。

不用抬头，我也记得，前面是一片竹林。无论是多年前，还是多年之后，这竹林总是同一副模样。竹子不多也不少，不大也不小，不茂密也不稀疏。竹林是郑仓一带少有的没有生长芭茅草的地方，然而那些竹子却长得像芭茅草一样。

没有芭茅草的小路，再次落满因为收获而遗下的稻草。

父亲喜欢这样的小路。父亲还是一年四季都是赤脚的少年时，则更加喜欢，不是因为宛如铺上柔软的地毯，是因为这稻草的温软，或多或少地阻隔了地面上的冰雪寒霜。那时候的父亲，深得姑妈体恤，不管婆家有没有不满，年年冬季，都要给侄儿侄女各做一双布鞋。除此之外，父亲他们再无穿鞋的可能。一九九一年中秋节次日，父亲让我陪着走遍黄州城内的主要商店，寻找价格最贵的皮鞋。父亲亲手拎着因为价格最贵而被认作是最好的皮鞋，去了父亲的表兄家，亲手将皮鞋敬上，以感谢父亲的姑妈——我的姑奶奶——当年之恩情。

接连几场秋雨，将小路洗出冬季风骨。太阳晒一晒，小路上又有了些许别的季节风情。如果是当年，这样的季节，这样的天气，再有这样的稻草铺着，赤脚的父亲一定会冲着这小路欢天喜地。这样的时候，我一定要走得轻一些，走得慢一些。这样的时候，我一定要走得更轻一些，更慢一些。然而，竹林是天下最普通的竹林，也是天下最漫不经心的竹林，生得随便，长得随便，小路穿过竹林也没法不随便。

北风微微一吹，竹林就散去，将一座小山散淡地放在小路前面。

用不着问小路，也用不着问父亲，这便是那小秦岭了。

有一阵，我看不见那小小身影了，还以为她不认识小秦岭，或者不肯去往小秦岭。不待我再多想些什么，那小小身影又出现了，那样子只可能是落在后面，与那些熟悉的竹梢小有缠绵。

父亲的小秦岭，乘过父亲童年的凉，晒过父亲童年的太阳，饿过父亲童年的饥饿，冷过父亲童年的寒冷，更盼过父亲童年对外出做工的爷爷的渴盼。小秦岭是父亲的小小高地。童年之男踮着脚或者拼命蹦跳，即便是爬上那棵少有人愿意爬着玩的松树，除了父亲的父亲，我的爷爷，父亲还能盼望什么呢？远处的回龙山，更远处的大崎山，这些都不在父亲期盼范围。

父亲更没有望见，在比大崎山更远的大别山深处那个名叫老鹳冲的村落。

蜿蜒在老鹳冲村的小路我走过不多的几次。那时候的父亲身强体壮，父亲立下军令状，不让老鹳冲因全村人年年外出讨米要饭而继续著名。那里的小路更坚硬，也更复杂。父亲在远离郑仓，却与郑仓有几分相似的地方，同样留下一次著名的伫立。是那山洪暴发的时节，村边沙河再次溃口。就在所有人只顾慌张逃命时，有人发现父亲没有逃走。父亲不是英雄，没有跳入洪水中，用身体堵塞溃口。父亲不是榜样，没有振臂高呼，让谁谁谁跟着自己冲上去。父亲打着伞，纹丝不动地站在沙堤溃口，任凭沙堤在脚下一块一块地崩塌。逃走的人纷纷返回时，父亲还是那样站着，什么话也没说，直到溃口被堵住，父亲才说。今年不用讨米要饭了。果然，这一年，丰收的水稻，将习惯外出讨米要饭的人，尽数留了下来。

我的站在沙河边的父亲！

我的站在小秦岭上的父亲！

一个在怀抱细微的梦想！

一个在怀抱质朴的理想！

春与秋累积的小秦岭！短暂与永恒相加的小秦岭！离我们只剩下几步之遥了，怀抱中的父亲似乎贴紧了些。我不得不将步履迈得比慢还要慢。我很清楚，只要走完剩下几步，父亲就会离开我的怀抱，成为一种梦幻，重新独自伫立在小秦岭上。

小路尽头的稻草很香，是那种浓得令人内心颤抖的醇香。如果它们堆在一起燃烧成一股青烟，就不仅仅为父亲所喜欢，同样会被我所喜欢。那样的青烟绕绕，野火燎燎，正是头一次与父亲一同行走在这条小路上的情景。

同样的父亲，同样的我，那一次，父亲在这小路上，用那双大脚流星追月一样畅快地行走，快乐得可以与任何一棵小树握握手，可以与任何一只小兽打招呼，更别说突然出现在小路拐弯处久违的发小。那一次，我完完全全是个多余的人。家乡对我的反应，几乎全是一个"啊"字。还分不清在这唯一的"啊"字后面，是画上句号，还是惊叹号，或许是省略号？那一次，是我唯一见过极具少年风采的父亲。

小秦岭！郑仓！张家寨！标云岗！上巴河！

在那稍纵即逝的少年回眸里，凡目光触及所在，全属于父亲！父亲是那样贪婪！父亲是那样霸道！即使是整座田野上最难容下行人脚步的田埂，也要试着走上一走，并且总有父亲渴望发现的发现，渴望获得的获得。

如果家乡是慈母，我当然相信，那一次的父亲，正是一个成年男子为内心柔软所在寻找寄托。如果大地有怀抱，我更愿相信，那一次的父亲，正是对能使自身投入的怀抱的寻找。

小路，只有小路，才是用来寻找的。

小路，只有小路，才是用来深爱的。

小路，只有小路，才是用来回家的。

八十八年的行走，再坚硬的山坡也被踩成一条与后代同享的坦途。

一个坚强的男人，何时才会接受另一个坚强男人的拥抱？

一个父亲，何时才会没有任何主观意识地任凭另一个父亲将其抱在怀里？

无论如何，那一次，我都不可能有抱起父亲的念头。无论父亲做什么和不做什么，也无论父亲说什么和不说什么，更遑论父亲想什么和不想什么。现在，无论如何，我也同样不可能有放弃父亲的念头。无论父亲有多重和多轻，也无论父亲有多冷和多热，更别说父亲有多少恩和多少情。

在我的词汇里，曾经多么喜欢大路朝天这个词。

在我的话语中，也曾如此欣赏小路总有尽头的说法。

此时此刻，我才发现大路朝天也好，小路总有尽头也罢，都在自己的真情实感范围之外。

一条青蛇钻进夏天的草丛，一只狐狸藏身秋天的谷堆，一只枯叶卷进冬天的寒风，一片冰雪化入春天的泥土。无须提醒，父亲肯定明白，小路像青蛇、狐狸、枯叶和冰雪那样，在我的脚下消失了。父亲对小秦岭太熟悉，即便是在千山万壑之外做噩梦时，也不会混淆，金银花在两地芳菲的差异；也不会分不出，此地花喜鹊与彼处花喜鹊鸣叫的不同。

小路起于平淡无奇，又始于平淡无奇。

没有路的小秦岭，本来就不需要路。父亲一定是这样想的，春天里采过鲜花，夏天里数过星星，秋天里摘过野果，冬天里烧过野火，这样的去处，无论什么路，都是画蛇添足的多余败笔。

山坡上，一堆新土正散发着千万年深蕴而生发的大地芬芳。父亲没有挣扎，也没有不挣扎。不知何处迸发出来的力量，将父亲从我的怀抱里带走。或许根本与力学无关。无人推波助澜的水，也会在小溪中流淌；无人呼风唤雨的云，也会在天边散漫。父亲的离散是逻辑中的逻辑，也是自然中的自然。说道理没有用，不说道理也没有用。

龙回大海，凤凰还巢，叶落归根，宝剑入鞘。

父亲不是云，却像流云一样飘然而去。

父亲不是风，却像东风一样独赴天涯。

我的怀抱里空了，却很宽阔。因为这是父亲第一次躺过的怀抱。

我的怀抱里轻了，却很沉重。因为这是父亲最后一次躺过的怀抱。

趁着尚且能够寻觅的痕迹，我匍匐在那堆新土之上，一膝一膝，一肘一肘，从黄土丘一端跪行到另一端。一只倒插的镐把从地下慢慢地拔起来，三尺长的镐把下面，留着一道通达蓝天大地的洞径，有小股青烟缓缓升起。我拿一些吃食，轻轻地放入其中。我终于有机会亲手给父亲喂食了。我也终于有机会最后一次亲手给父亲喂食。是父亲最想念的包面？还是父亲最不肯马虎的鱼丸？我不想记住，也不愿记住。有黄土涌过来，将那嘴巴一样，眼睛一样，鼻孔一样，耳郭一样，肚脐一样，心窝一样的洞径填满了。填得与漫不经心地铺陈在周边的黄土们一模一样。如果这也是路，那它就是联系父亲与他的子孙们最后的一程。

这路程一断，父亲再也回不到我们身边。

这路程一断，小秦岭就化成了我们的父亲。

天地有无声响，我不在乎，因为父亲已不在乎。

人间有无伤悲，我不在乎，因为父亲已不在乎。

我只在乎，父亲轻轻离去的那一刻，自己有没有放肆，有没有轻浮，有没有无情，有没有乱了方寸。

这是我第一次描写父亲。

请多包涵。就像小时候，我总是原谅小路中间的那堆牛粪。

这是我第一次描写家乡。

请多包涵。就像小时候，我总是原谅小路中间的那堆牛粪。

此时此刻，我再次看见那小小身影了。她离我那么近，用眼角都能看得清清楚楚。她是从眼前那棵大松树上飘下来的，在与松果分离的那一瞬间里，她变成一粒小小的种子，凭着风飘洒而下，像我的情思那样，轻轻化入黄土之中。她要去寻找什么只有她自己清楚。我只晓得，当她再次出现，一定是苍苍翠翠的茂盛新生！

二〇一二年十一月于秀峰山庄、郑仓、东湖梨园、斯泰园

随

笔

青铜大道与大盗

日常生活中，那些耳熟能详的话听多了，就像一片秋叶从眼前飘过，记得飘落的样子，却记不得叶黄叶枯，更不去想树叶飘飞除了表示秋天来了，万物开始为冬眠做准备了，还有没有其他意义。比如"在平凡的岗位上做出不平凡业绩"这句话，听了几十年，这两年才觉得这话充其量是貌似真理。想一想，世界上哪一件事情，人生中哪一个段落，不都是由平平常常的事物串联起来的！能飞翔到月球，能下潜到深海的机器们，哪一件不是由普通的平板，普通的线路，普通的螺丝等物件结构而成？能发现宇宙间最微妙粒子的工作，哪一项不是无数次重复那些千篇一律的规定动作后完成的？包括这些年近乎偏执地喜欢上著名青铜重器曾侯乙尊盘，那上面的神奇得直到现今仍无法复制的许许多多的透空蟠虺纹饰，其实是由几种普普通通的线条所组成。

藏着曾侯乙尊盘的博物馆就在家的附近。那些赫赫有名的青铜重器，刚从曾侯乙大墓中挖掘出来就听说过，公开展出之后，隔一阵就有机会进到展室中看上一通。看过也就看过，就像天天要看的长江水色，天天要听的江汉关钟声那样熟视无睹。二〇〇三年夏天，一位年轻的美国女子为翻译我的小说，专程来到武汉，我很自然地带她去看博物馆里的稀世珍宝曾侯乙编钟。这也是人的普遍见识中的一种习惯，听信了连篇累牍的媒体之言，就将编钟当成无上国宝。

当初我去省博物馆，也是摩肩接踵地往曾侯乙编钟跟前挤。从这一次开始，我开始变得例外了。一进曾侯乙馆，还没来得去到编钟面前，博物馆的一位工作人员就认出我来，还将自己与某女作家是武汉大学夜大班同学的经历说了一通，以说明自己能在人群中认出我来是有缘有故的。在工作人员的带领之下，我们避开最热闹的人流，走到一处无人问津的展柜前。对方说这才是青铜重器中最珍贵的，是国宝中的国宝，其历史文化价值当在路人皆知的曾侯乙编钟之上。

那一刻，我记住了这名叫曾侯乙尊盘的青铜重器。

不仅记住了，心里还突然冒出一种熟悉的念头。

往后的日子，只要去博物馆，自己就会流连在曾侯乙尊盘四周。三番五次，七弯八绕，那模糊的念头终于被我逮住，随后的结果却是自己被这种名叫灵感的东西所俘获。这有点像爱情，千辛万苦地追求某个心仪的女子，等到抱得美人归时，自己却成了人家终生的俘虏。

在明白自己渴望有一场事关曾侯乙尊盘的写作之后，我开始对曾侯乙尊盘的最新研究成果进行跟踪，同时四处搜寻与青铜重器及其铸造工艺有关的文献资料。与同在曾侯乙大墓中出土的编钟不同，曾侯乙尊盘的独特性，不仅仅在于它的华丽高贵的气质，更在于其令人眼花缭乱，连表面都难以看清，更别说透空蟠虺纹饰内部复杂得难以复制的神奇铸造艺。在其背后，同样不会缺席的是那些假借历史文化名义的各种丑陋的功利表演。好在青铜重器品质优雅，如此丑恶越多，越是映衬出作为国之重器的当之无愧。

国宝显现，注定会有某种事情伴生。有一阵，一直为相关青铜重器仿制的一个至关重要的细节无法圆满发愁，须知细节的叙述是小说的核心机密。那天半夜，正要关了电脑休息，身在兰州黄河铁桥上的叶舟突然发来一首刚刚采风得到的"花儿"，还未读完，人便因天赐密钥而亢奋起来，同时更加相信写作者需要不断挑战相对陌生的东西，如此写作更能激发写作者的才情。小说的有效性还在于与时代生活处在同一现场。我特别喜欢那段关于翠柳街与黄鹂路、白鹭街和本该对应却没有出现"青天路"的闲笔，精彩的闲笔是小说的半条命脉。还有春花开尽时突然冒出来的带状疱疹，让我在此后的近三个月时间里，不得不像笔下的青铜重器那样赤裸躯体地躲在城市中心的一间书房里，如同逼良为娼那样令人体会写作中最撼动人的抒情，正是那些尽是痛感的文字。到了盛夏时节，自己被选去当某电影奖评委，在参评的七十七部影片中，凑巧有一部演义青铜的作品。阅过其中荒诞无稽的谬说，我不能不站起来郑重地提请临时的同行们注意。岂料在后来的投票中，如此将当下功利置于历史真相之上的烂片竟然获得过半数赞成票。大概是身陷青铜重器的历史品格中不能自拔，在投票现场自己拍案而起，说了一大通气愤的话。那样的气愤其实是小说气场的舒展。是对社会真实中那些披着"大师"

的文化外衣，实则干着"窃市""窃省"乃至"窃国"勾当的奸佞之徒的血性爆发。

文化的本质是风范，文学的道理是风骨。

一个人可以成为风范，但成不了文化，成为文化需要一大批可以代表这个民族的人同样拥有某种风范。一部小说不可以覆盖全部文学，却可以成为文学的风骨。那些普通得不能再普通的蟠虺纹饰，用同样无法再普通的方式铸造成透空样式，就成了千年之后的叹为观止！将数不清的平凡之物，用数不清的平凡姿态，一点一地堆积起来，比如生命中的一分一秒，比如大海中的每一滴水，最终的体现便是奇迹了。不要说人生太普通，也不要企望等到伟大人生突然降临，那些仍然活着的任何一种人事，都应当被看作具备天大的可能。比如我们对曾侯乙尊盘的认知，无论用何种理由拥有她、利用她，都是一种简简单单的原欲和显而易见的原罪，等到灰飞烟灭之际，那些理由就变得不如一粒铜锈，也不如一只沙眼。

关于曾侯乙尊盘的论争，不是小说所能解决的，也不是我想干涉的。为着曾侯乙尊盘的写作只是朝向自殷商以来，在这片大地上越辩越不明白、越活越不爽朗的哲理。曾侯乙尊盘是从哪里来的，其实也是我们从哪里来的，并且将向哪里去的那个磨人问题的青铜说话。那一天，一个句子从脑子里冒出来：识时务者为俊杰，不识时务者为圣贤。到这一步我才觉得踏实下来。曾侯乙尊盘上的蟠虺纹是表示毒蛇，还是展现小龙，正可以看作是每个人心境的一种浮现。只有不识时务者才能像小说的最后一句话——与时光歃血会盟！

二〇一四年四月二十七日于东湖梨园

青铜是把老骨头

《蟠虺》的写作有些令人意外，不过，我是不会说对不起的。

在写作中，城市与乡村的差异，对作家来说，是二选一，还是二选二，都不是什么问题。影响作家的关键是内在情怀，与肉身所处的一切物质无关。那些缺少情怀的行尸走肉，放在哪里也不会有文学机缘出现。

文学在很多时候就是对生活习惯表示异议。比如当机场、车站等各种路边店铺叫嚷出卖职场、官场、厚黑和借励志之名、行滥欲之实的书籍时，文学就要旗帜鲜明地告诉人们，内战是万恶之首，内斗是万恶之源。

与当下政治在某些方面交集是文学的魅力之一。这些年人们下意识地想将文学与政治做彻底切割，原因在于某些写作者的骨头太软。如果人活得都像《蟠虺》中的曾本之、马跃之、郝文章，不仅是政治，整个社会生活都会变得有诗意和更浪漫。文学与政治交集时，一定不要受到政治的摆布，相反，文学一定要成为政治的品格向导。

> 公元前七〇六年，楚伐随，结盟而返；公元前七〇四年，楚伐随，开濮地而还；公元前七〇一年楚伐随，夺其盟国而还；公元前六九〇年，楚伐随，旧盟新结而返；公元前六四〇年，楚伐随，随请和而还。

《蟠虺》中的这段话，出自史实：春秋战国看似天下大乱，实际上仍存在一定的社会伦理底线。公元前五〇六年，吴三万兵伐楚，楚军六十万仍国破，吴王逼随王交出前往避难的楚王，随王不答应，说随僻远弱小，楚让随存在下来，随与楚世代有盟约，至今天没有改变。如果一有危难就互相抛弃，随还将用什么来服侍吴王呢？吴王觉得理亏，便引兵而退。随没有计较二百年间屡屡遭楚杀伐，再次歃血为盟。才有了后来楚惠王五十六年作大国之重器，也许就包括旷世奇葩曾侯乙尊盘，以赠随王曾侯乙。制度固然重要，如果没有强大的社会伦理基础，再好的制度也会沦为少数人手中的玩物。引领势如破竹大军的吴王，只因理亏便引兵而退，便是这种伦理约束的结果。小说中，老省长和郑雄，还有熊达世的所作所为，则是反证，在视伦理为无物者面前，制度同样如同虚设。"非大德之人，非天助之力，不可为之。"小说中老三口说的这话，不仅仅是"人在做，天在看，心中无愧，百无禁忌"，大德与无愧，都是向着社会伦理的表述。与制度相比，伦理防线的崩塌的危害更大。

文学的独立性在虚构，只不过这种虚构是艺术意义上的。在质感上，虚构的文学，其真实性总是大于局部的生活真实。不管是文字的，还是口语的，所有试图进入生活本身或者人生本身的叙事方式都存在虚构。叙事是一把尺子，尺子的长度是有限的，生活与人生是无限的，想要知道生活本身有多长，想要了解人生的长度，唯有在尺子量得某些基本尺寸后，再通过虚构才能达到。《蟠虺》中的曾侯乙尊盘也是一把尺子，也在丈量人生，更在丈量历史与现实。小说也应当像曾侯乙尊盘那样，经得起岁月的消磨，也经得起世俗的尘封，等到白发苍苍时，还能轻言细语与孙辈不时提起，且不觉得愧疚。

古往今来，将文学作为获取功利的工具之人从来不在少数。好在文学的生生不息与那些人不存在利害关系，不是由那些利欲熏心的家伙说了算。有人想当明星，想天天活在媒体娱乐版上；有人想做有钱人，想夜夜泡在花天酒地里；那就让他们按自己的想法去做好了。文学正如历久弥坚、大彻大悟的青铜重器。与这样的文学匹配的作家注定只能是金庸笔下的"扫地僧"。

二〇一四年七月十二号于东湖梨园

随　笔

再向青春致敬

《赤壁》成稿于一九九三年六月六日，那段时光里，自己的心情飘忽不定，好时好得不得了，一旦坏起来，连向佛的念头都曾有过。

黄州是我的出生地。很多年后，我从客居的山中小县搬回命定故乡的古城。一九九一年中秋节的第二天，刚刚离休的父亲来黄州，带我到那条叫八卦井的小街上，将当地公安局宿舍指给我看，才晓得母亲就是在这小楼上生下我的。这小楼当年是黄冈地委招待所，离我此时工作的黄冈地区群艺馆仅隔一座小街的拐角。当然，离得更近的是东坡赤壁，站在三楼办公室，不必举目四望，只要吹一口气，就能惊动二赋堂或坡仙亭中的老老先生。那时候真是年轻，所有的想法都像赤壁山上的青枝绿叶，一天不生长都是不可能的。哪怕自己只是习惯性地站在窗后，对着红墙之内属于东坡赤壁的快意飞檐、幽情石阶发呆，也一定会有各种各样的呆模样。

正是日复一日地面对东坡赤壁，才有了这部《赤壁》。怪就怪在小说写成后，除了在当地一家金融单位的内刊发了一下，自己竟然没有交给任何一家正经的文学期刊。那时候，因为《凤凰琴》等一系列小说的发表，每天都会收到约稿信，在供需极度不平衡时，为什么这篇《赤壁》从头到尾都没有寄出过？想起来，既往的写作确实有不尽如人意的，《赤壁》却不是，至少在心里我对她明显存有显而易见的偏爱。若用于人事，任何偏爱都免不了招来闪失。放在文学作品中，偏爱本应当使作者对其多做一些动作，似这样像养个老姑娘一样对待自己的偏爱之作实在不可思议。

因为有出版社要出版个人文集，在整理旧作时，将《赤壁》找了出来，搜肠刮肚地想，才找到丁点缘由：当初那家内刊编辑有过要求，暂时不给公开发行的刊物。实际上那家内刊才是真的"暂时"，只维持了两三年，就消失在江湖中。作为小说的《赤壁》却一下子"暂时"了二十三年。二○一五年秋天在广西碰到《作家》杂志的王小王，被她索要中短篇小说。《作家》是本好杂志，自己从未有作品发表在这本杂志上。偏偏自己已有十几年没写中短篇小说了，于是就信口将《赤壁》的情况说了。她一秒钟也不停顿地开口要了。回到武汉家中，交稿的那一刻，与一向交出新作时相比，心里忽然多出许多惆怅。曾经答应将藏了多年的五十年茅台酒与朋友分享，真的拧开瓶盖时，心中多有不舍，又没其他办法，只好用二两的酒力喝下三两去。作品与作者之间的不舍，无法用这种可以量化的蠢办法来衡量。

好在《赤壁》是旧作，旧时情愫越到后来越让人难以释怀。在文学上，一个人的成熟，也即抵达浪漫旅途的终点。目的地到了，为了目的的过程就变成了记忆。二十几年后，让人有机会再向青春致敬一次，这该是《赤壁》透露并告知的文学长存的理由。

二〇一五年二月十四日于东湖梨园

与生活辩论

　　文学创作不是无的放矢，在社会中，文学是对时光中破碎记忆的不断修补与完善。对个人来说，则是对有限生命的无限想象。

　　一九九二年第五期《青年文学》发表我的中篇小说《凤凰琴》后，曾有大量读者来信，许多人提出希望能读到《凤凰琴》的续篇。时任中央党校常务副校长的高扬同志，曾在《光明日报》上著文，也提及这样的希望。我没有赶那个热潮，一方面是个人性格，不喜欢随大流，就像这些年流行浅俗易读的小长篇，而我偏偏要写被人疑问"百万字的长篇谁看"的有大的内容的厚重之作。另一方面，也有某些善意误读的原因，如果普遍地染上"集体无意识"，不去细心发现文本的真实意义，那样的写作不仅是无效的，甚至是负效果的。

　　在写作中，伪细节会毁掉读者与写作者的契约。

　　而伪感情，则会毁掉写作者与文学既有的默契。

　　当年没有续写，并不等于说，我永远都不想写了。事实上，这么多年，我一直在用只言片语的形式，静静地丰富着相关灵感。前两年，一位来自西北地区的同行告诉我，在他的家乡，乡村教师们人手一册《凤凰琴》，那些困难得不知道什么叫困难的老师们，将《凤凰琴》当作经书来读。就在那一天，"天行者"三个字，终于从我心里涌了出来。之后的某一天，我读到一篇文章，汶川县一位叫樊晓霞的老师，结婚十四年，一直在高山教学点教书，每年只有寒暑假才能回到县城与在中学教书的丈夫团聚。两口子经常读《凤凰琴》，一边伤心落泪，一边又用小说的主人公来安慰自己。十四年后，樊老师刚从高山上的教学点，调到县城里的映秀小学，刚与家人团聚，就被大地震永远地夺走生命。

　　因为这两件事，我才觉得让《天行者》成书的时候到了。

一九九二年我写中篇小说《凤凰琴》，是因为心存感动。事隔十几年，当我写完长篇小说《天行者》时，我发现自己的内心里充满感恩。因为，我看得见，如果没有那些可以被后人认为是水平不高的乡村教师哺育，二十世纪后半叶的乡村心灵，只能是一片荒漠。

　　对长篇小说的把握，实质上是对命运的参悟。

　　而中篇小说，能将生命的某一时刻表现生动，便是一种成功。

　　十几年前，我还年轻，很自然地选择了表现一颗躁动不安的心，如何与天荒地老的乡村发生契合。十几年的时光让我的心苍老许多，命运也开始展现其无可抗拒的力度。就像映秀小学的那位樊老师，在那么美丽的女性身上，其命运的荒诞，让我一下子看到了乡村知识分子的命运本质。

　　从《凤凰琴》到《天行者》，虽然我清楚地记得当初教育我的那些乡村教师，也清楚地记得我的那些当了乡村教师的小学同学与中学同学，虽然我遇到过许多自认为是这些小说中"主人公"的可敬的乡村教师，也遇到某个硬将毫不相干的人，强说成是我的写作原型的轻浮的研究者，可我还是要说，如果真有原型，那也只能是普天之下的每一位乡村知识分子。

　　或许今后我还有机会写一写十年后的今天，乡村知识分子的生命状态。但在这部小说中我所表述的，只是"二十世纪后半叶在中国大地上默默苦行的民间英雄"。小说以民办教师们所经历的三次转正，而分成三个部分，因为一次比一次荒诞，因而一部比一部疼痛。半辈子都在盼转正的民办教师，当机会来临时，那些犹如"第二十二条军规"的政策，反而让他们彻底失去转正的可能。一个成熟的作家要善于控制自己的写作情绪，激愤是小说的天敌。我不清楚自己是不是做到了这一点。就这部小说来说，即便是在这一点上做得不好，我也不会遗憾。正好一些读者所说，我喜欢乡村中所有的人。在这部小说中，我最喜欢的是叶碧秋的那位苕妈。在丰厚而神秘的乡村，一棵从不言语的大树都会是旷世的智者。也许生活中，像夏雪这样既时尚又纯美的女孩，是唯一的。我希望她是一种美的标本。我更希望她是一种美的真实。我敬重一切为乡村守护的人，不管他们是以何种理由，也不管他们心怀何种想念，哪怕他只在某所学校里待上一个星期，只要他教会孩子们认识一个字。正如日日夜夜守护乡村的几百万名民办教师，如果没这中国最底层的知识分子们勉力践行，中国社会除了多出亿万文盲外，不会再有别的可能。

　　在好的小说中，所描写的某种行业，只是背景与载体，目的是让思想之舟驶向远方。与民办教师之卑微相同的职业还有许多，好的小说不应当被理解写了这个行业，就是为了解决某个行业的问题。更重要的是从中发现生命在最卑微时所展现出来的伟大意义。

好小说，应当是公正的写作，应当是温暖的写作。

这个时代太容易遗忘了。好像不丢掉历史，就没有未来。其实正好相反，没有历史就没有未来。面对急剧变化的二十世纪最后三十年，除了金钱与财富，一些人似乎已不记得还有什么值得长存于记忆之中。即便是将日子过得较为舒缓的乡村，急于忘记过去的也大有人在。而我，是一个十分恋旧的人。一想到往事，一方面会感动，一方面又会恐惧。文明的坚守传播，不是自生自灭的野火，而必须是代代相传的薪火，一天也不能熄灭。作为乡村知识分子的民办教师，一切的乡村奇迹的酝酿与发生，本应当首先归功于他们。然而，荒诞让历史与现实一次次地无视其伟大得不能再伟大的贡献，以至于沦落为作为名词都不被理解的地步。

文学就是与流行生活辩论。

我们这个时代的作家不能主动放弃关注重大事态的能力。

文学是抵抗死亡，拒绝遗忘的最后防线。

能够抵抗文学被死亡和被遗忘的恰恰不应当是流俗，而是文学精神的清洁与高尚。

二〇一一年十二月于斯泰园

一只口琴的当代史

有个问题：在逻辑与经验面前，我们会做如何选择？

二十世纪九十年代初，我的那部中篇小说《凤凰琴》被改编为同名电影。也是从这开始，我便有了没完没了的口舌之烦。特别是与陌生人相见，听他们热情复述，说《凤凰琴》小说写得如何如何，其中民办教师在升国旗时，用口琴吹奏国歌的场景尤为感人等等。每次听完，我不得不说对方，不是看的小说，而是看的电影。因为小说中，升国旗时，民办教师们是用笛子吹奏国歌，到了电影里，才被改为口琴。对一般人，这种判断是对的。换了那些真正读过小说的，也这样说，而且还再三强调，电影大不如小说原著，我就不太明白了——为何从头到尾都没有在小说中出现的口琴，会出现在将小说读得很深刻的这些人的记忆里？

通常情况下，看上去人们总在强调逻辑，实际上是在下意识地依赖经验。

《凤凰琴》首映式在北京举行的那年，我坦率地告诉该电影的一位主创人员：他并不了解民办教师，从本质上讲，他是在用城市生活经验来阐述乡村，因而不晓得在城市生活中随便得不能再随便的口琴，在乡村里却是极度奢华，不仅仅是物质的，更是一种精神上的。唯有从田野上生长出来的竹笛，用它的声音来呼应乡村，才是再自然不过的事情。我对改编电影的遗憾，还有一些其他原因。

所以，我一直将电影《凤凰琴》当成小说《凤凰琴》的都市版。

多年之后，在写作《音乐小屋》时，我丝毫不曾记起，曾经有过这段与口琴的无缘之缘。直到此时此刻，因为要写创作谈，才想起来，于是在心里直呼吊诡：或许这也是骨子里久久存在的城市与乡村的某个宿命。

我不得不承认，对一个人来说，总有一些东西是与生俱来的。

这宿命的与生俱来，应当是我们全部理想的原始起点，不管是主动地写作，还是被动地阅读，不管是向着青春激荡，还是面对苍老沉浮。

也只有这样，才能解释，为何一向偏爱竹笛，却在《音乐小屋》的开篇里，大张旗鼓地抒写一个刚刚进城当清洁工的青年男子，手握口琴，在那藏身楼梯底角的蜗居里伫立并张望。这不是某个人的角色转换，而是整个乡村角色正在发生极大变化。

口琴这东西，一直以来是有属性的。

正如我年轻时，能够拥有口琴的，是另外一些年轻人，这群年轻人被我们统称为"武汉知青"。那时候，如果有当地的年轻人试图操弄口琴，马上就会引来无边无际的疑问：你也想当"武汉知青"？

对于某个事实，常常顾不上去追究它是如何发生的，甚于无须牢记它的发生过程，只要有了结果，这事实，哪怕只是有理由称为时间之外的那一点点，就变得胜于雄辩。

如果不是由我来进行矛与盾的自行探讨，很难有人再去思考一只口琴在历史与当下的处境。当年轻的清洁工在城市最不堪的角落里陶醉于口琴时，所获得的是这座城市所能赋予他的全部幸福感。反过来，所获得的则是城市在试图压碎他时，如同在麻醉失效时，强行抽取骨髓那般骨感的疼痛。

在都市版暨电影《凤凰琴》那里，那种将口琴硬塞进乡村的好意，虽然不忍心说成是伪善，那的的确确是一种伪善。这就如同，有大人物要深入民间，会有人临时将一些家用电器搬进去作为摆设。相比伪善的最为可怕，在《音乐小屋》中，会吹口琴的清洁工万方，在瞬间的城市之爱后，陷入从未有体察过的骨感之痛，这些反而近似巨大股灾后的最终探底与筑底。

任何进步都要付出代价。这代价要比没完没了的横盘整理，甚至是杀人不见血的阴跌要来得畅快。

屋小音乐不小。

人小命运不小。

二〇一〇年六月二日于东湖梨园

那叫天意的东西

　　一切离开得那么久了。一切又仍在咫尺。那些本应因太久而远去的东西，常常在不经意间跳出来，使我那历经三十度寒暑历练的情怀，像开冻的冰层那样出现咔咔嚓嚓的阵阵震颤。

　　我暂且生活的这个小城里流行着文学病，一九八〇年以后县文化馆的两名创作辅导干部，先后获得了全国优秀新诗奖和全国优秀短篇小说奖，而使这病变得愈发肆虐了。最令人感叹的是有两名青年农民在高中母校同场发表演说，先上台的发誓要作鲁迅第二，后上台去的不甘示弱，赌咒要拿诺贝尔文学奖。

　　小城在鄂东英山，旧称城关镇，如今借城郊的几眼温泉而改名叫温泉镇了。

　　我的青春梦境里，像绝大多数男孩那样：想当兵，可是那该死的副鼻窦炎，销蚀了也许应该与巴顿齐名的将军；想打篮球，可是那倒霉的一米七〇身高，使之一听到穆铁柱的名字就感到世界太不公平；想当小提琴家，虽然使劲在省歌舞团的那位首席提琴手面前锯了几天马尾，仍无法使之发现丁点天赋；再后来，我仅仅只能在光厂名就叫人心烦的阀门厂当了一名车工（这座集体所有制的小厂使我蒙受出身不好之冤，至今仍未得到昭雪），尽管我为工厂的宣传栏写了一些叫作诗的东西，尽管这文字曾独占了整整一场晚会，但这仅仅是作为先前团支部宣传委员，后来团支部书记，对自己所组织的活动履行义不容辞的职责。

　　感谢某次上夜班突然遭受三百八十伏电压的电击，从三天眩晕中清醒过来，小城中普遍流行的文学病不可避免地侵入到我的肌体，而且是积重难返，于是我用建设四个现代化所急需的那种干劲写起小说来了。为什么？大概是觉得刚刚结识的后来写了《第九个售货亭》的姜天民兄，相貌长得并不比自己标致——除了这些我实在不敢瞎说，有些东西还是永远藏在心里好！

然后，我每年比别人少看了一百场电影。

然后，我每年比别人多了几十张大部分是铅印的退稿笺。

然后，我在一个短篇中愤懑地写道：什么慧眼？哪儿见过慧眼？生活的道路上尽是些卉眼！秽眼！烩眼！晦眼！并开始怀疑自己一向坚持的信条：人生的道路并没有任何捷径，唯一的诀窍是，看准一条道路走下去，不要回头，不要旁顾，犹豫者，徘徊者，终归是跟着别人爬的碌碌鼠辈。似乎自己正在成为这种碌碌者！

然后，获奖诗人和获奖作家被上级文化部门调走了，"出身不好"的我被名不正言不顺地"借调"到县文化馆。就这样，机遇露出了尾巴：我住进全馆最有灵气的四〇四号房间，写《第九个售货亭》的姜天民兄已人去楼空，留下那只曾经趴在上面写出了那篇佳作，因为是公物不得搬走的旧办公桌，还有那把没有人坐着压着也会吱呀作响的烂藤椅，最重要的是那一屋灵秀。

"守着这风水宝地写不出东西才怪。"冲我说这话的人弹出了弦外之音。退稿笺和废手稿又积攒了一大堆，我怕当着众人的面烧，躲在屋里点了一把火，浓烟呛得睁不开眼睛也不敢开门，邻居都以为是失火了。

二十世纪八十年代初，国家的变革才刚刚开始，到处都是朝气蓬勃的样子，在极短的时间里，一批又一批相对年轻，而且有较高知识水平的人，被选拔到关键岗位上，担任起关键的工作。更年轻的那一批人，则面对各种各样诸如电大、职大、业大、函大等课程，抓紧一切可能的业余时间，苦心修炼着大学文凭的正果。眼前的榜样摆在那里，大家都明白，这些是今后人生旅途上不是捷径的捷径。那时，我本该属于这些更年轻的一批人，却没有与同伴们一道顺潮流而动，偏偏要独自踏上文学这条不归路。我那时已在县城一家工厂里从车工做到了厂办公室秘书，被借调到县文化馆工作后，包括最好的朋友，都没有对我的选择表示出应有的鼓励，走在黄昏落日后的街道林荫里，时常孤独地面对一群群已成了电大新生的熟人。他们身上掩不去的青春喜悦，不能不让我一声声地听着对人生之门的叩击。虽然我有足够的毅力，然而未来究竟如何心里根本就没有半点把握。

在县里待着的所谓文化人，都有一个剪贴本，上面粘贴着出现在大小报纸上自己的文字。尽管那些小的才一指宽，最多不过五指宽的剪贴与文学没有任何关系，只不过是地方新闻与逸事的文字书写，在小城里却是极为重要的文化氛围。我没有这种剪贴本，骨子里更是不屑为这类事物写上哪怕一个字。所以，都说我没有发表过一个字，我断无反驳的可能。反过来看这也是事实，一个尚未正式发表任何作品的人待在文化馆的这个位置上，其压力可想而知。

当自己的手稿变成"铅字"的希望越来越渺茫时，一想到当初的选择心中就免不了有几分悲壮，这种悲壮又激发了心里的底蕴，我写了一部关于几个青年在深山里建电视差转站的故事的中篇小说《黑蝴蝶，黑蝴蝶……》，并情不自禁地将内心的抱怨和焦虑写成百感交集的句子：机遇是存在的，但它只是少数人才能享受的奢侈品。习作完成之后，我把它寄给了《安徽文学》，这时是一九八三年十一月。

当初，真不敢相信这种奢侈品自己居然有缘品尝。

而今我对机遇的体会是：只有歪打才能正着。

一九八四年元月上旬，邮递员送来一封信，而且是我生平第一次收到编辑部寄来的挂号信，是《安徽文学》寄来的。我已经十分熟悉，如此厚厚的一沓肯定是退稿！也不知是生谁的气，我揪住信封的一角，"哗"地一下撕开封口。没料到虽然还是退稿，附在退稿之上的却是一封满是溢美之词的亲笔信。信中提了不少建议，并让我"修改后速挂号寄小说组苗振亚"。那一阵儿子刚出生，取单名：早。其中就有自己的期待：但愿儿子能早早给他的爸爸带来机遇。没想到苍天有眼，不负我望，机遇真的早早来了。

此后不久，县文化馆组织了一次业余小戏剧本创作笔会。下乡的那天，我又收到了苗振亚老师的信，他在信的开头说《黑蝴蝶！黑蝴蝶……》已发四月号二条，信的结尾写道："我争取最近能有湖北之行，到时一定去看你，很想见见你这位年轻人。"看完信我半天说不出话来，当然这激动是因信的开头而发生的，至于结尾我很快就将它作为一般的客套忘却了。从合肥到英山，关山重重，路途遥遥，能随便来随便去么，况且在文学大军中我算老几，值得他们专程来此一趟？

我一头扎下去，同几名业余作者一道边看边写，边写边看，走走停停半个月后，来到鄂皖交界处，属于安徽省霍山县的漫水河镇，住在一家生意萧条的国营小旅社里。

接下来的一天让我终生难忘。三月十一日本是个很普通的日子，南方的倒春寒在阳光普照之下减退了不少。吃过午饭正要上床略事休息，同行的南河区文化站长王中生突然闯进屋来直嚷嚷：你的老师来了！一时间我成了丈二和尚，这儿离英山县城差不多两百里，初来乍到有什么老师？王中生的样子又让我不得不相信，进到他的房间，只见客房的床上并排坐着两个中年人，面孔是百分之百陌生。在我怔怔地不知说什么好时，对方主动做了自我介绍。我才知道靠左坐着、戴鸭舌帽、一副忠厚长者模样的叫温文松；靠右坐着、戴近视眼镜、清瘦并让我觉察到儒雅气质的就是那个写信给我的叫苗振亚的人。

世间为何如此浩荡又这般狭小。苗振亚老师和温文松老师头天从合肥市搭乘长途客车到霍山县城，再转这天的早班车前往英山，长途客车不早不晚，正好在途经漫水河镇时出故障抛锚了。因为要等中午开出的第二班车来接走出故障这趟班车上的乘客，那样到达英山的时间就很晚了，苗振亚老师担心深夜时分找不着我，便跑到镇上的邮电所打电话到英山县文化馆，接电话的人对苗振亚老师说，刘醒龙不在家，到外地出差了。即将放下电话那一刻，很是失望的苗振亚老师，随口问了一句：他去哪里了？得知我正在漫水河镇，二位老师顿时大喜过望！

他俩乐了！我却傻眼了！天下之大，道路之多，日子之繁复，时光之匆匆，怎么会这般巧？在后来的日子里，我一直想不明白，这个叫天意的东西，是不是就长着这副模样？

那一天，大别山深处的这座小镇，在我的心里突然神圣起来，从古朴的小街里升起一股文学的光芒，还有小街尽头，一道清粼粼的小河水，弥漫着一股无香的艺术芬芳。这本是一个让人特别激动的时刻，在我，哪怕将来过去多少年，这一刻的惊讶还将是惊讶。我想这也许就是命运！

我们当即决定一起乘车到英山。下午一点从霍山县发出的当天的第二班车本来就是满满的，加上上午扔在漫水河镇上的头班车上的人，想挤上去难度系数之大可想而知。苗温二位老师却出奇地会挤车，转眼间就上去了，还有座位。而我的旅行包里保温茶杯被挤得嚓嚓作响也难以接近车门，幸亏他俩伸出手来使劲拉，才使我抄了捷径从车窗里爬进车内。日后的某个时刻我猛然醒悟：一个人跨进文学殿堂时，编辑老师尽力而为的不也同样如此么！在当时我只顾惊叹：到底是大城市的人，天天挤公共汽车，见多识广，熟知门道，年轻力壮只会使蛮力的山里人全都比不过。车上人太多，简直是堆着放。一位大姑娘顾不上害羞，汽车稍有颠簸便坐到苗振亚老师的身上，虽然比不得坐怀不乱的典故，三番五次下来，苗振亚老师倒也能泰然处之。

坐落在大别山主峰天堂寨下面的小城，近几年宾客来得多了，但是从外省文学殿堂来的编辑仍属罕见，更何况《安徽文学》还是推动"伤痕文学"的名刊。苗振亚和温文松二位老师的到来，不能不在小城文化圈引起骚动。因为他俩是专程来为我指点迷津的，这种骚动就更显得不比寻常。我那时处境不妙，"倒刘运动"方兴未艾，在小城文化界权倾九鼎的那帮人瞄准我"出身不好"的"软肋"，几欲"清理阶级队伍"，将我撵出文化馆这个龙凤巢、金银窝，赶回写在另册上的集体所有制小厂。所以，我也乐得让小城里的文化要员见见他俩。好客的山里人最怕招待那种不抽烟不喝酒的客人，二位老师像是约好了的，谁谁都是烟酒不沾。既然达不成烟酒不分家的友谊，又因为只是专程为我而来，在文化要员们的彬彬有礼背后，是某种拒人千里的冷冰冰。心知肚明的我还想瞒着不让客人知道，哪知离开英山，前往黄州赤壁，再与黄冈地区文学界的几位见过面之后，苗振亚老师马上对我说，地区的这几位要比县里的那些人对你要好些。在我还不知如何回答时，苗振亚老师主动说："同当官的打交道是最吃力的事，还是少见他们，咱们多聊聊吧！"

　　在漫水河镇的那顿午餐上，纵然是初次相逢，两位老师也绝不肯沾一滴酒。第二天才听到苗振亚老师的实在话：他知道皖西大别山区一带有个恶俗，酒宴上无论是谁，只要一端酒杯不是醉倒的不准退席，他担心鄂东大别山区也如此。这种心理同样反映在他俩来英山的动机上。我在处女作中描写了这么一种焦虑：为什么人们都崇拜张海迪的自我奋斗精神，而在有意与无意之间冷落了朱伯儒的炭火效应？因为学张海迪既有付出又有收获，学朱伯儒则完全只有给予。苗振亚老师说，与鄂东毗邻的皖西四县的情况他是了解的，他有点惊奇怎么同一道山脉之下，同一片山丛之中，文学的思维模式会有这么大的差异。所以他想了解其中奥秘所在。

　　从三月十一日下午至三月十六日上午，第一次与文学前辈接触便独享五天时光，文学真谛获得多少不好说，如何在文学的背景下修炼自身，真的是受益匪浅。在十四日谒拜东坡赤壁、寻访东吴故都的过程中，因来过多次，对此古迹胜境早有漠然的常客的我，有些不把二赋堂、赤鼻矶的古今沧桑收入视野，当苗振亚老师买下三本《东坡赤壁》，并送我一本时，让那个一直将自己当成普通游客，一直将东坡赤壁当成普通家乡的我实在无地自容。私下里，苗振亚老师还谈及，为何将我的处女作放在第二条，而他的本意是要放在头条的，其中缘故与文学无关，却是文学生活中经常遇到的又不得不妥协

随　笔
583

的，说是难题也是难题，唯有不将这些一时的位置看得很重，才能突显出文学的真正意义。

有一次，谈起某些作品，苗振亚老师不禁脱口说道，有人写小说一辈子，字里行间一点小说味也没有，还说他喜欢我的小说，是因为很有小说味。至于什么是小说味，他也说不清楚，只是觉得真正的小说一定是小说味十足。这番话在我听来格外贴心，让我很容易就联想到性感、悟性等一类普遍运用，却很难说清楚的感觉。

在谈到我读过、他也读过的一本名叫《众神之车》的书时，苗振亚老师说，世界的确有许多不可思议的神秘之处，这也是生活永远具有魅力的根本所在，爱因斯坦说神秘最美，所以他说他是倾向文学作品可以有点朦胧感、有点说不清楚的神秘。这也是我特别喜欢、特别入心的，生活本来就是解释不清的，能解释清楚的就不是真正的生活；因而文学应该是去表现生活，而不是解释生活。正是这一觉悟，使我找到了自己应该去探索的文学小路：我愿在使自己融合进绝对不应当被称为浪漫的"东方神秘"的过程中深情地表现它，并为重建楚文化的神话体系，而与各洞南蛮一起竭尽绵薄之力。

三月十六日上午九时，红白两色的公共汽车拖着一股尘埃远去了，两位编辑老师的鄂东之行结束了，只需四十分钟，即可进入皖西地界。以后的两年，我们的书信往来甚多。其中也有谈到小说的闲笔问题，苗振亚老师曾经说过，读我的小说觉得闲笔很多，可一旦将这些看上去可有可无的闲笔删了去，整部作品就变得毫无生气了。他说他也不知道这是我的长处，还是我的缺陷。有一次，我读到一篇文章，其中一句话让我很是振奋，就写信与苗振亚老师，告知有这样一种观点，小说的艺术其实就是闲笔的艺术。今年年初的那封来信中，苗振亚老师说自己"老得快，感到心太累"！读毕为之黯然，他可是刚近五十的人，我那尊敬的为人作嫁的编辑老师啊……

这是关于我与文学相遇的第一个故事，说与那些新结识的友人听时，他们总是不相信，笑话我在讲构思中的某篇小说。不过，这段经历中的所有的人仍健在，我衷心祝愿他们幸福长寿，这样在我第一千遍讲述这个故事时，也无须起誓，请苍天作证了。

一九八六年十月于大别山中

喜鹊尤如小说家——致周毅

周毅:

你好!

三月七日午休后刚打开电脑,邮箱就开始缓慢地接收一封有附件的来信。

等待的时候,我站起来走向窗口。这也是写作《圣天门口》的六年时间养成的习惯,用故意不将电话放在顺手处等小伎俩,迫使自己在不自觉的长时间写作过程中,站起来,哪怕只是在屋子里走几步。甚至因此认为,长篇小说艺术的特质也是这样,既不会遥不可及,又无法唾手可得。所称小说即是人生,完全可以融合在与写作密切相关或者毫不相关的日常中,对一些熟知事物潜意识的挑衅与超越。

窗台上,一对斑鸠正在轮番整理那只整个冬天都是空着的鸟巢。虽然自己用了百分之百的似曾相识燕归来的心情,看来看去仍然不清楚是不是那旧时相识。去年的这个时候,《圣天门口》刚刚交给出版社,大约是陪伴了整整六年的缘故,那一阵只要开启电脑,我一定要先双击那个熟悉文档,然后才相信,从春播到秋收,个人文学纪年中,又一个写作季节真的结束了。小斑鸠就是在这种时刻飞来的。小斑鸠来时,书房的窗台上养着一株西湖玫瑰、一株铁树和一苑几年前老父亲送给我的半人高的文竹。我这人与花草没缘分,越是认真打理,它们生长的样子,越是像受着虐待。一定是铁树上的枯枝吸引了鸟们,我眼前才会上演鸠占鹊巢的一幕。曾经有喜鹊在此徘徊,后来的斑鸠却在它们辛苦衔来的几根细枝上,构建了从春到秋生下几窝蛋,孵出一群小鸟的鸟巢。依据小时候在大别山区积累起来的民间知识,这种脖子上披着少许彩色羽毛的灰斑鸠,唯有孵蛋时,才想到鸟巢,平常时候只喜欢栖息在茂密的竹林里,和阔叶浓厚的大樟树上。在夏季,小斑鸠从出壳到飞腾也就十来天。之后,就是空巢,直到又有斑鸠来,如此周而复始。我不奇怪自己一直将它们当成是同一对夫妻鸟，写作的情绪与灵感通常就是来源于这类不同寻常的判断。就算是最普通的鸟也能找出个性，对于小说家，也是一种基本的才能。真正的小说家，是用悲哀和悲伤养育而成的，命中注定要恋旧，假如我眼里的小斑鸠，每次都是新来的，历史和命运就会被我演变成一种时尚，那种心态下的写作，必然是披着小说外衣的某种广告或策划文案。

前几天，武汉落了一场很大的雪。这些年，此地老是不落雪。近两年落雪的场次多了些，时节却比从前延迟许多，春节前很难见到雪景，偶尔有，也是粗制滥造，一如今日某些畅销书，名曰小说，其实是一些书界肖小胡乱涂鸦。融雪的水渍和潮湿，没有完全干。归来的斑鸠等不到居住标准符合人的想法，就孵进巢里，我以为它又要下蛋了，没想到只是试试，时间不长，它便腾空而起。就在这时候，我所设定的电邮收毕的铃声响了起来，转身一看，邮件标题竟然是"请看附件·周毅"。

花了两个小时，将你这书信体的文章读完后，很奇怪春节前的那封电邮，竟然是你发来的。曾经对李修文说，徐春萍夸奖你那篇文章写得十分好。若不提起，过去现在和将来我都会以为，先前那封既无标题，又不署名的电邮作者是《文学报》的徐春萍。这种电报体率性随心的文字，《圣天门口》的责任编辑杨柳也是惯用的。不过，杨柳的文字非常事务性，永远都是询问一些和解释一些具体东西。经你一说，又觉得没错，这也是你的文字性情。因为文学而相识的这些年，也就是一九九八年发大洪水，你来武汉采访时见过一面。你还好，不像同期从上海来的新闻界朋友，随身带着救灾衣物，硬要塞给我们一些。这仅有的一次见面，远不如当年周介人先生约你所写那篇评论我的小说的文章记忆深刻。是否因应电邮和短信的特征，后来接触到你文章之外的文字，正是这般简约精准，就像金庸小说中的众女侠，不仅长袖善舞，更以行使独门暗器见血封喉为特权。换个角度来想，有些事情本来就是只要说清楚就行，无须浪费笔墨，如此才可以将有限心血流淌成汪洋大水。淡泊明志，宁静致远，是说做人的态度，用在写作上，是要我们坚决地放弃那些泛爱滥情，以及做梦也要做得比别人有才华的虚妄。由此我想到长篇小说文体，就像传统中国家庭中的老大，注定要为命运承担更多分量。诗歌和散文可以是清风云霞，飞瀑流泉，长篇小说永远只能落实在茫茫土地上，任何浪荡花腔，都会酿成可以预见的荒废与颓败。小说容易得到万千宠爱，同时也容易受到无情奚落，亦酷似现代人对茫茫大地的爱恨之切。说起来，也是人之常情。当老大的总是吃力不讨好，又不能学弟妹们，不时地用精神撒娇放纵自己的原欲，往往如牛重负沧桑早至。这种特质在当下尤为突出。

一开始就同你说斑鸠窝是有目的的。小说这种被人当作俗物的文体，本质上绝非俗物，只是因为写作的人低俗了，阅读的人低俗了。那对斑鸠，在喜鹊弃置的几根细枝之上，再添些许杂草，不是也成了鸟巢！喜鹊不是这样，它是一位真正的小说家。为了搭建一座真正的窝，不惜舍弃已经形成的规模，它所弃之如敝屣的开头，被斑鸠捡了去当成宝贝似的金窝银窝。呈现经典小说一样的喜鹊，将自己的窝发表在苍茫的树梢和现代化的高压线塔上，如同天造地设的风景。说实话，如果不是五岁女儿做出决定，让我们付出三盆花草全部枯死的代价，加上九个月不能开窗户，看上去尽是些丑陋粪便的所谓鸟巢，早就在弹指之间灰飞烟灭了。如果小说可以是一群鸟的生活，真正的小说肯定是在空中高蹈的喜鹊和喜鹊窝。那些必不可少的混珠，当然就是斑鸠和斑鸠窝了。小说精髓总是处在可望而不可即的位置上，没有人能独占，也没有人能够真正予以摧毁。所以小说的模样，正是喜鹊的模样。小说的声音，正是喜鹊的声音。无论是独立枝头，还是穿越云天，喜鹊是从容的，安详的，优雅的，高贵的，哪怕迫害就要发生，也还是有尊严的。斑鸠们除了正好相反的品行外，还有一些习惯让人生厌：鬼头鬼脑，从不正眼看人，永远有事没事地故弄玄虚，好好地也要猛地一拍翅膀，发出惊心动魄的音响，不晓得的还以为真有惊悚悬念发生，定下神来去看，卖那么大的关子，根本不是要一飞冲天，往往只是蹿出百步之遥。实际效果，如同人之哗众取宠。

将北岛的诗句改一改：粗鄙虽是粗鄙者的通行证，优雅绝非优雅者的墓志铭。这是我对近年来长篇小说的总体看法。粗鄙是一种个人精神状态，优雅则是个人精神达到极致状态时的灵魂结晶。但凡粗鄙小说者，写作意志算不得太坚定，甚至就是正在学舌的孩子，听得几句从大人们嘴里冒出来的脏话，便好奇地在某个最不应该的场合里突然大声地说出来，使得一些人像遭电击那样发出种种强度不等的痉挛。这样的反应算不得审美范畴。以这种的心境要想混迹在长篇小说领域，就不行了。长篇小说的写作状态是不能招之即来，枯坐斗室的长期孤独也不会挥之即去。粗鄙是对他人的，须得营造一些嘈杂环境才能用武。优雅是为了自身，不仅不怕，还渴望独处的境界更高尚和更奇特。所以，进入长篇小说写作领域的人，需要达到较高的修养境界。这样想来，就会发现，世上各类事物，形而上也好，形而下也好，一直被我们用艰难系数分解得清清楚楚。无法例外的写作，将长篇小说当成人所景仰的青藏高原。那样的海拔，那样的敬畏，完全由不得我们。即便是我等资深与熟练的写作者，一旦失去敬畏，生命在小说中延续的过程就会事实终止。我很庆幸，曾经一而再、再而三地重写开头，不惜先后废弃足以构成一部时下热门的所谓小长篇的近二十万字。这种潜意识表达，足以证实我对小说高原的深深敬畏。

长篇小说神韵必须有优雅的。长篇小说风骨必须是高贵的。

在写作这部小说的早期和中期，我用的是另一个名字：《雪杭》。它来自那年冬天，在杭州遇上的一场大雪。"圣"的概念明晰之前，曾经有过多次，突然中断正在进行的写作，怔怔地为自己创造出"雪杭"这个词而不知所措。我很偏爱它，却不晓得是否真的合适。随着书写的进展，女儿也出生了。在她长成一副小女生的模样后，我们送她到东湖边的一所芭蕾舞学校进行训练，真实想法是希望纠正女儿那长得不甚理想的腿形。女儿的芭蕾舞教师名叫奥丽加，是俄罗斯圣彼得堡芭蕾舞团的演员，因意外受伤才转而从教。学芭蕾舞的女儿不够天鹅的份，只能称作"咪咪鹅"。每逢上课，奥丽加总是提前来到练功房，以一系列的独舞作为热身。那种惊人的优雅，不用说当家长的成年人，就连三五岁的"咪咪鹅"们也会情不自禁地站在门外，不敢有任何多余的声音或动作，唯恐有不当打扰。练习课结束，奥丽加同她一群"咪咪鹅"互致告别礼，当家长的便会带着孩子离开。很久之后，我们才在无意之中发现，与孩子们别过了，奥丽加收拾起自己的舞蹈服，在胸前划一个十字后，必定会回到练功房正中央，行一个深深的谢幕礼。有时候，几个担任助教的中国女孩尚在一旁说着课后的闲话；有时候，还有因故没有走开的家长和孩子。最是在那些人去练功房空，只有奥丽加独自一人的时刻，这种充满感恩的谢幕，哪怕已经重复过一百次，仍旧百倍地让人震撼不已。曾经在阅读中见到类似的文学描写，在亲眼目睹这一幕之后，才算真的明白，这些绝非只是对艺术的由衷热爱，而是往心灵深处引领的一种圣洁。那一瞬间，我突然想到，自己正在书写的这座小镇也应该冠名：圣天门口。

优雅是一种圣，高贵是一种圣，尊严也是一种圣。一个"圣"字，解开我心中郁积八百年的情结。对圣的发现，不只让这部小说拨云见日，更是使其挺起人在历史中的风骨，哪怕是马鹞子这一类的命运，也不再被历史抛弃。身为书写者，如果没有小说中日益彰显的优雅、高贵与尊严时刻相伴，信息时代的六年沉默，就会形同六年苦役。年复一年不与外界接触的书作，因为有了圣，才不枯燥，才有写小说二十几年来，最为光彩幸福的体验。很佩服你一下子就从洋洋百万言中，抓住马鹞子的"轻轻一死"。也很奇怪，每当多数人集中挑剔小说中的某些地方，总是你在没有半点沟通的前提下，道出我之所以如此书写的真相。那个马鹞子前半生是何等威风，如何让他死去是一个很困扰的问题。一开始写成这个样子，没有一点刻意，本想先这样交代过去，留待后来再做修改。想不到这就是他的命运，后来几次尝试都失败了，再多的文字，也比不上这"轻轻一死"。我把这一点当成马鹞子个人命运中的优雅与高贵，一个人生前做不到的，用最后的死亡来实现了。

如果不是"轻轻一死"，难保马鹞子不会重陷旧时文学怪圈，继续在反面人物形象的认识中无法自拔。有了这最后的优雅与高贵，先前的马鹞子，便羽化登仙一般轻轻地化去，连同所有的仇恨，豪杰一生竟然比不过那阵短短的清风，换来些永久的感化。一般人都会将俄罗斯女孩譬如成美丽的白天鹅。教芭蕾舞的奥丽加，在空无一人的练功房中行一鞠深情的谢幕礼后的离去，被我在心里与马鹞子的"轻轻一死"混为一团。那些同样渐行渐远的身影，留给我们的是毫无二致的一串串比飞翔的天鹅还要感伤的梦想。

还有一种优雅。童年时期为我留下许多终身无法释怀的记忆，其中又以"地主婆"为最深刻。在我心里还来不及建立优雅与高贵的概念的时期，这些被孩子们称之为"地主婆"的女人，政治地位已经低得不能再低了，就连牙牙学舌的乳牙小儿也敢跟在身后，一声声地叫骂。奇怪的是，只要地主婆们一回头，孩子们就会望风而逃。"地主婆"们什么动作也不做，就算开口，也只能轻轻地说：你们这些细伢儿！当年不懂心中胆怯从何而来，是因为年纪太小。大了之后，多数时候记不起来，偶然记起来了，心里怦然一响，多年来的生活匆匆也没想到需要细细思量。假如没有这长达六年的书写，这种对自己的灵魂必不可少的梳理，不晓得又会延缓到何时。雪家女人形象来自我太太仅存的那张外婆照片。往深处追究，外婆身着旗袍的照片是一扇门，居住在门后的，正是那些童年中活生生的"地主婆"。那个时代的"地主婆"，家境破败到极点，全家老少聚在一起，也见不到一件完好的衣服。在乡村，穿破衣服的人很多。"地主婆"的区别在于，她会将衣服上大大小小的窟窿补得整整齐齐，错落有致，男人也好，女人也罢，眼睛有多干净，脸上就会洗得有多干净。优雅与高贵是人世间无法剥夺的精神资源。拥有这种资源就等于拥有巨大的魅力，旧时代的那些孩子，怎么会在"地主婆"面前胆怯哩，是突然出现的这种魅力，让他们因不知为何物而惊慌失措。对小说的审美表面上存在着千差万别，能否尝试和鉴识这种让无知者手忙脚乱头皮发麻的优雅与高贵，是最为需要和不可或缺的核心。小说的兴起，一定是此二者天衣无缝地结合到书写者的笔下。小说的衰落，也一定是此二者在书写者心里率先沦陷和沦丧。

写小说时，我有一道心理防线，从不肯接受以北京俚语为主要因素的各种粗鄙的流行用语。无论它如何甚嚣尘上地表达出人与人之间的强烈亲近感和时髦相。我还会喋喋不休地诘问，作为政治和文化中心的首都之城，不去升华既有的民间人文精髓本来就是大错，那些在此基础上变本加厉制造文化垃圾的行为，就应该挨天堂里老祖宗的鞭挞了。不记得是谁写的，只记得那本书名《被委以重任的方言》。就算是望文生义吧，起码对这句话我是深有同感。有人评价说，我在《圣天门口》起用了大量的方言土语。其实不然，常用的方言词汇也就二十来个：汰衣服、掇东西、啸水、阘风、打野、落雨、落雪、往日、昨日、今日、明日、后日、嘎白、晓得、吊诡、嗍几口，如此等等。这些较为典型的鄂东方言，与当下常用的同义语对比，明显具备高出一筹的优雅。这种特质犹如定海神针，一旦出现，就会让人觉得无所不在。仰仗民间人文底蕴的长篇小说，不可以视流行俗语为至宝。

在我的第一部长篇小说《威风凛凛》的开头，讲过这样一个故事：牧师和修女在路上走着，天上掉下一滴鸟粪，正好落在牧师的头上。牧师骂了一句：他妈的！一旁的修女于是提醒，这样粗俗，上帝会发怒的！一会儿，又有飞鸟将一滴鸟粪撒在牧师头上。牧师忍不住又骂了一句。修女当然又要提醒。等到第三只鸟飞来，第三次重复先前的那些时，天上突然响起一声惊雷。修女应声倒在地上。牧师正在发愣，忽然听到空中传来上帝的声音：他妈的，打错了！故事讲的正是小说的处境——是像修女那样优雅地死去，还是像牧师那样粗鄙地活着？有人担心，我是不担心的。想想上帝最后说的那句话，这世界有许多貌似不可逆转的事情，其实是一场错误。不要以为上帝每天都犯错误，也不要以为上帝真的能够宽容普天之下的一切过失。上帝说过粗话骂过人，不等于上帝已下定决心将这些作为自己的家常便饭。如果就此将上帝曾经在粗俗面前附和过的言说作为新的圣经，灵魂的世界就得崩溃。上帝的粗俗，是心里有数的粗俗。一滴唾沫，哪怕它来自上帝的舌尖，也还是一滴唾沫，不能当成是普降天下的甘霖。怦然倒地的修女，正如那些深藏于民间的珠玑般的方言。在现代信息狂潮肆无忌惮地泛滥之际，那些曾经不被注意的方言，反而显著地提高了自身的重要性。绵绵不绝的方言是一种经典。稍加整理，就能透出神采飞扬的韵律。又因为基因遗传及文化熏陶等要素，精彩方言和方言精华，会使我们随着潜意识沉入博大的民间叙事和深远的人文理想中。

我在电脑里保存着你于元月十六日十五点三十三分的来信："上海话里有句话叫'弹眼落睛'，普通话大概叫'目瞪口呆'，这两个词可大约形容这个双休日我看你作品的感受。现在才看到三百页。"这些文字带给我窃喜，真正的情绪应该是欣慰。三月初，《圣天门口》被评为第二届中国小说学会奖，本届范围的这三年，能从《受活》《水乳大地》《人面桃花》《秦腔》《平原》等众多佳作中脱颖而出成为唯一的幸运者，最强烈的感觉也是欣慰。

去年十二月十三日，相关单位在和敬府宾馆召开《圣天门口》学术研讨会，多数与会者说，这是多年来北京开得最成功、水平最高的一次研讨会。好好的一件事，临末了，却被人硬往心里塞进那种早已臭不可闻的烂石头……研讨会结束离京的那天晚上，我给陈建功和刘颋等发短信，提及一段旧事。当年路遥去世时，湖北本地的一批年轻作家正在一个叫咸宁的地方开笔会，当有人伤感地想到，下一个将被写死的作家是谁，在场的人无一例外地指着我。我对他们提及这些的本意是，自己在都市里隐身六年，写了这样一部不合潮流的小说，能够出版就该谢天谢地，我的心愿已了，任何评说都是此身之外的东西。

时下的中国小说，被时世逼到不得做出抉择的岔路口上。这些年，小说的传统因素，被各种各样的行为反动掉了。尽管传统的为政治服务论还有相当市场，想要回归从前的大张旗鼓却是痴人说梦。政治因素变得越来越不明朗，多数时候，只能以暗地里搞小动作的"匿名者"面目出现。真正值得深思的反而是受到国际化潮流驱动，将勃勃雄心挂在世界文学的顶峰上，并试图搭乘直升机，直达珠穆朗玛的第三台阶。如此超级快速地登上地球第三极顶，也是一种文学的存在。只可惜这样登顶算不得登山。当我们将长篇小说看作是一座大山时，唯有真诚地从山脚下开始，并且每走一步都是向着顶峰，哪怕终止处是在半山腰，也能营造出独具风格的个人高峰。我深信，长篇小说并不在乎有新艳资源被发明，老练和持重对其生命力的延续更为紧要。同样，小说资源亦是无法掠夺和占有的，只要创造手法得当，那些貌似的贫瘠和古老，其中艺术元素量，不经意间就能达到震撼心灵的程度。在现代主义的世界性话语备受宠爱的当下，深藏在民间的陈年芝麻旧时事，反而会被映衬得分外辉煌。

长篇小说有着明显的生命体征。正如真正的登山者，每一点每一滴的超越，都会产生动物年岁植物年轮那样的生长印痕。有人在读过你的文字后，曾经说，你非常尊重我。这话听起来很有分量。人性中最基本的特质，正面的和负面的，莫不是与尊重相关。有了尊重才会有仁爱慈善，没有了尊重才会有仇恨凶残。对生命的尊重正在于认识到它是"轻轻的"，当我明白长篇小说是有生命的文体时，用"轻轻的"方式处理叙述过程中的重大关键，便契合了人生的优雅与高贵。

没有任何例外，在百万言中包容的每个人物的每一言行，都曾让我在写作过程中的突然停顿中发现，这些其实都是我自己梦想着希望去做的。十年前，周介人先生曾选择你来为我的小说写评论，从而让你我有缘相识。周先生那时提出一个的概念：大善。相比稍后提出来的"现实主义冲击波"，"大善"对于文学的意义更加意味深长。以我与周先生单独接触中留下的印象来看，周先生对于"现实主义冲击波"的提出是犹豫不决的，原因在于他十分讨厌××等人的写作，很长时间坚持不肯在《上海文学》上发表他的小说。周先生辞世那年五月，《上海文学》举办了一次现实主义文学讨论会。到上海后，我去医院探望，周先生悄悄地说，不让××参加会议是他的意见。人之将死，其言也善。周先生对这个时期文学现象的最后定义，正如他自己所倡导的是一种"大善"。不晓得周先生有否对你提及这些。周先生的去远，让我的身份变得既是被告，又是原告，并且还是双方的证人。很希望周先生也曾在你面前提及一二，那样我在文学史的这段中的角色就会清晰一些，也会轻松一些。还有，周先生身体康健的那些年，多次对我说到"人文关怀"的提出。

二十世纪的最后两年，我一直在问，周先生身边青年才俊比比皆是，为何要唯一对自己说这些？在那些还没读清楚文本就匆忙展开的猛烈批评面前，不少人将自身的写作转变成功利驱使的捷径而有所投靠。在我这里，当时还是赌气，歇下中短篇小说不写，为着他人能够在"现实主义冲击波"中忘却我。那时的放弃算不上是气定神闲，我只是将它当成修养自身的目标或者方式。曾经有过一段时间，我自问问天，如我这样没有家传书香，也迟迟地人到中年才接触与红色革命文学彻底不一样的其他文学，是在没有答案的地方自寻烦恼。如今你能重新喜欢我的写作，让我可以将其证明为，我具备了在没有答案处找到答案的能力。文学上的追究，是个人艺术天分从实到虚，再到实的不断转换。从《圣天门口》倒推回去，与当年的"现实主义冲击波"联系起来思考，应该便能发现周先生等人提出的真正道义。也希望当年周先生私下对我说了许多，正是看出我具有在未来修炼出一部《圣天门口》的能力。

　　从收到你的信就开始回复，到今日止，差几天正好一个月。其间有些其他事情耽误，主要原因是身体不适，不得不住进医院接受检查。没想到差点弄出大事来。血检结果，有一项极为重要的指标超过正常值，如果这种标记再有其他佐证，也就意味着一种绝症。在进一步检查的十来天里，我独自一人到东湖边散步排遣心中郁闷，并趁机放纵一下男人的眼泪。除了担心女儿只有六岁不到，想得最多的是，难道对陈建功等人说过的，会一语成谶吗？那些天，上医院打完点滴后，便逃也似的回到家里打开电脑，如写遗书一样，反反复复地在键盘上敲出一些文字用作回信。谢天谢地，进一步的磁共振、彩超等排除性检查，没有发现任何异常。我还有机会再写越来越让我心爱的长篇小说。这场虚惊让我再次体会到生命是那样的轻轻，如果不能多一些对优雅与高贵的体验，人生这部长篇小说是会书写得淡而无味的。武汉昨天热得出奇，达到八十三年来同期从未有过的三十二度。我回黄冈老家为爷爷奶奶扫墓，在我屈膝跪拜时，忽然察觉到过去在眼里不过是一抔黄土的坟丘，分明是有生命的。只不过它们已悠然站在人生的另一种境界上。这会儿窗外刮起大风，鸟巢里的小斑鸠的羽毛被吹皱得像只刺猬，本地骤然降温了。如此朝晴暮雨唐突暴戾，表明老天爷的心态不适合于长篇小说写作。

　　谨祝春安

刘醒龙

二〇〇六年四月四日于东湖梨园

《天行者》再版后记：生命之上，诗意漫天

在我不算太长的写作日子里，与《天行者》相关的文学元素总是如影相随。从一九九二年的情结，到二〇〇九年的情怀，感谢稍纵即逝的时光，让我独享十七年的沉静与深思。感谢牵挂不舍的读者，在日新月异的时尚风潮里，始终关注那些在乡野中卑微生活的知识分子。感谢本届评奖的组织者和评委们，用公开公正的方式，将当代中国文学的莫大荣誉授予我和我的《天行者》。

所有这些让人心存感动的因素证明了，我们这个时代的作家需要对本土文学特质的坚守和坚持。文学不是自生自灭的野火，而是世代相传的薪火。在写作中遵守天赋原则无疑是正确的。然而，我们还要记住在有限的天赋之上还有无限的天职，当天职被忽略和遗忘时，最终的受害者将是我们自己。

今天是老父亲八十六岁生日，二十天前，我回到离古城黄州只有二十公里，名叫张家寨的小地方，在爷爷长眠的小秦岭上，为年迈的父亲寻找最后的安身之地。在爷爷的坟头前我长跪不起，并用乳名自称，以让老人家认识这个最爱听他讲故事的长孙。那一刻我丝毫不曾记起文学，直到一步一步离开茅草与水稻，十里百里地朝着城市远去，我才惊奇发现，天地上下全被文学情愫所缠绕。

一个人的灵魂品格既是血脉风骨的根底，也是心性情怀之本源。天下的读书人都有某种无法摆脱的情结，对我而言此情此结名为田野。无论心之田野是辉煌还是寂寞，都将殊途同归，以诗意作为共同归宿。

此时此刻，让我们铭记生命之上，诗意漫天！

二〇一一年九月十九日于国家大剧院

《一棵树的爱情史》后记：
一种名为高贵的非生物

　　一个人终其一生，不知会做多少荒唐事。那些立即就懂了的，自然是用同步进行的一笑了之。有些荒唐当时并不晓得，过去了，经年累月了，非要被某种后来才发生的事物触发，才会明白。

　　那一天，去到江西永修境内的柘林湖。到达湖边时，一路上不曾间歇的夏季豪雨，突然停了。徐徐退去云雾的水坝旁，更是突然露出一块标示牌，上面分明写着：桃花水母繁殖基地。桃花水母是学名，平常时候人都叫它桃花鱼。叫桃花鱼的人与叫桃花水母的人不同，只要开口就不难分辨出，是治学古生物的专家，还是天下人文故事的口口相传者。

　　多年以前的那个夏天，我曾经奔着桃花鱼而去，那是奔流不息的长江为桃花鱼最后一次涨水。秭归的朋友在电话里告诫，这几天不来看，就只能永远地遗憾了。依照家在三峡的朋友们的说法，桃花鱼也不是想见就能见到的，排除了当地人，许多专门奔桃花鱼而来的人，两眼空空来与去的实在太多了。朋友所指人与桃花鱼的缘分，不是俗来俗去的所谓桃花运。就连当地人也说不清楚，同样的天气，同样的时辰，同样的水流，体态婀娜的桃花鱼有时候出来，有时候却不肯露面，不使那些渴望的人，一见钟情、心绪飞扬。那时的桃花鱼生长在秭归城外的那段长江里。如九龙闹江的咤滩上，有一座每年大半时间都在江底隐藏着的鸭子潭。我去时，朋友在当地的熟人一律往天上望一眼，然后众口一词地断定，这天气，见不着的。在我与百闻不如一见的桃花鱼相逢在水边后，朋友才说，其实，他是最早持这种看法的人。我去的时候，小妖一样的桃花鱼，偏偏一身小资气质地现形了。多年以后，只要有审美的需要，就会情不自禁想到此种细细的九亿年前的尤物。譬如柔曼，譬如风流，譬如玉洁冰清，譬如款款盈盈，再也没有比得过这汪洋蓝碧之中所荡漾的了。

现在，我当然懂得，任何的绝色无不属于天籁，不要想着带她去天不造、地不设的去处。人的荒唐就在于，不时地就会冲动，想着那些非分之想。我从礁石那边的江流里捞起一只瓶子，洗净了，装了一只桃花鱼在其中，然后就上了水翼船，不等我回到武汉，刚刚接近西陵峡口的那座小城，绝色桃花鱼就在荒唐中绝命了。过完夏天，又过完秋天。一条大江在屡屡退却中，再次将鸭子潭归还给想念的人们。从满江浊水中脱胎出来的潭水一如既往地清澈，然而，这已不是桃花鱼灿烂的季节了。山崖上的红叶扬起凛冽寒风。江水终于不再退了。那座因为空前庞大和空前纷争而举世瞩目的大坝，如期将这条最自由和最独立的大江，彻底套上了枷锁。那些铺天盖地倒流而来的巨大旋涡，沿着枯干的江滩反扑回来。在不计其数的时光中，向来不惧怕激流浪涛的细细桃花鱼，当然无法明白，从不涨大水的冬季，一旦涨起大水来，注定就是她们的灭顶之灾。

失去桃花鱼的不是桃花鱼本身，而是那些以人自居的家伙。科学的意义自不待言，对于普通众生，他们失去的是不可再生的审美资源。后来的一些日子里，偶尔谈论或者是在书文中阅读桃花鱼，总也免不了会猜度，没有见过桃花鱼的人一天比一天多，当他们的阅历让其与那早已成为虚空的桃花鱼相逢时，传说中由四大古典美女之一的王昭君，涕泪洒入香溪河中幻化而生的桃花鱼，是否会被想象成北冰洋边人所尽知的美人鱼！

仿佛如幽深的思绪，柘林湖边的那块标示牌，不动声色地为我更换了一种旷远、静谧的背景。这样一片浩瀚的水面，宛如一本智者的大书，翻动其页面，又有什么不能告之于人的呢？清水之清，被风吹起，俨然那薄薄霜色铺陈大地。湖光自然，被山收拢，一似莽莽森林落光了叶子。在居所所在的武汉，人在天界伟力面前第一位敬畏的就是水。在水的前面，只要被称为武汉佬，便是个个见多识广。而柘林湖还是让我震惊。

年复一年，日复一日，那些总让城市无法整理的清洁，随风入怀，汪洋肆意，毫无顾忌地游走在总是渴求一片冰蓝的情怀里。

于是，我在想，在桃花鱼古老的生命里，真正古老的是那份不与任何尘俗同流合污的高贵。宁可死于每一点来历不明的污染，也不改清洁的秉性。宁可葬身万劫不复的沧浪，也不放弃尊严随波逐流。与柘林湖水同游，时常有滴水成线的细微瀑布，送来深厚修养的轻轻一瞥；翡翠玛瑙散开的小岛大岛，也会端明九百九十几个情爱，没有任何阴谋地坦荡说来。也许，柘林湖此时的高贵只是一种风景。对于人，是这样。桃花鱼却断断不会这样想，高贵是其生命中唯一的通行证，舍此别无选择。有桃花鱼的柘林湖，理所当然值得每一个有心人去景仰，并且还要深深感谢它，用怡情的清洁，用梦想的冰蓝，用仰止的浩然，在大地苍茫的时刻，为滋养一种名为高贵的非生物，细致地保养着她所必需的墒情。

二〇〇五年十一月于东湖梨园

《寂寞歌唱》后记：写给我的工人兄弟

　　从十八岁那年开始，我在英山县阀门厂当了整整十年工人，从拿二十元工资的学徒工干起，一直到晋升为三级车工，虽然后来做过车间副主任和厂办公室主任，但最让我难以忘怀的是那几年三班倒的车工生活。由于自己的技术是优秀的，干维修活的时候占多数，更多的男车工成年累月都在满身油污地同沉重的铸铁阀门搏斗。那段青春虽然远去，却没有逝去，每当自己在城市里看到或听到我的工人兄弟的有关消息时，甚至遇到静坐于街道上、市府前的工人队伍时，那些陌生的面孔中透射出的熟识的忠诚和勤劳光彩，都让我感到难以言状的揪心，特别是那种光彩被压抑和无奈半掩半遮时，更是如此。

　　我当工人的最后几年，有幸赶上了工厂实行改革的日子。当时大家都挺浪漫的，看着工资飞快增长，奖金逐月增加，都以为日子会越来越好。日子越来越好的确实大有人在，工人兄弟却不在此列。当我听到我的那些工人兄弟的实际工资比前几年下降许多时，眼前顿时闪现出一个个熟悉的面孔，那位被车床绞断胳膊的女师姐，那个被铁屑弄瞎了眼睛的小师弟……他们都是有家有口的人了，那么一点钱怎么可以活下去哩！

　　记得当时厂里的一位工程师就强烈地批评过厂长责任制及承包制，他的理由是如果企业摊上一个混账厂长，那么这家企业就会完蛋。实际上，今天不少企业的许多困难都是几任的承包者一点点地积累起来的，以至才有今日的积重难返。当初，大家都为"一个能人能救活一个企业"而欣欣鼓舞。现在，许多的工人兄弟都在为一个所谓的能人也能搞糟搞乱搞垮一个企业，孤独地背负着艰难。也许这是又一沉重的代价！将凤阳农民创造的农业生产承包方式引入意欲走向现代化的工业生产中，这是否还是以农业的方式、农民的意识来引导中国工业革命前进的步伐，最终引导成为误导哩！我的那位工程师工友，曾经预言：早点实行股份制，工人兄弟们还能获得他们作为企业主人的一些利益，等到企业被少数人掏光了，工人兄弟们一辈子的希望也就变得渺茫了。

以上这些，就是我的长篇新作《寂寞歌唱》的写作背景，在一九九六年八九月份武汉最难熬的酷热里，我在自己那间简陋但有空调的房间里以每日八千到一万字的速度写作着。隔着一层地板，我的楼下便是某些人能够全心全意享受的桑拿按摩场所，在那里出入的人中绝没有我的工人兄弟，但为这些人服务的却有工人兄弟的姐妹家人！那一阵子我感到自己的笔尖在滴血。

长篇新作在《小说家》发表后，南京一所大学专门派人到天津，从杂志社里买走六百本杂志，作为学生们的阅读参考书。还听责编说，杂志在印刷时，印刷厂的工人就从生产线上取走相关印张，装订成册，在工人中间流传。

今天，我们是不是应该重新思索一下"谁养活谁"的问题：是作为能人的老板养活了工人，还是流血又流汗的工人硬撑着大厦之将倾！不少人喜欢《寂寞歌唱》这个书名，我自己也很喜欢，它的确勾出了我的工人兄弟眼下所处的生存状态。无论如何他们都是用心在歌唱，他们歌唱的是自己毕生为之营构的曾经光辉照耀的事业与理想。而那些在豪华歌厅中，有奢侈放荡的舞步相伴的歌唱，对我们共和国来说更多是一种腐蚀与罪恶。这已不是一种歌舞升平的虚假繁华了，在我们的企业、我们的工人兄弟正苦苦地在困境之处挣扎时，这是意欲断送共和国前程的挑衅！

当我写完这部书的第二天突然病倒时，我第一次感到死亡的威胁。不过死亡的挑衅很快就被击退了，大夫说心脏的毛病是劳累引起的，是功能性的。我祈祷工人兄弟们遇到的困难也是功能性的，挺一挺，对症吃点药后好日子还会有的！

一九九七年一月于汉口花桥临时居所

《大树还小》后记：小说是一种奇迹

　　曾经得到过我不经意帮助的阎志先生，某天的一大早，突然给我送来一套不错的音响。这时候阎志已脱了窘境并且拥有了一家颇有名气的广告公司。阎志告诉我这是通过"杜比"认证的产品。此前我不是没有听说过"杜比"，但一直没有往心里去，那天见到阎志说"杜比"时的神情，我才感觉自己不能忽视这种东西了。虽然我最终仍然没有去深究它，却从此不再将这个"杜比"视为与自己无关的东西了。"杜比"是家用电器行业里的一种国际标准，它所规定的那些技术数据，让制造商们既咬牙切齿又梦寐以求。在技术时代里我们仿佛越来越离不开"杜比"这类东西了。如水的饮用与排泄标准，食品里的大肠杆菌个数，煤气罐的安全压强，电灯泡的使用寿命，食用盐里加碘的剂量，还有写作者一天到晚离不开的稿纸与信封的规格，以及男女交欢是否达到快感所给出的经常指数。如果允许对人的克隆，连人的生产都可以立即制订出一个标准来。

　　技术时代将一切都量化了，这样做是为了快捷地判别一种事物的意义，使其高度专业化、职业化，以图对市场份额进行有效的瓜分。作为小说也有它的标准，譬如那个每千字三十到一百元的稿酬规定。

　　小说的稿酬只会影响到写作者的心情。小说在世上的流传与淹没，却与写作者当初获取了多少钱财丝毫没有关系，也与阅读者花费了多少金银购得此小说丝毫没有关系。它们的关系在于写作者的精神通过小说与素昧平生甚至隔朝隔代的人的沟通。这与比尔·盖茨的作品绝不一样。我们这些微软的客户完全是出于技术的原因而接触这个人和这个人的作品，如果说在感情上对其有点什么的话，那也只是天长日久所养成的操作习惯。小说完全不一样，没有不顾一切一去不回的投入，这种写作者唯一的出产便会无人问津。我们对小说以及其他艺术的需要，完全是出于一个人灵魂的驱使，而与饥寒饱暖无关。文字从发明出来以后，就是人在有限的生存时空里所享受的最美妙的东西。从来就没有人能够占有它，即便是有人在对文字的使用上超出他人许多，到头来受用这些文字更多的不是他自己而是别人。文字是人在世界里实现物质与精神的沟通，跨越种种不平衡而从心理上维持平衡的最伟大的发现。而小说是人对文字使用的登峰造极。

历经沧桑不褪色的小说不是没道理地凭空而来。这种道理是人生命中的绝对隐秘。就像我们对着大海无缘无故就开始景仰它欣赏它的壮丽磅礴和深奥，可大海真的就这么一说就清，我们在潜意识里就没有别的什么想法吗！难道就没有因为人是从海里进化而来，所以人的基因里至今还保留着对大海的亲和性吗！在所有艺术形式里，小说最受偏爱，除了它最容易让人感动，难道就没有人在选择小说时首先是因为它包容了最多的欲望、最大的期望和最失败的情爱悲欢吗！难道就没有小说可以向人提供一种虚拟的参与、虚构的发泄、虚妄的激情吗！对小说的判断从来就是因人而异，在这一点上人修养的差别并不重要，重要的是人在面对客观后主观上的失望有多大。人总是深藏着失望而进入到小说里。希望小说里有颜如玉、黄金屋，希望小说里有黑包公、白海瑞，希望小说里有自己未竟的理想抱负在心中共鸣共振。在这样的条件下，是不可能出现什么标准的。这不是微软公司开发出来的硬件软件，比尔·盖茨自己说了就算，他的标准就是所有人的标准。小说是写作者说了算，同时众多读者也得说了算，在小说里写作者是主人，读者也是主人，因为这样小说才如此经久不衰。

所以，小说是一个时代的奇迹。

在职业化浪潮不可逆转的时节，更能显出真正的小说写作是一种天职。这样的小说是黑暗中的一种光明，是平庸中的一种浪漫，是无奈中的一种反抗，是残酷中的一种温馨，是糊涂中的一种警醒；或者是与此完全相悖，是光明中的一种黑暗，是浪漫中的一种平庸，是反抗中的一种无奈，是温馨中的一种残酷，是警醒中的一种糊涂。小说截然不同的取向，决定了它是无法约束的。在它身上有颇多的上帝意味，在理论上上帝永远只有一个，进入到每个人心中的上帝却个个迥然不同。小说也是这样，写作者与小说的每一次遭遇所产生的结局都是不可以重复的，因此我们见到的每一部小说都有让人惊讶的地方。一旦新的写作开始了，从前的一切经验便即刻成了乌烟化去，只有那些空阔无边的想象在发挥着作用。而当一部小说渐入佳境时，那些先前绝没有意料到的语言与情节让写作者不免一边自我怀疑一边自我赞叹。没有人要求写作者的写作是因为没有人能够要求写作者的写作。一部小说的诞生是一个人生命升腾、灵魂出窍的结果。我们常在冥冥之中感受到一种召唤，随后心就像被什么拿走放进油锅里煎熬，这时候除了写作我们无法自救。结果自然可以预料：还有什么能比在拯救自我中所表现出的忘我更让人回味无穷更让人百读不厌！

在技术时代，小说是一种奇迹，标准对于小说如果不是意味着死亡，起码也会将其拖入无聊与平庸的酱缸。

小说的好坏是小说魅力的一种，与一切标准无关。

一九九九年十月十九日于汉口花桥

诗

赋

用胸膛行走的高原（第一部）

仰望的时候

七月的阳光如此温馨

青稞穗上晃荡着酒的醇香

我不想醉

我真的不想醉

可谁能拦阻自天而泻的豪饮

恨不能将一湖水举成一只银杯

最清洁的天叫蓝天

最清洁的地叫草原

最清洁的山叫雪山

最清洁的阳光还是阳光

最清洁的月亮还是月亮

最清洁的水却不是眼泪

眼泪洗过湖泊才是想往

如果转经筒转不动一颗心

就让圣湖边的白马引领灵魂

去六字真言镶嵌的天边放牧

那些没有翅膀的飘落

不再有想象中痛苦

投入深情的水

生命更加茂盛

沿着口传，沿着心授
朝圣者用自己的胸膛
在高原上行走
戈壁草原中泥团滚滚
冰川大阪上黑衣颤颤
一切渴望都是生命之舟
在圣心里抵达圣殿的距离从来不远

步履从容，情怀放纵
站在长满骆驼刺的荒原
心扉依然庄重
大岭高悬沟壑低幽
草棵石窝里都有灵魂的感觉
和血肉之躯和烙印
这样的伫立让爱漫天荡漾

由于一万重的圣洁
天和地在伫望中走到一起
挂着哈达的冰山
用吉祥飘扬，不是仿佛
它们本来就有共同的胸膛
高原挺起来，苍穹垂下来
为了相守冰雪才千年不化

天的高原，地的高原
多少个一万年才修炼成这般
季节的罡风消瘦
岁月的雷暴沉重
用大山垒起雄峻的躯体
哪怕草不发芽树不扎根
哪管如瀑的泪水滴滴留痕

生的高原，死的高原
与寂寞相望的日子还有多少万年
太阳与月亮频频相会
七月与八月年年相连
用雪水淌作血液的脉搏
纵然鱼似美人鸟同凤凰
也不肯爆发那深藏的熔岩

高原之心是铁铸的
铁一样的情怀唯有铁血能懂
知心的雪莲在雪线开一朵白
骆驼刺在裸岭上举起一瓣蓝
格桑花从不迟到地诉说灿烂
天下妩媚无数却不属于高原
有花的日子太短太短还是太短

从尘风滚滚中超脱出来
深达旷世的孤独并不好受
我是否会一直久久不语
就像面对大智大悲的圣贤
让目光里祥云升起来吧
山若有灵，这是与人之间
唯一彼此懂得的语言

当我拥有如此多的白云
也就拥有了快乐灵魂
只要敞开心扉
那高贵的音韵便扑面而来
云朵没有涂彩被歌唱得更美
笑意倚天，涕泪依地
任何他乡也无法给白云以根

连白云都不再漂泊
沿着雅鲁藏布峭壁
一次次地我翘首相望
冈底斯山巅峰何在
云朵有根不肯让路
我扬起五彩经幡高蹈
心性不再只是景仰高山之上

躯体量过的地方就是天路
上苍若是膜拜高原
我愿用柔软的胸膛
在那铺满肉身烙印的大地上
添几道肋骨的嶙峋之痕
有蹄小兽早已同青草留下来了
我只好做一片最后的苔藓

总是逆流而上
溯水寻源的时光中总有定数
走向归宿之旅
怨恨忧愤都是过眼云烟
半座山乘风而下时路会中断
蓝色花标定的终点不会改变
悲凉的是山脉自此永远伤残

江上无渡条条经幡横空
扯起意志的旗帜
山口无人堆堆嘛呢独立
垒起心性的界碑
无言的黄土岭古堡虬虬
残垣断壁上仍守望着
许许多多过往的眼睛

当陌生雪域迸出刻骨的熟悉
那就意味着旅途结束了
永恒的长度并非无法丈量
情感超长，爱意精密
只是另一端给谁作为基准
生命的能量让我蓄满期望
也许有株骆驼刺和它的小花就行

任无数雄峰紧压也要扭头回望
才使雅鲁藏布奔流不息
用身躯汹涌滚动八方翻腾
寂寞的戈壁沙砾其实也有生命
一切有形无形有声无声都有祈盼
譬如昨夜风雨掩去来历的那条小路
譬如大漠无孤烟时独坐的黑衣人

肃静的脸上黄昏时分漫长
四方中沦陷了三方
日落已深，落日更深
西去的目光仍然一派明亮
很遗憾我没有黑衣
假若没有遗憾
我会黑衣披身与高原彻夜对饮

青稞酒盛在最小的杯中
也会豪情壮烈
不曾品尝心已化作琼浆
让我记得是哪一年的雪
化作冰水流入哪座湖
又在哪一年劈山凿岭流入哪条河
岁月脉动才酿成酒的醇厚颜色

有酒的高原从来不醉
醉倒的总是心中的梦
七月青翠八月金黄
雪的鹅毛漫过九月铺满十月
牛粪青烟黑帐篷里没有诺言
从无春意的座座雪峰全都知道
我的七月将年年如期而至

等候太阳高高升起的日子
对月亮的追忆更加深沉
那不是光明留下的影子
而是关于此刻忧郁的回照
暗夜的眸子里爬满红色皱纹
茫茫苍苍的光阴到来时
高原已准备用浑身洁白来充实灵魂

雪暴！雪暴正在来临
白昼也会难以分辨窒息般黄昏
我看见攀缘在心上的朝圣之路
依旧是七月的安详八月的安宁
心光会照耀
心神会护佑
只要给我一丝光明就行

苍鹰用胸膛走进空谷
白云用胸膛走进高坡
鸥鸟用胸膛走进圣湖
山脉用胸膛走进高原
在离拉萨最远的路上
朝向它的每个胸膛都知道
布达拉是胸膛中的胸膛

行走的胸膛笨拙迟缓

那是仰仗心律才发动的旅程

一次次仰望长空怀抱长空

一次次倾进厚土怀抱厚土

所有的虚情与矫情

全被剥成阵阵滚石坠入深渊

留下虔诚隆起更加坚韧

高原是一种境界

当胸膛上生出茧花

就不再有什么高不可攀

那些时刻是最美的

虽然还有悲怆透骨

骨髓中的人生还会疼

疼痛时灵魂的额头正叩着门槛

只要七月再来

会歌唱的寂寞就会再上高原

用我的胸膛走向神圣的胸膛

伤情时也有如水破石的力量

不曾相约也不相邀

我用朝圣者的心来相信

七月辉煌七月会更辉煌

这是珍藏和珍惜独上高原

这是寻获和收获独上高原

这是歌吟和歌颂独上高原

这是快乐和欢乐独上高原

这是诞生和诞辰独上高原

这是造化和造就独上高原

这是拥抱和拥有独上高原

诗 赋

如同怀着大海就懂得喜马拉雅
如同承载孤独是享受深痛的赞美
倾听无言是最深的倾诉
领悟沉默最终会领悟呼唤
高原高原
高原中的高原
我的用胸膛行走的高原

一九九八年八月于汉口花桥

《蟠虺》二赋

春秋三百字

别如隔山，聚亦隔山，前世五百次回眸，哪堪对面凝望？

一片风月九层痴迷，两情相悦八面爽朗，三分江山七分岁月，四方烟霞六朝沧桑，生死人妖五五对开，左匆匆右长长。二十载清流，怎洗涤血污心垢断肠？十万不归路，名利羁羁，锦程磊磊，举头孤傲，低眉惆怅。

憾恨暗洒，从雁阵来到孤雁去。思潮悲过，因花零落而满花乡。江汉旧迹，翩若惊鸿，佳人做贼，丑墨污香。千山万壑难得一石，五湖四海但求半觞。漫天霜绒枫叶信是，姹紫嫣红君子独赏。

觅一枝以栖身，伴晓月清风寒露，新烛燃旧情，焉得不怀伤？

凭落花自主张，只温酒研墨提灯，泣照君笑别，岂止无良方！

宿茶宿酒宿墨宿泪，今朝方知昨夜悔。秋是春来世，春是秋重生，留一点大义忠魂，最是重逢，黄昏雨巷，朦胧旧窗。

青铜三百字

历史这棵树上，青铜是早孕之花。人世那根草下，青铜是先生之芽。都说国之重器，鼎簋正如国色牡丹。原来人中圣雄，甗簠当比龙凤梧桐。

天涯相望檀香绕铜镜，琼楼玉宇丹桂掩罍觥。

一辞莫赞尊盘紫薇紫，众口熏天觚觯红梅红。

彝斝醉君子，知我罪我唯其春秋；卣爵梦杜鹃，情断情长总是无穷。

戈矛戟刀剑钺，松竹梅杨柳槐，鹰视狼步不相为谋；铙钲镦铎钩铃，荷菊兰桃李杏，蜂合豕突岂敢苟同。

艰辛铔耨镰，怒斥为虐二竖子；实诚耒耜锈，不使二桃杀三雄。

今世凝华，古典青铜。那朝秦暮楚之徒，不过是买椟还珠，纵然上下其手，难抵董狐一笔，终归画龙不成反变虫。

为寒则凝冰裂地，为热当烂石焦沙。爽拔不阿者，最是奇葩龙种！

苍黄翻覆，霜天过耳，且与时光歃血会盟！

附录

刘醒龙主要作品年表

1992 → 《异香》（小说集），长江文艺出版社。

1993 → 《凤凰琴》（小说集），中国青年出版社。

1994 → 《恩重如山》（小说集），中国文学出版社。

　　　《秋风醉了——跨世纪文丛》（小说集），长江文艺出版社。

　　　《威风凛凛》（长篇小说），作家出版社。

　　　《凤凰琴》（小说集），中国文学出版社（法文版）。

1995 → 《至爱无情》（长篇小说），群众出版社。

1996 → 《刘醒龙文集》（四卷）群众出版社。

　　　《生命是劳动与仁慈》（长篇小说），人民文学出版社。

1997 → 《寂寞歌唱》（长篇小说），百花文艺出版社。

　　　《往事温柔》（长篇小说），漓江出版社。

1998 → 《黄昏放牛》（小说集），北京出版社。

　　　《爱到永远》（长篇小说），江苏文艺出版社。

　　　《冒牌城市》（小说集），巴黎中国之蓝出版社（法文版）。

1999 → 《刘醒龙——中国当代作家选集丛书》（小说集），人民文学出
　　　版社。

　　　《市府警卫》（长篇小说），群众出版社。

　　　《白菜萝卜》（小说集），巴黎中国之蓝出版社（法文版）。

2001 → 《大树还小——中国经典乡土小说六家》（小说集），解放军文艺
　　　出版社。

　　　《痛失》（长篇小说），长江文艺出版社。

2002 → 《弥天》（长篇小说），上海文艺出版社。

2003 → 《刘醒龙小说选——城市眼影》（小说集），群众出版社。

　　　《刘醒龙小说选——我们香港见》（小说集），群众出版社。

2004 → 《挑担茶叶上北京》）（小说集），巴黎中国之蓝出版社（法文版）。

2005 →《圣天门口》(长篇小说),人民文学出版社。

《凤凰琴》(小说集),武汉出版社。

2006 →《冒牌城市》)(小说集),巴黎中国之蓝出版社(法文版)。

《刘醒龙小说——鲁迅文学奖获奖作家丛书》(小说集),中国社
会出版社。

《秋风醉了——文学中坚丛书》(小说集),文汇出版社。

2007 →《刘醒龙小说精选——跨世纪文丛精华本》(小说集),长江文艺
出版社。